KARL MAY

Karl May, am 25. Februar 1842 in Hohenstein-Ernstthal geboren und in ärmlichsten Verhältnissen aufgewachsen, gilt seit einem halben Jahrhundert als einer der bedeutendsten deutschen Volksschriftsteller. Nach trauriger Kindheit und Jugend wandte er sich dem Lehrerberuf zu. Als Redakteur verschiedener Zeitschriften begann er später die Schriftstellerlaufbahn, zunächst mit kleineren Humoresken und Erzählungen. Bald jedoch kam sein einzigartiges Talent voll zur Entfaltung. Er begann „Reiseerzählungen" zu schreiben. Damit begründete er seinen Weltruhm und schuf sich eine nach Millionen zählende Lesergemeinde. Die spannungsreiche Form seiner Erzählkunst, ein hohes Maß an fachlichem Wissen und eine überzeugend vertretene Weltanschauung verbanden sich überaus glücklich in seinen Schriften. Auch heute begeistern die blühende Phantasie und der liebenswürdige Humor des Schriftstellers in unverändertem Maß seine jungen und alten Leser. Karl Mays Werke wurden in mehr als zwanzig Kultursprachen übersetzt. Allein von der deutschen Originalausgabe sind bisher über sechsundvierzig Millionen Bände gedruckt worden. Karl May starb am 30. März 1912 in Radebeul bei Dresden.

KARL MAY

DER STERBENDE KAISER

UNGEKÜRZTE AUSGABE

KARL MAY TASCHENBÜCHER
IM
VERLAG CARL UEBERREUTER
WIEN · HEIDELBERG

INHALT

1. Von Barcelona nach Vera Cruz 5
2. In Verkleidung 20
3. Der leere Sarg 39
4. Ein grausiges Erleben 55
5. Ein Trapperstreich 69
6. Im Kloster della Barbara 88
7. Französische Willkür 117
8. Pirnero am Ziel 131
9. Auf der Suche 147
10. Dem Kerker entronnen 159
11. In Zacatecas 183
12. Der verhängnisvolle Entschluß 193
13. Ein gescheiterter Anschlag 210
14. An der ‚Teufelsquelle‘ 226
15. Die Belagerung von Queretaro 260
16. Gerichtet 275
17. Der neunzehnte Juni 289
18. Ausklang 302

✶

Herausgegeben von Dr. E. A. Schmid

✶

Diese Ausgabe erscheint in enger Zusammenarbeit mit dem Karl-May-Verlag, Bamberg
© 1952 Joachim Schmid (Karl-May-Verlag), Bamberg / Alle Rechte vorbehalten
Die Verwendung der Umschlagbilder erfolgt mit Bewilligung des Karl-May-Verlags
Karl May Taschenbücher dürfen in Leihbüchereien nicht eingestellt werden

ISBN 3 8000 4055 7
Bestellnummer
T 55

Gesamtherstellung: Salzer - Ueberreuter, Wien
Printed in Austria

1. Von Barcelona nach Vera Cruz

Auf dem alten spanischen Stammschloß der Grafen de Rodriganda y Sevilla herrschten seit nun rund siebzehn Jahren der falsche Graf Alfonso und seine Eltern: Clarissa und der Advokat Gasparino Cortejo. Diese beiden saßen eines Abends zu Beginn des Jahres 1867 in einem der zahlreichen Räume des Schlosses behaglich auf einem Sofa. Das Feuer, das in einem prächtigen Marmorkamin prasselte, verbreitete eine wohlige Wärme. Sie hatten vor sich auf dem Tisch ein feines Abendessen stehen.

Da klopfte es leis an die Tür, und ein Diener trat ein. Er brachte die Post, die soeben vom Boten abgegeben worden war. Als er sich entfernt hatte, musterte Cortejo die Briefumschläge.

„Aus Mexiko!" entfuhr es ihm beim Anblick eines der Briefe.

Er öffnete ihn rasch und las. Seine Blicke wurden starr, er stieß einen tiefen, schweren Seufzer aus und sank auf das Kissen des Sofas zurück. Clarissa betrachtete ihn ängstlich. Sie nahm den Brief aus der Hand des fast Ohnmächtigen und las ebenfalls folgende Zeilen:

„Lieber Oheim!

In aller Eile schreibe ich Dir von der Hacienda del Eriña aus, denn es hat sich Wichtiges und Schreckliches zugetragen. Es ist dem Grafen Fernando geglückt, aus der Sklaverei zu entrinnen und hierher zurückzukehren. Das wäre noch nicht allzu schlimm, wenn nicht ein zweiter Schicksalsschlag hinzukäme.

Zu meinem Entsetzen sind nämlich auch unsre andern Feinde, die wir längst als tot wähnten, wieder aufgetaucht. Bei Fernando befinden sich: Sternau, die beiden Unger, Büffelstirn, Bärenherz, Emma Arbellez, Karja und Mariano!!! Landola hat uns betrogen! Die er umbringen sollte, leben alle. Er hatte sie auf einer einsamen Insel ausgesetzt, von der sie nun entkommen sind. Sie weilen im Fort Guadalupe, bei unsrem Feind Juarez.

Vater ist nicht hier. Ich sandte ihm diese Nachricht nach, damit er Maßregeln ergreift. Glückt es uns nicht, die Genannten unschädlich zu machen, so sind wir verloren.

In größter Aufregung Deine Nichte Josefa."

Die Leserin ahnte ebensowenig wie ihr Verbündeter Gasparino, daß die in diesem Brief geschilderten Tatsachen schon längst überholt waren. Nicht nur die Feinde der Cortejos, sondern auch Pablo und Josefa Cortejo selbst befanden sich um diese Zeit schon in der Gewalt des unheimlichen Doktor Hilario. Clarissas Hand sank mit dem Brief kraftlos nieder.

„Sie leben alle noch! Welch schreckliche Gefahr! Wir können die Früchte unsrer Arbeit nicht in Ruhe genießen!"

„Laß das Klagen!" mahnte der schuftige Kindestäuscher. „Das führt zu nichts. Jetzt heißt es handeln! Da haben wir es also zunächst aufs neue mit Graf Fernando zu tun: Pablos Weichherzigkeit rächt sich!"

„Es war nicht nur Weichherzigkeit! Du selbst hast mir doch erklärt, daß Pablo uns durch seine scheinbare Milde Daumschrauben anlegen wollte."

„Gewiß war es mit der Grund. Er hat eine Tochter, und ich habe einen Sohn. Mein Sohn ist Erbe der Grafschaft, und er sollte Josefa heiraten, damit das Mädchen teilnehmen könne an unsrem Gewinn. Alfonso mochte nicht. Obwohl wir Pablo und Josefa im Genuß der mexikanischen Güter beließen, haben sie uns das nie verziehen."

„Du hast recht, Gasparino. Aber was denkst du vom Wiedererscheinen der übrigen? Ich halte das nur für einen Kunstgriff der Josefa."

„Nein. Ich bin überzeugt, daß Landola aus eignem Antrieb die ganze Sippschaft hat leben lassen."

„Aber wozu? Doch zu seinem Schaden."

„Jetzt, ja, nicht aber solang es ihnen nicht glückte, zu entkommen. Ich habe ihm seine Dienste zwar reichlich bezahlt, er aber nimmt gern soviel wie möglich. Landola hatte es in der Hand, die Gefangenen freizugeben. Es war das Rohr, mit dessen Hilfe er mich auspumpen konnte. Ich begreife nur nicht recht, weshalb er noch nicht damit begonnen hat."

„Er wird sich schon noch melden!"

„Dieser Schurke!" brach Gasparino wütend los. „Wenn ich bedenke, wie klug alles eingefädelt war! Die Rodrigandas waren vollkommen kaltgestellt. Graf Manuel konnte all die Jahre her nicht das geringste gegen uns unternehmen. Ich habe mich oft innerlich belustigt über die Hilflosigkeit des Alten, in die ihn das eigne Erbgesetz uns gegenüber gebracht hat. Von der Ferne zusehen zu müssen, wie die Geier sich in das Nest setzen, aus dem sie den Edelfalken und seine Jungen vertrieben haben! Es war wirklich zum Lachen! Und jetzt? Alle unsre Errungenschaften sind durch die Habgier dieses Landola in Frage gestellt, und wir sind wieder soweit wie vor siebzehn Jahren. Es ist zum Rasendwerden!"

„Was aber nun tun? Die Wiedererschienenen müssen unbedingt so bald wie möglich verschwinden."

„Das überlasse ich meinem Bruder. Für mich gibt es eine Person, die mir zur Zeit wichtiger ist als alle Sternaus und Marianos: Landola. Ohne dessen Zeugnis kann uns nicht viel bewiesen werden."

„So mußt du ihn töten."

„Vorher müßte ich mit ihm Rücksprache nehmen. Vielleicht ist es besser, ihn noch so lange leben zu lassen, bis man ihn ausgenützt hat."

„Befindet er sich noch in Barcelona?"

„Ja. Er scheint in Deutschland eine Unvorsichtigkeit begangen zu haben, da er sich sogar vor den spanischen Agenten verstecken muß. Dieser Bismarck beginnt den andern Mächten Achtung einzuflößen. Schreib sofort an Alfonso, nach Madrid! Auch er muß wissen, was geschehen ist und mit darüber verhandeln. Jetzt will ich mich vorbereiten. Ich fahre noch heute nach Barcelona. In solchen Dingen kann man nicht schnell genug sein."

Schon während dieser Nacht befand sich Cortejo unterwegs. In Barcelona ließ er seinen Wagen im Gasthof halten und begab sich zu Fuß in eine der unscheinbarsten Seitenstraßen. Hier trat er bei einem armen Flickschuster ein, der von seiner an und für sich engen Wohnung ein Stübchen vermietet hatte. Der Untermieter war Kapitän Henrico Landola, der sich unter einem falschen Namen hier verborgen hielt. Als Cortejo bei ihm erschien, fand er ihn von Langweile geplagt.

„Habt keine Sorge!" meinte der Ankömmling. „Ich bringe Euch eine Aufgabe, die Euch viel Kurzweil machen wird."

„Mir sehr recht und lieb. Übrigens werde ich es nicht mehr lange hier aushalten. Die Nachforschungen nach mir sind eingeschlafen, und ich liebe Kampf und Arbeit mehr als Frieden und Faulheit."

„Schön! Da kann ich Euch gleich Arbeit geben."

„Was für welche?"

„Eine Fahrt nach Mexiko. Man hat sich nämlich höhern Orts sehr unzufrieden darüber ausgesprochen, daß die Überreste des Grafen Fernando drüben in Mexiko liegenbleiben, anstatt in der Familiengruft der Rodriganda beigesetzt zu werden. Damit wir weitere Vorwürfe vermeiden, soll ein Mann hinübergeschickt werden, um den Sarg nebst Inhalt herüberzubringen. Wollt Ihr das übernehmen?"

„Hol Euch der Teufel!" entgegnete Landola. „Eine Leiche an Bord bringt stets Unglück."

„Aberglaube! Dergleichen habe ich doch bei Euch noch gar nicht bemerkt."

„Meinetwegen. Laßt den Alten ruhen, wo er ruht!"

„Wo denn?"

„Na, drüben in Mexiko. Wo denn sonst?"

„Oder in der Sklaverei?"

Landola fuhr zurück und blickte Cortejo starr an.

„Sklaverei? Wie meint Ihr das?"

„Na, daß Ihr den Grafen verkauft habt. Wollt Ihr das noch in Abrede stellen?"

„Wer hat Euch diese Lüge aufgebunden?"

„Lüge? Ich kenne jede Einzelheit Eures Verrats genau. Alfonso hat mir alles längst mitgeteilt."

„Donnerwetter! So hat Euer Bruder den Mund doch nicht gehalten und seinen Neffen ins Vertrauen gezogen."

„Also auf Pablos Befehl mußtet Ihr das tun? Er galt wohl mehr als ich?"

„Pah. Er war drüben, wo sich die Geschichte abspielte. Da mußte ich mich nach ihm richten."

„So, so! Habt Ihr Euch auch später in solcher Weise nach ihm gerichtet? Zum Beispiel mit Sternau und Genossen?"

„Die sind ja tot!"

„Oder auch in der Sklaverei?"

„Unsinn!"

„Oder auf einer Insel ausgesetzt?"

„Erlaubt, Señor, daß ich Euch frage, ob Ihr jetzt träumt."

„Ja, mir hat geträumt. Wißt Ihr: was? Mir träumte, daß Ihr um gewisser Gründe willen jene Gefangenen nicht habt ertrinken lassen. Ihr habt sie auf irgendeine Insel gebracht, um sie gleich bei der Hand zu haben, wenn es einmal einen Streich gegen mich galt. Sie alle laufen jetzt drüben in Mexiko herum, und zwar im Hauptquartier des Präsidenten Juarez."

Landola beugte sich erschrocken vor.

„Das müßten ja Gespenster sein."

„Dann wäre Don Fernando ebenfalls ein Gespenst, von dem Ihr doch zugebt, daß er lebt."

„Der? Der wäre auch dabei?"

„Ja. Sie sind alle beisammen."

„Don Fernando soll dabei sein? Was für Märchen hat man Euch angehängt!"

„Märchen?" zürnte Cortejo. „Das wagt Ihr mich zu fragen? Welche Frechheit! Glaubt Ihr, daß ich anspannen lasse und von Rodriganda nach Barcelona komme, nur um Euch eine Fabel zu erzählen?"

Landola faßte sich. Er sah ein, daß er auf irgendeine Weise durchschaut worden sei, und nahm sich vor, durch ein scharfes Auftreten dem Gegner die Spitze zu bieten.

„Ihr sprecht von Frechheit", sagte er in jenem kalten Ton, der vermuten ließ, daß in seinem Innern ein Vulkan in Tätigkeit sei. „Ich muß Euch ersuchen, auf dergleichen Ausdrücke zu verzichten, wenn Ihr überhaupt wollt, daß ich Euch Rede stehe. Ich bin kein Halunke."

Ein drohender Blick traf ihn aus Cortejos Augen. Dann zuckte der Advokat verächtlich die Achseln.

„Wollt Ihr einen Menschen, der von der Polizei gesucht wird, etwa anders nennen?"

„Señor", fuhr Landola auf, „die gegen mich gerichteten Nachforschungen sind nur eine Folge meiner letzten politischen Tätigkeit. Ihr wißt, daß ich als Spaniens Kundschafter die Mittelstaaten Europas bereiste. Preußen will mich ausgeliefert haben."

„Nur weil Ihr als Kundschafter gewirkt habt? Lüge!"

„Señor Cortejo!"

„Ich wiederhole es: Lüge! Es wird Preußens erstem Minister nicht einfallen, Eure Auslieferung von Spanien zu verlangen, das ihn hierwegen auslachen würde. Nach den bestehenden Gesetzen hat er kein Recht zu dieser Forderung. Politische Verbrecher werden nicht ausgeliefert. Wärt Ihr für Spanien tätig gewesen, so würde es Euch beschützen. Aber anstatt das zu tun, fahndet es nach Euch. Sagt mir doch, warum?"

„Es tut nur zum Schein so, um Preußen zu beruhigen."

„Pah, ich weiß es besser. Glaubt Ihr denn, daß ich mit den Kreisen, um die es sich hier handelt, keine Verbindung unterhalte? Es sind Euch zur Ausführung Eurer Aufträge und zur Auszahlung an gewisse andre Unterhändler bedeutende Summen anvertraut worden. Ihr habt alles für Euch behalten. Ihr habt diese Summen einfach unterschlagen."

„Señor Cortejo, wollt Ihr diese Behauptung wohl sofort zurücknehmen?"

„Fällt mir nicht ein, Landola. Dieser Unterschleife wegen werdet Ihr nun auch noch von den hiesigen Behörden gesucht. Man will Euch nicht an Preußen ausliefern, aber man will Euch auf irgendeine Weise unschädlich machen."

„Das soll man doch nur versuchen! Man wird mich nicht erwischen!"

„Traut Euch nicht zuviel zu! Wie nun, wenn ich den ersten besten Polizisten herbeirufe und ihm sage, daß Ihr Landola seid?"

„So hätte ich im Gefängnis einen Kollegen. Ich würde alles erzählen, was ich von Euch weiß."

„Ihr dürftet es gar nicht wagen, mich anzuzeigen, weil Ihr als Mitschuldiger, als der Ausführer meiner Pläne und Entwürfe eine wenigstens ebenso strenge Strafe finden würdet wie ich."

„Glaubt Ihr wirklich, daß mich das abhalten könnte, Euch anzuzeigen?"

„Ja", antwortete Cortejo hochmütig.

„Nun, da irrt Ihr Euch gewaltig. Ihr habt ja vorhin selber gesagt, daß man mich suche, um mich verschwinden zu lassen. Das heißt doch, daß ich durch Tod oder lebenslängliche Gefangenschaft unschädlich gemacht werden soll. Ist das einmal der Fall, so kann mein Schicksal dadurch, daß ich Eure Taten verrate, kein schlimmeres werden."

„Meinetwegen. Ich würde mich den Teufel um das scheren, was Ihr von mir sagt. Man würde Euch kein Wort glauben."

„Ich würde Beweise bringen. Es stehen mir ihrer genug zur Verfügung. Ich erwähne da zum Beispiel die verschiedenen Briefe und Anweisungen, die Ihr mir geschrieben und zugesandt habt."

„Das macht mich nicht bange. Diese Sachen sind vernichtet."

„Glaubt Ihr das wirklich?" lachte Landola verächtlich.

„Wir haben ja das Übereinkommen getroffen, gegenseitig alle diese Schriftstücke zu vernichten."

„Das ist wahr. Ich bin überzeugt, daß Ihr alle meine Schreibereien verbrannt habt."

„Gewiß!"

„Wirklich?" fragte Landola, einen forschenden Blick in Cortejos Gesicht werfend.

„Es ist nichts mehr vorhanden. Ich habe mein Wort gehalten."

„Das war sehr ehrlich, aber auch sehr dumm von Euch", spottete Landola, dem bei Cortejos Versicherung sichtlich leichter geworden war. „Diese Sachen könnten Euch doch als Beweise gegen mich dienen."

Cortejo stieß ein höhnisches Lachen aus. „Ihr nennt mich dumm? Bekümmert Euch um Eure eigne Kurzsichtigkeit! Diese Sachen hätten zugleich als Beweise gegen mich gedient."

„Ja, da sie zeigten, daß ich Eure Befehle ausgeführt habe. Und nun denkt Ihr wohl, daß ich die meinigen auch vernichtet habe? Ihr irrt Euch sehr. Es ist noch alles vorhanden."

„So seid Ihr ein Verräter, ein Lügner. Diese Schreibereien werden aber Euch selber gefährlich."

„Oho! Wer kann mir beweisen, daß ich Euren Befehlen wirklich gehorsam gewesen bin?"

„Ich! Ich verrate, daß Ihr der Seeräuber Grandeprise seid."

„Und von Euch ging das Unternehmen aus. Das Schiff gehörte Euch. Ihr strecktet das Geld dazu vor und erhieltet dafür die Hälfte des Gewinns."

„Die Hälfte? Oh, ich bin überzeugt, daß Ihr mich fürchterlich betrogen habt."

Nun begann Landola wieder zu grinsen. „Da könnt Ihr allerdings recht haben, mein verehrtester Gasparino. Es versteht sich von selbst, daß ich neunzig Prozent des Ertrags für mich nahm."

„Neunzig — Prozent", rief Cortejo grimmig.

„Ja. Ihr saßt ruhig zu Haus und wartetet darauf, Euer Geld einstreichen zu können. Ich aber und meine Leute, wir hatten die Verantwortung. Daher erhieltet Ihr den zehnten Teil. Es war genug, denn es belief sich auf ein ganzes Vermögen. Das übrige aber gehörte uns."

„Verdammt! Neunmal soviel wie ich. Das müssen Millionen gewesen sein. Was habt Ihr mit diesen Summen gemacht?"

„Verlebt, vertrunken, verspielt."

„*Demonio!* Welch alberner Kerl seid Ihr doch!"

„Albern? Pah! Wenn man heut nicht weiß, ob man nicht morgen gehenkt wird, so genießt man den Augenblick. Sofern es Euch aber wohltuend berühren sollte, zu erfahren, daß doch nicht alles verjubelt wurde, so will ich Euch aufrichtig gestehen, daß ich irgendwo an einem sehr verborgenen Platz eine Sparkasse habe."

„Ah. Ihr habt Geld versteckt?" fragte Cortejo rasch.

„Ja. Es langt vollständig, um mich zur Ruhe zu setzen."

„Wo ist der Platz?"

„Meint Ihr denn wirklich, daß ich Euch das sagen werde?"

„Gut! Behaltet Euern Raub! Aber seid auch überzeugt, daß ich nun ganz so an Euch handeln werde, wie Ihr Euch gegen mich verhalten habt."

Landola nickte langsam. „Wollt Ihr mir wohl sagen, was Ihr damit meint?" forschte er.

„Ich werde nun jede Rücksicht, die ich für Euch hatte, verbannen und Rechenschaft fordern", grollte der Notar mit rotem Gesicht.

„Worüber?"

„Daß Don Fernando noch lebt."

„Beweist mir erst, daß er wirklich lebt."

„Meine Nichte schreibt es mir."

Landola verfärbte sich. „Wenn er damals nicht starb, so geschah es auf Wunsch Eures Bruders."

„Er sagte Euch aber, warum Don Fernando verschwinden müsse?"
„Ja. Um Alfonso Platz zu machen."
„So muß er Euch aber doch auch darüber aufgeklärt haben, weshalb er den Grafen nicht sterben ließ."
„Mit keiner Silbe. Ich dachte mir es selber. Wißt Ihr, daß Señorita Josefa in Alfonso verliebt war? Sie wollte Gräfin von Rodriganda werden. Wäre sie es geworden, so brauchte der Graf in seiner ‚Grabesruhe' nicht wieder gestört zu werden. Don Alfonso aber mochte nichts von ihr wissen —"
„Ich auch nicht. Ha, diese Vogelscheuche, und eine Gräfin Rodriganda!"
„Ihr mögt recht haben. Aber Josefa und ihr Vater ärgerten sich darüber. Ihr und Alfonso hattet alles, sie hatten nichts. Sie wollten auch ihren Anteil haben. Sie wollten über die mexikanischen Besitzungen der Familie verfügen."
„Das haben sie auch getan. Ich habe vom Ertrag der drübenliegenden Güter nicht einen Peso erhalten."
„Auch nicht verlangt?"
„O doch, aber man hörte nicht darauf."
„So ist es mir begreiflich, weshalb Euer Bruder sich nicht mehr um den alten Grafen bekümmert hat. Hättet Ihr ihn nicht im ruhigen Genuß der Güter gelassen, so hätte ich wohl den Grafen holen müssen. Jedenfalls wärt dann Ihr und Alfonso verloren gewesen."
„Das soll Pablo büßen! Aber, zum Teufel, wie konntet Ihr Euch zu einem solchen Verrat gegen mich verführen lassen?"
„Pah! Ich wurde gut dafür bezahlt. Wer mir am meisten gibt, dem diene ich am eifrigsten."
„Ihr seid ein Halunke! Nun habt Ihr die Folgen, da Don Fernando wieder zurückgekehrt ist."
„Wie ist er losgekommen?"
„Ich weiß es nicht. Wo habt Ihr ihn gehabt?"
„In Harar. Der Zugang zu diesem Land ist außerordentlich schwierig, und die Flucht gradezu eine Unmöglichkeit. Ich kann sein Wiederauftauchen nicht begreifen."
„Man wird wohl Näheres darüber erfahren. Aber wie steht es nun mit den andern allen, von denen Ihr schreibt, daß sie ertrunken seien?"
Landola lachte beklommen. „Ihr behauptet, daß auch diese noch leben? Nun, so sind sie eben damals nicht ertrunken."
Da fuhr Cortejo zornig auf: „Wollt Ihr Euch etwa gar noch über mich lustig machen? Die Sache ist nicht lustig, sondern höchst gefährlich.

Aber weshalb habt Ihr diese Menschen damals nicht umgebracht?"

„Erstens war ich von Euch zu schlecht bezahlt worden und sodann konnten mir diese Leute ja nichts mehr nützen, wenn sie tot waren. Spitzbuben pflegen nicht immer ehrlich zu sein. Wir beide sind Spitzbuben. Darum lag der Gedanke nah, daß einmal die Zeit kommen könne, wo Ihr den Dank an mich vergessen würdet. Für diesen Fall hob ich mir meine Gefangenen auf. Ich brachte sie auf eine Insel im Großen Ozean."

„Wie dumm! Wo die Schiffahrt immer lebhafter wird!"

„Dumm? Ihr irrt da sehr. Die Insel war nur mir bekannt. Kein andrer Fuß hatte sie betreten."

„Ihr seht aber jetzt, daß sie doch bekannt gewesen sein muß. Die Gefangenen sind entkommen. Ihr habt unverantwortlich leichtsinnig gehandelt!"

„Eine verfluchte Geschichte ist es allerdings! Sogar gefährlich", meinte Landola nachdenklich.

„Ja. Aber wißt Ihr, was das Gefährlichste daran ist? Sie stecken im Hauptquartier des Juarez."

Landola schritt einigemal im Zimmer auf und ab, dann blieb er vor Cortejo stehen: „Ich denke, daß man hinübergehen muß, um das zu tun, was man früher unterlassen hat."

„Also sie wirklich töten? Wer soll das übernehmen?"

„Ich."

„Ihr? Das muß überlegt werden. Ich sehe mich gezwungen, in dieser Angelegenheit sehr vorsichtig zu sein. Ich kann nur dann einen Handel abschließen, wenn ich überzeugt bin, nicht wieder betrogen zu werden."

„Hm. Wieviel bietet Ihr?"

„Ich biete nichts. Der Verkäufer hat zu fordern."

„Wißt Ihr noch, wieviel Ihr mir damals zahltet? Es waren zehntausend Duros. Gebt Ihr jetzt zwanzigtausend?"

„Nein, höchstens fünftausend."

„So sind wir fertig." Landola drehte sich scharf um.

„Oho!" zischte Cortejo. „So rechnen wir nicht! Fünftausend oder nichts! Wollt Ihr nicht, geh' ich allein. Denn diesmal werde ich die Ausführung ohnehin persönlich überwachen!"

Landola trat einen Schritt zurück und fragte, beinah betroffen: „Ihr wollt mit?"

Cortejo nickte. „Zunächst liegt mir daran, meinen lieben Bruder

Pablo einmal zu besuchen. Sodann möchte ich meine werte Nichte Josefa näher kennenlernen."

„Aber warum soll das jetzt sein?"

„Weil es mir so paßt! Ihr habt mich betrogen. Pablo hat mich betrogen. Diesmal will ich ganz sicher gehen!"

„Ah! So meint Ihr es? Ihr wollt uns beaufsichtigen? Glaubt Ihr, daß wir uns beaufsichtigen lassen?"

„Ich habe nicht gesagt, daß ich nur beaufsichtigen will. Ich werde selber mitarbeiten."

„Das gibt der Sache schon eine kleine Wendung", versetzte Landola bedächtig. „Doch wie die Sachen stehen, gilt es, keine Zeit zu verlieren."

„Wir reisen bei nächster Gelegenheit ab. Ich werde mich sofort erkundigen, was für Schiffe im Hafen liegen."

„Ich weiß das schon. Es gibt kein Schiff dorthin. Ein einziger Dampfer liegt da, der übermorgen in See sticht, aber er fährt nach Rio de Janeiro."

„Das ist ja gut. Wenn wir an Bord kommen, entgeht Ihr hier den Augen der Polizei, und in Rio finden wir allemal ein Schiff nach Mexiko."

„Mag sein. Aber wie an Bord kommen? Man kennt meinen Steckbrief, besonders hier in Barcelona."

„Nichts leichter als das. Wißt Ihr, was man unter *colle de face* versteht?"

„Ah, das ist jener berühmte, französische Gesichtskleister, mit dessen Hilfe sich eine alte Frau in ein junges Mädchen verwandeln kann. Man füllt damit sogar die tiefsten Falten aus."

„Ja, und dazu nun Perücke und Bart. Und zur Krönung des Ganzen ein falscher Paß, der Euch wohl nichts Ungewohntes sein wird."

Landola grinste. „Ein falscher Paß? Ah, das ist eine Erfindung des Teufels zum Besten seines Familienzirkels!"

„Nun gut, das alles werde ich Euch verschaffen. Ich werde diese Sachen auch für mich brauchen. Wir treffen da drüben jedenfalls Sternau und andre Bekannte, die nicht wissen dürfen, wer wir sind."

„So hat es mit der Verkleidung Zeit, bis wir drüben sind?"

„O nein. Wir haben vielleicht keine Gelegenheit, Namen, Gestalt und Pässe zu wechseln. Wir können doch kein Schiff, kein Haus, keinen Ort anders verlassen, als wie wir da angekommen sind."

„Sehr richtig, jede Veränderung würde sonst Verdacht erwecken."

„So hört! Ich reise als Antonio Veridante, Advokat und Bevollmächtigter des Grafen Alfonso de Rodriganda. Ich habe die Verhältnisse der mexikanischen Besitzungen dieses Herrn in Augenschein zu nehmen und bin mit ausreichenden Vollmachten versehen."

„Die Ihr Euch selber ausstellt —!"

„Auch der Paß macht keine Schwierigkeiten. Ferner nehme ich Ausweise auf meinen echten Namen mit, um für alle Fälle gerüstet zu sein."

„Ihr seid sehr umsichtig."

„Ich brauche einen Secretario."

„Dieser Schreiber soll wohl ich sein? Auf eine solche Standeserhöhung kann ich mir viel einbilden."

Die beiden besprachen den Plan noch eingehender, bis Landola sagte: „Es bleibt jetzt nur noch übrig, zu wissen, wann und wo wir uns treffen."

„Getraut Ihr Euch bei Tag die Stadt zu verlassen?" fragte Cortejo.

„Nein, zumal ich einiges Gepäck bei mir habe."

„So bin ich gezwungen, bis zur Dunkelheit hierzubleiben. Dann begebt Ihr Euch bis zum Anfang des ersten Wäldchens an der Straße nach Manresa. Kommt eine Kutsche, so pfeift Ihr den Anfang der Marseillaise, woran ich Euch erkennen werde. Ich will in den Hafen, um mich zu erkundigen. *Adios!*"

Die beiden gingen auseinander.

„Verdammt!" murmelte Landola, als er sich allein befand. „Sind diese Geschöpfe glücklich entkommen! Welch eine Unvorsichtigkeit, mich während dieser langen Zeit niemals um sie zu kümmern! Aber wer konnte das auch ahnen? Freilich, mir kann ihre Rückkehr weniger schaden. Ich brauche mich nur zu verbergen. Aber dieser Cortejo und seine Sippe, sie sind verloren, sobald es ihm nicht gelingt, der Gefahr gleich anfangs zu begegnen. Fünftausend Duros! Ah, ich habe noch nicht ja gesagt! Der Gasparino soll bluten, der Pablo soll zahlen, der Alfonso soll blechen! Und dann suche ich mir irgendeinen schönen, verborgenen Erdenwinkel, wo ich meine Reichtümer in Freude und Ruhe genießen kann." —

Cortejo zog die nötigen Erkundigungen ein, wartete hierauf in einem Gasthof, bis es dunkel war, und fuhr dann heimwärts. Als er das erwähnte Gehölz erreichte, hörte er den Anfang der Marseillaise pfeifen. Er ließ anhalten. Landola stieg ein, nachdem sein Koffer auf dem Bock Platz gefunden hatte. Dann ging die Fahrt weiter.

„Fertig mit dem Kapitän?" fragte der ehemalige Seeräuber. „Wann geht es fort?"

„Habe gar nicht zu fragen brauchen. Neben dem Fallreep hing die Ankündigung. Übermorgen früh neun Uhr."

„So kommen wir zeitig genug, wenn wir des Nachts eintreffen."

Dieses kurze Gespräch war das einzige, das sie bis Rodriganda führten.

Dort hütete sich Landola, in den Lichtkreis der Laternen zu treten. Es sollte niemand seine Gesichtszüge sehen. Cortejo führte ihn in eins der Gastzimmer und bediente ihn selber. Dann begab er sich zu Clarissa.

Diese hatte ihn längst erwartet. „Mein Gott", klagte sie, „wie vernachlässigst du mich! Du bist vor einer halben Stunde angekommen, ohne mich aufzusuchen."

„Ich hatte vorher zu tun. Landola ist mit hier."

„Der steckbrieflich Verfolgte! Gasparino, was wagst du!"

„Es ist nicht die geringste Gefahr dabei. Ich weiß, daß man ihn hier nicht suchen wird."

„Wie lange soll er bleiben?"

„Nur bis morgen nacht. Dann geht er in See."

„Hat er gestanden?"

„Ja. Alles!"

„Dieser Verräter! Warum hat er es getan?"

„Um seines eignen Vorteils willen. Er wollte gegen mich eine Macht in den Händen haben. Übrigens hatte mein Bruder ihn gut dafür bezahlt, daß er Don Fernando fortschaffte."

„Also hat Pablo doch gleichfalls schlecht an dir gehandelt."

„Ja. Ich werde mit ihm abrechnen. Es soll ihm keinen Nutzen bringen, darauf kannst du dich verlassen."

„Wie willst du das machen, wo du nicht in Mexiko bist?"

„Dem kann und wird abgeholfen werden, meine Liebe."

Clarissa erschrak. „Wie? Höre ich recht? Du willst doch nicht etwa hinüber?"

„Grade das will ich. Beruhige dich! Die Umstände machen es nötig."

„Und wann willst du fort?"

„Morgen in der Nacht."

„Aber doch nicht allein?"

„Landola geht mit mir."

„Dieser Verräter! Kannst du dich ihm anvertrauen?"

„Pah! Frag doch lieber, ob er sich mir anvertrauen kann!"

Clarissa setzte sich langsam nieder und blickte Cortejo fragend ins Gesicht. „Haben diese Worte etwas zu bedeuten?"

Der Notar lächelte selbstbewußt. „Habe ich jemals etwas gesagt, was nichts zu bedeuten hatte?"

„Hm! Ich lese aus deinen Mienen, daß du etwas vorhast."

„Ja", lachte er. „Du bist eine große Menschenkennerin. Was liest du denn für Buchstaben aus meinem Gesicht?"

„Keine guten, wenigstens keine freundlichen. Habe ich recht?"

„Möglich!"

„Hast du neues von Landola gehört, was ich noch nicht weiß?"

Gasparino erzählte ihr ausführlich sein Gespräch mit dem Kapitän.

„Also auch du willst dich verkleiden und unkenntlich machen?" fragte Clarissa. „Dafür sehe ich den Grund nicht ein."

„Nun, der liegt doch auf der Hand. Es soll kein Mensch merken, daß ich nach Mexiko reise. Denk an Rheinswalden! Sind wir von dort nicht stets beobachtet worden?"

„Das ist wahr. Vielleicht beobachten sie uns noch heut."

„Ich bin davon überzeugt. Sie glauben nicht an die Echtheit unsres Alfonso. Sie haben wahrscheinlich erfahren, daß die Verschollenen wieder da sind. Wer weiß, was diese geschrieben haben! Ferner wissen wir nicht, wie es in Mexiko steht. Mein Bruder hat unsern Namen geschädigt. Ich darf nicht als Cortejo auftreten."

„Das seh' ich ein. Die Verkleidung ist notwendig, ich brauche weiter keine Beweise zu hören. Aber ich sehe noch nicht ganz ein, daß du mit über den Ozean mußt."

„Was meinst du, was Don Fernando tun wird, wenn er in die Hauptstadt zurückkehrt?"

„Alle seine Besitzungen zurückfordern."

„Das versteht sich von selbst. Zwar würde das zunächst nur meinen Bruder schädigen. Aber das Grab, das Grab!"

„Ah! Es würde geöffnet werden."

„Auch das ist noch nicht das Schlimmste! Er ist damals scheintot gewesen, das heißt, er hat Starrkrampf gehabt. Weißt du, was das bedeutet?"

„Starrkrampf soll fürchterlich sein. Man soll alles hören und sehen, was um einen vorgeht."

„Nun also. Don Fernando ist scheintot gewesen. Unser Alfonso war drüben. Er hat mit meinem Bruder und Josefa bei der Leiche gesprochen, der Graf hat alles gehört. Er ist vielleicht im Besitz unseres ganzen Geheimnisses."

„Madonna! Das wäre schlimm! Er muß sterben!"

„Sein Tod ist eine Notwendigkeit, eine beschlossene Sache. Er würde nicht nur seine Güter zurückverlangen, sondern uns auch schwer bestrafen lassen. Aber das ist noch nicht alles. Dieser Sternau ist uns ebenso gefährlich."

„Er schien schon damals, als er Graf Manuel operierte, etwas zu ahnen."

„Ja. Ich habe ihn beobachtet. Er hielt Alfonso keineswegs für den echten Nachfolger von Don Manuel."

„Auch er muß sterben!"

„Sein Tod ist beschlossen. Und ebenso steht es mit jeder andern Person, die zu dieser Gesellschaft gehört."

„Mein Gott, wieviel Menschen willst du da zum Tod verurteilen, lieber Gasparino?"

Cortejo streckte sich gemächlich auf dem Sofa aus und zählte kaltblütig: „Don Fernando, Pedro Arbellez, dessen Tochter, Karja, Maria Hermoyes, Sternau, Mariano, die zwei Unger, Büffelstirn, Bärenherz, Juarez."

„Juarez!" unterbrach ihn Clarissa erschaudernd.

„Ja", antwortete er ruhig. „Bei ihm laufen jedenfalls die Fäden zusammen. Er weiß alles genauer als jeder andre. Es gilt überhaupt zu erfahren, wer wohl außerdem Mitwisser des Geheimnisses geworden ist. Glaubst du, daß ich mich da auf Landola und meinen Bruder verlassen könnte?"

„Nein, beide haben uns betrogen."

„Und sodann ist Pablo selber geächtet und verfolgt. Er ist wohl schwerlich imstand, unsrer Sache zu nützen."

„Du hast recht. Du überzeugst mich immer mehr, daß du selber hinüber mußt."

„Nicht wahr? Ich scheide ungern, liebe Clarissa."

„Und ich lasse dich ungern fort. Aber um unsres Sohnes willen wollen wir die Trennung ertragen. Siegen wir, so ist das Wiedersehen um so fröhlicher. Aber ich bitte dich sehr, dich vor diesem Landola in acht zu nehmen."

„Habe keine Angst!"

„Wann wirst du ihm sein Geld bezahlen? Im voraus?"

Es war ein dämonisches Lächeln, das sich auf Cortejos Gesicht sehen ließ. „Das Geld?" hauchte er. „Er wird es niemals erhalten."

Clarissa blickte ihn zweifelnd an. „Du willst es ihm vorenthalten? Ihn darum betrügen?"

„Betrügen? Hm! Kann man einen Toten betrügen?"

Da fuhr Clarissa empor. „Einen Toten? Auch er soll sterben?"

„Selbstverständlich. Sobald Landola seine Schuldigkeit getan hat und ich ihn nicht mehr brauche, stirbt er. Wer mich zu täuschen und zu übervorteilen wagt, der erhält seinen Lohn, selbst wenn er mein Bruder wäre."

Clarissa blickte Cortejo abermals forschend in die Augen. „Soll das etwa heißen —" fragte sie gedehnt.

„Was?"

„Dein Bruder hat dich ja auch getäuscht."

„Oh, noch mehr. Er ist an allem schuld!" Dabei ballte Cortejo die Faust und schlug auf den Tisch. „Er hat den Landola verführt, Don Fernando leben zu lassen. Da dies dem Kapitän geglückt ist, hat er es später gewagt, auch den andern das Leben zu schenken."

„Du hast recht. Pablo ist dein Bruder", sagte sie, indem ihr Blick lauernd auf ihm ruhte.

Cortejo bemerkte das und stieß ein zufriedenes Lachen aus. „Also auch hierin stimmen wir überein! Du möchtest, daß ich meinen Bruder ebenfalls ein wenig bestrafe?"

„Würdest du mir diesen Wunsch übelnehmen? Ich will dir nicht vorgreifen, aber wie kommt Pablo dazu, das Eigentum unsres Sohnes an sich zu reißen!"

„Es zu vergeuden!" fügte Gasparino Cortejo hinzu.

„Unsre Reichtümer in den Rachen der Revolution zu werfen."

„Er steht am Ziel seiner Lächerlichkeiten. Er soll mir helfen, die Feinde zu überwinden. Ist das geschehen, dann wird er das Schicksal Henrico Landolas teilen."

Es zuckte ihr durch alle Glieder. „Und seine Tochter Josefa?" fragte sie atemlos.

„Sie wird mit ihm untergehen."

Da legte ihm Clarissa zufrieden lächelnd die Hand auf den Arm.

„Ich danke dir!" rief sie. „Nun endlich wird Alfonso der richtige Graf Rodriganda sein. Er wird die ganze Herrschaft ungeteilt besitzen, und wir, seine Eltern, sind die eigentlichen, wahren Herren!"

2. In Verkleidung

Auf der Reede von Rio de Janeiro, der Hauptstadt Brasiliens, lag ein schmucker Dampfer vor Anker. Er war nicht groß. Man sah es ihm an, daß er zum Privatgebrauch bestimmt sei. Gewiß wollte er in kurzer Zeit die Reede verlassen, denn leichter Rauch, der gekräuselt dem Schornstein entquoll, zeigte an, daß man den Kessel zu feuern begann.

Es war am späten Nachmittag. Die Sonne war gesunken, und die kurze Dämmerung brach herein. Da kam von der Stadt her ein Boot, von vier kräftigen Jungen gerudert, so daß es wie ein Pfeil über das Wasser flog. Der Mann, der im Heck saß, war jedenfalls ein Seemann. Sein volles, freundliches Gesicht ließ den Kenner vermuten, daß er ein Deutscher sei. Sein blaues, helles Auge ruhte wohlgefällig auf dem Dampfer, und als das Boot anlegte, stand er mit einem schnellen Sprung auf dem Fallreep und stieg die Stufen hinan.

Als er das Deck erreichte, trat der Steuermann auf ihn zu und meldete: „Kapitän, da sind zwei Herren, die mit Ihnen zu sprechen verlangen. Sie haben gehört, daß wir nach Vera Cruz gehen —"

„Und möchten mit? Ah! Hm. Wollen sehen!"

Der Kapitän schritt auf die beiden Männer zu.

„Mein Name ist Wagner", sagte er, „Kapitän dieses Schiffs."

„Ich heiße Antonio Veridante, Advokat aus Barcelona. Dieser Señor ist mein Sekretär", sagte der eine der beiden Männer. „Wir hörten, daß Ihr nach Vera Cruz geht, und so wollten wir Euch fragen, ob Ihr nicht die Güte hättet, uns mitzunehmen."

„Señores, das wird wohl nicht möglich sein."

Der ältere der beiden Männer, der Advokat, zog die Stirn kraus. „Warum nicht? Wir sind bereit, gut zu zahlen."

„Das ändert nichts. Dieser Dampfer dient privaten Zwecken."

„So schlagt Ihr unsre Bitte ab?"

„Ich bin leider gezwungen."

„Wir müssen das um so mehr beklagen, als wir im Vertrauen auf Eure Güte unser Gepäck mitgebracht haben."

„*Ascuas!* So habt Ihr wohl gar das Boot zurückgeschickt, das Euch an Bord brachte?"

„Nein. Das gab Euer Steuermann nicht zu. Es liegt längsseits am andern Bord."

„Ich hoffe, daß Ihr eine andre Gelegenheit findet."

„Wir wünschen es auch, doch wird dieser Wunsch wohl nicht so bald in Erfüllung gehen. Ich muß bedeutende Verluste befürchten, wenn ich nicht schleunigst eintreffe."

„So."

Das Auge des Kapitäns überflog noch einmal die beiden Männer. Sie zeigten ein ehrbares Äußeres.

„Große Verluste?" fragte er. „Wohl für eine Bank, deren Vertreter Ihr seid?"

„Nein. Sondern für einen Privatmann."

„Darf ich fragen, wer das ist?"

„Ja. Ich meine den Grafen von Rodriganda."

Kaum war dieses Wort ausgesprochen, so trat der Kapitän einen Schritt näher. „Was? Habe ich recht gehört? Rodriganda? Das ist der Graf, dessen Stammschloß gleichen Namens bei Manresa in Spanien liegt?"

„Ja."

„Ich weiß, er hat große Besitzungen in Mexiko. Ihr sollt mitfahren. Ihr habt doch Eure Papiere bei Euch?"

„Das versteht sich. Wünscht Ihr diese zu sehen?"

„Jetzt nicht. Das hat später Zeit. Das Schiff sticht bald in See, und ich habe noch andres zu tun. Euer Boot kann zurückgehen. Peters!"

Ein Matrose eilte herbei.

„Führe die beiden Señores in die vorderste Kajüte! Du magst sie bedienen und bist deshalb vom übrigen frei."

„Danke, Kapitän!" meinte der Mann. Dann drehte er sich zu den beiden Pflegebefohlenen und sagte in gebrochenem Spanisch: „Folgt mir!"

Er führte sie in einen kleinen, netten Raum, worin sich zwei Betten übereinander befanden.

„So, das ist eure Koje", sagte er. „Macht es Euch bequem! Ich hole Wasser und dergleichen herbei."

Kaum war er fort, so meinte Cortejo: „Was war das, Señor Landola? Er kannte die Familie Rodriganda!"

„Ja. Wir müssen da äußerst vorsichtig sein. Hättet Ihr den Namen Rodriganda nicht erwähnt, so wären wir wahrhaftig nicht mitgenommen worden."

„Und doch wünschte ich, ich hätte lieber nichts gesagt."

„Na, wir müssen warten, bis wir das richtige Fahrwasser finden."

Peters kam bald zurück, um Wasser und Waschzeug zu bringen.

„Lagt ihr lange in Rio?" fragte Cortejo.

„Nur drei Tage", lautete die Antwort.

„Woher kommt ihr?"
„Um Kap Hoorn."
„Wohl von Australien?"
„Eigentlich ja, aber zunächst von Mexiko."
„Von einem der Westhäfen?"
„Guaymas."
„Ladung dort genommen?"
„Nein. Fahrgäste gelandet."
„Viele? Der Kapitän sagte doch, dies sei kein Passagierschiff."
„Ist es auch nicht. Es gehört dem Grafen Fernando de Rodriganda."
Die beiden Fremden blickten einander erschrocken an, was jedoch der Matrose nicht bemerkte.
„Fernando de Rodriganda?" fragte Cortejo, indem er sich mühsam zu beherrschen suchte. „Kennst du diesen Herren?"
„Nein, ich denke, habe ihn nicht gesehen."
„Ich denke, nach deinen Reden zu schließen, habt ihr ihn in Guaymas ausgeschifft."
„Das ist richtig, aber ich war nicht dabei. Ich hatte einen schlechten Kapitän und ging daher in Valparaiso vom Schiff. Da kam Kapitän Wagner mit diesem Dampfer. Er mußte einen schwerkranken Mann an Land geben und nahm an dessen Stelle mich auf."
„So bist du also erst seit Valparaiso hier an Bord und weißt nichts von den früheren Schicksalen dieses Schiffs?"
„Ich weiß einiges, was ich von den andern erfahren habe. Es gehörte einem Engländer und wurde in Ostindien vom Grafen Rodriganda gekauft."
„Wie kam der Graf nach Indien?"
„Mit Kapitän Wagner, Schiff ‚Seejungfer' aus Kiel."
„Kiel ist wohl ein deutscher Hafen? Sonderbar, daß der Graf dorther gekommen ist."
„Oh, nicht von dort kam er. Er wurde an der Ostküste Afrikas aufgenommen. Er war in Harar gewesen und da entflohen. Er traf die ‚Seejungfer' an der Küste. Der Kapitän brachte ihn nach Indien und dann nach Australien, um die übrigen abzuholen."
„Die übrigen? Wer ist das?"
„Wer? Hm!" Der Mann zögerte zu antworten. Er betrachtete sich die beiden Männer eine Weile, ohne seine Auskunft fortzusetzen.
„Warum antwortest du nicht?" fragte Cortejo.
„Weil ich weiter nichts weiß."
„So! Und das andre wußtest du so rasch."

„O Señor, es kommt sehr viel auf den Frager an, ob man etwas schnell vergißt oder nicht." Bei diesen Worten drehte der Mann sich um und schritt zur Tür hinaus.

Cortejo blickte Landola an. „Was war das? Ich wette meinen Kopf, daß er es wußte und es doch nicht sagte."

Landola zuckte mit den Schultern. „Ihr seid selber schuld. Ihr wart zu unvorsichtig. Ihr zeigtet Euch förmlich erpicht, etwas über Rodriganda zu hören. Wenn Ihr Euch nicht beherrschen könnt, so ist es besser, Ihr überlaßt das Fragen mir."

„Das geht nicht, denn Ihr geltet für meinen Untergebenen. Aber wenn es wirklich so ist, wie Ihr sagt, so werde ich mich in acht nehmen."

„Das rate ich Euch. Ihr habt ja gehört, wie die Sachen stehen. Dieser Kapitän hat den Grafen befreit und nach Indien gebracht. Hier ist mir nur eins unklar."

„Was?"

„Der Graf hat diesen Dampfer gekauft. Der kostet ein Vermögen."

„Allerdings", meinte Cortejo. „Woher hat er das?"

„In der Sklaverei erarbeitet jedenfalls nicht. Wir werden es erfahren."

„Mit diesem Dampfer sind sie nach Australien gefahren, um die übrigen zu holen. Wen soll ich unter diesen übrigen verstehen?"

„Doch Sternau und die Seinen. Aber wie konnte der Graf in diesem abgeschlossenen Harar etwas von Sterau erfahren? Zumal ich Sternau auf eine Insel gesetzt habe, die kein Mensch kannte. Das ist unbegreiflich."

„Wir werden auch das erfahren," erklärte der Notar düster. Aber ich muß bitten, sehr vorsichtig zu sein. Ihr habt dem Kapitän gesagt, daß Ihr Sachwalter des Grafen Rodriganda seid. Wie wollt Ihr Euch aus dem Loch helfen, in das Ihr aus eigner Schuld gefallen seid?"

„Das wird nicht schwer sein. Ich kann doch das Vertrauen des Grafen Alfonso besitzen, ohne grad ein Feind des andern zu sein."

„Es wird sich empfehlen, wenn wir den alten Grafen Manuel gekannt haben."

„Gut, dieser Gedanke reicht hin. Ich hoffe, daß wir von den Plänen Sternaus soviel erfahren, als für uns nötig ist, rasch zum Ziel zu kommen." —

Als der Kessel den nötigen Dampf besaß, nahm der Dampfer die Anker auf und wandte sich der See zu. Der Kapitän stand auf der Kommandobrücke, bis man offnes Meer hatte und die Fahrt frei war, dann stieg er herab, um die Führung dem Steuermann zu überlassen.

Da trat Peters zu ihm und legte die Hand an die Mütze: „Käpt'n!"

„Was willst du, mein Junge?" fragte Wagner, der gewohnt war, mit seinem Seevolk in der leutseligsten Weise zu verkehren.

„Die Fahrgäste —"

„Na, was ist mit ihnen?"

„Hm! Fürchterlich neugierig!"

„So, so! Was wollten sie wissen?"

„Alles vom Schiff."

„Tut ja nichts."

„Und vom Grafen Rodriganda."

„Auch das tut nichts, mein Sohn."

„War mir aber doch auffällig. Der eine fragte, und der andre sperrte das Maul wie ein Walfisch auf."

„Das ist leicht erklärlich. Sie kennen beide den Grafen Rodriganda."

„Ach so!"

„Hast du sonst noch etwas? Nein. So schicke sie zu mir und sag dem Koch, daß sie in meiner Kajüte mit mir essen werden!"

Peters ging. Sobald ihn aber der Kapitän nicht mehr zu sehen vermochte, brummte er zwischen den Zähnen:

„Also sie kennen den Grafen. Gefallen mir aber doch nicht mehr. Sie sehen beide geradeso aus, als wenn ein Seeräuberschiff die Kanonenluken maskiert, um für einen Kauffahrer angesehen zu werden. Kann auf keinen Fall schaden, wenn ich ein wachsames Auge auf sie habe."

Der gute Peters gehörte zu jenen Leuten, die sich unmöglich verstellen können, dafür aber auch ein angeborenes Gefühl für jede Falschheit besitzen. Als er in die Kajüte trat, meinte er in einem Ton, der zwar höflich sein sollte, aber fast wie ein Befehl klang: „Zum Käpt'n, Señores! Aber schnell!"

„Wo ist er?" fragte Landola.

„In seiner Kajüte."

„Gut! Werden gehen!"

„Wird gut sein, die Papiere mitzunehmen."

Mit diesem Wink stieg Peters wieder davon. Dann aber stellte er sich abseits, um die beiden zu beobachten. Ein andrer Matrose kam und brummte:

„Was gibt's hier, Peters? Stehst doch da wie die Katze vor dem Rattenloch."

„Ist es auch!" lautete die Antwort.

„Lauerst wirklich auf eine Ratte?"

„Ja, auf zwei."

„Ah! Die Landratten?"

„Hast es erraten. Paß auf!"

Die beiden Männer waren beim Schein der Decklaternen deutlich zu erkennen. Landola schritt voran, und Cortejo folgte ihm.

„Siehst du es?" fragte Peters seinen Kameraden.

„Was?"

„Daß der eine ein Seemann ist?"

„Ah! Weshalb?"

„Hab' es ihm am Gang angesehen. Ein Seemann hat einen andern Gang als eine Landratte. War bei ihnen, um sie zum Käpt'n zu bestellen. Zwei Landratten hätten gefragt, wo die Kajüte ist."

„Vielleicht sind sie bereits viel gefahren."

„Tut nichts. Auf unserm Deck waren sie noch nicht. Nur ein erfahrener Seewolf findet auf einem fremden Privatdampfer und im Dunkel des Abends die Kapitänsjaküte."

„Warum aber beobachtest du das?"

„Weiß es selber nicht. Kann die Kerle nicht leiden."

Landola hatte nicht geahnt, daß der gute Peters einen solchen Scharfsinn besitzen könne, sonst hätte er sich besser verstellt. Als sie in die Kajüte traten, saß Wagner bei einem Glas Wein. Er empfing sie freundlich: „Nochmals willkommen an Bord, Señores! Laßt uns zunächst die unliebsamen Förmlichkeiten erledigen. Ich habe es euch nicht eigens sagen lassen, aber ich denke, daß ihr eure Papiere bei euch habt."

„Wir haben daran gedacht, Señor Capitano", meinte Cortejo, indem er die beiden Pässe hervorzog.

Wagner nahm sie, ging sie durch und gab sie wieder zurück.

„Eigentlich bin ich verpflichtet, die Ausweise unter meinen Verschluß zu nehmen", sagte er. „Aber ich glaube, heute nicht so peinlich sein zu brauchen. Hier nehmt sie und setzt euch!"

Die beiden Männer nahmen mit einer Verbeugung Platz. Es entspann sich ein Gespräch, das zunächst einen langsamen Gang hatte, dann aber, als der Koch das Abendessen schickte und der Wein seine erheiternde Wirkung ausübte, lebhafter wurde. Sowohl Cortejo als auch Landola sehnten den Augenblick herbei, da der Kapitän das Gespräch auf Rodriganda bringen werde. Es kam lange nicht, aber endlich doch.

„Ihr sagtet, Señor Veridante, daß Ihr der Sachwalter des Grafen Rodriganda seid", begann Wagner. „Ihr kennt also die Familie Rodriganda?"

„Sehr gut."

„Ich möchte gern einiges über diese Familie wissen. Könnt Ihr mir sagen, aus welchen Gliedern sie jetzt besteht?"

„Ich gebe Euch mit großem Vergnügen Auskunft. Es sind heut leider nur noch zwei Glieder zu nennen: Graf Alfonso, der sich zur Zeit in Madrid aufhält, und Condesa Roseta, die in Deutschland lebt. Sie ist dort mit einem Arzt namens Sternau verheiratet."

„Eine Mißheirat also."

Cortejo zuckte die Achsel. „Hm, es fragt sich, was man unter Mißheirat versteht. Die Kenntnisse und der Ruf dieses Arztes wiegen einen Grafentitel auf."

„So kennt Ihr diesen Sternau?" fragte Wagner erfreut. „Ich habe von ihm gehört. Könnt Ihr ihn mir beschreiben?"

„Gewiß. Er ist ein langer, breiter, athletisch gebauter Mann, ein wahrer Riese."

„Das stimmt. Wo lerntet Ihr ihn kennen?"

„In Rodriganda. Er operierte den Grafen Manuel von einem ebenso schweren wie schmerzhaften Leiden und lernte wohl bei diesem Anlaß die Condesa kennen."

„Und Ihr kanntet auch den Grafen Manuel?"

„Schon längst zuvor."

„Ich denke, sein Sachwalter war damals ein gewisser Cortejo?"

Cortejo zog eine Miene, als habe er einen sehr verhaßten oder verachteten Namen gehört und antwortete: „Ja, Cortejo hatte die laufenden Geschäfte zu besorgen, die Kleinigkeiten, sozusagen. Bei wichtigeren Veranlassungen hatte ich die Ehre, den Grafen bei mir in Barcelona zu empfangen."

„Ach so! Ihr kanntet wohl auch Cortejo?"

„Genauer als mir lieb war."

„Das klingt ja recht mißachtend."

„Soll es auch sein. Ich will nicht sagen, daß ich ihn haßte, aber ich verachtete ihn. Ich hielt und halte diesen Cortejo für jede Schandtat fähig."

Der Kapitän nickte. „Das habe ich auch gehört. Hat er nicht einen Bruder in Mexiko?"

„Ja. Der eine heißt Gasparino und der andere Pablo."

„Was ist dieser Pablo Cortejo?"

„Ein abenteuerlicher Schurke. Ich reise grad seinetwegen nach Mexiko. Ich komme nämlich, ihm ein klein wenig auf die schmutzigen Finger zu sehen."

Der Kapitän blickte sinnend vor sich nieder. Dann nickte er langsam und sagte in seiner bedächtigen Weise:

„Ich wünsche Euch viel Glück dazu. Denn auch ich kenne Pablo

Cortejo als einen ausgemachten Bösewicht. Wenn Ihr wüßtet, was ich erfahren habe!"

Cortejo tat erstaunt. „Was könntet Ihr über die Machenschaften dieses Mannes zu sagen haben? Wollt Ihr Euch nicht darüber äußern? Ihr werdet begreifen, daß Eure Mitteilungen von größtem Wert für mich sind."

„Ist es Euch nicht aufgefallen, daß damals der mexikanische Graf so plötzlich starb?"

„Ja", meinte Cortejo, „man sagte wohl, der Schlag habe ihn getroffen. Ich habe keine Lust, es zu glauben."

„Warum nicht?"

„Es läßt sich das schwer sagen, Señor. Man macht sich zwar seine Gedanken, behält sie aber für sich."

„Ihr seid ein vorsichtiger Mann. Aber wie verträgt es sich mit dieser Vorsicht, gewisse Verdachte auszusprechen und doch der Sachwalter des Grafen Alfonso zu sein?"

Cortejo lächelte verständnisinnig. „Ihr meint, daß Graf Alfonso mit diesem Verdacht in Beziehung zu bringen sei? Ihr mögt richtig vermuten. Aber ich will Euch Eure Frage beantworten. Ich habe mir zur Aufgabe gemacht, die Geheimnisse des Schlosses Rodriganda zu ergründen, und kann sie nur lösen, wenn ich mit dem Schloß in Beziehung bleibe. Deshalb bin ich willig gewesen, der Sachwalter des jungen Grafen zu sein, wie ich der des guten Grafen Manuel war."

Nun konnte sich der Kapitän nicht mehr halten. Er fiel lebhaft ein: „So will ich Euch verraten, daß Ihr heut am Ziel seid."

„Versteh ich recht? Solltet etwa Ihr selbst mir helfen können? Ich bewunderte allerdings schon Eure genaue Kenntnis der Verhältnisse von Rodriganda. Und wehe den Schuldigen, wenn ich endlich Klarheit erlange! Ich zermalme sie mit dem unnachsichtigsten Paragraphen des Gesetzes!"

Er hatte sich erhoben und mit so vortrefflich geheuchelter Begeisterung gesprochen, daß der Kapitän sich hingerissen fühlte. Auch er sprang auf, streckte Cortejo beide Hände entgegen und rief:

„Wohlan, so will ich aufrichtig mit Euch sein! Wißt Ihr, wer der Eigentümer dieses Dampfers ist? Graf Fernando de Rodriganda."

„Unmöglich! Der Graf ist ja tot!"

„Nein, er lebt!"

„Was sagt Ihr? Er lebt? Graf Fernando lebt? Um Gottes willen, sagt, wo er ist!"

„Nur Geduld!" sagte der Kapitän, obgleich er selbst vor Ungeduld

27

verging. „Ich will Euch noch ganz andre Dinge sagen. Wißt Ihr, wer außer dem Grafen noch lebt? Sternau und Mariano, der mutmaßliche Erbe, ebenfalls. Ich habe mit ihnen gesprochen und habe mit ihnen zusammen auf den Planken dieses Dampfers gelebt."

„Erzählt, Señor! Oder vielmehr, erlaubt mir zu fragen, und habt die Güte, mir zu antworten!"

„Herzlich gern. Fragt!"

„Ich kenne die Schicksale Sternaus bis zu seiner Abreise aus Spanien. Warum ging er nach Mexiko?"

„Um einen gewissen Landola zu suchen. Der Name wird Euch unbekannt sein. Nicht wahr?"

„Jawohl. Wer war dieser Mann?"

„Er hieß Henrico Landola, Seekapitän. Eigentlich aber war er der berüchtigte Grandeprise, Kapitän des Seeräuberschiffes ‚Lion', von dem Ihr vielleicht gehört habt."

„Ja, ich entsinne mich", entgegnete Cortejo.

„Die eigentlichen Macher", fuhr der Kapitän fort, „sind die beiden Cortejos. Ihr erster und schlimmster Helfershelfer aber ist dieser verdammte Landola, den ich zu Brei zermalmen würde, wenn ich einmal das Glück hätte, ihn in meine Hände zu bekommen."

„Es gehörte ihm auch nichts Besseres", fiel Landola ein.

Der Kapitän erzählte weiter: „Kennt Ihr vielleicht eine gewisse Clarissa, die sich zuweilen in Rodriganda aufhält?"

„Ja", bestätigte Cortejo.

„Nun, sie war die heimliche Frau von Gasparino Cortejo und gebar ihm einen Sohn. Die Eltern wollten diesen Sohn zum Grafen von Rodriganda machen, darum vertauschten sie ihn mit dem echten Sohn Don Manuels."

„Es ist kaum zu glauben!"

„Aber doch wahr. Der kleine Rodriganda sollte zu seinem Oheim nach Mexiko geschafft werden. Er wurde indes gegen den kleinen Cortejo ausgewechselt und einem Briganten übergeben, der ihn töten sollte. Der Räuber war mitleidiger als Cortejo. Er ließ das Kind leben und gut erziehen. Der Junge wurde Mariano genannt und kam später als Husarenleutnant Alfred de Lautreville nach Rodriganda."

Das war alles so wahr und klar, daß Cortejo am liebsten einen fürchterlichen Fluch ausgestoßen hätte. Er beherrschte sich aber und rief: „*Santa Madonna!* So ist dieser Mariano der echte Rodriganda und Alfonso der falsche?"

„Ja. Das kann bewiesen werden."

„Mein Gott!" sagte Cortejo. „Hätte ich das eher gewußt!"

Der Kapitän fuhr fort: „Mariano sollte auf die Seite geräumt werden, wurde aber gerettet und kam mit Sternau nach Mexiko. Schon vorher aber war ein Verbrechen begangen worden: nämlich Graf Fernando starb. Er hatte Gift bekommen und war nicht tot, sondern befand sich nur im Starrkrampf. Er hörte und sah alles. Er wurde begraben, aber wieder aus dem Sarg genommen und in einem Korb zur Küste geschafft, wo ihn Landola an Bord nahm und nach Harar als Sklaven verkaufte."

„Welch eine Teufelei! Wie erging es ihm dort?"

„Sehr schlimm, bis er einen Menschen traf, der ihn kannte."

„Er hat in Harar einen Bekannten getroffen? In diesem Land, das sonst keines Europäers Fuß betritt?"

„Ja. Einen gewissen Mindrello aus Manresa, der oft in Rodriganda gewesen war."

Die beiden Männer erbleichten unter der Schminke, doch ließ Cortejo sich nichts merken und fragte: „Wie kam denn dieser Mann nach Harar?"

„So wie der Graf. Er hatte Geheimnisse Cortejos erlauscht und wurde von diesem dem Landola übergeben, der ihn in Ostafrika verkaufte."

„Wie wunderbar sind die Wege der Vorsehung!" sagte Cortejo, indem er die Hände faltete.

„Oh, es kommt noch wunderbarer! Eines Tages brachte ein Händler eine schöne, weiße Sklavin. Sie gefiel dem Sultan von Harar, und er wollte sie kaufen. Da sie aber die Sprache des Landes nicht verstand und einer weißen Nation angehörte, so wurde der Graf geholt. Man wollte sehen, ob er ihre Sprache verstehe, damit er den Dolmetscher machen könne."

„Verstand er sie?" fragte Cortejo, vor Neugier fast zitternd.

Auch Landola konnte eine Bewegung der Ungeduld nicht verbergen.

„Ja. Don Fernando verstand sie sehr gut", erwiderte der Kapitän. „Er fragte, sie antwortete und nannte ihn sogar beim Namen. Man möchte es ein Wunder nennen, denn diese Sklavin war — ach, ratet doch, Señores!"

„Das zu erraten, ist vollständig unmöglich!"

„Nun, da Ihr die Verhältnisse der Rodrigandas so gut kennt, ist Euch sicherlich auch eine Hacienda bekannt, die den Namen del Eriña führt. Deren Besitzer Pedro Arbellez hat eine Tochter namens Emma, und diese war die Sklavin."

Da fuhr Cortejo empor und starrte den Sprecher an. „Emma Arbellez?" fragte er. „Das ist eine Unmöglichkeit, denn dieses Mädchen wurde —"

Fast hätte er sich verraten. Nur ein vom Kapitän unbemerkter Fußtritt brachte ihn wieder zu sich. Glücklicherweise fiel Wagner rasch ein:
„Ihr glaubt es nicht? Nun, so hört!"

Wagner erzählte nun den beiden alles Nötige. Als er bei der glücklichen Auffindung der einsamen Insel angelangt war, rief Landola:

„*Ascuas!* Da seid Ihr ein ganzer Seemann. Aus den Angaben eines Mädchens, das auf einem elenden Floß umhergetrieben wurde, die Lage eines kleinen Inselchens im Weltmeer zu bestimmen, das ist viel!"

„Nein, das ist unmöglich", antwortete Wagner. „Die Ehre gebührt Sternau, der ohne Instrumente die Höhe und Breite der Insel errechnet hatte. Emma hatte sich die Grade gemerkt."

„Ach so!" meinte Landola. „Aber doch immerhin ein Meisterstück von diesem Sternau!"

„Das ist wahr. Wir kamen nach Ostindien, wo wir von einem kleinen Teil des Schatzes, den der Graf dem Sultan entführt hatte, den Dampfer kauften. Einen andern Teil des Schatzes verwandte der Graf zum Ankauf englischer Staatspapiere, und nur die wertvollen Steine behielt er für sich. Wir dampften ab, fanden die Insel, nahmen die Unglücklichen auf und gingen nach Mexiko."

„Warum dahin?"

„Weil die Mehrzahl der Betreffenden dort ihre Maßnahmen zu verfolgen hatten, und weil es uns geographisch am nächsten lag. Wir landeten in Guaymas. Hier erhielt ich Befehl, um Kap Hoorn zu segeln und in Vera Cruz einzutreffen, um Sternau und die andern in ihre Heimat zu bringen."

„Wann werden sie in Vera Cruz erscheinen?"

„Es ist kein Zeitpunkt festgestellt. Ich werde einen Boten nach Mexiko schicken. Im Palast des Grafen Rodriganda wird Don Fernando wohl zu finden sein. Wenn nicht, so sende ich zur Hacienda del Eriña. Dort erfahre ich Sicheres. Doch Señores, meine Zeit ist leider zu Ende."

Kapitän Wagner hatte auf die Uhr geblickt und erhob sich.

„Wir danken Euch von Herzen!" meinte Cortejo. „Das Gehörte hat auf mich einen so tiefen Eindruck gemacht, daß ich mich kaum zu fassen weiß."

„Recht so, Señores! Sucht Eure Kojen auf und beschlaft alles. Morgen können wir weiter darüber reden. Bis dahin aber gute Nacht!"

„Gute Nacht, Señor!"

Cortejo und Landola entfernten sich. In ihrer Kajüte besprachen sie aufgeregt die Mitteilungen, die ihnen gemacht worden waren. Währenddessen lehnte Peters in der Nähe des Schornsteins und blickte zu den

Sternen. Er wußte nicht, ob er seine Gedanken dem Kapitän mitteilen solle. Da hörte er nahende Schritte und drehte sich um. Es war Wagner, der seine gewöhnliche Runde machte. Peters trat vor und legte die Hand an die Mütze.

„Käpt'n."

„Was willst du, mein Sohn?"

„Darf ich fragen, was die beiden Fahrgäste sind?"

„Diese Frage solltest du eher an den Steuermann richten."

„Weiß das wohl, Kapitän, aber mit den beiden ist es nicht richtig."

„Warum? Der eine ist ein Advokat und der andere sein Sekretär."

„Glaube es nicht! Der Advokat mag immerhin ein Advokat sein, aber der Sekretär ist ein Seemann."

„Ah! Woraus schließt du das?"

„Er fand im Dunkeln Ihre Kajüte, ohne mich nach ihr zu fragen."

„So", sagte der Kapitän. „Man sieht, daß dir die beiden nicht gefallen."

„Nein, ganz und gar nicht, Kapitän."

„So will ich dir sagen, daß es sehr gelehrte und ehrenwerte Herren sind. Deine Verdächtigungen sind grundlos, und du wirst mich nicht Ähnliches wieder hören lassen."

„Schön, Käpt'n, werde gehorchen."

Peters wandte sich unwillig ab und begab sich zu seiner Hängematte. Er hielt Wort und gehorchte, behielt aber die beiden scharf im Auge, bis der Dampfer an dem befestigten Felsen von San Juan d'Ulloa vorüberrauschte und dann vor Vera Cruz Anker warf. Die beiden Fahrgäste standen mit ihrem Gepäck zum Landen bereit, der Kapitän neben ihnen.

„Also Ihr reist nach Mexiko?" fragte er den Advokaten.

„Ja", bestätigte dieser. „Treffen wir dort Graf Fernando nicht, so reiten wir zur Hacienda."

„Das ist der Weg, den auch mein Bote machen wird. Wie schade, daß er sich Euch nicht anschließen kann! Ich lasse ihn morgen abgehen."

Sie wurden an Land gerudert, ließen ihr Gepäck zum Zollhaus schaffen, und begaben sich zu Fuß zum Agenten Gonsalvo Verdillo, dessen Wohnung Landola kannte. Sie wurden von ihm, dem sie einfach als Fremde angemeldet worden waren, nicht mit großer Aufmerksamkeit empfangen.

„Was steht zu Diensten, Señores?" fragte er.

„Wir möchten eine kleine Erkundigung einziehen", entgegnete Landola.

„Über wen?"

„Über einen gewissen Henrico Landola, Seeräuberkapitän."

Der Agent wurde bleich, starrte ihn an und antwortete stockend: „Ich versteh' Euch nicht, Señor."

„Oh, du verstehst uns dennoch sehr gut, alter Schurke!"

Dem Agenten trat der Angstschweiß auf die Stirn. „Señor, ich versichere Euch, daß ich wirklich nicht weiß, was oder wen Ihr meint!" rief er.

„Wen ich meine? Nun, mich selbst! Ist meine Verkleidung denn so gut, daß du mich nicht erkennst?"

Landola hatte vorher seine Stimme verstellt, nun gab er ihr den gewöhnlichen Klang. Da kehrte das Blut in die Wangen des Agenten zurück. Er streckte ihm freudig die Hände entgegen. Landola schlug ein und meinte:

„Diese Gesichtsschmiere muß ausgezeichnet sein, da ein Mann, der zwölf Jahre mit mir gefahren ist, seinen alten Kapitän nicht durchschaut."

„Señor Capitano, Euer eigner Bruder würde Euch nicht erkannt haben", versicherte der Mann.

„Nun, so weißt du auch nicht, wer dieser Señor ist?"

Verdillo suchte vergebens in Cortejos Zügen. Er schüttelte schließlich den Kopf:

„Habe ihn niemals gesehen."

„Oh, gar oft, mein Freund", behauptete Landola. „In Barcelona."

„Könnte mich nicht besinnen."

„Unser Reeder."

Da schlug der Mann die Hände zusammen. „Señor Cortejo? Wirklich? Nein, welch ein Gesicht! So eine Veränderung ist ein großes Meisterstück!"

„Wir haben es auch nötig", meinte Landola. „Aber sag, kannst du uns Auskunft über Señor Pablo oder Señorita Josefa geben?"

„Nein."

Caramba! Warum nicht?"

„Señorita sandte mir ein Schreiben, das ich an Señor Gasparino Cortejo abgehen lassen sollte. Ich habe es zur Auszeichnung mit der Ziffer 87 versehen. Ist es eingetroffen?"

„Ja", antwortete Cortejo. „Zwei Tage vor unsrer Abreise."

„Seit dieser Zeit habe ich keine Nachricht", erklärte Gonsalvo Verdillo. „Die Landeshauptstadt steckt voller Franzosen."

„Verdammt! Da ist man seines Lebens nicht sicher."

„Oh, sie führen keine üble Manneszucht. Allerdings, den Namen Cortejo dürft Ihr nicht hören lassen."

„Fällt mir nicht ein. Ich bin Antonio Veridante, Sachwalter des Grafen Alfonso de Rodriganda. Und dieser hier ist mein Sekretär. Merk dir das zum etwaigen Gebrauch!"

Der Agent schrieb sich die Namen auf und meinte: „Ich muß euch noch etwas melden, Señores. Seit einigen Wochen weilt hier ein Mensch, der täglich anfragt, ob kein Brief von Señor Cortejo aus Spanien eingetroffen sei. Er brachte mir einen Ausweis von Señor Pablo Cortejo, wonach ich ihm den erwarteten Brief aushändigen soll. Er kommt außerordentlich pünktlich, um —", der Agent blickte auf die Uhr und fügte hinzu: „Es ist die Zeit."

„So bin ich neugierig", meinte Cortejo.

Er hatte diese Worte kaum gesagt, so ertönte ein kurzes, kräftiges Klopfen, und auf das „Herein" des Agenten trat eine lange, sehnige Gestalt ein. Es war Grandeprise, der Jäger.

„Darf ich fragen, ob noch kein Brief angekommen ist?" erkundigte er sich höflich.

Landola hielt beide Fäuste geballt: Er hatte den Stiefbruder gleich erkannt, bemeisterte sich jedoch und fragte Grandeprise mit ein wenig verstellter Stimme: „Señor, Ihr werdet vergeblich auf einen Brief aus Spanien warten. Wir sind statt dessen von Señor Gasparino Cortejo gesandt, persönlich mit seinem Bruder zu verhandeln. Da Ihr bei diesem wart, wißt Ihr doch wohl genau, wo er sich befindet?"

„Er ist bei Señor Hilario im Kloster della Barbara zu Santa Jaga zu treffen. Dorthin sollte ich den Brief bringen."

„Bevor ich Euch frage", beteiligte sich jetzt auch der Advokat am Gespräch, „ob Ihr uns dorthin führen wollt, erlaubt mir noch eine andre Frage: Ihr gehört wohl zu Cortejos Anhängern?"

„Nein. Ich treibe keine Politik."

„Aber wie kommt Ihr da zum Prätendenten?"

„Ich fand ihn verwundet am Rio Grande del Norte liegen und heilte ihn."

„Was wollte er dort?"

„Ein Engländer brachte Geld und Waffen für Juarez. Señor Cortejo trachtete, ihm dies wegzunehmen, kam aber dabei mit Indianern in Streit. Er wurde an beiden Augen verwundet, so daß er im Schilf lag und nicht sehen konnte. Er getraute sich nicht fort. Da fand ich ihn."

„Mein Gott!" rief Cortejo. „Er ist also blind?"

„Nicht ganz. Das eine Auge ist ihm allerdings verlorengegangen.

Das andre jedoch haben wir mit Hilfe eines Wunderkrauts fast geheilt."
Grandeprise erzählte, wie er mit Cortejo zur Hacienda del Eriña geritten war und diese im Besitz der Mixtekas vorgefunden habe, wie sie dann Josefa befreit und mit ihr aus der Hacienda die Flucht ergriffen hatten.

„Cortejo wußte weder aus noch ein", fuhr er fort. „Er durfte nicht zu den Franzosen, nicht zu den Österreichern, nicht zu den Indianern, und auch die Mexikaner waren ihm unfreundlich gesinnt. Einer seiner Leute, ein gewisser Manfredo, riet ihm, zum Kloster della Barbara zu gehen. Dort wirkt Manfredos Oheim als Arzt. Cortejo folgte dem Vorschlag und wurde im Kloster aufgenommen."

„Warum habt Ihr ihn verlassen?"

„Ich muß Euch ehrlich gestehen, daß ich Cortejo nur gefolgt bin, weil er mir versprach, mich mit einem gewissen Landola zusammenzuführen, den ich schon seit Jahren suche. Cortejo sagte mir, daß er einen Brief von seinem Bruder aus Spanien erwarte, worin ihm Landolas Aufenthalt mitgeteilt würde. Diesen Brief abzuholen begab ich mich hierher."

„So liegt Euch nur an diesem Landola. Was wollt Ihr denn von ihm?"

„Das wird er allein erfahren."

„Es kann nichts Gutes sein, da Ihr so zurückhaltend seid."

Grandeprise zuckte die Achseln.

„Nun", meinte da Landola selber, „wenn Ihr uns zum Kloster della Barbara geleitet, so werdet Ihr Landola sehen. Ich habe mich nämlich mit ihm bestellt. Er wird am gleichen Tag im Kloster eintreffen, an dem auch wir ankommen."

„Gut, so werde ich Euch führen."

„Vorher aber müssen wir einen Abstecher nach Mexiko machen."

„Dazu habe ich keine Zeit."

„So werdet Ihr Landola nicht finden."

Der Jäger betrachtete die beiden Fremden aufmerksam. Dann sagte er, mit dem Kolben seiner Büchse den Boden stampfend: „Es ist möglich, daß die Señores mich hintergehen wollen, aber ich sage euch, daß dies sehr zu eurem Schaden sein würde. Ich fahre mit nach Mexiko. Wann geht es fort?"

„In kürzester Zeit. Haben die Franzosen eine Eisenbahn in unsrer Richtung gebaut?"

„Ja, um ihre Soldaten rasch aus Vera Cruz fortzubringen, wo stets das gelbe Fieber wütet. Sie hat eine Fahrzeit von nur zwei Stunden und geht über La Soledad bis Lomalto."

„Lomalto ist keine Fiebergegend mehr?"

„Nein, es ist dort gemäßigte Zone."

„Gut, wir werden mit dem nächsten Zug fahren, nachdem wir unser Gepäck beim Zollamt besorgt haben."

„Soll ich Euch helfen?"

„Nein. Erwartet uns am Bahnhof!"

„Ihr werdet kommen, ich traue Eurem Wort." Mit diesen Worten drehte sich Grandeprise um und schritt hinaus.

„Was mag er von Euch wollen, Landola?" fragte Cortejo. „Warum gabt Ihr Euch denn diesem Mann nicht zu erkennen?"

„Pah! Ich habe wenig Lust, eine Büchsenkugel oder Messerklinge im Leib zu tragen!"

„*Caramba!* Ist der Mann so gefährlich? Ihr kennt ihn?"

„Sehr genau. Es ist mein Bruder."

Cortejo öffnete vor Staunen den Mund, so weit er konnte. „Euer Bruder? Und er will Euch ans Leben?"

„Ja. Er trachtet seit zwanzig Jahren darnach, mich zu finden, um sich zu rächen."

„Wofür denn?"

„Wofür? Hm, das gehört nicht hierher."

„Auf wessen Seite ist denn eigentlich das Recht!"

„Auf der seinigen, das könnt Ihr Euch doch denken! Ich habe ihn um die väterliche Erbschaft gebracht!"

„Jagt ihm eine Kugel durch den Kopf, so seid Ihr ihn los!"

„Das fällt mir nicht ein. Ich versuche das Angenehme mit dem Nützlichen zu verbinden. Ich werde meinen geliebten Stiefbruder bei mir haben, der mir als Führer nützlich sein wird."

„Stiefbruder also nur? Na, da braucht Ihr doch keine Rücksicht zu nehmen. Eilt zum Zollamt, damit wir aus der Fieberluft in diesem verteufelten Nest fortkommen!"

Sie erteilten dem Agenten noch die nötigen Anweisungen und gingen dann ihr Gepäck besorgen. Als sie am Bahnhof ankamen, fanden sie den Jäger ihrer wartend. Es paßte mit den Zügen so gut, daß sie in kurzer Zeit bergaufwärts dampften. —

Bald nach dem Steamer des Kapitäns Wagner war ein andrer Dampfer im Hafen erschienen, der aber in einiger Entfernung von ihm Anker warf. Wagner hatte die seemännischen Förmlichkeiten jetzt erledigt und seine Befehle erteilt. Er beabsichtigte an Land zu gehen, um sich trotz des dort herrschenden Fiebers die Stadt anzuschauen. Er befahl das Dingi, und als dieses klar war, begab er sich zum Fallreep. Es traf sich, daß er an

Peters vorüber mußte. Er blieb unwillkürlich einen Augenblick bei dem Matrosen stehen und fragte launig: „Nicht wahr, mein Junge, du hattest dich in den beiden Fremden geirrt?"

„Nein, Käpt'n."

Das überraschte den Kapitän. „Nicht?" fragte er betroffen.

„Ich hatte recht, Käpt'n. Der eine war ein Seemann, und sie beide waren Schwindler. Ich kann es beweisen."

„Wieso?"

„Wer einen falschen Namen trägt, ist der nicht ein Schwindler?

„Häufig. Aber war denn das hier der Fall? Ihre Pässe waren in Ordnung."

„Das mag sein. Aber wenn sie glaubten, allein zu sein, so nannten sie sich mit anderen Namen."

„Hast du diese gehört?"

„Mehrmals ganz deutlich. Der Advokat wurde von dem Sekretär Señor Cortejo genannt, und er selber nannte diesen entweder Kapitän oder Señor Landola."

Wagner fuhr zurück, als hätte er einen Faustschlag vor die Brust erhalten.

„Mensch, warum hast du mir es nicht sofort gemeldet?"

„Ich habe diese Menschen zweimal gemeldet, Käpt'n, aber dann verboten sie mir, wieder von ihnen zu sprechen. Ich kenne meine Pflicht."

„Verdammt!"

Der Kapitän bog deckwärts um und ging einigemal mit großen Schritten auf und ab.

„Ah! Jetzt wird mir vieles klar!" brummte er. „Darum wußten sie so viel von Rodriganda. Ich habe mich da fürchterlich tölpelhaft benommen und mich von ihnen ausholen lassen wie ein Schuljunge. Das muß ausgebessert werden. — Peters!"

Der Gerufene eilte herbei. „Käpt'n!" sagte er, an die Mütze greifend.

„Leg rasch die gute Jacke an, du gehst mit mir an Land! Würdest du diese beiden sofort wiedererkennen?"

„Zehn Meilen weit, wenn nämlich keine Mauer dazwischen ist."

„So eile! Wir müssen sie wiederfinden."

Peters, entzückt über die Ehre, mit den Kapitän von Bord gehen zu dürfen, sprang davon und kehrte nach wenigen Augenblicken im feinsten Putz zurück. Sie stiegen ins Dingi und ruderten an Land. Beim Landen fiel der Blick des Kapitäns auf eine große, weite Einfriedung, innerhalb der sich Grab an Grab aneinanderreihte.

„Das ist der Kirchhof der Franzosen", sagte er, „die unter dem hiesigen Gluthimmel dem fürchterlichen Fieber erliegen. Diese leichtsinnigen Kerle nenne ihn nicht anders als ‚*Jardin d'acclimatation*', den, Akklimatisierungsgarten‘[1]."

„Wer da liegt, ist akklimatisiert", brummte Peters.

Jetzt hielten die beiden eine Suche durch die Stadt. Alle Straßen wurden mehrmals durchlaufen. Am Zollamt hörten sie, daß ein Señor Antonio Veridante hier gewesen sei, um sein Gepäck prüfen zu lassen. So traten sie zum zweitenmal in eine Wirtschaft ein, wo sie vorher, ohne sich niederzulassen, nur die Gäste gemustert hatten. Jetzt war der Kapitän müde.

„Hier ruhen wir uns ein Weilchen aus", sagte er und steuerte dabei mit breiten Schritten auf das einzige Tischchen zu, das noch leerstand.

Dort wäre er beinah entsetzt zurückgefahren. Am Nachbartisch saßen zwei Männer, ein jüngerer und ein älterer, und der war es, vor dem Wagner eben so sehr erschrak. Er trug die gewöhnliche Tracht eines Jägers, hatte aber eine Nase von solchem Umfang, daß man gar wohl zurückprallen konnte, wenn man ihm unvorbereitet zu nahe kam.

Dieser Mann hatte Wagners Verblüffung gesehen. Er spitzte den Mund, spuckte einen dicken Strahl braunen Tabaksafts aus, nahm einen riesenhaften Schluck aus seinem Glas und sagte dann:

„Fürchtet Euch nicht, Señor, sie tut Euch nichts! Das ist eine wahre Seele von einer Nase."

Wagner lachte. „So darf ich also ohne Besorgnis hier Platz nehmen?"

„In Gottes Namen. Ansteckend ist sie nicht."

Das Äußere des jüngeren Mannes war so anziehend, daß Wagner sich verbeugte und kurz sagte: „Kapitän Wagner."

Der andre erwiderte die Verneigung. „Oberleutnant Unger."

Da machte auch sein Nachbar eine Verbeugung. „Dragonerkapitän Geierschnabel."

Wagner wußte nicht, ob das Ernst oder Scherz sein sollte, er hatte auch nicht Zeit, darüber nachzudenken. Sein Blick war auf den Oberleutnant gerichtet. Diesem mußte das auffallen, und darum fragte er mit einem höflichen Lächeln:

„Wir haben und wohl schon gesehen?"

„Wohl schwerlich, Señor. Es beschäftigt mich aber eine außerordentliche Ähnlichkeit, die Ihr mit einem Kameraden von mir habt, der überdies sogar Euern Namen führt."

Kurts Gesicht nahm den Ausdruck der größten Spannung an. „Woher stammt er?"

[1] Auch Name des Botanischen Gartens von Paris

„Aus Rheinswalden bei Mainz."

Bis hierher war die Unterhaltung in spanischer Sprache geführt worden, aber die Freude ebensowohl wie der Schmerz bedienen sich nur der Muttersprache. Kurt sprang empor und rief deutsch:

„Mein Vater. Sie kennen meinen Vater! Welche Überraschung!"

„Sie sind ein Deutscher?" fragte Wagner, nun seinerseits erstaunt, indem er sich sofort auch der deutschen Sprache bediente.

„Ja, freilich bin ich ein Deutscher. Kapitän, wo haben Sie meinen Vater gesehen, wo verließen Sie ihn, wo befindet er sich?"

„Genau weiß ich das nicht, doch weilte er hier im Land Mexiko. Ich traf vorhin mit meinem Dampfer ein, um ihn und seine Gefährten in die Heimat zu bringen."

Man nahm wieder Platz, und Kurt bat:

„Herr Kapitän, bitte um Auskunft über meinen Vater!"

„Die sollen Sie haben, Herr Oberleutnant, nur ersuche ich um ein wenig Geduld. Ich trat nämlich hier herein, nur um einen einzigen Schluck zu trinken und dann meine Jagd fortzusetzen. Ich suche zwe Verbrecher, um sie festnehmen zu lassen."

„Verbrecher? Was haben sie getan?"

„Sie haben — ah, Sie müssen diese Halunken auch kennen: sie heißen Landola und Gasparino Cortejo."

Kurt erbleichte vor freudiger Überraschung.

„Landola und Gasparino Cortejo! Diese Männer suchen Sie hier drüben, in Mexiko, hier in Vera Cruz?"

„Ja, Herr Oberleutnant, Sie haben den größten Dummkopf vor sich, den die Erde trägt. Seit Rio de Janeiro habe ich diese beiden Schurken bei mir an Bord gehabt, ohne es zu ahnen. Dieser einfache Matrose hier hatte Verdacht und machte mich aufmerksam auf sie, ich aber schenkte ihm keinen Glauben. Erst als sie mein Schiff verlassen hatten, erfuhr ich ihre Namen. Nun renne ich durch alle Kneipen und Straßen, ohne sie zu finden."

Kurt hatte ihm mit größter Spannung zugehört. Jetzt fiel er ein:

„Sie sind überzeugt, daß es die beiden wirklich sind? So sind sie herübergekommen, um einen Streich auszuführen, den wir vereiteln müssen. — Sie haben recht, da ist es nicht Zeit zu erzählen. Diese beiden Schurken müssen unser werden. Wie waren sie gekleidet?"

Wagner gab eine genaue Beschreibung ihrer äußern Erscheinung.

„Das genügt einstweilen", erklärte Kurt. „Alles andre für später. Sie haben die ganze Stadt durchgesucht?"

„Ja, aber nichts gefunden."

„Auch auf dem Bahnhof?"

Der gute Kapitän machte ein etwas verlegenes Gesicht. „Auf dem Bahnhof? An den habe ich gar nicht gedacht."

„Nicht?" fragte Kurt erstaunt. „Ich meine, daß der Bahnhof doch der erste Ort gewesen wäre, wo man sich erkundigen mußte. Wer solche Eile hat, bedient sich nicht eines Reitpferdes oder des Postwagens, sondern der Eisenbahn. Lassen Sie uns also sofort zum Bahnhof aufbrechen, Herr Kapitän!"

3. Der leere Sarg

Cortejo und Landola sowie der Jäger Grandeprise hatten sich auf dem Bahnhof von Vera Cruz nach dem nächsten aufwärtsgehenden Zug erkundigt. Der Beamte, an den die Frage gestellt wurde, war der Zugführer selber. Er betrachtete sich die drei Männer, zuckte die Schultern und antwortete:

„Der nächste Zug wird in zehn Minuten abgelassen. Wollt ihr mit?"

Cortejo bejahte.

„Tut mir leid! Wir befördern jetzt nur Militär und solche Personen, die sich als zu uns oder der Regierung gehörig ausweisen können."

„Unangenehm! Höchst unangenehm", meinte Cortejo. „Wir haben sehr große Eile."

„Und ihr seid nicht im Besitz einer entsprechenden Empfehlung, meine Herren?"

„Leider nein. Wir haben nur unsre Privatpässe."

„Hm! Was für Landsleute seid ihr?"

„Wir beide sind Spanier, und dieser Señor ist ein amerikanischer Jäger."

„Das ist sehr schlimm für euch. Spanier dürfen wir leider nicht befördern, und Amerikaner noch weniger."

Da zog Grandeprise eine Brieftasche hervor. „Señor, ich bin im Besitz eines Ausweises."

„So? Wirklich? Ist er gut?"

„Ich hoffe es, Señor."

„So zeigt einmal her!"

Der Jäger nahm eine Zwanzigdollarnote heraus und überreichte sie ihm. „Gibt es vielleicht eine bessere Fahrkarte als diese da?"

Der Beamte nickte freundlich lächelnd mit dem Kopf. „Es läßt sich nichts dagegen einwenden. Sie ist so gut, daß ich nur wünschen kann, daß die beiden andern Herrn sich auch im Besitz solcher Ausweise befinden."

Da zog Cortejo zwei Hundertfrankennoten hervor. „So erlaubt", sagte er, „daß ich mich und diesen Herrn vorstelle."

Der Mann griff zu und meinte: „Diese Paßkarten sind zwar gültig, doch muß man dennoch vorsichtig sein. Seid ihr im Besitz eines spanischen Ausweises?"

„Ja. Ich bin Antonio Veridante, Advokat aus Barcelona."

„Und der andre Herr?"

„Ist mein Secretario. Hier sind unsre Pässe."

Cortejo gab dem Beamten die Papiere, und der Franzose betrachtete sie genau.

„Es ist gut", sagte er. „Es stimmt alles, und ihr könnt mitfahren, aber nur in meinem Abteil. Aber dann müßt ihr sofort einsteigen, denn die Zeit drängt."

„Wir sind bereit", versicherte Cortejo.

„So eilt!"

Er öffnete den Dienstraum und schob sie hinein. Hier befanden sie sich zunächst noch einige Minuten lang unter sich allein.

„Welch ein Glück!" meinte Landola. „Es sah erst so aus, als sollten wir sitzenbleiben."

„Pah!" lächelte der Jäger. „Diese Herren Franzosen haben ein großes Maul, aber auch ein weites Gewissen."

„Eigentlich war es ein Wagnis", bemerkte Cortejo.

„Ein Wagnis?" sagte Grandeprise. „Man wagt niemals etwas, wenn man zwanzig Dollar zum Fenster hinauswirft."

Cortejo begriff den Sinn dieser Worte. Er zog abermals eine Hundertfrankennote heraus und reichte sie ihm hin. „Hier, nehmt Ersatz! Ihr habt das Geld ja für uns ausgegeben."

„Vielleicht ebenso für mich", meinte Grandeprise. „Aber es fällt mir nicht ein, Euch durch Zurückweisung von lumpigen zwanzig Dollar zu beleidigen. Ich danke!"

Jetzt gab die Lokomotive das Zeichen, der Zugführer beantwortete es und stieg dann ein. Der Zug setzte sich in Bewegung. In Lomalto wurden die Wagen erwartet. Der Bahnhof hatte ein militärisches Aussehen. Er stand voller französischen Soldaten, die mit der Bahn an die See gebracht werden sollten, um in die Heimat eingeschifft zu werden. Die angekommenen Wagen wurden mit den wartenden zusammengekoppelt. Sie füllten sich schnell mit den über die Rückkehr erfreuten Fahrgästen, dann setzte sich der Zug nach Vera Cruz zurück in Bewegung.

Im Anschluß an den Zug stand in Lomalto der zur Hauptstadt Mexico fahrende Postwagen bereit. Die drei Reisenden lösten Fahrkarten. Cortejo und Landola stiegen ins Innere des Wagens. Grandeprise liebte die freie Aussicht, erklomm das Verdeck und machte es sich da so bequem wie möglich. Das gab den beiden andern Zeit und Gelegenheit, unbemerkt und ungehört von ihm miteinander zu verhandeln. Als der Wagen sich in Bewegung gesetzt hatte, begann Cortejo:

„Welch ein Glück für Euch, daß Ihr verkleidet seid. Dieser Kerl hätte Euch erkannt, und wer weiß, was dann geschehen wäre."

„Pah! Es ist mir zwar lieb, daß er keine Ahnung davon hat, daß ich der Gesuchte bin, aber ich bin doch keineswegs der Mann, ihn zu fürchten. Wer mit mir anbindet, den weiß ich zu bedienen, mag er ein Fremder oder mein Bruder sein."

„Was beabsichtigt Ihr mit ihm zu tun?"

„Er will mir an die Haut, gut, so gehe ich ihm ans Fell. Zunächst können wir ihn sehr gut gebrauchen. Sobald das später nicht mehr der Fall ist, lassen wir ihn abfallen."

„Schön! Glaubt Ihr an seine Erzählung vom Señor Hilario?"

„Unbedingt."

„So würden wir also bei diesem Hilario meinen Bruder oder wenigstens eine Spur von ihm finden?"

„Sicher. Darum gilt es, unsre Angelegenheiten in der Hauptstadt so schnell wie möglich zu betreiben und uns dann schleunigst zum Kloster della Barbara in Santa Jaga zu begeben."

„Unsre Angelegenheit in der Hauptstadt? Hm? Was versteht Ihr darunter?"

„Nun, weiter nichts als diese verfluchte Gruftgeschichte."

„Darin könntet Ihr Euch irren. Ich habe in Mexico noch viel mehr zu tun."

„Möchte wissen", zweifelte Landola.

„Nun, die Güter der Rodriganda haben jetzt keinen Herrn."

„Oh, die werden schon einen haben."

„Ihr vergeßt, daß Graf Fernando scheinbar gestorben ist, und daß mein Bruder des Landes verwiesen ist. Also befinden sich diese Besitzungen gegenwärtig ohne Verwaltung."

„Sie werden erst recht eine haben: die Regierung."

„Ihr meint, daß sie beschlagnahmt worden sind?"

„Nein, denn Graf Alfonso, der eigentliche Besitzer, ist ja nicht des Landes verwiesen worden. Er besitzt noch alle seine Rechte."

„So denkt Ihr, daß die Regierung die Verwaltung übernommen hat? Ich bezweifle es."

„Aus welchem Grund?" forschte Landola.

„Hm! Welche Regierung ist es, von der Ihr sprecht?"

„Die Kaiserliche."

„Das ist gar keine Regierung: Kaiser Max ist in Kost und Wohnung bei Napoleon. Er genießt das Gnadenbrot bei den Franzosen. Er darf nicht das geringste unternehmen ohne die Einwilligung des Marschalls Bazaine."

„Nun gut, so versteh' ich unter Regierung das französische Gouvernement."

„Und dieses soll die Besitzungen der Rodriganda in Verwaltung genommen haben? Die Herren Franzosen haben keine Zeit dazu!"

„Die Herren Franzosen haben stets Zeit, wenn es gilt, Geld zu nehmen. Meint Ihr das nicht auch?"

„Ihr denkt, daß in dieser Angelegenheit Geld zu machen sei?" staunte der Advokat.

„Gewiß. Euer Bruder hat sich Geld gemacht. Die Franzosen werden nicht dümmer sein als er. Wollen es abwarten! Weiter können wir nichts tun."

„O doch! Habe ich nicht meine Bescheinigung in der Tasche, daß ich als Agent des Grafen Alfonso den Auftrag habe, die Ordnung dieser Angelegenheiten zu übernehmen?"

„Allerdings. Nur fragt es sich, ob diese Bescheinigung auch genugsam beachtet werden wird. Wir werden sehen."

„Auf alle Fälle werde ich, sobald wir nach Mexiko kommen, mich in den Palast Rodriganda verfügen, um zu horchen."

„Was soll das nützen? Ihr bringt uns nur in Gefahr, entdeckt zu werden."

„Keineswegs. Ich habe gute Papiere und bin unkenntlich."

„Nun, tut, was Ihr wollt! Mir aber werdet Ihr gestatten, an einem sichern Ort auf Euch zu warten, während Ihr Euch im Palast Rodriganda befindet." —

In Mexico stiegen die drei in einem Gasthof ab. Landola und Grandeprise blieben dort zurück, während sich Cortejo sofort zum Palast begab. Zu beiden Seiten des Eingangs erblickte er Schilderhäuser. Zwei Ehrenposten standen dabei, ein Zeichen, daß ein hoher Militär hier wohnte. Er wollte eintreten, aber der eine Posten hielt ihn auf.

„Zu wem wollt Ihr?"

„Welcher Offizier hat hier sein Quartier?" erwiderte Cortejo.

„General Clausemonte."

„Danke! Den General aber will ich gar nicht belästigen. Ich will zum Besitzer des Hauses."

„Ihr meint, zu dem Herrn Administrator? Erdgeschoß rechts."

Cortejo folgte dieser Weisung. Im Hausflur rechter Hand erblickte er an einer Tür ein Schild, auf dem das Wort ‚Administration' zu lesen war. Er klopfte an und trat auf einen zustimmenden Ruf von innen ein. Er befand sich in einem Zimmer mit mehreren Schreibtischen, an dem verschiedene Personen arbeiteten. Einer der Männer erhob sich, trat auf ihn zu und fragte:

„Ihr wünscht?"

„Den Herrn Administrator."

„Ist nicht zu sprechen. Er frühstückt."

„Meldet mich ihm!"

„Das darf ich nicht. Er will nicht gestört werden."

Cortejo gab sich eine möglichst würdevolle Haltung. „Ich habe Euch ersucht, mich zu melden, und das werdet Ihr tun!"

Der Mann blickte erstaunt auf. Cortejos Ton schien aber doch einigen Eindruck hervorgebracht zu haben, denn die Antwort lautete: „Wer seid Ihr, Señor?"

„Das geht nur den Herrn Administrator etwas an. Sagt, ein Herr, der aus Spanien komme, wünsche ihn wegen der gräflichen Besitzungen und deren Verwaltung sogleich zu sprechen."

„Ah! Das ist wohl etwas andres. Hättet Ihr das sogleich gesagt, so wärt Ihr schon gemeldet. Wollt Ihr die Güte haben, mir ins nächste Zimmer zu folgen, um den Herrn Administrator dort zu erwarten!"

Cortejo folgte dem Mann in den nebenan liegenden Raum, wo er einstweilen allein gelassen wurde. Die Stube glich weit mehr einem feinen Damensalon als einem Geschäftszimmer.

„Hm!" brummte Cortejo. „Dieser Herr Verwalter scheint eine großzügige Lebensart zu haben. Vielleicht hat Landola recht."

Erst nach einer vollen Viertelstunde hörte er Schritte. Ein fein nach französischer Mode gekleideter Mann trat ein, dessen Gesichtsschnitt ebenso wie Schnurr- und Kinnbart sofort den Franzosen vermuten ließen. Er betrachtete Cortejo kalt und forschend und fragte in leidlichem Spanisch, aber ohne Verbeugung und Gruß:

„Wer seid Ihr, Monsieur?"

„Mein Name ist Antonio Veridante."

„Schön! Ein Spanier also dem Laut nach?"

„Ja. Advokat aus Barcelona. Agent und Bevollmächtigter des Grafen Alfonso de Rodriganda."

„Ah! Könnt Ihr das beweisen?"

„Ja. Hier meine Beglaubigung."

Cortejo überreichte dem Franzosen seine Urkunden. Dieser las sie durch, ohne daß eine Miene zuckte, und sagte dann kalt: „Schön! Tut mir aber leid! Diese Papiere sind nicht hinlänglich!"

„Wieso. Zweifelt Ihr an ihrer Echtheit?"

„Nicht im mindesten. Ihr kommt gradeswegs von Rodriganda oder Barcelona herüber nach Mexiko?"

„Ja."

„Ihr wart nicht vorher in Madrid oder in Paris?"

„Nein."

„So habt Ihr Eure Reise leider umsonst unternommen. Ihr hättet Euch vorher dem französischen Gesandten in Madrid oder dem spanischen Gesandten in Paris vorstellen sollen."

„Ich habe das nicht für erforderlich gehalten. Ihr meint, es sei eine gesandtschaftliche Beglaubigung notwendig."

„Sehr notwendig."

„Das kann ich noch nachholen, da sich hier in Mexiko ein spanischer Geschäftsträger befindet."

„Ein solcher Diplomat befindet sich zwar hier, aber seine Zuständigkeit reicht nicht so weit, daß ich auf ihn hören dürfte."

„Ah! Ich werde mich erkundigen."

„Tut das, Monsieur!" meinte der Franzose, indem er eine etwas schadenfrohe Miene nicht ganz beherrschen konnte.

„Ich bin Advokat und kenne die Gesetze!" drohte Cortejo.

„Das erstere gebe ich zu, das letztere scheint mir aber doch nicht der Fall zu sein."

„Señor, wollt Ihr mich beleidigen?"

Der Franzose warf einen geringschätzigen Blick auf den Spanier. „Das kann mir gar nicht einfallen."

Dieser Blick ärgerte Cortejo gewaltig, er sagte erbost: „Ihr bezweifelt aber doch sehr deutlich, daß ich die Gesetze kenne."

„Das bezweifle ich allerdings. Eure Ansicht, daß die Befugnis des spanischen Geschäftsträgers ausreichend sei, mag ja für gewöhnlich zutreffend sein. Wir aber haben Krieg und befinden uns also in Ausnahmezustand."

„*Ascuas!* Hol Euch der Teufel!"

„Euer Wort, Monsieur, ist nicht sehr höflich, doch will ich es diesmal nicht gehört haben. Also wir haben Krieg. Der Kaiser hat gefunden, daß die Besitzungen von Rodriganda herrenlos sind, und dafür Sorge getragen, daß sie unter Verwaltung kommen. Solange wir uns in dem angegebenen Ausnahmezustand befinden, kann ich Eure Vollmacht nur dann anerkennen, wenn meine Regierung Euch erlaubt, die Verwaltung der betreffenden Güter in Eure Hände zu nehmen. Diese Erlaubnis müßt Ihr Euch persönlich durch meinen oder Euren Geschäftsträger in Spanien oder Frankreich einholen."

„So müßte ich wirklich wieder über den Ozean hinüber? Darf ich nicht wenigstens einigermaßen Einsicht in den Stand der Dinge nehmen?"

„Ich kann das nicht zugeben."

„Die Verwaltung befand sich bisher in den Händen des Señor Pablo Cortejo? Weshalb ist sie ihm genommen worden?"

„Er wurde als Empörer und Verräter des Landes verwiesen. Ihr seht doch ein, daß es ihm da unmöglich ist, dieses Amt auch fernerhin zu bekleiden."

„Wo befindet er sich?"

Der Franzose zuckte hochmütig die Schultern. „Weiß ich's? Ich gehöre nicht zur Gendarmerieabteilung. Es ist mir gleichgültig, wo sich dieser Cortejo befindet, den ich nicht für einen Empörer, sondern auch für einen ganz abgefeimten und gewissenlosen Spitzbuben und Betrüger halte."

„Señor!" rief Gasparino Cortejo unbesonnen.

„Mein Herr?"

„Ihr beschimpft Pablo Cortejo! Habt Ihr Beweise für Eure Behauptung?"

„So viele Ihr wollt."

„Bringt diese!"

„Etwa Euch?" lachte der Franzose. „Ich bemerkte Euch schon, daß Ihr hier nichts zu sagen habt! Ihr nehmt Euch übrigens dieses Cortejo mit einer Wärme an, daß Ihr mir verdächtig werdet."

„Ich verdächtige niemand ohne Beweise."

„Ich auch nicht. Ich sage Euch, daß ich so viele Beweise habe, wie Ihr nur verlangen könnt. Fast jede Zeile seiner Bücher, die er führte, fast jede Ziffer, die darin enthalten ist, bildet einen solchen Beweis. Er hat den Grafen Rodriganda um ungeheure Summen gebracht. Wird er ergriffen, so verdient er allein um dieses Grundes willen gehängt zu werden, denn daß er als Präsident aufzutreten suchte, das war eine wahnsinnige Lächerlichkeit."

„So befindet er sich wirklich außer Landes?"
„Ich weiß es nicht. Habt Ihr mir sonst noch etwas zu sagen?"
„Unter diesen Verhältnissen nicht."
„So bedaure ich, daß ich mich habe stören lassen. Adieu!"
Der Franzose drehte sich stolz um und ging. Der Notar befand sich allein im Zimmer. Eine solche Zurechtweisung hatte er noch nie erfahren.
„Warte nur!" knirschte er. „Es wird die Zeit kommen, da ich dir das alles wieder heimzahle!"
Cortejo verließ den Palast. Als er durchs vordere Zimmer schritt, wurde er von den höhnischen Blicken der dort anwesenden Schreiber verfolgt. Er tat, als bemerkte er das nicht und verließ das Haus. Draußen auf der Straße erkundigte er sich nach der Wohnung des spanischen Geschäftsträgers, zu dem er sich verfügte. Dort nach langem Warten vorgelassen, hörte er zu seinem Ärger, daß er von dem Administrator das Richtige erfahren habe. Es blieb ihm nichts übrig, als unverrichteter Sache zu Landola zurückzukehren.
Dieser hatte Cortejo mit großer Ungeduld erwartet.
„Nun? Ich glaubte schon, es sei Euch etwas Unangenehmes zugestoßen."
„Das ist auch der Fall", brummte Cortejo verdrossen und erzählte kurz seinen Mißerfolg.
„Also diese Angelegenheit ist für jetzt hoffnungslos", meinte Landola. „Was tun wir nun?"
„Es gilt, den Sarg zu füllen. Dann reisen wir sofort zum Kloster della Barbara."
„Womit füllen wir den Sarg?"
Sie befanden sich allein in ihrem Zimmer, dennoch warnte Cortejo:
„Nicht so laut! Man könnte uns hören. Wir füllen ihn mit einer Leiche."
„Ihr meint, wir erkundigen uns, wo jemand gestorben ist, rauben den Toten und legen ihn in die Gruft der Rodriganda in den leeren Sarg Don Fernandos?"
„Das wäre der allergrößte Wahnsinn, den wir uns zuschulden kommen lassen könnten. Ihr gebt doch zu, daß unsre Feinde uns entschlüpfen können?"
„Ja, obgleich das ein verteufelter Fall wäre."
„Und daß sie dann in die Hauptstadt kommen würden? Daß dort ihr erstes sein würde, die Gruft zu untersuchen?"
„Ja. Aber das wäre ja für uns sehr günstig. Sie würden die Leiche

finden, und es wäre dann bewiesen, daß Don Fernando wirklich gestorben ist."

„Ah", dehnte Cortejo überlegen.

„Ja. Oder meint Ihr anders?"

„Ja, sehr anders. Sagt mir doch, mein kluger Señor Secretario, was man vor allen Dingen mit der Leiche tun würde!"

„Nun, man würde sie untersuchen."

„Und was würde man da bemerken?"

Landola blickte Cortejo fragend an. Er konnte das Richtige nicht gleich finden, darum antwortete er mit höhnischem Lachen: „Man würde vor allen Dingen finden, daß diese Leiche tot ist."

„Ja, aber man würde auch finden, wann und woran sie gestorben ist."

„*Demonio!* Das ist wahr. Nun versteh' ich Euch. Wir müssen eine Leiche haben, die ungefähr um die Zeit begraben wurde, in der man Don Fernando beerdigte."

„Und woher nehmen wir die?"

„Vom Gottesacker."

„Stimmt. Sie muß gesucht und am Abend ausgegraben werden."

„Wir brauchen nur die Inschriften der Leichensteine zu lesen, um die richtige Jahreszahl zu finden."

„Endlich habt Ihr die Hand auf dem Knopf."

„Aber die Kleider?"

„Oh, die machen mir keine Sorge. Ich habe unterwegs den Schiffsarzt befragt, der ein guter Chemiker ist."

„*Caramba!* Das war gefährlich! Er hätte, wenn er halbwegs scharfsinnig war, Eure Absicht erraten können."

„Denkt Ihr, daß ich so unvorsichtig bin? Er hat mir ganz unbefangen mehrere Mittel genannt, die festesten Kleiderstoffe so in Zunder zu verwandeln, daß sie bei der geringsten Berührung vom Leib fallen."

„Aber doch so, daß man sie nicht für verkohlt, sondern für verfault, für verwest halten kann?"

„Ja. Ohne alle Möglichkeit des Verdachts", behauptete der Anwalt.

„Hm, das wäre vorteilhaft. Doch woher eine Kleidung nehmen?"

„Vom ersten besten Schneider oder Altkleiderhändler."

„Aber sie müßte der, worin der Graf begraben wurde, ganz ähnlich sein."

„Das wird der Fall sein. Mein Sohn hat mir damals die Leichenfeierlichkeit und auch den Anzug des Scheintoten ausführlich beschrieben, so daß ich in dieser Beziehung sicherlich keinen Fehler begehe."

„Dies wäre gar nicht notwendig. Ihr vergeßt, daß man mir die Leiche in der Kleidung, in der sie begraben worden war, auf das Schiff gebracht hat, und daß ich mich dieser Kleidung noch erinnere."

„Nun, Ihr seid ja zugegen, wenn ich ein Gewand kaufe."

„Jetzt aber die Hauptsache! Wir graben eine Leiche aus. Wird man das am andern Tag nicht bemerken?"

„Wir nehmen uns möglichst in acht."

„Eine verdammte Geschichte! Wie verschaffen wir uns das Nötige: Hacken, Schaufeln, Laternen, Bretter und eine Leiter?"

„Laternen müssen wir uns wohl kaufen. Das andre ist vielleicht auf dem Gottesacker zu haben. Die Totengräber haben gewöhnlich ein Gelaß, worin sich diese Gegenstände befinden."

„So müssen wir uns baldigst überzeugen. Aber vorher ist noch Wichtiges zu erörtern: wir brauchen jemand, der Wache steht, damit wir nicht gestört werden oder bei Gefahr zur rechten Zeit fliehen können."

„Der ist gefunden: Euer Bruder."

„Ah! Er wird sich bereden lassen, denn er ist reichlich einfältig. Überlaßt das mir! Er haßt mich, und auf diesen Haß gründe ich die Fabel, die ich ihm erzählen werde und die ihn sicher bewegen wird, sich uns bei diesem Unternehmen anzuschließen. Jetzt schläft er unten im Hof auf den Steinen. Lassen wir ihn vorläufig schlafen! Seid Ihr bereit?"

„Ja, gehen wir!"

Sie verließen das Gasthaus und schritten durch die Straßen, in denen infolge der Anwesenheit des Militärs ein ungewöhnlich reges Leben herrschte. Doch zeigten die Soldaten nicht jene sicheren Mienen, wie man sie bei Siegern zu sehen gewohnt ist. Man ahnte in den niedern Kreisen, was man in den höheren schon wußte, nämlich, daß das glanzvolle Spiel zu Ende sei, bei dem es dem Kaiser der Großen Nation nicht gelungen war, sich Ruhm und Ehre zu holen.

Nach kurzem Fragen fanden die beiden den Weg zum Kirchhof, der offen stand. Es war jetzt gegen Mittag. Die Sonne stand hoch, und die Wärme ihrer Strahlen machte, daß keine Besucher sich an dem einsamen Ort befanden. Die beiden Männer traten ein und konnten ihre Beobachtungen ungestört vornehmen. Zunächst suchten sie die Gruft der Rodriganda, die sie auch unschwer fanden. Sie war mit einem eisernen Tor verschlossen.

„Werden wir es öffnen können?" fragte Cortejo.

„Wir müssen uns Werkzeug verschaffen", meinte Landola.

„Aber woher? Von einem Schlosser etwa? Er darf keinen Dietrich hergeben."

„Ihr vergeßt, daß wir uns in Mexiko befinden. Mit Geld will ich da noch ganz andre Dinge fertigbringen."

Nun schritten sie zwischen den Gräbern dahin, um die Inschriften zu lesen. An der Mauer zogen sich kleine Gebäude dahin, eins an dem andern liegend.

„Auch das müssen Erbbegräbnisse sein", meinte Landola. *„Ascuas!* Da kommt mir ein Gedanke! Wie nun, wenn wir weder Hacke noch Schaufel brauchten? Wenn's gar nicht nötig wäre, ein Grab zu öffnen? Seht diese große Reihe von Erbbegräbnissen!"

„Ah, ich errate, was Ihr meint. Der Gedanke ist gut."

„Es muß sich bei einer solchen Anzahl von Grüften doch jedenfalls eine Leiche finden, die das erforderliche Alter hat. Laßt sehen! Diese unheimlichen Schlafzimmer sind meist nur mit Gittertüren verschlossen, durch die man blicken kann. Vielleicht gewahren wir eine Inschrift, die uns als Wegweiser dient."

Sie schritten nun an den Begräbnissen hin, um nach Inschriften zu suchen. Nach einiger Zeit blieb Cortejo vor einer der Gittertüren stehen. „Lest, Señor Secretario! Da, an der hinteren Wand."

Landola trat herzu, blickte durch das Gitter und sah verschiedene Steine mit Inschriften, deren Zahl bewies, daß die Gruft ziemlich gefüllt sein müsse.

„Ihr meint die oberste Inschrift?" fragte er. „Hm. Der Tote ist Bankier gewesen, wie hier steht. Siebenundvierzig Jahre alt, vor achtzehn Jahren gestorben."

„Das paßt gut. Was meint Ihr?"

„Ihr habt recht. Wie den richtigen Sarg finden?"

„Vergleicht die andern Inschriften bezüglich der Todestage!"

Landola folgte der Aufforderung und meinte dann: „Ich verstehe. Dieser Bankier ist die letzte Leiche, die hier beigesetzt wurde. Sein Sarg ist wohl am besten erhalten —"

„— und wird leicht zu finden sein. Die Hauptfrage aber muß ich doch vorher an Euch stellen. Werdet Ihr da unten Eure Kaltblütigkeit bewahren?"

„Meint Ihr etwa, daß ich mich fürchte?"

„Hm. Es ist ein Unterschied, einem Lebenden mit der Waffe in der Faust entgegenzutreten oder des Nachts in eine Gruft hinabzusteigen und eine Leiche anzurühren, um sie zu entkleiden und ihr ein andres Gewand anzulegen."

„Wird gemacht! Mir ist es gleich, wem ich den Rock aus- und anziehe, einem Lebenden oder einem Toten. Und wenn's der Teufel in eigner

Person wäre, ich würde mich nicht vor ihm fürchten. Im Gegenteil, ich würde ihn, falls er mir entgegenspränge, um Feuer bitten. Also meinetwegen braucht Ihr nicht in Sorge zu sein. Seht nur selber zu, daß Ihr nicht vor Angst davonlauft!"

„Meiner bin ich sicher. Aber Euer Bruder?"

„Der bekommt die Leiche nicht zu sehen. Er steht am Tor Wache und darf nicht wissen, was wir mit dem Toten machen. Er erfährt nur soviel als unumgänglich ist. Kommt nun, um uns noch wegen einer Leiter umzusehen!"

Sie fanden das Gesuchte in einem Winkel des Gottesackers, wo der Totengräber seine Werkzeuge aufbewahrte. Nun war der Zweck ihres Kirchhofbesuchs erfüllt, und sie begaben sich in die Stadt zurück, wo sie einen Kleiderhändler aufsuchten, bei dem sie alles fanden, was sie wünschten.

Als sie ihren Gasthof wieder erreichten, war es Zeit, das Mittagmahl einzunehmen. Sie zogen vor, auf ihrem Zimmer zu essen, anstatt in der öffentlichen Gaststube. Es wurden drei Gedecke bestellt, da Grandeprise unterdessen munter geworden war. Die feinen Speisen schienen ihm nicht recht zu munden. Es war ihm überhaupt anzusehen, daß er sich nicht in der rosigsten Laune befand. Als Landola darüber eine Bemerkung machte, antwortete er mürrisch:

„Der Teufel mag gute Laune haben, aber ich nicht, Señor! Was soll ich in Mexico, diesem langweiligen Nest? Schlafen etwa? Ich habe Besseres zu tun."

„Ah! Ihr habt Langeweile? Seht Euch die Stadt an!"

„Ich kenne sie genugsam. Ich muß nach Santa Jaga."

„Wir reisen ja mit, sobald wir unsre Angelegenheiten geordnet haben. Wir könnten schon morgen fort. Aber es ist eine Schwierigkeit dabei, die die Abreise verzögert. Doch hoffen wir den Mann zu finden, dem wir uns anvertrauen können."

Grandeprise blickte schnell auf und sah Landola forschend an.

„Den richtigen Mann? Dem Ihr Vertrauen schenken könnt? Donnerwetter, zu mir hat man also kein Vertrauen?"

„Hm!" brummte Landola bedenklich. „Ja und nein. Es betrifft ein Geheimnis."

„Um eine Geschäftssache?"

„Nein."

„Um eine Sache, in der ich Euch nicht helfen könnte?"

Landola schüttelte langsam den Kopf. „Ihr zwingt mich förmlich zu einer Erklärung. Ich will sie Euch geben. Es handelt sich um eine

Sache, in der Ihr uns wohl helfen könntet. In diesem Fall würden wir sie so schnell erledigen, daß es uns möglich wäre, morgen früh nach Santa Jaga aufzubrechen, aber — aber —"

Grandeprise brannte vor Begierde, endlich seinen Bruder zu sehen. Er hoffte, ihn im Kloster della Barbara zu finden, und konnte die Stunde, in der das geschehen sollte, kaum erwarten. Darum war ihm ein längerer Aufenthalt in Mexico zuwider, und daher meinte er jetzt, indem er die Brauen finster zusammenzog:

„Ich fordere Euch auf, mir den Grund zu sagen, warum Ihr kein Vertrauen haben könnt."

„Das ist mir kaum möglich, denn Ihr seid ja ein Freund dessen, den — ah, da bin ich doch bereits zu weit gegangen!"

Das erhöhte die Wißbegier des Jägers noch mehr. „Wessen Freund bin ich? Heraus damit!"

„Nun, der Freund Landolas, gegen den unser Unternehmen gerichtet ist."

„Ich soll dessen Freund sein? Da täuscht Ihr Euch gewaltig!" Grandeprise ballte die Rechte und schlug mit der Faust auf den Tisch, daß das Speisegeschirr emporsprang. „Ich jage ihm nach seit Jahrzehnten. Ich suche ihn, wie der Satan die Seele. Und wenn ich ihn finde, soll es so sein, als sei er in die Krallen des Teufels geraten!"

Grandeprise hatte das mit knirschenden Zähnen gesprochen. Es überlief Landola ein eigentümliches Gefühl, aber er ließ sich nichts merken. Er tat, als sei er über diese Worte des Jägers entzückt.

„Hallo! Wenn wir da in Euch einen Verbündeten gefunden hätten! Welch ein Glück für uns!"

„Also Ihr wollt ihm wirklich ans Leder? Ihr täuscht mich nicht? Dann leiste ich euch von Herzen gern Gesellschaft. Sagt nur, was ich tun soll!"

Um den Schein zu wahren, blickte Landola Cortejo fragend an. Dieser nickte zustimmend und sagte:

„Ich denke, daß wir ihm vertrauen können. Er hat ein ehrliches Gesicht und wird uns nicht täuschen."

„Täuschen? Ich euch täuschen?" rief Grandeprise. „Señores, stellt mich auf die Probe, so werdet ihr sehen, daß ihr euch auf mich verlassen könnt!"

„Nun gut!" meinte Landola. „Es handelt sich nur um einen kleinen Spaziergang zum Gottesacker."

„Ich gehe mit."

„Auch des Nachts?"

„Ist mir ganz gleich. Aber was wollt Ihr dort?"

„Einer Teufelei Landolas auf die Spur kommen."

„Ah, ich beginne zu begreifen!"

„Schön! Wißt ihr, daß Landola früher in der Hauptstadt wohnte? Er hatte dort eine Geliebte."

„Armes Mädchen! Hätte sie doch lieber den Satan geheiratet!"

„Sie heiratete weder den Satan noch Landola. Sie erhielt einen andern Bräutigam, und der war nicht weniger grausig als jene beiden: der Tod!"

„*Aymé!* Sie starb? Das heißt, sie mußte sterben?"

„Wir vermuten es. Sie wurde ihm unbequem. Er aber war aufrichtiger gewesen, als es sich eigentlich mit seiner Sicherheit vertrug."

„Sie wußte wohl, wer er sei?"

„So scheint es. Als er sie verlassen wollte, gedachte sie ihn zu verraten. Am Morgen darauf war sie eine Leiche."

„Ah, er hat sie ermordet?"

„Jedenfalls. Ich hatte eine Ahnung von dem Hergang und ließ Ärzte kommen. Sie untersuchten die Leiche, konnten aber nichts Verdächtiges finden, und erklärten, ein Schlaganfall habe den Tod herbeigeführt."

„Hm! Es ist doch eigentümlich, daß Landola am Abend vorher bei ihr war, mit ihr stritt, und dann des Morgens war sie eine Leiche."

„Eben das kam auch mir bedenklich vor. Aus diesem Grund ließ ich sie ja untersuchen. Ich war nämlich der Oheim des armen Mädchens. Ich hatte Landola festnehmen lassen. Er wurde freigegeben, und mich bestrafte man wegen böswilliger Anzeige. Von da an verfolgte er mich und die Meinigen unablässig. Ich wurde arm; die Kinder starben auf unbegreifliche Weise, meine Frau ebenso, und stets, wenn ein solcher Fall eintrat, ließ Landola sich sehen. Nun packte mich ein fürchterlicher Grimm. Ich konnte ihm auf gesetzlichem Weg nichts anhaben, aber ich schwur, daß er früher oder später meiner Rache verfallen solle."

„Ganz mein Fall. Gradeso wie bei mir."

„Ich suchte ihn zu finden, aber ich traf ihn nie. Jahre vergingen. Da hörte ich von seinen Beziehungen zu Gasparino Cortejo. Ich ging nach Spanien und wurde Sekretär bei Señor Veridante, den Cortejo jetzt als Bevollmächtigten zu seinem Bruder nach Mexico gesandt hat. Señor Veridante und ich sind Freunde geworden. Cortejo ahnte nicht, daß er uns bei unsrer Abreise endlich den Aufenthalt meines Feindes verriet. Jetzt werde ich ihn in Santa Jaga treffen. Wir haben ihn durch Eilboten dorthin bestellt. Vorher aber möchte ich noch einmal die Leiche meiner Nichte untersuchen. Mir sind nachträglich noch allerhand

Gedanken über deren Tod gekommen. Wißt ihr, wie man einen Menschen, der reiches, volles Haar hat, schnell, fast augenblicklich töten kann, ohne daß ein sichtbares Zeichen des Mordes zurückbleibt?"

„Nein. Was hat das Haar dabei zu schaffen?"

„Das Haar ist es eben, das die Spur verbirgt."

„Ah, nun denke ich daran! Ich habe einmal von einem solchen Fall erzählen hören. Eine Frau hatte ihrem Mann im Schlaf einen feinen Nagel durch den Kopf geschlagen."

„So ist es. Einen Nagel ohne Kuppe oder Kopf. Den verdeckt das Haar vollständig."

„Hm! Und dieser Sache wollt Ihr nachforschen?"

„Ja."

„Auf dem Kirchhof, und zwar des Nachts? Das heißt doch im geheimen? Warum nicht am Tag und öffentlich?"

„Fällt mir nicht ein. Ich würde als Leichenschänder ergriffen und zum zweitenmal unschuldig bestraft eines solchen Halunken wegen! Nun frage ich: wollt Ihr dabei helfen?"

„Gern. Was soll ich tun?"

„Ihr braucht nur Wache zu stehen, damit wir nicht überrascht werden. Wenn ich unser Verdacht bestätigt, reiten wir sofort nach Santa Jaga, um den Mörder festzunehmen."

„Einverstanden. Ich wollte, der Abend wäre da, damit die Geschichte beginnen könnte."

Dieser Wunsch ging Grandeprise freilich nur langsam, mit dem Lauf der Sonne in Erfüllung. Er legte sich wieder hinunter in den Hof, um voller Ungeduld den Einbruch des Abends zu erwarten. Cortejo ging am Nachmittag aus und brachte allerlei Dietriche sowie mehrere Schlüssel mit, von denen er hoffte, daß einer schließen werde. War das nicht der Fall, so sollte die Gruft mit Gewalt geöffnet werden.

„Ist dieser Grandeprise leichtgläubig und blödsinnig!" hohnlachte Landola.

„Er ist unbefangen. Eure Erzählung hatte viel Unwahrscheinlichkeiten. Nun haben wir wenigstens einen Wächter."

Endlich wurde es dunkel. Die Sterne stiegen herauf. Die drei nahmen ihr Abendessen ein und verließen eine Stunde vor Mitternacht den Gasthof. Das fiel keineswegs auf. Die Bevölkerung der Hauptstadt ist gewöhnt, bis zur späten Abendstunde sich zu ergehen oder bis zum frühen Morgen auf Festen und Unterhaltungen zu verweilen.

Am Gottesacker angekommen, ließen sie Grandeprise als Wache zurück, trafen ihre Vorbereitungen, und alles ging nach Wunsch, so daß sie mit der Leiche des Bankiers bald an der Gruft der Rodriganda anlangten. Es führte eine Treppe hinab.

„So wollen wir machen, daß wir hier zu Ende kommen! Unser Präriejäger wird Langeweile haben."

„Er wird sich nicht erklären können, weshalb wir so lang ausbleiben."

„Grandeprise mag denken, daß wir den Nagel suchen müssen."

Cortejo versuchte vergeblich mit seinen Schlüsseln die Tür zu öffnen. Er zog schließlich einen der Meißel hervor und legte dann die Hand auf den Drücker, um einen festen Halt zu haben. Der Drücker gab nach.

„*Santa Madonna!*" flüsterte er erschreckt. „Die Tür ist offen!"

„Unmöglich! Ihr irrt Euch!"

„Greift her!"

Landola trat näher und überzeugte sich, daß Cortejo sich nicht geirrt hatte. „*Demonio*", sagte er, „es wird doch niemand unten sein! Wir müssen horchen."

Cortejo schob die Tür weit auf, und nun lauschten die beiden eine Weile hinab. Es ließ sich kein Laut vernehmen, und nicht das leiseste Lüftchen regte sich.

„Pah!" meinte Landola. „Ich weiß, wie es zugeht. Es hat einer Ihrer Schlüssel geschlossen, ohne daß Sie es merkten."

„Sollte das der Fall gewesen sein?" zweifelte Cortejo. „Ich müßte es doch gefühlt haben, wenn der Riegel dem Druck eines meiner Schlüssel nachgegeben hätte."

„Es kann Euch dies leicht entgangen sein. Ihr habt Furcht. Ihr seid aufgeregt. Eure Nerven sind nicht zuverlässig."

„Möglich. Aber laßt uns noch einmal horchen!"

Sie taten es, hörten aber nichts Beunruhigendes.

„Dieses Horchen ist überflüssig, es bringt uns nur um unsre kostbare Zeit. Steigen wir hinab!"

„Aber vorsichtig! Erst ohne den Toten."

„Gut. Brennt an!"

Sie traten ein und schoben die Tür leise wieder an. Dann zog Cortejo die Laterne hervor, um sie anzubrennen. Als das Flämmchen aufleuchtete, schritten sie leise und behutsam die Treppe hinab, Landola voran und Cortejo leuchtend hinter ihm her. Sie erreichten das eigentliche Gruftgewölbe, ohne etwas Verdächtiges zu bemerken.

„Leuchtet umher!" gebot Landola.

Cortejo gehorchte. Auch jetzt konnten sie nichts Beunruhigendes finden.

„Es ist so", meinte Landola. „Euer Schlüssel hat geschlossen, ohne daß Ihr es gemerkt habt. Laßt uns an die Arbeit gehen! Wo ist der Sarg Don Fernandos?"

„Hier", antwortete Cortejo.

Er deutete dabei auf einen Sarg, an dessen Fußseite in goldnen Lettern der Name *Don Fernando, Conde de Rodriganda y Sevilla* zu lesen war.

„Selbstverständlich leer", meinte der Gefährte.

„Leider. Ich wollte, der Tote läge darin. Oder der Teufel, damit ich erfahren könnte, ob Eure Prahlerei wahr ist: Ihr würdet ihn, falls er Euch entgegenspränge, um Feuer bitten?"

„Ich würde es tun, Señor Cortejo."

„Ich glaube das nicht, Señor Landola. Wenigstens in dieser Verkleidung nicht. Mit Euerm natürlichen Gesicht könnt Ihr ihm getrost standhalten, er kennt Euch und weiß, daß Ihr ihm auf keinen Fall entgehen könnt. Mit dem Kleister im Gesicht aber wärt Ihr ihm unbekannt, und da würde er Euch doch beim Kragen nehmen."

„Meint Ihr?" lachte Landola. „Wollen es versuchen! Also herab mit dem Deckel und heraus mit dem Teufel!"

Ohne zu beachten, daß der Deckel des Sargs seinem Griff ungewöhnlich leicht nachgab, stieß er ihn herab. Im nächsten Augenblick aber entfloh dem Mund der beiden Männer ein Ruf des heftigsten Schrecks. In dem Sarg lag eine lange Gestalt mit einer Nase, die dem Schnabel eines Geiers glich. Die Augen der Verbrecher drohten aus ihren Höhlen zu treten und starrten angstvoll in das Gesicht des rätselhaften Toten.

4. Ein grausiges Erleben

Als Kurt Unger mit Geierschnabel und Kapitän Wagner mit dem Matrosen Peters auf dem Bahnhof von Vera Cruz anlangten, bemerkten sie einen französischen Soldaten. Er trug den Arm in der Binde und hatte soeben als Weichensteller gearbeitet.

Kurt trat auf ihn zu und fragte ihn auf französisch: „Sind Sie hier angestellt, Kamerad?"

Der Soldat erkannte mit seinem geübten Blick, daß er einen Offizier in Zivil vor sich habe.

„Ja, Monsieur", antwortete er höflich. „Ich bin verwundet und warte auf das Schiff, um in die Heimat zu fahren. Bis dahin mache ich mich nützlich, um einige Centimes für Tabak zu verdienen."

Kurt griff in die Tasche und gab ihm ein Fünffrankenstück. „Hier, Kamerad, rauchen Sie! Wie lange sind Sie heut hier beschäftigt?"

Der Mann nahm das Geldstück und griff zum Dank an seine Mütze. „Ich danke, Monsieur. Ich bediente drei Züge."

„Wann ging der letzte ab?"

„Vor vielleicht einer Stunde, nach Lomalto. Weiter geht es nicht."

„Sind Zivilisten mitgefahren?"

Der Soldat machte ein pfiffiges Gesicht und kniff die Augen listig zusammen. „Eigentlich nicht."

„Aber uneigentlich wohl?"

„Das darf ich nicht verraten. Ich bin Weichensteller, und der, der sie mitnahm, ist mein Vorgesetzter."

„Gut, er hat sie also nicht mitgenommen. Wieviel Mann sind es gewesen?"

„Oh, nur drei. Sie hätten recht gut im Abteil des Zugführers Platz gefunden."

Kurt wußte nun genau, daß sie wirklich im Dienstraum mitgefahren waren. Er fragte weiter: „Wie sahen sie aus?"

Der Soldat beschrieb sie. Als er fertig war, meinte Kapitän Wagner:

„Sie waren es, sie waren es! Aber wer der dritte gewesen ist, das kann ich nicht sagen. Bei mir an Bord war er nicht mit."

„Wir werden es schon noch erfahren", bemerkte Kurt. „Wann fährt der nächste Zug?"

„In drei Stunden erst. Die Maschine muß von Lomalto wiederkommen. Sie bringt mehrere Wagen voll Kameraden mit."

„Ein Güterzug geht nicht vorher?"

„Nein."

„Ich danke, Kamerad!"

Kurt wandte sich und schritt mit seinen drei Gefährten davon.

„So sind sie also entkommen!" knirschte der Kapitän. „Und daran bin ich allein schuld. Was ist da zu tun?"

„Wir müssen uns in Geduld fassen, lieber Freund", beruhigte Kurt. „Jedenfalls sind sie nach Mexico. Ich fahre ihnen mit dem nächsten Zug nach. Leider gehen mir da drei volle Stunden verloren. Ich hoffe jedoch, sie in Mexico abzufassen."

„Ah, ich muß einen Boten absenden, der in die Hauptstadt und dann zur Hacienda del Eriña soll, um meine Schiffsberichte zu überbringen", meinte Wagner. „Würden Sie ihm erlauben, sich Ihnen anzuschließen, Herr Oberleutnant?"

„Gern, vorausgesetzt, daß er mir nicht hinderlich wird."

„Das befürchte ich nicht. Würde Ihnen mein Peters hier recht sein?"

„Sogar angenehm. Er kennt auch wohl die beiden Flüchtlinge?"

„Genauer noch als ich. — Wie steht's, Peters?" wandte sich Kapitän Wagner an seinen Matrosen.

Der Gefragte zog eine erfreute Miene. „Hm, ich möchte wohl, Käpt'n."

„Du kannst doch ein wenig Spanisch?"

„Na, was man so für andre braucht."

„Und ein paar Worte Französisch?"

„Genug, um ihnen sagen zu können, wie gewaltig gut ich ihnen bin."

„So komm mit an Bord! Ich will die Sachen in Ordnung bringen, und du mußt deine Anweisung erhalten. Wo treffen wir uns wieder, Herr Oberleutnant?"

„Am besten in der Wirtschaft hier am Bahnhof."

„So bitte ich, mich einstweilen zu beurlauben."

„Gehen Sie immerhin! Zu dem, was wir noch zu besprechen haben, gibt's dann auch noch Zeit!"

Der Kapitän schritt mit Peters dem Wasser zu. Kurt aber kehrte um und begab sich wieder zum Bahnhof, Geierschnabel an seiner Seite. Er trat sofort ins Geschäftszimmer des Stationsvorstands, der ihn mit neugierigen Blicken empfing.

„Darf ich fragen, wann der nächste Zug nach Lomalto fährt?" fragte Kurt, obgleich er bereits von dem Soldaten Auskunft erhalten hatte.

Der Beamte blickte auf die Uhr. „In zweieinhalb Stunden", antwortete er. „Wünschen Sie vielleicht mitzufahren? Tut mir leid, Bürger und Fremde sind ausgeschlossen."

„Gestatten Sie, daß ich mich vorstelle!"

Kurt zog ein Papier aus der Tasche und reichte es dem Beamten. Dieser hatte kaum die wenigen Zeilen gelesen, so machte er eine Verbeugung.

„Ich bin Ihr Diener, Herr Oberleutnant. Wieviel Plätze brauchen Sie?"

„Drei."

„Sie werden ein Abteil erster Klasse erhalten."

„Danke! Hat der Zug Anschluß an die Postkutsche?"

„Der vorige, aber dieser nicht. Überhaupt ist das ein wahrer Marterkasten, dem ich mich niemals anvertrauen möchte. Wünschen Sie, recht schnell in der Hauptstadt zu sein, so rate ich Ihnen zu reiten."

„Ich habe keine Pferde."

„Oh, hier hat jedermann Pferde. Halten Sie sich nur einige Zeit in diesem Land auf, so sind Sie gradezu gezwungen, Pferde zu kaufen."

„Ich beabsichtige, das in der Hauptstadt zu tun."

„Warum dort, wo sie um vieles teurer und doch nicht besser sind?"

„Hat man hier Gelegenheit?"

„Eine vortreffliche sogar. Ich selber habe einige hochfeine Tiere dastehen. Es waren Privatpferde von Offizieren, die in die Heimat zurückkehrten. Sie sind billig. Wollen Sie sie ansehen?"

„Zeigen Sie sie uns, Monsieur!"

„Kommen Sie! Wenn wir einig werden, brauchen Sie in Lomalto auf keinen Postwagen zu warten, und ich verlade die Tiere bis dahin ohne alle Kosten."

Der Handel wurde abgeschlossen. In einer halben Stunde befand Kurt sich im Besitz von drei Pferden, die alles zu halten schienen, was der Vorsteher versprochen hatte.

„Gott sei Dank!" meinte Geierschnabel. „Nun kann ich meine Beine endlich wieder über ein Pferd hängen. Wäre das nicht bald geworden, so hätte ich aus lauter Verzweiflung versucht, mich auf meine Nase zu setzen und auf ihr im Galopp davonzureiten."

Es fehlte wohl noch eine Stunde bis zum Abgang des Zugs, als Kapitän Wagner mit Peters erschien.

„Junge, kannst du reiten?" rief Geierschnabel dem Matrosen entgegen. „Wir haben Pferde gekauft. Von Lomalto bis Mexico wird geritten. Weißt du, was ein Sattel ist?"

„Ein Sattel ist ein Ding, von dem mich keiner herunterbringt. Denkt Ihr etwa, in den Seemarschen gibt's keine Pferde? Ich saß schon als Junge auf dem wildesten Hengst."

„Das ist dein Glück. Wir haben keine Zeit, dich alle fünf Minuten sechsmal aufzuheben."

Sie setzten sich zusammen, und Wagner schilderte in kurzem sein Zusammentreffen mit Don Fernando und die Reise zur Südseeinsel. Das war Kurt aus der Erzählung Geierschnabels bekannt. Im Anschluß daran berichtete er nun dem Kapitän, was seit der Landung in Guaymas geschehen war. Wagner hörte mit Spannung zu. Am Schluß rief er bestürzt:

„So sind sie also abermals verschwunden?"

„Leider ja. Aber ich hoffe, daß es mir gelingt, ihre Spur aufzufinden. Und dann wehe denen, mit denen ich abzurechnen habe!"

„Vielleicht haben wir schon ihre Fährte", tröstete Geierschnabel. „Ich habe so meine Gedanken. Wohin gehen dieser Landola und dieser Cortejo? Jedenfalls dahin, wo die andern sind."

„Das kann richtig sein. Wir müssen die beiden auf alle Fälle wiederfinden. Dann werden wir auch erfahren, welches Ziel sie haben."

„Aber das kann geraume Zeit dauern", sagte Wagner. „Ich darf meine braven Jungen nicht so lange der Fieberluft von Vera Cruz aussetzen."

„So suchen Sie einen nahen, gesunden Hafen auf."

„Gut, ich werde im Bermeja-Busen warten."

Der brave Kapitän war über das Schicksal seiner Freunde so betrübt, daß es schwer wurde, ihn zu beruhigen. Er erging sich in den kräftigsten Ausdrücken gegen die Hauptschurken mit ihren Kumpanen. Dem wurde bald ein Ende gemacht, denn das Zeichen zum Einsteigen ertönte. Kurt überzeugte sich, daß die drei Pferde gut verladen waren, dann betrat er mit Peters und Geierschnabel das ihm angewiesene Abteil. Der Abschied von Wagner war kurz, aber herzlich. Noch als der Zug in Bewegung war, schwenkte er den Hut und rief:

„Gute Fahrt, Herr Oberleutnant! Bringen Sie alle Freunde glücklich zu uns und schlagen Sie den andern, den Schuften, die Köpfe zu Brei!"

Nach zwei Stunden erreichten sie Lomalto. Dort kam der Zugführer selbst herbeigesprungen, um dienstfertig das Abteil zu öffnen. Kurt bemerkte, daß es der gleiche sei, der vorher von hier nach Vera Cruz gefahren war. Jedenfalls hatte der weichenstellende Soldat keinen andern gemeint. Deshalb fragte er ihn, gleich auf den Strauch schlagend:

„Sie sind mit dem vorigen Zug mit drei Zivilisten von Vera Cruz hierhergefahren?"

Der Mann getraute sich nicht, eine Unwahrheit zu sagen. „Ja, Monsieur", antwortete er unsicher.

„Befürchten Sie keine Unannehmlichkeiten!" beruhigte ihn Kurt. „Ich wünsche nur zu wissen, wohin die Fremden sich gewandt haben."

„Sie sind nach Mexico. Sie saßen in meinem Abteil und erkundigten sich nach dem gegenwärtigen Zustand des Wegs zur Hauptstadt. Ich sah sie auch alle drei in den Postwagen steigen, der hier an der Bahn hielt."

„Ich danke."

Kurt gab ihm ein Trinkgeld. Der Mann machte vor Freude, so glücklich davongekommen zu sein, eine tiefe Verbeugung und beeilte sich dann, die Pferde in eigner Person auszuladen. Nachdem einiger Mundvorrat gekauft worden war, saßen die drei Männer auf und trabten davon. Geierschnabel, der hier bekannt war, hatte das Amt des Führers übernommen.

Als sie nach langem, beschwerlichem Ritt die Hauptstadt vor sich sahen, hatte sich Peters als guter Reiter bewährt. Aber bei dem schlechten Weg war es ihnen doch nicht gelungen, die Postkutsche einzuholen, die von acht ausdauernden, mehrfach gewechselten Pferden gezogen wurde. Sie wußten, daß der Wagen am Vormittag die Hauptstadt erreicht hatte, während die Sonne jetzt schon den höchsten Stand überschritten hatte.

„Wo nun die Kerle finden in einer solchen Stadt?" schalt Geierschnabel. „Geht zum Teufel mit euren Straßen und Gassen! Im Urwald oder in der Prärie könnten mir die Halunken wohl schwerlich entkommen!"

„Ich kenne zwei Wege, sie zu finden", meinte Kurt. „Es sollte mich sehr wundern, wenn sie nicht versucht hätten, im Palast de Rodriganda Erkundigungen einzuziehen."

„Donnerwetter, das ist richtig! Diesen Wigwam müssen wir aufzufinden suchen. Und der zweite Weg?"

„Sie wissen, daß Don Fernandos Sarg leer ist?"

„Freilich weiß ich das. Ich habe ja den Toten lebendig gesehen."

„Cortejo und Landola werden ahnen, daß unser Angriff gegen dieses leere Grab gerichtet ist. Sie werden also auch zuerst dafür sorgen, daß der leere Sarg mit irgendeiner Leiche gefüllt wird."

„Das ist diesen Schuften allerdings zuzutrauen. Mister Oberleutnant, Sie sind zwar noch jung, aber schon sehr scharfsinnig! Wir müssen ihnen zuvorkommen. Vorwärts also, in dieses alte Dorf hinein!"

Sie stiegen vor dem ersten besten Gasthaus ab. Und dann begab sich Kurt, nachdem er sich einigermaßen ausgeruht hatte, zum Palast Rodriganda, der ihm beschrieben worden war. Auch er wurde von dem Posten aufgehalten, worauf er eintreten durfte. Der Verwalter befand sich diesmal in seinem Geschäftszimmer. Kurt gab im Vorgemach seine Karte ab und wurde von dem Herrn Administrator selbst höflich eingeladen, einzutreten.

„Womit darf ich dienen, Monsieur?" fragte der jetzt sehr freundliche Beamte.

„Ich muß um Verzeihung bitten, daß mich nur der Zweck zu Ihnen führt, mir eine kleine Privaterkundigung zu erbitten. Hatten Sie vielleicht heut den Besuch eines Mannes, der sich für den Agenten des Grafen Rodriganda ausgab?"

„Allerdings. Er war am Vormittag da. Hat Ihre Erkundigung einen bestimmten Zweck, Monsieur?"

„Gewiß. Er wollte sich wohl über Ihre Verwaltung unterrichten?"

„Oh, er wollte noch mehr. Er wollte diese aus meinen Händen in die seinigen nehmen."

„Das dachte ich. Er nannte sich Antonio Veridante?"

„So ist es."

„Ist Ihnen der Aufenthaltsort dieses Mannes bekannt?"

„Nein."

„Es liegt mir viel daran, ihn zu erfahren. Dieser Mensch ist nämlich ein geriebener Schwindler. Es ist möglich, daß er wiederkommt. In diesem Fall ersuche ich dringend, ihn festnehmen zu lassen und dem preußischen Geschäftsträger, Herrn von Magnus, Kunde zu geben."

„Ihn festnehmen? Würde ich diesen Schritt verantworten können?"

„Vollständig! Dieser Veridante ist nämlich Gasparino Cortejo, der Bruder jenes Pablo Cortejo, den Sie wohl kennen werden."

„Ah, sehr gut! Er ist berüchtigt genug."

„Und sein sogenannter Sekretär und Begleiter ist ein gewisser Henrico Landola, früher unter dem Namen Grandeprise, Kapitän des Piratenschiffs ,Lion', bekannt. Beide sind geschminkt und verkleidet, und ihre Pässe sind gefälscht. Ich verfolge sie von Vera Cruz her."

„Das ist mir genug. Sobald ich diesen andern Cortejo wieder erblicke, lasse ich ihn verhaften."

Kurt klärte den Franzosen noch so weit auf, wie er es für nötig hielt, und begab sich dann zu Herrn von Magnus, um ihm die anvertrauten geheimen Schriftstücke zu übergeben. Er wurde mit Auszeichnung aufgenommen und brachte im Lauf der Unterhaltung den Privatzweck seines hiesigen Aufenthalts zur Sprache.

Der Diplomat hörte ihm aufmerksam zu und sagte:

„Meiner Hilfe sind Sie sicher, soweit es mir möglich ist. Sie wollen also vor allen Dingen Ihr Augenmerk auf die Gruft richten? Ich muß Ihnen Vorsicht anempfehlen. Sie sehen wohl ein, daß zunächst eine geheime Besichtigung des Sargs vorgenommen werden möchte, aber im Beisein eines gewichtigen Zeugen, dessen Wort nicht anzufechten ist. Ich gestehe Ihnen offen, daß ich an Ihrer Stelle weder einen französischen noch einen kaiserlichen Beamten wählen würde. Ich möchte da einen eingeborenen Mexikaner vorziehen. Wie wäre es mit dem Alcalden, der der Tochter Pablo Cortejos den Befehl überbrachte, die Stadt und das Land zu verlassen?"

Damit hatte der preußische Geschäftsträger angedeutet, daß die Zeit kommen werde, wo weder ein Franzose noch ein Kaiserlicher mehr ein Wort zu sagen habe.

„Wird dieser Beamte meiner Bitte Folge leisten?" erkundigte sich Kurt.
„Gewiß. Er ist mein Bekannter. Ich werde Ihnen einige Zeilen für ihn mitgeben, Herr Oberleutnant." —

Eine Viertelstunde später war Kurt mit diesen Zeilen unterwegs zu dem Alcalden, der den Brief entgegennahm, ohne den Überbringer groß zu beachten. Als er die Zeilen aber gelesen hatte, klärte sich seine ernste Miene zusehends auf. Er reichte Kurt die Hand:

„Herr von Magnus empfiehlt Euch mir in freundlicher Weise. Er sagt mir, daß Ihr in einer Angelegenheit zu mir kommt, in der es mir möglich sein dürfte, Euch einen Dienst zu erweisen. Ich stelle mich Euch zur Verfügung. Wenn auch leider grade jetzt meine Amtsbefugnisse von den gegenwärtigen Verhältnissen sehr eingeschränkt werden, so steht es doch vielleicht in meiner Macht, Euch behilflich zu sein. Bitte, nehmt Platz und sprecht!"

Der Beamte setzte sich in seine Hängematte und brannte sich als echter Mexikaner eine Zigarette an. Kurt mußte das auch tun, und nachdem er sich auf einen Stuhl niedergelassen hatte, begann er zu erzählen. Der Alcalde hörte ihm zu, ohne ihn mit einem Wort zu unterbrechen. Als Kurt jedoch geendet hatte, schnellte er sich aus der Hängematte heraus und schritt in dem großen Amtszimmer hin und her. Dann blieb er vor dem Deutschen stehen.

„Was Ihr mir da berichtet habt, ist außergewöhnlich. Ich werde mich mit einigen meiner Beamten zur Gruft begeben. Hoffentlich begleitet Ihr mich?"

„Das ist die Bitte, die ich an Euch richten wollte."

„Gut. Ich werde sofort in den Palast Rodriganda senden, um mir den Schlüssel zu der Gruft zu erbitten."

„Ah, Señor, wäre es nicht vielleicht besser, das zu umgehen? Ich halte es nicht für geraten, zu viele Personen in das Geheimnis zu ziehen, am allerwenigsten aber die Franzosen."

„Hm, Ihr mögt recht haben. Glücklicherweise bin ich im Besitz von Nachschlüsseln. Ihr begreift, daß man als Beamter solche zuweilen notwendig brauchen kann. Wollen wir aufbrechen?"

„Ich stehe zu Diensten!"

Der Alcalde entfernte sich auf wenige Augenblicke, um seine Befehle zu erteilen, und dann machten sie sich auf den Weg. Der Alcalde ging, um kein Aufsehen zu erregen, allein und ebenso Geierschnabel und Peters, die Kurt rasch verständigt hatte. Auf dem Kirchhof trafen sie mehrere Alguacils[1], die auf Befehl des Alcalden hier auf sie gewartet hatten.

[1] Schutzleute

Einer von ihnen hatte die Gruft ausfindig gemacht und erhielt jetzt die Schlüssel des Alcalden. Er entfernte sich, um unbemerkt von den Kirchhofbesuchern die Tür zu öffnen, und nach einigen Minuten meldete er, daß es ihm gelungen sei. Jetzt begaben sie sich einzeln zum Mausoleum, wo, als sie vollzählig waren, die Polizisten die Laternen hervorzogen, die sie mitgebracht hatten.

Sie stiegen hinab und fanden den Sarg. Er wurde geöffnet und — es befand sich keine Leiche darin.

„*Santa Madonna!*" staunte der Alcalde. „Er ist wahrhaftig leer!"

Kurt untersuchte den Inhalt. „Seht Ihr diese Kissen! Sie sind wie neu."

„Ja", bestätigte der Beamte. „Es ist wahr. In diesem Sarg kann keine Verwesung vor sich gegangen sein. Nun, ich werde alles aufbieten, um die Täter zu entdecken. Ich werde den Kirchhof und besonders diese Gruft von diesem Augenblick an polizeilich bewachen lassen."

„Wird das auch zu raten sein?" fragte Kurt. „Die Verbrecher, die wir fangen wollen, sind scharfsinnig und verschlagen. Sie werden nicht am hellen Tag kommen, um irgendeine Leiche in den Sarg zu legen."

„Darin habt Ihr unbedingt recht. Sie werden es nur des Nachts besorgen können. Aber woher die Leiche nehmen?"

„Oh, selbst so etwas kann einen Landola und Cortejo nicht in Verlegenheit bringen. Sie brauchen eine alte Leiche, eine männliche Person, die ungefähr so lang im Grab gelegen hat, wie Don Fernando tot sein soll. Ich halte es nicht für erforderlich, uns jetzt um sie und um den Kirchhof zu kümmern. Aber sobald es Abend geworden sein wird, müssen wir wachsam sein."

„Ich werde den Zugang zur Gruft besetzen."

„Und die Halunken da festnehmen? Ich würde doch vorziehen, sie bis hier herunter gelangen zu lassen. Sie sind da besser zu ergreifen, weil von hier aus ein Entkommen viel schwieriger sein wird."

„Ihr habt recht. Gehen wir also jetzt auseinander, um uns nach Einbruch der Dunkelheit hier wieder zu treffen!"

Dies geschah. Am Abend fanden sich alle wieder heimlich auf dem Friedhof ein.

„Nun gilt es, unsre Anordnungen zu treffen", sagte der Alcalde. „Ich werde zunächst zwei Mann an die Tür stellen."

„Das wird nichts helfen", bemerkte Geierschnabel. „Diese Gauner wären dumm, wenn sie sich am Tor erwarten ließen. Sie werden wohl über die Mauer kommen. Das ist das Wahrscheinlichere."

„Das erschwert die Sache", meinte der Beamte mißmutig. „Da muß ich mehr Schutzleute kommen lassen."

„Mehr Schutzleute? Oh, Mr. Alcalde, ich schätze, daß wir genug solcher Leute hier haben. Ihr selber bleibt hier unten bei den Särgen und besetzt nur den Kirchhof, aber nicht durch Schutzleute, sondern durch mich."

„Durch Euch?" fragte der Alcalde. „Durch Euch allein? Señor, das kann unmöglich genügen."

„Donnerwetter, warum nicht?" fauchte Geierschnabel, indem er mit großer Nachdrücklichkeit ausspuckte.

„Ein Mann ist zuwenig."

„Da irrt Ihr. Viele Köche verderben den Brei. Ich sage Euch, daß die zwei Ohren eines alten Jägers geeigneter sind, einen Kirchhof zu bewachen, als Polizistenohren. Eure Leute sind sicher nicht gewöhnt, den Käfer des Nachts im Gras laufen zu hören."

„Ihr meint, daß Ihr sofort merken werdet, wenn die Erwarteten einsteigen?"

„Ganz sicher."

„Selbst wenn Ihr Euch weit von dem Platz befindet, wo das geschieht?"

Geierschnabel wurde über diese eingehende Erkundigung verdrießlich. Er spuckte am Kopf des Alcalden vorbei.

„Ich kalkuliere, daß Ihr mir den Kirchhof viel eher und besser anvertrauen könnt als Euren Leuten. Das ist genug. Wollt Ihr mir nicht glauben, wollt Ihr sämtliche Mauern mit Schutzleuten besetzen lassen, als hätten wir einen Sturmangriff abzuschlagen, so müßt Ihr auch gewärtig sein, daß die Grabschänder uns eher bemerken als wir sie. Und riechen sie den Braten, so können wir ihnen im Dunkeln nachsehen."

„Ihr mögt recht haben. Wir bleiben also alle hier unten in der Gruft, und Ihr mögt oben wachen."

„Oh, einen Eurer Leute könnt Ihr oben an die Tür stellen, damit ich Euch durch ihn Nachricht geben kann, ohne erst herunter zu müssen."

Geierschnabel entfernte sich, und einer der Schutzleute folgte ihm. Die übrigen blieben unten bei den Särgen zurück. Es waren der Alcalde, Kurt, Peters und drei Polizeimänner, also sechs Personen, genug, um die Erwarteten festzuhalten. Ihre Geduld wurde auf eine harte Probe gestellt, denn die Mitternacht rückte heran, ohne daß sich etwas ereignen wollte.

„Vielleicht kommen sie gar nicht", meinte der Alcalde.

„Das ist möglich", antwortete Kurt. „In diesem Fall müssen wir morgen wieder wachen."

„Oder sind sie bereits da, und dieser Jäger —"

Sie hörten Schritte, die zur Treppe herabkamen. Der oben aufgestellte Polizist war es.

„Kommen sie?" fragte der Alcalde erfreut.

„Ja, Señor. Drei Mann. Der Trapper läßt Euch bitten, die Laternen zu schließen und einzustecken. Er ist wieder fort, um zu lauschen. Zwei sind nämlich zwischen den Gräbern verschwunden, der dritte aber befindet sich am Tor, um zu wachen."

Infolge dieser Meldung bemächtigte sich der Anwesenden eine ihre Sinne anspannende Erwartung, die bald neue Nahrung erhielt, denn nach einer Weile kam Geierschnabel selber herab. Da es unten finster war, so nannte er seinen Namen, um nicht für einen der erwarteten Verbrecher gehalten zu werden.

„Wo sind sie? Was tun sie?" tönte es ihm entgegen.

„Wir werden sie bekommen", lachte er. „Sie holen den ‚Grafen Fernando'. Vorn am Tor aber steht einer, der Wache hält. Sendet zwei Schutzleute hin, die ihn beschleichen und ihn festnehmen, sobald seine zwei Spießgesellen hier herabgestiegen sind!"

Geierschnabel entfernte sich, um von neuem zu lauschen, und nach seiner Angabe schlichen zwei Alguacils fort, um den Mann am Tor festzunehmen. Es dauerte eine geraume Weile, bis Geierschnabel wiederkam. Diesmal hatte er es aber sehr eilig.

„Sie kommen", meldete er, „und bringen die Leiche."

„So wird es Zeit, uns zu verstecken. Rasch hinter die Särge!"

Beim Eintritt Geierschnabels hatte der eine Polizist seine Blendlaterne für diese kurze Zeit herausgeholt und wieder geöffnet. Als die andern sich beeilten, hinter die vorhandenen Särge zu kriechen, wollte er sie wieder einstecken, aber Geierschnabel hinderte ihn daran.

„Halt!" sagte er. „So eilig ist es nicht. Erst gibt's noch etwas zu tun."

„Was?" fragte der Mann.

„Nehmt den Deckel vom Sarg herab! Weshalb, das wirst du sogleich sehen, mein Junge."

Sie hoben den Deckel vom Sarg, und nun sah der erstaunte Polizist, daß sich Geierschnabel mit aller Gemütsruhe in die weichen, weißseidnen Kissen legte.

„*Caramba*", staunte er. „Was soll das bedeuten?"

„Mach den Deckel wieder zu, mein Junge!" versetzte Geierschnabel, indem er sich behaglich zurechtrückte.

„Aber ich begreife nicht, was —"

„So halte den Mund, wenn du es nicht begreifst! Sieh doch meine Nase an, und denke dir, daß jemand, der einen leeren Sarg zu finden erwartet, diesen öffnet und darin ein Gespenst mit so einer Nase findet! Mach zu!"

Der Mann zögerte, und auch Kurt wollte eben Einspruch erheben, als sich von oben ein Geräusch vernehmen ließ.

„Mach zu, sonst überraschen sie uns!" flüsterte Geierschnabel, indem er die Hände lang und starr an den Leib legte.

Es blieb keine Wahl. Der Polizist hob behutsam den Deckel darauf und versteckte sich dann ebenfalls. Nun herrschte in der Gruft die Stille des Todes; droben aber ließ sich das Knirschen eines Schlüssels hören. Nach einer Weile kamen Schritte herab, und im Laternenschein wurden Cortejo und Landola sichtbar.

Kurt steckte neben Peters, dem Matrosen. „Sind sie es?" flüsterte er ihm zu.

„Ja", hauchte der Gefragte.

„Leuchtet umher", sagte Landola zu seinem Gefährten.

Cortejo, der die Laterne trug, folgte der Aufforderung. Sie fanden bald den gesuchten Sarg, da er in goldnen Lettern den Namen dessen trug, der in ihm gelegen hatte.

Der Polizist hatte den Deckel nicht auf die Fuge legen können, die Zeit war zu kurz dazu gewesen. Landola stieß nun den Sarg auf. Der Deckel flog mit großem Gepolter herab, und die beiden Männer erblickten Geierschnabel mit seiner langen Nase und weit geöffneten, starr auf sie gerichteten Augen im Sarg liegen. Beide stießen einen Ruf des Entsetzens aus und standen starr vor Schreck. Sie waren in diesem Augenblick unfähig, sich zu bewegen. Cortejo hielt mit der erhobenen Hand die Laterne empor, als sei er ein Steinbild. Nach einigen Sekunden kehrte ihnen die Sprache wieder.

„O Himmel!" jammerte Cortejo. „Wer ist das?"

„Der Teufel!" zeterte Landola.

Die beiden Schurken, die Taten begangen hatten, deren nur ein Mensch fähig ist, der weder Gott noch Teufel fürchtet, sie wurden von ihrem Entsetzen so gepackt, daß sie sich nicht bewegen konnten.

„Der Teufel!" stöhnte Landola abermals.

„Ja, der Satan!" ächzte Cortejo.

„Pchtsichchchchchch", spritzte ihnen aus dem Sarg ein Strahl Tabaksafts in die Gesichter.

„Ja, der Teufel, der Satanas, der Beelzebub bin ich!" rief Geierschnabel, indem er auf- und aus dem Sarg sprang. „Ihr sollt mit mir in die Hölle reiten. Hier habt Ihr den Ritterschlag der Unterwelt!"

Und mit seinen Armen zu gleicher Zeit ausholend, gab er jedem eine so gewaltige Ohrfeige, daß beide auf die Steinplatten niederstürzten. Und im nächsten Augenblick hatte er mit jener Geschwindigkeit, die nur einem Präriemann eigen ist, die Waffen, die sie bei sich trugen, entdeckt, ihnen entrissen und in den äußersten Winkel geworfen. Beim Niederstürzen war der Hand Cortejos die Blendlaterne entfallen, aber in den Sarg, und war so zu liegen gekommen, daß ihr Licht nicht ausgelöscht war. Geierschnabel ergriff sie mit der Linken, zog mit der Rechten sein Messer und stellte sich so, daß er mit dem Rücken den Eingang und die Treppe deckte. Das gab den beiden die Überlegung zurück. Sie rafften sich auf.

„Verdammt!" rief Cortejo. „Das ist ein Mensch!"

Der Schreck war plötzlich verschwunden und Grimm an seine Stelle getreten. Nun die beiden Schurken erkannt hatten, daß sie es mit einem Menschen zu tun hatten, der sich übrigens allem Anschein nach ganz allein in dem Gewölbe befand, waren sie mit einemmal wieder die alten.

„Was hast du hier zu tun?" fragte Landola grimmig. „Ich verlange Antwort auf meine Fragen, sonst —!"

„Pah! Dem ersten, der es wagt, mich anzugreifen, schlage ich hier die Laterne an die Nase, daß er denken soll, es stecken tausend Sonnen und Monde darin. Der Spaß mag jetzt aufhören und der Ernst beginnen: ihr seid meine Gefangenen!"

Seine Miene wurde dabei so hart, daß selbst Landola sich auf etwas Schlimmes vorbereitete. Er trat einen Schritt zurück und sah sich mit einem besorgten Blick nach seinen Waffen um.

„Du bist verrückt! Wie können wir deine Gefangenen sein!"

„Ihr zweifelt? Nun, so seht euch um!"

Geierschnabel zeigte auf den Hintergrund. Dort erhoben sich alle Versteckten, die sich bisher ruhig verhalten hatten, hinter den Särgen und öffneten die Laternen. Es wurde doppelt hell in dem Gewölbe, und nun erkannten die beiden, was ihrer wartete.

„Hölle und Teufel! Mich bekommt Ihr nicht!" brüllte Landola.

„Mich auch nicht", kreischte Cortejo.

Beide warfen sich auf Geierschnabel. Dieser aber war darauf vorbereitet. Ohne sein Messer zu benutzen, stieß er Landola, den er für den Gefährlicheren hielt, die Blendlaterne ins Gesicht, wodurch das Glas zerbrach und der Getroffene geblendet zurückwich. Und zu gleicher Zeit empfing er Cortejo mit einem solchen Fußtritt, daß dieser niederstürzte. Im nächsten Augenblick stürzten sich die andern auf die sich nun vergeblich Wehrenden und machten sie mit Hilfe der mitgebrachten Fesseln unschädlich. Als Cortejo einsah, daß aller Widerstand vergeblich sei, verzichtete er darauf. Landola aber sträubte sich gegen seine Banden und schäumte vor Wut. Es half ihm nichts.

„Da haben wir sie also", meinte der Alcalde. „Wollen wir mit dem Einleitungsverhör gleich hier beginnen, Herr Oberleutnant?"

„Es wird nicht der geeignete Ort sein", antwortete Kurt. „Wir müssen zunächst die Leiche suchen, die diese Menschen jedenfalls oben liegen haben, und den Mann festnehmen, der am Tor Wache gestanden hat."

„Den haben meine Leute schon fest."

Darin irrte sich der Alcalde. Grandeprise war ein erfahrener Jäger. Er hatte am Tor gelehnt und auf die Rückkehr seiner Gefährten gewartet. Da vernahm er hinter sich ein leises Geräusch. Seine geübten Ohren erkannten den Tritt zweier Männer, die zu ihm heranschlichen. Blitzschnell lag er auf der Erde, kroch zur Seite und dann rückwärts, um sie zu beobachten. Er kam hinter einen dichten Rosenbusch zu liegen, vor dem die beiden stehengeblieben waren.

„Ich seh' ihn nicht", meinte der eine.

„Ich auch nicht", bestätigte der andre.

„Wer weiß, was dieser Mann mit der langen Nase gesehen hat. Vielleicht gibt es hier gar keinen, der Wache steht."

„Laßt uns suchen!"

Sie schlichen vorwärts, und nun erkannte Grandeprise, daß er es mit Schutzleuten zu tun habe.

„*The deuce*", brummte er, „was ist das? Suchen sie mich? Will man mich gefangennehmen? Ich muß die beiden warnen."

Er schlich in der Richtung fort, in der Cortejo und Landola von ihm gegangen waren, aber er fand sie nicht. Er suchte weiter, indem er sich in acht nahm, auf irgendeinen Lauscher zu stoßen. Da sah er einen Lichtschein durch die Büsche blitzen. Er ging darauf zu und kam an die Gruft, wo er laute Stimmen hörte.

„Hier liegt er", hörte er sagen.

„Ah, eine Leiche! Sie sollte in den Sarg des Grafen gelegt werden. Die beiden Gefangenen müssen sagen, aus welcher Gruft sie gestohlen wurde."

„Sie sind gefangen", dachte Grandeprise. „Das ist unangenehm. Sie haben nichts Böses getan, aber da diese Herren Franzosen hier am Ruder sind, werden sie kurzen Prozeß mit ihnen machen. Wo bleibe ich da mit meiner Absicht, diesen Landola zu fangen? Ich muß sehen, ob ich die beiden Leute wieder losmachen kann."

Er versteckte sich hinter einem Denkmal, das ihn verbarg und von dem aus er die Szene beobachten konnte. Unterdessen wurden Cortejo und Landola heraufgeschafft und vor die oben liegende Leiche gestellt.

„Woher habt Ihr diesen Toten geholt?" fragte der Alcalde.

Keiner antwortete.

„Laßt", sagte Kurt. „Es ist eine nicht seltene Gewohnheit des Verbrechers, zu schweigen, wenn er alles verloren gibt. Wir werden morgen bei Tageslicht schon sehen, an welcher Grabstätte dieser Leichendiebstahl begangen wurde."

„Das ist wahr", meinte der Alcalde. „Bis dahin mag alles bleiben, wie es ist. Ich lasse meine Leute hier, um dafür zu sorgen, daß nichts verändert werde. Wir andern sind genug, die beiden Grabschänder in Gewahrsam zu bringen."

Kurze Zeit später wurden Cortejo und Landola von dem Alcalden, Kurt, Geierschnabel und dem Matrosen Peters abgeführt. Die vier bemerkten nicht, daß ihnen von weitem eine männliche Gestalt folgte, um zu beobachten, wohin die Gefangenen geschafft würden. Im Gefängnisgebäude wurde noch einmal ein Verhörversuch mit ihnen angestellt, der ebenso ergebnislos ausfiel wie der erste. Da nur noch ein einziger leerer Raum vorhanden war, wurden sie beide zusammen darin untergebracht.

Kurt wandte sich nun an den Sachwalter:

„Señor Gasparino Cortejo, denkt nicht etwa, daß Ihr mit Eurem Schweigen weiterkommt als mit einem offnen Geständnis. Ich bin von allem unterrichtet und brauche Euer Geständnis nicht."

Da endlich sagte Cortejo das erste Wort. Er blickte den jungen Mann verächtlich an. „Was werdet Ihr wissen? Wer seid Ihr?"

„Ich heiße Kurt Unger und bin der Sohn des Steuermanns Unger, den Landola mit auf die Insel geschafft hatte. Straflosigkeit habt Ihr beide nicht zu erwarten, aber wenn eine Milderung möglich wäre, so doch nur in dem Fall, daß Ihr von Eurer Verstocktheit laßt."

„So. Und was wißt Ihr denn von uns?"

„Alles. Euer Spiel ist aus!"

5. Ein Trapperstreich

Unterdessen war der Jäger Grandeprise um das Gebäude herumgegangen, um die Mauern zu untersuchen. Er sah zu seinem Mißvergnügen, daß von hier aus an eine Befreiung nicht zu denken sei. Da bemerkte er, daß ein Fenster, das mit starken Eisengittern verwahrt war, erleuchtet wurde.

„Ah", brummte er, „das ist die Zelle, wo man sie unterbringt. Jetzt weiß ich wenigstens das. Oder steckt man den einen von ihnen noch anderswohin?"

Er wartete noch eine ganze Weile, um zu sehen, ob noch ein zweites Fenster erleuchtet werde. Als das nicht der Fall war, murmelte er: „Gut, sie scheinen beisammen zu sein. Jetzt gilt es, zu wissen, wann diejenigen, die sie fingen, sich wieder entfernen."

Grandeprise begab sich wieder zum Eingang zurück, wo er sich auf die Lauer legte. Es dauerte nicht lange, so öffnete sich das Tor, und vier Personen traten heraus.

„Sie sind es. Sie sind nun fort. Was nun anfangen?" flüsterte er. „Es muß schnell gehandelt werden. Morgen ist es vielleicht zu spät."

Er schritt nachdenklich die Straße entlang. Da hörte er klirrende Schritte hinter sich. Ein französischer Offizier, der so spät noch aus einer Tertulia oder Unterhaltung kam, schritt an ihm vorüber.

„Hm, welch ein Gedanke! Das wäre etwas!" brummte er. „Dieser Mensch scheint so ziemlich meine Gestalt zu besitzen. Vorwärts, nicht lang überlegt, sonst geht die Gelegenheit vorüber!"

Grandeprise eilte dem Offizier nach.

„Monsieur, Monsieur!" rief er halblaut.

„Was ist's?" fragte der Mann stehenbleibend.

„Sind Sie vielleicht der Kapitän Mangard de Vautier?"

Grandeprise hatte diese Frage ausgesprochen, um nah an den Offizier heranzukommen. Dieser antwortete:

„Nein. Ich kenne keinen Offizier dieses Namens."

„Nun, ich auch nicht", meinte der Jäger lachend.

Während dieser Worte faßte er den Franzosen mit der Linken bei der Kehle, die er fest zusammenpreßte, und versetzte ihm mit dem Kolben seines Revolvers einen Hieb an die Schläfe, unter dem der Getroffene besinnungslos zusammenstürzte.

„So, da liegt er! Nun aber weg von hier an einen sicheren Ort!"

Dabei hob Grandeprise den Offizier auf, warf ihn sich über die Schulter und trug ihn in einen einsam gelegenen Mauerwinkel, wo er ihn seiner Uniform entkleidete und ihn mit Taschentüchern fesselte und knebelte, um dann die Uniform mit seinem eignen Anzug zu vertauschen. Der Trapper steckte seine Waffen zu sich und begab sich, nun seinerseits sporenklirrend, zum Gefängnis, an dessen Tür er schellte.

„Wer da?" fragte der innenstehende Posten.

„Ordonnanz des Gouverneurs! Öffnen!" erwiderte er.
Der Schlüssel drehte sich im Schloß. Grandeprise wurde eingelassen. Der Posten trat an ihn heran, und als er beim Schein einer trübe brennenden Laterne die Uniform erkannte, grüßte er vorschriftsmäßig.
„Ist der Inspektor des Gefängnisses noch wach?" forschte der Jäger.
„Nein, Herr Kapitän", versetzte der Posten. „Er wurde aus dem Schlaf geweckt, als man vor kurzer Zeit zwei Gefangene brachte, ist aber wieder zur Ruhe gegangen."
„Wer ist an seiner Stelle?"
„Ein Schließer."
„Im Erdgeschoß?"
„Ja. Jede Front hat außerdem ihren Posten."
Grandeprise schritt über den Hof hinüber und läutete an der Tür des eigentlichen Gefangenenhauses. Der Schließer öffnete. Zur gegenwärtigen Zeit waren die Franzosen noch die eigentlichen Meister des Landes, deren Wille in vielen Beziehungen einen knechtischen Gehorsam fand. Der Trapper gab sich daher die Miene eines Mannes, der nicht geneigt ist, mit sich handeln zu lassen, und forschte gebieterisch:
„Ist der Inspektor wach?"
„Nein. Soll ich ihn wecken?" fragte der Schließer.
„Ist nicht nötig. Wieviel Mann in der Wachtstube?"
„Acht."
„Bin Ordonnanz des Gouverneurs. Können zwei Mann zur Beförderung eines Gefangenen für kurze Zeit entbehrt werden?"
„Ja."
„Schnell holen! Habe nicht viel Zeit."
Während der Schließer sich entfernte, um diesem kurz und streng gegebenen Befehl Gehorsam zu leisten, betrachtete der waghalsige Jäger den Raum, in dem er sich befand. Da gab es eine Tafel, auf der die Namen sämtlicher Insassen des Gefängnisses verzeichnet waren. Dabei las er: ‚Nummer 32: angeblich Advokat Antonio Veridante nebst Secretario.' Er wußte also die Nummer, in der die Gesuchten zu finden seien. Auf einer Schreibtafel lagen verschiedene Blätter, unter denen er auch Quittungsscheine für Entgegennahme von Gefangenen fand. Auch das kam ihm zustatten. Er nahm eiligst eine Feder zur Hand, füllte einen dieser Scheine aus und setzte den ihm bekannten Namen des Gouverneurs darunter, ganz aufs Geratewohl und ohne die Handschrift dieses hohen Beamten zu kennen. Er trocknete die Schrift, faltete das Blatt zusammen und steckte es in die Tasche. Er war kaum damit fertig,

so kam der Schließer mit zwei Soldaten zurück, die geladene Gewehre trugen.

„Hier, mein Kapitän, sind die Leute", meldete er.

„Gut. Ist ein Hauptschlüssel vorhanden, der alle Zellen schließt?"

„Ja. Ich trage ihn bei mir."

„Mir folgen! Vorwärts!"

Da Grandeprise von außen das erleuchtete Fenster gesehen hatte, so wußte er, daß die betreffende Zelle im ersten Stockwerk lag. Er stieg also, vom Schließer und den Soldaten gefolgt, die Treppe empor und schritt dann oben den Flur hinab, bis er vor Nummer 32 stand.

„Öffnen!" befahl er.

Der Schließer gehorchte ohne Widerrede. Der vor der Tür stehende Posten trat zurück, und die Tür ging auf. Beim Schein der Laterne, die der Schließer trug, erkannten die beiden Gefangenen einen französischen Offizier, der eintrat.

„Ihr seid der Advokat Antonio Veridante?" fragte Grandeprise den verkleideten Notar.

„Ja", erklärte der Spanier.

„Und dieser Mann ist Euer Sekretär?"

„Ja."

„Zeigt her!"

Diese letzten Worte waren an den Schließer gerichtet, dem Grandeprise die Laterne aus der Hand nahm. Er tat so, als ob er den beiden Gefangenen ins Gesicht leuchten wollte, hielt aber die Laterne so, daß sie auch das seinige erkennen konnten. Sie wußten sofort, woran sie waren.

„Ja, sie sind es", sagte er. „Der Gouverneur wurde mit der Nachricht von ihrer Festnahme geweckt. Er will sie augenblicklich sehen, da er weiß, daß sie verdächtigt sind, mit Juarez verkehrt zu haben."

Und sich an den Schließer wendend, zog er die Quittung hervor und sagte in einem Ton, der keine Entgegnung zuließ:

„Hier die Bescheinigung des Gouverneurs, daß Ihr mir die beiden Gefangenen verabfolgt habt. Ich bringe sie ungefähr in einer Stunde wieder. Stellt mir bis dahin eine Quittung aus, damit ich nicht zu warten brauche! Vorwärts!"

Grandeprise schob die Gefangenen zur Tür hinaus und winkte den beiden Soldaten, sie unter ihre Obhut zu nehmen. Der Schließer las beim Schein der Laterne die Quittung und wagte kein Wort des Einwands. So ging es fort, die Treppe hinab, über den Hof hinüber und zum Tor hinaus, das der Posten wieder öffnete. Draußen schlugen die Soldaten von selber die Richtung ein, die zum Gouverneur führte. Es war stockdunkel, Straßenlaternen gab es nicht, und so versicherten die Soldaten sich ihrer Gefangenen dadurch, daß sie je einen beim Arm ergriffen. Als sie eine genügende Strecke gegangen waren, zog Grandeprise sein scharfes Messer heraus. Er hatte gesehen, daß die Fesseln nur aus Riemen bestanden, und fragte jetzt die Soldaten:

„Habt Ihr die Leute auch sicher?"

„Ja, mein Kapitän", entgegnete der eine. „Wir führen sie ja beim Arm."

„Aber die Riemen?"

„Sie scheinen fest zu sein."

„Wollen es untersuchen. Riemen geben nach."

Grandeprise tat, als wolle er die Banden mit den Händen auf ihre Festigkeit prüfen, schnitt sie aber im Gegenteil durch. Die Gefangenen fühlten, daß sie frei seien, ließen sich dies aber durch keine Bewegung merken.

„Es ist gut", sagte er. „Ich glaube, wir sind nun sicher. Vorwärts wieder!"

Der Weg wurde fortgesetzt, aber bei der nächsten Straßenecke stieß der eine Soldat einen Schrei aus und stürzte zu Boden.

„Was gibt's?" fragte Grandeprise.

„*Morbleu!*" erwiderte der Mann. „Mein Häftling hat sich losgerissen und mich zu Boden geworfen. Da drüben muß er laufen!"

„Ihm nach!"

Das Gewehr im Arm rannte der Soldat fort. Schießen konnte er nicht, denn die Dunkelheit erlaubte es ihm nicht, das Geringste zu erkennen.

„Halt nur den deinen fest!" gebot Grandeprise dem andern. „Verdammt wär's, wenn wir jenen nicht wieder bekämen!"

„Keine Sorge, mein Kapitän!" beruhigte ihn der Mann zuversichtlich. „Dem soll es nicht gelingen, mir — au, oh! *Nom d'un chien!*"

„Was gibt's?" fragte Grandeprise.

Ebenso wie sein Kamerad am Boden liegend, raffte sich der Soldat empor und rief:

„Auch der meinige hat mich niedergeworfen."

„*Sacré!* Was für Schwächlinge seid denn ihr? Laßt euch von diesen Schlingeln zur Erde bringen! Wo ist er denn?"

„Fort", antwortete der Mann sehr kleinlaut. „Da vorn scheint er zu rennen!"

„Lauf, sonst mach' ich dir Beine!" gebot der verkleidete Trapper barsch. „Kriegst du ihn nicht wieder, so soll dich der Teufel holen!"

Der Soldat rannte voll Angst davon. Seine Schritte waren noch nicht verklungen, so drehte sich der Jäger kurz um und ging den Weg zurück, den sie gekommen waren.

„Verdammt klug haben es die beiden gemacht", brummte er vergnügt. „Diese Franzosen haben nichts gesehen, ich hab' es deutlich bemerkt. Sollte mich wundern, wenn sie nicht hier in dieser Gegend zu mir stießen."

Grandeprise hatte richtig vermutet, denn kaum war er mit diesem Gedanken zu Ende gekommen, so huschten zwei Gestalten zu ihm heran.

„Eingetroffen, ‚Kapitän'!" lachte der eine halblaut.

„Ich auch", meinte der andre, ebenso lachend.

Es waren Landola und Cortejo.

„Wo sind die Soldaten?" fragte der Pirat.

„Weit fort!" frohlockte der Trapper.

„Was für Dummköpfe! Denken die, daß wir vorwärts rennen! Ich habe mich einfach niedergeduckt."

„Ich ebenso", sagte Cortejo. „Aber nun erklärt uns, Señor Grandeprise, wie Ihr in diese Uniform kommt!"

„Sehr einfach", lachte der Jäger. „Ich schlug einen Offizier nieder und nahm sie ihm ab."

„*Caramba!* Welch ein Wagnis! Aber der Offizier, den Ihr niederschlugt?"

„Er liegt jedenfalls noch dort. Ich habe ihm einen Knebel gegeben, daß er nicht mucksen kann. Jetzt suche ich ihn auf und gebe ihm seine Uniform wieder."

Sie schritten der Stelle zu, wo Grandeprise den Offizier zurückgelassen hatte. —

Unterdessen waren Kurt und Peters, nachdem sie sich vom Alcalden getrennt hatten, in ihren Gasthof zurückgekehrt, um sich schlafen zu legen. Geierschnabel aber verschmähte es, zur Ruhe zu gehen. Er konnte sich einer gewissen Befürchtung nicht enthalten. Waren die Gefangenen sicher untergebracht? Reichte die Beaufsichtigung zu, unter der sie im Gefängnis standen? Ja, wenn man da draußen in der Prärie, im Urwald einen Gefangenen macht, bewacht man ihn selber, und da weiß man genau, was man oder er erwarten und hoffen kann. Hier aber muß man seine Gefangenen der Behörde übergeben, und diese Frau Behörde war in Mexiko eine gar eigentümliche und sehr wenig zuverlässige Persönlichkeit, besonders zur damaligen Zeit.

Geierschnabel trieb es darum fort, ein wenig zu lauschen, ob in der Nähe des Gefängnisses alles in Ordnung sei. Er steckte seine Revolver und sein Messer zu sich und schlich davon. Er hatte die Gegend, wo das Gefängnis lag, beinahe erreicht, als er durch ein Gäßchen ging, das von zwei Mauern begrenzt wurde. Diese Mauern waren dunkel und nicht sehr hoch. Die eine davon bildete eine Einbiegung, einen schmalen Winkel, der noch dunkler dalag als das an und für sich finstere Gäßchen.

Indem er nun so leise dahinschritt, wie es Art der Savannenleute ist, war es ihm, als höre er in diesem Winkel eine Bewegung. Das fiel ihm auf. Er trat näher. Sein scharfes, an die Dunkelheit gewöhntes Auge erkannte eine auf der Erde liegende Masse, die sich mühsam hin und her zu bewegen versuchte. Er bückte sich nieder, die Hand am Griff des Messers. Ah! Diese Hand glitt bald vom Messer weg, denn der Mann, der hier lag, war halb nackt, gebunden und geknebelt, und neben ihm befand sich ein Kleiderbündel. Der Trapper nahm ihm bedächtig einstweilen nur den Knebel, ließ ihm aber die Fesseln noch. Er wollte erst wissen, wen er vor sich habe.

„He, guter Freund, wer seid Ihr denn?" brummte er.

„*Mon dieu!*" stöhnte der Gefragte. „Welch ein Glück, daß ich wieder atmen kann!"

„Was geht mich Euer Atem an? Wer Ihr seid, will ich wissen?"

„Ah, ich bin ein französischer Offizier. Kapitän Durand ist mein Name."

„Das glaube, wer da will! Läßt sich ein französischer Offizier so leicht überfallen und binden?"

„Ich erhielt unerwartet einen Hieb auf den Kopf, der mir die Besinnung raubte."

„Ja, so ist es, wenn man die Besinnung nur im Kopf und nicht in den Fäusten hat. Sogar ausgezogen hat man Euch. Zu welchem Zweck?"

„Ich weiß es nicht. Bitte befreit mich von den Fesseln!"

„Nur langsam! Zunächst muß ich wissen, woran ich bin. Hier liegen Kleider!"

„Es sind die meinigen", erklärte Durand.

„Ah! Warum geht ein französischer Kapitän nicht in Uniform?"

„Ich bin ja in Uniform gegangen!"

„Und hier liegen lange, grobe Stiefel, eine Leinwandhose, eine alte Jacke, ein baumwollenes Halstuch, ein alter Ledergürtel und ein Hut, den man in der Dunkelheit für einen Waschbär oder einen schwarzen Kater halten könnte."

„*Nom d'une pipe!* So sind es nicht meine Kleider. Sie gehören dem, der mich überfallen hat. Er trug solch einen dunklen Hut mit breiter Krempe."

„Schön! Er hat sich also hier ausgezogen und Eure Uniform angelegt? So erzählt mir, wie das mit dem Überfall zugegangen ist!"

„Ich kam aus einer Tertulia. Da begegnete mir ein Mensch, der mich fragte, ob ich Kapitän Soundso sei. Den Namen habe ich vergessen. Ich sagte ihm, daß ich keinen Kapitän dieses Namens kenne, und er antwortete: ‚Ich auch nicht!' Dabei war er nah getreten und versetzte mir einen Schlag an den Kopf, daß ich sofort niederstürzte und die Besinnung verlor."

„Hm! So schlagen wir Präriejäger zu. Und die Fetzen, die hier liegen, sehen kann man sie nicht genau, aber sie fühlen sich an wie Präriezeug, so dick und hart, so schön prasselig vor Dreck und Schmutz. Sollte es etwa ein Savannenmann gewesen sein?"

„Ich kann das nicht sagen", bedauerte der Franzose. „Macht mich nur von den Fesseln los!"

In Geierschnabel begann ein Verdacht aufzudämmern. „Wo ist der Überfall geschehen? Etwa in der Nähe des Gefängnisses?"

„Ja, gar nicht weit davon."

„Da hat man's! Und wer da draußen Wache gestanden hat, den haben wir nicht gefangen. Wer aber ist am besten geeignet, Wache zu halten? Ein Präriemann!"

„Ich verstehe nicht, was Ihr meint!" klagte der Gefesselte.

„Das ist auch gar nicht notwendig. Wenn nur ich verstehe, was mich ärgert. Bleibt hübsch still liegen! Ich komme gleich wieder."

Bei diesen Worten eilte der Jäger davon. Durand rief ihm nach: „Aber so laßt mich doch um Gottes willen nicht hilflos!"

Geierschnabel hörte gar nicht darauf. Er schritt so rasch davon, als gelte es, einen Wettlauf zu machen. Beim Gefängnis angekommen, schellte er. Der Posten fragte:

„Wer ist draußen?"

„Geierschnabel!"

„Kenne ich nicht."

„Ist auch nicht notwendig. Macht nur auf!"

„Darf ich nicht. Des Nachts haben nur Beamte Zutritt."

„Bin doch vorhin auch mit dagewesen, als wir die beiden Gefangenen brachten."

„Ah, da war der Alcalde dabei."

„Da schlage doch gleich der leibhaftige Teufel drein! Und dabei darf und kann man nicht einmal durch die Mauer spucken, sonst würde ich mir einmal eine Güte tun! Sind die beiden Gefangenen noch da?"

„Nein."

„*Demonio!* Da hat man das Unglück! Wo stecken sie denn?"

„Beim Gouverneur. Ein französischer Kapitän hat sie geholt."

„Den habt Ihr aber wohl hineingelassen? Ja, Spitzbuben läßt man hinein in diese Bude, ehrliche Leute aber nicht. Mann, dieser ‚Kapitän' war kein Offizier, sondern ein Schwindler und Betrüger. Wenn Euer Kaiser lauter solche Esel hat, so verdenke ich es ihm freilich nicht, daß er Euch da hinüberschickt, denn er weiß sonst gar nicht, wohin mit diesem Viehzeug!"

„Halt!" rief da der Posten, indem er den Schlüssel ansteckte. „Halt, jetzt könnt Ihr eintreten. Kommt herein, mein lieber Freund!"

„Danke sehr! Weil ich ein bißchen geschimpft habe, darf ich hinein, nicht wahr? Aber natürlich, um festgenommen zu werden? Nein, so dumm sind wir nicht wie ihr, ich danke für das Privatvergnügen! Laß dich für mich einsperren wenn ihr noch leere Plätze habt. Ich empfehle mich, mein lieber Sohn!"

Als der Posten das Tor erreichte und ihn fassen wollte, war Geierschnabel schon an der Ecke und kehrte zu dem Offizier zurück.

„Kommt Ihr endlich wieder?" wehklagte dieser schon von weitem. „Ich dachte daß Ihr mich völlig verlassen hättet."

„Unsinn. Ich wollte nur sehen, ob Ihr mich nicht belogen habt. Ihr habt mir die Wahrheit gesagt."

„Nun, so befreit mich endlich von den Fesseln!"

„Möchte gern, aber es geht ja nicht, weil wir sonst den Mann, der Euch überfallen hat, nicht fangen. Er muß denken, Ihr liegt noch so, wie er Euch herlegte. Er hat Euch nur deshalb niedergeschlagen, weil er Eure Uniform gebraucht hat. Sobald er dieser nicht mehr bedarf, bringt er sie wieder. Horch! Da kommen zwei Leute!"

Geierschnabel lauschte gespannt in das Gäßchen.

„Nein", verbesserte er sich, „es sind nicht zwei, sondern drei. Zwei treten in gewöhnlicher Weise auf, der dritte aber hat den leisen Savannenschritt. Sie sind es. Schnell das Tuch wieder um den Mund! Stellt Euch nur so, als wärt Ihr noch immer besinnungslos, und redet kein Wort, sonst könnte es Euch doch noch schlimm ergehen!"

Ehe er es sich versah, hatte der Offizier den Knebel wieder am Mund, und der Jäger war mit einem raschen Satz über der Mauer. Dort drückte er sich so an diese, daß er auf keinen Fall gesehen werden konnte, aber jedes Wort hören mußte. Die Schritte nahten und verstummten in der Nähe. Ein Flüstern war zu hören, und dann löste sich eine Gestalt von den dreien, trat näher und bückte sich zu dem Offizier herab.

„*The deuce*, muß mein Hieb diesmal kräftig gewesen sein!" sagte der Mann halblaut, so daß die beiden andern ihn hören konnten. „Der Offizier ist noch immer besinnungslos."

„So habt Ihr ihn gar erschlagen?"

„Nein, Leben hat er noch. Ich werde jetzt seine Uniform ausziehen und wieder herlegen."

„Und die Fesseln? Die laßt Ihr ihm?"

„Nein, ich nehme sie ihm ab. Wenn er erwacht, soll er sich frei entfernen können."

„So gehen wir einstweilen, da wir noch eine kleine Besorgung haben. Im Gasthof treffen wir uns wieder."

„Gut, so werde ich sehen, wie ich meine Zeit bis dahin verbringe."

Cortejo und Landola entfernten sich. Als sie eine Strecke zurückgelegt hatten, fragte der Advokat:

„Warum belogt Ihr ihn, indem Ihr sagtet, daß wir noch eine kleine Besorgung haben."

„Erratet Ihr das nicht? Damit wir ihn loswerden."

„Aber wie? Er kommt doch in den Gasthof."

„Da sind wir schon fort. Wir verlassen augenblicklich die Stadt."

„Das geht nicht. Wir sind ja mit unsrer Aufgabe noch gar nicht zu Ende."

„Sie ist gescheitert und nicht mehr zu lösen. Wir kehren in den Gasthof zurück, schleichen leise hinein und stehlen uns nur mit dem Notwendigsten weg. Sieht mein Stiefbruder, daß unser Gepäck noch da ist, so glaubt er, wir kehren zurück, und wird tagelang warten."

„Dann wird er doch nach Santa Jaga kommen und uns finden", wendete Cortejo ein.

„Nein, denn wir werden dort schon zu Ende sein", behauptete Landola zuversichtlich.

„Wie aber kommen wir hin? Laufen können wir doch nicht."

„Wir reiten. Jeder Pferdehändler hilft uns aus. Ich sah heut das Schild eines solchen unweit von unserm Gasthaus. An ihn wenden wir uns."

„Beeilen wir uns also, damit wir schon fort sind, wenn Euer Bruder zurückkehrt!"

Als Cortejo und Landola ihren Gasthof erreichten, stiegen sie über die Hofmauer und gelangten unbemerkt auf ihr Zimmer. Dort nahmen sie, wie besprochen worden war, nur das Allernötigste mit und kehrten auf dem gleichen Weg auf die Straße zurück. Nach einigem Klopfen gelang es ihnen, den Pferdehändler aus dem Schlaf zu wecken. Sie sagten, daß sie auf Mietpferden aus Queretaro kämen, und da sie augenblicklich nach Puebla müßten, so seien sie gezwungen, sich noch während dieser Nacht und in aller Eile Pferde zu kaufen.

Der Mann führte sie in den Stall und zeigte die Tiere. Sie wurden schnell handelseinig. —

Inzwischen war Grandeprise zu dem scheinbar noch ohnmächtigen Offizier getreten, hatte die Uniform ausgezogen und den Degen abgelegt, um an Stelle dieser Sachen seine eignen Kleidungsstücke wieder anzuziehen. Dann entfernte er sich, nachdem er dem regungslos Daliegenden noch den Knebel und die Fesseln abgenommen hatte. Jetzt war Geierschnabels Zeit gekommen. Er schwang sich wieder über die Mauer herüber und eilte, ohne sich um den Offizier, um den er nun unbesorgt zu sein brauchte, zu bekümmern, dem sich Entfernenden nach. Dabei hatte er die Klugheit, seine Stiefel auszuziehen, so daß seine Schritte unmöglich gehört werden konnten. Er folgte seinem Vordermann langsam durch mehrere Straßen, bis dieser seinen Gasthof erreichte. Dort blieb Grandeprise eine Weile stehen und stieg, als ihm das Warten zu lange dauerte, über den Zaun, um durch den Hof in sein Gelaß zu gelangen. Geierschnabel schritt sinnend eine kleine Strecke weiter. Es war jetzt die Nacht vorgeschritten, und über den Anhöhen des Ostens begann sich ein fahles Licht auszubreiten. Da wurde in kurzer Entfernung ein Tor geöffnet, aus dem zwei Reiter hervorkamen. Am Tor stand ein Mann.

„*Adios*, Señores", grüßte er. „Glückliche Reise!"

„*Adios*", entgegnete einer von den zweien. „Der Handel, den Ihr gemacht habt, ist nicht schlecht zu nennen."

Sie ritten davon, und der Mann verschwand hinter dem Tor. Geierschnabel horchte ihnen nach.

„Bei Gott", murmelte er, „die Stimme des Reiters klang wie jene, die dort bei dem gefesselten Offizier mit dem seltsamen Jäger gesprochen hat. Aber das muß eine Täuschung sein, da diese Reiter eine Reise antreten, während Cortejo und Landola in ihren Gasthof zurückgekehrt sind."

Er schritt sinnend eine kleine Strecke weiter und blieb endlich wieder überlegend stehen.

„Der Teufel traue sich und noch weniger andern!" brummte er. „In dieser schlechten Welt, in der es keinen guten Menschen gibt, wird der beste Mensch von den übrigen betrogen. Das Sicherste ist doch das Beste. Ich werde mich erkundigen, obgleich in diesem Gasthaus noch keine Menschenseele wach sein wird."

Er kehrte zum Gasthof zurück. Seit der Anwesenheit der Franzosen hatten alle diese Häuser, wo früher fest an den alten Gebräuchen gehalten wurde, sich den europäischen Sitten anbequemt. Es waren da

Kellner, Kellnerinnen und Hausknechte zu finden, Ein Geist von der letzten Sorte erschien, als Geierschnabel die Glocke zum drittenmal in Bewegung gesetzt hatte. Er machte ein schläfriges und verdrießliches Gesicht und grollte:

„Wer klingelt denn mitten in der Nacht!"

„Ich", antwortete Geierschnabel gelassen.

„Das merke ich. Aber wer seid Ihr denn?"

„Ein Fremder."

„Auch das merke ich. Und was wollt Ihr?"

„Mit Euch sprechen."

„Sogar das bemerke ich. Aber ich habe keine Zeit. Gute Nacht!"

Der Hausknecht wollte die Tür schließen, aber Geierschnabel war rasch genug, ihn daran zu hindern. Er ergriff ihn beim Arm und fragte, obgleich der Hausknecht viel älter schien als er selber:

„Mein lieber Sohn, warte noch einen Augenblick! Weißt du, was ein Duo oder ein Dollar wert ist?"

„Fünfmal soviel als ein Frank."

„Sieh, zwei Dollar oder zehn Franken gebe ich dir, wenn du deinen lieblichen Mund öffnen willst, um mir einige kleine Fragen zu beantworten."

Das war dem Mann noch selten vorgekommen. Er starrte den freigebigen Fremden an:

„Ist das wahr, Señor? So gebt zuerst das Geld!"

„Nein, nein, mein Sohn. Erst mußt du mir sagen, ob du mir antworten willst."

„Gut. Ich werde antworten."

„Das freut mich. Hier hast du zehn Franken."

Geierschnabel griff in die Tasche, zog seinen Lederbeutel und drückte dem Hausknecht ein Geldstück von dem angegebenen Wert in die Hand.

„Señor", meinte dieser, „ich danke Euch. Unsereiner braucht seinen Schlaf sehr notwendig, aber für so ein Trinkgeld steh' ich zu jeder Zeit auf. Fragt!"

„Es ist nicht viel, was ich zu fragen habe. Wohnen heut viele Fremde hier?"

„Nicht sehr viele. Zehn oder elf."

„Sind dabei drei, die zusammengehören?"

„Nein, wenigstens glaube ich es nicht. Alle wohnen einzeln, außer zweien, die zusammen ein Zimmer genommen haben. Der eine ist Señor Antonio Veridante und der andre dessen Sekretär."

„Ein dritter ist nicht dabei!"

„Ein dritter kam mit ihnen, wohnt aber nicht bei ihnen. Wie er heißt, weiß ich nicht. Er geht sehr einfach gekleidet, fast wie ein armer Vaquero oder Jäger."

„Sind diese drei Personen am Abend ausgegangen?"

„Sie sind seit Einbruch der Nacht fort."

„Aber sie sind wiedergekommen?"

„Ich habe nichts bemerkt."

„Ich möchte einige vertrauliche Worte mit diesem Jäger oder Vaquero sprechen. Wird es möglich sein?"

„Werdet Ihr es verantworten, wenn ich ihn wecke, falls er überhaupt daheim ist?"

„Er ist daheim. Und verantworten werde ich es. Gibt es einen Raum, in dem wir sein können, ohne belauscht zu werden?"

„Er schläft nur in einer Hängematte und kann Euch also bei sich empfangen, wann er will. Soll ich ihm einen Namen nennen?"

„Ja. Sagt ihm, Don Velasquo d'Alctantaro y Perfido de Rianza y Hallendi de Salvado y Caranna de Vesta-Vista-Vusta wünscht ihn zu sprechen."

Geierschnabel sagte diesen Namen so adelsstolz, daß der dienstbare Geist keinen Zweifel in diese Angabe setzte.

Der Hausknecht ging. Vom Hof aus führte eine Holztreppe zu den Räumen empor, die hier mit der Bezeichnung Fremdenzimmer beehrt wurden. Der Mann klopfte leise an eine der Türen. Grandeprise war erst vor wenigen Minuten nach Haus gekommen und schlief noch nicht. Er lag angekleidet in der Matte.

„Wer ist's?" fragte er, erstaunt über dieses Klopfen.

„Der Hausmeister. Darf ich hereinkommen?"

„Ja."

Die Tür öffnete sich leise, damit kein andrer Gast geweckt werde, und der Mann trat ein.

„Was gibt's?" forschte der Jäger besorgt.

„Señor, es ist ein Fremder unten, der Euch zu sprechen wünscht. Ein hoher Herr von Adel. Es ist ein Don — Don — Don Alcanto de Valesquo y — y — y mit einem sehr langen Namen."

Der Jäger schüttelte den Kopf. „Nun, da bin ich neugierig. Er mag kommen!"

Als der Hausknecht sich entfernt hatte, brannte Grandeprise sein Licht an und blickte zum Revolver, ob dieser auch im Schuß sei. Da trat der Fremde ein und zog die Tür hinter sich zu, deren Riegel er obendrein vorsichtig vorschob. Die beiden blickten einander erstaunt an. Das hatte keiner von ihnen erwartet.

„*Zounds!*" rief der eine. „Grandeprise!"

„*Heigh-day!*" der andre. „Geierschnabel, Ihr hier? Wie kommt Ihr hierher nach Mexico? Ich sah Euch doch bei Juarez!"

„Und ich sah Euch zum Rio del Norte reiten. Wißt Ihr, daß Euer Name einen guten Klang hat, aber daß auch etwas Widerwärtiges dabei ist? Es gibt einen großen Schuft, der ebenso heißt."

„*The deuce!* Kennt Ihr ihn?"

„Sehr gut sogar", nickte Geierschnabel. „Persönlich und vom Hörensagen."

„Ist das möglich? Hört, ich suche diesen Schurken schon seit langer Zeit!"

Geierschnabel blickte ihn befremdet an. „Ihr sucht ihn? Hm. Hm. Und ihr habt ihn noch nicht gefunden?"

„Leider nicht."

„So. Hm, hm. Ich denke, ein Jäger muß doch Augen haben!"

„Hoffentlich habe ich welche!"

„Ja, aber ob sie sehen gelernt haben? Ich bezweifle es sehr!"

Die Miene Grandeprises verfinsterte sich. „Soll ich etwa annehmen, daß Ihr mich beleidigen wollt?"

„Nein. Aber setzt Euch doch in Eure Hängematte und erlaubt mir, mich dieses Stuhls zu bedienen! Dann werde ich Euch etwas sagen, was wir näher besprechen müssen."

„Setzt Euch! Was habt Ihr mir zu sagen?"

Geierschnabel setzte sich auf den Stuhl, spuckte sein Priemchen mit einem dicken Saftstrahl über die ganze Stube, biß sich ein neues, gewaltiges Stück Kautabak ab. Erst als dieses in der Backe den gehörigen Platz gefunden hatte, begann er:

„Ich will Euch in aller Freundschaft bemerken, daß Ihr entweder ein ungeheurer Schurke oder ein bedauerlicher Schwachkopf seid!"

Da glitt der andre blitzschnell aus der Hängematte, zog den Revolver, stellte sich vor den Sprecher und drohte:

„Hölle und Teufel! Wißt Ihr, wie man auf ein solches Wort antwortet!"

Geierschnabel nickte gelassen. „Unter Jägern mit dem Messer oder mit der Kugel, falls die Sache nicht zu beweisen ist."

„Ich hoffe aber nicht, daß Ihr sie beweisen könnt, Geierschnabel!"

„Pah! Steckt Eure Drehpistole ein und hört mich an! Habe ich unrecht, so bin ich bereit, wenn wir uns die Hälse brechen wollen."

Grandeprise behielt den Revolver in der Hand, ließ sich aber finstern Blicks in die Hängematte zurückgleiten und entgegnete:

„So redet! Aber nehmt Euch in acht! Ein Wort zuviel, und meine Kugel sitzt Euch im Kopf!"

„Oder Euch die meine!" lachte Geierschnabel. „Ihr behauptet, mich zu kennen, und täuscht Euch da doch gewaltig. Meine Kugel hätte heut schon einigemal Gelegenheit, vielleicht auch Veranlassung, gehabt, Euch im Kopf zu sitzen. Doch das ist Nebensache. Antwortet mir aufrichtig! Ihr wart in Vera Cruz?"

„Ja."

„Dort lerntet Ihr zwei Männer kennen, einen Señor Antonio Veridante und dessen Sekretär? Ihr kamt mit ihnen gestern nach Mexiko und hieltet am Abend draußen auf dem Friedhof die Wache, als diese beiden Männer eine Leichenschändung und einen Betrug ausführten?"

Grandeprise blickte erstaunt auf. „Wie kommt Ihr zu dieser Frage? Ja, ich hatte die Wache. Aber es ist dabei weder von einer Schändung noch von einem Betrug die Rede."

„Davon seid Ihr überzeugt?"

„Ich schwöre darauf!" beteuerte Grandeprise.

„Nun, ich will Euch glauben. Aber damit beweist Ihr, daß Ihr zwar kein Schurke, aber dafür ein gewaltiger Schwachkopf seid."

Der andre wollte abermals aufbrausen, doch Geierschnabel fiel ihm schnell in die Rede:

„Seid ruhig! Ich bringe Beweise. Eure beiden Begleiter wurden gefangengenommen. Nicht wahr?"

„Leider ja."

„Um sie zu befreien, schlugt Ihr einen Offizier nieder und holtet die Kerle heraus?"

Da erschrak Grandeprise. „*Bless my soul!*" meinte er. „Woher wißt Ihr das? Es war ein wohlgelungener Trapperstreich, auf den ich stolz sein kann, und ich hoffe, daß Ihr als Kamerad mich nicht verraten werdet!"

„Ich bin kein Verräter. Auch beneide ich Euch keineswegs um diesen Trapperstreich, den Ihr wohlgelungen nennt. Sagt mir doch einmal, woher Ihr eigentlich jenen Schurken Grandeprise kennt?"

Der Gefragte blickte dem Sprecher forschend ins Gesicht und erwiderte dann: „Alle Welt weiß, daß Geierschnabel ein ehrlicher und tüchtiger Westmann ist, und darum will ich es ruhig hinnehmen, daß Ihr so mit mir redet, wie ein andrer es niemals wagen dürfte. Ich will Euch sagen, daß dieser Seeräuber Grandeprise mein ärgster Feind ist, und daß ich ihn seit langen Jahren suche, um endlich einmal Abrechnung mit ihm zu halten."

„So, so", lachte Geierschnabel. „Das ist lustig. Ihr sucht den Schurken und hattet ihn doch. Und nachdem ich mir mit andern die größte Mühe gegeben habe, ihn aufzufinden und festzusetzen, da holt Ihr ihn wieder heraus und laßt ihn entlaufen!"

Und nun gab Geierschnabel dem irregeleiteten Jäger eine gedrängte, aber vollständige Darstellung alles dessen, was er selber von der Geschichte der Grafen von Rodriganda wußte. Grandeprise hörte mit immer wachsendem Erstaunen zu, und nachdem der Erzähler geendet hatte, rief er:

„Herrgott! Und diesen Pablo Cortejo nebst Tochter habe ich ebenfalls gerettet!"

„Ihr?" fragte Geierschnabel überrascht.

„Ja. Oh, nun wird mir alles klar. Ohne mich wäre er blind gewesen und verschmachtet und seine Tochter in Gefangenschaft."

„Das müßt Ihr erzählen."

„Ich werde es tun, obgleich ich anfange, zu glauben, daß ich albern gehandelt habe."

Grandeprise berichtete alles von dem Augenblick, da er Pablo Cortejo am Rio Grande del Norte getroffen hatte, bis zu den Ereignissen des gegenwärtigen Tags. Geierschnabel hörte mit größter Spannung zu, dann sagte er:

„Hört, jetzt freue ich mich, Euch aufgesucht zu haben, denn nun weiß ich, wo wir die spurlos Verschwundenen finden werden. Aber nun sollt Ihr endlich erfahren, wer dieser Advokat Antonio Veridante eigentlich ist: niemand anders als Gasparino Cortejo!"

„Unmöglich!"

„Freilich! Er sucht seinen Bruder! Heut abend wollte er eine Leiche in den leeren Sarg des noch lebenden Grafen Fernando legen. Wir erwischten ihn. Ihr aber habt ihn wieder befreit."

„Ich wiederhole es: das ist unmöglich!"

„Pah! Und wollt Ihr wissen, wer der Sekretär dieses Veridante, des Gasparino Cortejo, war? Dieser brave und ehrenwerte Sekretär war kein andrer als der, den Ihr so vergeblich gesucht habt, nämlich Henrico Landola, der Seeräuberkapitän Grandeprise."

Der Jäger stand wie erstarrt da. Er war schon vorher aus der Hängematte aufgesprungen und bot nun mit seinen ausgestreckten Armen, seinem offnen Mund und seinen weit aufgerissenen Augen ein Bild des verkörperten Erstaunens, des Fleisch gewordenen Entsetzens.

„Der —?" rief er endlich. „Der — der soll Henrico Landola gewesen sein?"

„Ja. Er hat Euch betrogen, getäuscht und ausgelacht, und Ihr habt ihm vertraut, habt ihm alles aufs Wort geglaubt. Und zuletzt, als wir diesen Menschen, der eigentlich ein Teufel ist, festgenommen hatten, da habt Ihr Freiheit, Ehre und selbst das Leben darangesetzt, um ihn zu befreien, so daß diese Schlange nun wieder stechen und töten kann wie vorher."

Grandeprise holte tief und gepreßt Atem. „Ich werde doch meinen Stiefbruder kennen."

„Ah! Er ist noch dazu ein so naher Verwandter von Euch?"

„Ja. Diese Verwandtschaft ist der Fluch meines Lebens. Aber ich behaupte doch: er war's nicht!"

„Pah! Habt Ihr denn gar nicht bemerkt, daß beide sich die Gesichter mit Kleister oder irgendeinem Mittel beschmiert und so verändert hatten, daß allerdings ein sehr scharfes Auge dazu gehört hätte, hinter diese Schminke zu blicken?"

Da endlich fiel es Grandeprise wie Schuppen von den Augen. „Mein Gott", rief er, „ja, das muß es gewesen sein. Sooft ich die Stimme dieses Sekretärs hörte, war es mir, als sei sie mir bekannt. Sie stieß mich von ihm ab. Oh, ich Esel aller Esel! Meine Dummheit ist grenzenlos gewesen. Geierschnabel, Ihr habt noch viel zu wenig gesagt, als Ihr mich einen Schwachkopf nanntet. Ich gebe Euch die Erlaubnis, noch ganz andre Worte zu gebrauchen, Geierschnabel."

„Na, na", lachte der Trapper gutmütig. „Sobald einer seine Fehler bekennt, hat er schon begonnen, ein gescheiter Mann zu sein."

„Aber die Folgen!" seufzte Grandeprise. „Daß ich bei dieser Leichengeschichte Wache gestanden habe, daß ich mich an einem Offizier vergriffen und die Gefangenen befreit habe! Wie habt Ihr das denn herausbekommen?"

Geierschnabel erzählte auch das und fügte hinzu:

„Es ist das freilich eine verwickelte Geschichte. Aber Ihr seid Jäger wie ich und sonst ein braver Mann. Wir sind Kameraden, und in der Savanne haben wir unsre eignen Regeln und Gebräuche. Was kümmern uns die Gesetze andrer? Und immerhin haben wir durch Euch den Ort kennengelernt, wo wir die Cortejos und den Landola zu suchen haben: im Kloster della Barbara zu Santa Jaga."

„Ihr irrt!" sagte er. „Wir haben sie viel näher. Ihr glaubt nicht, wie leicht wir sie haben können."

Geierschnabel ließ ein fast mitleidiges Lächeln sehen. „Da habt Ihr sehr recht, ich glaube es allerdings nicht! Ihr meint, daß Landola und Gasparino Cortejo sich hier im Gasthaus befinden? Könnt Ihr in ihr Zimmer kommen?"

„Zu jeder Minute."

„Gut, wollen sofort nachsehen?"

„Wir werden sie wecken, und dann sollen sie mir alles bezahlen, was ich bisher bezahlen mußte!"

„Unsinn! Wir werden sie nicht wecken, denn sie werden gar nicht da sein."

„So kommen sie doch!"

„Hm! Ich habe so eine Ahnung und glaube nicht, daß sie mich täuschen wird. Kommt, wollen sehen!"

Die Männer nahmen das Licht zur Hand und schlichen vorsichtig zu dem betreffenden Zimmer. Man konnte ungehindert eintreten. Geierschnabel hatte recht. Die Gesuchten waren nicht da.

„Sie werden aber doch zurückkehren", behauptete Grandeprise.

„Meint Ihr? Da wären sie dumm genug. Mit Tagesanbruch wird man in der ganzen Stadt die Geschichte von dem falschen Offizier und den entkommenen Gefangenen wissen. Dann beginnen die Nachforschungen, und diese zwei Menschen sind klug genug, sich nicht so lange herzusetzen, bis sie ergriffen werden. Sie sind fort."

„Und mich hätten sie hier gelassen?"

„Warum nicht? Soll ich Euch das beweisen? Schaut her!"

Geierschnabel hatte mit dem Licht auf die Diele geleuchtet und hob etwas auf, was er Grandeprise hinhielt: „Was ist das?"

„Straßenkot!"

„Fühlt ihn an! Wie findet Ihr ihn?"

„Er ist noch naß und weich."

„Wann haben die Gauner diese Stube verlassen, ehe sie zum Gottesacker gingen?"

„Eine Stunde vor Mitternacht."

„Nun, von daher kann der Schmutz nicht stammen, denn dann wäre er hart und trocken geworden. Das, was wir hier sehen, ist vor kaum dreiviertel Stunden vom Stiefel abgetreten worden. Sie sind also dagewesen."

„*Hang it all!* Die Flucht wird ihnen aber doch nicht gelingen! Sie sind gewiß nach Santa Jaga, und dort werden wir sie erreichen."

„Darin will ich Euch nicht unrecht geben. Aber hört meinen Rat! Die Polizei wird rasch ausfindig machen, daß die Flüchtlinge hier gewohnt haben. Seid Ihr dann noch da, so ist's um Euch geschehen."

„Ihr habt recht!" stimmte Grandeprise zu. „Ich gehe fort. Aber wohin?"

„Gleich mit mir. Der Hausknecht wartet drunten. Bezahlt ihm Eure Zeche, so seid Ihr fertig. Meine Anwesenheit ist ein guter Vorwand, Euern Fortgang zu rechtfertigen."

Das geschah. Nach zehn Minuten gingen die beiden zum Tor hinaus. Als sie beim Pferdevermieter vorbeikamen, stand dieser vor der Tür. Geierschnabel benutzte diese Gelegenheit und erkundigte sich:

„Habt Ihr viele Pferde im Stall, Señor?"

„Heut nur vier", lautete die Antwort.

„Verkauft Ihr eins davon?"

„Eins, ja! Die übrigen brauch' ich selber. Die zwei letzten, die ich nicht behalten konnte, habe ich heut nacht an zwei Fremde aus Queretaro verkauft. Sie wollten nach Puebla."

Geierschnabel ließ sich das Äußere der Fremden beschreiben und bekam die Überzeugung, daß es wirklich Cortejo und Landola gewesen seien. Grandeprise erstand nach raschem Handel das letzte verkäufliche Pferd. Als Geierschnabel mit ihm in seinen Gasthof kam, ließ er Kurt wecken. Dieser erstaunte sehr, als er erfuhr, was sich während seines Schlafs zugetragen hatte. Sofort wurde beschlossen, den Flüchtlingen nachzureiten.

Kurt mußte erst mit Herrn von Magnus und dem Alcalden sprechen. Er konnte also nicht sogleich fort. Es verstand sich von selber, daß bei diesen Herren die Beteiligung Grandeprises an den gestrigen Ereignissen mit Schweigen übergangen werden sollte. Um seiner Sicherheit willen mußte er sofort aufbrechen. Geierschnabel ritt mit ihm. Es wurde ausgemacht, daß beide in Tula warten sollten, bis Kurt und Peters zu ihnen gestoßen seien.

Daß Cortejo und Landola beim Pferdeverleiher angegeben hatten, sie kämen aus Queretaro und wollten nach Puebla, also in einer ihrer eigentlichen entgegengesetzten Richtung, das konnte niemand irremachen. Die Kunde von dem Geschehenen verbreitete sich am Morgen rasch in der Stadt. Die Polizei geriet in eine fieberhafte Tätigkeit und entdeckte, wie Geierschnabel vermutet hatte, bald, wo die Entflohenen gewohnt hatten. Auch auf Grandeprise und selbst auf Geierschnabel fiel der Verdacht. Der Hausknecht konnte angeben, daß noch während der Nacht ein fremder, reicher Don gekommen sei, der den Jäger oder Vaquero abgeholt hatte. Man erkundigte sich, wie er geheißen und ausgesehen habe, und von diesem Augenblick an war im Schwarzen Buch der Polizei zu lesen, daß man nach einem gewissen Don d'Alasquo Velantario fahnde, der eine ungeheure Nase besitze, die sich jeder als Warnungszeichen dienen lassen möge.

6. Im Kloster della Barbara

Im Amtszimmer des Klosters della Barbara zu Santa Jaga saß der alte Doktor Hilario, in das Studium eines Buchs vertieft. Dieses Buch war Luigi Regerdis „Über die Kunst, Könige zu beherrschen". Er war darin so sehr vertieft, daß er ein halblautes Klopfen an der Tür zweimal überhörte. Erst als dieses zum drittenmal, und zwar etwas ungeduldiger, erklang, vernahm er es. Er blickte auf die Uhr, zog die Brauen finster zusammen, wie man es bei einer unangenehmen Störung macht, und rief ein kurzes „Herein!"

Aber kaum hatte sich die Tür geöffnet, so daß er den Eintretenden bemerken konnte, da glätteten sich die Falten seines Gesichts, und er erhob sich in einer Weise, die deutlich besagte, daß der Kommende ihm sehr angenehm sei. Dieser war von gedrungener Gestalt. Seine gelben Hängebacken ließen erraten, daß er nicht gewöhnt sei, zu darben. Seine kleinen Äuglein hatten jetzt einen freundlichen Glanz, konnten jedenfalls aber auch ganz anders blicken, und seine ganze Erscheinung war die eines Mannes, der sich seines Wertes und seiner Würde wohl bewußt ist.

„Ah, willkommen, tausendmal willkommen, Señor Arrastro", sagte Hilario, indem er dem Eintretenden beide Hände entgegenstreckte. „Euch hätte ich nicht erwartet, das will ich aufrichtig sagen."

„Ich bringe gute Botschaft!"

„Woher? Aus dem Hauptquartier des Juarez?"

„O nein. Was kann aus der Höhle der Hyäne Gutes kommen!"

„Aus dem Lager des französischen Marschalls?"

„Auch nicht. Vom kaiserlichen Hauptquartier."

„Ah, vom Kaiser selber?"

„Nein. Der Kaiser ist ein Rohr. Von einer starken Hand gehalten, wird es wachsen und zunehmen, unbeschützt aber wird es der nächste Wind umbrechen, so daß es im Staub liegt. Ich komme vom Oberhaupt unsres Bundes und muß Euch in seinem Namen einige Fragen vorlegen."

„Ich bin bereit, Euch zu antworten. Wollen wir aber nicht zu dem Wort auch den besten Quell des Wortes nehmen?"

Hilario öffnete ein kleines Schränkchen und zog eine Flasche hervor, aus der er zwei Gläser füllte. Sie stießen an und nahmen die Gläser an den Mund. Es war eigentümlich, mit welcher Aufmerksamkeit der Gast sein Auge auf das Glas des Alten richtete, um sich zu überzeugen, ob dieser auch wirklich trinken werde. Erst als er bemerkte, daß Hilario sein Glas bis über die Hälfte leerte, ließ auch er sich den süßen, starken

Trank über die Lippen laufen. Es war fast, als besorge er, daß der Wein einen schädlichen Bestandteil enthalten könne. Hielt er den alten Doktor Hilario, gegen den er doch so freundlich war, für einen Giftmischer? Sie setzten die Gläser auf den Tisch und nahmen Platz. Dann begann der kleine Dicke:

„Sind wir hier sicher und unbeobachtet?"

„Wir werden nicht gestört."

„Kann auch niemand unsre Worte vernehmen?"

„Man kann und wird uns nicht belauschen, denn mein Neffe ist angewiesen, Wache zu halten, sobald ich Besuch habe."

„So wollen wir von Politik sprechen oder vielmehr von einer Seite der Politik."

Arrastros Blick war auf das aufgeschlagene Buch gefallen, das Hilario auf den Tisch gelegt hatte. Er unterbrach sich, nahm es zur Hand, las den Titel, blätterte ein wenig darin, und lächelte dann, indem er zustimmend nickte:

„Ihr lest dieses Buch? Wißt Ihr, daß es in einigen Ländern verboten ist?"

„Ja. Aber der Verfasser lehrt eine prächtige Lebensweisheit."

„Folglich ist es wert, wenigstens gelesen zu werden. Auch ich besitze es und kann sagen, daß es mir schon viel Vergnügen bereitete. Was sagt Ihr zu dem Kapitel über die Wahl der Mittel zu den im Titel angegebenen Zwecken?"

„Hm", meinte der Doktor mit vorsichtiger Zurückhaltung, „ich möchte fast glauben, daß der Verfasser sich hier etwas zu viel Freiheit genommen hat."

Der Dicke warf einen forschenden Blick auf Hilario und sagte:

„In uns allen, in jedem einzelnen Menschen wohnt der Geist Gottes, er spricht mit dem einzelnen in der Weise, die diesem verständlich ist. Die Lehren und Regeln, die er dem einen gibt, können nicht für einen andern oder für alle passen. Auf diese Weise entwickeln sich persönliche Satzungen und Gesetze, die, da sie vom Geist stammen, heiliger und unverletzlicher sind als alle die sogenannten Gesetze, die die Herren Juristen zusammenstellen. Der Mensch, als vom Geist Gottes beeinflußt, ist nur sich selber verantwortlich. Er ist niemand Rechenschaft schuldig über das, was er denkt, redet und tut. Das ist das Ergebnis der einzig richtigen Philosophie. Wir werden nie das Reich der Freiheit erlangen, in dem jeder sein eigner Richter und Gesetzgeber ist. Es gehören vielmehr nur wenig Auserwählte dazu. Der Verfasser des Buches beweist, daß er einer dieser Auserwählten ist."

Es war eine furchtbare Philosophie, die allen Gesetzen Hohn sprach und einem jeden grade das zu tun erlaubte, was ihm beliebte. Es war die Philosophie der Bosheit, des Verderbens.

Der kleine Dicke blickte scheinbar nachdenklich und wie auf eine Fortsetzung seiner Rede sinnend vor sich hin. Aber diese Pause hatte doch nur den Zweck, die Wirkung zu beobachten, die seine Worte auf Hilario gemacht hatten. Es lag etwas Raubvogelartiges in den Zügen dieses dicken, von innerer Zufriedenheit glänzenden Gesichts. Wenn es wahr sein sollte, daß man aus dem Namen zuweilen auf die innern Eigenschaften eines Menschen schließen kann, so war das sicher bei diesem Mann der Fall. Hilario hatte ihn „Arrastro" genannt. Dieser Name könnte im Deutschen ungefähr mit „Schleicher" wiedergegeben werden, und es war tatsächlich die Art eines Raubtiers, das mit unhörbaren, schleichenden Schritten sein Opfer umkreist, wie dieser Mann unmerklich seinem Ziel näherkam. Der weitere Verlauf der Besprechung sollte zeigen, daß dieser aufgedunsene, scheinbar so gemütliche Mann seinem Namen alle Ehre machte. Jetzt fuhr er fort:

„Darf ich annehmen, daß Ihr mit diesen Folgerungen einverstanden seid?"

Hilario zuckte die Achseln: „Im allgemeinen, ja; aber im besondern nicht. Es schmeichelt mir, daß ein jeder Mensch, also auch ich, vom Geist erleuchtet werden soll. Aber der Umstand, daß diese Erleuchtung je nach der Begabung verschieden ist, läßt mich annehmen, daß zwei Menschen niemals völlig, sondern nur im allgemeinen gleicher Meinung sein können. Ich muß mir daher die Selbständigkeit meines Denkens und Handelns vorbehalten."

Ahnte Hilario vielleicht, daß der andre das Gespräch nicht ohne Absicht auf dieses Gebiet gebracht hatte? Ahnte er, daß dieser damit irgendeinen gefährlichen Zweck verfolge? Erriet er diesen Zweck, und war er etwa entschlossen, sich dagegen aufzulehnen?

Der andre schien dieser Ansicht zu sein, denn seine Äuglein verkleinerten sich noch mehr, und er nagte einige Augenblicke mit den Zähnen an der Unterlippe, bevor er scheinbar gleichgültig sagte:

„Wem fällt es denn ein, Eure Selbständigkeit anzugreifen? Ihr spracht ja nur darüber, daß der Verfasser dieses Buchs zu weit zu gehen scheint, und ich erachtete es als meine Anstandspflicht, ihn gegen diesen Vorwurf in Schutz zu nehmen."

„Es sollte eine Meinung sein und kein Vorwurf", entschuldigte sich Doktor Hilario.

„Das freut mich um Euretwillen und besonders auch des Umstands wegen, daß wir sehr oft, ja meist, gezwungen sind, gemäß den Anschauungen dieses Buchs zu handeln. Der Beweis für diese Behauptung wird sich auch Euch gegenwärtig bieten. Es soll Euch Gelegenheit gegeben werden zu einer Tat des Geistes, auf die Ihr stolz sein könnt, zu einer Tat, die große Belohnung finden wird."

„Ich bin bereit, den Auftrag entgegenzunehmen."

Der Kleine ergriff das Glas, benetzte seine Lippen, als müsse er diese erst kräftigen, setzte sich behaglich in seinem Stuhl zurecht und begann aufs neue:

„Ihr kennt den Zustand unsres Landes und wißt, was wir, das heißt unsre Gesinnungsgenossen, davon erwarten können. Oder glaubt Ihr etwa, Euer Heil bei Juarez zu finden?"

„Oh, keineswegs."

„Bei diesem österreichischen Max oder bei irgendeinem andern Anführer, der unsern Grundsätzen ebenso fernsteht, wie er sich weigert, unsre berechtigten Forderungen anzuerkennen und zu befriedigen?"

„Ganz und gar nicht."

„Nun gut, so erwägen wir, ob uns wirklich alle Hoffnungen genommen sind! Was haltet Ihr von der Fortdauer der französischen Besetzung?"

„Die Franzosen müssen weichen."

„Von der Fortdauer des Kaiserreichs?"

„Es wird und muß zusammenbrechen, sobald es seiner einzigen Stütze, das heißt der Franzosen, beraubt ist."

„Was wird dann geschehen?" forschte der kleine Verschwörer blinzelnd.

„Juarez wird wieder ans Ruder kommen."

„Und was können wir von diesem Mann erwarten?"

„Nur die unnachsichtigste Rache, die schärfste Unterdrückung."

„Ich sehe, daß wir übereinstimmen. Wir müssen dieses uns bevorstehende Schicksal zu vermeiden suchen. Das ist eine Aufgabe, an die wir alle Kräfte setzen müssen."

„Es wird uns nicht gelingen, sie zu lösen", meinte der Alte.

„Warum?" fragte Arrastro, indem ein überlegenes, fast höhnisches Lächeln um seine Lippen spielte.

„Wollen und können wir die Franzosen zurückhalten?"

„Fällt uns nicht ein", betonte Arrastro.

„Oder wollen wir uns der wahnsinnigen Hoffnung hingeben, daß es gelingen werde, Juarez zu unserm Freund zu machen?"

„Das am allerwenigsten. Wißt Ihr, was er kürzlich über uns hat verlauten lassen? Er hat geäußert, daß es eine Partei im Lande gebe, die er die Partei des Teufels nennen möchte. Weder republikanisch noch kaiserlich noch sonst irgendwie gesinnt, setze sie sich aus Menschen zusammen, die, außerhalb aller göttlichen und menschlichen Gesetze stehend, sich von der Kirche losgesagt haben und zum Schein und zur Täuschung andrer sich doch unter dem Banner des Christentums versammeln. Diese Partei gebe keine Gnade und habe also von ihm auch keine zu erwarten. Sie sei trotz ihres frommen Gebarens nicht etwa mit der Partei der ‚Ultra‘, der kirchlich Gesinnten, zu verwechseln. Sie bestehe aus nur wenigen Mitgliedern, besitze aber eine Tatkraft und Rücksichtslosigkeit, die sie geradezu furchtbar mache."

Doktor Hilario lächelte, bevor er antwortete, eine Weile zufrieden vor sich hin.

„Dieser Juarez scheint uns zu kennen", meinte er. „Sein Urteil weicht nicht gar zu sehr von der Wahrheit ab."

„Ich muß es sogar als vollständig treffend bezeichnen. Wir können also leicht ermessen, daß wir von den andern keine Vorteile, von Juarez aber weder Gnade noch Erbarmen zu erwarten haben. Wird er von neuem Präsident, so fallen wir dem unvermeidlichen Verderben anheim. Daraus folgt der Kernpunkt unsrer gegenwärtigen Politik: die andern gehen fort, Juarez aber geht unter."

Der Alte schüttelte den Kopf. „Diese Politik wäre nur gut, wenn sie Aussicht auf Erfolg haben könnte."

Wieder spielte jenes höhnische, überlegene Lächeln um die Lippen des Kleinen. Er meinte leichthin:

„Wem nicht zu raten ist, dem ist auch nicht zu helfen. Glücklicherweise aber haben wir an unsrer Spitze einen Mann, dem es nie an Rat fehlt. Also läßt sich wohl annehmen, daß uns doch auch zu helfen sei."

„Hm. Ich kenne nur einen einzigen Rat: Juarez müßte sterben. Dann wäre man ihn los."

„Ihr haltet das wirklich für den einzig möglichen Rat? Ihr Kurzsichtigen könnt mich dauern! Habt Ihr denn noch nie gehört, daß, selbst wenn ein Mensch tot ist, die Seele seines Wirkens doch immer weiterschafft? Wenn Juarez stirbt, so treten andre auf, die in seinem Geist fortarbeiten. Hilfe wird uns also nur dann, wenn man Juarez leben läßt, aber diesen seinen Geist tötet."

Hilario, sonst ein so scharfsinniger Mann, machte ein sehr verblüfftes Gesicht. „Ihr sprecht mir zu hoch, Eure Worte sind mir lauter Rätsel, ich versteh' Euch nicht."

„Dann muß ich Euch abermals bedauern, Señor. Juarez selber muß leben bleiben, er darf nicht angetastet werden, denn wir wollen ihn zu einem unsrer Werkzeuge machen. Aber sein Geist, die Seele seines Wirkens, muß sterben, muß moralisch und politisch tot gemacht werden. Ist der Augenblick da, wo er sein Werk zu krönen vermeint, muß diese Krone sich in eine Verbrechermütze verwandeln, um die sich ein Scheiterhaufen erhebt, dessen Flammen aus allen Teilen der Erde emporlodern."

„Ich merke, daß Ihr einen bestimmten Plan vor Augen habt, doch ist es mir nicht möglich, ihn zu erraten."

„Nun, so will ich ihn Euch in kurzen Worten erklären: Kaiser Max ist ein unglücklicher, guter Mensch, der zwar den Fehler begangen hat, Mexiko glücklich machen zu wollen, aber doch die Zuneigung der ganzen Erde besitzt. Sein Schicksal war die Abdankung. Das liegt aber nicht in unserm Sinn. Sein Schicksal muß viel schlimmer sein, und Juarez muß zu dessen Urheber gemacht werden. Mit einem Wort: Juarez muß der Mörder des Kaisers Maximilian von Mexiko werden."

Der Doktor fuhr von seinem Stuhl empor. *„Diablo!* Dann wäre Juarez wirklich verloren. Er würde von aller Welt gerichtet werden, er wäre in jeder Beziehung abgetan."

„Jawohl. Und dann? Kein Napoleon, kein Bazaine, kein Österreicher, kein Juarez! Wir hätten gewonnenes Spiel!"

„Werden aber niemals so weit kommen. Es wird kein Mensch Juarez dazu bringen, der Mörder des Kaisers zu sein."

„Oh, ich kenne doch einen, der das fertigbringen soll und wird! Doktor Hilario aus Santa Jaga!"

Der Alte machte ein Gesicht, das sich nicht beschreiben läßt. Man sah es ihm aber an, daß er mehr erschrocken als erstaunt war, grade seinen Namen zu hören.

„Um des Teufels willen! Was könnte denn ich dabei tun?" rief er ratlos.

„Fällt Euch denn wirklich gar nichts ein? Es gibt da viele feine und geschickte Wege."

„Ich sehe nur einen: der Kaiser kann nicht anders sterben als durch Meuchelmord."

„Den verschmähen wir. Kennt Ihr denn nicht seinen berüchtigten Erlaß, in dem er gebietet, jeden Patrioten als Räuber zu behandeln und zu erschießen?"

„Selbstverständlich kenne ich ihn."

„Aber Ihr wißt nicht, daß die Wirkung dieses Erlasses auf den Urheber zurückfallen muß?"

„Auch das weiß ich. Wenn Max in die Hände der Republikaner fällt, so wird ihm der Prozeß gemacht. Juarez kann nicht anders: er darf ihn nicht begnadigen, wenn er nicht dadurch sich selber verderben will."

„Nun gut. Endlich beginnt Ihr zu begreifen! Wir brauchen weiter nichts zu tun, als dafür zu sorgen, daß Max in die Hände der Republikaner fällt."

„Wie sollte man das anfangen?" meinte Hilario nachdenklich.

„Ihr denkt nicht daran, daß die Franzosen abziehen werden."

„Maximilian wird mit ihnen gehen. Napoleon hat die hohe Verpflichtung, das Opfer, das er uns herbeigeschleppt hat, wieder mit sich fortzunehmen. Er darf ohne dieses nicht zurück, wenn er nicht von aller Welt gerichtet sein will."

„Das ist zwar wahr. Aber wie nun, wenn sich gerade dieses Opfer weigert, mit ihm zu gehen?"

„Das wäre Wahnsinn!"

„Gewiß. Aber der Wahnsinn, überhaupt unser Kaiser werden zu wollen, war nicht geringer. Max ist lenkbar und ein Träumer. Malt ihm eine Krone vor, und er hält die Farbe für reines Gold! Es bedarf nur zweier Männer, um den Plan gelingen zu lassen. Den einen haben wir schon, der andre sollt Ihr sein."

„Ich?" fragte Hilario abermals erschrocken. „Ich soll dem Kaiser raten, nicht mit den Franzosen abzuziehen? Das bringe ich nicht fertig."

„Oh, man wird Euch alle Mittel in die Hand geben, die nötig sind, diesen Maximilian zu überzeugen, daß Ihr recht habt."

„Er wird es doch nicht glauben."

„Ihr kennt ihn schlecht, wir aber haben ihn durchschaut."

„So soll ich Santa Jaga verlassen und zu Max gehen? Das kann ich nicht. Ich habe große Verpflichtungen, die mich hier zurückhalten."

„So stellt Eure Rechnung auf, und man wird Euch entschädigen."

„Ich fühle mich für die Lösung einer solchen Aufgabe nicht geeignet!"

„Ihr irrt. Wir wissen, daß Ihr der geeignete Mann dazu seid."

Doktor Hilario befand sich augenscheinlich in einer schauderhaften Verlegenheit. Es war freilich unwahr, daß er sich einer solchen Aufgabe nicht gewachsen hielt. Aber er dachte an die Gefangenen, die in seinem Keller steckten, und die er beaufsichtigen und ernähren mußte. Konnte er fort?

„Nein!" sagte er. „Seht von mir ab. Es sind andre da, die eine solche Auszeichnung verdienen."

„Diese andern sind schon beschäftigt. Ich muß Euch den bestimmten Befehl überbringen, von heut an in zehn Tagen in der Hauptstadt Mexico einzutreffen."

„Ich denke, Max hält sich in Cuernavaca auf!"
„Ihr werdet nach Mexcio eine Einladung erhalten, bei ihm zu erscheinen. Ihr seht, daß alles eingeleitet ist, und also nichts mehr rückgängig gemacht werden kann."
„Und dennoch bin ich gezwungen zu verzichten."
Arrastro erhob sich. Seine Miene nahm auf einmal einen erbarmungslosen Ausdruck an, und seine Augen hefteten sich durchbohrend auf Hilario.
„Ihr wollt wirklich verzichten? Trotz des strengen Befehls, den ich Euch überbringe?"
„Ich bin dazu gezwungen."
„Kennt Ihr die Gesetze unsrer Verbindung?"
„Ich kenne sie."
„Was hat einer zu erwarten, der sich weigert, einen Befehl zu erfüllen?"
„Allerdings eine Bestrafung."
Der Dicke ahmte höhnisch den Ton des Alten nach, indem er auch dessen Worte wiederholte:
„Allerdings eine Bestrafung: nämlich den Tod!"
„Tod!" rief Hilario erbleichend. „Wer hat das Recht, eine solche Strafe zu verhängen? Ich erkenne es nicht an."
„Pah! Ihr habt es durch Euren Beitritt anerkannt!"
„Eine solche Härte wäre Grausamkeit, Unmenschlichkeit."
Da blickte der andre ihn starr von der Seite an.
„Grausamkeit? Unmenschlichkeit? Diese Worte gebrauchet Ihr? Das ist fast lustig, sogar lächerlich. Kann es einen grausameren, rücksichtsloseren Schurken geben als Euch? Und Ihr, Ihr wollt andre grausam und unmenschlich nennen?"
Der Alte trat einen Schritt zurück. „Was fällt Euch ein? Was wißt Ihr von mir?"
„Wenn nicht alles, so doch vieles. Oder glaubt Ihr, daß wir das Tun und Treiben unsrer Mitglieder nicht beobachten und kennen? Wollten wir das unterlassen, so könnten wir gar nicht bestehen. Oft kennen wir unsre Leute besser als sie sich selber. Was also die Strafe betrifft, so wiederhole ich, daß es nur eine einzige gibt, und diese ist der Tod. Also, wollt Ihr dem Befehl gehorchen?"
„Laßt mir wenigstens Bedenkzeit!"
„Wozu Bedenkzeit, da alles fest bestimmt ist? Ihr müßt ebenso blind gehorchen wie jedes andre Mitglied. Ich will Euch noch die gütige Mitteilung machen, daß die Todesstrafe zwar unsre einzige ist, daß wir aber

doch auch noch gewisse Verschärfungen kennen. Euer Tod zum Beispiel würde sehr verschärft sein. Ihr würdet in der Hauptstadt vom staatlichen Henker hingerichtet. Dafür werden wir sorgen."

Es überlief den Alten ein kalter Schauder. „Auf welche Weise wolltet Ihr das bewirken?" stammelte Hilario.

„Hm! Das will ich Euch sagen, obgleich ich eigentlich zu einer solchen Aufrichtigkeit nicht verpflichtet bin. — Aber, da fällt mir noch eine Frage ein, die ich nicht vergessen möchte. Gibt es wohl ein Gift, das den Geist tötet?"

Der Doktor dachte wirklich, daß diese Frage seinem Besucher nur zufällig in den Sinn gekommen sei. Als Fachmann erwachte sofort seine Wißbegier, und so antwortete er ahnungslos:

„Hm, da könnte man das Kurare nennen. Rein angewandt tötet es die Bewegungsnerven. Der Betreffende liegt regungslos da, scheinbar tot, weiß aber alles, was mit ihm getan wird. Er fühlt ein jedes Lüftchen und den geringsten Nadelstich. In einer Vermischung wirkt es augenblicklich tötend, und in einer andern Vermischung wirkt es nur auf den Geist, den es wahnsinnig macht, ohne den Körper zu schädigen."

„Kennt Ihr diese Mischung?"

„Nein."

„Gibt es noch ein weiteres Gift, das nur wahnsinnig macht, ohne von irgendeiner sonstigen Wirkung zu sein?"

„Nein", sagte Hilario zurückhaltend.

„Und doch hat man mir da kürzlich den Namen eines solchen genannt. Es hieß Toloadschi."

„Toloadschi?" machte der Alte nachdenklich. „Hm!"

„Kennt Ihr es?"

„Nein, gar nicht."

„Das ist doch höchst wunderbar. Toloadschi ist eine hier bei uns so häufige Pflanze."

„Möglich, aber ihre Wirkung kenne ich nicht."

„Sie soll große Ähnlichkeit mit der Wolfsmilch haben. Einige Tropfen ihres Milchsafts, der vollständig geschmack- und auch geruchlos ist, erzeugen einen unheilbaren Wahnsinn, während der Körper dabei ein hohes Alter erreichen kann. Politische Gegner, Nebenbuhler, allerlei Feinde und Konkurrenten pflegen sich damit unschädlich zu machen, ja, es soll sogar vorgekommen sein, daß — ah, solltet Ihr es nicht auch bereits gehört haben, daß man mit einigen Tropfen dieses Toloadschi auch gekrönte Häupter wahnsinnig gemacht hat?"

„Weiß nichts davon", erwiderte der Alte möglichst unbefangen. Dem andern aber entging es nicht, daß seine Stimme plötzlich einen gepreßten Klang angenommen hatte.

Der Dicke fuhr in erzählendem Ton fort: „So spricht man von einer Kaiserin, von der das Volk nichts wissen wollte, weil sie und der Kaiser diesem aufgedrungen worden waren. In einem früheren Kloster wohnte ein alter Arzt, der sich sehr viel mit Giften beschäftigt hatte und besonders ein ausgezeichneter Kenner des Toloadschi war."

Hilario konnte ein Hüsteln nicht unterdrücken.

„Ihr hustet?" fragte der andre höhnisch. „Seid Ihr krank?"

„Nein."

„Oder langweilt Euch mein Geschwätz?" bemerkte Arrastro zynisch.

„O nein."

„So kann ich diesen hochwichtigen Fall weitererzählen. Zu diesem alten Señor nämlich kamen zwei Männer und verlangten von ihm ein Wahnsinn erzeugendes Gift. Sie machten kein Hehl daraus, daß es für die Kaiserin bestimmt sei, erhielten es dennoch, allerdings gegen die Auszahlung einer angemessenen Summe, deren Höhe ich sogar kenne."

„Ist das nicht ein Märchen oder Phantasiestück?" warf der Alte ein, dem der Schweiß auf die Stirn zu treten begann.

„O nein. Die Kaiserin erhielt das Gift. Nach und nach stellten sich die Wirkungen ein, die den völligen Wahnsinn vorbereiteten. Die hohe Dame war gezwungen, einen andern Kaiser, von dem ihre Krone abhängig war, zu besuchen, um die Erfüllung eines Wunsches von ihm zu fordern, was aber vergeblich war. Kurze Zeit darauf brach der Wahnsinn bei ihr aus."

„Vielleicht hat sie sich über die Vergeblichkeit dieser Reise so sehr aufgeregt, daß dies der Grund ihrer Krankheit geworden ist."

„So hieß es damals, und so heißt es noch überall. Eingeweihte wissen es besser. Ahnt Ihr, wer diese Eingeweihten sind?"

„Nein."

„Einige Obermeister unsres Geheimbundes. Auch ich gehöre zu ihnen. Und wißt Ihr, welche Kaiserin ich meine?"

„Ich — ich ahne es", stieß der Alte hervor.

„So brauche ich es nicht zu sagen. Aber ahnt Ihr denn vielleicht auch, wer der Giftmischer ist?"

„Ich weiß es nicht."

„Das Gift befand sich in einem Fläschchen von schwarzem Glas."

Der Alte ächzte vor Angst.

„Am Montag wurde es bestellt, und am Freitag brachte er es dem Señor Ri—"

„Um Gottes willen!" stöhnte Hilario, die Hände emporstreckend.

„Was habt Ihr denn?"

„Ich kann solche Erzählungen nicht anhören!"

„Ihr als Arzt? Ihr müßtet doch eigentlich starke Nerven haben!"

„Es wird mir aber dennoch übel davon."

„Das glaube ich!" lachte Arrastro. „Wie übel aber müßte es da erst dem wirklichen Täter werden, wenn er davon reden hörte! Glaubt Ihr wohl, daß er geviertelt würde, wenn die Sache zur Anzeige käme?"

„Der Beweis wäre die Hauptsache."

„Der ist da. Habt nur keine Sorge. Aber während dieser Mordgeschichte sind wir von unserm ursprünglichen Gespräch abgekommen. Wovon sprachen wir denn eigentlich?"

Der Doktor wischte sich den Schweiß von der Stirn. „Wir sprachen zuletzt wohl von dem Befehl, den Ihr mir zu überbringen hattet."

„Ja, davon sprachen wir. Und, wie steht es? Wird dieser Auftrag Euch angenehm sein?"

„Hm! Angenehm grade nicht." Hilario brachte diese Worte kaum zwischen den Zähnen hervor.

„Aber auch nicht unangenehm?"

„Nein", stammelte er.

„Gut, so bin ich mit Euch zufrieden. Von dieser Toloadschigeschichte und der wahnsinnigen Kaiserin soll nicht wieder die Rede sein. Ich hoffe nicht, daß Ihr mich zwingen werdet, noch einmal darauf zurückzukommen. Die Euch gewordene Aufgabe kennt Ihr im allgemeinen. Besondere Anweisungen werden Euch in der Hauptstadt zuteil. Einige Bemerkungen will ich im voraus machen. Glaubt Ihr, daß Juarez persönlich dem Kaiser übelwill?"

„Ich glaube das Gegenteil."

„Ich auch, ja, ich habe die Beweise dafür. Juarez wird den Kaiser schonen, solang es nur immer möglich ist. Er ist sogar in heimliche Unterhandlung mit ihm getreten, um ihn zu retten."

„Hat er denn Agenten bei ihm?"

„Einen einzigen. Eine Dame. Diese ist ein höchst gefährliches Wesen. Schön, geistreich, gewandt, listig, wie nur ein Weib sein kann, ist sie zu einer politischen Geheimagentin wie geschaffen. Wir haben sie durchschaut, andre durchschauen sie noch nicht. Sie ist eine begeisterte Anhängerin von Juarez und verstand es doch, die Franzosen glauben zu machen, daß sie es mit ihnen halte."

„Ein ähnliches Weib habe auch ich gekannt."

„Solche Frauen sind aber selten. Die ich meine, betrog zum Beispiel die Franzosen und überlieferte Juarez Chihuahua."

Da fuhr der Alte empor. „*Caramba!* Heißt sie etwa Emilia?"

„Ja", erwiderte Arrastro. „Señorita Emilia wird sie genannt. Ist das die, die auch Ihr kennt?"

„Ja. Wo steckt sie jetzt?"

„In Cuernavaca."

„So hat sie wohl gar beim Kaiser Zutritt?"

„Nein, aber sie verhandelt mit Personen, die mit dem Kaiser verkehren."

„Brächte die Aufgabe, die ich zu lösen habe, mich auch mit ihr in Berührung?"

„Gewiß! Ihr ständet Euch als Feinde gegenüber. Sie soll ja für Juarez wirken und Ihr gegen ihn. Sie wird alles tun, um den Kaiser zur schleunigen Abreise zu bewegen, und Ihr sollt alles tun, um ihn festzuhalten."

Die Haltung Hilarios war jetzt plötzlich ganz anders geworden. Die Gewißheit, mit Emilia zusammenzutreffen, söhnte ihn völlig mit seinem Auftrag aus, so daß er sogar den Schreck vergaß, den ihm die Erwähnung der wahnsinnigen Kaiserin bereitet hatte. Als beide Verschwörer voneinander schieden, geschah es in durchaus freundlicher Weise. —

Der geheimnisvolle Dicke hatte im Hof ein Pferd stehen, das er bestieg, um den Klosterberg hinabzureiten. Fast unten angekommen, begegnete er zwei Reitern, die aufwärts kamen. Ihre Tiere waren abgetrieben, und sie selber hatten das Aussehen von Leuten, die die Anstrengung einer schnellen Reise hinter sich haben. Sie hielten vor ihm an, und der eine fragte:

„Nicht wahr, Señor, dieses Städtchen dort ist Santa Jaga und die G - bäude da oben gehören zum Kloster della Barbara?"

„Ja."

„Seid Ihr da oben vielleicht bekannt? Gibt es einen Bewohner des Klosters, der Doktor Hilario genannt wird?"

„Freilich gibt es den", antwortete Arrastro, heimlich die beiden Leute musternd. „Wollt Ihr mit ihm sprechen? Er ist in seinem Zimmer. Reitet nur immer in den Klosterhof, dessen Tor offen steht, und fragt nach ihm! Man wird Euch zu ihm führen. Er ist ein tüchtiger Arzt. Seid Ihr krank?"

„Nein. Warum haltet Ihr uns für krank?"

„Weil Euch beiden die Gesichtshaut abblättert und das Fleisch aus den Falten fällt. Wer an solchen Flechten leidet, der darf sich so wenig als möglich sehen lassen, sonst denken die Leute, es sei nicht Krankheit, sondern er habe sich mit Hilfe künstlicher Mittel ein falsches Gesicht gemacht. Und wenn das nun zweien zugleich geschieht, so wird der Verdacht um so stärker. *Adios!*"

Der Dicke ritt den Berg hinab. Unterwegs murmelte er:

„Diese Leute hatten sich die Gesichter geschminkt. Sie wollten zum Alten. Ich denke, Hilario treibt allerhand Unfug, wovon wir andern noch gar nichts wissen. Man wird es ihm abgewöhnen."

Und die beiden Reiter blieben bestürzt halten, um ihm nachzublicken.

„Der Mensch hat uns durchschaut", brummte Landola.

„Ist mir die Schminke denn so leicht anzumerken?" fragte Cortejo besorgt.

„O nein. Es gibt einige ganz feine, winzige Risse in der Schminke, und es gehört ein äußerst scharfes Auge dazu, diese zu bemerken."

„Bei Euch ist es ebenso. Man muß sich vorsehen."

„Wollen machen, daß wir das Kloster erreichen!"

Sie fanden das Tor zum Kloster offen, ritten in den Hof und fragten dort einen Bediensteten nach Doktor Hilario. Dessen Neffe Manfredo war in der Nähe und erbot sich, sie zu seinem Oheim zu führen. Der Alte saß noch in seinem Zimmer, über den Auftrag nachdenkend, der ihm geworden war. Da brachte sein Neffe die beiden Männer herein und entfernte sich sofort wieder. Hilario betrachtete sie aufmerksam und forschte:

„Wer seid Ihr, Señores?"

Cortejo ergriff das Wort. „Das werdet Ihr erfahren, Señor, wenn Ihr uns vorher gestattet habt, eine Erkundigung einzuziehen."

„So redet!"

„Ist Euch vielleicht der Name Cortejo bekannt?"

Hilario wurde aufmerksam und erhob sich von seinem Stuhl. „Weshalb fragt Ihr?"

„Das können wir Euch nicht eher sagen, als bis wir gehört haben, ob er Euch überhaupt bekannt ist."

Der vorsichtige Alte schüttelte langsam den Kopf und entgegnete: „Er ist mir dem Namen nach bekannt, weiter aber nicht."

„Nicht auch die Person?"

„Nein."

Gasparino Cortejo blickte Hilario scharf und forschend an und meinte: „Merkwürdig!"

Da zog der Doktor die Brauen finster zusammen.

„Señores, ihr kommt mir zum mindesten höchst eigentümlich vor. Ihr tretet hier ein und vernehmt mich, als wärt ihr Richter und hättet einen Verbrecher vor euch. Ihr wundert euch, daß ich zurückhaltend bin, während ihr selber zu mir in einer Maske kommt. Könnt ihr da von mir erwarten, daß ich eure Fragen beantworte?"

„In einer Maske? Ich begreife Euch nicht."

„Wirklich nicht? Oh, Señor, ich bin zwar alt, aber ich rühme mich scharfer Augen. Ich sage Euch, es ist immer mit Gefahr verbunden, Schminke und Puder zu lange auf der Haut zu lassen. Solche Dinge müssen öfters entfernt und dann wieder erneuert werden. Man schwitzt sehr leicht und der Bart wächst. Dadurch wird die falsche Kruste abgestoßen. Das ist auf alle Fälle höchst unangenehm. Seid doch so gut und wascht euch die Farbe ab, und zwar alle beide! Nachher wollen wir weiter miteinander verhandeln."

Damit drückte er Cortejo einen Schwamm in die Hand und zeigte auf den Waschtisch.

„Ich sage Euch, daß Ihr Euch irrt", mischte sich Landola ein, indem er vor Zorn mit dem Fuß aufstampfte.

Da griff der Alte in einen Kasten seines Schreibtischs und zog einen kleinen Gegenstand hervor. Dann trat er an die Tür, so daß er den Ausgang mit seiner Gestalt versperrte.

„Señores, ihr werdet einsehen, daß es mich wundern muß, von Männern besucht zu werden, die falsche Gesichter tragen. Wascht euch, so erfahre ich vielleicht, daß es sich nur um einen Scherz handelt. Tut ihr das aber nicht, so muß ich annehmen, daß ich mich in einer Gefahr befinde, gegen die ich meine Maßregeln ergreifen muß."

„Gefahr?" fragte Landola. „Kein Mensch denkt daran! Welche Maßregeln meint Ihr?"

„Diese hier." Hilario streckte den Arm mit dem kleinen Gegenstand aus. Es war ein Revolver. Und mit der andern Hand ergriff er die Klingel. „Weigert ihr euch, so rufe ich Hilfe herbei!" drohte er.

„Verdammt!" rief Landola. „Auch wir haben Waffen!"

„Bevor ihr diese zieht, drücke ich los."

Landola ballte die Fäuste. „So mag es denn in des Teufels Namen sein!" murrte er.

Sie traten zum Waschtisch. Während sie sich reinigten, entstand eine Pause, die dem Alten Gelegenheit gab, Cortejo noch genauer zu betrachten als es vorher geschehen war. Ein eigentümliches, siegesgewisses Lächeln breitete sich um seine Lippen. Bald waren die beiden fertig und traten vom Waschtisch weg.

„So", fauchte Landola. „Seid Ihr nun zufrieden?"

Diese Worte waren unliebenswürdig an den Doktor gerichtet, der desto freundlicher antwortete: „Ja, Señor."

„Ihr hattet Angst —", brummte Gasparino Cortejo.

„O nein, ich war nur vorsichtig", unterbrach ihn Hilario. „Darf ich jetzt um Euren Namen bitten?"

„Ich heiße Bartholomeo Diaz und bin Haçiendero in der Gegend von Saltillo", behauptete Landola.

„Und hier Euer Kamerad?"

„Heißt Miguel Lifetta und ist Advokat. Wir suchten eben diesen Pablo Cortejo, mit dem ich einen Prozeß habe. Señor Lifetta begleitete mich, weil ich keine juristischen Kenntnisse besitze und also seiner Hilfe bedarf."

„Und warum verändert ihr dabei eure Gesichter?"

„Weil wir mit Cortejo als Fremde über den Prozeß sprechen wollten. Wir glaubten, wenn er uns nicht kenne, würde er sich zu irgendeiner Äußerung verleiten lassen, die uns eine Handhabe bieten würde, ihn zu fassen und den Prozeß zu gewinnen."

„Damit beweist ihr, daß ihr sehr kluge Leute seid. Das schließt aber nicht aus, daß andre noch klüger sein können. Und zu diesen Klügeren möchte ich vor allen Dingen mich selber zählen. Was zunächst Euch betrifft, Señor, so gabt Ihr Euch für einen Haciendero aus. Das glaube ich nicht. Ein Haciendero ist ein ganz andrer Mensch als Ihr. Euer Auge ist nicht das eines Landmanns, eines Maisbauern und Viehzüchters."

„Das Auge wessen ist es denn?" fragte Landola, sichtlich belustigt von der Menschenkenntnis, die der Alte zeigen wollte.

„Es ist so scharf, so — so in die Weite sehend, wie man es nur bei Präriejägern und — Seeleuten findet. Ich möchte darauf schwören, daß Ihr zu den letzteren gehört."

„Da irrt Ihr Euch gewaltig."

„Werden sehen! Und dann sagtet Ihr, daß Ihr aus der Gegend von Saltillo seid. Ich kenne diese Stadt und ihre Umgebung genau. Einen Haciendero der Bartholomeo Diaz heißt, gibt es dort nicht. Eure Hacienda wird wohl anderswo liegen. Vielleicht ist es eine wüste Insel im Stillen Ozean."

Diese Worte waren mit einer so seltsamen Betonung gesprochen, daß Landola aufmerksam wurde. „Was wollt Ihr damit sagen?"

„Daß ich Euch erkannt habe: Ihr heißt Henrico Landola, und dieser Herr heißt Gasparino Cortejo."

Diese Worte machten einen unbeschreiblichen Eindruck auf die beiden Männer. War dieser Alte ein Zauberer, oder war er ein Hochstapler, der sie kannte und sie auf diese Weise zu bluffen versuchte?

In beiden Fällen war ihre Lage keineswegs angenehm. Leugnen schien ihnen das allerbeste.

„Nein, es trifft nicht zu", behauptete Cortejo.

„Es ist falsch, es stimmt nicht", fügte Landola bei.

Der Doktor aber schüttelte ernst den Kopf. „Señores, denkt ja nicht, daß ihr mich in Irrtum bringen könnt! Was ich sage, ist wahr. Ich bin imstand, euch zu beweisen, daß ich die Wahrheit spreche."

Er zog ein kleines Fach seines Schreibtischs auf und entnahm ihm ein Bild, das er jenen entgegenhielt.

„Tod und Teufel!" rief Landola.

„Verdammt!" entfuhr es Cortejo.

Der Alte weidete sich an dem bestürzten Ausdruck ihrer Gesichter.

„Ich kenne den Mann nicht!" meinte Landola.

„Und ich ebensowenig!" pflichtete Cortejo bei.

„Wirklich nicht? Aber fällt Euch nicht vielleicht etwas an diesem Bild auf?"

„Allerdings", gestand Cortejo. „Es sieht mir ein wenig ähnlich."

„Ein wenig nur?"

„Nun —" stockte der Gefragte, „es mag meinetwegen etwas mehr als wenig sein. Aber ich bin es dennoch nicht!"

„So sind wir fertig miteinander", erklärte der Alte ruhig. Er steckte das Bild gemächlich in das Fach zurück, schob es zu und fuhr fort: „Wir haben uns alle drei getäuscht. Ihr habt nicht geglaubt, daß ich eure Namen kenne, und ich habe nicht geglaubt, daß es ein so merkwürdiges Naturspiel, eine solche Ähnlichkeit geben könne. Das Bild war dasjenige des Advokaten Gasparino Cortejo in Manresa oder Rodriganda. So aber ist es, wenn man sich einer vorgefaßten Meinung zu sehr anvertraut: die Enttäuschung kommt sicher nach. Scheiden wir also in Frieden voneinander! *Adios*, Señores!"

Hilario winkte unter einem höflichen Lächeln ihnen mit der Hand entlassend zu und drehte sich ab, wie um sich ins Nebengemach zurückzuziehen. Die beiden blickten sich verlegen an, dann aber trat Cortejo vor.

„Halt, Señor! Bevor wir gehen, werde ich Euch ersuchen, mir noch eine Frage zu gestatten."

Der Doktor drehte sich verwundert wieder um. „Eine Frage? Wozu? Ich glaube, daß wir miteinander fertig sind, und daß jede weitere Frage zwecklos ist."

„Vielleicht doch nicht, Señor Doktor. Ist das Bild, das Ihr uns zeigtet, Euer Eigentum?"

„Ja. Ich erlangte es von einem meiner Kranken, der es bei sich hatte und mir schenkte."

„Darf man fragen, wer dieser ist?"

„Ein gewisser Mariano."

„Mariano?" fiel Landola rasch ein. „Woher ist er?"

„Er ist ein geborener Spanier und hat höchst seltene Schicksale hinter sich. Früher hat er sich einmal Alfred de Lautreville genannt."

„Wie ist er zu Euch gekommen?"

„Ein Kollege übergab ihn mir zur Behandlung."

„Ein Arzt?"

„Ja, ein deutscher Arzt namens Doktor Sternau."

„Doktor Sternau!" fuhr Cortejo auf. „Wißt Ihr, wo sich dieser Euer Kollege befindet?"

„Ja. Kennt Ihr ihn vielleicht?"

„Ich habe von ihm gehört. Man rühmt ihn als —"

Cortejo wurde unterbrochen. Landola nämlich faßte ihn am Arm, stampfte den Boden mit dem Fuß und rief, indem seine Augen förmliche Blitze auf Hilario schleuderten:

„Halt, redet kein Wort weiter! Seht Ihr denn nicht endlich ein, daß dieser Alte mit uns spielt wie die Katze mit der Maus?"

Diese Überzeugung war Cortejo auch gekommen, doch hatte er versuchen wollen, behutsam weiterzugehen. Das aber paßte für Landolas heißes Blut nicht. Hilario blickte den Kapitän mit überlegenem Lächeln an.

„Wie, Señor, Ihr meint, ich spiele mit euch? Ihr verwechselt die Rollen. Ihr seid es, die mit mir spielen! Ihr kamt nicht mit offnem Visier!"

„Wir durften nicht."

„Ist es nicht ein Spielen mit mir, wenn ihr euch hinter einer Maske versteckt, mir falsche Namen nennt und so tut, als ob ihr keine einzige der Personen kennt, nach denen ihr euch bei mir erkundigen wolltet."

„Das geschah alles aus Vorsicht. Warum sagtet aber Ihr uns die Unwahrheit?"

„Weil ihr nicht aufrichtig wart. Ich hoffe aber, ihr seht endlich ein, daß es besser ist, offen zu sein. Nicht wahr, Ihr seid Henrico Landola, der frühere Kapitän Grandeprise?"

„Nun, bei allen Heiligen oder Teufeln, mir soll es einmal ganz gleich sein, ob ich ins Verderben fahre oder reite: ja, ich bin dieser Landola!"

„Schön. Und Ihr, Señor, seid Gasparino Cortejo?"

„Ja", gestand der Gefragte.

„Na, endlich! Aber sagt mir doch aufrichtig, was Ihr eigentlich hier in Mexiko wollt?"

„Ihr wißt es schon", antwortete Landola. „Wer hat es Euch verraten? Wer?"

Er schlug mit der Faust auf den Tisch und nahm eine drohende Miene an. Der Doktor wehrte mit der Hand ab.

„Das verfängt bei mir nicht. Andonnern lasse ich mich nicht! Wer bei mir etwas erreichen will, der muß höflich kommen. Merkt Euch das! Wir haben bisher gestanden. Setzt Euch! Auf diese Weise lassen sich unsre wunderbaren Fragen leichter besprechen, als wenn wir einander mit Drohungen gegenüberstehen."

Die beiden Kumpane kamen seiner Aufforderung nach, und der Alte fuhr fort:

„Ich befinde mich bei mir selber und bin voraussichtlich der, von dem ihr irgendeine Auskunft und Gefälligkeit erwartet. Deshalb ist es wohl nicht mehr als recht und billig, daß ich es bin, auf dessen Erkundigungen ihr zunächst Auskunft geben werdet."

Landola schlug mit einer finstern Miene die Beine übereinander und grollte:

„Fragt, Señor!"

„Ja, fragt! Wir werden nach Möglichkeit antworten", fügte Cortejo hinzu.

„Wer hat euch zu mir gesandt?"

„Der Jäger Grandeprise", entgegnete Landola.

„Wo habt ihr diesen getroffen?"

„In Vera Cruz bei unserm Agenten Gonsalvo Verdillo."

„Wohin ist er dann gegangen?"

„In die Hauptstadt, wo er sich noch befindet."

„Was treibt er da?"

„Unfug, der ihn um Kopf und Kragen bringen wird. Übrigens war es ein sehr dummer Streich von Euch, diesen Menschen zu schicken. Er ist nicht ehrlich und zuverlässig."

Der Alte lächelte leise. „Haltet Ihr einen Piraten für ehrlicher als ihn?"

„Ja, zum Donnerwetter!" brauste Landola auf. „Meint Ihr, daß ein Pirat ein Schuft, ein Halunke sein muß? Ein braver Pirat wird mit seinen Leuten stets ehrlich sein."

„Und dieser Grandeprise ist es nicht? So ist er unehrlich gegen Euch gewesen? In welcher Weise?"

„Das zu beantworten ist mir noch unmöglich. Ich kenne Euch nicht."

„Man nennt mich Doktor Hilario."

105

„Das genügt noch lange nicht. Wir wissen noch nicht im mindesten, was wir von Euch zu denken haben."

„Das könnt Ihr leicht erfahren."

„Das ist auch unsre Absicht. Wir müssen unbedingt wissen, ob wir einen Freund oder einen Feind in Euch zu suchen haben."

„Nur einen Freund! Habt ihr nicht bemerkt, daß ich in eure Geheimnisse eingeweiht bin?"

„Es scheint allerdings so, als wüßtet Ihr einiges."

„Einiges? Pah! Ich weiß alles!"

Landola schüttelte ungläubig den Kopf. „Nun", entgegnete er, „so zählt alles auf, was Ihr wißt!"

„Ihr sollt es hören", begann der Alte lächelnd. „Ein Knabe wurde von einer gewissen Maria Hermoyes und einem gewissen Pedro Arbellez geholt. In Barcelona wurde dieser Knabe mit dem Sohn eines gewissen Gasparino Cortejo und einer gewissen Clarissa vertauscht."

„Zum Henker, wer hat Euch das gesagt?" fragte Cortejo.

„Ihr werdet es erfahren. Dieser falsche Alfonso wurde in Mexiko vom Grafen Fernando erzogen. Doch, laßt es mich kurz machen! Ich weiß alles! Der scheinbare Tod der beiden Grafen Manuel und Fernando, der Aufenthalt des letzteren in Harar, das Eingreifen dieses Sternau, seine Verheiratung mit Roseta, die prachtvolle Reise zu der Insel im Meer, die Rettung durch einen deutschen Kapitän, das alles ist mir bekannt."

Die beiden Zuhörer vermochten nicht, ihren Ärger zu unterdrücken. Sie blickten einander an. Endlich forschte Landola:

„Aber, Señor, so sagt mir doch, von wem Ihr das wißt!"

„Ihr gebt also zu, daß alles stimmt?"

„Leider ja."

"Leider? Ah, Ihr werdet bald hören, daß ich nur zu Eurem Nutzen mit in das Geheimnis gezogen worden bin. Don Pablo und Doña Josefa haben mir alles erzählt."

„Also diese beiden! Wie ist das gekommen?"

„Nun, welche unvorsichtige, politische Rolle sie gespielt haben, ist Euch ja bekannt. Sie wurden des Landes verwiesen. Ihre Köpfe stehen auf dem Spiel. Da sie das Verbot nicht beachten wollten, so suchten sie ein sicheres Versteck und —"

„Haben sie es gefunden?" fragte Cortejo rasch.

„Ja. Bei mir hier im Kloster."

„Gott sei Dank!" atmete der Notar auf. „Sie befinden sich hier?"

„Freilich."

„So ist mir eine große Sorge vom Herzen. Kann ich sie sprechen?"

„Gewiß, Señor."

„So holt sie herbei, aber rasch!"

„Nur nicht so sehr hitzig, Señor!" mahnte der Doktor. „Ich darf sie nicht in dieses Zimmer bringen. Denkt Ihr etwa, ich bewohne dieses Kloster allein? Kein Mensch darf ihre Gegenwart ahnen."

„Ah, so sind sie also gut versteckt?"

„So gut, daß kein Mensch außer mir sie zu sehen bekommt."

„Wo?"

„Unterirdisch."

„Pfui Teufel!"

„Es geht nicht anders, Señor. Übrigens dürft Ihr Euch unser Unterirdisches gar nicht grausig vorstellen. Sie haben Überfluß an allem, leider aber auch an Langeweile."

„Dem werden wir schon abhelfen. Aber sagt, wie kamt Ihr dazu, von den beiden in das Geheimnis gezogen zu werden?"

„Das ist sehr einfach. Cortejo hat mit seiner Tochter fliehen müssen. Mein Neffe gehörte zu seinen Anhängern, hat an seiner Seite gekämpft und ihn und seine Tochter vom Tod gerettet. Er verhalf ihnen zur Flucht und brachte sie zu mir. Ich gewährte Don Pablo und Doña Josefa meinen Schutz und verbarg sie vor den Verfolgern. Nun mußten sie mir diese nennen, damit ich wußte, wie ich mich gegebenenfalls verhalten solle."

„Wer waren die Verfolger?" fiel Landola ein.

„Zunächst sind da seine politischen Gegner zu nennen, unter denen ich alle Anhänger des Juarez und des Kaisers Max sowie auch alle Franzosen verstehe. Aber das sind bei weitem nicht die gefährlichsten. Ungleich gefährlicher waren seine privaten Feinde: Sternau, Mariano, Büffelstirn, Bärenherz und alle, die zu diesen gehören. Euer Bruder entschloß sich, mich ins Vertrauen zu ziehen und mir alles zu erzählen. Er hat wohl daran getan."

„Ich will es glauben", sagte Cortejo, indem er dem Alten die Hand hinstreckte. „Ich danke Euch! Ihr könnt versichert sein, daß wir uns bemühen werden, Euch unsern Dank auch durch die Tat zu beweisen."

„Aber wo befinden sich Sternau und Genossen?" fragte Henrico Landola, nun aufs höchste gespannt.

„Oh, gar nicht weit", lächelte der Alte.

„Wohl im Hauptquartier des Juarez?"

„Nein, sondern in dem meinigen."

„In dem Eurigen? Was soll das heißen? Ihr meint doch nicht etwa dieses Kloster?"

„Doch!"

„Was?" rief Cortejo aufspringend. „Sie befinden sich hier?"

„Gewiß!"

„So sind sie gefangen?"

„Ja."

„Dank, tausendfacher Dank sei dem Satan dafür gewidmet! Wer hat denn dieses Kunststück fertiggebracht?"

„Ich, Señores", erklärte der Alte stolz. Und nun gab er ihnen einen genauen Bericht von dem Vorgefallenen.

„Das ist prächtig!" jubelte Gasparino Cortejo. „Also wir dürfen hinab und sie sehen?"

„Das versteht sich, Señor. Sobald Ihr Eure beiden Verwandten begrüßt habt, zeige ich Euch die Gefangenen."

„Ah, das wird eine Genugtuung! Was werden sie sagen, wenn sie mich erblicken?"

„Und mich", knirschte Landola.

„Die Freude wird sicher allseits sehr groß sein", lachte der Alte.

„Also sagt, welche Personen es sind, die Ihr als Gefangene habt!"

Hilario zählte sie auf und erklärte seinen Gästen dabei die Anwesenheit des Kleinen André, der ihnen als einziger unbekannt war. Landola blickte nachdenklich vor sich nieder.

„Das ist alles sehr gut. Ihr habt Eure Sache herrlich gemacht, Señor, leider aber genügt das nicht. Es ist auch höchst notwendig, daß keine Zeugen vorhanden sind. Wer von Sternau, Mariano und dem Grafen Fernando oder irgendeinem andern in das Geheimnis gezogen worden ist, der ist uns ebenso gefährlich wie die Genannten selber."

„Sie müssen verschwinden, alle, alle", stimmte Cortejo bei.

„Wer wäre das alles?" fragte der Doktor, der bei dieser Erwähnung stutzig geworden war.

„Denken wir nach", meinte Landola. „Zunächst Emma und Karja, die beiden Frauen, die mit auf der Insel waren. Sodann Pedro Arbellez und die alte Maria Hermoyes. Auch gilt zu erforschen, was auf Fort Guadalupe geschehen ist. Wer dort Mitwisser oder Mitwisserin wurde, muß gleichfalls sterben."

„Da gibt es jedenfalls viele neue Arbeit", meinte Hilario.

„Das ist wahr. Aber damit sind wir leider nicht fertig. Es gilt ferner, einen Eurer Fehler gutzumachen, Señor."

„Welchen?"

„Daß Ihr diesen Grandeprise schicktet!"

„Der? Oh, der weiß nichts! Er hat von mir kein Wort erfahren."

„Das mag sein, aber er ist bei uns gewesen und hat uns durchschaut und dann verraten."

Diese Angabe war eine Lüge. Es kam Landola darauf an, seinen Stiefbruder zu verderben.

„Verraten?" fragte der Alte. „In welcher Weise denn?"

„Ihr sollt es hören", antwortete Landola. „Drüben in Deutschland leben Personen, die auch alles zu wissen scheinen —"

„Ah", fiel Hilario ein, „ich errate sie. Gräfin Roseta und alle Verwandten dieses Sternau und der Ungers."

„Richtig. Mit ihnen rechnen wir später ab. Der Sohn des Steuermanns Unger ist mit einem Menschen, der sich Geierschnabel nennt, und mit einem dritten herübergekommen, um unsre Geheimnisse aufzudecken. Ich wollte in den leeren Sarg des alten Grafen eine Leiche schaffen. Wir brauchten einen dritten, und da Ihr diesen Grandeprise geschickt hattet, so glaubten wir, ihm Vertrauen schenken zu können —"

„Welche Unvorsichtigkeit!" zürnte der Alte.

„Leider! Aber es ist nun nicht zu ändern. Grandeprise verriet uns diesem Unger. Wir nahmen eine Leiche aus einer andern Gruft, und als wir grade dabei waren, diese in den Sarg des Grafen zu legen, wurden wir überfallen."

„Wie gut, daß ich Euch hier sehe!" betonte der Alte.

„Warum?"

„Nun", lachte Hilario, „das ist doch der beste Beweis, daß Ihr entkommen seid."

„Das ist wahr. Aber die ganze Hauptstadt kennt nun die Sache. Und diese verdammten Kerle, dieser Unger und seine Gefährten, werden uns bis hierher folgen."

„Woher wissen sie denn, daß hier Euer Ziel war?"

„Von Grandeprise, das versteht sich doch von selbst."

„Das ist wirklich unangenehm!" murrte der Doktor. „Ich kann dadurch in eine schlimme Lage geraten. Auf alle Fälle müssen auch diese Leute verschwinden!"

„Ja, dann fehlt die Handhabe. Außerdem gibt es noch einen, den wir bisher vergessen haben, diesen verfluchten Sir Henry Dryden."

„Ah, den Engländer? Richtig!" stimmte der Alte bei.

„Wo mag er aber zu finden sein?"

„Als Beauftragter Englands gehört er wahrscheinlich zum Gefolge des Juarez."

„So kommt er später dran. Zunächst scheint die Hacienda das Nest zu sein, in dem sich die meisten unsrer Stichwespen versammeln. Man muß es ausnehmen."

„Das wird sehr schwer halten", entgegnete der Doktor. „Die Hacienda ist von großem Umfang und von Stein gebaut."

„Was aber tun?"

„Ich wüßte etwas", meinte Cortejo. „Ihr seid ja Arzt, Señor Hilario."

„Was hat das mit der Hacienda zu tun?"

„Sehr viel. Es müßte einer hinreiten und — ah, ich weiß nicht, ob das gehen wird. Wie kocht man auf einer solchen Hacienda? Wohl für verschiedene Personen auch verschieden?"

Hilario ahnte sofort, was Cortejo meinte. „Zuweilen essen die Herrschaften anders als die Vaqueros und Dienenden", erwiderte er, „stets aber wird das zum Kochen benötigte Wasser aus dem großen Kessel genommen, der entweder in den Herd gemauert ist oder an einer Kette über dem offnen Feuer hängt."

„Das ist gut, sehr gut. So ist also mein Plan auszuführen: es müßte einer ein Pülverchen in diesen Kessel werfen."

Beide, Cortejo und Landola, blickten den Arzt erwartungsvoll an. Dieser hielt den Kopf gesenkt und sagte nichts.

„Ein solches Pülverchen wird es doch geben", meinte Landola.

„Ah, Gifte gibt es genug", grinste Hilario.

„Es müßte eins sein, das bei dem Leichenbefund nicht nachzuweisen wäre."

„Auch solche gibt es. Ha! Der Gedanke ist nicht übel, aber die Ausführung, da hapert es. Wen sollte man hinschicken?"

„Ich kann nicht hin", erklärte Cortejo.

„Ich auch nicht", fügte Landola hinzu. „Emma Arbellez würde mich sofort erkennen. — Hm", brummte er, indem er einen prüfenden Blick auf den Arzt warf. „Wir dürfen doch niemand ins Geheimnis ziehen."

„Unmöglich", antwortete dieser.

„Einer von uns muß also gehen. Wie wäre es mit Euch, Señor Hilario?"

Der Gefragte schüttelte den Kopf. Aber das Lächeln, das er dabei nicht zu unterdrücken vermochte, war doch seltsam.

„Oder mit Euch?" gab der Arzt zurück.

„Ich habe meinen Grund gesagt. Man würde mich erkennen."

„Und ich kann nicht fort von hier. Habt Ihr noch einen kleinen Vorrat jener Schminke, mit deren Hilfe Ihr Euer Gesicht verändern könnt, Señor Cortejo?"

„Ja."

„Nun, so ist uns ja gleich geholfen, und Ihr könnt das ‚Geschäft' selber abschließen!"

„Ihr würdet uns also das Gift anvertrauen?"

„Ja, aber das besprechen wir schon noch." Wiederum spielte ein mühsam unterdrücktes Lächeln auf seinen Zügen. „Jetzt haben wir es mit der Gegenwart zu tun. Wo seid ihr abgestiegen? In der Stadt?"

„Nein. Im Kloster."

„So stehen eure Pferde noch hier? Hm! Man darf aber nicht wissen, daß ihr hier seid."

„Werdet Ihr uns eine Unterkunft geben?"

„Gern."

„Bei meinem Bruder und meiner Nichte?" fragte Cortejo.

„Ihr werdet mit ihnen zusammenwohnen, und zwar schon heute. Doch bevor ich euch zu ihnen führe, werde ich euch durch meinen Neffen etwas zu essen bringen lassen. Ihr werdet vom langen Ritt hungrig sein, und ich weiß, was ich meinen Gästen schuldig bin. Erlaubt also, daß ich mich auf einige Zeit entferne!"

Hilario ging und suchte Manfredo, seinen Neffen, auf, dem er den Auftrag gab, die beiden mit Speise und Trank zu versorgen. Dieser wollte sich gehorsam entfernen, um den Auftrag auszuführen, aber der Arzt hielt ihn durch eine Handbewegung zurück.

„Höre, Manfredo, ich muß dir eine Frage vorlegen!"

Der Alte lehnte sich mit dem Rücken wieder gegen die Tischkante und kreuzte die Arme über der Brust.

„Du hast mir jahrelang treu gedient, ohne zu fragen, warum ich das oder jenes wollte. Ich bin mit dir stets zufrieden gewesen und habe lange daran gedacht, dich rechtschaffen zu belohnen."

„Das soll mir lieb sein!" lachte Manfredo.

„Ich wollte nicht davon sprechen, bis ich einmal etwas Ordentliches und Würdiges fände."

„Und heut ist es endlich geglückt durch die beiden Männer?"

„Ja. Sie haben es mir gebracht."

„Was ist es?" fragte Manfredo neugierig.

Der Alte sah ihn mit eigentümlichen Blicken an. „Willst du Graf werden?"

„Graf?" meinte der Junge, höchlichst erstaunt. „Oheim, du bist heut bei sehr guter Laune!"

„Das ist wahr. Aber was ich sage, ist trotzdem nicht Laune. Also, willst du Graf werden?"

„Was für ein Graf soll ich denn werden?"

„Der von Rodriganda."

„Himmel! Deren gibt es ja schon vier! Zwei alte, die für tot erklärt sind, ein junger, der es sein will, aber nicht ist, und ein zweiter junger, der es auch nicht ist, aber eigentlich schon lange sein sollte."

„Nun gut, diese sind alle fraglich, und du machst den fünften, der es sein will und auch sein wird!"

Hilario nannte dem Neffen die Namen seiner Besucher und erzählte den ganzen Verlauf des Gesprächs. Am Schluß des Berichts rief Manfredo aus:

„Das ist doch außerordentlich! Was wirst du tun? Ich hoffe, daß du diese beiden Menschen mit zu den übrigen stecken wirst! Sie haben es mehr verdient als alle andern."

„Richtig. Ich gebe ihnen da ihren Lohn und sorge zugleich für mich und dich. Das geschieht noch heut. Von morgen an aber muß ich sämtliche Gefangenen deiner Obhut allein anvertrauen, denn ich verreise zur Hacienda del Eriña."

„Ah, zur Hacienda? Was willst du dort?"

„Das wirst du später erfahren. Es ist nicht geraten, jetzt davon zu sprechen."

„Wie lange wirst du fortbleiben?"

„Fünf bis sechs Tage."

„Solange werde ich mit den Gefangenen gut auskommen."

„Oh, du wirst es noch länger versuchen müssen, weil ich nach meiner Rückkehr sofort wieder verreise. Ich muß nämlich binnen zehn Tagen in der Hauptstadt sein."

„In der Hauptstadt?" fragte der Neffe verwundert. „Was sollst du dort?"

„Es ist mir eine bedeutende politische Rolle übertragen worden. Wer weiß, was daraus entsteht! Jetzt bin ich überzeugt, daß es zu unserm Glück sein wird. Ich werde vielleicht Minister und du Graf von Rodriganda. Was willst du mehr?"

„Oheim, bei allen Heiligen, ich fange nun an, zu glauben, daß du im Ernst sprichst! Aber wie willst du es denn anfangen, mich zum Grafen zu machen?"

„Sehr einfach. Du trittst an des richtigen Grafen Stelle."

„Das wäre Mariano! Aber die Beweise?"

„Die erzwingen wir von unsern Gefangenen, und dann werden alle, die hinderlich sein können, beseitigt. Laß nur deinen Oheim sorgen! Kann dieser Pablo Cortejo seinen Neffen zum Grafen von Rodriganda machen, so kann ich es wohl noch besser und leichter als er. Jetzt geh zu den beiden, damit ihnen die Zeit nicht lang wird! Wenn sie mit dem Essen fertig sind, dann führst du sie hinunter! Ich werde euch drunten erwarten, wohin ich mich jetzt begebe, um die Vorbereitungen zum Empfang der neuen Gäste zu treffen."

Hilario entfernte sich, und Manfredo ging, um den Befehl des Alten auszuführen. Nach einiger Zeit kehrte er zu den Wartenden mit einer Platte kalten Fleisches zurück. Die beiden waren hungrig und sprachen dem Essen wacker zu. Als sie sich gesättigt hatten, gebot Manfredo:

„Folgt mir jetzt, Señores! Der Oheim ist schon hinunter ins Verlies, um euch die Gefangenen zu zeigen. Ich bringe euch zu ihm."

„Was aber geschieht mit den Pferden und unsern Sachen?"

„Sie sind für die wenigen Augenblicke in Sicherheit, dann aber werde ich euch alles besorgen." Dieses „Besorgen" bestand darin, daß der Brave die Pferde verkaufte und das Gepäck als sein Eigentum betrachtete.

Manfredo schritt voran durch die stillen Gänge, und Landola und Cortejo folgten ihm, auf sein Geheiß ihre Schritte dämpfend. Dann ging es eine dunkle Treppe hinab, wo Manfredo ein Licht hervorzog, um es anzubrennen. Sie kamen durch einige kellerartige Räume und endlich in ein Gemach, worin der Arzt sie erwartete. Auch er trug ein brennendes Licht in der Hand.

„Eingetroffen?" fragte er mit achtungsvoller Freundlichkeit.

„Wie Ihr seht: ja", antwortete Cortejo. „Aber sagt, sollen wir etwa in einem solchen Keller unsre Zeit zubringen?"

„Wo denkt Ihr hin! Ich führe Euch nur zu den Gefängnissen. Später erst geht es zu Eurer Wohnung. Kommt!"

Hilario schritt voran, Cortejo und Landola folgten ihm, und der Neffe ging hinter ihnen. Um eine Ecke biegend, zog Hilario jene hülsenartige Rolle aus der Tasche, brannte das eine Ende an, drehte sich um und blies in das andre. Im nächsten Augenblick eilte er weit vorwärts, während sein Neffe zurücksprang. Ein Flammenstrahl war Landola und Cortejo entgegengezuckt. Sie hatten rufen wollen, brachten aber kein Wort hervor, denn es umgab sie ein Nebel, der ihnen sofort den Atem raubte. Einen Augenblick später lagen sie besinnungslos an der Erde.

Als Gasparino Cortejo wieder erwachte, war ihm der Kopf fürchterlich schwer, so daß er kaum seine Gedanken zu sammeln vermochte. Er tastete um sich her und gewahrte zu seinem Entsetzen, daß er sich in einem steinernen Raum befand, an dessen eine Mauer er mit einer Kette angeschlossen war.

„O Himmel!" rief er unwillkürlich aus.

„Ah, der eine erwacht!" hörte er seitswärts eine dumpfe männliche Stimme sagen.

„Er redet", fügte eine weibliche hinzu, die von gegenüber ertönte.

„Wer ist hier?" fragte Gasparino.

„Arme Gefangene, so wie du", antwortete die männliche Stimme.

„Ich hörte zwei Personen sprechen?"

„Ich war es und meine Tochter."

„Wer bist du?"

„Ein Unglücklicher. Mehr darf ich nicht sagen, da ich dich nicht kenne."

Gasparino Cortejo vermochte sich noch nicht in seine Lage zu finden.

„Zum Teufel! Warum bin ich hier?" fragte er.

„Um gefangen zu sein", lautete die Antwort.

„Gefangen? Ich? Unsinn!"

„Fühle an die Mauer, und erfasse deine Ketten!"

Cortejo klirrte mit den Ketten und tastete, soweit diese es ihm zuließen, an der feuchten Wand hin. Er fühlte vor sich einen Wasserkrug und ein Stück trocknes Brot.

„Heiliger Himmel! Das kann doch nur Scherz sein!"

„Ein Scherz? O nein! Hier unten ist alles bitterer Ernst. Auch wir glaubten an Scherz. Dann hockten wir in einem furchtbaren Loch, bis man uns eine bessere Zelle gab. Vorhin wurden wir aus dieser hierher gebracht, wo es wieder schlechter ist. Unser Peiniger sagte, daß wir Gesellschaft erhalten würden, die uns in große Freude versetzen werde. Die Gesellschaft seid ihr, aber wo bleibt die Freude?"

„Wer ist es, den du euren Peiniger nennst?" fragte Gasparino Cortejo.

„Hilario. Er ist auch der eurige."

„Der Doktor? O nein, der ist mein Freund!"

„Dein Freund? Also auch du hast ihm so vertraut wie wir. Hat er dir nicht giftiges Gas ins Gesicht geblasen?"

Gasparino Cortejo hatte noch immer nicht die volle Besinnung und Urteilskraft erlangt. Er antwortete wie einer, der langsam aus dem Traum erwacht. Die dumpfe Stimme, die er hörte, klang wie aus einem Grab hervor, und auch ihm war ganz so, als liege er in einem solchen.

„Hilario hatte kein Licht, als er euch brachte", fuhr der andre fort, „aber ich habe gehört, daß er es war und sein Neffe. Wer bist du?"

„Auch ich kann es dir nicht sagen, bevor ich nicht weiß, wer du bist. Du sprichst von noch einem. Wer ist noch da?"

„Einer, der mit dir gebracht und rechter Hand von dir an die Mauer gefesselt wurde."

„Ah! Sollte es Lan—", Gasparino Cortejo besann sich noch zur rechten Zeit und fuhr fort, sich verbessernd: „Sollte es mein Gefährte sein?"

„Er wird es sein. Du bist mit ihm tot, wie wir beide auch. Hier gibt's kein Licht, kein Leben, keine Gnade und kein Erbarmen. Hier ist alles tot, und das einzige Leben, das es noch gibt, das ist ein unstillbares Lechzen nach Rache."

Da richtete der Notar sich auf, so weit es seine Fesseln zuließen.

„Das gilt wohl euch, aber nicht mir. Ich will und ich darf nicht Gefangener sein!" Er legte sich in seine Ketten und versuchte, sie zu sprengen. Aber es gelang ihm nicht, obwohl er alle seine Kräfte daransetzte.

„Hölle, Tod und Teufel!" rief er keuchend. „So wäre ich gefangen, und die andern sind frei?"

„Die andern? Welche andern meinst du?"

„Hilario sagte mir, daß er Feinde von mir hier unten habe!"

„Sollte er es dir so gemacht haben wie mir? Auch ich habe Feinde hier unten. Aber glaube nicht, daß sie oder die deinigen frei sind! Wer dieses Gewölbe betritt, der sieht das Licht der Sonne niemals wieder. Wer sind deine Feinde?"

„Ich muß über sie schweigen. Wer sind die deinigen?"

„Auch ich darf es dir nicht sagen. Es soll mich niemand kennen."

Da ging ein langer Seufzer durch den feuchten Raum. Landola begann sich zu regen. Er war vorhin vorangegangen und hatte das Giftgas zuerst empfangen. Darum hatte er auch länger besinnungslos gelegen.

„Oh!" stöhnte er, indem er sich streckte.

Seine Ketten rasselten. Er hörte das und horchte.

„O—o—oh!" stöhnte er von neuem. „Was — was — was ist das?"

„Henrico! Henrico, seid Ihr es?" fragte Gasparino Cortejo vorsichtig.

„Henrico?" fragte Landola müde und gedehnt. „Henrico, ja, so heiße ich."

„Ah! Bei Gott, er ist es! Henrico, seid Ihr es wirklich?" Cortejo nannte absichtlich nur den Vornamen Landolas.

„Henrico?" stöhnte der Pirat. „Wer, wer redet hier? Wo — wo bin ich?"

„Gefangen soll ich sein, und gefangen auch Ihr."

„Gefan — gen?" stöhnte es wieder unter Kettengerassel. „Ah, was — was klirrt hier? Wer hält — hält mich fest?"

„Ketten sind es, Ketten!"

„Ketten? Ketten? Ah! Richtig! Der Alte wollte uns ja die Gefa — fangenen zeigen, Ster—"

„Still!" fiel Cortejo rasch ein. „Keine Namen nennen!"

Landola konnte sich noch immer nicht aus seiner Betäubung finden. Er wiederholte wie ein Mensch, der chloroformiert ward:

„Keinen Namen? Kei — keinen? Warum denn nicht, Cortejo?"

Er hatte diesen Namen nun doch genannt.

„Halt! Still!" warnte der Notar.

Aber von der andern Seite tönte es rasch herüber:

„Welcher Name war das? Wer ruft mich?"

Da horchte Gasparino auf.

„Dich?" fragte er. „Dich rief keiner."

„O doch! Es war mein Name. Er ist nun doch verraten, und so sollst auch du ihn hören: ich bin Pablo Cortejo."

Da streckte sich Gasparino gegen seine Fesseln, daß sie klirrten und seine Knochen krachten.

„Hölle, Teufel und Verdammnis!" donnerte er. „Jetzt versteh' ich alles. Und weißt du, wer der ist, der vorhin, aus der Ohnmacht erwachend, deinen Namen nannte: Henrico Landola."

Da klirrten drüben bei Pablo die Fesseln, zum Zeichen, daß der Schreck ihn bewegt habe.

„Henrico Landola!" schrie er überlaut. „Der Seekapitän?"

Und herüber ließ sich Landolas Stimme hören:

„Ja, ich bin's! Henrico Lan — Landola, der Kapitän."

„Ist's möglich? Auch das noch!" brüllte Pablo, die Ketten vor Grimm aneinanderschlagend. „Und du, wer bist denn du, mit dem ich zuerst sprach?"

„Ich? Höre und verfluche die Erde und alles, was Leben hat! Mein Name ist der deinige: ich bin Gasparino Cortejo, dein Bruder!"

Zwei wütende Aufschreie erschollen: ein männlicher und ein weiblicher. Dann ward es drüben still. Pablo und seine Tochter waren in Ohnmacht gesunken. Nur hüben noch rasselten die Ketten und tobten die Genarrten.

7. Französische Willkür

Oft scheint es, als habe die Vorsehung sich entschlossen, den Frevler entkommen zu lassen und die wohlberechtigten Pläne des Guten zuschanden zu machen. Aber Gottes Wege sind nicht unsre Wege.

Nachdem Kurt Unger in Mexico seine Besuche gemacht hatte, setzte er sich zu Pferd und verließ in Begleitung des Matrosen Peter die Hauptstadt. Sie erreichten nach einem raschen Ritt das Städtchen Tula, wo sie Geierschnabel und Grandeprise trafen, und dann ging die Reise weiter. Kurt war mit guten Karten versehen und besaß in den beiden Jägern zwei Führer, wie es keine besseren geben konnte. Cortejo und Landola hatten als Verfolgte nicht die Straße eingeschlagen, sondern sich als Führer einen Mestizen gemietet und kamen infolge der schlechten Seiten- und Gebirgswege nur langsam vorwärts. Kurt ritt die Straße und konnte daher Strecken zurücklegen, daß er aller Wahrscheinlichkeit nach vor den beiden Verbrechern in Santa Jaga ankommen mußte. Aber diese Berechnung sollte sich leider als trügerisch erweisen.

Es war am zweiten Abend, als Kurt mit seinen Gefährten in der Stadt Zimapan ankam. Hier traf er auf Truppen. Die Stadt war von Franzosen besetzt, die sich vorbereiteten, sich unter ihrem Befehlshaber, einem General nach Queretaro zu begeben, um von da aus über Mexico den Einschiffungshafen Vera Cruz zu erreichen. Im Norden der Stadt standen die Kaiserlichen unter dem ebenso bekannten wie berüchtigten General Marquez bereit, nach dem Abzug der Franzosen die Stadt zu besetzen. Doch war die Mannszucht so locker, daß Scharen von ihnen sich in die Stadt begaben, um des Abends sich ein wenig mit ihren französischen Kameraden zu verbrüdern. Durch dieses Gewühl hindurch mußte sich Kurt mit seinen Begleitern Bahn brechen. Am liebsten hätte er sich für diese Nacht draußen im Freien ein Lager gesucht, aber die beiden Jäger rieten davon ab. Sie wären doch zwischen die aufgelösten und ungebärdigen Truppen geraten, und dabei Unbilden ausgesetzt gewesen, die sie in der Stadt umgehen konnten.

Aber diese Maßnahme erwies sich als irrig. Die Stadt wimmelte von französischen Soldaten. Sie glich einem Mehlwürmertopf, in dem es von Käfern, Würmern, Larven und Milben „wibbelt und kribbelt". Von Venta zu Venta, von Posada zu Posada und zuletzt gar von Haus zu Haus suchend, fanden sie nicht das kleinste Örtchen, wo sie auf eine Stunde der Ruhe hätten rechnen können. Und deren bedurften sie doch ebensosehr, wie ihre Pferde des Futters und des Wassers. Glücklicherweise erfuhren sie von einer alten Indianerin, die in einem zerrissenen und schmutzigen Hemd vor einer zerfallenen Hütte hockte, daß draußen vor der Stadt ein Bach fließe, an dessen Ufern Gras in Menge zu finden sei. Sie beschlossen, an diesem Wasser zu lagern.

Leider war auch hier fast kein Plätzchen zu haben. Die französische Reiterei hatte sich hier festgesetzt, und so mußte Kurt froh sein, endlich ein kleines Stückchen Erde zu erobern, das zwei Schritt breit an den Bach stieß, so daß er seine Tiere wenigstens zu tränken vermochte. Vor, hinter und neben der kleinen Gruppe brannten Wachtfeuer, von denen sie hell beleuchtet wurden, so daß ihre Gesichtszüge deutlich zu erkennen waren. Das störte nicht nur ihre Behaglichkeit und Ruhe, sondern es zog auch die Aufmerksamkeit der Soldaten auf sie und sollte ihnen verhängnisvoll werden.

Vor ihnen lagen vielleicht dreißig Kavalleristen im Gras. Die Leute schmauchten den starken mexikanischen Tabak und unterhielten sich von den Taten, die sie zum Ruhm Frankreichs hier in diesem Land „begangen und verschuldet" hatten. Ein älterer Sergeantmajor befand sich bei ihnen, der die Unterhaltung mit großer Würde leitete. Eben war eine Gesprächspause eingetreten, als Kurt mit seinen drei Leuten herbeikam und sich in der Nähe niederließ. Ein leises Murren erhob sich unter den Franzosen.

„Was wollen diese Männer hier?" fragte einer. „Haben sie ein Recht hier zu sein?"

„Dulden wir Zivilisten unter uns?" knurrte ein zweiter.

„Mexikanische Landstreicher gehören nicht in die Nähe der Söhne unsres schönen Frankreich", erklärte ein dritter.

Und ein vierter wandte sich an den Feldwebel: „Sergeantmajor, lassen wir uns das bieten?"

Der Angeredete strich seinen Schnauzbart eine Weile und erwiderte: „Nötig haben wir es nicht!"

„Nun, so ist es Ihre Pflicht, uns von diesen Leuten zu befreien."

Als der Alte zögerte, meinte ein junger Fant zu ihm: „Oder fürchten Sie sich vor diesem Zivil?"

Da warf der Feldwebel dem Sprecher einen Blick zu, der zermalmend wirken sollte. „Junger Laffe! Als du noch keine Hosen trugst, trug ich schon die Muskete. Ich werde euch zeigen, wie schnell dieses Zivil vor mir die Flucht ergreifen wird."

Er schritt auf die vier Männer zu. Kurt ruhte im Gras und hatte sich eine Zigarette angesteckt. Die andern drei lagen am Rand des Bachs und beaufsichtigten ihre Pferde.

„Was wollt Ihr hier? Auf und fort!"

Diese spanischen Worte donnerte der Alte Kurt entgegen, indem er den Arm gebieterisch ausstreckte. Kurt sagte ruhig:

„Sergeantmajor, wo habt Ihr für diese Nacht Euer Quartier?"

Das empörte den Alten. Er antwortete laut, so daß man es weithin hören konnte:

„Was? Ihr fragt mich nach meinem Quartier? Welches Recht habt Ihr dazu? Und wißt Ihr nicht, daß man sich erhebt, wenn man mit einem Helden Seiner Majestät des Kaisers spricht?"

„Gut, ich werde aufstehen, doch auf Eure Verantwortung hin", meinte Kurt leichthin. „Ich bemerke aber, daß ich dies nur aus Rücksicht auf Frieden tue, und wiederhole meine Frage, wo Ihr heut abend Euer Quartier habt."

„Ihr habt Euch darum nicht zu bekümmern!"

„O doch! Hat Eure Truppe den Befehl, heut hier zu lagern, und ist Eurer Abteilung vom Kommandanten diese Stelle angewiesen worden, so weiche ich gern. Habt Ihr aber Euer Quartier in der Stadt, so besitze ich das gleiche Recht wie Ihr und bleibe."

Der Alte sah den jungen Mann erstaunt an. „Wer seid Ihr? Ihr tut ja gradso, als ob Ihr von Dienstvorschriften etwas verständet."

Es hatte sich um die beiden und die drei andern Zivilisten ein weiter Kreis von Soldaten gebildet, die neugierig zuhörten.

„Könnt Ihr lesen, Sergeantmajor?" fragte Kurt.

„*Nom d'un chien!*" fluchte der Alte. „Wie könnt Ihr es wagen, daran zu zweifeln?"

Kurt erwiderte gelassen: „Weil ich viele Sergeantmajore kennengelernt habe, die nicht lesen konnten. Obgleich ich Euren Kommandeur verlangen könnte, will ich mich doch herablassen, Euch Rede zu stehen. Hier, Kamerad, lest!"

Er zog von seinen Pässen den hervor, der in französischer Sprache abgefaßt war, und gab ihn dem Sergeantmajor hin.

„Wird auch viel Gescheites sein", brummte der Alte. Er trat näher ans Feuer, um besser lesen zu können. Kaum aber war er fertig, so kam er zurück, machte in kerzengerader Haltung seine Ehrenbezeigung und sagte achtungsvoll: „Verzeihung, mein Oberleutnant! Das konnte ich nicht wissen!"

„So hätten Sie vorher sich ordnungsgemäß erkundigen sollen. Wo haben Sie Ihr Quartier?"

„In der Stadt."

„So bleibe ich also hier. Tretet ab!"

Der Alte drehte sich stramm um und marschierte an seinen Platz zurück, wo er sich recht kleinmütig niederließ. Rund um ihn begann ein Flüstern: „Weshalb ging er nicht?" fragte einer.

„Weil wir kein Recht haben, ihn fortzuweisen. Er ist ein Offizier, und ich habe ihn so angeschnauzt. Ein Glück, daß wir morgen abmarschieren."

„Ist er ein Franzose?"

„Nein, ein Deutscher, ein Preuße!"

„Hol sie alle der Teufel! Welchen Grad hat er?"

„Oberleutnant."

„Bloß? Pah!"

„Aber bei den Gardehusaren! Und beim Generalstab ist er auch!"

Das flößte Achtung ein. Aber man ärgerte sich doch, daß ein alter Sergeantmajor von einem Zivilisten abgewiesen wurde. Das Ereignis sprach sich rasch herum. Die Kinder des französischen Ruhms ereiferten sich darüber, und es bildete sich eine Art Wallfahrt zu dem Ort, wo der Deutsche lag und zu der Gruppe, in deren Mitte der Sergeantmajor saß. Unter anderm kam auch ein Dragoner herbei, der mit im Norden und Westen des Landes gefochten hatte. Er erkundigte sich nach dem Ereignis und betrachtete die Reisenden.

„*Sacrebleu!*" meinte er überrascht. „Den sollte ich kennen!"

„Den Offizier?" forschte der Sergeantmajor.

„Nein, den andern. Den mit der großen Nase! Ich will mich erschießen lassen, wenn ich ihm nicht gegenübergestanden habe. Ich sah von seinen Kugeln manche unsrer Braven fallen. Es war im Gefecht bei Cinco Señores."

Diese Worte brachten eine ungeheure Wirkung hervor.

„Was? Er ist ein Feind?" fragte der Alte.

„Ja. Er war bei Juarez, ist ein amerikanischer Jäger und wird Geierschnabel genannt."

„Dann ist er ein Spion!" rief einer halblaut.

„Bist du deiner Sache gewiß?" flüsterte der Sergeantmajor dem Dragoner zu.

„Sicher. Ich werde noch Mallou und Rénard holen. Sie haben an meiner Seite gefochten und werden ihn wiedererkennen."

„Geh, mein Sohn! Mir geht ein Licht auf. Ein deutscher Offizier in Zivil mit einem Spion des Juarez und noch zwei andern, die wohl auch Spione sind: das wäre ein Fang, wie er nicht besser gemacht werden könnte."

„Dann würden wir diesem Deutschen zeigen, daß er doch vom Wasser fort muß. Aber wohin! Hahaha!"

„Still!" befahl der Alte. „Diese Leute dürfen nicht ahnen, was hier vorgeht, sonst könnten sie doch suchen, uns zu entkommen, und das wäre jammerschade."

„Uns entkommen?" fragte der Junge, der vorhin so voreilig gewesen war. „Das ist unmöglich."

„Halt den Mund, Knabe!" fuhr ihn der Alte an. „Lerne erst die Jäger kennen, dann wirst du erfahren, was so ein Mann bedeutet. Wenn Juarez dies Land wieder erobern sollte, so hat er es nur der Mannszucht, der Ausdauer und der eisernen Tapferkeit dieser Jäger zu verdanken."

In diesem Augenblick kehrte der Soldat mit seinen zwei Kameraden zurück und sagte: „Hier sind Rénard und Mallou. Sie mögen sehen, ob ich recht habe oder nicht!"

„Ja", meinte der Alte, „seht doch den Mann da drüben an, der die lange Nase hat! Der da, euer Kamerad, meint, daß euch diese Nase bekannt sei."

Die beiden Soldaten folgten dieser Aufforderung. Kaum hatten sie Geierschnabel erblickt, so meinte Rénard:

„*Parbleu!* Den kenne ich: es ist Geierschnabel, der berühmte amerikanische Jäger."

„Er gehört zu den Truppen des Juarez", fügte Mallou hinzu. „Wir drei haben manche der Unsrigen von seinen Kugeln fallen sehen."

„Was? Ihr kennt ihn also?" fragte der Sergeantmajor, der es für angezeigt hielt, in einem solch wichtigen Fall so sicher wie möglich zu gehen.

„Er ist es! Man kann sich gar nicht irren. Wer dieses Gesicht gesehen hat, für den ist eine Täuschung unmöglich, mein Sergeantmajor."

„Hm", brummte der Alte. „Das kann diesen Leuten verdammt gefährlich werden. Kennt ihr noch einen der andern Burschen?"

„Nein."

„Na, das tut auch weiter nichts zur Sache. Nun aber ist es unsre Pflicht, uns dieser Leute zu versichern. Aber das muß mit Vorsicht geschehen, da der eine von ihnen Offizier ist. Man muß dem General Meldung machen. Das werde ich besorgen, und ihr drei geht mit. Ihr andern laßt euch einstweilen nichts merken, habt aber ein scharfes Auge auf sie!"

Er entfernte sich mit den drei Soldaten, die als Zeugen dienen sollten. Es trat nun eine Pause der Spannung ein, während der Kurt nichts von dem ahnte, was ihm und den Seinen bevorstand.

Es mochte ungefähr eine halbe Stunde vergangen sein, als ein Rittmeister in Begleitung von Bewaffneten erschien. Der Sergeantmajor befand sich als Führer bei ihm, die andern aber waren vom General als Zeugen zurückbehalten worden. Während seine Begleitung sich einige Schritt zurück aufstellte, trat der Rittmeister auf Kurt zu, der sich, wißbegierig, was der Mann von ihm wolle, aus dem Gras erhob. Der Offizier betrachtete den Deutschen einige Augenblicke stillschweigend und fragte dann in französischer Sprache:

„Monsieur, es scheint, Sie sind kein Einwohner dieser Stadt?"

„Allerdings nicht", erklärte Kurt höflich.

„Sie befinden sich auf Reisen?"

„Ja."

„Woher kommen Sie?"

„Aus Deutschland."

Der Offizier kniff die Augen zusammen und meinte:

„Aus Deutschland? Ah! Ihr meint wohl Österreich?"

„Nein, sondern Preußen."

„Preußen? Hm! Glauben Sie, daß dies hier gut für Sie sein wird!"

Kurt warf dem Mann einen erstaunten Blick zu.

„Gestatten Sie, Ihnen zu sagen, daß ich Ihre Frage nicht begreife!"

Der Rittmeister warf den Arm geringschätzig in die Luft.

„Sie werden das wohl bald begreifen. Für jetzt aber muß ich bitten, mir zu sagen, wohin Ihre Reise gerichtet ist."

„Zunächst nach Santa Jaga und dann zur Hacienda del Eriña."

„Ah, ich erinnere mich dieses Namens. Dies ist die Hacienda, die sich so ausgezeichnet als Rastort eignet?"

„Ich weiß das nicht, denn ich bin noch niemals dort gewesen."

„Welchen Zweck verfolgen Sie bei dieser Reise?"

„Er ist rein privater Natur: ich gedenke, Verwandte dort zu treffen."

„Diese Männer, die ich hier bei Euch sehe, sind Ihre Diener?"

„Ich möchte sie lieber Freunde nennen."

„Ah! Hm! Freunde! Ist nicht einer dabei, der Geierschnabel heißt?"

„Ja."

„So ersuche ich euch alle, mir zum kommandierenden General zu folgen."

Kurt blickte befremdet auf.

„Was soll das bedeuten?"

„Ich bin nicht befugt, mich darüber zu äußern", bemerkte der Rittmeister kühl.

„Soll ich Ihnen etwa in der Eigenschaft eines Verhafteten folgen?"

„Ich möchte mich dieses Wortes nicht bedienen. Der General sandte mich, Sie und Ihre Begleiter zu ihm zu holen."

„Wir stehen zu Diensten, Herr Rittmeister!"

„Gut! Folgt mir!"

Sie nahmen ihre Pferde am Zügel und gingen mit, bewacht von den Soldaten und dem Rittmeister.

„Verdammt! Was werden wir sollen?" flüsterte Geierschnabel dem Jäger Grandeprise zu, indem er sein Priemchen ausspuckte und ein neues von riesigem Umfang in den Mund schob.

„Wer weiß es!" entgegnete der Gefragte. „Vielleicht hat man uns im Verdacht, Spione zu sein!"

„Das wäre eine verteufelte Christbescherung! Ich hörte, daß der Soldat meinen Namen nannte. Was geht den General mein Name an?"

„Wir werden es jedenfalls bald erfahren."

„Nun, so genießen wir wenigstens das große Glück, mit einem französischen General reden zu können. Hol ihn der Teufel!"

Der Weg führte die Freunde durch zahlreiche Militärgruppen in die Stadt zurück, bis vor das Gebäude, in dem der Oberbefehlshaber sein Quartier aufgeschlagen hatte. Sie wurden sofort zu ihm geführt. Es befanden sich mehrere Offiziere bei ihm, die die Eintretenden mit finster forschenden Blicken musterten. Der Rittmeister blieb mit seinen Leuten an der Tür stehen, um die Verhafteten im Auge zu behalten. Der General wandte sich zunächst an Geierschnabel, dessen ungewöhnliches Gesicht er einige Augenblicke mit sichtlicher Belustigung musterte.

Dann fragte er französisch: „Ihr Name?"

Geierschnabel nickte ihm überaus freundlich zu.

„Ja, Ihr Name!"

Der General machte eine erstaunte Miene und wiederholte spanisch: „Euer Name?"

Sein Ton war jetzt strenger als vorher, aber der Jäger schien es nicht zu bemerken. Er schmunzelte den General abermals höchst vertraulich an und feixte nickend:

„Freilich, freilich! Mein Name!"

„Mann, was fällt Euch ein! Euren Namen will ich wissen!" rief der Offizier erzürnt.

„Ah! Wissen wollt Ihr ihn! Das ahnte ich doch nicht. Ihr habt bei Eurer Frage mit meiner Nase geliebäugelt. Da ich ihr meinen Namen verdanke, nahm ich an, daß Ihr ihn kennt. Nun scheint es aber doch nicht der Fall zu sein."

„Seid Ihr des Teufels? Es versteht sich doch von selber, daß ich wissen will, wie Ihr heißt!"

„O nein! Wenn jemand zu mir sagt: ‚Hochgeehrter Señor, wollt Ihr die Gewogenheit haben, mir zu sagen, wie Euer geschätzter Name lautet?', so weiß ich, was er will; aber wenn einer bloß sagt: ,Euer Name!', so kann ich nur vermuten, daß er in Beziehung meines Namens irgendeine Absicht verfolgt. Welche, das weiß der Teufel!"

Der General wußte nicht, was er denken sollte. Hatte er hier einen frechen oder geistig beschränkten Menschen vor sich? Er hielt noch an sich. „Nun, jetzt wißt Ihr, daß ich Euren Namen hören will."

„Den richtigen oder den andern?"

„Den richtigen."

„Den richtigen? Hm! Das wird schwer halten!" meinte Geierschnabel nachdenklich.

Der General runzelte die Stirn. „Wieso? Ihr habt wohl Ursache, Euch des richtigen gar nicht zu bedienen! Ihr tragt einen falschen Namen? Das ist sehr verdächtig!"

„Schwerlich!" entgegnete Geierschnabel leichthin. „Aber man hat mich so lange Zeit nicht bei meinem richtigen Namen genannt, daß ich ihn fast vergessen habe."

„Nun, so besinnt Euch! Wie lautet er?"

„Hm! Ich glaube, ich heiße William Saunders."

„Woher?"

„Woher ich so heiße?"

„Nein, sondern woher Ihr seid!" fuhr ihn der General an.

„Aus den Vereinigten Staaten."

„Und wie heißt der andre Name?"

„Geierschnabel."

„Ah! Ein *nom de guerre*, wie ihn die Verbrecher untereinander führen. Wer hat Euch so genannt?"

„Meine Kameraden."

„Ich dachte es mir! Diese Kameraden waren wohl Bewohner der hintersten Quartiere?"

„Der hintersten Quartiere?" fragte Geierschnabel erstaunt. „Diesen Ausdruck habe ich noch nie gehört. Klingt recht verheißungsvoll. Was hat das zu bedeuten?"

„Ich meine, daß es Menschen waren, die das Tageslicht zu scheuen hatten."

„Ah! Ihr meint wohl Spitzbuben und ähnliches Gelichter?"

„Ja", nickte der General.

„Pfui Teufel! Pchtsichchchchch!"

Dabei spuckte er so nah am Kopf des Offiziers vorüber, daß dieser erschrocken zur Seite wich und mehr überrascht als zornig ausrief·

„Was fällt Euch ein! Wißt Ihr, vor wem Ihr steht?"

„Ja", verneigte sich Geierschnabel gemütlich.

„So betragt Euch auch danach. Also wer waren Eure Spießgesellen?"

„Spießgesellen? Ich will geteert und gefedert werden, wenn ich dieses Wort verstehe! Meint Ihr etwa meine Kameraden?"

„Ja."

„Das waren wackre Jungen, tüchtige Kerle, denen es gleich war, ob sie mit einem General sprachen oder mit einem Papagei. Jäger waren es, Trapper, Squatter und Indianer. Ihr müßt nämlich wissen, daß es in der Savanne fast keinen Jäger gibt, der nicht einen Beinamen hat. Der eine erhält ihn infolge irgendeines Vorzugs, der andre infolge eines Fehlers. Mein größter Vorzug ist nun meine Nase. Ist es da zu verwundern, daß mich die verteufelten Kerle Geiernase oder Geierschnabel genannt haben?"

Der General wußte noch immer nicht, wie er diesen eigentümlichen Menschen einschätzen sollte. Er ging zur Hauptsache über, indem er fragte:

„Also ein Präriejäger seid Ihr? Habt Ihr Euch stets bloß mit der Jagd beschäftigt?"

„Nicht ganz allein. Ich habe nebenbei auch noch gegessen, getrunken, geschlafen, die Hosen ausgebessert, Tabak gekaut und Verschiedenes mehr."

„*Mille tonnerres de Brest!* Wollt Ihr Euch etwa einen Spaß mit mir machen?"

„Nein."

„Das will ich Euch auch geraten haben. Kennt Ihr Juarez?"

„Ja. Sehr gut sogar."

„Habt Ihr unter ihm gefochten?"

„Nein, sondern geschossen."

„Ihr habt uns gegenübergestanden?"

„Den Franzosen? Ja. Ich ihnen und sie mir."

„Ihr habt Franzosen getötet?"

„Das ist möglich. Während des Gefechts kann man nicht hinter jeder Kugel herlaufen, um zu sehen, ob sie trifft."

„Wart Ihr im Gefecht von Cinco Señores?"

„Ja."

„Kennt Ihr diese Männer?"

Der General zeigte auf drei Soldaten, die als Zeugen zurückgehalten worden waren. Geierschnabel sah sie prüfend an.

„Ja, die kenne ich. Ich habe sie vorhin auf dem Feld draußen gesehen."

„Vorher nicht?"

„Kann mich nicht besinnen. Ist mir auch völlig gleichgültig."

„Diese drei Männer haben Euch bei Cinco Señores beobachtet."

„Das ist möglich."

„Sie behaupten, daß Eure Kugeln sehr gut getroffen haben!"

„So? Das freut mich. Für einen alten Jäger ist es verdammt ärgerlich, zu erfahren, daß er nur ins Blaue geknallt hat."

„Scherzt nicht!" rief der General grimmig. „Es handelt sich um Leben und Tod!"

Geierschnabel machte ein erstauntes Gesicht.

„Um Leben und Tod? Wieso denn?"

„Seht Ihr das nicht selber ein? Dann seid Ihr wegen Eures mangelhaften Fassungsvermögens zu bedauern. Ihr seid überführt, Franzosen erschossen zu haben. Ihr seid also ein Mörder."

„Mörder?" fragte Geierschnabel rasch.

„Ja. Und mit Mördern macht man kurzen Prozeß."

„Ja, man gibt ihnen eine Kugel oder den Strick", nickte Geierschnabel. „Aber wer will mir nachweisen, daß ich ein Mörder bin?"

„Es ist nachgewiesen."

„Oho! Ich bin Mitkämpfer, aber kein Mörder. Jetzt geht mir ein Licht auf. Diese drei Männer haben mich im Gefecht gesehen, hier wiedererkannt und angezeigt."

„So ist es. Ein kaiserlicher Erlaß befiehlt, jeden Empörer zu erschießen."

„Empörer? Pchtsichchchchchch!" Er spuckte an dem General vorbei über den Tisch, wo der braune Saft ein brennendes Wachslicht auslöschte. „Ich, ein Empörer?" wiederholte er. „Herr General, wollt Ihr die Güte haben, diese Urkunde zu lesen?"

Er zog einige Schriftstücke aus der Tasche und reichte eins davon dem Offizier. Dieser las es.

„Ah! Ihr wärt also Dragonerkapitän der Vereinigten Staaten?"

„Ja. Das kann man natürlich werden, obwohl man eine lange Nase hat."

Der General tat, als habe er diese Bemerkung nicht vernommen. „Das kann Euch doch nicht retten. Ihr habt Euch einer mexikanischen Bande beigesellt."

„Ist das Heer des Juarez eine Bande? Hier! Ich bitte, auch dieses zu lesen!"

Er gab ein zweites Schriftstück hin. Der General nahm Einsicht davon, meinte aber achselzuckend:

„Euer von Juarez ausgefertigtes Patent als Kapitän der freiwilligen Jäger."

„Ja, freilich. Ich traf mit Juarez zusammen; er konnte mich brauchen, und da sein Weg zufällig auch der meinige war, schloß ich mich ihm an und erhielt den Befehl über eine Jägerkompanie."

„Ihr seid also Überläufer?"

„Wer sagt das?"

„Ich! Ihr habt unter Juarez gefochten, obwohl Ihr Offizier der Vereinigten Staaten seid."

„Das nennt Ihr Überläufer? Selbst wenn ich durchgehe, ist dies nur Sache meines Präsidenten, aber nicht eines Franzosen. Ich habe unbestimmten Urlaub und vom Präsidenten die Erlaubnis, unter Juarez zu fechten. Ich bin weder Überläufer noch Mörder."

„Befleißigt Euch eines andern Tons! Selbst wenn ich das bisherige fallen lasse, so bleibt doch der Umstand, daß Ihr als Mitkämpfer des Juarez hier mitten in unserm Lager betroffen wurdet. Ihr werdet wissen, was das bedeutet."

„Kriegsgefangenschaft etwa?"

„O nein! Etwas viel Schlimmeres, Ihr habt Euch hier eingeschlichen. Ihr seid ein Spion!"

„Oho!" rief da Geierschnabel. „Ich bin nicht mehr Mitkämpfer. Hier ist der Beweis!" Er gab ein drittes Papier hin.

„Das ist allerdings die Zufertigung Eures Abschieds von seiten des Juarez", sagte der General, als er es gelesen hatte. „Das kann aber nichts ändern. Ihr seid im Lager betroffen worden, Ihr seid ein Spion!"

„So muß jeder Fremde, der an einen Ort kommt, wo sich französische Truppen befinden, ein Spion sein!"

„Euer Beweismittel ist nicht geistreich. Ich habe übrigens weder Zeit noch Lust, mich mit Euch weiter zu unterhalten. Der angezogene kaiserliche Erlaß sagt, daß jeder, der den Truppen des Kaisers gegenübersteht, nämlich mit den Waffen in der Hand, ein Rebell ist und als solcher behandelt, das heißt, erschossen werden soll. Euer Urteil ist gesprochen."

Da richtete sich die Gestalt des Trappers stolz in die Höhe.

„General", sagte er, „Ihr seid Untertan des Kaisers von Frankreich, der den Erzherzog Max von Österreich als Kaiser von Mexiko anerkennt. Für Euch mag also das, was Max oder Napoleon verfügen, Geltung haben. Ich aber bin Untertan der Vereinigten Staaten, deren

Präsident einen Kaiser von Mexiko nie anerkannt hat. Was also der Erzherzog von Österreich verfügt, ist meinem Präsidenten und auch mir gleichgültig."

„Es wird sich zeigen, daß es Euch nicht gleichgültig zu sein braucht. Ihr befindet Euch innerhalb unsres Machtbereichs und werdet nach den Gesetzen behandelt, die hier Geltung haben."

„Man versuche es! Ich erhebe Einspruch gegen jede Gewalt. Mein Präsident wird sich und mir Genugtuung zu verschaffen wissen."

„Pah! Der Präsident von Krämern", spottete der General.

„Pchtsichchchchch!" spie Geierschnabel einen Strahl aus, der übers ganze Zimmer hinüber und gegen die Wand spritzte. „Krämer?" rief er. „General, sagt mir doch, weshalb die Franzosen jetzt aus Mexiko gehen? Dieser Präsident der Krämer hat Napoleon mitgeteilt, daß er keinen Franzosen mehr in Mexiko dulde, und Euer großer Kaiser läßt Euch abmarschieren. Diese Krämer müssen also doch Männer sein, die nicht auf den Kopf gefallen sind und die man in Paris zu beachten gezwungen ist."

So hatte noch niemand gewagt, mit dem General zu sprechen. Auf seine Büchse gestützt, stand Geierschnabel in selbstbewußter Haltung da, als ob er der Kommandierende, der General aber festgenommen sei. Dieser hätte den mutigen Jäger am liebsten sofort erschießen lassen, aber er kannte gar wohl die Macht der von diesem vorgebrachten Beweismittel. Er befleißigte sich daher eines hochfahrenden Tons.

„Ich habe mich herabgelassen, Euren Fall zu untersuchen. Ihr müßt nun schweigen und das Weitere gewärtigen!"

„Bin neugierig darauf", meinte Geierschnabel.

Der General wandte sich zu Grandeprise: „Wie heißt Ihr?"

„Grandeprise."

„Woher?"

„Aus New Orleans."

„Also auch Untertan der Vereinigten Staaten?"

„Ja, ursprünglich, dann nicht mehr, jetzt aber wieder."

„Wie soll ich das verstehen?"

„Ich bin Jäger und wohne am texanischen Ufer des Rio Grande del Norte."

„Kämpftet Ihr unter Juarez?"

„Nein."

„Was tut Ihr hier?"

„Ich bin von Herrn Oberleutnant Unger angestellt."

„Und Ihr?" fragte der Franzose den Seemann Peters.

„Ich bin Matrose, heiße Peters und habe einen Privatauftrag in Mexiko auszurichten. Hier meine Papiere."

Das war eine ebenso kurze wie genaue Auskunft. Der General las die Urkunden und fragte: „Aber Ihr seid wohl auch von diesem Herrn angestellt?"

„Ja."

„Trotz Eures privaten Auftrags?"

„Ja. Unsre privaten Absichten sind die gleichen."

„So werde ich wohl hier darüber Aufklärung erlangen."

Bei diesen Worten wandte er sich Kurt zu. Der hatte bisher ruhig dagestanden und nicht getan, als ob das Gesprochene ihn berühre. Jetzt wurde er gefragt: „Ihr heißt?"

„Hier meine Ausweise!" sagte Kurt mit scharfer Kürze.

Er gab seine Urkunden ab. Der General las, behielt sie in der Hand und betrachtete den jungen Mann eine Weile mit neugierigen Blicken. Dann fragte er:

„Ihr heißt Kurt Unger und seid Oberleutnant der Gardehusaren in Berlin?"

„Ja."

„Kommandiert zum Stab des jetzt so berühmten Moltke?"

Bei dieser letzten Frage zuckte ein höhnisches Lächeln um seinen Mund. Kurt antwortete in aller Ruhe:

„Weshalb diese Frage, General? Ihr habt meinen Ausweis gelesen. Meine Personalien sind Euch also bekannt. Jede Wiederholung ist unnötig."

„Ah, Ihr sprecht ja höchst selbstbewußt", lachte der General. „Dieser Ton scheint den Herren Preußen zur zweiten Natur geworden zu sein. Bei mir aber verfängt er nicht. Ich spreche meine Fragen aus, weil ich Euren Urkunden nicht gut glauben kann. Ein Offizier, wie Ihr sein wollt, und — Spion!"

Kurts Wangen färbten sich, aber er behielt seine Ruhe doch noch bei. „General, Ihr sprecht da ein Wort aus, das Euch nur die Wahl läßt, mir entweder zu beweisen, daß Ihr recht habt, oder mir Genugtuung zu geben."

„Ah, nicht so stolz, mein junger Leutnant! Sagt mir doch gefälligst, woher Ihr jetzt kommt!"

„Aus der Hauptstadt Mexiko."

„Habt Ihr dort Deutsche besucht?"

„Ja. Den Geschäftsträger Preußens."

„Ah! Wohl gar in amtlicher Eigenschaft?"

„Nein, privat."

„Und wohin wolltet Ihr von hier aus?"

„Nach Santa Jaga und zur Hacienda del Eriña."

„*Sacré!* Zu dieser berühmten oder vielmehr berüchtigten Hacienda. Wißt Ihr, daß sie sich jetzt in den Händen des Juarez befindet?"

„Ja."

„Das genügt. Ihr kommt aus der Hauptstadt und wollt zu Juarez."

„Ich komme aus der Hauptstadt und will in privater Angelegenheit nach Santa Jaga", antwortete Kurt. „Später geh' ich wohl zur Hacienda. Wer aber hat gesagt, daß ich zu Juarez will?"

„Das steht zu erwarten."

„Vermutung also! Ich hoffe nicht, daß eine bloße Vermutung hinreichend ist, einen Offizier und Ehrenmann zu beleidigen und ihn festzunehmen."

„Ich werde Beweise finden", fauchte der General. „Man durchsuche diese Leute!"

„Ich erhebe Einspruch gegen eine solche Behandlung", rief Kurt empört.

„Euer Einspruch gilt nichts. Ich habe befohlen, und man wird gehorchen!"

Die Mantelsäcke der vier Reisenden wurden geholt, und sodann durchsuchte man sogar deren Taschen. Sosehr Kurt gegen eine solche Behandlung sich wehrte, es half ihm nichts.

„Selbst wenn Ihr kein Spion seid", herrschte ihn der General an, „und selbst wenn ich diesen Geierschnabel begnadigen wollte, müßte ich Euch in Gewahrsam halten."

„Warum?" fragte Kurt.

„Meint Ihr, daß ich Euch zu Juarez gehen lasse, damit er erfahre, was bei uns vorgeht? Rittmeister, weist diesen vier Männern ihre Wohnung an! Das übrige wird sich finden."

Es folgten nun heftige Auseinandersetzungen. Die vier Reisenden mußten alles von sich legen, was nicht ganz und gar entbehrlich war, und dann wurden sie in einen Raum geschlossen, aus dem kein Entrinnen möglich war. Der Franzose hatte sich viel bieten lassen müssen. Jetzt begann seine Rache.

Am andern Tag wurde Kurt nebst seinen Begleitern mitgeschleppt. Er hoffte auf rasche Erledigung dieser Angelegenheit — umsonst. Er meldete sich, verlangte eine Untersuchung — kein Mensch hörte ihn. Erst nach einer Reihe von Tagen sahen die vier ihre Freiheit wieder und erhielten das zurück, was ihnen genommen worden war. Trotz aller

Drohungen hatte der General nicht gewagt, den Trapper Geierschnabel vors Kriegsgericht zu stellen.

Man kann sich denken, welcher Grimm sich der vier Männer bemächtigt hatte. Sie beschlossen zwar, sich sofort an die Vertreter ihrer Regierungen zu wenden, aber was sie verloren hatten, das blieb doch unwiederbringlich: kostbare Zeit, die nicht zurückzugewinnen war.

Sie sagten sich mit Wut im Herzen, daß Cortejo und Landola ihnen entgangen seien. Was konnte seit jenem Tag alles vorgefallen sein! Sie tauschten ihre abgematteten Pferde gegen bessere um und galoppierten der Gegend zu, die zu verlassen man sie so schmählich gezwungen hatte.

8. Pirnero am Ziel

Wer an Gott, an die Vorsehung glaubt, der wird oft die Erfahrung machen, daß der Lenker der Ereignisse deren Fäden grade dann zusammenzieht, wenn man es am allerwenigsten erwartet und wenn die Hoffnung darauf verschwinden will.

Im Fort Guadalupe ging es jetzt einsam zu. Die Apatschen hielten für Juarez die Grenzbezirke besetzt, und die Jäger und kriegsfähigen Männer, die sonst in der Feste verkehrt hatten, waren dem Zapoteken gefolgt. Darum also gab es kein Leben mehr im Fort, und die Langweile war als böser Gast eingekehrt.

Es war am Spätnachmittag. Resedilla saß am Fenster der Schenkstube, wo sie ihren gewohnten Platz hatte, und strickte. Sie war etwas bleich geworden, aber diese Blässe gab ihr etwas ungemein Sanftes und Liebes. Der Grund ihres schönen Auges schien sich vertieft zu haben, und um ihre Lippen lag ein Zug stiller Ergebenheit, der sie nicht so lebensfroh, aber fast noch schöner, noch weiblicher erscheinen ließ.

An dem andern Fenster saß Pirnero. Er hatte ein Buch in der Hand, aber er las nicht darin, sondern seine Augen schweiften dorthin, wo die Sonne sich dem Erdkreis näherte. Auch er hatte sich verändert. Es war fast, als sei sein Kopf kahler geworden. Seine Stirn lag in Falten, seine Lippen waren zusammengepreßt, und seine Augen blickten finster.

Es herrschte eine unerquickliche Stille in der Stube, die keiner von den beiden unterbrechen wollte.

Endlich räusperte sich der Alte. „Hm!" machte er. „Elendes Wetter!"
Resedilla antwortete nicht.

„Ganz elendes Wetter!" wiederholte er nach einer Weile.

Sie äußerte sich ebenso wenig wie vorher.

„Nun?" rief er zornig.

„Was, Vater?"

„Elendes Wetter!"

„Es ist ja ganz schön draußen!"

Da drehte er sein Gesicht zu ihr herum, blickte sie so erstaunt an, als ob sie etwas Unbegreifliches gesagt hätte, und brummte: „Wie? Was? Schön soll das sein?"

„Schau doch nur hinaus!" mahnte das schöne Mädchen mit einem versonnenen Lächeln.

„Das habe ich den ganzen Tag getan, aber etwas Schönes sehe ich nicht. Da ist die Sonne, da sind Bäume und Sträucher, der Fluß, einige Häuser und Vögel, aber Menschen bemerke ich nicht. Leute, die bei mir einkehren und trinken oder im Laden irgend etwas kaufen, Leute, mit denen man sich unterhalten kann, Leute, mit denen man ein Geschäft macht!"

„Ah so! Dann hast du recht, dann allerdings gibt es hier bei uns keine Menschen mehr", sagte sie fast traurig.

„Ja, keine Menschen, keinen einzigen, nicht einmal einen Schwiegersohn."

Pirnero blickte seine Tochter bei diesen Worten scharf an. Sie senkte das Gesicht über das sich eine tiefe Röte verbreitete.

„Nun?" sagte er. „Was sagst du zu diesem Wort Schwiegersohn?"

Ein leiser Seufzer ertönte von Resedillas Platz her. Ihr Vater achtete nicht darauf. Da er keine Antwort von ihr bekam, rief er:

„Nun? Wo hast du denn deinen Verstand und deine Ohren, he? Welche Mühe habe ich mir um einen Schwiegersohn geben müssen! Weißt du es noch?"

„Ja", stimmte sie zu, damit sich seine Laune nicht verschlimmere.

„Da war dieser Kleine André. Ein hübscher, niedlicher Mann!"

„Hm!"

„Was hast du denn? Der Mann paßte ganz gut. Er war Brauer und hatte ganze Beutel voll Nuggets. Dann kam der nächste."

Resedilla fragte nicht, wen er meinte. Darum rief er zu ihr hinüber:

„Nun? Der nächste! Weißt du, wer das war?"

„Wen meinst du?"

„Ach, so ist es! Unsereiner gibt sich die größte Mühe, um es zu einem Schwiegersohn zu bringen, und sie weiß nicht einmal, welche Anbeter sie gehabt hat. Den Amerikaner meine ich, der auf dem Kanu den Fluß heraufkam."

„Den Geierschnabel?"

„Ja. Er war ein berühmter Scout, und der Lord hatte ihn geschickt. Wegen der Nase hättest du keine Sorge zu haben gebraucht. Die hätten nur deine Töchter bekommen, nicht aber deine Söhne. Das ist die Folge der Abstammung vom Vater auf die Tochter und von der Mutter auf den Sohn. Und dann kam der dritte."

Sie senkte den Kopf noch tiefer als vorher.

„Nun?" brummte er. „Der dritte kam! Wer war das?"

„Meinst du — meinst du Gerard?" fragte sie stockend.

„Jawohl. Der war mir der liebste. Dir nicht auch?"

„Ja", hauchte sie, nachdem sie eine Weile gezögert hatte.

„Donnerwetter! Ein berühmter Jäger! Tapfer! Stark und hübsch! Und dabei doch sanft wie ein Kind und fromm wie ein Lamm. Und reich! Diese Büchse mit dem Kolben von Gold. Weißt du noch, wie er ein Stück davon herabschnitt?"

„Ich war ja dabei."

„Und weißt du noch, wie er droben in der Bodenkammer die Franzosen erschlagen hat, obgleich er selber schon halbtot war! Der arme Teufel! So lange zwischen Leben und Tod zu schweben! Das war eine Sorge! Nicht?"

„O Vater, eine sehr große!"

„Ja. Endlich, endlich war wieder Hoffnung da. Weißt du, was ich mir da einbildete?"

„Nun?"

„Daß er dir einen Heiratsantrag machen würde."

Resedilla zog vor zu schweigen.

„Oder wenigstens eine Liebeserklärung."

Auch jetzt gab sie keine Antwort.

„Nun?" rief Pirnero. „Ist nichts Derartiges vorgekommen, he?"

„Nein."

„Auch kein Kuß auf die Hand oder auf die Wange?"

„Nein."

„Oder so ein bißchen in den Arm oder ins Ohr gezwickt?"

„Auch nicht."

„Donnerwetter! Hat er dir denn nicht wenigstens einmal die rechte oder die linke Hand gequetscht?"

„Als er fortging."

„Da war es zu spät. Aber mit den Augen hat er wenigstens einmal gezwinkert?"

„Ich kann mich nicht besinnen."

„Da hat man es. Was habe ich gezwickt und gezwinkert, gequetscht, gekniffen und gepufft, als ich deine Mutter kennenlernte! Wir Alten hatten die Liebe viel besser weg als ihr Jungen. Dieser Gerard! So ein feiner Mann! Und doch erst, als er fortgegangen ist, hat er dir die Hand gequetscht. Der Esel! Herrjeh, wäre das ein Schwiegersohn gewesen! Hat er dir denn nicht gesagt, wohin er wollte?"

„O ja."

„Was? Dir hat er es gesagt? Und mir nicht? Sapperment! Das will ich mir verbitten! Solche Heimlichkeiten, solche Techtelmechteleien kann ich nicht leiden und dulden. Das ist ja grad so verschwiegen, als ob ihr ein Liebespaar wärt. Aber du hast immer gesagt, daß du nicht weißt, wohin er ist."

„Ich habe es gewußt."

„Ah, sieh doch einmal an! Und warum sagtest du es mir nicht?"

„Es war ja Geheimnis!"

„Himmelselement! Geheimnisse habt ihr miteinander? Das geht nicht. Das würde ich nicht einmal von meiner Tochter und meinem Schwiegersohn dulden. Ich müßte alles wissen, alles, sogar wieviel Küsse sie sich in der Stunde geben. Dadurch bekommt man eine gewisse Übersicht, die sehr notwendig ist, wenn man die Ehe der Tochter mit der eignen vergleichen will. Also was für ein Geheimnis ist es?"

„Ich sollte nichts sagen, Vater, aber die Zeit, in der er zurückkehren wollte, ist vorüber, und nun bekomme ich Angst."

„Angst? Sapperlot, das klingt schlimm! Ist es denn gefährlich?"

„Ja, zumal er noch so schwach war, als er ging."

„Nun, so rede, um was handelt es sich denn?"

„Um — er wollte — oh, mein Gott!"

Resedilla hielt mitten im Satz inne. Ihr Auge starrte durch das Fenster. Ihr Gesicht hatte die Starre und Bleichheit des Todes angenommen, und ihre beiden Hände waren zum Herzen gefahren, wo sie fest liegenblieben. Pirnero bemerkte die Richtung ihres Blicks. Er trat zum Fenster und sah hinaus. Da kam ein Reiter langsam die Gasse herauf, hinter ihm vier schwerbepackte Maultiere.

„Granatenbombenstiefelknecht — das ist er ja!" schrie der Wirt und stürmte zur Tür hinaus.

Da erhielt auch Resedilla wieder Leben. Ihre Hände sanken herab, fuhren aber sofort wieder empor an die Augen, denen eine Tränenflut der Erleichterung entstürzte.

„Er ist's, er ist's", schluchzte sie. „Gott sei Dank! Oh, so darf ich ihn nicht sehen, nein, so nicht!"

Sie fühlte, daß sie sich ihm jubelnd an die Brust stürzen würde, und darum floh sie in ihre Kammer hinauf.

Pirnero aber stand unter der Tür und streckte beide Hände aus, um den Jäger zu empfangen.

„Willkommen, tausendmal willkommen, Señor Gerard!" rief er. „Wo habt Ihr denn gesteckt?"

„Das sollt Ihr bald hören, mein lieber Señor Pirnero. Erlaubt nur, daß ich vom Pferd steige!"

Ja, das war Gerard, der alte, der frühere! Hoch, stark und breit, fast so riesig wie Sternau gebaut, zeigte er nicht die mindeste Spur seiner Krankheit mehr in Haltung und Bewegung. Seine Kleidung war abgerissen: er mußte ungewöhnliche Strapazen hinter sich haben. Aber sein sonnenverbranntes Gesicht zeigte eine Frische und sein Auge einen Glanz, die es nicht erraten ließen, daß er vor kurzer Zeit noch mit dem Tod gerungen hatte.

Er sprang vom Pferd, und anstatt dem Alten die Hand zu geben, zog er ihn in die Arme, drückte ihn an sich und gab ihm sogar einen schallenden Kuß auf die Wange.

„Grüß Gott, Señor Pirnero!" rief er dabei glücklich. „Wie herzlich froh bin ich, wieder bei Euch zu sein!"

Das war dem Alten noch nicht geschehen. Seine Augen wurden vor Freude und Rührung naß. Er hielt beide Hände des Jägers fest.

„Wirklich? Ihr seid froh darüber? Ihr umarmt mich sogar vor Freude? Ihr gebt mir einen Schmatz und quetscht mich an Euch, gradeso, wie ihr Resedilla die Hand gequetscht habt, als Ihr fortgegangen seid! Señor, Ihr seid ein tüchtiger Mann und habt ein gutes Gemüt. Ich wünschte nur — da, davon darf man bei Euch nicht anfangen, da Ihr durchaus ledig bleiben wollt."

„Sehr richtig. Aber sagt mir, ob Señorita Resedilla munter ist."

„Munter? O leider nein! Sie muß sich den Magen verdorben haben, denn sie kann fast gar nichts mehr essen. Sie magert ab, und im stillen, da stöhnt und seufzt sie, da piept und fiebt sie, als wenn es bald zu Ende gehen sollte. Ich habe ihr schon Senfteig geraten. Senfteig auf den Magen und die Schulterblätter mit Melissengeist einreiben. Aber sie hört nicht eher, als bis es zu spät ist. Hier gehört eben ein tüchtiger Schwiegersohn her, der ihr den Standpunkt klarmacht, was Senfteig und Melissengeist zu bedeuten haben, wenn man einen kranken und übergesperrten Magen hat."

Der Schwarze Gerard kannte den Alten. Auf ihn wirkten dessen Worte nicht so, wie es bei einem andern gewesen wäre. „Wo befindet sie sich jetzt?"

„Drinnen in der Stube."

„So erlaubt, daß ich sie zunächst begrüße!" Gerard trat in den Flur, öffnete die Tür der Stube und blickte hinein. „Hier ist niemand", sagte er.

„Freilich ist sie drin", behauptete der Alte.

„Nein. Wo denn?" fragte Gerard lachend.

„Da! Hier!"

Der Alte kam an die Tür, um die Stelle zu zeigen, wo er Resedilla verlassen hatte. Aber sie war leer.

„Weiß Gott, sie ist nicht da", rief er erstaunt. „Sie ist weg, fort! Ist das ein Benehmen! Himmeldonnerwetter! Was habt Ihr ihr denn eigentlich getan?"

„Getan? Wieso?"

„Nun, weil sie Euch so ganz und gar nicht leiden kann."

„Das kann ich mir auch nicht erklären."

„Ja, Ihr müßt es mit ihr verdorben haben. Als sie Euch kommen sah, stieg ihr gleich die Galle in die Höhe. Das sah ich ihr an. Darum ist sie ausgerissen. Sie will von Euch gar nichts wissen."

„Leider! Aber sagt, mein lieber Señor Pirnero, kann ich mein Pferd und die Maultiere bei Euch unterbringen? Und die Ladung auch?"

„Das versteht sich."

„Aber ich kann sie nicht im Freien liegenlassen, ich möchte sie vielmehr einschließen."

„Ah, ist sie wertvoll?"

„So ziemlich. Es ist Blei."

„Blei? Sapperlot, das ist ja gut. Blei wird außerordentlich gesucht. Wo wollt Ihr es denn hinschaffen?"

„Zunächst will ich es hier lassen. Ich dachte, mit Euch ein kleines Geschäftchen zu machen. Ich kannte eine Bleimine da oben in der Sierra. Und da ich nächstens in die Lage kommen werde, viel Geld zu gebrauchen, so reise ich hinauf und hole mir so viel, daß ich genug habe."

„Na, ich denke, daß Ihr mir den Preis nicht gar zu hoch stellt. Aber weswegen braucht Ihr so viel Geld?"

„Nun, ratet einmal!"

„Raten? Hm, sagt es mir doch lieber gleich!"

„Meinetwegen. Ich werde heiraten."

Der Alte sprang vor Erstaunen einen Schritt zurück. „Heiraten? Unsinn!"

„O doch", antwortete Gerard.

„Wann denn?"

„In Kürze."

„Und wen denn?"

„Eine Señorita, die nicht weit von hier wohnt."

„Seid Ihr denn verrückt oder gescheit, daß es Euch einfällt, zu heiraten?"

„Nun, man will doch endlich einmal glücklich sein."

„Glücklich? Hol Euch der Teufel! Wird man denn durch das Heiraten glücklich? Man verliert nur seine Freiheit und die Selbständigkeit, das Wesen und das Ehrgefühl gehen verloren, und man sinkt nach und nach zu einem Ding herab, mit dem die Frau machen kann, was ihr beliebt. Ich rate Euch ab."

„Es ist zu spät."

„Es ist nicht zu spät. Jagt sie zum Teufel! Hat sie denn Eltern?"

„Nur noch den Vater, der leider nichts von mir wissen will."

„So müßt Ihr beide auf alle Fälle fortjagen. Ihr kommt ja durch diese Heirat nicht einmal zu einem rechtschaffenen Schwiegervater. Weshalb heiratet man denn? Um einen Schwiegervater zu haben, mit dem man sich gut steht."

„Das möchte ich zugeben. Aber wie gesagt, es ist schon zu spät."

„Na, so bedaure ich Euch von ganzem Herzen."

„Könnten wir die Ladung in Eurem Lager unterbringen?" lenkte Gerard ab.

„Ja. Ich werde gleich meine Leute rufen. Sapperment, seid Ihr vorsichtig! Ihr habt diese Bleisäcke ja sogar zugesiegelt."

„Sicher ist sicher! Seht darauf, daß mir die Siegel nicht beschädigt werden, und sorgt dann für ein gutes Abendbrot!"

Gerard ging in die Stube, Pirnero holte seine Leute herbei, und dann eilte er in die Küche, um seiner Tochter die nötigen Anordnungen zu geben.

„Wo ist Resedilla?" fragte er die alte Magd, die allein da war.

„Ich weiß es nicht", erklärte die Gefragte, „aber ich hörte, daß sie die Treppe hinaufstieg."

„So ist sie ausgerissen", meinte er. „Hm, ich nehme es ihr nicht übel. Der Kerl ist doch zu dumm!"

„Warum?" fragte die Alte, der es selten geschah, ihren Herrn einmal mitteilsam gegen sein Gesinde zu finden, und die daher diese Gelegenheit schleunigst ergriff.

„Weil er heiratet", erklärte er.

„Oh, Madonna, sollte das wirklich dumm sein? Ich halte es keineswegs für eine Dummheit, Señorita Resedilla zur Frau zu nehmen. Erstens ist sie lieb, zweitens hübsch, drittens wohlhabend, viertens —"

„Erstens, zweitens, drittens und viertens hast du das Maul zu halten", unterbrach er sie zornig. „Resedilla ist es ja nicht, die er heiraten will."

„Nicht?" fragte die Magd verblüfft.

„Nein. Und wenn er etwa geglaubt hat, daß ich ihm meine Resedilla zur Frau geben werde, so hat er sich gewaltig geirrt. Der könnte vom Kopf bis zu den Füßen in Gold gefaßt sein, er kriegte dennoch meine Tochter nicht. Ich habe mir einen andern Schwiegersohn eingebildet, und den bekomme ich. Ich habe meine Tochter nicht so fein vom Vater auf die Tochter hinüber erzogen, daß sie einen Jäger heiraten soll. Sie wird einen bekommen, der sich gewaschen hat."

Pirnero hatte sich in einen Zorn hineingeredet, der sich von Wort zu Wort mehr steigerte. Der Umstand, daß der Schwarze Gerard eine andre heiraten wolle, hatte ihm seine Hoffnung zerstört und versetzte ihn in einen Grimm, wie er ihn lange Zeit nicht gefühlt hatte. Er tat nun so, als habe ihm an dem früher Gewünschten gar nichts gelegen, und brummte schließlich:

„Ich freue mich darüber, daß Resedilla nichts von ihm wissen mag. Sie ist fortgelaufen. Wir wollen sie lassen, wo sie ist. Er will zwar ein Essen haben, aber was der bekommen wird, das bringen wir auch ohne sie ganz gut fertig."

So begann der Wirt, sich mit Hilfe der Alten über die Zubereitung einer Mahlzeit herzumachen. Indessen brachten seine Leute die Tiere und die Ladung Gerards unter. Dieser war unterdessen die Treppe hinaufgestiegen. Da oben lag ja Resedillas Stube. Er klopfte leise. Ein ebenso leises ‚Herein' ertönte von innen, und so trat er ein. Resedilla stand am Fenster. Ihre schönen Augen waren noch feucht. Er trat näher.

„Seid Ihr böse, daß ich es wage, Señorita?"

„Nein", hauchte sie.

„Ah, Ihr habt geweint?"

„Ein wenig", flüsterte sie unter einem halben Lächeln.

„Oh, wenn ich wüßte, weshalb Ihr geweint habt!"

Sie antwortete nicht. Darum fuhr er fort:

„Ihr wart unten, als ich kam?"

„Ja."

"Und Ihr seid schleunigst geflüchtet. Auch jetzt sagt Ihr kein Wort, mich zu bewillkommen. Bin ich Euch denn so unwert?"

Er sagte das so traurig, daß sie sofort auf ihn zutrat und ihm mit herzinnigem Ausdruck ihres Gesichts beide Hände entgegenstreckte.

"Willkommen, Señor!"

"Wirklich!" fragte er, ihre Hand rasch ergreifend.

"Ja. Herzlich willkommen!"

"Und dennoch seid Ihr geflohen? Nicht war, vor mir?"

"Ja", erwiderte sie zögernd.

"Warum?"

Resedilla errötete bis hinter die Ohren. "Weil Ihr mich nicht sogleich sehen solltet, weil — weil — o bitte, erlaßt mir die Antwort, Señor!"

Gerard blickte ihr prüfend in die Augen. "Und doch gäbe ich viel darum, wenn ich sie hören dürfte. Bitte, bitte, Señorita! Wollt Ihr sie nicht sagen?"

Sie senkte das Köpfchen und erklärte zaghaft: "Ich war ja nicht allein."

"Nicht allein? Wie meint Ihr das?"

"Mein Vater war dabei."

Es überkam ihn wie eine glückliche Ahnung. Er bog den Kopf zu ihr herab.

"Und weshalb sollte Euer Vater nicht dabei sein, Señorita Resedilla?"

Da zog sie rasch ihre Hände aus den seinigen, legte ihm die Arme um den Hals. "Er sollte nicht sehen, wie lieb ich dich habe, und mit welcher Bangigkeit ich auf dich wartete!"

Der starke Mann hätte laut aufjubeln mögen, aber er beherrschte sich. Er schlang seine Arme um sie, zog sie an sich und fragte in einem Ton, der das ganze Glück seines Herzens verriet: "Ist das wirklich wahr?"

"Ja", sagte sie, indem sie ihren Kopf fest an seine Brust legte, "du darfst es glauben."

"Meine Resedilla!" Nur diese beiden Worte sprach er: dann aber standen sie in inniger Umarmung beieinander, und ihre Lippen fanden sich.

"Also du liebst mich wirklich und hast dich um mich gesorgt?" flüsterte er ihr zu.

"Sehr."

"Um den armen, einfachen Jäger! Um den fremden, bösen Mann, der in der Heimat nichts gewesen ist als ein —"

"Du sollst nicht davon sprechen! Nie wieder! Gott hat dir vergeben! Gott wird dich glücklich machen!"

"Durch dich, nur allein durch dich!" beteuerte er. "Oh, welche Sorge habe ich gehabt! Noch in letzter Zeit. Es war mir, als hätte ich meine Hand nach einem Gut ausgestreckt, das ich niemals erlangen könnte."

„Da hast du es! Ich bin ja dein."

„Ja, mein", jubelte er, indem er sie immer wieder küßte. „Aber dein Vater?"

Da breitete sich ein mutwilliges Lächeln über ihr hübsches Gesicht. „Fürchtest du ihn?"

„Ja, beinah!"

Sie zog den Mund zu einem spaßhaften Schmollen zusammen und rief, ihn mit großen Augen betrachtend: „Du, der berühmte Jäger? Du fürchtest den alten Pirnero?"

„Ja", wiederholte er lächelnd.

„Nun, meinetwegen. Aber du bist nicht allein. Du findest Hilfe bei mir. Übrigens weißt du ja, was mein Vater von dir denkt. Er ist förmlich verliebt in dich."

„So meinst du also, daß ich mit ihm sprechen soll?"

„Ja."

„Wann?"

Sie errötete ein wenig, doch antwortete sie:

„Wann du willst."

Er drückte sie abermals an sich.

„Noch heut?"

„Noch heut", nickte sie, ihre strahlenden Augen zu ihm erhebend.

„Ich danke dir! Ich habe deinem Vater vorhin schon erklärt, daß ich heiraten würde. Er fragte mich, wen. Ich sagte: ein Mädchen, das nicht weit von hier wohnt. Sofort riet er mir dringend vom Heiraten ab."

Resedilla lachte, rief aber dennoch: „O weh! Er meint, du wolltest eine andre heiraten. Nun wird er schlechte Laune haben. Wo ist er?"

„In der Küche. Ich habe ein Essen bestellt."

„Das wird nicht zum besten ausfallen. Wo wirst du wohnen? Magst du dein früheres Zimmer wieder haben?"

„Das, wo ich damals vor Ermüdung eingeschlafen war?"

„Ja", lachte sie. „Wo ich untersuchte, ob der Kolben deiner Büchse von Gold sei. Ist dir dieses Zimmer recht?"

„Ich wollte dich bereits darum bitten."

Nach einiger Zeit kam Resedilla in die Küche, wo ihr Vater mit der alten Magd zwischen den Schüsseln und Tellern wirtschaftete. Als er die Tochter erblickte, fragte er:

„Wo warst du?"

„Oben in meiner Stube", entgegnete sie.

„Geh rasch wieder hinauf! Wir brauchen dich nicht."

„Ich habe doch das Essen zu bereiten."

„Dummheit! Wir bringen das schon selber fertig. Dieser Gerard braucht sich auf keine großen Leckerbissen zu spitzen."

Resedilla wußte, weshalb er sich in einer so grimmigen Stimmung befand. Sie verbarg ihr Lächeln und meinte: „Ich denke, du hältst so große Stücke auf ihn?"

„Papperlapapp! Diese Zeiten sind vorüber."

„Warum denn?"

„Das geht dich gar nichts an! Wo ist der Kerl?"

„In seiner Stube."

„Der kann eigentlich bei den Vaqueros auf dem Heu schlafen. Nicht einen lumpigen Julep hat er sich geben lassen. Hier, dieses Essen soll ihm gut bekommen. Ich habe statt Butter Talg, statt Pfeffer Zucker, statt Essig Milch und anstatt des guten Fleisches eine alte Rindslunge genommen. Das steht am Feuer, bis es verbrannt ist, und dann mag er sich die Zähne ausbeißen und sich an der Süßigkeit des Essens ergötzen."

„Aber, Vater! Was denkst du — —"

„Still, kein Wort", unterbrach er sie. „Wer so dumm ist, heiraten zu wollen, für den ist eine verbrannte und verpfefferte Ochsenlunge noch immer ein Genuß, dessen er gar nicht wert ist."

Pirnero faßte Resedilla an und schob sie zur Tür hinaus. Sie ließ es unter heimlichem Lachen geschehen und begab sich zu dem Geliebten, um ihn vor der großartigen Rindslunge zu warnen. Hierauf huschte sie ins Gastzimmer an ihr Fenster.

Nach einiger Zeit trat die Magd ein und begann zu decken. Pirnero beaufsichtigte dieses Geschäft, worauf er sie hinaufschickte, um den Gast zur Tafel zu holen. Dann setzte er sich an sein Fenster, aber so, daß er den Tisch, an dem gegessen werden sollte, überblicken konnte. Er freute sich über das Gesicht, das er zu sehen bekommen werde.

Gerard trat ein und nahm mit der ernstesten Miene Platz. Er ergriff die Gabel und spießte sie in die Lunge. Er mußte dabei Gewalt anwenden.

„Ausgezeichnet", meinte er schmunzelnd und mit der Zunge schnalzend. „Welch ein saftiger und weicher Braten! Was ist denn das, Señor Pirnero?"

„Gebackene Kalbslunge", antwortete dieser.

„Ah, mein Leibgericht. Aber kalt ist sie mir zehnmal lieber. Ich möchte mir sie bis zum Abend aufheben. Ich habe noch ein Stück am Spieß gebratene Büffellende in meiner Satteltasche. Das hole ich, und wir wärmen es. Habt Ihr noch Feuer, Señor Pirnero?"

„Nein", entgegnete dieser, ärgerlich, daß er um die gehoffte Genugtuung kommen sollte.

Gerard aber ließ sich nicht irremachen. Er öffnete die Küchentür und blickte hinaus.

„Dort brennt es ja noch lichterloh. Ich werde das Lendenstück holen. Señorita Resedilla, werdet Ihr so gut sein und es unter Eure Aufsicht nehmen?"

Der Alte warf seiner Tochter einen befehlenden Blick zu. Sie sollte die Frage verneinen; aber sie erhob sich vom Stuhl und erwiderte:

„Ich kann es Euch doch wohl nicht abschlagen, Señor, obgleich es um die schöne Lunge jammerschade ist."

„Ja", meinte Pirnero. „Kalbslunge kalt essen! Habe das noch nie gehört, weder hier noch drüben in Pirna, wo sie doch auch wissen, was gut schmeckt."

Aber er konnte es nicht ändern. Gerard holte seinen Braten herbei und übergab ihn Resedilla, die mit ihm in die Küche verschwand. Es trat eine Stille ein, die niemand unterbrechen wollte. Gerard wußte, daß der Alte es nicht lange so aushalten werde. Er kannte dessen Eigentümlichkeiten. Er hatte sich auch nicht verrechnet, denn nach fünf Minuten rückte Pirnero auf seinem Stuhl hin und her, und dann sagte er, einen Blick zum Fenster hinauswerfend:

„Schlechtes Wetter!"

Gerard antwortete nicht. Darum wiederholte Pirnero nach einer Weile:

„Elendes Wetter!"

Als es nun noch still blieb, drehte er sich halb herum und rief: „Na?"

„Was denn?" fragte Gerard lächelnd.

„Armseliges Wetter. Diese Hitze!"

„Nicht so sehr schlimm!"

„Nicht? Donnerwetter! Wollt Ihr die Trockenheit noch schlimmer?"

„Ich habe sie noch viel schlimmer erlebt. Drüben im Llano Estacado zum Beispiel."

„Ja, aber hierher paßt sie nicht. Habt Ihr den Fluß gesehen? Fast gar kein Wasser darin. Die Fische verschmachten und die Menschen beinah auch. Verfluchtes Land! Aber ich werde gescheit sein. Ich ziehe fort."

Dieser Entschluß kam Gerard überraschend. „Ah! Wirklich? Wohin zieht Ihr denn?"

„Hm! Wißt Ihr, woher ich stamme? Aus Pirna in Sachsen. Dorthin ziehe ich."

„Weshalb?"

„Weil ich gestern einen Brief bekam, aus Pirna nämlich. Ich habe dort einen Schulfreund, der hat es so nach und nach bis zum Geheimen Stadtgerichtsamtswachtmeistersoberhelfer gebracht. Dieser Oberhelfer hat einen Sohn, der erst bei der Eisenbahn, dann bei der Marine und endlich bei der Oberstaatsanwaltschaft gedient hat. Nun ist er Wirklicher Geheimer Oberlandessporteleinzahlungskassenprüfungsfeldwebel, und dieser Wirkliche Geheime hat in dem Brief um die Hand meiner Resedilla angehalten."

„Hm! Kennt er sie denn?"

„Dumme Frage. So vornehme Leute heiraten stets nur aus der Entfernung."

„Habt Ihr geantwortet?"

„Ja. Ich habe mein Jawort gegeben und meinen Segen erteilt."

„Das ist sehr schnell gegangen."

„Warum nicht? Dieser Schwiegersohn stammt aus einer der feinsten Familien des Landes. Er ist ein Wirklicher Geheimer. Wen aber hätte Resedilla hier bekommen? Höchstens einen armen Teufel von Trapper oder Jäger, dem es lieb gewesen wäre, sich bei mir satt zu essen."

„Vielleicht habt Ihr recht. Meinen Glückwunsch!"

„Danke", meinte der Alte unter einem höchst gnädigen und herablassenden Kopfnicken.

„Aber", fuhr Gerard fort, „wenn Ihr hier fort wollt, was fangt Ihr da mit Eurem Eigentum an?"

„Ich verkaufe. So ein Geschäft wie das meinige findet seinen Mann. Und die paar Meiereien, die mir gehören, werde ich auch bald los."

„So habt Ihr wohl schon einen Käufer?"

„Ja."

Der Alte beabsichtigte gar nicht fortzuziehen, aber in seinem Grimm lag es ihm nur daran, Gerard zu ärgern. Dieser machte die unschuldigste Miene von der Welt und sagte:

„Das ist schade. Ich bin nämlich gekommen, um Euch zu fragen, ob Ihr nicht Lust habt, zu verkaufen."

Da drehte Pirnero sich mit einem Ruck zu ihm herum. „Ihr?" — Ihr? Wie kommt denn Ihr zu einer solchen Frage?"

„Weil ich einen Käufer weiß, dem Euer Geschäft und Eure Meiereien sehr gut passen würden."

„So? Wer ist es denn?"

„Das zu erfahren kann Euch doch nun nichts mehr nützen, weil Ihr schon einen Käufer habt."

„Das ist noch lange kein Grund, mir die Auskunft zu verweigern. Hat man zwei Käufer anstatt nur einen, so kann man sich den auswählen, der am meisten bietet. Also, wer ist es?"

„Ich selber."

„Ihr selber? Wie wollt Ihr denn der Käufer sein? Ihr könnt mir das Zeug doch gar nicht bezahlen. Der Kolben Eurer Büchse ist zwar von Gold, auch ist es möglich, daß Ihr wißt, wo noch einige Nuggets liegen. Ihr habt ja wohl einige Säcke Blei bei Euch, aber das alles ist doch noch nichts gegen die Summe, die ich verlangen würde."

„Hm. Vielleicht könnte ich sie doch bezahlen. Wieviel verlangt Ihr?"

„Fünfundsechzigtausend Dollar. Zahlt Ihr die, so bekommt Ihr alles, wie es steht und liegt, einschließlich aller Vorräte."

Gerard wiegte nachdenklich den Kopf hin und her.

„Hm. Das wäre allerdings nicht übel! Aber leider habe ich diese Summe nicht."

„Dachte es mir schon! Wieviel bringt Ihr denn zusammen?"

„Zwölftausend Dollar."

„Das ist nichts, das zählt gar nichts. Soviel haben nur arme Leute. Da ist mein Wirklicher Geheimer ein andrer Kerl. Mit dem Verkaufen ist's also nichts, selbst wenn Ihr noch einige hundert Dollar für das Blei bekommt, das ich Euch abkaufen werde."

„Leider, leider! Aber sagt, wie bezahlt Ihr das Blei?"

„Je nach der Güte."

„Da möchte ich doch einmal erfahren, was Ihr für das meinige bietet."

„Laßt es sehen!"

Ohne ein Wort zu sagen, entfernte sich Gerard. Er holte einen der Ledersäcke herein, die er auf seinen Maultieren mitgeführt hatte.

„Weshalb hier?" fragte Pirnero. „Das machen wir ja drüben im Laden ab."

„Hier oder drüben, das bleibt sich gleich", erwiderte der Jäger. „Ihr werdet das Blei doch nicht kaufen."

Dabei legte er den Sack vor Pirnero hin.

„Warum nicht kaufen?" fragte dieser.

„Weil Ihr es nicht bezahlen könnt."

„Ich, und dieses Blei nicht bezahlen! Soviel Geld hat der alte Pirnero immer!"

„Wollen sehen! Macht auf!" Gerard zog sein Messer und reichte es Pirnero hin.

Der Alte kratzte das Siegel mit dem Messer ab, machte einen Querschnitt und zog das Leder weg. Es gab nun eine zweite und dritte Lage ungegerbten Leders, die Pirnero beseitigte. Dann bückte er sich nieder, um das Metall zu besichtigen, fuhr aber sofort wieder zurück.

„Das ist ja Gold, reines, gediegenes Gold! Nuggets von der Größe einer Haselnuß!"

„*Ascuas!*" lachte Gerard. „Was habe ich da gemacht! Da habe ich mich wahrhaftig vergriffen und anstatt des Bleis meine Nuggets eingepackt!"

Pirnero war starr vor Verblüffung. Er hielt die beiden mit Nuggets gefüllten Hände grade vor sich hin und starrte wie abwesend auf das Gold. Resedilla hatte sich in der Küche kein Wort des Gesprächs entgehen lassen. Sie war jetzt hereingekommen und stand ebenso erstaunt da wie ihr Vater.

„Euch vergriffen!" rief dieser endlich. „Um Gottes willen! Wie schwer ist denn dieser Sack?"

„Sechzig Pfund", bemerkte der Jäger.

„Und jedes Maultier schleppte zwei solche Säcke?"

„Ja."

„Und wem gehört das alles?"

„Mir."

„Mann, so seid Ihr ja steinreich! Viel, viel reicher als ich!"

„Sehr wahrscheinlich."

„Aber sagt, woher habt Ihr denn dieses Gold?"

„Aus den Bergen. Übrigens liegt noch mehr da oben."

„Noch mehr? Und das sagt Ihr mit einer solchen Seelenruhe, als handle es sich um einen Pappenstiel!"

„Pah! Das Gold macht nicht glücklich. Ich habe mir ein wenig geholt, weil ich es brauche, um mich zu verheiraten, wie ich Euch schon sagte."

„Leider, leider. Aber, Señor, nehmt es mir nicht übel: Ihr spielt da den schlimmsten Streich Eures Lebens! Ihr hättet noch eine ganz andre Frau gekriegt, eine, die Euch wenigstens einen tüchtigen Schwiegervater mitbringen würde."

„Das ist allerdings etwas wert", lachte Gerard. „Zuerst war es freilich meine Absicht, mir ein Mädchen zu suchen, das mir einen Schwiegervater mitbringen werde, aber ich kam zu spät. Ihr Vater hatte sie einem andern versprochen."

„Kannte er Euch denn nicht?"

„Oh, sehr gut."

„Dann ist er ein ungeheurer Dummkopf gewesen! Wer Euch kennt, der weiß, was Ihr wert seid."

„Soviel war ich doch nicht wert wie der andre, der das Mädchen bekommen soll."

„Ah! Wirklich? War der andre denn ein gar so großes Tier?"

„Ein sehr großes", erklärte Gerard ernsthaft. Er ist Wirklicher Geheimer Oberlandessporteleinzahlungskassenprüfungsfeldwebel."

Pirnero wich zurück und blickte den Jäger eine Weile an. „Wie meint Ihr das? Was wollt Ihr damit sagen?"

„Was der andre ist, wollte ich sagen."

„Donnerwetter! Ihr meint den von Pirna?"

„Ja."

„Hattet Ihr denn ein Auge auf die Resedilla geworfen?"

„Ja, alle beide sogar!"

Da brauste der Alte zornig auf: „Und Eure Braut?"

„O Señor! Ich sagte Euch nur, daß ich mich mit einem Mädchen verheiraten wolle, das in der Nähe wohnt. Wohnt Eure Tochter nicht in allernächster Nähe?"

„Also Scherz?" grollte Pirnero. „Durch solche Witze kann ein braver Mann nur in die gewaltigste Klemme geraten! Übrigens mag Euch die Resedilla gar nicht!"

„Wißt Ihr das so genau?" fragte Gerard.

„Ja. Sie reißt vor Euch aus!"

„Das tut nichts. Ich bin ihr nachgelaufen und habe sie gefragt, ob sie aus Haß oder aus Liebe vor mir ausgerissen ist."

„Dummheit! Aus Liebe reißt keine aus."

„Es ist aber doch so gewesen. Resedilla hat mir gesagt, daß sie mich lieb hat und daß sie bereit sei, meine Frau zu werden."

Da schlug Pirnero die eine Hand auf die andre. „Nun hört mir aber doch alles und verschiedenes auf! Reißt vor ihm aus und will ihn dennoch heiraten! Also ihr seid euch gut?"

Sein Gesicht war plötzlich ein andres geworden. Es glänzte vor Befriedigung.

„Ja", antworteten beide.

„Na, da nehmt euch denn in Gottes Namen!"

Pirnero wollte ihre Hände ergreifen, aber Gerard wehrte ab:

„Ich danke, Señor! Damit ist es nichts! Ihr müßt ja Eurem Wirklichen Geheimen Wort halten!"

„Unsinn! Den gibt es gar nicht."

„Aber Ihr sagtet es doch!"

Pirnero befand sich in Verlegenheit, da kam ihm ein rettender Gedanke. „Ja, gesagt habe ich es, aber nur, um Euch zu bestrafen, Señor Gerard. Haltet Ihr mich etwa für so dumm, daß ich Euch nicht durchschaue? Ich habe längst gewußt, wie es mit Euch und Resedilla steht, und habe nicht geglaubt, daß Ihr eine andre Braut habt. Weil Ihr mir das weismachen wolltet, habe ich zur Strafe das Märchen von dem Wirklichen Geheimen erfunden. Nachdem Ihr nun gestanden habt, will ich Euch verraten, daß Ihr mir als Schwiegersohn hochwillkommen seid. Wollt Ihr mein Mädel wirklich haben?"

„Von ganzem Herzen!"

„Und, Mädel, bist du in den Kerl so verliebt, daß du ihn heiraten willst?"

„Ja", lachte Resedilla unter Tränen.

„So kommt an mein Herz, Kinder! Endlich, endlich habe ich einen Schwiegersohn! Und was für einen!"

Er drückte beide fest an sich und schob sie dann einander in die Arme.

Als die Glücklichen am Abend beisammensaßen, kam Pirnero plötzlich auf den Gedanken, man müsse eine Art Hochzeitsreise machen. Und er schlug dann vor, seinen Schwager Pedro Arbellez aufzusuchen. Bei ihm könne man wohl auch Sternau und seine Begleiter wiedersehen.

Gerard war sofort mit ganzem Herzen dafür. Die einzige Schwierigkeit bestand nur darin, daß Pirnero selber schwer abkömmlich war. Doch durfte er hoffen, sich auf seine tüchtigen Leute verlassen zu können.

„Kinder!" sagte er, „habt ihr jemals so einen großartigen Gedanken gehabt? Was werden Pedro und Emma Arbellez für Augen machen, wenn ich sie besuche, und dazu — mit einem Schwiegersohn!"

9. Auf der Suche

Einige Zeit später saß der alte Haciendero Pedro Arbellez in einer Stube am Fenster und blickte hinaus auf die Ebene, auf der seine Herden wieder ruhig weiden konnten, da die kriegerische Bewegung sich nach Süden gezogen hatte. Arbellez sah wohl aus. Er hatte sich wieder erholt; doch lag auf seinem Gesicht ein schwermütiger Ernst, der ein Widerschein der Stimmung seiner Tochter war, die sich unglücklich fühlte, weil sie den Gatten verloren hatte.

Da sah er eine Anzahl Reiter von Norden her sich nähern. Voran ritten zwei Männer und eine Dame, und hinter diesen folgten einige Packpferde, die von einem Mann getrieben wurden.

„Wer mag das sein?" wandte sich Arbellez zu seiner vertrauten Pflegerin, der alten Maria Hermoyes.

„Wir werden es gleich sehen", meinte diese, nun auch hinausblickend. „Diese Leute kommen auf die Hacienda zu und werden wohl hier einkehren."

Die Reiter, in solche Nähe gekommen, spornten ihre Tiere zu größerer Eile an und ritten bald durch das Tor in den Hof. Man denke sich das Erstaunen des Haciendros, als er Pirnero erblickte, und die Freude Emmas, als sie Resedilla und den Schwarzen Gerard erblickte, den sie ja von Fort Guadalupe her kannte. Es gab auf der Hacienda eine Aufregung, die sich nur langsam wieder legte, und ein Erzählen und Berichten, das kein Ende nehmen wollte. Die Besucher hatten erwartet, Sternau und dessen Freunde auf der Hacienda zu finden oder wenigstens gute Nachricht über sie zu erhalten. Als sie hörten, daß jene wiederum verschwunden seien, war die Bestürzung groß. Der alte Haciendero hatte bald die Ereignisse, von der Ankunft Sternaus und seiner Gefährten bis zu ihrem rätselhaften Verschwinden, erzählt und mit der Bemerkung geschlossen, der leibhaftige Teufel müsse hierbei seine Hände im Spiel gehabt haben.

Gerard hatte zugehört, ohne ein Wort dazu zu sagen. Als Arbellez aber geendet hatte, erkundigte er sich:

„Hat man nichts mehr von ihnen gehört?"

„Nein."

„Aber man hat doch gesucht?"

„Das hat man getan, doch ohne Erfolg. Sogar Juarez hat sich Mühe gegeben, nach dem Verbleib der Verschwundenen zu forschen, und hat Geierschnabel damit beauftragt, aber auch dieser berühmte Jäger hat nichts erreicht. Zwar hat er ihre Spur gefunden und bis Santa Jaga verfolgt. Wie der Mann das fertiggebracht hat, weiß ich nicht. Aber erreicht hat auch er nichts. In Santa Jaga hörten alle Spuren auf."

„Hm. Sie sind also nach Santa Jaga. Das ist wenigstens etwas, wenn auch nicht viel. Man müßte nochmals von vorn anfangen."

„Wer sollte aber die Nachforschungen übernehmen?"

„Es muß ein Mann sein, der so etwas versteht: ich selber werde reiten!"

Da ließ sich Pirnero vernehmen. „Du? Nein! Mein Schwiegersohn soll sich nicht abermals in eine solche Gefahr begeben."

„So halte ich alle, die wir suchen, und die wir so liebhaben, für verloren."

„Donnerwetter! Das ist eine vermaledeite Geschichte. Sie sollen und müssen gefunden werden. Aber ich bin so froh, endlich einen Schwiegersohn zu haben, und nun soll ich gezwungen sein, ihn aufs Spiel zu setzen! Was sagst du dazu, Resedilla?"

Sie alle blickten auf das schöne Mädchen.

„Meine Braut ist gut und tapfer", warf Gerard ein.

Da reichte sie ihm freudig die Hand. „Ich lasse dich nicht gern fort, Gerard, aber ich weiß, daß du es bist, der das vielleicht zustande bringt. Geh in Gottes Namen, aber versprich mir, vorsichtig zu sein und dich zu schonen!"

„Hab keine Sorge! Ich gehöre nicht mehr mir allein. Ich habe jetzt andre, heilige Verpflichtungen und werde stets daran denken."

„Das nenne ich reden, als ob es in einem Buch geschrieben wäre", lobte Pirnero. „Ist Resedilla tapfer, so will ich es auch sein. Wann reitest du fort, teurer Schwiegersohn?"

„Für heut ist es zu spät", antwortete Gerard. „Der Abend bricht bald herein. Aber morgen in aller Frühe steige ich in den Sattel. Um euch zu beruhigen, will ich zwei Vaqueros mitnehmen, die euch Nachricht von mir bringen können." —

In seinem Zimmer schritt Gerard noch lang auf und ab, um nachzudenken, ob es nicht doch vielleicht noch irgend etwas gäbe, was bei der Lösung seiner Aufgabe zu berücksichtigen sei. Er hatte sein Licht ausgelöscht und das Fenster geöffnet. Die Sterne blickten herab und spendeten viel Helle. Da war's ihm, als ob er unter sich ein Geräusch vernehme. Als Savannenläufer war er gewöhnt, nichts unberücksichtigt zu lassen. Er trat ans Fenster und blickte hinab. Aus dem Fenster, das unter dem seinigen lag, stieg ein Mann. Das konnte ein Vaquero sein, der irgendeiner Magd seine Huldigungen dargebracht hatte. Aber in diesem Haus war schon zuviel geschehen, als daß Gerard sich mit einer solchen Vermutung hätte begnügen können.

„Halt! Wer ist da unten?" fragte er hinab.

Der Mann gab keine Antwort, sondern sprang eilig über den Hof hinüber der Umzäunung zu.

„Halt, oder ich schieße!"

Da der Mann auch auf diesen Zuruf nicht hörte, so trat Gerard eilig vom Fenster zurück, um sein stets geladenes Gewehr zu ergreifen. Der Sternenschein reichte nicht hin, ihn die Gestalt des Verdächtigen noch sehen zu lassen, aber er kannte ja die ungefähre Richtung, die dieser der Umpfahlung zu eingeschlagen hatte. Er drückte beide Läufe nacheinander ab, doch antwortete kein Schrei. Hätte er Schrot geladen gehabt, so hätte er wohl keinen Fehlschuß getan. Ein tüchtiger Jäger aber schießt nur mit Kugeln, und da ist es leicht möglich, ein so unsicheres Ziel zu verfehlen.

Seine Schüsse hallten im ganzen Gebäude wider. Aber damit begnügte er sich nicht. Im Nu hatte er die Revolver und das Messer zu sich gesteckt, rasch war das eine Ende des Lassos am Bein des feststehenden Betts befestigt. Ebenso schnell ließ er sich aus dem Fenster hinab in den Hof, und noch war seit seinem zweiten Schuß nicht eine Minute vergangen, so hatte er sich über die Umzäunung geschwungen und horchte in die Nacht hinaus, ob irgendein Geräusch zu vernehmen sei. Da, links von ihm und in gar nicht zu weiter Entfernung, hörte er das Schnauben eines Pferdes. Er zog den Revolver und eilte der Richtung zu. Aber noch bevor er den Platz erreichte, ertönte lautes Pferdegetrappel. Der Mann, den er fangen wollte, galoppierte davon.

Gerard blieb sofort stehen. Jetzt den Ort aufzusuchen, wo das Pferd gestanden, wäre ein großer Fehler gewesen, denn er hätte mit seinen Füßen die Spuren verwischt, die ihm später von Nutzen sein konnten. Auch kehrte er nicht an der Stelle, an der er über das Zaunwerk gesprungen war, sondern an einer andern in den Hof zurück. Auch hier galt es, die Spuren des unbekannten Mannes zu erhalten. Die Bewohner der Hacienda waren durch die Schüsse geweckt worden. Gerard eilte um das Gebäude, um den vorderen Eingang zu gewinnen. Dort hatte man Lichter angebrannt. Ein Vaquero kam ihm entgegen.

„Ah, Señor Gerard", sagte er, „man sucht Euch, man hat Euch vermißt. Man läuft hin und her und weiß nicht, was die Schüsse bedeuten."

„Wie ruft man die Leute am schnellsten zusammen?"

„An der Tür des Speisesaals hängt eine Glocke. Läutet sie, so werden sich alle dort einstellen!"

Gerard befolgte den Rat und sah einen Bewohner der Hacienda nach dem andern bald im Saal erscheinen. Die meisten waren mit Lichtern versehen. Als alle beisammen waren, erzählte Gerard das Ereignis.

„Was für ein Raum liegt unter meinem Zimmer?" fragte er den Haciendero.

„Die Küche."

„Wohnen alle Eure Vaqueros im Haus?"

„O nein. Die meisten lagern des Nachts bei den Herden."

„Bleibt eine Magd des Nachts in der Küche?"

„Nein", erklärte Maria Hermoyes. „Die Küche ist leer und verschlossen. Ich habe den Schlüssel bei mir."

„Waren die Fenster geöffnet?"

„Ja, damit die Hitze abziehen könne."

„Glaubt Ihr, daß irgendein Vaquero des Nachts einsteigen werde, um sich etwas zu holen?"

„Nein. Unsre Vaqueros haben alles, was sie wünschen. Sie brauchen nicht zu stehlen, und ich kenne keinen, den ich für fähig halte, es zu tun."

„Ich frage nur, um sicher zu gehen. Es gilt zunächst, zu untersuchen, ob die Küchentür noch verschlossen ist."

Man eilte ins Erdgeschoß, und da ergab sich, daß die Tür nicht geöffnet worden war. Maria Hermoyes wollte aufschließen und eintreten, aber Gerard hielt sie zurück.

„Halt!" sagte er. „Wir müssen vorsichtig sein. Wartet hier, Señora Maria! Wir werden erst in den Hof gehen, um nachzuforschen, was dort zu bemerken ist."

Laternen wurden angebrannt. Da zuweilen Wasser durchs Küchenfenster auf den Hof geschüttet wurde, so war unter diesem die Erde erweicht. Als Gerard hinleuchtete, fand er die deutlichen Tapfen eines Mannes, der hier aus- und eingestiegen war.

„Es stimmt", sagte er. „Dieser Mensch ist nicht durch die Tür in die Küche gekommen. Er ist kein Vaquero, wie man aus den Eindrücken erkennen kann. Der Mann, von dem diese Spur stammt, hat einen kleinen Fuß und trägt feine Stiefel. Ich werde mir nachher jene Spur auf Papier zeichnen. Man kann nicht wissen, wozu ein solcher Umriß nützlich ist. Jetzt aber wollen wir in die Küche gehen!"

Die Küchentür ließ Gerard zwar öffnen, gebot aber, daß alle an der Tür bleiben sollten. Es galt zu erfahren, was der Mann hier gewollt hatte. Er trat ein, den andern voran, und untersuchte jeden Zollbreit des steinernen Bodens. Dann leuchtete er in allen Winkeln und auf den Tischen umher und gebot endlich Maria Hermoyes nachzusehen, ob irgend etwas entwendet sei.

Sie fand alles in der besten Ordnung und sagte:

„Ich begreife nicht, was der Mensch hier gewollt hat. Wir werden das wohl auch nicht ermitteln."

„Oh", meinte Gerard, „ich hoffe, daß wir es binnen zwei Minuten wissen. Wer ist zuletzt in der Küche gewesen, Señora?"

„Ich."

„Habt Ihr da vielleicht ein kleines Fläschchen in der Hand gehabt?"
„Nein."
„Hm. Ist Euch nicht ein Fläschchen bekannt, auf das dieser Stöpsel passen würde?"

Gerard bückte sich nieder und hob einen kleinen Kork empor, der in der unmittelbarsten Nähe des großen Wasserkessels am Boden lag. Maria wollte ihn in die Hand nehmen, um ihn genauer betrachten zu können, er aber wies sie zurück:

„Halt! Vorsicht! Man kann in solchen Dingen nie achtsam genug sein. Ihr könnt den Stöpsel so auch sehen."

„Wir haben kein derartiges Fläschchen", entschied Maria.

„Hm!" brummte Gerard nachdenklich vor sich hin, indem er den Kork noch einmal ins Auge faßte. „Dieser Stöpsel ist noch feucht, und der Teil, der durch den Hals des Fläschchens zusammengedrückt wurde, ist trotzdem noch nicht im geringsten aufgeschwollen. Ich wette meinen Kopf, daß dieser Kork noch vor einer halben Stunde in dem Fläschchen gesteckt hat. Der Fremde hat ihn verloren und entweder gar nicht gesucht oder in der Finsternis nicht gefunden."

„Was sollte er mit dem Fläschchen gemacht haben? Höchst sonderbar", meinte Arbellez.

„Auch das werden wir hoffentlich erfahren", erwiderte der Trapper zuversichtlich. Er trat ans Fenster und betrachtete es. „Hier ist er eingestiegen", erklärte er. „Sein Stiefel war mit nasser Erde beschmutzt, wovon ein Teil hier hängenblieb. Ein andrer Teil liegt hier." Er leuchtete dabei am Wasserkessel nieder, wo ein Brocken niedergetretener, feuchter Erde lag. „Was folgt daraus, daß die Erde hier am Kessel liegt, Señor Arbellez?"

„Daß der Mann am Kessel gestanden hat", antwortete der Haciendero.

„Richtig! Auch der Kork lag hier. Der Mann hat also hier das Fläschchen geöffnet. Aber wozu? Es sind nur zwei Fälle möglich. Erstens: ein fremder Mensch steigt mit einem winzigen, leeren Fläschchen in eine fremde Küche nächtlich ein, um sich dieses am Kessel mit Wasser zu füllen. Was sagt Ihr dazu?"

„Das wird niemand einfallen. Draußen fließt Wasser genug."

„Richtig! Zweitens: ein Fremder steigt während der Nacht heimlich mit einem vollen Fläschchen in eine fremde Küche ein, um dieses in den Kessel zu leeren! Was sagt Ihr dazu?"

„Bei Gott, das ist das wahrscheinlichere!" entgegnete Arbellez. „Aber was mag er in dem Fläschchen gehabt haben?"

„Nun, ich habe das Wasser des Kessels genau betrachtet. Señora Maria, ist etwas Fettiges gestern gekocht worden?"

„Nein", erwiderte die Gefragte. „In diesem Kessel wird nie eine Speise gekocht. Er dient nur zur Erwärmung des Wasser, das wir anderweit brauchen. Und gestern ist er gar mit Sand ausgescheuert worden. Dann haben wir ihn mit Quellwasser gefüllt. Das Wasser muß rein sein."

„Nun, hier haben sich an einigen Randstellen Gruppen von winzigen, wasserhellen Fettaugen angesammelt. Ist nicht ein wertloser Hund oder eine Katze zu haben?"

„*Caramba!* Gift?" rief Arbellez, der sogleich begriff, worum es sich handelte. „Holt die alte, taube Hündin und zwei Kaninchen herbei!"

Die verlangten Tiere wurden zur Stelle geschafft. Gerard ließ die Fettaugen des Wassers durch ein Stück Brot aufsaugen und gab es den Tieren zu fressen. Nach zwei Minuten starben die beiden Kaninchen, ohne ein Zeichen des Schmerzes von sich zu geben, und nach abermals zwei Minuten fiel auch der Hund plötzlich um, geradeso, als ob er umgeworfen worden sei. Er streckte die alten Glieder und war tot, ohne den leisesten Laut des Schmerzes von sich gegeben zu haben.

„Gift! Wirklich Gift!" rief es rundum.

„Ja", antwortete Gerard. „Es ist das Öl der fürchterlichen Pflanze, die von den Diggerindianern Menelbale genannt wird, das heißt: Blatt des Todes. Ich habe von der schrecklichen Wirkung dieses Giftes schon öfter gehört."

„Herrgott, welch eine Schlechtigkeit!" rief die alte Hermoyes. „Man steigt hier ein, um jemand unter uns zu vergiften."

Der Jäger schüttelte ernst den Kopf. „Jemand unter uns?" sagte er. „Irrt Euch nicht, Señora! Wer Gift in den Kessel schüttet, aus dem für alle Wasser genommen wird, der will nicht einen einzelnen, sondern der will alle zugleich vergiften."

Man kann sich denken, welchen Eindruck diese Worte machten.

„Wie sehr haben wir Gott zu danken, daß Ihr zu uns gekommen seid!" sagte Arbellez, vor Schreck zitternd. „Ohne Euren Scharfsinn wären wir alle morgen tot gewesen. Wer mag dieser Mensch gewesen sein? Wem mag daran liegen, daß sämtliche Bewohner dieses Hauses während eines Tags zugrunde gehen?"

Gerard zuckte fast mitleidig die Achseln. „Das fragt Ihr noch, Señor? Merkt Ihr denn nicht, daß es auf die Angehörigen der Familie de Rodriganda abgesehen ist?"

„Mein Gott, ja! Aber keiner von uns allen gehört zu dieser Familie."

„Doch seid ihr alle in ihre Geheimnisse eingeweiht. Sternau, die beiden Unger und alle sind verschwunden, die um dieses Geheimnis wissen. Nun sind nur noch die Bewohner der Hacienda übrig. Und sie alle hat man auf einen Schlag mit Hilfe dieses Menelbale, dieses Todesblatts, beseitigen wollen."

„Das leuchtet ein. Aber wer mag der Täter sein?"

„Wer anders als Cortejo?" meinte die alte Maria Hermoyes.

„Cortejo", nickte der Schwarze Gerard. „Cortejo selbst oder eins seiner Werkzeuge. Ich halte mich jetzt zunächst an die Tatsache, daß man die Bewohner der Hacienda vergiften wollte. Den Täter werde ich ergreifen, und er wird beichten müssen."

„Aber wenn er nichts gesteht?"

„Pah!" antwortete der Jäger mit einer verächtlichen Handbewegung. „Ich möchte den Menschen sehen, der mir etwas verschweigt, wenn ich ihn ins Gebet nehme. Wir Savannenleute haben unfehlbare Mittel, jeden zum Sprechen zu bringen."

„Ihr glaubt also, daß Ihr diesen Menschen in Wirklichkeit ergreifen werdet? Er hat einen großen Vorsprung."

„Dieser wird ihm nichts nützen. Er bedient sich jetzt des gleichen Pferdes, mit dem er zur Hacienda gekommen ist. Es wird ermüdet sein, und ich hoffe, daß Ihr mir und den beiden Vaqueros, die mich begleiten werden, schnelle Tiere zur Verfügung stellen könnt."

„Ihr sollt die besten Pferde erhalten, die ich besitze. Aber vielleicht hilft Euch das nichts. Wenn der Mann aus der Umgegend ist, so hat er seine Heimat erreicht, bevor Ihr in den Sattel kommt. Was nützt Euch dann die Schnelligkeit Eurer Pferde?"

Gerard schüttelte lächelnd den Kopf. „Ihr seid so viel mit Präriejägern zusammengekommen und solltet endlich wissen, daß einer von ihnen kaum einen Mann entkommen läßt, dessen Spur er einmal fand. Von ruhigem Schlaf ist nun doch keine Rede. Ich will mich zum Ritt vorbereiten. Denn wenn der Tag anbricht, suche ich die Fährte."

Sobald der Morgen zu grauen begann, begab man sich zunächst in den Hof unter das Küchenfenster, wo Gerard sich mit Hilfe eines Papierblatts eine genaue Zeichnung der Fußspur nahm. Sodann führte er die Freunde ins Freie an den Ort, wo er das Schnauben des Pferdes und sodann das Hufgetrappel vernommen hatte. Nicht lange brauchte er zu suchen. Er deutete auf ein Loch im grasigen Erdboden:

„Hier ist ein Pferd angepflockt gewesen. Der Mann führt also einen Lassopflock mit sich. Das ist auch ein Erkennungszeichen. Und nun seht Euch diesen Kaktus an!"

Die erwähnte Pflanze stand in unmittelbarer Nähe des Lochs, in dem der Pflock gesteckt hatte. Arbellez betrachtete sie aufmerksam.

„Hm! Ich bemerke nichts Außergewöhnliches."

Auch die andern untersuchten den Kaktus, ohne Auffälliges daran zu finden.

„Ja", lachte Gerard, „ein Jäger sieht doch etwas mehr als ein Haciendero oder Vaquero. Was ist denn das, Señores?" Er zog etwas von den Stacheln des Kaktus weg.

„Ein Pferdeschweifhaar", meinte Arbellez.

„Welche Farbe hat es?"

„Schwarz, aber von einem Rappen scheint es dennoch nicht zu sein."

„Da habt Ihr recht", meinte Gerard. „Es ist weder von einem Rappen noch von einem Braunen. Es hat die eigentümliche Färbung, die man nur bei dunklen Rotschimmeln trifft. Das Pferd hat mit dem Schweif um sich geschlagen, und dabei ist dieses Haar an den Kaktusstacheln hängengeblieben. Das Tier ist ein Rotschimmel. Es hat hier das Gras niedergetreten, aber eine deutliche Spur ist leider nicht zu sehen."

„Das ist freilich schade", erklärte Arbellez bedauernd. „Rotschimmel gibt es viele, ein Irrtum ist also möglich. Hättet Ihr aber ein so genaues Bild von der Hufspur, wie Ihr sie vom Stiefel des Reiters habt, so wäre ein Erkennen leichter."

Gerard lächelte in seiner ruhigen Weise.

„So glaubt Ihr, daß ein solches Bild nicht zu bekommen sei? Seht, daß er hier links hinübergeritten ist! Er hat dort über den Bach gemußt, und dort wird sich wohl ein deutlicher Eindruck der Hufe finden lassen."

Er hatte recht. Sie folgten ihm an das Wasser, und als sie dort ankamen, zeigte der weiche Uferboden deutliche Eindrücke, die eine Papierzeichnung gestatteten.

„So!" meinte Gerard. „Jetzt habe ich alles beisammen, und nun darf ich auch nicht säumen aufzubrechen."

Der Jäger begab sich in sein Zimmer zurück, wo er seine Waffen an sich nahm. Dort suchte ihn Resedilla auf, um ihm Lebewohl zu sagen. Es gelang ihm bald, sie zu beruhigen, so daß ihn ihr ganzes Vertrauen geleitete, als er endlich mit den zwei Vaqueros aus dem Tor ritt. Er nahm die Spur da auf, wo sie über den Bach führte, und so ging es in höchster Eile den ganzen Tag hindurch weiter, bis die Nacht hereinbrach und von einer Fährte nichts mehr zu erkennen war.

„Hier werden wir übernachten", sagte er, auf ein kleines Gebüsch deutend.

„Wird das kein Fehler sein?" fragte der eine Vaquero. „Hier ganz in der Nähe liegt die Estancia des Señor Marqueso. Da ist der Mann sicherlich eingekehrt."

„Meint Ihr? Hm! Ein Mörder kehrt nicht ein, wenn er vom Schauplatz seines Verbrechens kommt. Es liegt in seinem Nutzen, sich von keinem Menschen sehen zu lassen. Übrigens sind wir ihm nahe gekommen. Ich ersah vorhin aus der Spur, daß der Verbrecher kaum noch eine Stunde weit vor uns ist. Sein Pferd ist müde. Morgen früh haben wir den Schurken ereilt!"

In dieser Überzeugung streckte sich Gerard in das Gras, um zu schlafen. Am andern Morgen, bei Tagesgrauen, wurde der Weg fortgesetzt. Die Pferde hatten sich ausgeruht und galoppierten munter über die Ebene hin.

Da plötzlich hielt Gerard das seinige an.

„Hier hat er angehalten", sagte er, auf eine vielfach zertretene Rasenstelle deutend. „Wollen sehen!" Er sprang ab und untersuchte den Boden im Umkreis. *„Ascuas!"* rief er dann. „Wo liegt die Estancia, von der ihr gestern abend spracht?"

„Da rechts drüben hinter den Büschen, zehn Minuten von hier."

„Er ist zu Fuß hinüber und zu Pferd wieder zurück. Seht, hier hat er seinen Rotschimmel angepflockt gehabt! Er hat sich von der Estancia ein Pferd geholt und ist zurückgekehrt, um den Rotschimmel vom Lasso zu befreien und ihn laufen zu lassen. Hier habt ihr die Spur dieses Tieres. Sie führt rückwärts. Der Schimmel ist ledig. Und hier haben wir die Fährte des andern Pferdes, die nach Süden geht, also in der Richtung, die er ursprünglich eingeschlagen hatte. Reitet auf dieser Fährte im Trab weiter! Ich muß zur Estancia."

Sie gehorchten. In zehn Minuten sah Gerard das Haus vor sich liegen. Er sprang vom Pferd und trat in das Zimmer. Ein älterer Mann lag in einer Hängematte und rauchte eine Zigarette.

„Seid Ihr der Estanciero Señor Marqueso?" fragte Gerard grüßend.

„Ja", lautete die Antwort.

„Habt Ihr gestern ein Pferd verkauft?"

Da fuhr der Mann aus der Hängematte empor. „Verkauft? Nein. Aber mein Fuchs muß sich verlaufen haben. Er ist seit heut morgen fort."

„Verlaufen? Hm! Könnte er nicht gestohlen worden sein?"

„Das ist allerdings möglich. Ihr seht mich allein, weil alle meine Leute ausgeritten sind, ihn zu suchen."

„War dieser Fuchs ein schnelles Pferd?"

„Es war mein bester Läufer."

„Verdammt! Ich verfolge einen Mörder von der Hacienda del Eriña her. Er ritt einen müden Rotschimmel, und ich glaubte, ihn heut vormittag zu erreichen. Nun aber hat er Euch den Fuchs genommen, und ich kann —"

„*Demonio!* Also doch gestohlen?" unterbrach ihn der Estanciero.

„Ja. Hatte Euer Fuchs irgendein Zeichen?"

„Ein sehr häßliches. Die rechte Hälfte des Mauls ist weiß und die linke schwarz."

„Danke! Will Euch noch sagen, daß Ihr da drüben bei den Büschen die Spur des Rotschimmels findet, der Euch als Ersatz für den Fuchs dienen kann. Lebt wohl!"

Gerard eilte hinaus, sprang in den Sattel und galoppierte davon. Er brauchte nicht weit zu reiten, so erblickte er seine beiden Gefährten, die er schnell einholte. Er teilte ihnen mit, was er erfahren hatte, und machte sie darauf aufmerksam, daß es jetzt gelte, die größte Schnelligkeit zu entfalten. Infolgedessen flogen ihre drei Pferde schnell dahin, aber die Züge Gerards, der die Spur fest im Auge behielt, blieben finster. Es war ihm anzusehen, daß die Schnelligkeit der ermüdeten Tiere seinen Erwartungen nicht entsprach.

„Dieser Mensch ist klüger, als ich vermutete", brummte er.

„Er hat wohl gar nicht geschlafen?" fragte einer der Vaqueros.

„Nein. Er hat das Pferd gestohlen und ist unverzüglich weiter. Heut früh hatte er einen Vorsprung von vier Stunden. Wir sind ihm näher gekommen, aber das genügt nicht, um ihn vor Einbruch der Nacht einzuholen."

Es zeigte sich, daß seine Berechnung richtig war. Der Mittag ging vorüber und der Nachmittag ebenfalls. Gegen Abend, als es dämmerte, näherten sie sich Santa Jaga.

„Ich hoffe nicht, daß der Kerl durch die Stadt reitet", meinte einer der Vaqueros, „denn dann würden wir seine Spur verlieren."

„Pah. Wir können dann desto besser nach ihm fragen. Übrigens glaube ich, er wird bloß in die Stadt hineinreiten, aber nicht hinaus. Ich ahne nämlich, daß er ein Bewohner der Stadt ist. Möglich, daß wir hier die Lösung des Rätsels finden."

Sie jagten weiter. Ungefähr zehn Minuten vor Santa Jaga trafen sie auf einen Mann, der langsam neben einem schweren Ochsenkarren einherschritt. Gerard grüßte und erkundigte sich:

„Wie weit ist es noch bis zur Stadt?"

„Ihr reitet keine Viertelstunde mehr", versicherte der Gefragte.

„Seid Ihr dort bekannt?"

„Das will ich meinen. Ich bin dort geboren und wohne dort."

Gerard hatte die Spur des Wagens fast schon während des ganzen Nachmittags gesehen. Er fuhr deshalb fort:

„Ihr kommt aus dem Norden? Sind Euch heut viel Leute begegnet?"

„Kein einziger Mensch, wenigstens kein Fußgänger."

„Aber ein Reiter hat Euch überholt? Kanntet Ihr diesen vielleicht?"

„Hm", versetzte der Mann, indem er pfiffig mit den Augen blinzelte. „Ja, vielleicht kenne ich ihn."

„Ihr betont das Wort ‚vielleicht'. Weshalb?"

„Nun, weil der Señor jedenfalls nicht wollte, daß ich ihn erkennen sollte. Er schlug einen Bogen, um aus meiner Nähe zu kommen."

„Ah! Was für ein Pferd ritt er?"

„Einen Fuchs."

„Ihr erkanntet ihn also dennoch?"

„Ja, an seiner Haltung. So wie er auf dem Pferd saß, so sitzt nur ein einziger im Sattel."

„Und wer ist das?"

Der Karrenführer blinzelte abermals listig mit den Augen.

„Es liegt Euch anscheinend sehr viel daran, dies zu erfahren. Señor, ich bin ein armer Mann, und jeder Dienst ist seines Lohnes wert."

„Da", lachte Gerard, indem er in die Tasche griff und jenem eine Silbermünze zuwarf.

„Danke. Nun sollt Ihr den Namen auch erfahren: Doktor Hilario."

„Wer ist das?"

„Ein Arzt im Kloster della Barbara hier in der Stadt."

„Ein Arzt? Ah!" nickte Gerard. „Ritt er weit an Euch vorüber?"

„Nicht sehr weit. Das Gelände erlaubte es nicht."

„Habt Ihr an dem Fuchs nichts bemerkt, woran man ihn wiedererkennen könnte?"

„Ja. Das Tier hat eine Blässe, die ihm über die rechte Hälfte des Mauls geht."

„Danke. Gute Nacht!"

Gerard ritt mit seinen Begleitern weiter. Tausend Gedanken stiegen in ihm auf. Endlich wandte er sich an seine Begleiter:

„Was wir erfahren haben, ist sehr wichtig. Es bestätigt meine Ansicht, daß der Mörder hier in der Stadt wohnt. Wir werden in einer Venta absteigen und hierbleiben."

10. Dem Kerker entronnen

Hilario sonnte sich in der Überzeugung, daß sein mörderischer Anschlag geglückt sei. Er ahnte nicht, daß er einen gefährlichen Verfolger hinter sich hatte, und stieg, von dem Ergebnis seines weiten Ritts befriedigt, vor dem Klostertor ab, als das Abenddunkel hereinbrach. Daß er sich eines fremden Pferdes bemächtigt hatte, machte ihm keine Sorge. Es gab hundert Ausreden dafür. Da er einige Tage länger geblieben war, als er vorher bestimmt hatte, so war er von seinem Neffen mit Ungeduld erwartet worden.

„Endlich!" rief dieser, als er zu ihm ins Zimmer trat. „So sag mir doch um aller Welt willen, wo du so lange bleibst!"

„Hm, ich konnte nicht wissen, daß ich drei Nächte um die Hacienda schleichen mußte, bevor ich etwas erreichte."

„Wie ging es?"

Hilario erzählte, was er getan hatte. Der Neffe war an Mord gewöhnt, aber er schüttelte sich doch.

„Brrr!" sagte er. „Das ist fürchterlich!"

„Warum?" warf der Alte gleichmütig hin. „Jeder Mensch muß sterben! Diese Leute haben den schönsten Tod, den es geben kann. Sie legen sich hin und schlafen schmerzlos ein."

„Bist du auch sicher, daß keiner übrigbleibt?"

„Von der Familie keiner!"

„Und die andern, die um das Geheimnis wissen, haben wir ja unten."

„Einige noch nicht. Wir bekommen sie aber auch. Die Gelegenheit dazu wird sich mir in Mexico bieten."

„Wann wirst du abreisen?"

„Sogleich, nachdem ich gegessen habe."

Der Neffe zog ein erstauntes Gesicht. „Sogleich? Bist du denn nicht müde?"

„Außerordentlich. Aber ich habe drei Tage verloren. Ich muß fort. Reiten kann ich nicht. Ich würde vor Müdigkeit vom Pferd fallen."

„So nimmst du wohl die alte Klosterkutsche?"

„Ja. Mach sie bereit und spanne vor dem hinteren Tor an! Es braucht nicht jeder zu wissen, daß ich sofort wieder verreise."

Hilario aß, kleidete sich um und gab dann dem Neffen die Verhaltensmaßregeln, die er für nötig hielt. Darüber vergingen doch noch einige Stunden, und dann fuhr er heimlich ab. Sein Neffe horchte dem Wagen nach, solang er seine Räder knarren hören konnte. Hierauf begab er sich in die Stube des Onkels zurück, um sich die Schlüssel zu holen, da er die geheimnisvollen Gefangenen bedienen mußte. Auf dem Weg zum Studierzimmer des Alten mußte er durch den vorderen Hof. Das Tor stand noch offen. Soeben trat ein Mann herein, der auf ihn zukam. Es war der kleine, dicke Verschwörer, der mit verschmitztem Lächeln herbeischlich.

„Ist Doktor Hilario zu Haus?" fragte er.

„Nein. Ah, Señor Arrastro, Ihr seid es?"

„Ja, Manfredo. Dein Oheim ist fort? Wann?"

„Soeben."

„*Caramba!* Warum so spät?"

„Er konnte nicht eher, doch meinte er, daß er noch zur rechten Zeit kommen werde", entgegnete der Vertraute Hilarios beschwichtigend.

„Das mag sein. Kannst du in seine Zimmer?"

„Ja, ich wohne ja dort, wenn er verreist ist."

„Laß uns hingehen, aber so, daß uns niemand sieht! Ich habe Wichtiges mit dir zu reden." —

Unterdessen hatte der Schwarze Gerard mit den beiden Vaqueros die Stadt erreicht und sich nach der besten Venta erkundigt. Sie wurde ihm gezeigt. Er stieg dort ab und fragte den Wirt, ob er hier einen Raum zum Übernachten erhalten könne. Das wurde ihm bejaht, und er bekam ein Zimmer angewiesen. Er aß einige Bissen und machte sich dann auf, nach dem Kloster erkunden zu gehen. Er löschte also sein Talglicht aus und öffnete die Tür. Sie stieß gegen einen Menschen, der soeben im Dunkeln draußen vorüber wollte.

„*The devil!*" jammerte der Getroffene.

„Kann nichts dafür", antwortete Gerard kurz. „Nehmt Euch in acht!"

„Was? Ich in acht? *The deuce!* Da hast du es!"

Bei diesen Worten erhielt Gerard eine Ohrfeige, daß er meinte, das Feuer springe ihm aus den Augen.

„*Hell and damnation!*" rief er. „Schuft, das wagst du?"

Der riesige Jäger packte den anderen mit der Linken und gab ihm mit der Rechten eine Ohrfeige, die wenigstens ebenso kräftig war wie die erhaltene. Bald hielten die beiden sich fest gepackt. Keiner vermochte den andern niederzuringen oder sich von ihm loszumachen. Aber keiner vermochte auch, des Dunkels wegen, sich des rechten Arms seines Gegners zu bemächtigen. Und da sie beide zu stolz waren, um Hilfe zu rufen, so hörte man nur die Ausrufe: „Da! — Hier! — So! — Noch eine! — Da ist sie" und dabei klatschte es im lebhaften Takt herüber und hinüber.

Das machte einen Heidenlärm. Es öffnete sich in der Nähe eine Tür und ein junger Mann trat heraus, der in reiche mexikanische Tracht gekleidet war und ein Licht in der Hand hielt.

„Was geht hier vor?" fragte er erstaunt, als er die beiden Männer erblickte.

„Oh", erklärte der andre, „ich will diesem Mannsbild nur noch seine neunte Maulschelle geben!"

„Und ich diesem Lümmel seine zwölfte!" höhnte Gerard.

„Warum denn das, Geierschnabel?" fragte der junge Mann erstaunt.

Sein Licht brannte nicht hell genug, darum hatten sich die beiden Kampfhähne nicht sogleich erkannt. Jetzt aber ließ Gerard sofort los.

„Geierschnabel? Was? Ist's wahr?"

Und Geierschnabel drehte seinen Gegner zum Licht herum und rief: „Neunundneunzig Teufel! Da geschehen Zeichen und Wunder! Ist es denn möglich, daß ich dich verhaue?"

„Und daß ich dich ohrfeige!"

„Woher kommst du denn?"

„Von der Hacienda del Eriña. Und du?"

„Aus der Hauptstadt."

Jetzt mischte sich auch der junge Mann ins Gespräch. „Wie? Die Herren kennen sich?" rief er lachend. „So darf ich wohl fragen, wer dieser Señor ist, und wie ihr beide dazu kommt, euch in dieser Weise zu begrüßen."

„Das ging einfach zu!" feixte Geierschnabel. „Er wollte aus seiner Stube treten, eben als ich vorüberging. Da schmiß er mir die Tür grad an die Nase. Ich gab ihm eine Ohrfeige und er mir eine Maulschelle. Nun wechselten wir ab und so haben wir uns vergnügt, bis Ihr Licht in die Sache brachte, Mr. Kurt. Aber wer es ist, das wollen wir Euch drinnen sagen. Komm, Alter!"

Geierschnabel faßte Gerard an und schob ihn in die Stube, aus der Kurt getreten war. Nachdem er die Tür verschlossen hatte, machte er Unger und Gerard rasch miteinander bekannt. Bald hatten sich die drei Männer erzählt, was sie nach Santa Jaga führte. Sie taten es in einer Weise, daß durch kein überflüssiges Wort Zeit verlorenging.

„Wo sind Grandeprise und der Seemann?" fragte schließlich Gerard.

„Sie haben unten einen Raum für sich", antwortete Kurt.

„Eigentümlich. Ich ziele auf diesen Doktor Hilario und Ihr ebenso. Kennt Ihr das Kloster?"

„Nein, aber Grandeprise war darin."

„Ich stand soeben im Begriff, auf Kundschaft zu gehen."

„Und ich auch. Da stießest du mir sanft die Tür an die Nase", grinste Geierschnabel.

Jetzt öffnete sich die Tür, und Grandeprise trat ein. Er kam, um Geierschnabel zu der Erkundung abzuholen, die sie gemeinsam hatten unternehmen wollen, und staunte nicht wenig, den Schwarzen Gerard hier zu sehen. Nachdem ihm das Nötigste erläutert worden war, meinte er:

„Das ist ein glückliches Zusammentreffen. Ein tüchtiger Trapper ist mehr wert als zehn andre Leute, und es sollte mich wundern, wenn Cortejo und Landola uns zum zweitenmal entgehen würden."

„Wart Ihr in der Wohnung des Doktor Hilario?"

„Einigemal. In seinem Zimmer stehen nur ein Sofa, einige Stühle, ein Tisch, ein Schreibtisch und mehrere Büchergestelle. An den Wänden hängen Bilder und viele Schlüssel."

„Wozu diese Schlüssel?"

„Wer weiß es?"

„Hm! Vielleicht sind im Kloster verborgene Räume und Gänge. Was für eine Form haben die Schlüssel?"

„Eine altertümliche."

„So bin ich fast überzeugt, daß wir unterhalb des Klosters finden, was wir suchen."

„Ihr meint unsre Verschollenen?" fiel Kurt ein.

„Ja, wenn er sie nicht getötet hat. Aber auch Cortejo und Landola finden wir vielleicht dort."

„Mein Gott, so dürfen wir keine Zeit verlieren. Warum dieser Hilario sich in die Angelegenheiten der Rodrigandas mischt, das werden wir schon noch ermitteln. Wer bewohnt das Kloster?"

Grandeprise konnte Auskunft geben. „Es sind mehrere Ärzte da, zu denen eben der Alte gehört. Ein Gebäude ist für körperlich Kranke und ein zweites für Geisteskranke eingerichtet. Die übrigen Gebäude dienen als Wirtschaftsräume. Einige Diener bilden außer den Kranken die ganze Bewohnerschaft."

„So haben wir gar nichts zu befürchten. Wir werden sehen, ob Doktor Hilario daheim ist. Einer von uns muß zu ihm gehen."

„Das ist richtig", sagte Gerard. „Ich aber kann es nicht tun. Er ist heimlich auf der Hacienda gewesen und kann mich dort bemerkt haben."

„Auch ich kann nicht hin", meinte Grandeprise, „denn er kennt mich."

„Und ich ebensowenig", fügte Geierschnabel hinzu. „Meine Nase ist zu sehr bekannt."

„So mag Peters gehen", entschied Grandeprise.

„Warum Peters?" fragte Kurt. „Eine so wichtige Sache mag ich ihm nicht anvertrauen. Mich kennt Hilario nicht. Ich gehe selber. Grandeprise, wie gelangt man ins Zimmer des Alten?"

„Durch das Tor über den Hof hinweg und zur Treppe hinauf, liegt die Tür gleich gegenüber. Sämtliche Zimmer des Klosters sind numeriert. Es hat die Nummer 25."

„Wohin gehen die Fenster?"

„Zwei auf einen Seitenhof, eins aber am Giebel heraus. Unter diesem Fenster können wir übrigen auf die Nachricht warten."

„So sind wir sicher, daß Señor Unger nichts zustoßen kann."

„Es gilt, den Doktor zu überraschen. Man darf im Hof nicht nach ihm fragen. Man tritt unangemeldet bei ihm ein. Das übrige ergibt sich dann aus den Umständen. Unter dem Fenster stehen wir. Sollte Señor Unger in Gefahr kommen, so brauchte er uns nur zu rufen. Laßt uns aufbrechen!"

Sie verließen die Venta und stiegen den Klosterberg empor. Oben angekommen, hörten sie das Rollen eines Wagens, der um eine Mauerecke bog. Sie ahnten nicht, daß darin der saß, den sie suchten: Hilario. Dann zeigte Grandeprise den andern das Fenster, das zum Zimmer des Alten gehörte. Das Tor war offen, und Kurt trat ein. Das betreffende Fenster war erleuchtet, und die drei Jäger blickten unverwandt empor, um beim kleinsten Zeichen bereit zu sein. Da hörten sie nahende Schritte. Sie traten zurück und duckten sich nieder. Eine Gestalt schritt an ihnen vorüber und huschte in das Tor. Es war der kleine, dicke Verschwörer Arrastro, der im Vorderhof Manfredo traf und mit diesem zum Zimmer Hilarios hinaufging.

Vorher aber war Kurt über den Hof geschritten und die Treppe emporgestiegen, ohne von jemand bemerkt zu werden. Er sah die ihm gegenüberliegende Tür, auf der die Nummer 25 stand, und trat ein, ohne anzuklopfen. Es brannte eine Lampe da, aber kein Mensch war zu sehen. Eine zweite Tür führte ins Schlafzimmer des Alten. Kurt vermutete ihn in diesem Raum und öffnete die Tür. Auch hier befand sich niemand. Eben wollte er in das vordere Zimmer zurücktreten, als er draußen Schritte zweier Personen hörte. Mehr aus plötzlicher Eingebung als aus Berechnung wich er ins Schlafzimmer zurück und zog dessen Tür zwar an, aber nicht ganz zu. Durch den Türspalt sah er ein dickes Männchen eintreten und dahinter einen jüngeren Menschen, der das Aussehen eines Bediensteten hatte. Nach der Beschreibung, die er sich von der Person Hilarios hatte geben lassen, konnte dieser nicht dabeisein. Der Dicke setzte sich behäbig auf einen Stuhl und fragte:

„Also dein Oheim ist erst kürzlich weg gewesen? Weißt du nicht, was ihn so lang aufgehalten hat?"

„Nein."

Der Kleine warf einen blitzschnellen, stechenden Blick auf den Neffen und fuhr fort:

„Du bist doch der einzige Verwandte Hilarios, nicht wahr?"

„Ja, der einzige."

„Hm! Da sollte man doch meinen, daß er Vertrauen zu dir habe."

„Das hat er auch."

„Warum sagt er dir da nicht, was ihn abgehalten hat, meinem Befehl schneller nachzukommen?"

„Weil ich ihn nicht gefragt habe."

„Weißt du, weshalb dein Oheim zur Hauptstadt gereist ist?"

„Er soll dahin wirken, daß der Kaiser nicht mit den Franzosen abzieht, damit Maximilian von Juarez verurteilt und gerichtet werden kann."

„Gut. Juarez steht dann als Mörder da und wird allen Einfluß verlieren. Auf diese Weise werden wir den Kaiser und auch den Präsidenten los und bekommen die Macht in unsre Hände. Dein Oheim hat die Verhaltungsvorschriften. Er wird diesen Max jedoch nicht in Mexico, sondern in Queretaro treffen. Soweit scheint alles gelungen. Aber der Teufel könnte doch sein Spiel treiben. Irgendein Zufall kann den Kaiser bestimmen, das Land schleunigst zu verlassen. Kluge Freunde könnten ihn aufklären, daß er keinen Rückhalt, keinen Beistand und keine Anhänger mehr habe. Da gilt es dann, ihn glauben zu machen, daß man noch in Massen zu ihm hält."

„Das wird nicht leicht sein."

„Leicht und schwer, wie man es nimmt. Ich habe dafür gesorgt, daß der Kaiser erfährt, seine Anhänger hätten sich im Rücken seines ärgsten Feindes, dieses Juarez, erhoben, um die kaiserliche Fahne zum Sieg zu führen. Hört Max dies, so bleibt er sicher im Land und ist ebenso sicher verloren. Es wird morgen an einigen Orten Aufruhr vorkommen, am ärgsten aber hier in Santa Jaga."

„Hier?" fragte der Neffe überrascht. „Wieso? Hier gibt's fast nur Anhänger des Juarez."

„Pah! Laß nur mich machen!" äußerte sich Arrastro überlegen. „Wir haben eine Schar von zweihundert tapfern Leuten angeworben, die noch in dieser Nacht nach Santa Jaga kommen werden, um die kaiserliche Fahne zu entfalten."

„Die Einwohnerschaft wird sie fortjagen."

„Das wird nicht gelingen. Das Kloster ist zu einer Zeit gebaut worden, in der jedes Haus zugleich Festung sein mußte. Es hat starke, hohe Mauern und gleicht einem Fort. Unsre Leute werden sich im Kloster festsetzen. Was wollen da die Bürger tun?"

„Dann allerdings möchte es glücken", meinte Manfredo nachdenklich.

„Grad der Umstand, daß diese Erhebung hier stattfindet, wird deinem Oheim beim Kaiser die allerbeste Empfehlung sein."

„Weiß mein Oheim davon?"

„Nein. Ich selber wußte noch nichts, als ich zum letztenmal mit ihm sprach. Und heut kann ich es ihm nicht sagen, weil er schon abgereist ist. Aber wenn er es in Queretaro hört, hat er meine Anweisungen in den Händen und weiß, was er tun soll."

„Sind es Soldaten, die kommen?"

„Hm! Man könnte sie so nennen. Es sind bewaffnete Leute, denen es gleich ist, wem sie dienen."

„Wann darf man sie erwarten?"

„Heut nacht vier Uhr werden sie unten am Klosterweg eintreffen, und du wirst sie ins Kloster führen, aber so, daß im Ort kein Mensch etwas merkt. Wenn der Tag anbricht, weht die kaiserliche Fahne von den Mauern herab, und die Bürger dürfen nicht murren."

„Wird der Anführer mir folgen?"

„Ja. Du sagst ihm das Wort ‚Miramare', dann weiß er, daß du der richtige bist."

„Werdet Ihr nicht dabeisein?"

„Nein. Ich habe heut nacht noch einen weiten Ritt in einer ähnlichen Angelegenheit. Sei so treu wie dein Oheim, dann wird die Belohnung nicht ausbleiben! Ich will gehen. Hier die Anweisung für den Anführer der Truppen! Du gibst sie ihm, sobald du ihn triffst. Gute Nacht!"

„Ich werde Euch hinunterbegleiten", meinte der Neffe, indem er die empfangenen Papiere zu sich steckte. „Das Tor könnte unterdessen verschlossen worden sein."

Kaum hatten sie das Zimmer verlassen, so trat Kurt hinein. Er eilte ans Fenster, öffnete es und fragte halblaut hinab:

„Seid ihr hier?"

„Ja", antwortete Gerard. „Was gibt's?"

„Der Alte ist verreist. Alles geht gut. Haltet Euch ruhig, bis ihr mich wiederseht! Aber tretet zurück! Es wird jemand vorüberkommen."

Er schloß das Fenster und huschte wieder in die Schlafstube. Nach wenigen Minuten kehrte Manfredo in den Wohnraum zurück. Er schritt sinnend im Zimmer auf und ab. Kurt stand schon im Begriff, aus der Tür zu treten und den jungen Mann zu packen und zum Geständnis zu bringen. Da sah er, daß dieser einige Schlüssel ergriff, und das brachte ihn auf andre Gedanken. Manfredo steckte die Schlüssel ein, brannte eine Blendlaterne an und verließ das Zimmer, ohne die Tür zuzuschieben. Sofort trat Kurt ein, riß ein Licht von einem Leuchter, steckte es zu sich und zog dann sein Messer. Er öffnete so leis als möglich die Tür und sah Manfredo eine zweite Treppe hinabsteigen. Er drückte die Tür zu und folgte ihm.

Das Licht der Blendlaterne fiel nur vorwärts, darum ging Kurt im Schatten. Aus diesem Grunde konnte er leicht an etwas stoßen und dadurch ein verräterisches Geräusch verursachen. Deshalb blieb er einen Augenblick stehen, um seine Stiefel auszuziehen, deren Sporen er schon durch in die Rädchen gesteckte Hölzchen stumm gemacht hatte. Dann ging es wieder weiter. Da Kurt vom Dunkel eingehüllt war, so mußte er sich nah genug an seinen Vordermann halten, um diesen nicht aus den Augen zu verlieren. Weil es aber doch möglich war, daß der Mexikaner sich umdrehte, so hielt Kurt sich für diesen Fall bereit, sich augenblicklich niederzuwerfen. So ging es durch einige Türen, die Manfredo offen ließ. Sie schritten durch mehrere feuchte Felsengänge, ohne daß es dem Mexikaner eingefallen wäre, sich umzudrehen. Der Gang, in dem sie sich nun befanden, hatte mehrere Türen.

Vor einer blieb Manfredo stehen. Er schob zwei starke, eiserne Riegel zurück und öffnete das Schloß mit einem seiner Schlüssel. Dann trat er ein. War dort ein neuer Gang, oder gab es hinter dieser Tür ein Gefängnis? So fragte sich Kurt. Im ersteren Fall mußte er rasch folgen, im letzteren aber zurückbleiben. Er horchte. Ah, er hörte sprechen! Diese Tür hatte also einen Kerker verschlossen. Leise schlich er näher. Niemand hörte ihn. Er wagte es, den Kopf ein wenig vorzustrecken, und blickte in ein viereckiges Gefängnis, an dessen Mauern mehrere Personen gefesselt waren. Manfredo stand in der Mitte des Raums und hatte seine Laterne in eine Ecke gestellt. Sie erhellte das Gefängnis so ungenügend, daß es unmöglich war, die Züge der Gefangenen zu erkennen.

„Es gibt einen Weg, euch zu retten", hörte Kurt Manfredos Stimme.

„Welchen?" fragte jemand aus dem Hintergrund.

„Ihr wißt, daß dieser Mariano hier Euer wirklicher Neffe und daß der jetzige Graf Alfonso nur der Sohn von Gasparino Cortejo ist?"

„Ja."

„Nun, so stelle ich zwei Bedingungen. Erfüllt Ihr diese, so seid ihr alle frei."

„Wir wollen sie hören."

Der alte Graf Fernando war es, der sprach. Manfredo fuhr fort:

„Zunächst erklärt Ihr diesen Alfonso für einen Betrüger und laßt ihn und seine Verwandten bestrafen."

„Dazu bin ich bereit."

„Sodann aber muß Mariano entsagen, und Ihr erkennt mich als den Knaben an, der geraubt und verwechselt wurde."

Ein Schweigen des Erstaunens folgte.

„Nun, Antwort!" gebot der Mexikaner.

„Ah", sagte Don Fernando, „so wollt Ihr Graf von Rodriganda werden?"

„Ja", antwortete der Gefragte mit unverschämter Offenheit. „Das ist meine Bedingung."

„Ich gehe niemals darauf ein."

„So bleibt Ihr gefangen bis an Euer Ende. Ich gebe Euch eine halbe Stunde Bedenkzeit, bis ich Euch Brot und Wasser bringe. Sagt Ihr dann nicht ‚Ja', so erhaltet ihr alle weder Trank noch Speise mehr und müßt elend verschmachten!"

„Gott wird uns retten!"

„Don Fernando, sprecht nicht mit diesem Schurken!" klang die tiefe Stimme Sternaus von der Seite her.

„Was?" rief Manfredo. „Einen Schurken nennst du mich? Hier hast du deinen Lohn!"

Er trat zu dem Gefesselten und holte zum Schlag aus, kam aber nicht dazu, denn sein erhobener Arm wurde ergriffen. Er drehte sich erschrokken um und sah zwei blitzende Augen und die Mündung eines Revolvers auf sich gerichtet. Die Blässe des Entsetzens bedeckte sein Gesicht.

„Wer ist das? Was wollt Ihr hier?" fragte er vor Angst stammelnd.

„Das wirst du gleich hören!" erwiderte Kurt. „Nieder mit dir auf die Knie!" Er riß ihn zu Boden. „Komm, Halunke, wir wollen dich sicher haben!"

Bei diesen Worten nahm er sich den Lasso von den Hüften und schlang ihn um den Leib und die Arme des Kerkermeisters. Dieser war mit keiner Waffe versehen und vor Schreck so starr, daß er sich ohne Widerstand fesseln ließ. Nun konnte Kurt sich nicht länger halten. Er holte tief Atem und frohlockte:

„Gott sei Dank! Endlich ist es mir geglückt! Ihr seid frei!"

„Frei?" rief es rundum. „Señor, wer seid Ihr?"

„Das werdet ihr noch erfahren. Nur hinaus aus diesem Loch, aus diesem Gestank! Das ist das Allernötigste. Werdet ihr gehen können?"

„Ja", antwortete Sternau.

Kurt vermochte es, über sich und seinem Herzen einstweilen zu gebieten und das zu tun, was der Verstand ihm vorschrieb.

„Wie öffnet man eure Ketten?"

„Dieser Mann hat den kleinen Schlüssel dazu in der Tasche."

Kurt griff in Manfredos Taschen und fand ein Schlüsselchen. Er eilte von Mann zu Mann und öffnete die Fesseln, die niederklirrten. Nun wollten sich alle auf ihn stürzen, er aber wehrte sie ab, obgleich ihm die Freudentränen aus den Augen liefen:

„Noch nicht! Zunächst das Allernötigste. Seid ihr alle beisammen, oder gibt es woanders noch Leidensgefährten?"

„Wir sind es alle", bestätigte Sternau, der die meiste Kraft besaß, kaltblütig zu bleiben.

„Aber Cortejo und Landola müssen auch hier sein!"

„Sie sind hier. Alle beide Cortejos, Landola und Josefa Cortejo."

„Gott sei Dank! Das ist mir zwar ein Rätsel, aber es wird sich aufklären. Folgt mir in eine andre Luft!"

Kurt nahm dem gefesselten Manfredo alle Schlüssel ab, stieß ihn in die Ecke und ergriff die Laterne. Als er in den Gang trat, folgten ihm die andern. Er verschloß und verriegelte die Tür und schritt voran, in der Richtung, aus der er gekommen war. Aber er durfte nur langsam gehen. Einige der Geretteten waren so schwach, daß sie sich kaum aufrecht halten konnten. Die Luft wurde bei jedem Schritt besser, und im vordersten Keller hielt Kurt endlich an. Er brannte das Licht, das er zu sich gesteckt hatte, an, befestigte es auf einem Balken, und nun war es hell genug, um die Gesichtszüge gegenseitig zu erkennen. Da ergriff Sternau seine Hand und bat:

„Señor, hier können wir Atem holen. Nun müßt Ihr uns auch sagen, wer Ihr seid."

„Ja, hier sollt ihr es erfahren", entgegnete Kurt, vor Aufregung beinahe schluchzend. „Aber einem soll es zuerst mitgeteilt werden vor allen übrigen!"

Er zog einen der bärtigen Männer nach dem andern in den Kreis der Lichter und betrachtete sie. Als er Kapitän Ungers Hände in den seinigen hatte, fragte er ihn:

„Werdet Ihr stark genug sein, alles zu hören?"

„Ja", antwortete dieser.

Da schlang Kurt die Arme um ihn und rief schluchzend: „Vater! Mein lieber, lieber Vater!"

Er drückte ihn an sich und küßte ihn auf den Mund, Stirn und Wangen. Er wurde sich nicht bewußt, daß er vorher spanisch gesprochen, die letzten Worte aber in deutscher Sprache ausgerufen hatte.

Der Seemann blieb stumm. Er lag halb ohnmächtig in den Armen seines Sohnes. Auch die andern verhielten sich schweigsam. Sternau faßte sich zuerst.

„Kurt! Ist's wahr? Du bist Kurt Unger?" fragte er bewegt.

„Ja, ja, Onkel Sternau, ich bin es", entgegnete Kurt, indem er seinen Vater langsam und vorsichtig zur Erde gleiten ließ und in die geöffneten Arme Sternaus eilte.

„Mein Gott, welch ein Glück, welch eine Gnade!" rief dieser. „Ich will jetzt nicht fragen, wie du uns fandest und wie es dir gelang, uns zu retten. Nur eins will ich wissen: wie steht's in Rheinswalden?"

„Gut! Sie leben alle und sind gesund."

Der gewaltige Mann, der sich am stärksten und kräftigsten erhalten hatte, sank in die Knie, faltete die Hände und betete:

„Herrgott im Himmel, zum zweitenmal gerettet! Sollte ich das je vergessen, so magst du mich verstoßen, wenn meine sterbende Hand an der Tür deines Himmels um Einlaß klopft!"

Da fühlte sich Kurt abermals von zwei Armen umfaßt. „Ah, bist du Onkel Donnerpfeil?" frohlockte er.

Aus diesen Händen ging der junge Mann in andre. Jeder wollte ihn umarmen.

„Allein bist du unmöglich hierhergekommen", unterbrach Sternau die Begrüßungen.

„Im Kloster bin ich allein, draußen aber stehen der Schwarze Gerard, Geierschnabel und der Jäger Grandeprise. Kommt, ihr Herren, kommt herauf! Noch sind wir nicht völlig sicher. Man weiß nicht, ob dieser Teufel von Hilario nicht Helfershelfer hat. Wir wollen so wenig Geräusch wie möglich verursachen."

Seinen Vater am rechten Arm, ergriff Kurt mit der Linken die Laterne und schritt voran. Die andern folgten langsam. Den Schluß bildete Sternau mit dem Licht. Er, der immer an alles dachte, hatte die Schlüssel an sich genommen und verschloß jede Tür, durch die sie kamen, sorgfältig hinter sich. Sie gelangten in die Wohnung des Alten. Es war spät geworden. Man war im Kloster schlafen gegangen, und da die Krankenwärter, die wachen mußten, sich in den andern Gebäuden befanden, so hatten die Geretteten ihren Aufenthalt erreicht, ohne daß sie gesehen worden waren. Hier brannte eine helle Lampe, und nun konnte man sich deutlich sehen. Die Begrüßungen und Fragen begannen von neuem.

„Später, später", wehrte Kurt ab. „Onkel Sternau wird mir recht geben, daß wir zunächst auf unsre Sicherheit bedacht sein müssen."

„Ganz recht", bejahte der Hüne. „Wo sind die drei Jäger, die draußen stehen?"

„Ich werde sie rufen."

Bei diesen Worten trat Kurt an das Fenster und öffnete es.

„Gerard!" rief er halblaut hinab. „Ist unten etwas vorgefallen?"

„Nein. Wie aber steht es oben?"

„Gut. Werft mir Euren Lasso zu! Ihr drei sollt daran heraufsteigen. Die andern Wege werden verschlossen sein."

Gerard warf, und Kurt fing den Lasso auf. Als er ihn gehörig befestigt hatte, kamen die drei nacheinander durchs Fenster. Sie waren nicht wenig erstaunt, eine so zahlreiche Gesellschaft zu finden.

„Heigh-day!" meinte Geierschnabel, indem er den Mund weit aufriß. „Das sind sie ja!"

„Ja, das sind wir", bestätigte Sternau voller Freude. „Wir schulden Euch unendlichen Dank, daß Ihr Euch unser angenommen habt."

„Unsinn. Aber zum Teufel, wie hat dieser junge Mann denn das eigentlich fertiggebracht?"

„Das hört Ihr später", meinte Kurt. „Ihr sollt hierbleiben und für die Sicherheit dieser Herren, die noch unbewaffnet sind, sorgen. Onkel Sternau, meinst du, daß noch andre Bewohner des Klosters mit Hilario im Geheimbund stehen?"

„Außer seinem Neffen wohl keiner."

„Werde es gleich sehen."

Bei diesen Worten eilte Kurt zur Tür hinaus, ohne sich durch die ängstlichen Zurufe der andern zurückhalten zu lassen. Zur Treppe hinunter kam Kurt in den Hof, dessen vorderes Tor verschlossen worden war. Beim Laternenschein sah er ein zweites Tor, das in einen andern Hof führte. Er ging dahin und erblickte ein Gebäude vor sich, in dessen Erdgeschoß ein Fenster erleuchtet war. An der Tür des Zimmers, zu dem dieses Fenster gehörte, las er die Inschrift ‚Meldezimmer'. Er trat ein und wurde von dem darin sitzenden Wärter verdutzt angestarrt.

„Wer seid Ihr? Was wollt Ihr? Wie kommt Ihr hierher?" fragte dieser, indem er aufsprang.

„Erschreckt nicht!" antwortete Kurt. „Ich komme in der friedlichsten Absicht. Ich befinde mich bei Manfredo, dem Neffen des Doktor Hilario. Wer hat in dessen Abwesenheit Kranke zu behandeln?"

„Die beiden andern Ärzte."

„Welcher von beiden hat heut nacht Dienst?"

„Señor Doktor Menucio."

„Weckt ihn augenblicklich!"

„Ist es notwendig? Sonst darf ich nicht."

„Äußerst notwendig. Meldet einen fremden Offizier!"

Der Mann ging und kam erst nach einer Weile wieder, um Kurt zu dem Arzt zu führen. Dieser befand sich im Schlafrock und empfing ihn nicht mit freundlicher Miene.

„Ist es so dringend, daß Ihr mich im Schlaf stört?" murrte er.

„Ja, sehr gefährlich, besonders für Euch."

„Für mich? Señor, ich bin nicht zum Scherz aufgelegt!"

„Ich ebensowenig. Ich komme, um Euch zu einer ganzen Zahl von Kranken zu bitten."

„Darin sehe ich doch keine Gefahr für mich."

„Und doch ist es so. Sagt, ob Euch das geheimnisvolle und verbrecherische Treiben des Señor Hilario ganz unbekannt ist!"

„Señor, wer seid Ihr, daß Ihr es wagt, von Verbrechen zu reden?"

„Ich habe das Recht dazu. Hört!"

In aller Kürze berichtete Kurt das Notwendigste über die Befreiung der Gefangenen. Der Arzt war so erstaunt, daß er nur immer den Kopf schüttelte.

„Señor, ich werde Euch begleiten, um mich zu überzeugen."

Menucio kleidete sich schnell an und folgte Kurt. Sein Staunen vergrößerte sich noch, als er die zahlreiche Versammlung erblickte, zu der er gebracht wurde.

„Hier ist einer der Ärzte", meldete Kurt. „Wir bedürfen eines größern Zimmers und stärkender Speisen und Getränke."

Der Heilkünstler befand sich noch wie im Traum. Aber als er Don Fernando erblickte, der todesmatt auf dem Sofa lag, begann er die Wirklichkeit zu glauben. Die Anwesenden hatten selber den Zusammenhang ihrer Rettung noch nicht vollständig erfahren, darum mußte sich auch der Arzt mit kurzen Mitteilungen begnügen. Aber diese reichten hin, ihn zu überzeugen, daß es seine Pflicht sei, hier einzugreifen. Die Gesellschaft wurde in ein hübsches Zimmer versetzt, wo bald ein jeder erhielt, was notwendig war, ein Bad, frische Wäsche, reinliche Kleider, stärkenden Wein und eine Mahlzeit, wie sie in den Räumen des Krankenhauses wohl noch selten verzehrt worden war. Die Geretteten dachten indes wenig an ihre körperliche Schwäche. Sie wollten vor allen Dingen erfahren, was draußen geschehen sei. Jeder hatte unzählige Fragen, so daß es lange dauerte, bis völlige Klarheit herrschte. Da erhob sich Sternau von seinem Stuhl:

„Meine Freunde, wir dürfen noch nicht ruhen, es gibt für uns zu tun Da ich der kräftigste bin, werde ich mich mit Kurt von euch auf kurze Zeit verabschieden."

Die Unglücksgefährten ahnten, was Sternau vorhatte. Aber sie waren durch die erlittenen Qualen und durch die gegenwärtige Aufregung geschwächt worden. Büffelstirn und Bärenherz wollten mitgehen. Sternau bat sie, zu bleiben. Zwei allerdings ließen sich nicht zurückweisen, Grandeprise und Geierschnabel. Die vier begaben sich, nachdem sie sich mit Waffen und Licht versehen hatten, wieder hinab in die unterirdischen Gänge, wo sie Manfredo aufsuchten. Der war so fest geschnürt, daß er sich aus seiner Ecke nicht hatte fortbewegen können. Er war ein feiger Geselle. Da er sah, daß sein Spiel verloren sei, suchte er sich reinzuwaschen.

„Ich bin nicht schuld, Señor, gar nicht", wimmerte er. „Ich mußte doch meinem Oheim gehorchen."

„Das entschuldigt dich nicht!" herrschte ihn Sternau an. „Ich will aber sehen, ob du ein aufrichtiges Geständnis ablegst. Warum nahmt ihr uns gefangen?"

„Weil ich Graf de Rodriganda werden sollte."

„Welch ein Wahnsinn! Wo sind die Sachen, die ihr uns abgenommen habt?"

„Die habe ich noch. Nur die Pferde sind verkauft."

„Du wirst uns nachher alles wiedergeben. Weißt du, wo die Cortejos und Landola stecken?"

„Ja. Dieser Señor hat mir den Schlüssel zu ihrem Kerker mit den andern weggenommen."

„Wir haben ihn, und du wirst uns die vier Personen zeigen. Kennst du sämtliche unterirdischen Gänge und Verliese dieses Klosters?"

„Alle. Mein Oheim hat im Schreibtisch einen Plan der Gewölbe."

„Du wirst ihn uns übergeben. Gibt es heimliche Ausgänge?"

„Ihr meint: ins Freie? Es gibt nur einen solchen."

„Wo mündet er?"

„In einem Steinbruch, östlich von der Stadt."

„Du wirst uns dahinführen. Wo ist dein Oheim?"

„Er ist zum Kaiser gereist."

„Was will er da?"

„Er — will ihn abhalten, Mexiko zu verlassen."

„Den Grund weiß ich schon. Wer ist der dicke Mensch, mit dem du heut abend gesprochen hast?"

Manfredo erschrak aufs neue. Also auch das war verraten.

„Er heißt Señor Arrastro", antwortete er. „Er kommt zuweilen zum Oheim, um ihm Befehle zu bringen."

„Von wem?"

„Von der geheimen Regierung."

„Aus welchen Personen besteht diese?"

„Ich weiß es nicht."

„Wo hat sie ihren Sitz?"

„Auch das ist mir unbekannt."

„Hm! Empfängt dein Oheim geheime Papiere?"

Manfredo zögerte mit der Antwort.

„Wenn du nicht redest", drohte Sternau, „werde ich dich so lange prügeln lassen, bis du die Sprache findest. Ich frage dich, ob er geheime Papiere bekommt?"

„Ja."

„Hebt er sie auf?"

„Ja. In einer verborgenen Zelle."

„Du wirst uns auch dahin führen. Steh auf und zeig uns, wo die Cortejos stecken!"

Sternau lockerte dem Gefangenen die Beinfesseln so weit, daß dieser langsam gehen konnte.

„Zunächst werde ich die Anweisung zu mir nehmen, die dieser gute Neffe eines noch bessern Onkels heut von dem Dicken empfangen hat", meinte Kurt.

Er zog die Schriftstücke aus Manfredos Tasche und steckte sie in die seinige. Dann verließen sie das Gefängnis und wurden von dem Gefesselten zu der Tür geführt, hinter der ihre Feinde steckten. Kurt öffnete. Der Schein des Lichts drang in den dunklen Raum, in dem vier kauernde Gestalten zu erkennen waren.

„Kommst du, uns endlich herauszulassen, du Schuft?" heulte eine heisere Stimme. Es war die Gasparino Cortejos, der glaubte, daß Manfredo käme.

„Herauslassen? Dich, Schurke?" rief Grandeprise, indem er Sternau die Laterne aus der Hand nahm und eintrat.

Gasparino Cortejo starrte ihn an. „Grandeprise!" stöhnte er.

„Ja, Grandeprise bin ich, und endlich habe ich dich und meinen teuren Bruder! Oh, diesmal lasse ich mich nicht täuschen, diesmal sollt ihr nicht entwischen."

„Wie kommt Ihr hierher?" fragte Gasparino. „Hat der Alte Euch an Manfredos Stelle zum Kerkermeister gemacht? Laßt uns fliehen, und ich belohne Euch mit einer Million Dollar."

„Mit einer Million? Wicht! Kein Cent ist dein Eigentum. Es wird dir alles genommen werden, selbst dein armseliges Leben."

„Weshalb? Ich habe nichts getan."

„Nichts, Schurke? Frag den hier!"

Grandeprise ließ das Licht der Laterne auf Sternau fallen, der hinter ihm eingetreten war. Cortejo erkannte diesen.

„Sternau!" knirschte er.

Da begannen auch sein Bruder und seine Nichte sich zu regen. Sie drehten sich um und blickten Sternau an.

„Er ist frei!" kreischte Josefa.

„So hat der Teufel uns betrogen!" fauchte Landola, indem er einen fürchterlichen Fluch hinzufügte.

„Ja, er hat euch betrogen", rief Sternau, „und Gott hat sein Gericht begonnen! Ihr werdet das Verlies nur verlassen, um verhört und bestraft zu werden."

„Pah!" hohnlachte Landola. „Wer zwingt uns, zu gestehen?"

„Wir brauchen euer Geständnis nicht. Ihr seid überführt. Aber es gibt immerhin Mittel, euch alle zum Reden zu bringen."

Sternau verließ mit Grandeprise das Gefängnis und schloß es wieder zu.

„Jetzt sollst du uns zunächst den Plan dieser Gewölbe und Gänge zeigen", sagte er darauf zu Manfredo, und sie begaben sich in die Stube Hilarios zurück, in dessen Schreibtisch sie den Plan fanden. Wer diesen zur Hand hatte, bedurfte keines Führers, so wirr die einzelnen Teile auch ineinanderflossen. Nun wollte Sternau die geheimen Schriften des Alten sehen. Er wurde von dem willenlosen Manfredo in die Zelle geführt, wo Señorita Emilia ihre Abschriften genommen hatte. Der Hüne blickte die vorhandenen Schriftstücke oberflächlich durch und untersuchte sodann Koffer und Kisten. Dabei entdeckte er das Geschmeide und die kostbaren Geräte, die schon Emilia angestaunt hatte. Er sah die Juwelen flimmern und fragte:

„Wem gehört das?"

„Meinem Onkel!" flüsterte Manfredo bebend.

„Ah! Ihm? Woher hat er es?"

„Das Kloster ging ein, da hatte das Zeug keinen Herrn mehr."

„Schön! Es wird den richtigen finden. Jetzt wollen wir den Gang sehen, der ins Freie führt."

Auch hier mußte Manfredo gehorchen. In zehn Minuten standen sie vor dem geheimen Ausgang, der durch einen Haufen scheinbar zufällig hierhergekommener Steintrümmer verstellt wurde. Es genügte das Fortwälzen von drei oder vier Blöcken, um ein so großes Loch freizulegen, daß ein Mann bequem eintreten konnte.

„Wie herrlich wird das passen!" meinte Kurt zu Sternau, jedoch in deutscher Sprache, um von Manfredo nicht verstanden zu werden.

„Was?" fragte der Doktor.

„Dieser geheime Eingang zu den zweihundert Soldaten, die Punkt vier Uhr kommen sollen."

„Wo sollte Manfredo sie treffen?"

„Unten, wo der Klosterweg beginnt. Es soll hier eine Scheinerhebung stattfinden, und zwar, um den Kaiser zu verleiten, Mexiko nicht zu verlassen. Wir müssen das verhindern, sowohl des Kaisers als auch des Juarez wegen."

„Auch der Bewohner dieses Städtchens wegen, denn die sogenannten Soldaten, die kommen werden, sind jedenfalls nur zusammengetrommelte Räuber und Plünderer."

„Das steht zu erwarten. Wie aber werden wir das fertigbringen? Ziehen wir die Stadtbewohner ins Geheimnis? Da würden wir uns der Gefahr aussetzen, verraten zu werden."

„Leider. Wir müssen allein fertig zu werden suchen. Bist du gewillt, an Stelle Manfredos die heimlich eintreffenden Leute zu empfangen?"

„Gewiß!" nickte Kurt.

„Schön! Sie werden aber denken, durchs Tor in das Kloster geführt zu werden."

„Ich werde ihnen sagen, daß der Plan einigermaßen verraten zu sein scheine, und daß Juarez einen kleinen Truppenteil gesandt habe, um das Kloster zu besetzen."

„Schön! Sie werden also einsehen, daß sie ohne Kampf nicht durchs Tor gelangen können."

„Und daß sie klüger tun, mir durch einen geheimen Eingang zu folgen, in welchem Fall es ihnen leicht sein würde, die Besatzung zu überrumpeln."

„Ich bin überzeugt, daß sie dir folgen werden. Aber wie wird es uns gelingen, sie zu überwältigen?"

„Wir schließen sie ein", schlug Kurt vor.

„Pah, sie sind bewaffnet. Sie schießen die Türen entzwei! Wir müssen ihnen auf irgendeine Weise die Waffen abzunehmen suchen."

„Mit Gewalt geht das nicht. Da fällt mir aber ein, wie dieser Hilario seine Gefangenen entwaffnet hat."

„Du meinst das Pulver, mit dem er uns die Besinnung nahm? Das wird sich bei einer so großen Anzahl wohl nicht verwenden lassen."

„Warum nicht, Onkel? Die Hauptsache ist, solches Pulver zu haben. Ich setze den Fall, wir kommen in einen Gang, der durch zwei Türen verschlossen ist und eine solche Länge hat, daß er gefüllt ist, wenn zweihundert Mann hintereinander herschreiten. Auf den Boden hat man, so lang der Gang ist, einen Strich dieses Pulvers geschüttet. Ich gehe voran, du hinterher, die Leute aber zwischen uns. Wenn ich die vordere Tür erreiche, bist du bei der zweiten eingetreten. Wir bücken uns und brennen das Pulver an. Die Flamme läuft in einem Augenblick durch den ganzen Gang, du springst durch deine Tür zurück, ich zu der meinigen vor; wir verriegeln sie, und die Kerle werden alle ohnmächtig."

„Hm", meinte Sternau nachdenklich. „Die Ausführung dieses Plans wäre möglich. Aber haben wir Pulver?" Und sich zu Manfredo wendend, forschte er: „Wer fertigte das Pulver an, mit dessen Hilfe ihr uns verteidigungslos gemacht habt?"

„Mein Oheim."

„Kennst du seine Zusammensetzung?"

„Nein."

„Wird es durch Nässe verdorben?"

„Nein. Es brennt naß ebenso gut wie trocken. Wir haben es in einem dumpfen Keller stehen, es zieht viel Feuchtigkeit an, hat aber noch niemals versagt."

„So brennt es ebenso leicht wie Schießpulver?"

„Noch leichter."

„Habt ihr davon Vorrat?"

„Ein kleines Fäßchen voll."

„Zeig es uns!"

Sie kehrten zurück. Während sie durch einen der Gänge schritten, meinte Sternau zu Kurt:

„Dieser Gang dürfte die geeignete Länge haben."

„Er wird zweihundert Personen fassen. Wenn ich da vorn die Tür erreicht hätte, müßte ich warten, bis du mir durch ein Zeichen zu verstehen gibst, daß du eingetreten und bereit bist."

„Ich würde einfach so tun, als müßte ich dir etwas sagen, und laut deinen Namen rufen oder vielmehr den Namen Manfredos, da sie dich ja für den Neffen des Alten halten müssen."

„Was aber geschieht mit ihren Pferden? Denn Reiter kommen auf alle Fälle."

„Sie werden die Tiere unter Aufsicht einiger Kameraden zurücklassen, und für diese sind wir jedenfalls Männer genug."

„Richtig! Das wäre also abgemacht! Nun zunächst das Pulver prüfen!"

Manfredo führte sie in ein kleines, niedriges Kellerchen, wo ein Fäßchen stand, das ungefähr fünfzehn Liter Inhalt zu fassen vermochte. Es war halb gefüllt mit feinkörnigem, geruchlosem Pulver von dunkelbrauner Farbe.

„Wollen es versuchen!" meinte Sternau, nahm eine geringe Menge und kehrte eine Strecke zurück, wo er das Pulver auf eine feuchte Stelle des Bodens fallen ließ. Dann putzte er das Licht und ließ eine kleine Schnuppe auf die Stelle niederfallen. Im Nu zuckte eine gelbblaue Flamme empor, und sofort verbreitete sich ein Geruch, der sie zur schleunigsten Flucht zwang.

„Das Pulver ist fürchterlich, und unser Vorhaben wird gelingen", erklärte Kurt. „Wir sind hier unten fertig. Kehren wir zu den Freunden zurück!"

Manfredo wurde in seine Zelle zurückgebracht und dort eingeschlossen. Die vier Männer gingen hinauf. Oben wandte Sternau sich an Geierschnabel:

„Ihr kommt, wie ich hörte, aus der Hauptstadt? Wo hat Juarez sein Hauptquartier?"

„In Zacatecas. Alle Ortschaften nördlich dieser Stadt sind gleichfalls von seinen Truppen besetzt."

„Welches ist der nächste Ort von hier, wo Soldaten des Präsidenten zu finden sind?"

„Granidera. Ein guter Reiter erreicht es in vier Stunden."

„Würdet Ihr in der Nacht den Weg hin finden?"

„*Heigh-day!* Geierschnabel und einen Weg nicht finden! Das wäre ja ebenso schlimm, als wenn das Priemchen den Mund nicht finden würde."

„Wollt Ihr den Ritt unternehmen?"

„Ja. Ah, wohl wegen der zweihundert Strolche, die da unten angeräuchert werden sollen?"

„Gewiß. Ihr sagt dem Platzkommandanten, was Ihr wißt, und bittet ihn um eine hinreichende Anzahl Soldaten, denen wir unsre Gefangenen übergeben können."

„Schön! Werde am Vormittag zurück sein."

„Aber, ob man Euch glauben wird?"

„Sicher! Ich bin ja mit Señor Kurt durch den Ort gekommen, und wir haben den Kommandanten besucht. Er kennt mich persönlich. Er war mit bei Juarez, als dieser am Rio Grande del Norte auf Lord Dryden stieß. Damals war er nur Leutnant, jetzt ist er Major. In diesem gesegneten Land wird man schnell befördert. Ich gehe jetzt zur Venta, um mein Pferd zu holen. In zehn Minuten bin ich unterwegs."

Geierschnabel eilte davon. Sternau mußte nun den andern berichten, was er unter dem Kloster gesehen und gefunden. Als er erwähnte, daß er im Begriff stehe, eine ganze Schar Freischärler zu fangen, wollte fast jeder dabeisein. Er schlug alle Anerbieten mit der Bemerkung ab, daß es auffallen müsse, wenn sich viele Personen zeigen würden. Es war bemerkenswert, daß, außer Don Fernando, der im Bett lag, die übrigen sich verhältnismäßig wohl fühlten. Die Freude über ihre Rettung schien alle Folgen ihrer Gefangenschaft beseitigt zu haben.

Man war fröhlich, munter, teilweise sogar ausgelassen, und dankte das in nicht geringem Grad auch der Aufmerksamkeit, die allen von der Dienerschaft des Hauses erwiesen wurde. Es war diesen Leuten fast unmöglich, an das Geschehene zu glauben. Sie wußten, daß eine gerichtliche, strenge Untersuchung die Folge sein werde, und bemühten sich zu beweisen, wie fern sie den Taten des verbrecherischen Arztes gestanden hatten.

So verging die Nacht, und es nahte die vierte Stunde. Da begab sich Sternau allein in die unterirdischen Gänge. Es blieb ihm Zeit genug, das Pulver zu streuen. Eine halbe Stunde später brach Kurt auf. Er schlich durch das geöffnete Klostertor und schritt den Weg hinab. Unten angekommen, war es ihm, als ob er ein leises Waffengeklirr vernehme. Er blieb stehen und horchte aufmerksam in das Dunkel hinein. Da rief es so nahe neben ihm, daß er fast erschrocken zusammenfuhr:

„Halt! Wer da?"

„Gut Freund", antwortete er.

„Die Losung?"

„Miramare!"

„Gut. Du bist der richtige. Komm!"

Kurt wurde beim Arm gepackt und eine ziemliche Strecke vom Weg seitwärts geführt. Dort sah er trotz der Dunkelheit zahlreiche Männer und Pferde stehen. Eine Gestalt trat heran und fragte:

„Ist er da?"

„Ja, hier", antwortete der Mann, der Kurt geführt hatte.

„Wer bist du?" forschte der Anführer, der sich den Rang eines Oberst anmaßte.

„Mein Name ist Manfredo, Neffe des Arztes Hilario."

„Das stimmt. Ist oben das Tor offen?"

„Nein. Ich würde schlimm ankommen, wenn ich es öffnen wollte!"

„Bei wem?"

„Beim Kommandanten."

„Ist denn ein Kommandant da oben? Aber davon wurde mir nichts gesagt!"

„Das läßt sich denken. Die Kerle sind ja erst seit Mitternacht dort oben."

„Welche Kerle?"

„Nun die Leute des Juarez. Fünfzig Mann. Ob sie Wind bekommen haben? Der Anführer fragte nämlich höhnisch, ob wir vielleicht heut nacht Besuch erwarteten."

„Ah! Sie haben eine Ahnung. Aber sein Hohn soll ihm schlecht bekommen. Wir werden hinaufreiten und die Kerle zusammenhauen."

„Wenn das nur ginge, Señor. Könnt Ihr durch die Mauern oder durch verschlossene Tore reiten?"

„Das nicht. Aber wir können verschlossene Tore aufsprengen."

„Und sich vorher von denen, die dahinterstehen, erschießen lassen."

„Pah! Es sind nur fünfzig Mann!"

„Aber diese fünfzig Mann hinter Mauern sind mehr zu fürchten als die zehnfache Zahl im offenen Feld."

„Das ist wahr. Verdammt! Ich habe Befehl, mich des Klosters auf alle Fälle zu bemächtigen."

„Und ich habe den Befehl, Euch auf alle Fälle hineinzubringen. Diese klugen Republikaner haben vergessen, daß alte Klöster geheime, unterirdische Gänge haben. Ihr kommt durch diese ins Innere des Klosters, ohne von einem einzigen Menschen bemerkt zu werden. Die Republikaner lagern im Hof und Garten."

Der Anführer stieß ein kurzes, befriedigtes Lachen aus.

„Welch eine Überraschung, wenn es Tag wird, und sie sehen uns als Herrn des Platzes, den sie verteidigen sollen! Wo ist der geheime Eingang?"

„Gar nicht weit von hier, da links hinüber."

„Brauchen wir Laternen?"

„Nur zwei, und die sind vorhanden."

„So führe uns! Aber was wird mit den Pferden?"

„Laßt einige Leute hier bei ihnen! Wenn ich euch an Ort und Stelle gebracht habe, kehre ich zurück und bringe sie an einen sichern Platz."

Der Anführer hegte nicht das geringste Mißtrauen. Er handelte nach Kurts Vorschlägen. Als die lange Schar in den Steinbruch kam, tönte ihnen ein ‚Halt' entgegen.

„Gut Freund", antwortete Kurt.

„Die Losung?"

„Miramare."

179

„Alles in Ordnung!"

„Wer ist das?" flüsterte der Anführer.

„Ein Kamerad von mir. Wir müssen doch wenigstens zwei sein, um euch zu führen."

„Hm. Wo ist der Eingang?"

„Hier", erklärte Sternau, indem er in das Loch trat und die Blendlaterne öffnete, um ihren Schein auf die Umgebung fallen zu lassen. Eine zweite Laterne reichte er Kurt.

„Wer geht voran?" fragte der Offizier.

„Ich", erklärte Kurt.

„Und dieser da hinterher?"

„Ja."

„Da haben wir zu wenig Licht. Aber es ist zu spät, das abzuändern Vorwärts!"

Kurt stellte sich an die Spitze und betrat den Gang. Der Anführer folgte gleich hinter ihm her. Langsamen Schrittes setzte sich der Zug, einer hinter dem andern, in Bewegung, aus einem Gang in den nächsten. Nach kurzer Zeit wurde der erreicht, in dem das Pulver gestreut war. Kurt hatte ihn schon durchschritten und stand an der Tür, die Sternau offengelassen hatte. Nur noch ein Schritt, so hatte er den Gang hinter sich, und es war ihm unmöglich, das Pulver anzubrennen. Daß es an der rechten Seite des Gangs hart an die Mauer gestreut werden sollte, hatte er mit Sternau ausgemacht. Dieser hatte, hinter dem Zug hergehend den Gang noch gar nicht erreicht. Um Zeit zu gewinnen, hielt Kurt das Windloch seiner Laterne zu, und sofort verlöschte diese.

„*Caramba!* Was machst du denn da?" zürnte der Offizier.

„Nichts. Ich bin nicht schuld", entschuldigte sich Kurt. „Es kam ein Zug durch die Tür hier."

„So zünde wieder an!"

Kurt kauerte sich nieder, als lasse sich das Licht in dieser Stellung besser anbrennen und strich ein Hölzchen an. Bei seinem Aufflackern erkannte er deutlich den Pulverstrich, den Sternau gestreut hatte.

„Manfredo", rief es glücklicherweise in diesem Augenblick von hinten her.

„Ja", meldete sich Kurt.

Zugleich hielt er die Flamme des Hölzchens an das Pulver. Ein blaugelber Blitz zuckte von den beiden Enden des Gangs der Mitte zu. Kurt sprang zur Tür hinaus, warf diese zu und schob die Riegel vor. Dann erst brannte er die Laterne wieder an und lauschte. Er hörte hinter der Tür ein wirres Rufen, es folgte ein vielstimmiges Ächzen, das bald verstummte, und dann ward es still. Das Gas hatte seine Wirkung getan.

Jetzt eilte Kurt hinauf, um Hilfe zu holen. Grandeprise, Gerard, André, die Indianerhäuptlinge, kurz alle außer Don Fernando, der zu schwach war, folgten ihm. Sie mußten sich, an Ort und Stelle angelangt, in vorsichtiger Entfernung halten, um, als Kurt die Tür öffnete, von dem Gas nicht erreicht zu werden. Nach einiger Zeit jedoch hatte sich der Dunst soweit verflüchtigt, daß man zu den Gefangenen konnte.

„Kurt", rief Sternau von hinten, der die Laternen vorn gesehen hatte.

„Ja", klang es zurück.

„Gelungen bei dir?"

„Ja."

„Dann schnell entwaffnen und sie wieder einschließen!"

Dies wurde in aller Eile besorgt, während Sternau auf seiner Seite beschäftigt war, den Eingang im Steinbruch wieder zu verbergen. Als er zu den andern kam, waren diese fertig.

„Das ist ein Streich", meinte der Kleine André. „Den werden diese Strolche gewiß nie vergessen."

„Wir sind noch nicht am Ende", mahnte Sternau. „Wo hat man die Pferde gelassen?"

„Unten, unweit des Wegs", erklärte Kurt. „Ich gehe hinab zu den Wächtern und sage, daß wir glücklich im Kloster angekommen sind und die Republikaner überwältigt haben."

„Du denkst, sie werden dir mit den Pferden folgen und uns von selber in die Hände laufen? Möglich wäre es, daß sie so dumm sind. Die mexikanischen Tiere aber folgen gehorsam. Versuch es!"

Nach kurzer Zeit verließ Kurt das Kloster durch das Tor und schritt, laut pfeifend, den Weg hinab. Unten angelangt, bog er zu der Stelle ab, wo er die Pferde wußte.

„Na, da bin ich endlich", meinte er übermütig.

„He, was fällt dir ein", antwortete einer der Leute, „so laut zu pfeifen."

„Warum soll ich das nicht? Die Republikaner hören mein Pfeifen nicht. Sie stecken alle im Keller. Wir haben sie ausgezeichnet überrumpelt. Sie ahnten nichts und waren entwaffnet, ehe sie Widerstand zu leisten vermochten."

„Hurra, das ist gut! Hört ihr es?"

Die andern kamen herbei und jubelten mit, als sie die freudige Botschaft hörten. Einer fragte: „Was tun denn nun die Leute da oben?"

„Oh, die vertreiben sich die Zeit. Sie sitzen im Saal und schmausen oder sind im Keller bei den großen Fässern."

„Diese Lumpen! Und was haben wir?"

„Ihr sollt hier bei den Pferden bleiben."

„Wer sagt das? Etwa der Oberst?"

„Nein, der sitzt beim Arzt und säuft. Ein andrer sagte es."

„Was andre sagen, geht uns nichts an. Wenn andre essen und trinken, so wollen wir es auch. Ist der Klosterhof groß? Faßt er diese Zahl von Pferden?"

„Noch viel mehr."

„So reiten wir hinauf. Steig auf das erste beste Pferd und zeige uns den Weg!"

„Gut! Aber ich wasche meine Hände in Unschuld, wenn ihr da droben nicht so aufgenommen werdet, wie ihr es denkt."

„Rede nicht, sondern gehorche!"

Kurt stieg auf und ritt voran. Die Pferde folgten von selbst. Droben gab er das Zeichen. Das Tor wurde geöffnet, und sie ritten in den Hof, wo nur eine einzige Laterne brannte. Das Tor aber schloß sich hinter ihnen. Als die Leute den Hof so dunkel und menschenleer sahen, fragte einer:

„Nun, wo sind denn die Kameraden?"

„Kommt nur weiter, in den zweiten Hof!" rief Kurt.

Sie stiegen ab und folgten ihm. Dieser andre Hof war besser erleuchtet, aber kaum eingetreten, wurden sie umringt und entwaffnet, ohne daß es nur einer von ihnen zustande gebracht hätte, das Messer zu ziehen oder einen Schuß abzugeben. Jetzt erst konnte man sagen, daß der Handstreich vollständig geglückt sei. Nachdem die Gefangenen in Sicherheit waren, wurde der Alcalde geweckt und geholt. Er mußte einen Bericht über alles anfertigen und gab gern seine Erlaubnis dazu, daß die beiden Cortejos, Josefa und Landola so lang in ihrem Kerker bleiben sollten, bis Juarez eine andre Bestimmung getroffen habe.

Nun wurde beraten, was jetzt geschehen solle. Es war klar, daß der erste gerichtliche Akt in Angelegenheit der Familie Rodriganda hier in Mexiko spielen müsse. Das konnte nicht eher geschehen, bis geordnete Verhältnisse eingetreten waren. Die Franzosen waren fort, und der Kaiserthron wankte so sehr, daß er jeden Augenblick einstürzen konnte. Dann erst war auf die wirksame Hilfe des Präsidenten Juarez zu rechnen.

Darum wurde nach längerer Besprechung beschlossen, daß Kurt, Sternau, Geierschnabel, Büffelstirn, Bärenherz, Donnerpfeil und der Kleine André sich zum Präsidenten begeben sollten. Gerard, Mariano und die andern sollten zurückbleiben, um dafür zu sorgen, daß keiner der vier so wichtigen Gefangenen entkomme. Die beiden Vaqueros wurden aus der Venta geholt, und nachdem sie alles erfahren hatten, ritten sie zur Hacienda zurück, um dort die frohe Botschaft auszurichten, daß alle gerettet seien.

Der Vormittag war noch nicht vergangen, so kam Geierschnabel den Klosterweg herangaloppiert und meldete, daß der Major in eigner Person mit zweihundert Lanzenreitern aufgebrochen sei und ihm auf dem Fuß folge. Kurze Zeit später langte diese Truppe an. Sternau erinnerte sich sofort, den Offizier am Rio Grande del Norte bei Juarez gesehen zu haben. Dieser war nicht wenig erstaunt, als er erfuhr, was geschehen war und auf welche Weise man sich der Feinde bemächtigt hatte.

Er bestimmte, daß die Gefangenen bis auf weiteres hier verbleiben sollten, und legte hundert Mann Besatzung in den Ort. Als er hörte, daß Sternau nebst seinen Gefährten zu Juarez gehe, schrieb er einen Bericht an General Escobedo nieder und bat Sternau, jenem dieses Schriftstück zu überreichen. Escobedo befehligte die im nördlichen Teil von Mexiko stehenden Truppen, während Porfirio Diaz mit einem Heer von Süden gegen die Hauptstadt heranrückte. Juarez hatte seinen Sitz in Zacatecas aufgeschlagen, wo zur Zeit das Hauptquartier Escobedos war.

Jetzt doch ging es ans Ausräumen. Die im unterirdischen Gemach vorgefundenen Schriftstücke und Kostbarkeiten wurden sorgfältig verpackt. Überhaupt wurde alles, was für Juarez von Wert sein konnte, mitgenommen.

11. In Zacatecas

Am Nachmittag ritt man ab, nachdem von den andern Abschied genommen worden war, und am übernächsten Tag vormittags langte die Truppe glücklich in Zacatecas an.

Der erste Weg Sternaus und Kurts war zum Präsidenten. Dieser war außerordentlich beschäftigt, aber als er hörte, wer ihn sprechen wolle, ließ er die Deutschen augenblicklich vor. Die kräftige Gestalt des Zapoteken stand straff aufgerichtet am Tisch, als sie eintraten. In seinem sonst so ernsten Auge glänzte ein freudiger Schimmer, als er Sternau erblickte. Er schritt ihm schnell entgegen und reichte ihm beide Hände.

„Wie? Da seid Ihr wirklich, Señor? So ist es also nicht wahr, was man mir erzählte, daß Euch ein neues großes Unglück zugestoßen sei?"

„Wohl ist es wahr, Señor", antwortete Sternau ernst. „Ich und alle meine Freunde, wir befanden uns in einer gradezu verzweifelten Lage, und diesem jungen Mann haben wir es zu verdanken, daß wir gerettet wurden. Darf ich ihn vorstellen: Oberleutnant Kurt Unger vom preußischen Regiment der Gardehusaren."

Kurt verbeugte sich höflich. Juarez nickte ihm freundlich zu.

„Habe ich diesen Namen nicht schon gehört?"

„Gewiß, Señor", erwiderte Kurt. „Ich erhielt durch Eure Vermittlung ein Kästchen mit Kostbarkeiten aus der Höhle des Königsschatzes."

Juarez besann sich. „Ah, Ihr seid aus Rheinswalden? Der Sohn des Kapitäns Unger und der Neffe Donnerpfeils?"

„So ist es."

„Seid mir willkommen! Aber, lieber Matava-se, jetzt sagt mir, wie und wohin Ihr verschwinden konntet."

Sternau erzählte seine Erlebnisse. Das Gesicht des Zapoteken nahm einen immer gespannteren Ausdruck an. Der Deutsche schwieg, als er den hoffnungslosen, verzweiflungsvollen Zustand der Gefangenschaft geschildert hatte.

„Dieser Doktor Hilario ist mir nicht unbekannt. Señorita Emilia hat ihn mir gegenüber entlarvt, wofür ich ihr großen Dank schuldig bin. Welchen Zweck hat er verfolgt, sich Eurer zu bemächtigen und Euch alle einzusperren? Und wie seid Ihr doch noch entkommen?"

„Diese Fragen kann hier mein junger Freund am besten beantworten", meinte Sternau, auf Kurt deutend.

„Erzählt!" bat Juarez diesen.

Kurt gehorchte dieser Aufforderung. Er begann bei seiner Begegnung mit Geierschnabel in Rheinswalden und erzählte alles, was bis auf den gegenwärtigen Augenblick geschehen war. Das Erstaunen des Präsidenten wuchs von Sekunde zu Sekunde. Dann begann sein sonst starres Gesicht sich zu beleben.

„Was Ihr da sagt, Señor, ist mir von großer Wichtigkeit", meinte er endlich. Seine Stimme klang dabei tief grollend. „Also es gibt hier eine Vereinigung, die mich stürzen will, indem sie mich zwingt, der Mörder des Erzherzogs von Österreich zu werden? Und dieser geheimnisvolle, dicke, kleine Arrastro gehört ihr an. Doktor Hilario weilt jetzt bei Maximilian in Queretaro? Dann ist auch Señorita Emilia gefährdet, deren Feind der Arzt geworden ist. Ihr ahnt kaum, welche Dienste Ihr mir erwiesen habt. Ein Meisterstück von Euch war es, daß Ihr den Putsch auf Kloster Santa Jaga vereitelt habt. Aber ich vergesse, höflich zu sein. Nehmen wir doch Platz!"

Die drei Männer hatten bisher nur im Stehen gesprochen. Jetzt zog Juarez Stühle herbei. Diese Gelegenheit benutzte Kurt, seine Brieftasche hervorzuziehen und Juarez einen Brief zu überreichen mit den Worten:

„Baron Magnus, der Vertreter Preußens in Mexiko, gab mir Gelegenheit, Euch um die Annahme dieser Zeilen zu bitten."

Juarez öffnete den Umschlag, um den Inhalt zu lesen.

„Ah, das ist ja eine ungewöhnliche Empfehlung", sagte er.

„Ich bedarf ihrer, um diese zweite vorlegen zu dürfen."

Kurt gab Juarez ein größeres Schreiben. Dieser brach das Wappensiegel auf und las. Sein Gesicht nahm den Ausdruck des Erstaunens an. Als er fertig war, rief er:

„*Dios mio!* So hochwichtige Staatsakten! Ihr werdet mir hier als die Person empfohlen, die mir die Wünsche einer hervorragenden Regierung mündlich überbringt. Auf offiziellem Weg Verhandlungen über das Schicksal eines Mannes, der so viel dazu beigetragen hat, die Selbständigkeit der Republik von Mexiko zu töten, anzuknüpfen, müßte ich entschieden ablehnen. Aber einen privaten Austausch unsrer Gedanken werde ich nicht abweisen."

Kurt verbeugte sich zustimmend und erwiderte:

„Man ist allgemein der Ansicht, daß unter den gegenwärtigen Verhältnissen Kaiser Max sich nicht zu halten vermag. Darf ich Euch um Eure Meinung ersuchen?"

Juarez machte mit dem Arm eine geringschätzige Bewegung und entgegnete: „Ihr nennt diesen Mann Kaiser? Mit welchem Recht?"

„Weil er als solcher von den meisten Regierungen anerkannt ist."

„Pah! Das Theaterstück ist ausgespielt. Ich habe keinen Max von Mexiko gekannt und kenne auch jetzt nur einen gewissen Max von Habsburg, der sich zu seinem eignen Schaden von Napoleon verleiten ließ, mir *va banque* zu bieten. Die Bank hat gewonnen. Eure Frage beantworte ich dahin, daß dieser Señor allerdings nicht imstand sein wird, sich zu halten."

„Und wie, denkt Ihr, wird sich sein Schicksal gestalten?"

„Geht dieser Max beizeiten aus dem Land, so mag er mit dem Leben davonkommen und mit der Ehre, sich Kaiser von Mexiko genannt zu haben. Zögert er aber, so ist er verloren."

„Was soll ich unter dem Wort ‚verloren' verstehen?"

„Die Regierung von Mexiko wird ihm den Prozeß machen."

„An wen muß ich bei dem Wort Regierung denken?"

„An mich."

Kurt verneigte sich höflich. „Ihr werdet Präsident von Mexiko sein?"

Juarez zog die Brauen zusammen. „Ich ‚werde' Präsident sein? Bin ich's etwa nicht? Wer hat mich abgesetzt?"

„Napoleon und Max."

„Das glaubt Ihr selber nicht. Ich sage Euch, daß in einigen Wochen ganz Mexiko mir untertan sein wird. Ich wiederhole: das Theaterstück ist ausgespielt!"

„Dann werdet Ihr Max richten? Und wie wird das Urteil lauten?"

„Auf Tod durch die Kugel."

„Wollt Ihr nicht bedenken, daß man das Glied einer kaiserlichen Familie nicht so ohne weiters erschießt?"

„Man wird einen Gerichtshof bilden", betonte Juarez düster.

„Und dennoch darf dieser Gerichtshof nicht aus den Augen lassen, wer der Angeklagte ist. Ein Erzherzog von Österreich darf Rücksichten in Anspruch nehmen die ich hier wohl nicht weiter auszuführen brauche."

„Ein Dieb, ein Verleumder, ein Fälscher, ein Mörder, ein Empörer oder Landfriedensbrecher wird bestraft, mag er sein, wer er will. Und je höher an Klugheit der Mensch steht, desto härtere Strafen verdient er, wenn er gegen Gesetze fehlt, die er besser kennen muß als jeder andre."

„Das ist der Grundsatz eines strengen Richters, aber nicht eines Landesvaters, der das schöne Recht hat, Gnade walten zu lassen."

Juarez erhob sich von seinem Stuhl, schritt einigemal im Zimmer auf und ab und blieb dann vor Kurt stehen.

„Junger Mann, Ihr sollt mir mitteilen, daß es der Wunsch Eurer Regierung ist, ich möge Gnade walten lassen?"

„Ihr erratet das Richtige."

„Wißt Ihr, daß ich der von den Mexikanern erwählte Herrscher dieses Landes bin?"

„Ja."

„Könnt Ihr sagen, daß ich mein Volk unglücklich gemacht habe?"

„Ich bin vom Gegenteil überzeugt."

„Hat mein Volk mich abgesetzt?"

„Nein, obgleich eine Abordnung nach Paris kam und den Kaiser —"

„Das war Blendwerk und Spiegelfechterei", fiel Juarez schroff ein. „Es war ein Puppenspiel, an das nur Kinder glauben konnten. Aber wißt ihr, wie die Franzosen hier in unserem Land grauenhaft gewirtschaftet haben?"

„Leider!"

„Sie waren meine Feinde. Gegen Maximilian von Habsburg habe ich nur zweierlei. Erstens, daß er vertrauensselig auf die Pläne eines Mannes einging, der selber nur durch Blut und Umsturz Kaiser wurde. Und zweitens, daß Maximilian jetzt, da der letzte Franzose das Land verlassen hat, in unbegreiflicher Verblendung diesen Leuten, die ‚an der Spitze der Zivilisation' marschieren, nicht sofort auf dem Fuß folgt. Ist Euch der berüchtigte Erlaß vom 3. Oktober bekannt?"

„Gewiß."

„Dieser Erlaß hat vielen das Leben gekostet!" brauste der Indianer auf. „Selbst meine treuen Generale Arteaga und Salazar wurden ohne Urteil und Recht gemordet. Der Inhalt dieses blutigen Erlasses ist kein andrer als der Spruch jenes alten Eroberers: ‚Wehe den Besiegten!' Wir waren die Besiegten, und das Wehe kam über uns. Jetzt sind wir die Sieger. Wir könnten nun auch rufen: ‚Wehe den Besiegten!' Doch wir tun es nicht. Wir wollen nicht ungerecht, nicht grausam sein. Aber unser Recht wollen wir, und wenn wir das wollen, so wollen wir folgerichtig, daß auch einem jeden andern, also auch den Bedrückten unsres Landes, sein und ihr Recht —"

„Die Völkerschaften", fiel Kurt ein, „die Anspruch auf die Segnungen der Zivilisation —"

„Geht mir mit dieser Zivilisation!" unterbrach ihn Juarez. „Zählt Ihr die Franzosen auch zu diesen zivilisierten Völkerschaften? Ich habe es früher getan. Aber sie sind ohne jede Ursache in Mexiko wie Räuber eingefallen! Ist das ihre Zivilisation, ihre Bildung? Wenn der Panther des Südens raubt und mordet, so ist er einfach ein Raubtier in Menschengestalt und wird seinen Käfig finden. Wenn dieser Pablo Cortejo erklärt, daß er Präsident sein wolle, so ist das wahnsinnig oder zum wenigsten lächerlich. Wenn aber Napoleon und Maximilian von Österreich mit einer Heeresmacht in ein Land einbrechen, dessen Bewohner ihnen nichts getan haben, so gleichen sie nur den Botokuden, Komantschen und andern wilden Völkerschaften, die ich zu den Barbaren zähle. Habt Ihr die Tropfen Bluts gezählt, die während der letzten Besetzung in Mexiko geflossen sind?"

Kurt schüttelte betrübt den Kopf.

„Es sind nicht Tropfen, sondern Ströme. Bin ich im Unrecht, wenn ich dieser Ströme wegen den Schuldigen zum Tod verurteile, während jeder Richter einen Mörder, der nur ein einziges Menschenleben zerstörte, dem Henker überliefert? Was würde man in Österreich sagen, wenn ich plötzlich dort mit einem Heer einbräche, um dem Volk zu beweisen, daß ich ein besserer Herrscher sei als —"

Juarez wurde unterbrochen. Die Tür öffnete sich, und es stürmte ein Mann herein, an dessen Kleidung man sofort den höhern Offizier erkannte. Nicht groß und nicht klein, nicht schmächtig und nicht dick, trug sein Äußeres das echt mexikanische Gepräge. Seine Gesichtsfarbe spielte ins Gelbliche, seine Züge waren scharf, seine Augen schwarz und glänzend, und die raschen Schritte, mit denen er auf Juarez zueilte, verrieten ein feuriges Wesen und eine große Willenskraft.

„Señor Juarez", rief er, beide Hände zum Gruß ausstreckend.

„General Porfirio Diaz, Ihr hier in Zacatecas!" rief der Präsident, indem er ihn bei den Händen nahm und dann umarmte. „Ich vermutete Euch noch jenseits der Hauptstadt! Ist ein Unglück geschehen?"

„O nein! Ich komme im Gegenteil, Euch eine sehr gute Nachricht zu bringen."

„Ah! So sprecht!"

Diaz sah die beiden andern an.

„Das sind Señor Sternau und Señor Unger, zwei Freunde von mir, vor denen ich offen sein kann", erklärte Juarez.

Die drei verbeugten sich stumm gegeneinander, und dann berichtete der General:

„Ihr habt meine beiden letzten Botschaften nicht erhalten! Sie wurden vom Gegner aufgefangen. Darum komme ich selber. Daß die Franzosen aus dem Land sind, wißt Ihr?"

„Ja."

„Daß Max in Queretaro ist, auch?"

„Jawohl."

„Er hat nur noch drei Städte im Besitz: die Hauptstadt, Queretaro und Vera Cruz. In Mexico-Stadt befiehlt sein General Marquez, jener Schuft, der die Bürger bis aufs Blut schindet."

„Er wird nicht lange befehligen!"

„Ich hoffe es. Ich erwartete Nachricht von Euch. Da ich aber keine erhielt, weil die Boten gefangen wurden, habe ich auf eigne Faust gehandelt. Die drei Städte, die Maximilian noch gehören, müssen getrennt werden, ihre Verbindung muß unterbrochen werden. Darum habe ich Puebla belagert und erstürmt[1]."

„Wirklich?" fragte Juarez beglückt. „Das ist ein großer Fortschritt. Señor Diaz, hier meine Hand! Ich danke Euch aus vollem Herzen."

„Und nun", fuhr Porfirio Diaz fort, „komme ich selber, um mit Euch und General Escobedo das weitere persönlich zu beraten. Ich will mich jetzt nur anmelden. Befehlt, wann Ihr zu sprechen seid!"

[1] 2. April 1867

„Ich werde es Euch und Ecobedo wissen lassen. Jetzt seid Ihr mein Gast. Kommt und laßt Euch führen!"

Die Freude hatte den ernsten Zapoteken gänzlich verändert. Er entschuldigte sich gegen Sternau und Unger, nahm den siegreichen General beim Arm und führte ihn fort. Erst nach einer längern Weile kehrte er zurück. Sein Gesicht strahlte vor Vergnügen.

„Señor Sternau, habt Ihr schon von Porfirio Diaz gehört?"

„Sehr viel", antwortete der Gefragte.

„Wenn ich an ihn denke oder ihn sehe, erinnere ich mich stets eines Generals des ersten Napoleon, den dieser den Bravsten der Braven zu nennen pflegte."

„Ah, Ihr meint den Marschall Ney?"

„Ja. Diaz ist mein Marschall Ney. Er ist nicht bloß ein guter und äußerst zuverlässiger Militär, sondern auch ein fähiger Diplomat. Ich bin fest überzeugt, daß er einst mein Nachfolger sein wird[1]. Kennt Ihr die Lage von Puebla?"

„Ich bin vor vielen Jahren durch die Stadt gekommen."

„Sie liegt zwischen der Hauptstadt und dem Hafen von Vera Cruz. Nun wir sie erobert haben, ist Max von Habsburg vom Hafen abgeschnitten und kann uns nicht mehr entgehen."

Da erhob Kurt bittend die Hände. „Señor, ich flehe um Gnade für ihn."

„Und ich vereinige meine Bitte mit diesem Flehen!" fügte Sternau hinzu.

Juarez blickte sie kopfschüttelnd an. Sein Gesicht hatte einen Zug der Milde angenommen, wie er an ihm nur selten zu bemerken war.

„Ich habe geglaubt, daß Ihr mich kennt, Señor Sternau", sagte er.

„Oh, ich kenne Euch ja auch!" stimmte der Doktor zu. „Ihr seid ein fester, unerschütterlicher Charakter, der unter allen Umständen das ausführt, was er sich vorgenommen hat."

„Weiter nichts?"

„Dessen Herz aber doch nicht völlig unter der Herrschaft seines strengen Verstandes steht. Darum hoffe ich, daß unsre Bitte nicht ganz vergeblich sei."

„Hm. Was verlangt Ihr eigentlich von mir?"

„Laßt den Erzherzog entfliehen!"

„Und wenn ich das nicht vermag?"

[1] Vom Februar 1877 bis November 1880 war Porfirio Diaz zum erstenmal Präsident von Mexiko. Vom Juli 1884 bis zum Jahre 1911, in dem er durch die Revolution Maderos vertrieben wurde, hatte er diese Würde ununterbrochen inne.
Der Herausgeber.

„So laßt sein Urteil wenigstens nicht auf Tod lauten!"

Der Zapoteke schüttelte den Kopf.

„Señores, Ihr verlangt zuviel von mir. Maximilian hat sich in jenem blutigen Erlaß sein Urteil selber gesprochen. Doch bin ich nicht bloß Präsident, ich bin auch Mensch, und weil auch Maximilian Mensch ist, so habe ich zu ihm als Mensch zum Menschen gesprochen: er aber hat nicht auf mich gehört."

„Welche Verblendung!" bedauerte Sternau.

„Gibt es keinen weitern Ausweg?" fragte Kurt.

Juarez blickte ihn forschend an. „Vielleicht", antwortete er nachdenklich. „Wollt Ihr etwa die Sache übernehmen?"

„Sofort", bejahte Kurt Unger freudig.

„Es wird aber ebenfalls umsonst sein. Übrigens seid Ihr der einzige Mann, dem ich diese Aufgabe noch anzuvertrauen wage. Glaubt Ihr durch die Vorposten zu kommen?"

„Ihr meint die Vorposten der Kaiserlichen?"

„Ja. Für die meinigen gebe ich Euch einen Geleitschein."

„Ich habe gute Ausweise. Man wird mich nicht anhalten."

„Und Ihr glaubt auch, vor Maximilian zu gelangen?"

„Ganz bestimmt."

Juarez blickte Kurt noch einmal mit voller Schärfe an. Es war, als wolle er in der tiefsten Tiefe seiner Seele lesen. Dann machte er eine rasche Wendung und setzte sich an den Tisch, auf dem neben allerlei Schriftstücken die nötigen Schreibgeräte lagen. Er legte sich ein Blatt zurecht, tauchte die Feder ein und schrieb. Als er fertig war, gab er es Kurt hin und fragte:

„Wird das genügen?"

Kurt las:

„Hiermit verbiete ich, dem Vorzeiger dieses und dessen Begleiter irgendwelche Hindernisse in den Weg zu legen. Ich befehle im Gegenteil, sie auf alle Fälle und ohne Aufenthalt alle Linien durchqueren zu lassen und ihnen allen möglichen Vorschub zu leisten, ihr Ziel schnell und sicher zu erreichen. Wer diesem Befehl zuwiderhandelt, wird mit dem Tod bestraft.   *Juarez."*

„Das genügt vollständig!" rief Kurt erfreut.

Er sah sich schon als Retter des Kaisers drüben in der Heimat und allerwärts gefeiert.

„Ich glaube nicht daran", erwiderte Juarez frostig.

„Oh, man wird doch diesem Befehl gehorchen?"

„Sicher. Aber der eine, auf den es ankommt, wird ihn nicht beachten."
„Maximilian? Er wäre wahnsinnig!"
„Versucht es!"
„Darf ich ihm diesen Geleitschein zeigen?"
„Ja."
„Auch andern?"
„Nein. Ihr dürft Euch dieses Papiers nur im Notfall bedienen. Übrigens gebe ich Euch zu bedenken, daß ich verloren bin und von meinen Anhängern sicher verlassen werde, wenn sie erfahren sollten, daß ich meine Hand zur Rettung des Erzherzogs bot. Ich gebe mich trotz Eurer Jugend in Eure Hände, doch ich hoffe, daß Ihr mein Vertrauen rechtfertigt."

Kurt wollte sprechen. Der Zapoteke aber schnitt ihm die Rede mit der schnellen Bemerkung ab:

„Jetzt habe ich alles getan, was mir möglich ist. Ich werde für nichts Weiteres verantwortlich sein und wasche meine Hände in Unschuld. Fällt Max dennoch in unsre Hand, so ist er nicht zu retten. Ich bin kein unumschränkter Herrscher eines Landes, sondern an den Willen des Volks gebunden. Ich hänge von Verhältnissen ab, denen ich mich nicht entwinden kann. Möge Euer Vorhaben gelingen!"

Juarez reichte Kurt die Hand und wandte sich dann zu Sternau:

„Euer junger Freund wird nun Eile haben. Er mag schleunigst abreisen, um nach Queretaro zu kommen. Vielleicht ist es ihm möglich, etwas für Señorita Emilia zu tun, für die ich einiges befürchte, da dieser Doktor Hilario zum Kaiser gegangen ist. Was Euch betrifft, so wißt Ihr, daß ich gern für Euch tue, was möglich ist. Heut habe ich eine große Bitte an Euch."

„Wenn ich sie erfüllen kann, habt Ihr meine Zusage im voraus, Señor."

„Wartet erst! Wie habt Ihr über Eure nächste Zeit verfügt?"

„Ich habe mich noch zu nichts bestimmt. Ich kam, um Euch zu melden, was vorgefallen ist. Ich weiß ja, daß wir ohne Eure gütige Hilfe mit dem Ordnen der Verhältnisse der Rodriganda nicht zustande kommen."

„Das ist wahr. Die Cortejos, Josefa, Landola, Hilario und sein Neffe, sie alle müssen in Anklagezustand versetzt werden. Es wäre wünschenswert, ein umfassendes Geständnis von ihnen zu erlangen. Und selbst dann ist es nicht möglich, einen gültigen Urteilsspruch zu erlangen."

„Weshalb nicht?"

„Bedenkt unsre gegenwärtigen Verhältnisse! Noch wissen wir ja nicht, was geschehen kann. Wo gibt es einen zuständigen Gerichtshof für Eure Angelegenheit?"

„Ich denke: bei Euch."

„Für Eure Angelegenheit bedürfen wir eines Richterspruchs, der auch von andern Mächten, besonders von Spanien, anerkannt wird. Wir müssen also warten, bis sich die Verhältnisse Mexikos leidlich geordnet haben."

„Das ist höchst unangenehm."

„Aber ich hoffe, bis zum Juni zu Ende zu sein. Bis dahin ist nicht gar zu lange Zeit. Wie gedenkt Ihr diese zu verbringen?"

„Würdet Ihr mir gestatten, in Eurer Nähe zu bleiben?"

„Sehr gern! Das war ja die Bitte, die ich an Euch richten wollte. Hättet Ihr nicht Lust, als Arzt in meine Dienste zu treten? Wir kämpfen. Ärzte sind notwendig und leider hier so selten. Und welche Ärzte haben wir? Kaum einen, der eine geschickte Operation vorzunehmen vermag."

„Auf welche Zeit würdet Ihr mich verpflichten?"

„Auf keine bestimmte Frist. Ich will Euch nicht hinderlich sein. Ihr könnt gehen, sobald Ihr es für notwendig haltet."

„Gut, so nehme ich an."

Sie schlugen die Hände ineinander. Dann sagte Juarez:

„Abgemacht! Ihr bringt mir ein Opfer, für das ich Euch dankbar sein werde. Wen habt Ihr noch bei Euch?"

„Büffelstirn, Bärenherz, Geierschnabel, Donnerpfeil und den Kleinen André."

„Wie wollen sich diese beschäftigen?"

„Ich werde dafür sorgen. Bezüglich Andrés hätte ich einen Gedanken. Señor Unger braucht einen Begleiter: ich würde ihm André vorschlagen."

„Ich nehme ihn gern mit!" meinte Kurt rasch.

„Schön. Und nun noch eins. Erwähntet Ihr nicht gewisse Gegenstände, die Ihr im Keller des Klosters erbeutet habt?"

„Ja. Den politischen Briefwechsel Hilarios und sodann die Schätze, die er an sich gebracht hat."

„Ihr werdet mir diese Sachen vorlegen?"

„Ich bitte um die Erlaubnis dazu."

„Ihr habt diese. Von jetzt an wohnt Ihr in meinem Haus. Ich werde Euch sofort die nötigen Zimmer anweisen lassen. Und dann, wenn Ihr Euch ausgeruht habt, werden wir uns wiedersehen."

12. Der verhängnisvolle Entschluß

Ein einsamer Reiter trabte auf der Straße von der Hauptstadt nach Queretaro dahin. Zwischen beiden Städten liegt das Städtchen Tula. Der Mann durchritt es, ohne anzuhalten, obgleich sein Pferd sehr ermüdet schien. Aber als er Tula im Rücken hatte, verließ er die von Militär belebte Straße und bog seitwärts ins Feld ein. Dort lag die Ruine eines Hauses. Die geschwärzten Mauern verrieten, daß das Gebäude ein Raub der Flammen geworden sei. Jedenfalls war es während des gegenwärtigen Kriegs geschehen, denn die Ruinen waren noch nicht alt. Der Mann stieg ab, ließ sein Tier frei grasen und setzte sich im Schatten einer halbeingestürzten Wand nieder. Kaum war das geschehen, so fuhr er zusammen.

„Pst!" hatte er es rufen hören.

Er blickte sich um, konnte aber nichts bemerken.

„Pst!" hörte er von neuem.

Er zog seine Pistole hervor und suchte mit dem Auge in allen seinem Blick erreichbaren Winkeln herum — vergebens.

„Señor Hilario!" rief es jetzt halblaut.

Da sprang er auf. Wer kannte ihn hier?

„Señor Hilario!" wiederholte es.

Aus dem Ton entnahm er jetzt die Richtung, aus der die Stimme kam. Er trat hinter die Mauer, vor der er gesessen hatte. Dort stand — der kleine, dicke Verschwörer, ihn mit einem breiten Grinsen empfangend.

„Nicht wahr, das ist eine Überraschung?" fragte er.

„Ihr hier?" staunte der Arzt. „Wie kommt Ihr hierher?"

„Der geheime Bund ist allgegenwärtig. Ich habe Euch hier erwartet: Ich war nochmals in Santa Barbara und sprach mit Eurem Neffen Manfredo. Ihr wart kaum eine Stunde fort. Euch nachzureiten, war mir zu unsicher, da ich nicht wußte, welchen Weg Ihr eingeschlagen hattet. Ich hätte Euch also leicht verfehlen können. Da ich aber wußte, daß Ihr zur Hauptstadt gingt und Euch von da, weil Ihr dort den Kaiser nicht mehr treffen würdet, notgedrungen nach Queretaro wenden mußtet, so zog ich vor, mir einen Punkt zwischen den beiden Städten auszusuchen, wo ich überzeugt war, Euch zu treffen. Dieser Punkt mußte im Freien liegen, und so habe ich diese Brandruine gewählt."

„So habt Ihr mir also etwas Notwendiges mitzuteilen?"

„Ja."

„Wie ging es in Santa Barbara?"

„Warum diese Frage?" Arrastro blickte den Alten verwundert und forschend an.

„Nun, sie ist sehr natürlich. Wer von der Heimat fern ist, der will doch gern etwas von ihr erfahren."

„Ah pah! Ich sagte ja, daß ich kaum eine Stunde nach Eurem Fortreiten dort war. Was sollte sich in dieser kurzen Zeit ereignet haben!"

„Das kann man nicht wissen."

„Ihr scheint Euch dort mit geheimnisvollen Dingen herumgetragen zu haben, von denen ich nichts erfahren soll."

„Da irrt Ihr Euch. Aber wir leben im Krieg, da kann jeder Augenblick eine Änderung bringen."

Der Kleine blickte Hilario scharf an. „Wollt Ihr etwa mit mir Verstecken spielen? Das sollte Euch schlecht bekommen."

„Ich habe nichts zu verbergen. Was wollt Ihr mir sagen?"

„Seit dem Tag, da ich meinen Auftrag gab, hat sich einiges verändert. Ich komme, Euch Eure Aufgabe wesentlich zu erleichtern. Die Verbindung hat an einige Orte, die im Rücken der Republikaner liegen, Truppen abgesandt, um dort kriegerische Unternehmungen einzuleiten."

„Ah! Das wird den Lauf des Präsidenten aufhalten."

„Ja, aber noch mehr als das. Es wird auch Euch beim Kaiser großen Nutzen bringen. Diese Unternehmungen erfolgen scheinbar zugunsten des Kaisers."

„Ah, ich verstehe. Max wird infolgedessen glauben, daß die Zahl seiner Anhänger größer ist, als er angenommen hat. Sein Mut, sein Vertrauen werden wachsen, und deshalb wird er nicht daran denken, Mexiko als Flüchtling zu verlassen."

„So ist es. Maximilian wird seine Lage für viel besser halten, als sie in Wahrheit ist, und das wird ihn in die Hände der Republikaner liefern. Diese können ihn seines Erlasses wegen nicht begnadigen, und er wird erschossen. Juarez steht dann als sein Mörder da und ist vor aller Welt gebrandmarkt."

„Wo finden diese Kundgebungen statt?"

„Die erste in Santa Jaga."

„In Santa Jaga?" fragte der Alte erschrocken. „Weshalb grade dort?"

„Der geheime Bund hat es beschlossen."

„Wird das Kloster della Barbara davon berührt?"

„Sogar in hervorragender Weise. Das Kloster ist wie eine Festung gebaut. Es gewährt Schutz gegen alle Angriffe. Darum ist es von den Unsrigen in der Nacht nach Eurer Abreise besetzt worden."

„*Caramba!* Und ich bin nicht dort!"

Hilario machte ein Gesicht, auf dem sich eine peinliche Verlegenheit nicht verkennen ließ.

„Weshalb erregt Euch das in solcher Weise?" fragte der Dicke, indem er ihn von der Seite musterte.

„Nun, ich dächte, das wäre leicht zu erraten. Ihr wißt doch, daß ich der Leiter der Klosteranstalt bin. Ich bin also auch für alles, was die Anstalt betrifft, verantwortlich."

„Das geht mich nichts an."

„Aber mich desto mehr. Wieviele Soldaten habt Ihr hingelegt?"

„Zweihundert ungefähr."

„Nun, ich habe Kranke da, schwere und leichte Kranke, Genesende und Geistesschwache. Ihr könnt Euch denken, welchen Einfluß der Lärm und die Verwirrung, die bei einer solchen militärischen Besetzung des Klosters unvermeidlich sind, auf diese Kranken hervorbringen muß."

„Mögen sie sterben!"

„Der Ruf meiner Anstalt wird geschädigt!"

„Pah! Seid Ihr schuld an dieser Besetzung?"

„Nein, aber die Folgen kommen dennoch über mich."

„Ah!" lachte Arrastro. „Seid wann seid Ihr denn so zartfühlend und bedenklich? Ich denke mir, Euer Mißmut hat noch einen ganz andern Grund!"

Der dicke Verschwörer hatte recht. Der Alte dachte an seine Gefangenen, die er unter der Obhut seines Neffen hatte zurücklassen müssen. Was konnte da alles vorfallen! Wie leicht konnte das Geheimnis verraten werden! Dennoch erwiderte er:

„Ich wüßte keinen Grund, den ich noch haben könnte."

„Nun, so braucht Ihr Euch auch nicht aufzuregen. Also, dieses Militär ist des Nachts im Kloster eingezogen und hat dann des Morgens die Stadt Santa Jaga für den Kaiser in Besitz genommen."

„Ist das gewiß?"

„Ja. Ich war zwar nicht dabei, bin aber vom Gelingen dieses Streichs überzeugt, weil ja niemand da war, Widerstand zu leisten. Ähnliche Scheinangriffe sind noch an neun andern Orten geschehen. Hier ist das Verzeichnis dieser Orte." Der kleine Dicke zog einen Zettel hervor, den er dem Alten gab.

„Darf ich dieses Verzeichnis behalten?" fragte Hilario.

„Ja. Ihr sollt es dem Major Orbanez, dem Adjutanten des Generals Miramon, in Queretaro vorzeigen."

„Ist Orbanez auch mit uns verbündet?"

„Das geht Euch nichts an. Ihr meldet Euch bei ihm, und das übrige wird sich dann von selbst finden."

„Sind auch diese andern Angriffe gelungen?"

„Ja. Ihr könnt darauf schwören."
„Nun, so bin ich sicher, daß wir den Kaiser festhalten."
„Ich ebenso. Habt Ihr vielleicht noch eine Frage?"
„Nein."
„So reitet vergnügt weiter! Wir sehen uns wieder, sobald es nötig ist."
„Wohin geht Ihr jetzt?"
„Nach Tula."
„Also ebenfalls nach Queretaro?"
„Nein. Ich reise nicht durch, sondern um Queretaro herum."
„Weshalb? Wir könnten ja miteinander reiten."
„Nein. Man braucht uns nicht beisammen zu sehen!"
Arrastro verschwand zunächst hinter einem Trümmerhaufen und kam sodann mit einem Pferd zum Vorschein, auf dem er davonritt. Hilario setzte ebenfalls seinen Weg fort, indem er wieder an die Straße hinüberlenkte. Das, was er gehört hatte, war nicht geeignet, ihn in gute Laune zu versetzen. In Queretaro begab er sich zum Major Orbanez, dessen Wohnung leicht zu erfragen war. Dieser betrachtete ihn forschend.
„Man meldet Euch mir als Doktor Hilario. Ich kenne Euch seit längerer Zeit."
„Ich habe leider nicht die Ehre, mich zu besinnen, wann und wo —"
„Oh", fiel der Adjutant ein, „ich meine nur, daß ich Euch vom Hörensagen kenne, nämlich als verdienstvollen Arzt."
„Ihr beschämt mich."
„Und als treuen Anhänger Seiner Majestät des Kaisers. Oder sollte ich mich in dieser Beziehung irren?"
„Nein. Ich bin bereit, mein Leben für den Kaiser zu opfern."
„Ich habe das erwartet", betonte Orbanez mit einem stechenden Blick. „Übrigens ist mir Euer Besuch gestern von einem Freund angekündigt worden, den auch Ihr kennt, den ich aber jetzt nicht nennen will. Welche Botschaft bringt Ihr mir, Señor Doktor?"
„Ich bringe die ebenso gute, wie wichtige Nachricht, daß sich einige Ortschaften für den Kaiser erhoben haben."
„Ah! Das wäre höchst wertvoll. Welche Ortschaften sind es?"
„Hier ist ihr Verzeichnis."
Der Offizier nahm den Zettel in Empfang und las die Namen. „Das sind ja lauter Städte, die im Rücken des Heeres von Juarez liegen", erklärte Orbanez mit gutgespieltem Erstaunen. „Sind diese Aufstände als gelungen zu bezeichnen?"
„Ja, sämtlich. Bei einem bin ich Zeuge gewesen."
„Ihr meint Santa Jaga?"

„Ja. Ich war dabei, als das Militär einzog und die kaiserliche Fahne auf die Zinne des Klosters pflanzte."

„Wie verhielt sich die Bevölkerung?"

„Ausgezeichnet. Als der Morgen anbrach, jubelte sie der Flagge des Kaiserreichs zu."

„Würdet Ihr diese Worte in Gegenwart des Kaisers wiederholen?"

„Gern."

„Ich werde Euch sofort zu ihm führen. Wartet einen Augenblick!"

Orbanez trat in ein Nebenzimmer, scheinbar, um sich auf den Gang zum Kaiser vorzubereiten. Aber in diesem Zimmer stand — Arrastro.

„Nun, wie verhält er sich?" flüsterte dieser.

„Tadellos!"

„Bestätigt er alles?"

„Hilario behauptet, daß er beim Putsch in Santa Jaga gegenwärtig gewesen sei."

„Ah, ich glaubte nicht, ihn so fügsam zu finden. Er ist das Werkzeug, das man zerbricht, nachdem man es gebraucht hat."

„Ihr wollt ihn opfern?"

„Was anders? Oder sollen wir fallen, anstatt seiner? Ich mache Euch darauf aufmerksam, daß sämtliche Angriffe, deren Verzeichnis er besitzt, eine Lüge sind, ausgenommen der in Santa Jaga. Übrigens ist es nicht schade um den Kerl. Er hat Geheimnisse in seinem Kloster, die ich schon noch ergründen werde. Entweder er stirbt oder wir beide sind verloren."

„Ich werde Hilario also zum Kaiser führen", meinte der Adjutant.

„Aber vorher zu Miramon, er weilt im Kloster La Cruz in seinem Arbeitszimmer."

„Und wo treffe ich Euch wieder?" fragte der Offizier.

„Ich verlasse Queretaro sofort", antwortete der Dicke. „Alle Botschaften sendet mir in meine Wohnung zu Tula!"

Arrastro verließ das Gemach durch eine Seitentür. Der Adjutant aber trat in das Zimmer zurück, wo Hilario wartete. Orbanez' Miene war die eines freundlichen Gönners, als er zu Hilario sagte:

„Wir werden zunächst zum General Miramon gehen. Ihr wißt ja, daß man zu gekrönten Häuptern nicht ohne weiteres gelangt."

„Ich stehe zur Verfügung."

Sie verließen das Gemach und gingen über einen Flur, bis der Offizier eine Tür öffnete. Sie traten ein und befanden sich in einer Art Vorzimmer. Hierauf klopfte Orbanez an eine nach innen führende Tür, die er öffnete, nachdem ein lautes, gebieterisches „Herein!" erschollen war. Als er die Tür sorgfältig wieder hinter sich zugezogen hatte, stand er vor dem berühmten General. Miramon warf einen forschenden Blick auf Orbanez.

„Was bringt Ihr?"

„Einen Mann, den ich Euch vorstellen muß: den Arzt Hilario aus Santa Jaga."

„Was wünscht er von mir?"

„Doktor Hilario berichtet von einem gelungenen Aufstand kaisertreuer Mexikaner in Santa Jaga."

„Eigenartig und kaum glaublich. Laßt den Mann ein!"

Hilario durfte eintreten. General Miramon musterte ihn scharf:

„Man sagt mir, daß Ihr aus Santa Jaga seid. Was habt Ihr von dort zu berichten?"

„Es ist ein Trupp Kaiserlicher dort eingezogen und hat die Fahne des Kaiserreichs entfaltet."

Miramon legte die Stirn in Falten.

„Ihr wollt sagen: ein Trupp Wahnsinniger. Denn Wahnsinn ist eine solche Kundgebung, wenn sie nicht von andern, ähnlichen Angriffen unterstützt wird."

„Das letztere ist ja eben der Fall."

„Wie? Es hätten auch an andern Orten solche Vorgänge stattgefunden?"

„Ja. Hier ist das Verzeichnis, General. Ich glaube übrigens, daß diese Bewegung immer weiter um sich greifen wird."

„Ah, Ihr bringt mir eine sehr gute Nachricht! Könnt Ihr deren Wahrheit verfechten?"

„Ich stehe mit meinem Kopf dafür."

Der General las das Verzeichnis durch. „Sind diese Angriffe überall geglückt?"

„Ja, vollständig."

„Eure Antwort ist für mich bestimmt?"

„Nicht allein, Señor. Ich hoffe, daß meine frohe Botschaft mir den Zutritt bei Seiner Majestät öffnen werde."

Miramon machte ein erstauntes Gesicht.

„Zum Kaiser wollt Ihr?"

„Ich bitte um die Erlaubnis dazu."

„Es genügt, wenn die Nachricht mir gebracht wird. Ihr wißt wohl, daß ich hier der Oberbefehlshaber bin?"

„Ich weiß es, Señor. Aber doch hat jeder brave Untertan den Wunsch, seinen Herrscher einmal von Angesicht zu Angesicht zu sehen, und ich hege die Hoffnung, daß meine Botschaft geeignet ist, zur Erfüllung dieses Wunsches beizutragen."

„Ich gebe zu", meinte Miramon zögernd, „daß das, was ich von Euch höre, eine Belohnung verdient. Also, Ihr könnt alles verbürgen?"

„Mit meinem Kopf, mit meinem Leben!"

„So bin ich nicht abgeneigt, Euch den Zutritt zum Kaiser zu eröffnen."

Miramon schnallte den Säbel, der in einer Ecke lehnte, um und sagte zu Major Orbanez, der wartend an der Tür stand:

„Ich danke Euch! Wir sehen uns wieder!"

Der Offizier winkte militärisch und verschwand, und der General winkte Hilario, ihm zu folgen. —

Kaiser Max hatte im Kloster La Cruz in Queretaro sein Hauptquartier aufgeschlagen. Max stand am Fenster und blickte ernst in den Klostergarten hinab. In der Mitte seines Zimmers aber verharrte ein untersetzt gebauter Mann in reicher, mexikanischer Generalsuniform. Sein Gesicht, ebenso ernst wie das des Kaisers, war vom Wetter tiefgebräunt und gegerbt. Der Mann, dem man die indianische Abstammung leicht ansah, war — General Mejia.

Als Juarez gegen Sternau den Marschall Ney, den Bravsten der Braven, erwähnt, hatte er seinem General Porfirio Diaz diese Bezeichnung gegeben. Kaiser Max aber hätte mit gleichem Recht den General Mejia den Bravsten der Braven, den Treuesten der Treuen nennen können. Wie Ney für Napoleon, so hat er für Maximilian sein Leben geopfert. Die beiden hatten augenscheinlich ein sehr ernstes Gespräch durch eine Pause unterbrochen. Endlich beendete der Kaiser diese, indem er, ohne sich umzudrehen, fragte:

„Und Puebla ist also auch verloren?"

„Unwiederbringlich, Majestät."

„Und doch denke ich, daß dieser Ort wieder zurückzuerobern sei. Haben wir nicht fünfzehntausend Mann zur Verfügung?"

„Wir können keinen einzigen entbehren, weil uns Escobedo bedroht."

„Er liegt noch in Zacatecas."

„Aber er hat seine Vorhut so weit vorgeschoben, daß er uns in drei Tagen erreichen kann."

Da drehte sich der Kaiser schnell um.

„Ah! Ihr fürchtet Escobedo?"

Mejia antwortete nicht.

„Nun", fragte Maximilian ungeduldig.

„Ich fürchte ihn nicht", erklärte Mejia düster.

„Aber Ihr seid zu bedenklich."

„Nicht für mich, sondern für meinen Kaiser."

„Eure Bedenklichkeit ist es ja, die Puebla für immer aufgibt."

„Weil ich keine Mittel sehe, es zurückzunehmen."

„Nun, wenn wir unser Militär brauchen, so befiehlt ja Marquez in der Hauptstadt. Er ist im Besitz verfügbarer Kräfte."

„Er braucht diese Kräfte. Er ist von Diaz bedroht."

„So haltet Ihr Diaz für einen so vorzüglichen General wie Escobedo?

„Für noch vorzüglicher!"

„Marquez wird ihm gewachsen sein."

„Majestät gestatten mir zu zweifeln. Marquez ist verhaßt. Er regiert die Hauptstadt durch Angst und Schrecken. Er ist zu langsam, er ist nicht treu. Grade sein Zögern, sein Hinhalten trägt die Schuld, daß es Porfirio Diaz gelang, Puebla wegzunehmen."

„Mein Gott! Welche Aussicht eröffnet Ihr mir!"

„Leider! Majestät, wir sind eingeschlossen."

„Ihr meint, wir können nicht an die Küste?"

„Jetzt nicht mehr."

„Auch vereint nicht? Ich verfüge im ganzen über dreißigtausend Mann guter Truppen. Wenn ich mich entschließe, die Hauptstadt und Queretaro zu räumen, so bringen diese Truppen mich sicher nach Vera Cruz. Was meint Ihr? Zweifelt Ihr auch da noch?"

„Leider ja."

„Weshalb?" fragte Max unwillig.

„Erstens traue ich diesen ‚guten Truppen' nicht. Und zweitens hat uns Porfirio Diaz den Weg verlegt."

„Wir sind stärker als er. Wir werfen ihn über den Haufen."

„Escobedo würde ihm sofort durch einen eiligen Flankenmarsch zu Hilfe kommen."

„So schlagen wir erst den einen und sodann den andern."

„Bedenken Majestät, daß, wenn wir Queretaro und die Hauptstadt aufgeben, wir in freier Feldschlacht ohne alle Stütze sind, während wir jetzt wenigstens unter Deckung stehen!"

Max war kein Kriegsmann. Seine Ansichten bewegten sich bald auf der höchsten Sprosse der Hoffnungsleiter, bald sanken sie wieder und rasch bis auf die unterste herab.

„So ist also Eure Ansicht, daß alles verloren sei?" fragte er mutlos.

„Alles!" bestätigte Mejia ernst.

Der Kaiser strich sich fiebernd den Bart. Seine Augen ruhten vorwurfsvoll auf dem General.

„Wißt Ihr, daß Ihr durchaus kein Hofmann seid?"

„Majestät, ich bin es nie gewesen. Ich bin Soldat und meines Kaisers treuer, wahrheitsliebender Untertan."

Da reichte Max ihm die Hand und sagte freundlich: „Ich weiß das. Ihr seid zwar immer ein Unglücksrabe gewesen, aber Ihr habt es gut gemeint."

„Ein Unglücksrabe?" fragte Mejia unter überströmendem Gefühl seines Herzens. „Nein, nein, Majestät! Ich habe gewarnt, seit Majestät den Fuß auf den Boden dieses Landes setzten. Meine Warnungen verhallten ungehört. Nun werde ich mit meinem Kaiser untergehen."

Wieder trat eine Pause ein, während der der Kaiser trüben Sinnes zum Fenster hinausblickte. Dann drehte er sich langsam um.

„General, ich will gestehen, daß ich jetzt wünsche, ich hätte mich zuweilen Eurer Ansicht gefügt."

Da ergriff Mejia des Kaisers Hände, küßte sie und benetzte sie mit Tränen.

„Dank, tausend Dank für dieses Wort, Majestät. Es entschädigt mich für alles, was ich im stillen erlitten habe."

„Ja. Ihr seid treu und zuverlässig. Und Ihr glaubt wirklich, daß wir weichen müssen?"

„Weichen? O nein, das können wir gar nicht. Wohin wollen wir weichen?"

„Hm! Ich weiß es nicht."

„Es gibt keinen Ausweg. Man wird Mexico und Vera Cruz nehmen und uns hier erdrücken."

„So werden wir kämpfen."

„Kämpfen und sterben!"

„Dieses letzte Wort mag ich nicht hören. Ich scheue nicht den Heldentod auf dem Schlachtfeld. Aber man wird es niemals wagen, Hand an das Leben eines Sohns des Hauses Habsburg zu legen."

Mejia streckte abwehrend seine Hand aus.

„Man wird es wagen, Majestät!"

„Meint Ihr?" fragte Max fast drohend und indem er seine Gestalt stolz aufrichtete. „Das wäre Kaisermord."

„Die Bewohner dieses Landes sagen, daß sie keinen Kaiser kennen."

„Man würde mich rächen."

„Wer?"

„Die Mächte."

„Haben England und Spanien etwas vermocht? Sie haben ihre Truppen im ersten Augenblick zurückgezogen. Hat Frankreich etwas erreicht?

Napoleon hat sich rechtzeitig aus der Schlinge gelöst und uns darin zurückgelassen. Welche Macht sollte uns rächen?"

„Die Stimme der Geschichte." Diese Worte waren mit tiefster Überzeugung gesprochen.

„Die Geschichte?" staunte Mejia. „Ist sie stets unparteiisch?"

„Nicht immer, aber die Nachwelt müßte unsre Richter verurteilen."

„Vielleicht verurteilt die Nachwelt uns, indem sie sich auf die Seite der Mexikaner stellt."

„Also auf die Seite unsrer Mörder?"

„Gestatten Majestät mir in Gnaden, diesen Punkt leidenschaftslos zu betrachten. Juarez kennt keinen Kaiser von Mexiko. Er nennt den Erzherzog von Österreich einen Eindringling, der widerrechtlich das Land mit Blut übergossen hat."

„General, Ihr ergeht Euch in starken Ausdrücken."

„Aber diese Ausdrücke bezeichnen die Stimme der Republikaner sehr genau. Und dazu bitte ich, an den Erlaß vom 3. Oktober zu denken."

„Erwähnt ihn nicht!" rief Max unter der Gebärde eines tiefen Unmuts.

„Und doch muß ich es tun. Ich riet Euch damals von der Unterschrift ab, sie wurde dennoch vollzogen. Von dem Augenblick an aber, als wir die Republikaner als Mörder bezeichneten und behandelten, hatten sie, von ihrem Standpunkt aus betrachtet, das doppelte Recht, das auch mit uns zu tun. Gerät der Erzherzog Max von Österreich in ihre Hände, so machen sie ihm den Prozeß, ohne nach dem Urteil der Mächte oder nach der Stimme der Geschichte zu fragen."

„Das wäre schrecklich."

„Ja, man wird uns als gemeine Mörder behandeln und erschießen."

„Eher sterbe ich mit dem Degen in der Faust."

„Nicht immer hat man die Gelegenheit zu einem solchen Tod."

„So gibt es also kein Mittel, einem so gräßlichen Schicksal zu entrinnen?"

„Es gibt eins."

„Ihr meint den Rückzug?"

„Einen Rückzug? Wohin? Ausgeschlossen. Ein Rückzug war möglich, als Bazaine wartete, Majestät an Bord aufzunehmen. Ein Rückzug war noch immer und zum letztenmal möglich, als uns Puebla noch gehörte und der Weg nach Vera Cruz noch offenstand. Jetzt ist das nicht mehr der Fall."

„Nun, welches Rettungsmittel meint Ihr?"

„Die — Flucht."

„Die Flucht? Nie, niemals!"

„Sie ist der einzige Weg der Rettung."

„Ich halte übrigens diese Art von Rettung für unmöglich. Das ganze Land ist vom Feind besetzt."

Da legte Mejia mit blitzenden Augen seine Hand an den Degen.

„Haben Majestät nicht mehrere hundert ungarische Husaren die bereit sind, ihr Leben für ihren Herrscher zu lassen? Mit diesen Leuten verpflichte ich mich, Majestät wohlbehalten an die Küste und auf ein Schiff zu bringen."

„Ich darf diese Treuen nicht opfern."

„Das geschieht auch, indem Majestät hierbleiben."

„Was wird aus meinen Generalen, wenn es mir gelingt, zu entkommen? Man wird sie ergreifen!"

„Man wird das auch so tun."

„Aber dann wird es möglich sein, für sie zu sprechen."

„Man wird nicht auf diese Fürsprache hören."

„Sie würden verloren sein, alle, Marquez, Miramon —"

Mejia wagte den Kaiser zu unterbrechen:

„Getrauen sich Majestät wirklich, diesen Miramon durch Fürsprache zu retten. Er ist der erste, dem man den Prozeß machen wird."

„Er steht unter meinem Schutz."

„Man wird diesen Schutz nicht anerkennen. Miramon gilt im ganzen Land als Verräter."

„General!"

„Ich weiß es, ich darf es behaupten."

„General!" rief Max abermals streng.

Mejia achtete nicht darauf. Er fuhr fort: „Man gibt ihm die Schuld an allem, was geschehen ist."

„Beweist es!"

„Haben Majestät von Jecker gehört?"

„Selbstverständlich!"

„Dieser nach Frankreich eingewanderte Schweizer borgte 1859 dem damaligen Präsidenten Miramon sieben Millionen Franken für Mexiko. Er händigte ihm aber nur drei Millionen bar aus, die andern vier in wertlosen Papieren. Hierfür erhielt Jecker von Miramon Schuldbriefe, die auf die Republik Mexiko lauteten, und zwar im Betrag von fünfundsiebzig Millionen Franken. Über achtundsechzig Millionen also waren erschwindelt."

„General!"

„Diese Schwindelschuld kaufte Herr Morny, Halbbruder Napoleons. Und weil Juarez die Summe nicht bezahlen wollte, so —"

„General Mejia!" rief Max noch drohender.

Aber Mejia ließ sich in seinem Feuereifer nicht irremachen:

„— so überzog Napoleon unser schönes Land mit Krieg!"

„Ah, Ihr macht mich zum Mitschuldigen!" zürnte Max.

„Nein, das sei fern von mir! Davor mag Gott mich in Gnaden behüten! Ich halte es nur für meine Pflicht, Majestät auf die Stimme des Landes, des Volkes aufmerksam zu machen, die vielleicht einmal die — Stimme der Geschichte sein wird."

„Ihr seid mehr als kühn!"

„Ich bin's nur, um Majestät zu retten. Ich muß beweisen, daß Miramon nichts zu erwarten hat, weder Gnade noch Barmherzigkeit. Und Marquez, Vidaurri und die andern, unter denen die Bewohner der Hauptstadt seufzen, werden auch nicht gerettet, indem Majestät sich für sie opfern. Das Haupt Eurer Majestät ist teurer und mehr wert als diese Männer zusammen. Majestät, ich vereinige mein Flehen mit dem Bitten aller treuen Diener und Untertanen. Das Wort Flucht hat in diesem Falle nicht den schlimmen Klang, den es zu besitzen scheint! Vertrauen Majestät sich mir an! Kehren wir zurück nach Europa, um Kräfte zu sammeln, das hohe Spiel, das uns die Klugheit rät, einstweilen aufzugeben, von neuem zu beginnen und dann zu gewinnen."

Mejia war vor Max niedergekniet und hatte dessen Hände ergriffen.

„Ich — kann nicht!" sagte der Kaiser.

Da spielte Mejia seinen letzten und besten Trumpf aus:

„Denken Majestät unsrer hohen Kaiserin! Noch ist vielleicht Rettung für sie möglich. Vielleicht belebt sich ihr Auge wieder, wenn es auf den Mann fällt, dem ihre Seele, ihr Herz, ihr Leben gehören. Soll sie in die Nacht unrettbaren Geistestodes fallen, wenn sie vernimmt, daß dieser Mann gestorben sei, gestorben im dunklen Winkel, gestorben den Tod des Verbrechers?"

Der Kaiser entzog dem General seine Hände und legte sie vor das leichenblasse Angesicht.

„Wer — wen erwähnet Ihr da?"

„Ihre Majestät die Kaiserin, die Eure Majestät vielleicht retten können und retten müssen, indem Eure Majestät sich selbst retten."

„Charlotte, o Charlotte!"

Bei diesem Schmerzensruf rollten dem Kaiser Tränentropfen zwischen den Fingern herab. Er war tief bewegt. Seine Brust hob und senkte sich, und hinter den vorgehaltenen Händen ließ sich ein Schluchzen hören.

„Majestät!" flüsterte der noch immer kniende General bittend.

Da ließ Max die Hände sinken und sagte unter strömenden Tränen: „Mejia, Ihr habt da eine Saite berührt, deren Klang ich niemals widerstehen konnte."

Jetzt sprang der treue Mann auf.

„O mein Gott, wäre es möglich, daß du das Herz meines Kaisers gelenkt hättest?"

„Ja, er hat es gelenkt", erwiderte Max. „Mein Weib, meine Charlotte soll nicht im Wahnsinn verbleiben, wenn es mir möglich ist, ihrem Geist das Licht wiederzugeben. Also Ihr haltet die Rettung für möglich?"

„Ja, aber nur durch die Flucht!"

„Ihr meint heimliche Flucht?"

„Nein. Heimlich zu fliehen, bin auch ich zu stolz. Freilich braucht nicht jeder vorher zu erfahren, daß Majestät das Land verlassen wollen. An der Spitze der treuen Husaren bringe ich Majestät sicher ans Meer."

„Aber die Republikaner?"

„Ich fürchte sie nicht!"

„Sie werden es erfahren und uns den Weg verlegen."

„Sie werden uns ziehen lassen."

„Nachdem wir sie zurückgeschlagen, ja. Aber ich will sowenig als möglich Blut vergießen."

„Es soll keines vergossen werden. Juarez wird uns beschützen."

„Juarez?" staunte der Kaiser. „Welch ein Rätsel! Juarez wird meine Flucht beschützen?"

„Ja", erwiderte Mejia zuversichtlich. „Darf ich an jene Señorita Emilia erinnern, die Majestät einigemal gesprochen haben?"

„Sie hat mir allerdings mehrfach dringende Mahnung zur Flucht unterbreitet."

„Darf ich fragen, ob sie sich dabei auf Juarez bezog?"

„Sie tat es, doch hielt ich sie für eine Abenteurerin!"

„Vielleicht ist sie das auch. Aber Juarez bedient sich ihrer zu Aufträgen, die nicht den Charakter des Amtlichen tragen dürfen."

„Ah! So ist sie seine Spionin?"

„Nein, sondern seine Unterhändlerin."

„Verkehrt Ihr noch mit ihr?" — „Ja."

„Das könnte Euch verdächtig erscheinen lassen, General!"

„Juarez will nicht Euren Tod, Majestät. Er weiß, daß er nichts zu tun vermag, wenn Majestät in die Hände der Republikaner gefallen sind, und so sandte er diese Dame als Botin, die seinen Wunsch in verschwiegener Weise zu erkennen geben soll. Sie hat sich an mich gewandt."

„Hat sie bestimmt umgrenzte Aufträge?"

„Die kann sie noch nicht haben. Aber sobald sie weiß, daß Majestät auf sie hören wollen, wird sie um einen kurzen Empfang bitten."

„Ihr begreift aber doch, General, daß es höchst unklug wäre, der Vertrauten des Juarez wissen zu lassen, daß ich fliehen will. Ich will sehen, was sie mir mitzuteilen hat. Laßt sie holen!"

„Sie weilt schon im Garten."

„Ich ahne, Ihr habt sie bestellt oder mitgebracht."

„Verzeihung, Majestät! Ich habe Gott gebeten, meinem Flehen bei meinem Kaiser Erhörung zu schenken. Ich war überzeugt, daß Gott ja und amen sage, und so beorderte ich die Señorita in den Garten, damit sie nötigenfalls sofort zur Hand sei."

„Gut! Geht, um sie zu holen!"

Mejia entfernte sich. Draußen begegnete er Miramon, der ihm mit einem Fremden entgegenkam. Beide Generale grüßten sich kalt und schritten gleichgültig aneinander vorüber.

„Wartet hier!" meinte Miramon zu Hilario.

Er ließ sich melden und trat dann ein. Im Angesicht des Kaisers lag ein Etwas, das der General sich nicht zu erklären vermochte. Mejia war hier gewesen. Jedenfalls galt es, den Eindruck, den dieser zurückgelassen hatte, wieder zu verwischen.

„Was bringt Ihr?" fragte der Kaiser ernst.

„Eine überaus wichtige Nachricht, Majestät", begann der General mit einer tiefen Verneigung.

„Wichtig? Aber doch wohl nicht erfreulich?"

„Im Gegenteil, außerordentlich erfreulich."

„Das bin ich leider gar nicht mehr gewöhnt."

„Oh, Majestät werden sich bald wieder an das zurückkehrende Glück gewöhnen und die Regierung noch lange zum Wohl und Ruhm des Landes fortsetzen. Juarez wird von Queretaro ablassen."

„Ah", rief der Kaiser höchst erstaunt.

„Und Diaz von der Hauptstadt und Puebla."

„Das wäre mir unbegreiflich."

„Juarez ist durch den Aufstand unserer Treuen gezwungen."

Da trat der Kaiser rasch näher.

„Einen Aufstand gibt's? gegen Juarez einen Aufstand?"

„Ja. An vielen, vielen Orten."

„Nennt diese."

„Da ist zuerst Santa Jaga zu nennen."

„Diese Stadt liegt doch viel nördlicher als Zacatekas? Der Aufstand wäre ja im Rücken von Juarez."

„So ist es."

„Und die andern Orte?"

„Liegen alle auch im Rücken der Republikaner."

„Woher habt Ihr diese Kunde?"

„Von einem sichern Gewährsmann."

„Wo befindet er sich?"

„Vor der Tür Eurer Majestät."

„Ah, Ihr habt ihn mitgebracht?"

„Ich sagte mir, daß Majestät den Wunsch haben würden, eine so wichtige Botschaft aus seinem eignen Mund zu hören."

„Ich danke Euch. Wer ist der Mann?"

„Er ist ein berühmter Arzt, Doktor Hilario, der Leiter der Krankenheilanstalt della Barbara bei Santa Jaga."

„Laßt ihn eintreten!"

Eigentümlich! Die Haltung des Kaisers war im Handumdrehen anders geworden. Er dachte nicht mehr an Rückzug und Flucht. Seine Augen glänzten, seine Wangen hatten sich gerötet, und es war ein wohlwollender Blick, mit dem er den Eintretenden betrachtete.

„Ihr nennt Euch Doktor Hilario?"

„Zu Befehl, Majestät", erwiderte der Alte, indem er sich fast bis zur Erde verneigte.

„Seid Ihr politisch tätig?"

„Ich habe nur mit meinen Kranken zu tun."

„Das ist sehr verdienstvoll. Man sagt mir, Eure Anstalt sei jetzt sehr beunruhigt worden?"

„Majestät meinen den Aufstand, der in Santa Jaga stattgefunden hat?"

„Ja. War er bedeutend?"

„Er wurde vielleicht von zweihundert Mann eingeleitet, und sodann beteiligte sich die Bevölkerung der ganzen Stadt und Umgebung daran. Man bewaffnete sich, man ließ Fahnen und Flaggen wehen, man läutete die Glocken und sandte zu den Nachbargemeinden, um Kompanien, Bataillone und Regimenter zu bilden, die ausziehen werden, unsern Kaiser zu schützen."

„Wie hoch belief sich die Anzahl der Aufständischen in Santa Jaga?"

„Früh zweihundert, abends vielleicht dreitausend."

„Man sagt, auch andre Orte haben sich erhoben?"

„Ich habe deren Liste bei mir."

„Zeigt, guter Mann!"

Der Alte gab den Zettel hin. Maximilian las die Namen und sagte dann, zu Miramon gewandt:

„Alle im Rücken von Juarez."

„Desto besser für uns."

„Glückten diese Erhebungen ebenso wie die in Santa Jaga?"

„Gewiß. Die Bewegung wird sich wie ein Feuer verbreiten. Nach meiner Rechnung stehen dreißigtausend Mann im Rücken des Juarez, die sich von Stunde zu Stunde verstärken werden."

„Man muß ihnen einen geeigneten Anführer senden."

„Ich bitte um die Erlaubnis, dies mit Majestät besprechen zu dürfen. Aber wir sehen, daß der Kaisergedanke tief Wurzeln geschlagen hat und von keinem republikanischen Schwärmer jemals wieder ausgerissen werden darf."

„Wenigstens sind die militärischen Folgen dieser Kundgebung unschätzbar", erklärte der betörte Kaiser freudestrahlend.

„Sie werden nicht auf sich warten lassen. Die Pepublikaner müssen sich gegen den neuen Feind nach Norden wenden. Das verschafft uns Luft und Raum zu neuen Bewegungen."

Während der Kaiser mit Miramon begeistert von den neu belebten Hoffnungen sprach, kam Mejia mit Emilia aus dem Garten.

„Seine Majestät noch allein?" fragte der General einen Bedienten.

„Nein", erwiderte dieser.

„Wer ist bei ihm?"

„General Miramon und ein Unbekannter."

Mejias Stirn legte sich in Falten. Er ahnte eine Gefahr, und schnell entschlossen, wie er als Soldat war, sagte er zu Emilia:

„Kommt! Tretet gleich mit ein!"

Das war gegen den Gebrauch. Miramon machte daher ein sehr finsteres Gesicht, als er Mejia erblickte. Der Kaiser aber trat rasch auf Mejia zu.

„General, habt Ihr gehört, daß es nun nicht nötig sein wird, unsern Plan auszuführen?"

Bei diesen Worten stutzte Miramon: was für ein Plan wurde hier ohne sein Wissen geschmiedet?

Mejia verbeugte sich kalt.

„Ich wäre glücklich zu hören, daß Ereignisse eingetreten sind, die diesen Plan unnötig machen. Darf ich mir eine Erkundigung erlauben?"

„Oh, sehr einfach! Man erhebt sich gegen Juarez, und zwar an zehn Orten, hinter seinem Rücken. Er ist jetzt gezwungen, mit seinen Truppen eine Rückwärtsbewegung zu machen, die uns erlaubt, angriffsweise vorzugehen und ihn zwischen zwei Feuer zu nehmen."

Der verständige Mejia schüttelte den Kopf.

„Haben Eure Majestät Beweise?"

„Ja. Hier steht der Bote."

Der General wandte sich zu Hilario. Dieser hatte nicht gewagt, sich umzudrehen, als die Tür aufging, und hatte also Emilia auch noch nicht gesehen.

„Wer seid Ihr?" fragte ihn Mejia.

„Es ist ein Señor, den ich Majestät vorgestellt habe", entgegnete Miramon scharf.

Um Mejias Lippen spielte ein überlegenes Lächeln.

„Das schließt nicht aus, daß auch ich ihn kennenlernen darf", antwortete er. „Majestät sind nicht so gnädig gewesen, mir den Namen zu nennen, nach dem ich mich also zu erkundigen habe."

„Dieser Señor ist Doktor Hilario im Kloster della Barbara in Santa Jaga", erklärte der Kaiser.

Mejia konnte einen Ausdruck der Überraschung nicht verbergen. Sein Blick flog zu Emilia hin und auf den Alten zurück, auf dem er streng und stechend haftenblieb. Dann wandte er sich zum Kaiser:

„Erlauben mir Majestät, einige Fragen an diesen Mann zu richten?"

„Sprecht mit ihm!" nickte Maximilian.

„Wer schickt Euch her nach Queretaro?" fragte Mejia den Arzt.

„Die Bevölkerung der Stadt Santa Jaga. Sie hat sich nebst den Bewohnern andrer Städte für Seine Majestät den Kaiser erklärt. Wir sind über dreißigtausend Mann stark und stehen bereit, Juarez anzugreifen."

„Wer ist Euer Anführer?"

„Wir haben noch keinen, bitten aber um einen solchen."

„In solchen Fällen schickt man eine Abordnung und keinen einzelnen Mann. Wo habt Ihr Euren Ausweis?"

„Eine Abordnung mit Urkunden wäre in die Hände von Juarez gefallen. Darum komme ich allein."

„Ich hoffe, daß Ihr ein ehrlicher Mann seid. Kennt Ihr diese Dame?"

Der Alte drehte sich um. Er erkannte Emilia, hatte aber soviel Macht über sich, daß er sich nicht aus der Fassung bringen ließ.

„Ja", antwortete er ruhig. „Sie ist eine Spionin des Juarez, die ich nicht hier erwartet habe."

„Ah!" machte Miramon, indem er Emilia betrachtete.

Mejia musterte ihn kalt. „Majestät wissen, wer diese Dame ist. Ich habe von ihr erfahren, daß sie im Kloster della Barbara gewesen ist. Es scheint dort nicht alles in Ordnung zu sein."

Da trat Miramon vor. Er ahnte, was hier beabsichtigt wurde, und fiel schnell ein:

„Die Privatverhältnisse dieses Señors gehen uns hier nichts an. Wir haben es zunächst nur mit seiner Botschaft zu tun."

„Ich glaube nicht an diese", meinte Mejia.

„Señor!" rief Miramon.

Mejia trat hart an ihn heran.

„Welch ein Ton ist das in Gegenwart unsres allergnädigsten Kaisers! Ich wiederhole, daß ich nicht an die Worte dieses Mannes glaube, es sei denn, daß er mir Beweise bringt."

Da winkte der Kaiser mit der Hand und wandte sich an Miramon:

„General, Ihr habt diesen Mann eingeführt. Seid Ihr überzeugt, von der Wahrheit dessen, was er berichtet hat?"

„Vollständig."

„Das ist genügend." Und sich an Mejia wendend, fuhr er fort: „Ich habe Euch die Mitteilung zu machen, daß ich dieser Dame nicht mehr bedarf. Ihr könnt sie begleiten."

Mejias Fäuste ballten sich, aber er hielt an sich. Er verbeugte sich tief, doch nur vor dem Kaiser, und entfernte sich mit Emilia, seinen Widersacher beim Fürsten lassend. Erst eine Stunde später verließ auch Miramon die Behausung des Kaisers, an seiner Seite Hilario. Er bezeichnete diesem eine Venta, in der er wohnen solle.

13. Ein gescheiterter Anschlag

Emilia war in ihre Wohnung zurückgekehrt. Sie sah ein, daß ihre Rolle hier ausgespielt sei, und sehnte sich fort. Da hörte sie draußen Männerschritte, die vor der Tür halten blieben. Die alte Dienerin, die ihre Wirtin ihr zur Verfügung gestellt hatte, öffnete, steckte den Kopf herein und sagte:

„Zwei Señores wollen Euch sprechen, Señorita, ein Señor Unger, und der andere heißt Strau—Strau—ber—ja, Straubenberger."

„Ich kenne sie nicht. Nun, sie mögen eintreten!"

Die beiden Eintretenden waren Kurt und der Kleine André. Sobald Emilias Blick auf diesen fiel, erheiterte sich ihr Gesicht. Sie eilte auf ihn zu und streckte ihm die Hände entgegen.

"Welch eine Überraschung! Ihr, Señor André? Wo kommt Ihr her?"

André sah sich vorsichtig um, und als er gewahrte, daß die Dienerin sich zurückgezogen habe, antwortete er leise:

„Von Juarez."

„Von Juarez? Das ist sehr gefährlich. Und wer ist Euer Begleiter hier?"

„Habt Ihr nicht von den beiden Brüdern Unger gehört, die mit Señor Sternau waren?"

„O doch, Ihr meint Donnerpfeil und den Kapitän?"

„Ja. Señor Kurt ist der Sohn des Kapitäns. Er ist aus Deutschland herübergekommen, um uns zu retten. Wir waren alle elend gefangen."

Die beiden mußten sich niedersetzen und erzählen. Das besorgte zunächst André. Kurt teilte Emilia sodann den Zweck ihrer gegenwärtigen Anwesenheit mit.

„Wie?" fragte sie ihn. „Ihr wollt mit dem Kaiser sprechen? Ich darf wohl nicht fragen, welches der Zweck Eures Besuchs beim Kaiser ist?"

„Es ist mir nicht erlaubt, darüber zu sprechen, obgleich ich überzeugt bin, daß ich Euch Vertrauen schenken dürfte."

„Sicher, Senor. Wie lange werdet Ihr hierbleiben?"

„Das ist noch unbestimmt. Das kommt auf die Antwort an, die ich vom Kaiser erhalte. Ich gehe dann wieder zu Juarez."

„Oh, würdet Ihr mich mitnehmen? Ich fühle mich so unsicher und elend hier."

„Wir nehmen Euch mit!" rief der Kleine André begeistert.

„Ich stimme meinem Kameraden gern bei", fügte Kurt hinzu.

„Wann geht Ihr zum Kaiser?"

„Sogleich."

„Darf ich dann erfahren, wie lange Ihr noch hierbleibt? Wann kann ich Euch wiedersehen? Heut abend? Vielleicht nach neun Uhr? Ihr müßt nämlich wissen, daß man hier erst sehr spät empfängt."

„Wir werden kommen, Señorita. Nicht wahr, lieber André?"

„Mit Vergnügen!"

„Ich wollte, Ihr reistet morgen wieder ab."

„Vielleicht habe ich die Freude, Euch diese Antwort zu bringen."

Die beiden gingen. Während André in seine Venta zurückkehrte, wandte Kurt sich zum Kloster La Cruz. Zwar wurde er dort eingelassen, aber einem strengen Verhör unterworfen. Erst nach Vorzeigen seiner Papiere erhielt er die Erlaubnis, ins Vorzimmer zu treten. Er wurde sofort angemeldet, obgleich noch mehrere andre Personen auf Einlaß warteten. Es dauerte kaum zehn Minuten, so durfte er eintreten. So stand er also jetzt vor dem Mann, von dem die ganze Welt sprach, den so viele in den Himmel hoben, und den noch viel mehr verurteilten. Max richtete sein großes Auge auf Kurt:

„Man hat Sie mir als Oberleutnant Unger angemeldet?"

Kurt machte eine Ehrenbezeigung. „Dies ist mein Name und meine Eigenschaft, Majestät. Ich bin preußischer Offizier."

„Ah! Sie waren in der Hauptstadt?"

„Vor einiger Zeit."

„Kommen Sie von Herrn v. Magnus?"

„Leider nein."

Das Gesicht des Kaisers hatte infolge der letzteren Vermutung einen freundlichen Ausdruck angenommen. Jetzt aber wurde er wieder ernst.

„So ist es vielleicht eine Privatangelegenheit, in der Sie sich mir nähern?"

„Eine Privatangelegenheit? Ja, fast möchte ich es so nennen."

„Das heißt, eine Angelegenheit, die persönlich Sie betrifft?"

„Nein, Majestät. Ich komme aus Zacatecas."

Da trat der Kaiser einen Schritt zurück.

„Aus Zacatecas? Aus dem Hauptquartier des Juarez? Waren Sie bei ihm?"

„Ich sprach mit ihm."

„Wie kommen Sie als preußischer Offizier zu Juarez?"

„Ich bin nicht als Offizier, sondern als Privatmann bei ihm gewesen. Er ist vor Jahren der Freund und Beschützer einiger Mitglieder meiner Familie gewesen, und in Angelegenheiten dieser Familie mußte ich zu ihm."

„Und wie kommt es, daß Sie von ihm nach Queretaro gingen?"

„Er sendet mich zu Eurer Majestät."

Die Züge des Kaisers wurden kälter und kälter.

„Halten Sie mich für einen Mann, der mit Juarez in Verbindung steht?"

„Durchaus nicht", versicherte Kurt. „Ich bin hier auf Veranlassung mehrerer hervorragender Männer, die sich zwar in der Nähe des Zapoteken befinden, aber trotzdem nur das Wohl des Kaisers von Mexiko im Auge haben."

„Welch eine Ehre!" hohnlachte Max. „Nun, was haben Sie mir zu sagen?"

„Ich habe Euer Majestät ein Schriftstück zu übergeben, mußte aber mein Ehrenwort verpfänden, dieses zu vernichten, falls Eure Majestät sich dessen nicht zu bedienen beabsichtigten."

„Das heißt, ich darf dieses Schriftstück nur lesen, muß es ihnen aber wiedergeben?"

„Nur in dem von mir erwähnten Fall."

„Das klingt ja sehr geheimnisvoll. Zeigen Sie!"

Kurt holte seine Brieftasche heraus, nahm das von Juarez beschriebene Blatt hervor und überreichte es dem Kaiser. Dieser las es. Zuerst spiegelte sich die Überraschung in seinem Gesicht, dann aber zog er die Brauen finster zusammen.

„Was ist das? Wer hat das geschrieben?"

„Juarez", erwiderte Kurt kalt. Er besaß Scharfsinn genug, um zu bemerken, daß seine Botschaft verunglückt sei.

„Ist die Unterschrift echt?"

„Majestät, Ich bin Offizier!"

Aus den Augen des Kaisers fiel ein Blitz auf den Sprecher.

„Ich meine," sagte er, „ob Sie zugegen gewesen sind, als Juarez dieses Schriftstück verfaßte?"

„Ja."

„Aus welchem Grund tat er das?"

„Er wurde von den bereits erwähnten Personen darum gebeten."

„Er setzt also voraus, daß ich zu fliehen beabsichtige?"

„Nein, sondern es ist die Überzeugung aller seiner Anhänger, daß Majestät nur auf diese Weise zu retten sind."

„Junger Mann, vergessen Sie nicht, vor wem Sie stehen!"

„Ich bin meiner Lage völlig eingedenk."

„Dem Wortlaut dieses Schreibens nach hätte ich mich irgend jemand anzuvertrauen?"

„Ja. Dem Besitzer dieses Geleitscheins."

„Ah! Das sind ja Sie!" rief der Kaiser, in dessen Gesicht sich das allergrößte Erstaunen zu erkennen gab. „Sie sind es, der mich retten will?"

„Ich bin es!"

„Ein junger Oberleutnant!"

„Ich bin überzeugt, Majestät könnten sich mir anvertrauen. Juarez ist gleicher Überzeugung."

„Das wäre Wahnsinn! Hier haben Sie Ihr Papier zurück."

Kurt nahm die Schrift und schob sie wieder in die Brieftasche.

„Ich halte es für meine Pflicht, Eure Majestät aufmerksam zu machen, daß dies der letzte Schritt ist, den Benito Juarez in dieser Angelegenheit tun kann."

„Diese Bemerkung ist überflüssig."

„Sie kommt aus einem wohlmeinenden deutschen Herzen, Majestät.

Und sollte sie wirklich überflüssig sein, so gestatte ich mir eine zweite, nämlich die, daß sich eine Verschwörung gebildet hat, die Juarez dadurch stürzen will, daß sie ihn zwingt, der Mörder Eurer Majestät zu werden."

„Das klingt sehr romantisch."

„Ist aber dennoch wahr. Und da Juarez nur dann zum Mörder werden kann, wenn Majestät in seine Hände geraten, so wird diese Verschwörung alles tun, um Majestät zu veranlassen, hier in Queretaro zu bleiben."

„Woher wissen Sie das so genau?"

„Ich gestatte mir vorher die Gegenfrage, ob nicht ein gewisser Doktor Hilario aus Santa Jaga hier angekommen ist?"

„Ich betrachte diese Frage als nicht an mich gerichtet."

„So kann ich nur bemerken, daß dieser Arzt das Werkzeug jener Leute ist, und daß es sehr wohlgetan sein wird, alles, was er sagt, mit Mißtrauen entgegenzunehmen."

„Ich verstehe. Juarez will nicht gestürzt sein: darum will er mich nicht fangen, und darum fordert er mich auf zu entfliehen."

Kaiser Max sprach diese Worte beleidigend aus. Kurt aber blieb gleichmütig und antwortete ruhig:

„Ich bezeuge mit meinem Ehrenwort, daß Juarez nicht durch eine solche Berechnung, sondern allein durch die Stimme seines Herzens und durch unsre vereinten Bitten veranlaßt wurde, die Zeilen zu schreiben, die ich die Ehre hatte, Eurer Majestät vorzulegen. Juarez ist nicht der Mann, sich durch eine Machenschaft in seiner Handlungsweise beeinflussen zu lassen. Ein Mann des festen, unerschütterlichen Grundsatzes wie er, kann wohl besiegt werden, kann untergehen, wird aber nie einer gemeinen Berechnung fähig sein. Er kennt sein Ziel, er weiß, daß er es erreichen wird. Wenn er während seines riesenhaften Ringens einmal zeigt, daß in seinem Herzen nicht nur eine geradezu bewundernswerte Kraft, sondern auch ein menschliches Fühlen wohnt, so muß man diesen großen Mann um so höher achten."

Kurt verbeugte sich und ging hinaus. Der Kaiser wußte nicht, wie ihm geschah. Er vergaß zu fragen, ob Kurt in Queretaro bleiben oder die Stadt verlassen werde. Er vergaß ferner, daß die militärische Klugheit es fordere, sich dieses Mannes zu bemächtigen, der das Innere der Stadt gesehen hatte und es an Juarez verraten konnte. Er dachte nur an die Worte, die er zuletzt gehört hatte. Sie klangen ihm wie ein sich entfernendes Donnerrollen an sein Ohr, aber — er hatte die Stunde der Rettung unbenutzt vorübergehen lassen.

Kurt fühlte sich nicht aufgelegt, in seine Venta zurückzukehren. Der

Nachmittag neigte sich zu Ende, und so strich er sinnend und langsam durch die Stadt, bis die Dunkelheit hereinbrach. Erst dann begab er sich zu André, der mit dem Abendbrot auf ihn gewartet hatte.

„Gelungen?" fragte dieser kurz.

„Mißlungen!" lautete die Antwort. „Der Kaiser hegt anscheinend noch immer Hoffnung, Juarez niederzuwerfen."

„Wird ihm verdammt schwer werden." —

Es war gegen neun Uhr, und Emilia erwartete ihre Gäste. Da ließen sich Schritte draußen vernehmen, die Tür wurde eine Spanne breit geöffnet, und zwei Augen lugten vorsichtig herein. Als der Draußenstehende sich überzeugt hatte, daß die Dame allein sei, trat er ein.

Emilia war erst ein wenig erschrocken, jetzt aber erkannte sie ihn. Es war der Adjutant Miramons.

Orbanez grüßte höflich. „Verzeihung, Señorita, daß ich in dieser Weise Zutritt zu Euch nehme! Aber es handelt sich um eine geheime Angelegenheit. Ihr wart heut mit dem General Mejia beim Kaiser. Seine Majestät konnte Euch keine Aufmerksamkeit schenken, weil Miramon mit einer andern Person zugegen war. Da nun der Kaiser gewisse Vorschläge und vielleicht auch etwas über jene Person zu hören beabsichtigt, so glaubt er, Euch jetzt bei sich sehen zu können."

„Ihr sollt mich zu ihm bringen?"

„Ja, und dabei haben Majestät noch gewünscht, daß niemand etwas von diesem Empfang wissen sollte."

„Es ist meine Pflicht, mich zur Verfügung zu stellen. Zuvor aber muß ich meiner Dienerin sagen —"

„Halt! Auch diese darf nicht wissen, wohin Ihr geht."

„O nein. Ich werde Ihr nur befehlen, den Personen die ich erwarte, zu sagen, daß ich erst in einer Stunde zu sprechen bin."

„Gut! Ihre Dienerin ist bei der Señora unten. Ich werde mich vor das Haus begeben und Euch dort erwarten."

Major Orbanez ging. Emilia kleidete sich schleunigst um und stieg die Treppe hinab. Unten gab sie der Dueña den erwähnten Befehl und trat auf die Straße, wo sie den Offizier sah. Sie schritt zu ihm hin.

„So, jetzt steh' ich zur Verfügung", meinte sie.

„Es ahnt doch niemand, wohin Ihr geht?" fragte er.

„Kein Mensch!"

„So kommt!"

Emilia folgte, aber kaum hatte sie fünf Schritte getan, so wurde sie von starken Armen von hinten erfaßt.

„Hil—"

Mehr konnte sie nicht rufen, denn ein Tuch legte sich auf ihren Mund, und zugleich wurde sie an Händen und Füßen gebunden. Ein zweites Tuch wand man ihr über die Augen um den Kopf, und sie bemerkte, daß sie auf ein Pferd gehoben wurde. Der Reiter, der darauf saß, nahm sie in Empfang, und dann ging es fort. Emilia vermochte sich nicht zu bewegen, sie wurde von starken Armen festgehalten. Sie hörte, daß die Pferde erst durch die Straßen der Stadt trabten und draußen auf der breiten Feldstraße in einen gestreckten Galopp fielen. Sie konnte kaum atmen. So ging's, wie es ihr schien, eine ganze Ewigkeit fort, bis der Anführer zu halten gebot. Er nahm ihr die Tücher ab. Nun konnte sie wenigstens sehen und atmen.

„Um Gottes willen, was soll das sein?" stöhnte sie. „Ihr müßt Euch in mir geirrt haben, Señores."

„O nein! Wir wissen genau, wen wir haben", lachte der Reiter.

„Was wollt Ihr denn von mir?" fragte sie angstvoll.

„Halte den Mund! Du wirst schon Antwort bekommen, wenn's Zeit ist. Mit Weibern Eures Gelichters wird wenig Federlesen gemacht. Für euch ist der Strick noch viel zu gut. Hier ist ein Pferd für dich! Ich kann mich mit dir nicht weiterschleppen. Wir werden dich also auf den Gaul binden. Aber spreize dich nicht und versuche weder zu sprechen noch zu entfliehen, sonst erhältst du eine Kugel!"

Emilia wurde auf das Pferd gebunden, der Anführer nahm dessen Zügel in die Hand, und dann ging es im Galopp weiter.

So mochte man wohl drei Stunden geritten sein, als man an einer Venta vorüberkam, die einsam an der Straße lag. Man sah noch Licht durch die Ladenritzen schimmern.

„Diego, sieh nach, wer drinnen ist!" gebot der Anführer.

Der Soldat stieg ab und blickte durch eine der Ritzen.

„Einige Vaqueros", erwiderte er. „Ich sehe drei, es können im ganzen höchstens fünf sein."

„So steigen wir ab, um einen Schluck zu tun. Bindet das Frauenzimmer los und bringt es herein!"

Die Pferde wurden an eine dazu vorhandene Querstange gebunden, und die Männer traten mit Doña Emilia ins Haus. —

Als es einige Minuten nach neun geworden war, war Kurt mit André aufgebrochen, um zu Emilia zu gehen. Queretaro war, wie damals alle mexikanischen Städte, nicht gepflastert, deshalb verursachten ihre Schritte nur wenig Geräusch.

Da hörten sie plötzlich ein laut gerufenes: „Hil—"

Sie blieben stehen.

„Was war das?" fragte André.

„Es rief jemand um Hilfe!" entgegnete Kurt. „Es schien eine Frau zu sein."

„Ja. Sie brachte das Wort nur halb hervor. Man hat ihr also den Mund zugehalten."

„Wir müssen ihr helfen. Vorwärts!"

„Halt! Langsam und leise anschleichen! Das ist viel sicherer."

Sie versuchten, ihre Schritte soviel als möglich zu dämpfen, und huschten leise vorwärts. Sie kamen vor der offenstehenden Tür des Hauses vorüber, in dem Emilia wohnte. Schon bemerkten sie eine kleine Gruppe vor sich, da setzte sich diese mit lautem Pferdegetrappel in Bewegung.

„Guten Ritt nach Tula!" rief dabei eine Stimme.

Im Nu stand Kurt neben dem Sprecher und hatte ihn gepackt.

„Schuft, was ist hier vorgefallen?" fragte er.

„Nichts", zischte der Mann.

Er machte eine rasche Bewegung — Kurt hielt ein Kleidungsstück in der Hand. Der aber, der darinnengesteckt hatte, eilte davon.

Er entkommt!" rief André. Zugleich schickte er sich an, dem Fliehenden nachzueilen.

„Halt!" gebot Kurt.

André gehorchte, aber er brummte unwillig:

„Wollen wir den Schurken entlaufen lassen?"

„Vielleicht ist es das beste. Und selbst wenn sich meine Vermutung bestätigt, nützt er uns nichts."

„Wie? Ihr habt eine Vermutung? Denkt Ihr etwa gar — Señorita Emilia?"

„Überzeugen wir uns!"

„Da sollte der Teufel diese Schurken holen!"

Der kleine Mann sprang vorwärts, zur Tür hinein, zur Treppe empor. Oben war kein Licht, und die Zimmertür war verschlossen. Man hatte seine Schritte gehört, und eben als er die Treppe herunterkam, trat die Dienerin in den Hausflur. Kurt Unger trat auch ein.

„Zu wem wünscht ihr?" fragte die Frau.

„Ist Señorita Emilia zu Haus?" forschte Kurt.

„Nein", antwortete die Dueña. „Ah, gewiß seid ihr die Señores, die sie erwartete. In diesem Fall muß ich euch bitten, in einer Stunde wiederzukommen."

„Oh, nun weiß ich genug. Die Señorita ist auf einige Zeit verreist, sie wird aber wiederkommen. Schließt alle Sachen, die sie zurückgelassen hat, sorgfältig ein, und gebt den Schlüssel niemand in die Hände!"

Kurt ließ die Alte in ihrer Verwunderung stehen und eilte davon, seiner Venta zu. Der Kleine André sprang ihm nach.

„Donnerwetter!" brummte dieser. „Señorita Emilia ist entführt, das unterliegt keinem Zweifel. Und da der dumme Teufel von einem Schwätzer selber verraten hat, wohin, so müssen wir nach Tula. Hier ist die Venta. Begleichen wir unsre Zeche, und dann ihnen nach!"

„Wißt Ihr den Weg?"

„Ja, ich bin ihn schon geritten."

Unter diesen Reden hatten sie das Gasthaus erreicht. Der Wirt wunderte sich nicht wenig, als Kurt die Zeche in größter Hast bezahlte, und die beiden ihre Pferde schnell sattelten und auf die Straße zogen.

„Señores, wollt ihr etwa abreisen? Ihr werdet nicht hinauskommen. Denn es darf, sobald es dunkel ist, niemand durch."

„Bei dir mag es schwarz sein, bei uns aber ist es hell. *Adios*, lieber Gottlieb!"

Nach diesem halb zärtlichen, halb unwilligen Abschied Andrés trabten die beiden davon. Am Tor angekommen, sahen sie beim Schein einer Lampe eine Schildwache stehen.

„Halt! Wer da?" rief diese.

„Offiziere!"

„In welcher Eigenschaft?"

„Ordonnanz von General Mejia."

„Kann passieren."

„Sag mein Lieber, sind nicht vor einer halben Stunde hier mehrere Reiter durchgekommen? Wir gehören zu ihnen."

„Jawohl. Im Auftrage von Oberst Lopez."

„Richtig. Sie hatten eine gefangene Dame bei sich?"

„Jawohl. Sie mußten Eile haben, denn sie begannen draußen zu galoppieren."

„Wir erreichen sie doch noch. Hier hast du!"

„Danke, Señor!"

Während der Soldat aufschloß, hatte Kurt ihm eine Silbermünze zugeworfen. Als sie das Freie erreichten und ihre Pferde in einen fliegenden Galopp gesetzt hatten, meinte der Kleine:

„Schöne Wirtschaft da in Queretaro. Nicht einmal eine Losung haben sie."

„Das war gut für uns."

„Ich stand schon im Begriff, den Mann mit dem Kolben niederzuschlagen, um zu seinem Schlüssel zu kommen."

„Es wäre schade um seine Dummheit gewesen. Doch vorwärts!"

Sie ritten mehrere Stunden lang, ohne die Verfolgten zu erreichen. Da sahen sie an der Straße eine Venta, durch deren Ladenritzen Licht schimmerte.

„Sollten sie da eingekehrt sein?" fragte André.

„Jedenfalls. Dort stehen ja sechs Pferde."

Bei Gott, das ist wahr! Halleluja! Wir haben sie!"

„Ruhig! Auch wir binden unsre Pferde an, aber etwas abseits. Wenn wir drin die Señorita sehen, tun wir so, als ob wir sie nicht kennen und nichts ahnen."

Sie stiegen ab. In der Stube waren laute Stimmen zu hören. Nachdem sie ihre Pferde angebunden hatten, traten sie an den Laden und blickten hindurch.

„Ein Offizier und vier Soldaten", flüsterte der Kleine.

„Und einige Vaqueros am andern Tisch", ergänzte Kurt. „Hinten am Herd sitzt die Señorita."

„Richtig! Na, freut euch, der Kleine André ist da!"

„Schonen wir die Leute soviel als möglich!"

„Werden es abwarten."

„Sie brüllen so laut, daß sie den Hufschlag unsrer Pferde wohl gar nicht gehört haben. Treten wir ein!"

Kurt hatte recht. Als die beiden Männer grüßend in die armselige Hütte traten, fuhr der Offizier erschrocken auf. Als er bemerkte, daß es nur zwei waren, setzte er sich wieder nieder. Aber er drehte sich zu ihnen herum und besah sie scharf. Sie begaben sich an einen leeren Tisch, der bei der Tür stand. So waren sie sicher, daß ihnen niemand entgehen könne. Der Wirt fragte sie, ob sie etwas genießen wollten.

„Drei Glas Wein", bestellte André.

„Drei?" fragte der Wirt verwundert. „Sie sind doch nur zwei."

„Was geht das deine Tante an?"

Da mischte sich der Offizier ein:

„Wer seid ihr, Señores?"

Der Kleine saß mit dem Rücken gegen ihn gerichtet. Jetzt drehte er sich herum und betrachtete den Frager mit boshaften Blicken.

„Neugier!"

„Was? Neugier?" brauste der Offizier auf. „Wißt Ihr, wer ich bin?"

„Pah! Wollen es gar nicht wissen. Viel Gescheites wird es nicht sein!"

„Kleiner, ich glaube, du bist verrückt!" Bei diesen Worten erhob sich der Mann und trat an den Tisch.

Emilia hatte beim Eintritt der beiden sofort gewußt, daß sie gekommen seien, sie zu retten. Aber sie hatte das mit keiner Miene verraten.

Jetzt wollte es ihr angst werden um den kleinen Mann. Dieser jedoch blickte den Anführer furchtlos an und meinte:

„Ja, einer von uns beiden ist verrückt!"

„Nämlich du!"

„Wollen sehen!"

In diesem Augenblick gab der Kleine dem Mexikaner, der ihm prächtig hiebrecht stand, einen so gewaltigen Faustschlag in die Magengegend, daß der Getroffene zu Boden stürzte. Und im nächsten Augenblick kniete er auf ihm und schnürte ihm die Kehle zu. Die vier Soldaten wollten ihrem Offizier zu Hilfe kommen, aber da stand auch Kurt vor ihnen und hielt ihnen den Revolver schußfertig entgegen.

„Halt!" gebot er. „Keinen Laut und keine Bewegung, wenn ihr nicht meine Kugeln haben wollt!"

Sein Aussehen war so drohend, daß sie auf Widerstand verzichteten. Sie setzten sich, gar nicht an ihre Waffen denkend, wieder nieder. Die Vaqueros und der Wirt, an solche Auftritte gewöhnt, hielten es für das beste, sich nicht einzumischen.

„Fertig mit dem Anführer?" fragte Kurt.

„Gleich", meinte der Kleine, indem er dem Offizier noch einen Faustschlag auf den Kopf versetzte. „So, der hat genug für diesen Abend."

„Dann die Stricke her dort von der Wand! Wir wollen die vier Señores ein wenig binden."

André brachte die Stricke herbei und fesselte einen Soldaten nach dem andern. Sie wagten auch jetzt nicht, sich zu widersetzen, denn Kurt hielt sie mit seinem Revolver in Schach. Zuletzt wurde auch der Anführer gebunden, damit er nicht schaden könne, wenn er wieder zu sich komme.

„So!" meinte der Kleine. „Von jetzt an wird niemand ohne unsre Erlaubnis die Stube verlassen. Es geschieht keinem etwas, aber wer sich nicht fügt, den holt entweder der Teufel oder ich."

Dann trat er zu Emilia.

„Welche Angst werdet Ihr ausgestanden haben", sagte er. „Wir kamen grade dazu, als diese Helden mit Euch forttrabten, und sind schleunigst nach. Kommt, Señorita, und trinkt einen Schluck!"

André führte Emilia zum Tisch und reichte ihr das dritte Glas.

„Seht Ihr", sagte er zum Wirt, „daß ich wohl recht hatte, als ich drei Gläser verlangte."

Emilia dankte aus überströmendem Herzen. Als sie das Glas zum Mund führte, hörte man den Hufschlag eines Pferdes, das draußen anhielt, und eine Minute darauf trat der Reiter ein. Es war — der dicke

Kleine, der Bote des geheimen Bundes. Arrastro erblickte die Gefesselten und wollte sofort zurückweichen, aber André war schneller als er und hatte ihn gepackt.

„Halt, Freund! Hierbleiben! Wer hier eintritt, der muß wenigstens so lange bleiben, wie wir."

„Aber, Señor, ich wollte gar nicht verweilen", meinte Arrastro kleinlaut. „Ich wollte einen Schluck Wein trinken und wieder fort."

„Trink zehn Schlucke! Dann sind auch wir fertig, und du kannst gehen, wohin es dir beliebt."

„Das wohl nicht", meinte Kurt lächelnd. „Der Señor wird uns zu Juarez begleiten."

Der Dicke wurde leichenblaß.

„Zu Juarez? Warum?"

„Weil der Präsident Euch gern kennenlernen will. Wo seid Ihr heut gewesen?"

„In Queretaro und Umgegend. Ich bin Handelsmann und reise für mein Geschäft."

„Ja, Ihr handelt mit Lügen, und Euer Geschäft ist der Verrat."

„Gott, Señor, Ihr verkennt mich", rief der Beschuldigte voller Angst.

„Ich Euch verkennen? Das wollen wir gleich sehen! Seid Ihr in Santa Jaga bekannt?"

„Nein."

„Auch nicht im Kloster della Barbara dort?"

„Nein."

„Aber Ihr kennt den Arzt Hilario oder dessen Neffen Manfredo?"

„Auch nicht."

„Ihr lügt. Ich selber habe Euch dort gesehen."

„Ihr täuscht Euch."

Da holte Kurt aus und gab dem dicken Lügner eine solche Ohrfeige, daß er mit dem Kopf an die Wand flog. Der Getroffene rief entrüstet:

„Ihr tut mir wirklich unrecht. Der, den Ihr gesehen habt, muß mir außerordentlich ähnlich sein."

„Ja, so ähnlich, daß du es bist, mein Lieber. Hast du nicht am Mittwoch abend im Zimmer des Alten mit dessen Neffen gesprochen? Hast du ihm nicht gesagt, daß zweihundert Soldaten kommen würden, die er den Klosterberg heraufholen soll?"

Arrastro starrte Kurt erschrocken an.

„Nein", leugnete er dennoch.

„Diese Soldaten sollten das Kloster in Besitz nehmen, damit der Kaiser getötet und Juarez sein Mörder werde?"

„Nein. Ich habe nicht daran gedacht."

„Leugne jetzt, wie du willst! Ich bin kein Henker. Aber wir werden dich schon noch zum Sprechen bringen und auch die Mitglieder eures sauberen Bundes erfahren. Wir binden dich aufs Pferd und nehmen dich mit. Brechen wir auf!"

Kurt warf ein Geldstück als Bezahlung für den Wein auf den Tisch und faßte den Dicken an. André half, und bald war der Verschwörer auf sein Pferd gebunden. Emilia, jetzt frei, stieg auf ein andres, und es ging fort. Sie mußten zurück, vorsichtig um Queretaro herum, und nun galt es, die Vorposten von Juarez zu erreichen.

Der ebenso vorsichtige wie tatkräftige Zapoteke hatte sein Heer unterdessen eine allgemeine Vorwärtsbewegung machen lassen. Er befand sich in viel größerer Nähe als selbst Mejia heut am Nachmittag geahnt hatte, denn noch war der Mittag nicht vorüber, so stieß Kurt auf eine bedeutende Streifschar, die zum Korps des Generals Velez gehörte.

Sie wurden in dessen Quartier geleitet. Dieser hatte Kurt bei Juarez gesehen und kannte überdies Emilia genau. Er war ein rauher, höchst feuriger und oft rücksichtsloser Republikaner. Er ließ sich das Geschehene erzählen und rief Arrastro vor sich, den er eine ganze Weile schweigend und mit finstern Blicken betrachtete.

„Du hast geleugnet, was dir dieser Señor vorgeworfen hat?" fragte er ihn.

„Ich leugnete es, da es nicht der Wahrheit entspricht", antwortete der Dicke. „Ich heiße Perdillo und handle mit Ponchos und Serapen."

Da nahm das Gesicht des Generals eine höhnische Miene an.

„Wenn ich dich nun besser kenne?"

„So täuscht Ihr Euch, Señor."

„Hund! Ich täusche mich niemals in einer Person, am allerwenigsten aber in einem solchen Galgengesicht, wie das deinige ist. Hast du jemals einen gewissen Tavera gekannt?"

Der Kleine wurde leichenblaß.

„Nein", stammelte er.

„Der den Franzosen den General Tonamente ans Messer lieferte?"

„Ich habe ihn nicht gekannt, Señor."

„Nicht? Vielleicht ist dir ein anderer Name geläufiger. Kennst du einen Mann mit Namen Arrastro?"

Der Dicke wurde noch um einen Schein bleicher.

„Nein, Señor, ich weiß nicht, von wem Ihr sprecht."

Das Verhör fand im Freien statt. Der General stand düster drohend vor dem Verschwörer.

„Schuft, zu allen Teufeleien hattest du den Mut, aber zu einem Bekenntnis bist du zu feig!" rief Velez. „Du nanntest dich Perdillo, besser hättest du dich Perdido, der Verlorene, genannt, denn verloren bist du! Ich entlarve dich: vor wenigen Monaten wurdest du vom Kriegsgericht in Monterey zum Tod durch den Strang verurteilt. Es gelang dir zu entkommen, aber wir werden das Versäumte sofort nachholen!"

Arrastro zitterte und brachte nur unverständliche Laute hervor.

„Ich vollstrecke das Urteil", fuhr der General unerbittlich fort. „Hängt den Schurken an den schönsten Ast!"

Im Nu waren die Schergen zur Stelle. Man warf einen Strick um den Hals des Gefesselten und drängte ihn an den nächsten Baum. Sein Jammern blieb ungehört.

„General", raunte Kurt, „wir könnten ihn noch brauchen! Er wird uns vielleicht Geständnisse machen und seine Mitschuldigen und Verschworenen nennen!"

„Ist mir gleichgültig. Urteile sind da, um vollstreckt zu werden! Macht ein Ende! Zieht ihn empor, damit man sieht, wie die republikanische Armee mit Verrätern umspringt!"

Ein Ruck, und Arrastro schwebte zwischen Himmel und Erde. Ein kurzer, immer schwächer werdender Krampf durchzuckte seine Glieder. Die Zuckungen erloschen, dann war es aus. —

Von nun an entwickelten sich die Verhältnisse mit ungemeiner Schnelligkeit. Escobedo rückte rasch näher und schloß die fünfzehntausend Mann, die Max bei sich hatte, mit fünfundzwanzigtausend Republikanern ein. Die Belagerung von Queretaro begann. Ebenso umschloß Porfirio Diaz mit seiner Armee die Hauptstadt Mexico, in der bald die gräßlichste Hungersnot ausbrach.

Kurt wollte nicht untätig bleiben. Er schloß sich dem Geniewesen an und leitete unter dem Kommandanten dieses Korps die Belagerungsarbeiten. Sternau bemühte sich als Arzt.

Juarez hatte den Sitz der Regierung nach San Luis Potosi verlegt. Dryden befand sich bei ihm. Es läßt sich denken, wie erfreut dieser gewesen war, als er von der Rettung der Gefangenen hörte und sie beglückwünschen konnte. —

Sobald der Weg zur Küste frei war, hatte Sternau in die Heimat geschrieben, daß sie alle gerettet seien. Hätte er dabei sein können, als dieser Brief das alte, liebe Rheinswalden erreichte!

Dort saß Rodenstein in seinem Lehnstuhl und stöberte in allerlei Papieren herum. Er war alt und grau geworden, der wackere Oberförster, und grad heut plagte ihn die Gicht auf eine gräßliche Weise. Da trat Ludwig ein, schlug die Absätze zusammen und wartete, bis sein Herr ihn anreden werde. Dieser drehte sich endlich zu ihm und sagte mißmutig:

„'n Morgen, Ludwig!"

„'n Morgen, Herr Hauptmann!"

„Was Neues? Kein Wilddieb? Kein Windbruch? Keine Kuh gekalbt?"

„Nein."

„Hole dich der Teufel, du alte Neinposaune — au!"

Der Oberförster hatte eine schnellere Bewegung gemacht als seine Gicht es gestattete, und zog nun vor Schmerzen ein fürchterliches Gesicht.

„Da hat man's!" schimpfte er. „Ich wollte, du wärest der Oberförster und hättest die Gicht."

„Und Sie wären der Ludwig ohne Gicht dahier? Habe auch meine Leiden, Herr Hauptmann."

„Was denn?"

„Gehaltszulage."

„Donnerwetter! Was fällt dir niederträch— au! Mensch, mache, daß du fortkommst, sonst werfe ich dir meine Tabakspfeife ins Gesicht, daß dir die Gehaltszulagen aus der Nase wachsen — he, wer kommt da?"

Es hatte draußen geklopft.

„Weiß es nicht dahier", meinte Ludwig gleichmütig.

„So guck doch hinaus, du Esel!"

„Zu Befehl, Herr Hauptmann!"

Ludwig drehte sich um, öffnete ein wenig, steckte den Kopf vorsichtig hinaus, zog ihn wieder ein und meldete:

„Der Postbote."

„Sieh nach, was er bringt!"

„Zu Befehl, Herr Hauptmann."

Ludwig ging zur Tür und schwenkte im nächsten Augenblick einen Brief in der Hand.

„Woher?" fragte der Alte ungeduldig.

„Aus Mexiko, hurra!"

„Aus Me — Me — Mexi — — woher, Kerl?"

„Aus Mexiko."

Rodenstein machte Augen, wie ein Teller so groß.

„So soll mich doch gleich vor lauter Freude der Kuckuck fressen!

Fahre hin, du altes Luder! Von heut an wird die neue gestopft! Verstanden, Ludwig?"

Der Alte warf bei diesen Worten die Tabakspfeife zum Fenster hinaus, so daß sie mitsamt der zerbrochenen Scheibe in den Hof hinunterflog.

„Zu Befehl!" brummte Ludwig. „Erst mir ins Gesicht und dann zum Fenster hinaus dahier. Wollte lieber, ich hätte sie zum Geschenk erhalten."

„Geh hinunter und hol sie dir!" lachte der alte Oberförster und ergriff das Schreiben.

Aber der brave Bursche ging noch lange nicht. Er mußte doch auch wissen, was in dem Brief stand. Der Alte hatte geöffnet und las. Der Brief enthielt in kurzen Worten die Mitteilung, daß alle durch Kurt gerettet worden seien und daß ein ausführlicher Brief bald folgen werde. Noch einmal las der Oberförster die wenigen Worte leise durch, dann aber fuhr er in die Höhe, daß der Stuhl umfiel und machte einen Freudensprung.

„Gerettet! Hurra! Alle gerettet! Durch Kurt! Glücklich gerettet! *Gaudeamus igitur!* Bald mehr durch einen langen Brief! *In dulci jubilo!* Euer Sternau!"

Ludwig stand dabei und starrte ihn verdutzt an.

„Aber, Herr Hauptmann, tut es denn nicht weh? Beißt oder zwickt und kneipt es denn gar nicht?"

„Zum Teufel! Was denn?"

„Na, die Gicht dahier."

Jetzt erst fiel auch dem Alten seine Gicht ein. Er machte ein überraschtes Gesicht und stampfte einige Male mit den Füßen.

„Ludwig, sie ist fort, rein fort, Gott hab sie selig!"

„Das ist aber doch merkwürdig", meinte der Jäger kopfschüttelnd.

„Ja. Was mag da schuld sein?"

„Die Freude oder der Brief."

„Die Freude, Dummkopf! Denk dir, und an mich hat er ihn gerichtet an mich! Der Prachtkerl, dieser Sternau! Ludwig, renne hinunter in die Küche und sage, daß ihr heut mittag ein Sonderessen bekommen sollt! Ich laufe aber sogleich hinüber zur Villa Rodriganda, um den Brief vorzulesen."

Damit humpelte der Hauptmann fort. Seine Botschaft rief bei allen helles Entzücken hervor.

14. An der ‚Teufelsquelle‘

Wenn der Brief Sternaus bei seinen Verwandten eitel Jubel und Freude anrichtete, so befanden sich die in Santa Jaga zurückgelassenen Gefangenen unterdessen in einer weniger gehobenen Stimmung. Damit sind nicht so sehr die Freischärler gemeint, die auf Betreiben Arrastros sich in den Besitz des alten Klosters hatten setzen sollen. Diese sagten sich, daß Juarez wohl nicht allzu streng mit ihnen ins Gericht gehen werde. Unheimlich aber war es den beiden Cortejos zumute, die nebst Josefa, Landola und Manfredo das Schlimmste zu gewärtigen hatten, sobald wieder geordnete Zustände im Land eingetreten wären, so daß das Gerichtsverfahren gegen sie aufgenommen werden konnte.

Die weitläufigen Keller des Klosters besaßen zur Unterbringung der Kriegsgefangenen genug Räume. Deshalb konnte man nicht nur die gefährlichen fünf Hauptgefangenen abseits von ihnen halten, sondern man hatte sie vorsichtshalber getrennt und in zwei sich gegenüberliegenden finstern Gelassen untergebracht und dort auf gleiche Weise an die Wand gefesselt, wie es Hilario vorher mit seinen Gefangenen getan hatte. Jedes einzelne dieser Gewölbe wäre zwar groß genug für alle fünf zusammen gewesen, aber man hatte sie voneinander abgesondert, um es ihnen unmöglich zu machen, sich zu verständigen. Josefa befand sich mit ihrem Vater Pablo in dem einen Kellerloch, während Gasparino, Landola und Manfredo gegenüberlagen, von den andern durch die Breite des Gangs getrennt. Die Tage vergingen für die Gefangenen in dumpfer Verzweiflung. Sie verfügten nicht über die Seelengröße des deutschen Arztes und seiner Gefährten, deren Gottvertrauen weder durch eine Verbannung von sechzehn Jahren, noch durch die unmenschliche Behandlung Hilarios gebeugt worden war.

Gasparino und Landola hatten sich mit Manfredo, ihrem früheren Kerkermeister und jetzigen Leidensgefährten, bald ausgesöhnt. Pack verträgt sich ja so leicht, wenn es gilt, gegen einen gemeinsamen Feind vorzugehen, und macht sofort gemeinschaftliche Sache, wie groß vorher auch die Gegnerschaft gewesen sein mag. Am ersten Tag hatten sie sich wohl die schauerlichsten Flüche gegenseitig an den Kopf geworfen, aber bald vereinigten sich ihre Verwünschungen auf die Häupter ihrer jetzigen Kerkermeister, und alle möglichen Befreiungs- und Rachepläne wurden erwogen, bis die Zeit, die in tödlicher Langsamkeit verstrich, ihre Wirkung tat: sie wurden von Tag zu Tag stiller, und nach drei Wochen waren sie in einem Zustand angelangt, der an Stumpfsinn und völlige Teilnahmslosigkeit grenzte.

Dem Schwarzen Gerard, der neben Mariano, dem alten Grafen Fernando, Kapitän Unger, Grandeprise und Mindrello in Santa Jaga zurückgeblieben war, wurde bald die Zeit zu lang. Er begab sich ins Hauptquartier des Zapoteken, um sich diesem zur Verfügung zu stellen, was seinem Tatendrang mehr entsprach als Gefangene zu bewachen, die er in sichrer Obhut glaubte. Nach kurzem Abschied ritt er fort. Hätte er geahnt, was sich unterdessen in den unterirdischen Kellern des Klosters vorbereitete! —

„Caramba!" fluchte Landola, der, an das freie Leben auf der See gewohnt, die stickige Kerkerluft und die ständige Dunkelheit am schmerzlichsten empfand. „Wenn das so weitergeht, werde ich wahnsinnig. Da wollte ich fast, wir würden vor den Richter gebracht und abgeurteilt. Aber dieses Leben hier ertrage ich nicht länger. Wie lange sind wir denn eigentlich schon hier in diesem Loch? Der Teufel soll mich holen, wenn ich das sagen kann! Ich habe die Zeitbestimmung vollständig verloren."

„Wir sind zwanzig Tage hier", seufzte Gasparino mit müder, klangloser Stimme. „Ich habe genau achtgegeben und gezählt. Täglich erhalten wir um die Mittagszeit einen Laib Brot und einen Krug Wasser; das ist zwanzigmal geschehen, folglich ist die Berechnung ganz einfach."

„Zwanzig Tage!" meinte Landola. „Mir kommen sie wie eine Ewigkeit vor. Ich kann überhaupt nicht mehr denken. Diese Luft und diese pechschwarze Finsternis saugen einem das Mark aus den Knochen. Ich gäbe meine Seligkeit, an die ich ohnehin nicht glaube, dafür, könnte ich nur noch einmal das Licht der Sonne sehen und die Planken eines Schiffs unter meinen Füßen fühlen."

„Ich denke, Ihr werdet bald überhaupt nichts mehr unter Euern Füßen fühlen", ließ sich Manfredo vernehmen, „da Euch der Henker eine Schlinge aus Hanf um den Hals legen wird. Ja, wenn ich nur die Hände freibekommen könnte! Dann wollte ich nicht mehr lange hier unten die Ratten pfeifen hören."

„Ja, wenn!" höhnte Landola. „Das ,wenn' hat der Teufel erfunden. Wie wollt Ihr übrigens aus diesem Ameisenbau entkommen? Ihr habt mir zwar erzählt, daß das Kloster einen geheimen unterirdischen Ausgang hat, der in einen Steinbruch mündet. Aber Ihr habt selbst zugegeben, daß Ihr den Plan dazu unsern Feinden habt aushändigen müssen. Und Ihr könnt Euch doch denken, daß man Vorsorge getroffen hat, diesen Ausgang zu versperren oder doch wenigstens so zu bewachen, daß ein Entkommen für uns zur Unmöglichkeit würde."

„Stimmt! Aber ich habe Euch noch nicht mitgeteilt, daß es noch einen zweiten Schlupfweg gibt. Dieser ist nicht auf dem Plan angegeben, den ich diesem verdammten Deutschen ausliefern mußte. Mein Onkel hat sich gehütet, ihn einzuzeichnen, denn er wollte sich ein Hinterpförtchen sichern für den Fall, daß es jemand gelänge, in die Geheimnisse des Klosters einzudringen."

„Und Ihr kennt dieses Hinterpförtchen?"

„Ja, ich kenne es. Aber es hat keinen Wert, darüber zu sprechen, solang —"

Manfredo hielt inne, denn draußen wurde der Riegel zurückgeschoben. Die mit Eisen beschlagene Tür öffnete sich und ein Mann trat herein, in der einen Hand eine Laterne, in der andern einen Krug mit Wasser und unter dem Arm einen Laib Brot.

Bei seinem Anblick wäre Manfredo beinahe ein Ruf der Überraschung entschlüpft, aber er beherrschte sich, denn er sah, wie der Mann warnend die Brauen in die Höhe zog. Dann legte der Eingetretene das Mitgebrachte zwischen den Gefangenen nieder und entfernte sich, nachdem er noch einen bedeutsamen Blick auf das Brot geworfen hatte. Im nächsten Augenblick umfing sie wieder das frühere Dunkel.

„Was war das?" fragte Landola. „Das sah so aus, als wollte der Bursche uns auf etwas aufmerksam machen. Übrigens war es nicht der, der uns gewöhnlich das Essen brachte. Was soll das bedeuten?"

„Still!" warnte Manfredo. „Sprecht nicht zu laut, es könnte von unserm Wächter draußen gehört werden! Ich kenne den Mann. Er ist einer der Krankenwärter, die in diesem Kloster angestellt sind. Ich habe ihm einmal einen Dienst erwiesen, der ihn aus einer großen Verlegenheit befreite, und es ist möglich, daß er sich jetzt dafür erkenntlich zeigen will. Freilich weiß ich nicht, wie er es durchgesetzt hat, uns das Essen bringen zu dürfen. Er hat auffällig auf das Laib Brot gedeutet. Wollen sehen, ob er etwas Brauchbares enthält!"

Damit ergriff er das Brot, das zu seinen Füßen lag. Es muß bemerkt werden, daß die Ringe, die die Gefangenen umklammerten, so in die Wand eingelassen waren, daß die Männer unmöglich einander berühren, dagegen bequem die Nahrung ergreifen konnten, die zwischen sie hingestellt worden war. Als Manfredo den Laib Brot in der Mitte auseinandergebrochen hatte, wußte er sofort, woran er war. Er konnte zwar nichts sehen, aber er erkannte durch das Tastgefühl die Gegenstände, die ins Brot eingebacken worden waren.

„*Cielo!* Ein Feuerzeug, und zwar ein solches, wie es in der Prärie gebräuchlich ist", flüsterte er mit mühsam zurückgehaltener Erregung. „Und hier fühle ich ein Papier, um einen Bleistift gerollt."

Die andern hatten in atemloser Spannung zugehört. Jetzt flüsterte Landola vor Aufregung heiser:

„So zündet das Feuerzeug an! Rasch!"

„Wenn der Lichtschein durch die Tür dringt und uns verrät?"

„Unsinn! Habt Ihr etwa einen Lichtschein bemerkt, wenn uns das Essen gebracht wurde? Ebensowenig wird der Lichtschimmer vom Wächter draußen bemerkt. Also macht keine Umstände!"

Der Neffe Hilarios folgte dem Geheiß Landolas, und bald flackerte ein schwaches Flämmchen auf. Manfredo hatte das Feuerzeug angezündet und las bei seinem Schein den Zettel vor, auf den mit Blei folgende Worte gekritzelt waren:

„Es ist mir unter großen Schwierigkeiten gelungen, Euch das Essen bringen zu dürfen. Manfredo, habt Ihr einen Wunsch? Schreibt ihn auf diesen Zettel und legt diesen in den leeren Krug!"

„Valgame Dios!" rief Manfredo. „Wir sind gerettet!"

„Noch lange nicht", meinte Landola. „Wie wollt Ihr von diesen Fesseln loskommen? Dazu ist unbedingt der dazugehörige Schlüssel notwendig."

„Wenn's weiter nichts ist!" meinte Manfredo sorglos. „Im Zimmer meines Onkels befindet sich in einem Schränkchen ein zweiter Schlüssel. Ich vermute, daß man ihn nicht beachtet hat und daß er also noch an der gleichen Stelle hängt. Falls es meinem Vertrauten gelingt, ihn in die Hände zu bekommen, so sind wir frei."

„Wie wollt Ihr uns aber hinaus vor die Mauern bringen?"

„Das laßt nur meine Sache sein! Wenn wir nur den Schlüssel und ein Messer erhalten!"

„So schlage ich vor, daß Ihr unsere Wünsche jetzt auf dem Zettel aufschreibt. Wir müssen das Licht sparen. Das übrige können wir im Finstern beraten."

„Recht so!" ließ sich jetzt auch Cortejo vernehmen, dem man am Ton der Stimme anhören konnte, daß neue Hoffnung in sein Herz eingezogen war. „Schreibt den Zettel!"

Manfredo ergriff den Bleistift und schrieb, die an den Leib gezogenen Knie als Unterlage benützend, auf die Rückseite des Zettels folgendes:

„Im Arbeitszimmer meines Onkels hängt über dem Schreibtisch ein Schränkchen. Darin befindet sich ein kleiner Schlüssel, mit dem wir unsre Fesseln aufschließen können. Verschafft ihn uns und dazu noch ein scharfes Messer! Das ist alles, was wir wünschen."

Dann verbarg er das Geschriebene und die andern im Brot gefundenen Gegenstände im Ärmel seiner Jacke. Hätte jetzt der Wächter hereingespäht, so hätte er nicht geahnt, daß soeben der erste Schritt zur Befreiung der Gefangenen geschehen war.

„Was nun?" flüsterte Gasparino, als das frühere Dunkel sie wieder umfing.

„Warten!" gab Landola einsilbig zur Antwort. „Was sollen wir sonst?"

‚Aber wie lange noch?" fragte Cortejo hartnäckig weiter.

„Mindestens drei Tage."

„Drei Tage!" stöhnte Cortejo. „Warum so lange? Ich glaube, ich halte es keine drei Stunden mehr aus."

„Ihr seid ein Narr, sonst könntet Ihr Euch von selber sagen, daß vor drei Tagen an eine Befreiung nicht zu denken ist "

„Wieso?"

„Nun, morgen mittag, wenn unser heimlicher Freund uns Brot und Wasser bringt, wird er den Zettel lesen. Dann dauert es wieder einen Tag, bis er uns das Gewünschte hereinschmuggelt. Selbstverständlich können wir in diesem kurzen Augenblick uns nicht befreien. Wir müssen bis zum nächsten Mittag warten. Eher können wir nicht loskommen, weil wir nicht durch die verschlossene Tür gehen können. Wenn die Tür sich zum drittenmal öffnet, dann gilt es. Wir haben uns unterdessen frei gemacht und werfen uns auf den Wächter vor der Tür."

„Was tun wir mit ihm?" forschte der Anwalt. „Lassen wir ihn leben?"

„Nein, so dumm sind wir nicht. Er muß dran glauben."

„Aber unser Befreier?"

„Bei dem ist es etwas andres. Aber binden und knebeln müssen wir auch ihn, aber nur zum Schein, was er uns nicht verübeln wird, damit er nicht in den Verdacht kommt, mit uns gemeinsame Sache gemacht zu haben. Doch so weit sind wir noch lange nicht."

„Leider! Es können zu viele Umstände eintreten, die unsern Plan unmöglich machen. Was aber dann, wenn er uns gelingen sollte? Werden wir meinen Bruder und meine Nichte mitnehmen? Wir brauchen nur den Riegel drüben an der Tür zurückschieben, dann sind sie im nächsten Augenblick frei."

„Hm!" meinte Landola nachdenklich. „Habt Ihr wirklich solche Sehnsucht nach Euern Verwandten?"

„Hm", brummte auch Gasparino. „Eigentlich nicht. Die beiden haben es nicht an mir verdient, daß wir uns ihrer annehmen."

„Unsre Rolle in Sachen der Familie Rodriganda ist ausgespielt", fuhr Landola fort. „Ein für allemal und endgültig! Darüber bin ich mir völlig im klaren. Es handelt sich jetzt für uns nur noch darum, wie wir aus dem Zusammenbruch unsrer Pläne noch möglichst viel herausschlagen können. Was meint Ihr dazu, Señor Cortejo?"

„Wüßte nicht, wo für uns bei der Geschichte noch etwas zu holen wäre! Überall, wohin ich blicke, sehe ich eine Niete."

„Ihr, jawohl, das glaube ich gern", höhnte Landola. „Aber habt Ihr Alfonso, Euern Sohn, vergessen?"

„Wieso? Was wollt Ihr damit sagen?"

„Nun, die Sache ist doch ganz klar! Euer Sohn ist bis jetzt der unbestrittene Erbe der spanischen Güter des Hauses Rodriganda. Es kommt nur darauf an, unsern Gegnern zuvorzukommen. Wir machen alles Bewegliche flüssig und verschwinden mit den Millionen, die dabei immer noch herauskommen müssen."

„So, meint Ihr, so! Wenn aber nun Alfonso nicht will?"

„Was bleibt ihm sonst übrig? Ihr werdet wohl nicht so kindisch sein und glauben, daß Alfonso seine Rolle als Gaf noch weiterhin spielen kann? Er muß abtreten und uns noch dankbar sein, daß wir kommen und ihn warnen, bevor es zu spät ist."

„Und wie denkt Ihr Euch die Teilung der Beute, vorausgesetzt, daß unser Plan gelingt?"

„Das ist doch ganz einfach! Wir sind zu dreien, nämlich Ihr, Alfonso und ich. Jeder von uns muß ein Drittel bekommen. "

„Ihr vergeßt einen vierten!" warf da Manfredo ein. „Oder glaubt Ihr, ich wolle leer ausgehen?"

„Ihr sollt mit uns zufrieden sein", meinte Landola beruhigend. „Es versteht sich von selbst, daß Ihr, dem wir die Rettung, wenn sie gelingt, hauptsächlich zu verdanken haben, Euern Teil bekommen müßt."

Das klang treuherzig und ehrlich. Aber wenn Manfredo im Dunkeln hätte sehen können, so wäre er erschrocken über das unsäglich höhnische Lächeln, das bei diesen Worten über die harten Züge des Piraten glitt.

„Wie denkt Ihr Euch die Flucht?" fragte Cortejo. „Welchen Hafen werden wir aufsuchen? Wohl Vera Cruz?"

„Fällt uns nicht ein! Das wäre das dümmste, was wir anfangen könnten. Der Weg nach Vera Cruz ist uns durch die kaiserlichen und republikanischen Truppen verlegt. Nein, wir müssen einen Hafen der Westküste zu gewinnen suchen, San Blas oder Manzanillo. Der Weg dorthin ist ziemlich frei. Ich hoffe, daß Maximilian diesem Indianer, dem Juarez, noch so lange zu schaffen machen wird, bis wir in Sicherheit sind. Es handelt sich jetzt für uns hauptsächlich darum, daß wir Zeit gewinnen und unsern Feinden zuvorkommen. Bis der Krieg zu Ende ist und eine Kunde vom wahren Sachverhalt hinüber nach Spanien dringt, müssen wir mit unserm Geschäft in Rodriganda fertig sein."

Es wurde noch eine Zeitlang hin und her beraten, bis der Plan in allen Einzelheiten feststand. In der nächsten Nacht und den folgenden konnten die Gefangenen vor Erwartung und Aufregung nur wenig Schlaf finden.

Als am Morgen des vierten Tages der Wächter kam, um den frühern abzulösen, war er entsetzt, diesen in einer Blutlache liegen zu sehen. Ein Messerstich ins Herz hatte seinem Leben ein Ende gemacht. Voll düstrer Ahnung wandte sich der Mann zur nächsten Tür und schob den Riegel zurück. Hier lagen Pablo Cortejo und Josefa. Ihre Fesseln waren in Ordnung. Anders dagegen verhielt es sich bei dem Gefängnis gegenüber. Der Riegel war zurückgeschoben, und als der Wächter die Tür aufstieß und die Zelle betrat, wäre er beinahe über eine Gestalt gefallen, die regungslos am Boden lag. Als er das Licht seiner Laterne auf sie fallen ließ, erkannte er den Mann, der den Gefangenen das Essen zu bringen hatte. Er war gebunden und geknebelt. Die drei früheren Insassen waren verschwunden, und die Ringe, in die sie geschlossen gewesen waren, geöffnet.

Rasch befreite er den Gefesselten von den Banden und dem Knebel und erfuhr nun das Vorgefallene. In dem Augenblick, da der Wächter am gestrigen Mittag die Tür geöffnet hatte, um den Gefangenen die gewöhnliche Nahrung zu bringen, hatte sich der eine von ihnen, der sich Landola nannte, an ihm vorbei mit erhobenem Messer auf den Wärter draußen im Gang geschnellt und ihm das Messer ins Herz gestoßen. Die beiden andern hatten sich auf ihn geworfen, ihn gebunden und geknebelt und ihn dann liegengelassen. Das war alles, was er erzählen konnte. Wie sich die Gefangenen befreit hatten und wie Landola zu einem Messer gekommen sei, das sei ihm ein Rätsel, das über seinen Verstand ginge.

Der Wächter konnte nichts andres tun, als den Vorfall dem Major melden, der das Kloster besetzt hielt. Nach fünf Minuten war dieser zur Stelle, aber auch die Männer, denen das Entkommen der Verbrecher mehr als alles andere naheging, nämlich Don Fernando, Mariano, der Jäger Grandeprise, Kapitän Unger und Mindrello. Grandeprise machte sich sofort an die Untersuchung der Zelle, fand aber nicht das geringste, wodurch der Vorfall aufgeklärt wurde. Kopfschüttelnd wandte er sich an den Major.

„Señor, glaubt Ihr, daß die Gefangenen ohne fremde Hilfe sich befreien konnten?"

„Das halte ich für ausgeschlossen."

„Gut. Dann ersuche ich Euch, Señor, diesem Mann, der gebunden und geknebelt aufgefunden worden ist, festzunehmen! Ich habe ihn nämlich stark im Verdacht, den Gefangenen zur Flucht verholfen zu haben."
„Welche Gründe habt Ihr für diese Vermutung?"
„Mehrere. Ihr selber sagt, daß sich die Eingeschlossenen nicht ohne fremde Hilfe frei machen konnten. Es kommen da nur zwei Leute in Frage, der Wächter und dieser Mann hier, der in den letzten Tagen die Gefangenen mit Speise zu versorgen hatte. Ein andrer kann es nicht gewesen sein, denn bei der Art und Weise, wie die Ausgänge bewacht werden, konnte ein Dritter unmöglich Zutritt bekommen. Und warum haben die Entflohenen den Wächter ermordet, während sie den andern nur unschädlich machten? Doch nur deswegen, weil sie gegen ihn Rücksicht üben mußten."
„Ihr habt recht." Und zu dem überrascht dastehenden Krankenwärter gewandt, sagte er drohend: „Gesteht es, daß Ihr den Schurken zur Flucht verholfen habt!"
„Ihr irrt Euch, Señor!" suchte sich dieser zu rechtfertigen. „Ich bin es gewiß nicht gewesen. Ich habe keine Ahnung, wie —"
„Das wird sich finden! Fesselt diesen Mann!"
Der Angeschuldigte wollte sich zwar zur Wehr setzen, konnte indes gegen die Überzahl nichts ausrichten. Im Nu war er gebunden. Das nächste war, daß die Personen, die gestern an den beiden Ausgängen Wache zu stehen hatten, ausgefragt wurden. Aber keine wollte etwas Verdächtiges bemerkt haben. Weder im Steinbruch noch oben im Klosterhof wäre an ein Durchkommen zu denken gewesen. Auch Pablo Cortejo und Josefa wurden befragt. Deren Wut war grenzenlos, als sie erfuhren, daß ihre Spießgesellen entflohen waren, ohne sie mitzunehmen.
Die Frage der Befreiung der Gefangenen wäre ein ungelöstes Rätsel geblieben, wenn nicht der Major auf einen Gedanken gekommen wäre. In seiner Truppe wurde ein englischer Schweißhund mitgeführt, der die Fährte eines Flüchtlings aufzunehmen wußte. Schon nach einer Viertelstunde war das Tier zur Stelle und wurde in die Zelle gebracht, die die Entflohenen innegehabt hatte. Der Mann, der den Hund an der Leine führte, hielt ihm ein Büschel Stroh, das er vom Boden aufgehoben hatte, unter die Nase, und sofort nahm der Hund die Witterung auf. Mit zur Erde gesenkter Schnauze und hängenden Lefzen zog er so heftig an der Leine, daß der Führer Mühe hatte, zu folgen. Unmittelbar hinter ihm gingen die andern in begreiflicher Spannung.
Ohne auch nur einen Augenblick zu zaudern, lief der Hund durch den Gang, dann auf einer Treppe in das nächsthöhere Kellergeschoß und

blieb nach kurzer Zeit vor einer Wand stehen, an der er mit der Vorderpfote zu kratzen begann. Als man die Stelle einer Untersuchung unterwarf, bemerkte man mit Staunen, daß es sich um eine geheime Tür handelte, die auf die gleiche Weise zu öffnen war wie die bekannte. In Schulterhöhe befand sich eine kleine Vertiefung. Grandeprise legte die Hand an die Stelle und drückte daran: sofort schob sich ein Teil der Wand hinein.

„*Ascuas!*" rief der Jäger erstaunt. „Doktor Hilario wußte noch von einem andern Ausgang, der aber nicht auf der Karte verzeichnet ist. Dieses alte Kloster ist ein wahrer Fuchsbau! Rasch weiter!"

Der Gang führte eine ziemliche Strecke gradaus und endigte schließlich an einer senkrechten Mauer, an der der Hund herumschnüffelte. Man suchte und fand abermals eine Stelle, die dem Druck der Hand nachgab. Die Mauer öffnete sich, und helles Sonnenlicht strahlte den Männern entgegen. Man befand sich im Freien, und zwar halbwegs auf dem Pfad, der von der Stadt zum Kloster hinaufführte, dessen Mauern oben durch die Bäume hindurchschimmerten. Die Stelle war der steinigen Umgebung so angepaßt, daß ein Vorübergehender unmöglich ahnen konnte, daß er sich in der Nähe eines geheimen Ganges befand. Als alle ins Freie hinausgetreten waren, wollte der Hund sofort die Spur abwärts verfolgen, aber Grandeprise hielt ihn zurück.

„Halt!" wandte er sich an seine Begleiter. „Das Rätsel ist gelöst. Wir wissen nun, wie die Schurken entkommen sind. Und jetzt ist keine Zeit zu verlieren, wenn wir sie nicht einen allzu großen Vorsprung gewinnen lassen wollen. Señor Major, wollt Ihr mir den Hund zur Verfolgung überlassen?"

„Gern. Aber Ihr beabsichtigt doch nicht etwa, Euch allein hinter den Verbrechern herzumachen?"

„Nein!" erklärte Grandeprise. „Ich werde mir noch einige tüchtige Leute suchen, die Gefallen an einer Hetzjagd finden."

„Das geht nicht", fiel da Mariano ein. „Ihr vergeßt, daß auch wir eine große Abrechnung mit diesen Menschen haben. Ich gehe mit Euch, und ich hoffe, daß Ihr nichts dagegen habt."

„Auch ich schließe mich an", meinte Mindrello in bestimmtem Ton. „Diese Schurken haben mir Jahre meines Lebens zur Hölle gemacht, und es fällt mir nicht ein, zurückzubleiben, wenn es sich darum handelt, diese Teufel der verdienten Strafe entgegenzuführen."

„Mindrello hat recht", mischte sich Don Fernando ins Gespräch. „Auch ich lasse mir nicht vorwerfen, daß ich ruhig zugesehen habe, wie diese Schurken —"

„Stopp!" fiel ihm Grandeprise in die Rede. „Eure Gefühle in Ehren, Don Fernando, aber ich meine, Ihr solltet die Verfolgung uns Jüngeren überlassen. Ich schwöre Euch mit allen Eiden zu, daß Ihr Euch auf uns verlassen könnt. Die Begleitung Eures Neffen und Señor Mindrellos lasse ich mir gefallen, aber mehr dürfen es auf keinen Fall sein, weil dadurch der Ritt nur verlangsamt würde. Außerdem seid Ihr zur Bewachung der andern Gefangenen nötig, die uns nicht auch noch entkommen dürfen."

Damit mußten sich Don Fernando und ebenfalls Kapitän Unger zufrieden geben. Der Major versuchte zwar, Grandeprise einige Dragoner als Begleitung aufzudrängen, mußte indes bei dem Widerstand, den ihm der amerikanische Jäger entgegensetzte, von seinem Vorhaben abgehen. Nach einer Stunde bereits ritten die drei Verfolger auf vorzüglichen Pferden und mit Lebensmitteln für acht Tage ausgerüstet, den Berg hinunter. An der Spitze des kleinen Trupps trottete der Hund, die Nase dicht am Boden, und zwar mit einer Schnelligkeit, daß die Reiter, die des abschüssigen Pfads wegen ihre Pferde nur im Schritt gehen lassen konnten, zurückblieben und, unten am Berg angekommen, ihre Tiere in Galopp setzen mußten, um ihren vierbeinigen Führer nicht aus dem Auge zu verlieren. Die unsichtbare Fährte der Verfolgten führte in einem weiten Bogen um die Stadt herum. Es war klar, daß sie es vermeiden wollten, sich blicken zu lassen. Jenseits der Stadt bog der Hund scharf nach Süden ein, zur Verwunderung des Jägers, der der Meinung gewesen war, die Verbrecher würden ihre Flucht zur weniger bevölkerten Gegend im Norden richten.

„Señor, wann werden wir wohl die Schurken einholen?" wandte sich Mariano an Grandeprise, der ihm zur Seite ritt.

„Das hängt ganz davon ab, ob und wann die Verfolgten Pferde bekommen haben. Geschah es bald, dann müssen wir uns bei dem Vorsprung, den sie haben, auf einen langen Ritt gefaßt machen. Bedenkt, daß sie einen Nachmittag und eine ganze Nacht vor uns voraushaben!"

Glücklicherweise ging seine Befürchtung nicht in Erfüllung. Um die Mittagszeit tauchte vor ihnen ein einsamer Rancho auf, und fast im gleichen Augenblick schwenkte der Hund in der Richtung zum Gehöft ab. Er umlief dieses in einem Bogen und hielt an einer Stelle an, wo der Boden von Pferdehufen zerstampft war. Eine Zeitlang beschnupperte er das Erdreich, wandte sich hierhin und dorthin, zog die Luft prüfend durch die Nase und legte sich dann, verlegen mit dem Schweif wedelnd, auf den Boden: es war klar, er hatte die Witterung verloren, weil sich jetzt die Gesuchten nicht mehr auf ebener Erde, sondern hoch zu Roß befanden. Von der Stelle gingen die Tapfen dreier Pferde nach Süden weiter, offenbar die Fährte, der die Rächer in Zukunft folgen mußten. Kurz entschlossen warf Grandeprise sein Tier herum und jagte auf den Rancho zu. Am Tor wurde er von einem alten, finster blickenden Vaquero empfangen.

„*Buenos dias*, Señor!" grüßte der Jäger höflich. „Darf ich fragen, ob gestern drei Männer in dieser Gegend gesehen worden sind?"

Das Auge des Gefragten wurde noch finsterer. „Gehört Ihr vielleicht zu diesen Leuten, Señor?"

„Nein, aber wir suchen sie. Es sind geflüchtete Verbrecher, und aller Wahrscheinlichkeit nach müssen sie hier vorübergekommen sein."

Das Mißtrauen schwand aus den Zügen des Vaqueros bei diesen Worten.

„Wenn die Sache so ist, so will ich Euch gern Auskunft erteilen. Gesehen haben wir niemand, aber es müssen drei gewesen sein, denn es fehlten uns heut' in der Frühe drei Pferde und drei Sättel."

„Sie sind es, es besteht kein Zweifel. Ich weiß nun, woran ich bin. Habt Dank für Eure Auskunft. *Adios*, Señor!"

„Nichts zu danken! Wenn Ihr mir aber einen Gefallen erweisen wollt, so sucht, wenn Ihr die Lumpen erwischt habt, einen starken Ast und laßt sie baumeln!"

„Ich will an Euern Wunsch denken, wenn wir die Diebe haben", erwiderte Grandeprise nachdrücklich. „Es soll ihnen nicht zu wohl werden. Darauf könnt Ihr Euch verlassen!"

Der Jäger kehrte zu seinen Gefährten zurück. Die Untersuchung der Fährte ergab, daß sie von gestern nacht stammte. Man war also den Verfolgern nicht viel näher gekommen, und es stand zu erwarten, daß dies auch in der nächsten Zeit nicht der Fall sein werde. Wahrscheinlich waren die Verbrecher die ganze Nacht hindurch geritten, so daß ihr Vorsprung nunmehr eine Nacht und einen Vormittag betrug. Dieser Vorteil konnte nicht so schnell eingeholt werden, weil ja die Verfolger nachts nicht reiten konnten, um die Spur nicht aus den Augen zu verlieren. Die Zukunft mußte es lehren, wer schließlich die größere Ausdauer besaß.

Der Hund wurde von Grandeprise an die Leine genommen, und dann ging es nach kurzer Rast nach Süden weiter. Die Männer waren guten Mutes. Sie waren überzeugt, ihre Todfeinde endlich doch einzuholen, denn sie wußten, daß diese ohne Geld, Waffen und Mundvorrat waren. Die Beschaffung von Lebensmitteln konnte somit nicht ohne große Zeitversäumnis vor sich gehen, was wieder den Verfolgern zustatten kam.

Der Ritt wurde schweigsam fortgesetzt. Die Stunden des Nachmittags vergingen, und der Abend brach an, und noch immer zeigte sich an der Spur keine Veränderung, aus der zu erkennen gewesen wäre, daß man den Verbrechern näher gekommen sei. Mindrello schimpfte. Mariano äußerte seinen Unmut, indem er den düsteren Blick unentwegt auf den Widerrist seines Pferdes gerichtet hielt und immer öfter und ungeduldiger an den Spitzen seines Bartes zupfte. Nur Grandeprise blieb äußerlich vollkommen ruhig. Aber wer in sein Inneres hätte sehen können, der wäre erschrocken über den Vulkan von Haß und Rachsucht, der in seinem Herzen tobte und dessen Glut durch die scheinbare Gleichgültigkeit, die er an den Tag legte, wie von einer Aschendecke verhüllt wurde.

Spät am Abend, als die Spur selbst für das schärfste Auge unkenntlich geworden war, wurde endlich angehalten und abgesessen. Man befand sich auf einem vortrefflichen Weideplatz, der zu einer Hacienda gehörte. Es war die letzte, die in südlicher Richtung anzutreffen war, und deshalb entfernten sich Grandeprise und Mariano, um für ihre ermüdeten Tiere frische Pferde einzutauschen. Von jetzt an würde es wohl selten eine Gelegenheit geben, einen derartigen Wechsel vorzunehmen. —

Bevor wir diesen Teil des Landes verlassen, mag über die Haciendas, die eine für das nördliche Mexiko eigentümliche Erscheinung bilden, noch einiges gesagt werden. Wer mexikanische Landwirtschaft in ihrer ganzen Eigenart kennenlernen will, darf sich nicht, wie die meisten Reisenden im Lande der Azteken, mit einem Besuch der Hauptstadt und ihrer schönen Umgebung begnügen. Er muß über die Hochebene von Mexiko etwa tausend Kilometer weiter nördlich wandern, weit über die Höhenzüge von Zacatecas hinaus, bis er in die Steppe von Chihuahua und Coahuila kommt. Dort ist das eigentliche Gebiet der Hacienderos, der mexikanischen Großgrundbesitzer, die man aber statt dessen eher als Könige bezeichnen könnte, Könige in bezug auf die Größe ihres Reiches, auf ihren Wohlstand und auf ihre Unabhängigkeit. Das ganze Land zwischen dem Rio Grande del Norte und der Stadt Chihuahua, ein Gebiet von etwa zehntausend Kilometer Umfang, gehört nur einigen Dutzend Hacienderos, deren Eigentum sich an Größe mit manchen deutschen Kleinstaaten messen könnte.

Wer freilich auf einer Landkarte Mexikos diese Fürstentümer suchen will, wird es vergeblich tun, denn zwischen den Staaten Chihuahua und Coahuila wird er bis an die texanische Grenze hinauf einen großen, weißen Fleck finden, auf dem wohl ein paar Städteringelchen und einige Seebecken verzeichnet sind, aber im übrigen nur die rätselhaften Worte

„Bolson de Mapimi". Tatsächlich bildet den Kern des großen Haciendengebietes von Nordmexiko größtenteils eine weiße, trostlose Salzwüste auf Hunderte von Kilometern in der Runde, ohne den geringsten Pflanzenwuchs und ohne jede Spur von Menschen- und Tierleben. Die heiße Luft zittert dort über den glitzernden, das Auge schmerzenden Salzflächen, die nur von beiden, den größten Teil des Jahres vollkommen trockenen Flußläufen unterbrochen sind. Folgt man diesen stromabwärts, so gelangt man trockenen Fußes mitten in die auf der Karte verzeichneten Seen, die nur zur Regenzeit Wasser enthalten, während sie in den heißen Monaten zu kleinen Lachen zusammenschrumpfen und eine weiße, mit Salzkristallen bedeckte Fläche zurücklassen. Die Karten des nördlichen Mexiko sind daher mit Vorsicht zu gebrauchen. Manche kleine, als unbedeutende Wasserläufe eingezeichnete Flüßchen stellen sich in der Regenzeit als mächtige, alles verheerende Ströme dar. Anderseits wird man in den Lagunen, die auf der Karte stattlich aussehen, in der Sommerzeit vergeblich einen Tropfen Wasser suchen.

Diese breiten Flußtäler nun sind es, die auf den einzelnen Haciendas den fruchtbarsten Ackerboden liefern, so ergiebig, daß bei entsprechender Bewässerung die Ernte an Mais das Vierhundertfache der Aussaat beträgt. Die zwischen den Flußtälern gelegenen Teile der Hochebene sind bis an die Grenze der Wüste mit rauhem, hartem Weidegras bedeckt, das vorzüglichste Futter für die Viehherden. Alles in allem mag das Acker- und Weideland zusammen wohl eine Fläche von einer Viertelmillion Quadratkilometern bedecken. Hier nun ist das eigentliche Land der Haciendas, dieser Rittergüter oder Fürstentümer, die aus der altspanischen Junkerzeit bis auf heute fast unverändert sind. In ganz Mexiko kann man den Grundzug eines mexikanischen Edelmannes, wie er ehedem war, nicht so gut kennenlernen wie unter den Großgrundbesitzern, die seit vielen Menschenaltern auf ihren Gütern leben, von der Außenwelt abgeschlossen und dem politischen und gesellschaftlichen Leben fernstehend.

Ein Deutscher, der ein Dutzend Jahre später einige Zeit auf einer Hacienda zubrachte, gibt von dem Leben auf ihr folgende reizende Schilderung:

„Wohl ist es wahr, das Leben eines Haciendakönigs ist das eines Einsiedlers, aber es hat doch seinen eignen Reiz. Diesen Hacienderos mangelt es vollständig an Gesellschaft und an Berührung mit der Außenwelt. Für viele Stunden im Umkreis gibt es vielleicht keinen anderen Wohnsitz als seinen eigenen. Das nächste elende Indianerdorf mag eine halbe Tagreise entfernt und auch nur über die unwegsamen Pfade zu erreichen sein. Der Haciendero ist hier König über alles Gebiet, so weit sein Auge reicht, der unumschränkte Herrscher seiner Diener und Arbeiter. Es gibt auf der Erde wohl kaum einen Alleinherrscher, der sich gleicher Unabhängigkeit erfreut wie der mexikanische Großgrundbesitzer. Aber nur, wenn er auf seiner Hacienda geboren und erzogen wurde, wird er an dieser Art von Unabhängigkeit, an diesem wilden, rauhen Leben Freude haben, das vielfach an jenes der Ritter im Mittelalter erinnert. Wie diese ihre festen Burgen hatten, so sind auch hier die Haciendas burgartige Höfe, mit Ringmauern und festen Türmen, Zugbrücken und Gittertoren. Das war eine Notwendigkeit in jenen Zeiten, wo es nichts Seltenes war, daß ein wilder Indianerstamm aus den Bergen hervorgebrochen kam und mit dem Raub von Weibern, Kindern und Vieh wieder davonjagte. Aus dem Mund von Leuten, die ihre Kindheit als Gefangene bei den Rothäuten zugebracht, später dann indes sich zu retten gewußt hatten, habe ich manche beredte Schilderung solcher Überfälle gehört.

Solche Gefahren sind nun für immer vorbei. Seit mehr als einem Menschenalter hat man angefangen, die Lagune in Ackerland zu verwandeln, und wie immer, so ist auch hier der Nomade vor dem Pflug zurückgewichen. Damit soll indes nicht gesagt sein, daß das Leben dadurch still und friedlich geworden sei. Wer Hang zu Abenteuern besitzt, dem ist hier immer noch ein weites Feld geboten, und selbst dem Friedfertigsten würde es nicht in den Sinn kommen, unbewaffnet auszureiten.

Stellen wir uns vor, auf einer jener einsam in der Ebene liegenden Haciendas zu Gast zu sein! Das Herrenhaus, die Casa, ist ein einstöckiger vierseitiger Bau mit plattem Dach, zwar nur aus Lehmziegeln mit Kalkanwurf errichtet, aber fest und dauerhaft, mit nur wenig großen, vergitterten Fenstern. Davor ein weiter freier Platz, auf dem sich tagsüber Stiere, Kühe, Schweine, Hühner und Esel in fröhlicher Gesellschaft durcheinanderbewegen. Jenseits ziehen sich dann die schmucklosen, rohrgedeckten Lehmhütten der Vaqueros und Arbeiter in unregelmäßigen Gruppen hin. Diese Bauern stehen in einer Art Hörigkeitsverhältnis zum Haciendero, sie beziehen ihre Betriebsmittel, wie Pflüge, Maultiere und Samen, frei von ihm, übernehmen aber dafür die ganze Ackerbestellung und Einheimsung sowie die Verpflichtung, die Hälfte der Ernte ans Gut abzuliefern.

Schon bei der ersten Morgendämmerung wird es lebendig auf der Hacienda. Die Maultiere rücken scharenweise zur Feldarbeit ab. Noch sind sie frisch und kräftig und machen, ihrem widerspenstigen Charakter entsprechend, ihrer Munterkeit in gegenseitigem Beißen Luft. Kaum ist ihr Getrampel verhallt, so reiten die verschiednen Beamten ab, der Majordomo, der Caporal[1] der Vaqueros und der Escribiente[2] der Arbeiter. Endlich folgt auch der Gutsherr selbst, den Säbel an der Seite, die Pistole am Gürtel. Voran tummeln sich die Hunde. Jetzt wird es einsam auf dem Hof, nur die Lageraufseher und der Tendor de libros, der Buchhalter, sind zurückgeblieben. Dann und wann kommt ein Bauer auf seinem Esel herangetrabt, um einen Pflug oder sonst irgend etwas zu empfangen, oder ein ochsenbespannter Karren hält vor dem Tor, um Mehl fortzuschaffen. Doch die Sonne brennt immer sengender herab, und allmählich flüchtet alles Leben in den Schatten des kühlen Hauses.

Am Nachmittag geht es am lebhaftesten zu auf der Hacienda. Der Herr des Hauses ist jetzt zurückgekommen, und auf einem gehobelten Holzstamm vor dem Tor sitzend, empfängt er die Meldungen seiner Untertanen oder erteilt seine Befehle, ist auch den Anliegen der Vaqueros zugänglich, die sich ihm in untertäniger Haltung, den Hut in der Hand, nähern. In langen Reihen kehren die Arbeiter vom Feld zurück und liefern ihre Ernte ab. Auch fährt wohl ein benachbarter Haciendero in vier- bis sechsspänniger Kutsche zum Besuch vor und wird unter einer Unzahl gegenseitiger Begrüßungen ins Haus hineingelotst. Und nun erhebt sich ein Hauptspaß für die Jugend: ein Maultier soll zum erstenmal aufgezäumt werden. Zunächst wird es gefesselt und zu Boden gelegt. Während es dann an allen Vieren gebunden daliegt, wird ihm die Halfter umgetan. Es werden ihm zwei Beine losgebunden, so daß das Tier aufstehen kann, wozu es sich indes erst nach einigen kräftigen Fußtritten entschließt. Trotz lebhaften Widerstrebens wird ihm nun das Geschirr übergeworfen, an dem nach rückwärts ein schwerer, auf der Erde liegender Balken befestigt ist. Gleichzeitig wird zu beiden Seiten der Halfter je ein Strick angebunden, der von je zwei etwa zwanzig Schritte abseits haltenden Knechten zu Pferde stramm angezogen wird. Nun kann es losgehen: Die Beine werden freigelassen, und davon saust das geängstigte Tier wie vom Teufel gejagt, während doch die berittenen Knechte dafür sorgen, daß die gewünschte Richtung eingehalten wird.

Aufregender noch ist es, wenn ein junges Pferd zum erstenmal gesattelt wird. Es wird nicht niedergeworfen, sondern nur an der Halfter und einem Hinterbein festgebunden. Dann schleicht der Reiter von links her mit dem Sattel heran, packt das Pferd am linken Ohr, und während er ihm so mit der einen Hand den Kopf herunterzwängt, wirft er mit der andern den Sattel über. Die Aufregung, in die das Tier dadurch gerät, ist schwer zu beschreiben. Nichtsdestoweniger wird es jetzt losgebunden,

[1] Aufseher, [2] Schreiber.

der Reiter schwingt sich hinauf und rast nun davon, wohin das Pferd will.

Sonntags kommt zu diesen Freuden wohl auch noch ein Wettrennen, oder es gilt, einen Stier zu ‚schwänzeln'. Man galoppiert von hinten an den Stier heran, packt ihn vom Sattel herunter am Schwanz und wirft ihn so durch den Schwung des weiterlaufenden Pferdes kopfüber auf den Rücken.

Unter den Hacienderos sind nicht wenige Europäer, Spanier und auch — Deutsche. Überhaupt beginnt sich der deutsche Einfluß über den Norden Mexikos immer mehr auszudehnen, und es ist wohl nicht zuviel gesagt, daß die am besten verwalteten Haciendas und Ranchos in dieser Gegend in deutschen Händen sind." —

Auf dem Camino Real, dem Königsweg, der von Sayula über die Berge führte, die die südliche Fortsetzung der Sierra de Nayarit bilden, ritten drei Männer, denen man es ansah, daß sie bedeutende Anstrengungen hinter sich hatten. Ihre Pferde sahen heruntergekommen und abgehetzt aus und bewegten sich müde und stolpernd über die tiefen Spalten und die unzähligen Lavatrümmer, die den Weg bedeckten, so daß man im Zweifel sein konnte, ob man sich wirklich auf einem begangenen Weg und noch dazu auf einer „Königsstraße" befand, oder ob man diesen unter den Füßen seiner Tiere verloren habe. Hier war es mit jeder Bodenbestellung zu Ende. Die einzigen Pflanzen, die sich in größerer Menge zeigten, waren Yuccas mit dicken Stämmen und da und dort ein dichtes Gestrüpp von Opopanax, das sich zwei bis drei Meter über den Erdboden erhob, und dessen herrlich duftende Blüten das einzige waren, was die Sinne erfreuen konnte. Denn im übrigen brannte die Sonne mit einer wahren Backofenglut auf das dunkle Lavagestein hernieder, so daß es kein Wunder war, wenn die drei Männer lange Zeit schweigsam und verdrossen nebeneinander herritten.

Selbst der englische Schweißhund, der hinter den Reitern einhertrottete, schien an Verstimmung zu leiden, wenigstens konnte man das aus seinem traurig gesenkten Schweif und dem schläfrigen Blick seiner Augen schließen. Der Weg führte langsam, aber stetig herauf. Wäre es nicht so entsetzlich heiß gewesen, so wäre die Steigung nicht unangenehm empfunden worden, so aber schleppten sich die Tiere mit ihren Reitern auf dem Rücken in einem Zeitmaß vorwärts, daß man hätte meinen können, sie müßten nach jedem Schritt stehenbleiben.

„Beim heiligen Jacobo de Compostella!" murrte der eine und hielt sein Pferd an. „Wenn das so weitergeht, dann erreichen wir die Schurken nicht vor Manzanillo. Der Teufel hole diese Hitze und diesen Camino

Real! Möchte wirklich gern wissen, wie die gewöhnlichen Wege in diesem gesegneten Land beschaffen sind, wenn schon diese Königsstraße einem die Eingeweide nach außen kehrt!"

„Schimpft nicht, Señor Mindrello!" tröstete der ältere seiner Begleiter. „Bedenkt, wenn wir nicht rasch genug vorwärtskommen, so könnt Ihr darauf schwören, daß auch Landola und seine Gefährten sich nicht allzu wohl fühlen werden. Sie sind noch viel schlimmer dran als wir, denn sie können über keine Mittel verfügen und müssen sich gegenwärtig in einem Zustand befinden, in dem ich nicht mit ihnen tauschen möchte."

„Es ist ohnehin erstaunlich", meinte Mariano, der dritte Reiter, „daß wir ihnen bis jetzt noch nichts anhaben konnten. Die drei scheinen eine geradezu unverwüstliche Natur zu besitzen. Zehn Tage sind wir unterwegs, und immer noch hängen wir an ihrer Spur, weiter nichts."

„Weiter nichts? Señor, Ihr dürft nicht ungerecht sein! Wie haben erreicht, was überhaupt zu erreichen war. Bedenkt, daß wir bis in die allerletzten Tage nicht wußten, was ihr Ziel sei! Wir waren also auf ihre Fährte angewiesen und durften nicht aufs Geratewohl ins Blaue hineinreiten. Selbstverständlich waren da die Verfolgten uns gegenüber im Vorteil, weil sie nicht so wie wir vom Tageslicht abhängig waren und auch im Dunkeln reiten konnten. Aber sagt selber, sind wir ihnen nicht bedeutend näher gekommen, seit wir aus der Richtung ihrer Flucht auf ihr Ziel schließen konnten? Heute morgen fanden wir, daß ihre Fährte nur fünf Stunden alt ist. Ich wette meine Geldkatze gegen Eure Grafschaft, daß wir sie heute abend am Schopf fassen. Ihr könnt die Wette ruhig mit mir eingehen, Señor, denn Ihr seid im Vergleich zu mir jedenfalls im Vorteil: Wenn Ihr gewinnt, bekommt Ihr meine Geldkatze, während ich unter Umständen das Nachsehen habe, falls Euch die Grafschaft im letzten Augenblick doch noch davonschwimmen sollte."

„Ihr meint also, heute abend haben wir sie?" fragte Mindrello erleichtert.

„Sicher, wenn nichts Unvorhergesehenes dazwischenkommt", behauptete der Jäger.

„Dann wehe diesen Schurken! Ihre letzte Stunde hat dann geschlagen. Vorwärts also, damit Eure Vorhersage möglichst bald in Erfüllung geht!"

Der Ritt wurde fortgesetzt, und die Stimmung war besser als zuvor. Aber ihre Geduld wurde auf eine harte Probe gestellt. Die Sonne stieg höher und höher über die Berge, und der Weg wurde immer trostloser. Die Gegend wurde von Schritt zu Schritt immer vulkanischer, und fast jeder der Berge schien ein erloschener Vulkan zu sein. Überall zeigten sich Krater, und an den Seiten hatten sich Lavaablagerungen angehäuft. Da wichen die Berge auf beiden Seiten des Wegs zurück und bildeten ein breites Tal, in dessen Mitte ein Dorf lag. Die wenigen Häuser waren aus Lavablöcken aufgeführt, und auch die Mauern, mit denen man die mageren Maisfelder eingefaßt hatte, setzten sich aus Lavastücken zusammen. Der Hauptstraße folgend, die zugleich die einzige des Dorfes war, gelangten die drei Reisenden nach einigen Minuten vor ein Gebäude, das sich von den andern nur dadurch unterschied, daß über dem Loch, das den Eingang vorstellen sollte, ein Brett angebracht war, das die anscheinend mit Stiefelschmiere gemalte Aufschrift trug: „Hotel Dolores."

Das spanische Wort „Dolores" bedeutet nicht nur einen Frauennamen, sondern es heißt wie im Lateinischen wörtlich „Schmerzen". Einen passenderen Namen hätte der Wirt, der ein Spaßvogel zu sein schien, für seinen „Gasthof" wirklich nicht auftreiben können. Dieses Haus war die traurigste Herberge, die den dreien jemals vorgekommen war. Als sie vor dem Eingang ihre Pferde anhielten und den Wirt riefen, erschien ein hagerer, nur mit einer Hose bekleideter Mann, der die Ankömmlinge mißtrauisch musterte.

„*Buenos dias*, Señor!" grüßte der amerikanische Jäger. „Sagt, kann man bei Euch einen guten Bissen zwischen die Zähne bekommen?"

„Wenn Ihr bezahlt, warum nicht?"

„An der Bezahlung soll es nicht fehlen. Aber wir möchten von Euch auch eine Auskunft haben. Sind heute vielleicht drei Reiter bei Euch eingekehrt?"

Das Mißtrauen in den Zügen des Wirts verschärfte sich.

„Gehört ihr vielleicht zu diesen dreien?"

„Das nicht, aber wir sind seit langer Zeit auf ihrer Fährte, um mit ihnen ein gewichtiges Wörtlein zu sprechen. Weshalb fragt Ihr so mißtrauisch? Ihr scheint mit diesen Gästen schlimme Erfahrungen gemacht zu haben."

„Der Teufel soll sie holen!" brach da der Wirt los. „Sie haben mich wie einen Hund behandelt und mich mit Schlägen bedroht, wenn ich ihnen nicht schleunigst zu essen gäbe. Und nachdem ich ihnen den Willen getan hatte und von ihnen Bezahlung verlangte, lachten sie mich aus und ritten fort."

„Wann war das?":

„Vor nicht mehr als zwei Stunden."

„*Gracias à Dios!*" jubelte Mindrello. „Endlich haben wir sie!"

„Noch nicht ganz", widersprach Grandeprise. „Señor", wandte er sich an den Wirt, „wie ist der Weg von hier aus ins Gebirge?"

„Schlecht, sehr schlecht! Bis zum Fuß des Berges dort im Westen, der wie ein Horn aussieht, geht es noch an. Aber dann wird er entsetzlich. Lauter Lavatrümmer und mannstiefe Spalten, in denen man Hals und Beine brechen kann. Am schlimmsten aber ist der Weg oben an der Fuente del Diablo."

„An der ‚Teufelsquelle'? Was ist das?"

„Señor, hier in der Umgegend ist der ganze Boden vulkanisch. Die Krater sind zwar alle erloschen, aber trotzdem treten an vielen Stellen Quellen zutage, die so heiß sind, daß man mit dem Wasser seinen Kaffee bereiten kann. Die größte und heißeste dieser Quellen ist eben diese Fuente del Diablo. Sie bildet ein kleines Becken, das von einem starken unterirdischen Zufluß gespeist wird."

„Nun, uns liegt am meisten daran, wie wir am raschesten da hinauf kommen."

„Hm!" Der Wirt warf einen bedenklichen Blick auf die Pferde der Reiter. „Mit den Pferden gibt es nur einen Weg da hinauf, nämlich den, den auch die andern geritten sind, und der ist, wie gesagt, fürchterlich. Zu Fuß wüßte ich indes einen viel näheren. Er ist zwar sehr steil, aber auch nicht anstrengender als der andre. Aber den werdet ihr wohl nicht einschlagen wollen."

„Warum nicht?"

„Weil ihr dann eure Tiere zurücklassen müßtet. Und ihr wollt doch wohl über die Berge hinüber!"

„Ihr irrt Euch, Señor. Wir müssen nur mit den Männern reden. Ist das geschehen, so ist unsre Aufgabe erfüllt und wir können zurückkehren."

„Nun, dann ist es gut! Ihr reitet bis dahin, wo der Fußweg vom Reitpfad abzweigt und laßt dort eure Tiere zurück. Oder noch besser, ich gehe mit euch bis zu dieser Stelle und nehme dann die Tiere mit mir."

„Aber könnt Ihr denn mit uns gleichen Schritt halten?"

„Habt keine Sorge! Eure Pferde sind ermüdet und außerdem besteige ich einen Esel, so daß ich nicht hinter euch zurückbleiben werde. Aber wolltet ihr nicht eintreten und euch stärken?"

„Das hat später Zeit. Uns liegt jetzt andres im Sinn. Wir müssen den Männern nach."

Der Wirt schüttelte den Kopf.

„Erlaubt, Señor, daß ich andrer Meinung bin als Ihr! Ihr versäumt nicht das geringste, wenn Ihr eine halbe Stunde Rast macht und etwas verzehrt. Ich gebe Euch die Gewähr, daß Ihr früh genug kommt. Der Reitweg biegt nämlich so weit nach Norden aus, daß Ihr eine Stunde früher als die Flüchtlinge die Teufelsquelle erreichen werdet."

„Aber wir müssen damit rechnen, daß wir mit dem Suchen Zeit verlieren. Wir kennen nicht den Weg."

„Hat nichts zu sagen. Ich begleite euch bis an den Eingang der Barranca[1], der ihr folgen sollt. Seid ihr so weit, so könnt ihr den Weg nicht mehr verfehlen. Ihr steigt die Schlucht empor, und wenn ihr die Höhe erreicht habt, so liegt die Teufelsquelle vor euch, an der der Reitweg vorbeiführt. Wenn es euch recht ist, kann ich euch bis ganz hinauf begleiten."

„Nein, danke, Señor, wir gehen allein, sind Euch aber dankbar, wenn Ihr uns bis zur Schlucht begleitet und Euch dann unsrer Pferde annehmt. Nachdem Ihr uns aber versichert, daß wir auch dann noch zurechtkommen, wenn wir hier eine halbe Stunde rasten, so wollen wir nicht so unhöflich sein, Eure Einladung abzuschlagen. Steigen wir ab!"

Die Bewirtung fiel, entsprechend der Benennung des „Hotels", dürftig genug aus. Während die Gäste aßen, konnten sie durch das Loch des Eingangs hindurch, das zugleich als Fenster diente, die Viehwirtschaft des Hotelbesitzers bewundern. Sie bestand aus — einem Dutzend Hühnern, die auf der Straße irgendwelche Körner, die sie sich wohl nur einbildeten, aufpickten, während jedes ein ungefähr zwei Meter langes Schnürchen hinter sich herschleppte, das an einem Bein festgebunden war. Will man dort Hühner fangen, so hat man nicht nötig, erst lange Zeit hinter den Tieren herzulaufen, sondern man tritt einfach auf die hinter ihnen nachschleifenden Schnüre. Schon dachten die Gäste, daß die Hühner die ganze Wirtschaft des Wirtes ausmachten, wurden aber sofort eines Besseren belehrt. Eben trieb ein nackter Junge eine Zahl großer Truthühner zum Stall, wobei er sich als Peitsche eines Stockes bediente, an dessen Ende ein Marderfell festgebunden war. Die Marder sind hier die gefährlichsten Feinde der Truthühner, so gefährlich, daß diese sogar vor dem Fell ihres toten Feindes gewaltige Scheu haben.

Während die Gäste aßen, fragte Grandeprise den Wirt:

„Habt Ihr, während die Männer bei euch waren, nicht bemerkt, ob sie sich sicher fühlten oder sich vor einer Verfolgung fürchteten?"

„Da kann ich Euch Aufschluß geben. Einer von ihnen, den die andern Landola nannten, lachte einmal bei einer Frage seines Gefährten und antwortete, daß man ihre Spur wohl schon längst verloren habe. Und

[1] Schlucht

wenn das Gebirge überwunden wäre, sei überhaupt nichts mehr zu befürchten, und man müsse nur noch trachten, möglichst bald zu Geld zu kommen. Die Aussichten da drüben seien, was diesen Punkt anlangte, viel günstiger als hier bei uns."

„Ich kann mir denken, was dieser Mann meinte. Um ihren Vorsatz auszuführen, brauchen sie Geld, das sie dort drüben auf irgendeine verbrecherische Weise zu bekommen hoffen, während sie auf dieser Seite der Berge nichts tun konnten, ohne die Aufmerksamkeit der Behörden auf sich zu lenken. Wir werden indes dafür sorgen, daß sie keine Gelegenheit erhalten, ihre saubern Pläne auszuführen. Wollen wir jetzt aufbrechen! Wir haben gegessen und sind ausgeruht und wollen keine Zeit mehr verlieren!"

Während die Freunde ihre Pferde bestiegen, zerrte der Wirt hinter einer Umfriedung einen Esel hervor, der so mager war, daß man über ihn hätte weinen können. Sein Herr stieg auf, und fort ging es, dem Westen zu. Das Langohr strafte übrigens sein schlechtes Aussehen Lügen, denn es hielt mit den Pferden, die freilich längst nicht mehr auf der Höhe ihrer Leistungsfähigkeit standen, wacker Schritt. In einer Stunde war der Fuß des Berges erreicht, und der Weg führte steil bergan. Man folgte ihm eine kleine Strecke aufwärts, bis eine schmale Schlucht links in die Berge einschnitt. Sie war mit Felstrümmern übersät und führte so jäh empor, daß nur ein guter Steiger Fuß fassen konnte. Ein Reittier wäre hier vollkommen wertlos gewesen.

„Hier ist die Barranca", meinte der Wirt, auf die Schlucht deutend. „Wenn ihr zwei Stunden aufwärts steigt und die Höhe dort oben erreicht habt, so seht ihr die Teufelsquelle grade vor euch liegen. Der Reitweg, den die Verfolgten machen müssen, führt auf der andern Seite in vielen zeitraubenden Windungen empor und — *Cielo!* Was ist das?"

Er hatte bei diesen letzten Worten den Blick der Richtung zugewendet, die der Reitweg einschlug, und dabei war sein Auge auf den Hund gefallen, der mit gesträubten Haaren und funkelnden Augen, die Vorderbeine weit ausgespreizt, den Kopf starr empor hielt. Als die Männer dem Blick des Hundes folgten, bemerkten sie einen Gegenstand, der da oben, in einer Entfernung von zweihundert Schritt, mitten auf dem Weg lag.

„*Santa Madonna!*" rief der Wirt. „Das Ding sieht aus wie ein Pferd."

„Ein Pferd?" fragte Mariano. „Wirklich, Ihr habt recht, jetzt sehe ich es auch. Das müssen wir untersuchen. Rasch hinauf!"

Schnell war die kurze Entfernung zurückgelegt, und die Reiter hielten mit einem Ruf des Entsetzens ihre Pferde an bei dem Anblick, der sich ihnen bot. Aber nicht das Pferd war es, das, eine klaffende Wunde im Hals, den Schreckensruf der Männer verursacht hatte, sondern der Mann, der daneben in einer Lache geronnenen Bluts lag. Es war Manfredo, tot — ermordet.

Erschüttert stiegen die Männer von ihren Tieren und tauschten ihre Bemerkungen über den Toten aus, während sich der Jäger über den Leblosen beugte, um zu untersuchen, ob vielleicht doch noch Leben in ihm sei. Aber ein Blick belehrte ihn, daß der Mann schon lange tot war. In der Herzgegend befand sich eine Wunde, von einem Messerstich herrührend. Dieser Stich mußte seinen augenblicklichen Tod zur Folge gehabt haben. Noch einen prüfenden Blick warf der Jäger auf das Pferd, dann erhob er sich.

„Señores, der Fall ist klar. Das vollkommen erschöpfte Tier geriet mit dem rechten Vorderbein in eine Spalte und kam zu Fall. Es konnte sich nicht mehr erheben, weil es sich den Fuß gebrochen hatte. Nun entstand ein Streit zwischen Manfredo und einem der andern. Ich vermute, daß jeder eines der beiden überlebenden Pferde für sich beanspruchte, und im Verlauf des Streites wurde Manfredo ermordet. Ich wäre nur neugierig, wer der Mörder war, Cortejo oder Landola!"

„Darüber kann ich vielleicht Aufschluß geben", meinte der Wirt. „Ich habe nur bei einem der drei Männer ein Messer gesehen, nämlich bei dem, den sie Landola nannten."

„So ist es also Landola gewesen! Habe es mir gleich gedacht. Sein Gefährte hätte wohl einen so gutgezielten Messerstich nicht fertiggebracht. Er wäre wohl auch zu feige dazu gewesen. Aber das soll Landolas letzte Untat gewesen sein! Das schwöre ich bei allen Teufeln der Hölle!"

„Ich bin entsetzt über die Herzlosigkeit dieser Leute", warf Mariano ein. „Manfredo ist es doch gewesen, dem sie infolge seiner Kenntnis des geheimen Ausgangs in erster Linie ihre Befreiung zu verdanken hatten. Jetzt haben sie ihm ihren Dank abgestattet, allerdings auf ihre Weise. Nun, er war ihr Verbündeter und hat den Lohn empfangen, wenn er auch von diesen Leuten etwas andres verdient hätte. Lassen wir ihn und eilen wir, um die Verbrecher endlich in die Hände zu bekommen!"

Die drei verabschiedeten sich von dem Wirt, dem sie einstweilen die Pferde anvertrauten. Dann begaben sie sich an die Stelle zurück, wo die Schlucht abzweigte, und waren im nächsten Augenblick darin verschwunden. Der Wirt dachte indes zunächst noch gar nicht daran, umzukehren. Cortejo und Landola hatten sich von der Lende des gestürzten Pferdes ein großes Stück heruntergeschnitten und als Speisevorrat mitgenommen, und der Wirt beschloß, das übrige Verwendbare für sich zu nehmen. Frisches Fleisch ist in jener Gegend eine Seltenheit, und so bedachte sich der Wirt nicht lange. Er zog sein Messer und machte sich über die Pferdeleiche her. An Mitteln, das Fleisch fortzuschaffen, mangelte es ihm nicht: er hatte ja seinen Esel und die Pferde der drei Fremden.

Unterdessen stiegen die zwei Spanier und der Amerikaner, gefolgt vom Hund, in der Schlucht rüstig aufwärts. Der Weg war, wie der Wirt gesagt hatte, sehr steil und beschwerlich, aber sie kamen doch gut und rasch vorwärts, indes sie sich an besonders steilen und unzugänglichen Stellen gegenseitig stützten und schoben. Bald bemerkten sie auch, daß sie sich auf einem Gebiet befanden, wo unterirdische Kräfte in Tätigkeit waren. An verschiedenen Stellen strömten aus einer Spalte im Boden unter Brausen und Zischen Quellen hervor und suchten sich zwischen dem schwarzen Lavagestein ihren Weg nach abwärts. Bei einem dieser Wässerchen blieb Mindrello stehen und tauchte seine Hand in das nasse Element, zog sie jedoch im nächsten Augenblick unter einem Wehlaut wieder zurück.

„*Aymè!* Dieses Wasser ist ja siedend heiß! Beinahe hätte ich mir die ganze Hand verbrüht."

Die beiden andern lachten, konnten indes der Versuchung nicht widerstehen, auch ihrerseits die Wärme dieser Quellen zu erproben. Doch ließen sie rasch von dieser Art von Versuchen ab: die Hitze des Wassers war nur einen kurzen Augenblick zu ertragen.

„Wie viele Grade mag wohl diese Quelle besitzen?" fragte Grandeprise.

„Ich habe mir sagen lassen, daß es viele heiße Quellen gibt, die siebzig Grad Celsius und mehr betragen. Diese schätze ich auf mindestens achtzig Grad."

„Wunderbar! Welche Temperatur müssen diese Quellen erst im Innern der Erde besitzen! Aber halten wir uns nicht länger damit auf, sondern gehen wir weiter!"

Es war nach dem Stand der Sonne ungefähr die vierte Nachmittagsstunde, als die letzte Steigung überwunden war. Vor den Blicken der vor der Anstrengung des Kletterns im ganzen Gesicht Glühenden lag ein Gebirgssattel, der mit mannsgroßen schwarzen Lavablöcken übersät war. An vielen Stellen brachen heiße Quellen hervor, und manchmal mußte der Boden vorher untersucht werden, bevor man den Fuß daraufsetzte, denn er gab unter den Schritten nach, wobei man in unangenehme Berührung mit der siedendheißen Flüssigkeit kam, die unter der Erdoberfläche brodelte.

Noch einige Schritte, und man befand sich, nach der Beschreibung des Wirts, an der Fuente del Diablo. In einem schwarzen, von Lavagestein gebildeten Becken, das zehn Meter im Durchmesser betragen mochte, schimmerte ein pechschwarzer Wasserspiegel, der jedoch nur dann sichtbar wurde, wenn ein Windzug über die Oberfläche strich und die weißen Nebel verscheuchte, die durch die Vermischung der heißen Dämpfe mit der kalten Luft erzeugt wurden. Den Abfluß bildete ein armstarkes Rinnsal, das sein Dasein durch aufsteigenden Dampf anzeigte. Ein Zufluß war nirgends zu bemerken.

Die Umgebung der Fuente del Diablo bildete ein solch unheimliches Gewirr von Felstrümmern und Lavablöcken, daß es den Anschein hatte, als habe vor undenklichen Zeiten einmal der Teufel hier mit den Felsbrocken Fangball gespielt, die er in einem Anfall von wütender Laune oder auch von launiger Wut in häusergroßen Stücken aus dem Berg gebrochen hatte. Jedenfalls verdarb die Umgebung nichts an der Stimmung, die der Name und der Anblick der Teufelsquelle hervorrufen mußte.

Verließ man jedoch dieses Felsgewirr und wandte sich gen West, so genoß man eine unvergleichliche Aussicht. Das großartige Rundgemälde des westlichen Abfalls des mexikanischen Hochgeländes gegen den Stillen Ozean bot sich den Blicken dar. In weiter Ferne glaubte man die unermeßliche große Fläche des Stillen Ozeans zu erkennen, obgleich es auf einer Gesichtstäuschung beruhen mußte, denn die Luftlinie vom Kamm des Gebirges bis zum Rand des Ozeans betrug mindestens zweihundert Kilometer. In mehreren Ketten zogen sich die dunkelblauen Sierras gleichlaufend mit der, auf der die Verfolger standen, von Ost nach West. Dichte Wolkenschichten lagen zwischen ihnen, und ihre Spitzen ragten an manchen Stellen über diese hervor, wie Felseninseln aus einem Meer. Vor allem der mächtige Kegel des Pic de Tancitaro, während in zwei Kegeln gegen Süden der Volcan de Nevado und der Volcan de Colima zu erkennen waren. Auch der einst so furchtbare, noch immer nicht ganz erloschene Volcan de Jorullo mußte oft von hier aus sichtbar sein. Doch es war schon zu spät am Nachmittag, der Nebel fiel zu Tal, und so blieb dieser merkwürdigste Berg des Westabhangs der mexikanischen Sierras den Blicken entzogen.

Als die drei die westliche Aussicht genossen hatten, wozu sie sich nur wenige Minuten Zeit gegönnt hatten, begaben sie sich an den Ostabhang des Sattels, um nach den Erwarteten auszuschauen. Von ihrem Standpunkt aus war der letzte Teil des Weges, den die Erwarteten zu kommen hatten, zu übersehen, aber zunächst war noch nichts von ihnen zu erblicken. Grandeprise ordnete an, daß Mindrello sich so aufstellen sollte, daß er den Zickzackweg auf eine lange Strecke überwachen könne, ohne selber bemerkt zu werden, und die andern beiden nahmen neben dem Wasser Platz, das in so treffender Weise von den Bewohnern dieser Gegend Fuente del Diablo, Teufelsquelle, genannt worden war. Mariano unterbrach nach einer Weile das eingetretene Schweigen.

„Señor, was werden wir mit den Gefangenen tun, wenn sie uns wirklich in die Hände fallen?"

Der Gefragte warf seinem Gegenüber einen scharfen Blick zu. Sein Bescheid bestand in einer Gegenfrage.

„Sagt mir lieber Eure Meinung in dieser Angelegenheit!"

Mariano schwieg einige Augenblicke und gab dann nachdenklich zur Antwort:

„Eigentlich sollten wir sie mit uns nehmen und nach Santa Jaga schaffen, von wo sie entwichen sind."

„Damit sie uns noch einmal und diesmal auf Nimmerwiedersehen entkommen? Ihr wollt Euch die Mühe auf den Hals laden, die mit dem Fortbringen so gefährlicher Männer verbunden ist? Sagt, Señor, warum Ihr der Meinung seid, daß wir diese Schurken nach Santa Jaga zurückbringen müßten!"

„Wir brauchen ihre Aussage in dem zu erwartenden Prozeß der Familie Rodriganda gegen die Cortejos."

„Was erwartet Ihr von ihrer Aussage? Glaubt Ihr vielleicht, sie werden die Wahrheit sprechen? Übrigens habt ihr noch Pablo Cortejo und seine Tochter. Haltet Euch an sie, wenn Ihr auf eine Aussage vor Gericht soviel gebt, macht auch meinetwegen mit Gasparino, was Ihr wollt, aber von Landola —", sein so lang verhaltener Grimm machte sich endlich Luft, und die Worte kamen fast zischend aus seinem Mund, „von Henrico Landola, von meinem Stiefbruder, laßt die Finger weg! Der gehört mir, ganz allein mir!"

Der sonst so ruhige Jäger war fast nicht mehr zu erkennen. Seine Wangen waren gerötet, seine Augen blitzten, und in seinen Zügen stand eine unheimliche Entschlossenheit. Hätte Landola diesen seinen Todfeind, den er seinen Stiefbruder nannte, jetzt erblickt, es hätte ihn schaudern müssen. Mariano wurde der Notwendigkeit enthoben, eine Antwort geben zu müssen, denn Mindrello kehrte soeben von seinem Ausguck zurück mit der Meldung, daß die Erwarteten nahten.

Rasch wurden die letzten Vorbereitungen zu ihrem Empfang getroffen. Grandeprise ordnete an, daß seine zwei Gefährten hinter den Felsblöcken rückwärts und zur Seite des Weges sich verstecken sollten, während er mit dem Hund die Feinde von vorn erwarten wollte. Geschossen sollte nur im Notfall werden, und auch dann möglichst nicht auf den Kopf oder aufs Herz gezielt, denn man wollte die beiden lebendig haben. Im nächsten Augenblick lag die Teufelsquelle wieder so einsam und verlassen da wie zuvor.

Die Geduld der Wartenden wurde auf eine lange Probe gestellt, und schon glaubte der Jäger, Mindrello habe sich getäuscht, da hörte er ein Geräusch wie von einem fallenden Stein. Eine kleine Weile später klangen Stimmen über den Rand des Weges empor und dann sahen die Versteckten die Köpfe der Erwarteten über den Felstrümmern erscheinen — es waren Henrico Landola und Gasparino Cortejo.

Wer sie indes nicht genau kannte, der hätte in den ausgemergelten, hohläugigen Gestalten wohl kaum die Gesuchten wiedererkannt. Die zehn Tage Überanstrengung und Entbehrung, wohl auch der Hunger, hatten schreckliche Spuren in den früher von Gesundheit strotzenden Gesichtern zurückgelassen. Als die beiden die Paßhöhe erreicht hatten, stieß Gasparino einen Ruf der Freude aus und stieg von seinem Pferd. Aber dieses Heruntersteigen war mehr ein Herunterfallen zu nennen, und selbst Landola, der entschieden widerstandsfähiger war als sein Gefährte, war ersichtlich froh, als er einen zur Rast einladenden Platz erblickte.

„*Aymè*, das war eine Strecke, an die ich noch lange denken werde", seufzte Cortejo, als er sich erschöpft neben dem Wassertümpel niedergesetzt hatte. „Der reinste Marterweg! Ich weiß Euch wenig Dank dafür, daß Ihr uns keinen bequemeren ausgesucht habt."

„Dachte es mir gleich, daß ich nur Vorwürfe und keinen Dank von Euch zu hören bekommen würde! Ihr seid ein Narr, Señor Cortejo, wenn Ihr nicht einseht, daß dieser Weg der sicherste für uns war. Jeder andre wäre für uns zehnmal gefährlicher gewesen."

„Und jetzt? Glaubt Ihr, daß wir jetzt sicher sind?"

„Vollkommen! Das, was noch vor uns liegt, nämlich der Weg an die Küste von Manzanillo, ist ein Kinderspiel gegen das, was wir bis jetzt durchgemacht haben. Verlaßt Euch nur auf mich! Hier, auf dieser Seite der Berge kenne ich mich aus und weiß Mittel und Wege zu finden, wie wir wieder flott werden können."

„Wenn uns nur der Fall mit Manfredo nicht zu guter Letzt noch teuer zu stehen kommen wird! Señor Landola, Ihr seid verteufelt schnell mit dem Messer zur Hand!"

„Pah! Diese Geschichte macht mir wenig Sorgen. Wer wird sich um

Manfredo kümmern! Ich schätze sogar, es gibt Leute, die uns Dank wissen werden, daß ich ihnen die Mühe um ihn abgenommen habe. Hätte man ihn erwischt, so hätte er doch baumeln müssen."

„Eigentlich war er im Recht mit seinem Verlangen betreffs des Pferdes. Es war Euer Tier, das stürzte, und folglich hatte er nicht so unrecht mit seiner Zumutung, Ihr solltet zu Fuß gehen."

„Daß ich ein Narr wäre! In einer solchen Lage ist jeder sich selbst der Nächste. Da kenne ich keine Rücksicht."

„Gut, daß ich das weiß! Ihr würdet also, wenn die Umstände danach wären, mit mir nicht anders verfahren als mit diesem armen Jungen, der schon unseretwegen ein besseres Los verdient hätte."

„Redet doch kein dummes Zeug! Von Euch war doch gar nicht die Rede, sondern von Manfredo. Und was diesen betrifft, so hat sich sein Schicksal nur beschleunigt. Oder wärt Ihr vielleicht willens gewesen, mit ihm zu teilen, wie er es sich in den Kopf gesetzt hatte? Da kenne ich Euch besser. Ihr wärt der erste gewesen, der ihn bei passender Gelegenheit hätte verschwinden lassen. Aber schwatzen wir jetzt nicht von Dingen, die nicht mehr zu ändern sind! Schaut lieber, ob Ihr ein Feuer fertigbringt, daß wir unsern leeren Magen füllen können!"

„Pferdefleisch! Brrr!" schüttelte sich Cortejo, indem er einen halb verächtlichen, halb begehrlichen Blick auf das Pferd warf, dem man das rohe Stück Fleisch, in einen Stoffetzen gewickelt aufgeladen hatte. „Hätte nicht gedacht, daß ich noch gezwungen sein würde, mit solcher Kost vorliebzunehmen."

„Das ist das Schlimmste noch lange nicht. Übrigens versichere ich Euch, daß es nicht mehr lange so fortgehen wird. Wir werden bald etwas Besseres haben. Dazu brauchen wir freilich Geld und wieder Geld. Der nächste, der uns auf unsrem Weg begegnet, muß dran glauben, wenn er nur ein wenig nach Geld aussieht. Ich kann ihm nicht helfen."

„Dieser nächste, der dran glauben muß, wie du sagst, werde dann wohl ich sein", erklang es da seitwärts hinter einem Lavablock, und Grandeprise trat mit angelegtem Gewehr hervor.

Die beiden waren bei dem unerwarteten Anblick des Jägers, den sie weit von hier vermuteten, tödlich erschrocken. Aber noch während Cortejo fassungslos auf die plötzliche Erscheinung starrte, hatte sich Landola gefaßt.

„Grandeprise! Du! Der Teufel hat dich hierhergeführt! So sollst du denn auch zum Teufel fahren!"

Im Nu hatte der Pirat das Messer aus dem Gürtel gerissen und sprang wie ein Tiger auf seinen Stiefbruder los, sollte ihn indes nicht erreichen.

Der Hund war jeder seiner Bewegungen mit den Augen gefolgt und warf sich jetzt mit drohendem Knurren auf den Angreifer, diesen durch sein Gewicht und die Wucht des Sprungs zu Boden reißend. Das Messer entfiel seiner Hand. Das Knurren des Hundes hatte auf die Gefährten des Jägers wie ein Zeichen gewirkt. Sie sprangen aus ihren Verstecken hervor und warfen sich auf die beiden Verbrecher.

Gasparino setzte sich nicht zur Wehr. Er war so entsetzt, daß er sich widerstandslos binden ließ. Und mit Landola hatten sie es noch leichter. Über ihm stand der Hund, die Zähne an seinem Hals, so daß es nicht die geringste Schwierigkeit bot, den ehemaligen Seeräuber völlig zu überwältigen. Als sie mit Riemen gebunden worden waren, wurden sie ans Wasser geschleift und so an einen Felsblock gelehnt, daß sie in eine halb sitzende, halb liegende Stellung kamen. Vor ihnen ließen sich die Sieger nieder, neben sich den Hund, der kein Auge von den Gefesselten ließ.

„Nun, Señor Cortejo", begann Grandeprise, nachdem er seinen Stiefbruder mit einem haßerfüllten Blick gestreift hatte, „Ihr habt wohl nicht erwartet, ein zweites Mal in unsre Hände zu fallen?"

Der Angeredete schwieg und hielt, ebenso wie Landola, die Augen geschlossen, als wolle er von dem Sprecher keine Kenntnis nehmen.

„Ihr wollt den Stolzen spielen und nicht reden? Desto besser für uns, denn dann werden wir schnell mit euch fertig sein. Die Sache ist die, daß wir euch nicht etwa mit uns schleppen werden. Nein, wir werden ein Savannengericht bilden und euch hier auf der Stelle aburteilen."

Nun fühlte sich Landola doch veranlaßt, eine Antwort zu geben.

„Bildet euch nicht ein, unsre Richter sein zu wollen! Wir sind hier nicht in der Savanne."

„Aber ihr befindet euch vor einem Savannenläufer, für den das Recht der Savanne Gesetz ist und der nach diesem urteilt."

„Das geht uns nichts an! Wir verlangen, vor ein ordentliches Gericht gebracht zu werden."

„Weiter nichts?" höhnte der Jäger. „Warum, wenn ihr vor das ordentliche Gericht kommen wollt, seid ihr ihm denn entflohen? Damit habt ihr doch deutlich zu erkennen gegeben, daß ihr von ihm nichts wissen wollt und müßt euch zufrieden geben, wenn wir euch nach unserm eigenen Gesetz behandeln."

„Ihr habt kein Recht, uns zu richten."

„Bist du wirklich davon überzeugt, Landola, der du dich meinen Stiefbruder nennst?" erwiderte Grandeprise mit schneidender Stimme. „Du hast meinen Vater ermordet, hast mir die Braut abwendig gemacht und mir Ehre und Vermögen geraubt. Du bist schuld, daß ich ein Menschenalter lang der mir gebührenden Stellung entsagen mußte! Und da wagst du es noch, zu behaupten, daß ich kein Recht habe, dein Richter zu sein? Mach dich nicht lächerlich, Landola! Ich habe dich verfolgt über Savannen und Gebirge, über Seen und durch Wälder, rastlos wie der Ewige Jude, der keine Ruhe kennt, und nun ich dich endlich, endlich in meiner Gewalt habe, soll dich keine Macht der Erde mir wieder entreißen. Du bist das größte Scheusal, das ich kenne, und wie ein Scheusal sollst du verenden!"

Landola hatte den Worten seines Bruders äußerlich ungerührt, aber mit heimlichem Bangen zugehört. Er wußte, daß ihm von seiten dieses Mannes, dem er so fürchterliches Unrecht zugefügt hatte, keine Schonung zuteil würde. Um so mehr mußte ihm daran liegen, Zeit zu gewinnen. Darin lag für ihn die einzige Möglichkeit der Rettung. Daher meinte er, als Grandeprise geendet hatte, mit erzwungenem Lachen scheinbar sorglos:

„Du wirst nicht wagen, mir ein Leid zuzufügen. Señor Mariano würde es nicht dulden."

Er sollte indes erkennen, daß er sich in seiner Annahme geirrt habe, denn Mariano wandte ihm das Gesicht voll zu und sagte:

„Ihr irrt, Landola, wenn Ihr meint, Euer Leben sei von Wichtigkeit. Ich habe nicht die geringste Absicht, dem Recht in den Arm zu fallen."

„Aber wenn es uns hier ans Leben geht, dann ist es Euch unmöglich, zu beweisen, daß Ihr ein echter Rodriganda seid. Schon aus diesem Grund müßt Ihr uns einstweilen schonen."

„Ihr irrt abermals. Ich brauche Euch dazu nicht, denn ich habe genug andre Beweise, und überdies stehen uns noch Pablo Cortejo und seine Tochter Josefa zur Verfügung."

„Aber unser Zeugnis ist ausschlaggebend. Bedenkt, daß Ihr nur durch uns Alfonso, den falschen Erben, überführen könnt!"

„Gebt Euch keine Mühe, Landola! Ihr verkennt, daß sich die Sachlage vollkommen zu unsern Gunsten und zu Eurem Nachteil geändert hat. Wir brauchen Euer Zeugnis durchaus nicht. Die Aussagen der Rodrigandas werden, zusammengenommen, einen drückenden Beweis liefern, der keinem Zweifel mehr Raum geben wird. Ihr seid auf alle Fälle verloren, und ich kann und will auch nichts zu Eurer Rettung tun."

„So seid verflucht in alle Ewigkeit!" schrie der Pirat, den jetzt alle Fassung verließ. „Und macht endlich Schluß mit Eurer Posse!"

„Wenn nur die Posse nicht für euch zum Trauerspiel wird!" nahm jetzt wieder Grandeprise das Wort. „Gut, wir wollen deinem Wunsch folgen und zum Ende kommen. Señor Mariano, wessen beschuldigt Ihr diesen

Mann, der sich Landola nennt? Doch gebe ich zu bedenken, daß Ihr nur solche Vergehen vorbringen dürft, die Euch und Eure Freunde berühren, da wir nach dem Recht der Savanne und nicht nach dem bürgerlichen Strafgesetz richten werden."

„Gut, ich klage Landola an des Verbrechens des Menschenraubes und der Entführung."

„Wen hat er entführt?"

„Mich und meine Freunde."

„Und Ihr, Señor Mindrello, wessen beschuldigt Ihr diesen Mann?"

„Ich klage ihn der gleichen Verbrechen an, außerdem auch des Menschenhandels, verübt an mir und dem Grafen Fernando de Rodriganda."

„Es ist genug. Señores, ich will nicht reden von dem, was mir dieser Mann zugefügt hat. Aber welche Strafe steht nach dem Gesetz der Prärie auf Menschenraub und Entführung?"

Die beiden, die so unerwartet zu Schöffen eines Gerichtes geworden waren, hatten lange genug abgeschlossen von der Zivilisation gelebt, um zu wissen, wie sie antworten sollten. Darum riefen sie auf die Frage des Amerikaners wie aus einem Mund:

„Der Tod!"

„Und welche Strafe steht auf mehrfachen Menschenraub?"

„Der mehrfache Tod!"

„Ich danke euch, Señores! Ihr habt recht gesprochen. Nun zu Gasparino Cortejo! Wessen klagt Ihr ihn an, Mariano?"

„Ich klage ihn an der Kindesunterschiebung und der Entführung, begangen an mir, des Mordversuchs an meinem Vater, und eines geradezu himmelschreienden Raubes an meinem Eigentum. Ebenso klage ich ihn an der Mitschuld an allen Verbrechen seines Mitgefangenen, den er dazu angestiftet hat."

„Und Ihr, Señor Mindrello?"

„Ich klage ihn an der widerrechtlichen Freiheitsberaubung, begangen an mir, sowie der Mitschuld am Verbrechen des Menschenhandels und an all dem Unsäglichen, das Graf Fernando und ich in der Sklaverei erduldet haben."

„Es ist gut Señores. Und ich wiederhole meine vorige Frage: Welche Strafe steht nach dem Gesetz der Savanne auf Diebstahl und Menschenraub?"

„Der Tod."

„Und auf vielfachen Menschenraub?"

„Der vielfache Tod."

„Ihr habt es gehört", wandte er sich nach diesen Worten kalt an die Gefangenen. „Euer Urteil ist gefällt. Macht euch bereit zu sterben!"

Grandeprise schwieg und ließ seine Augen mit dem Ausdruck grenzenloser Genugtuung über die Verbrecher schweifen, um zu beobachten, welchen Eindruck die Verhandlung auf sie gemacht habe. Landola schien vollkommen ungerührt. Mit zusammengebissenen Zähnen lag er da und ließ seine glühenden Blicke von einem seiner Bändiger zum andern schweifen. Anders Gasparino. Was ihn jetzt beherrschte, war nicht Trotz, sondern Angst, namenlose Angst. Er befand sich in einer Stimmung, daß er, um sich zu retten, seinen besten Freund verraten hätte.

Da erhob sich der Amerikaner. Sein Auge leuchtete in einem plötzlichen Gedanken auf, er trat ans Wasserbecken, um eine Prüfung seiner Wärme vorzunehmen. Die Prüfung mußte nach Wunsch ausgefallen sein, denn er nickte zufrieden. Dann nahm er wieder den Gefangenen gegenüber Platz. Sein Gesicht hatten den Ausdruck einer unerbittlichen Entschlossenheit angenommen.

„Macht es kurz mit den Schurken!" meinte Mariano. „Der Abend ist nah und wir müssen auch noch an die Rückkehr denken."

„Kurz? Was fällt Euch ein? War vielleicht das Leid auch kurz, das mir dieser Mann angetan hat? Oder waren die sechzehn Jahre kurz, die Ihr und Señor Mindrello durch die Niedertracht dieser Teufel in Qual und Entbehrung zubringen mußtet? Und da sagt Ihr, ich solle es kurz mit ihnen machen? Ich versichere Euch, eine Kugel, die ihrem Leben ein rasches Ende machen würde, wäre unverdiente Gnade für sie, und ich bin der letzte, der ihnen diesen Gefallen tun wird."

„Aber welche Todesart habt Ihr ihnen zugedacht?" forschte Mindrello. „Bei Gott, es sollte mir eine Wonne sein, diesen Teufeln die Fahrt in die Hölle so genußreich als möglich zu machen."

„Könnt Ihr nicht erraten, was ich meine? Und doch liegt der Gedanke so nahe! Habt Ihr den Schmerz vergessen, den Ihr da unten empfandet, als Ihr die Hand in eine der heißen Quellen stecktet?"

Per todos los Santos — bei allen Heiligen! Dieser Gedanke ist kostbar!" rief Mindrello begeistert. „Ihr habt recht, und so wird es gemacht! Wir werfen die Schurken in die kochende Fuente del —"

Er wurde durch einen langgezogenen, gräßlichen Schrei unterbrochen. Cortejo hatte ihn ausgestoßen. Mit weitgeöffneten Augen und blassen Lippen starrte er seine Richter an, als sehe er ein Gespenst. Sein Gefährte besaß stärkere Nerven. Landola ließ sich nichts anmerken.

„Valgame Dios — Gott steh' mir bei!" kreischte Cortejo entsetzt. „Alles

andre, nur das nicht, Señor! Ich flehe Euch um Gottes willlen an, tut es nicht!"

„Heult und jammert nicht und laßt Gott aus dem Spiel! Eine Berufung an Gott, an den Ihr doch nicht glaubt, klingt wie eine Lästerung aus Eurem Mund."

„Señor, wenn Ihr das tut, so seid Ihr keine Menschen, sondern Teufel!"

„Wir sind Menschen, die Teufel richten. Beruft Euch nicht auf die Menschlichkeit, die Ihr nie in Eurem Leben geübt habt!"

„Und doch bitte ich, ja flehe ich Euch an, übt nur dieses eine Mal noch Barmherzigkeit an uns und laßt uns frei! Ich schwöre Euch mit allen Eiden, daß wir niemals mehr Eure Wege kreuzen werden. Bei meiner Seligkeit, ich schwöre es Euch! Señor Mariano, ich weiß, Ihr habt ein fühlendes Herz in der Brust und könnt nicht wollen, daß wir auf so gräßliche Weise —"

„Schweig, Memme!" wurde er da von Landola unterbrochen, der mit scheinbarer Gleichgültigkeit zugehört hatte, als ginge ihn die ganze Sache nichts an. „Seht Ihr denn nicht, daß jedes Eurer Worte umsonst ist bei diesen Teufeln, daß Ihr ihnen gar keine größere Freude machen könnt, als wenn Ihr recht winselt und jammert? Seid ein Mann und tragt als ein solcher das, was einmal nicht zu ändern ist!"

Damit drehte er sich so, daß er seinen Feinden den Rücken zeigte, und gab dadurch zu erkennen, daß er nunmehr kein Wort mehr verlieren werde. Cortejo setzte sein Gewimmer fort. Da erhob sich Mariano und gab dem Jäger einen Wink, ihm zu folgen. Der Notar verstummte und schien zu lauschen. Als Mariano außer Hörweite der Gefangenen gekommen war, blieb er stehen. Er brauchte auf Grandeprise nicht lange zu warten. Nach wenigen Augenblicken trat dieser zu ihm, mit finsterem Gesicht, denn er konnte nicht denken, weshalb ihn der junge Graf ohne Zeugen sprechen wollte.

„Señor Mariano, ich weiß, was Ihr von mir wollt, aber ich sage Euch gleich, daß jedes Eurer Worte vergeblich ist bei mir."

„Señor Grandeprise, dann seid Ihr kein Mensch, sondern ein Teufel in Menschengestalt!"

Es war ein beinahe feindlicher Blick, den der Jäger auf den andern warf.

„Señor, ich weiß, daß Ihr andrer Ansicht seid als ich, trotz des unsäglichen Elends, das diese Schufte Euch und Eurer ganzen Familie angetan haben, und ich achte Euch deswegen. Aber verlangt nicht von mir, daß ich Euch zuliebe meine Ansichten ändre! Ich habe mich nach der Stunde der Rache gesehnt Tag und Nacht. Ich habe gerne gedarbt und gehungert, geschmachtet und gefroren, weil eine innere Stimme mir sagte, daß ich nicht vergebens hoffe. Nun ist sie da, die Stunde der Rache. Ja, ich sage es Euch offen, Rache will ich haben, nicht Strafe. Ich kann nichts dafür, daß ich anders empfinde als Ihr. Daran ist der Schurke da vorne schuld, der mich hinausgetrieben hat in die Wildnis, wo ein Menschenalter lang meine Heimat war und wo es kein andres Gesetz gibt als das Gesetz der *dark and bloody grounds*, das Gesetz schonungsloser Wiedervergeltung."

„Nun gut, ich will Euch in bezug auf Landola Euern Willen lassen. Aber was hat Cortejo Euch getan, daß Ihr auch ihn so grausig sterben lassen wollt?"

„Ich habe mit ihm nichts zu schaffen. Meinetwegen gebt ihm eine Kugel — falls Señor Mindrello damit einverstanden ist. Aber ich fürchte, Eure Worte werden auch bei ihm keinen guten Boden finden, denn soweit ich Euren Landsmann kenne, denkt er genauso wie ich."

Mariano mußte sich zu seinem Leidwesen gestehen, daß der Jäger betreffs Mindrellos recht habe, und darum machte er auch gar keinen Versuch, diesen umzustimmen. Mißmutig meinte er:

„Nun gut, ich habe mein möglichstes getan, wenn auch ohne Erfolg. Aber Ihr könnt mir nicht zumuten, bei einer Maßnahme mitzuwirken, die ich nicht gutheiße."

„Wer verlangt das von Euch? Das, was noch zu tun übrigbleibt, bringen wir auch ohne Eure Hilfe fertig."

Als die beiden zu den andern zurückgekehrt waren, begann der Advokat von neuem, und indem dicke Schweißperlen auf seine Stirn traten, flehte er mit vor Angst heiserer Stimme:

„Señores, wenn noch ein Funke menschliches Gefühl in euch lebt, so dürft ihr nicht so grausam an mir handeln. Ich flehe nicht um mein Leben, sondern um ein rasches Ende. Martert mich nicht, sondern gebt mir eine Kugel, Señores, eine barmherzige Kugel! Diese Bitte dürft ihr —"

„Elender Feigling!" Landola war es, der diese Worte verächtlich ausstieß. Er hatte sich herumgewälzt und blickte seinen Gefährten mit Augen an, in denen die hohnvollste Verachtung zu lesen war. „Wenn ich jemals über deine wahre Wesensart im unklaren gewesen wäre, so würde ich jetzt eines Bessern belehrt worden sein. So krieche doch auf dem Bauch vor ihnen, du Memme! Küsse den Staub zu ihren Füßen und lecke ihren Speichel auf! Du bist ein so erbärmlicher Wicht, daß es überhaupt keine Todesart gibt, die für dich genügend wäre. Das ist die Meinung, die ich von dir habe und eigentlich schon immer hatte. Nun weißt du es, du Feigling!"

Diese Worte ließen Cortejo auf einen Augenblick seine Angst vergessen. Sein Gesicht rötete sich vor Zorn.

„Und das sagst du mir, du Lump, du Schuft, dem ich dieses ganze Elend zu verdanken habe! So sollst du auch meine Ansicht über dich hören! Bei allen Teufeln der Hölle, wenn es einen Menschen gibt, dem ich es von Herzen gönne, daß er in der heißen Suppe da unten gekocht wird, so bist du es, Henrico Landola! Du wirst eine feine Mahlzeit für den Satan abgeben!"

Landolas Gesicht begann sich bei diesen Worten seines Spießgesellen dunkelrot zu färben. Seine Stirnadern schwollen bläulich an, und eine maßlose Wut kam über ihn. Wild bäumte er sich auf. Ein abgerissenes Stöhnen und Keuchen entrang sich seinen Lippen. Mit größter Gewalt zerrte er an seinen Fesseln. Plötzlich gelang es ihm, die rechte Hand freizubekommen. Rasch ergriff er Cortejo, der sich entsetzt zurückzuwerfen suchte. Eisern krallten sich Landolas Finger um seinen Arm.

„Und bin ich verloren, und muß ich zum Teufel, so sollst du mich wenigstens begleiten, du erbärmlichster aller Feiglinge!" zischte er.

Geschmeidig rollte er sich an den Rand des Beckens und riß Cortejo mit sich. Bevor einer ihrer Richter dazwischentreten konnte, kollerten die beiden Körper über den Rand hinweg. Man hörte noch Cortejos gellenden Schreckensschrei, mit dem sich ein Hohnlachen des Piraten mischte. Gleich darauf spritzte das siedende Wasser unheimlich auf. Es war vorüber. Nichts mehr deutete den grausigen Vorgang an, der sich soeben abgespielt hatte.

Längere Zeit standen die drei wortlos und unbeweglich. Dann nahm Mariano den Hut ab, schlug ein Kreuz und sagte erschüttert:

„Es ist zu Ende. Landola hat Euer Urteil selber an sich und seinem Helfershelfer vollzogen. Wir brauchen nicht mehr darüber zu streiten, wie weit unser Recht zur Vergeltung geht. Gott sei ihrer Seele gnädig, Amen!"

„Schurken!" Dieses eine Wort war die ganze Grabrede des unversöhnlichen Jägers.

Die Nacht senkte sich über das öde Gebirgstal herab, als die Zurückkehrenden das „Hotel Dolores" betraten. Der Wirt trat ihnen unter einem Schwall von Fragen entgegen, aber sie taten ihm nicht den Gefallen, auch nur eine einzige zu beantworten. Schweigend setzten sie sich zum Abendessen nieder, das die Frau des Wirts zubereitet hatte. Es gab „Büffellende", und der Braten schmeckte den Gästen, die einen wahren

Heißhunger hatten, wirklich ausgezeichnet. Als das letzte Stück hinter ihren Zähnen verschwunden war, erfuhren sie, daß sie — Pferdefleisch gegessen hatten.

„Ja", schmunzelte der Wirt, als er die erstaunt fragenden Mienen seiner Gäste bemerkte. „Meine Frau versteht es ausgezeichnet, einen Asado[1] aus Pferdefleisch zu machen, der einem Rindsbraten nicht nachsteht, und da dachte ich, es wäre doch eine Dummheit von mir, wenn ich das schöne Fleisch da oben am Weg liegenlassen würde. Ich hoffe, die Señores werden sich nachträglich nicht durch diese Eröffnung beirren lassen."

Nein, die Señores waren andre Widerwärtigkeiten gewohnt und ließen sich nicht beirren, nachdem sie den Braten nun einmal verzehrt hatten. Bald darauf legten sie sich zur Ruhe und schliefen bis zum Anbruch des Morgens.

Ihre Pferde hatten sich seit gestern leidlich erholt, und so stand ihrer baldigen Abreise nichts im Weg. Die beiden abgetriebenen Tiere der Verbrecher erhielt der Wirt zum Geschenk, worüber er so entzückt war, daß er auch dann noch, tiefe Bücklinge machend, vor seinem „Hotel" stand, als die Fremden längst hinter der nächsten Biegung der Straße verschwunden waren.

15. Die Belagerung von Queretaro

Die Belagerung von Queretaro schritt rasch vorwärts. Die Belagerten sahen freilich nicht müßig zu. Bis zum 6. Mai hatten sie fünfzehn Ausfälle gemacht, aber nun waren auch die Mittel zum Widerstand fast erschöpft. Max hatte Unterhandlungen mit Escobedo anzuknüpfen versucht. Er bot diesem die Übergabe der Stadt unter der Bedingung an, daß ihm nebst seinen europäischen Soldaten und Begleitern freier Abzug aus dem Land bewilligt und seinen mexikanischen Anhängern Straffreiheit zugesichert werde. Escobedo ließ kurz antworten:

„Ich habe den Befehl, Queretaro zu nehmen, nicht aber mit dem angeblichen Kaiser von Mexiko — ich kenne keinen solchen — zu unterhandeln. Im übrigen schreit das Blut derer, die um dieses sogenannten Kaiserreichs willen ermordet wurden und die man infolge des Erlasses vom 3. Oktober rechtlos erschoß, zum

[1] Braten

Himmel auf um Rache. Zudem ist es dem Erzherzog von Österreich verschiedene Male geflissentlich an die Hand gegeben worden, dem wohlverdienten Schicksal zu entgehen. Hat er diese Winke nicht befolgt, so ist das seine Sache."

So von Escobedo abgewiesen, hatte Maximilian sich an Juarez selbst gewandt, aber keine Antwort erhalten. Ebenso war es Miramon ergangen. Er hatte verschiedene Anträge an Juarez, Escobedo und andre gerichtet, aber seine Hoffnung, aus der Falle zu kommen, war bisher vergeblich gewesen.

Jetzt hatte er sich auf sein Zimmer zurückgezogen, und vor ihm stand Oberst Miguel Lopez. Er war Ritter der französischen Ehrenlegion und wurde für einen persönlichen Freund des Kaisers gehalten, weil dieser sogar seinen Sohn aus der Taufe gehoben hatte. Max hatte ihn erst zum Kommandanten und zum Gouverneur der Feste und des Schlosses Chapultepec und sodann zum Oberst des Reiterregiments der Kaiserin sowie zum Befehlshaber ihrer Leibgarde gemacht. Grund genug, seinem Kaiser die höchste Dankbarkeit und Anhänglichkeit zu beweisen.

Nun stand er vor Miramon. Beider Mienen waren düster, aber doch zeigten sie einen verschiedenen Ausdruck. Der General hatte das Aussehen eines Mannes, der sich verloren gibt, der keine Hoffnung mehr hat und doch jeden Strohhalm ergreifen möchte. Er sah ein, daß er rettungslos verloren sei. Oberst Lopez hingegen zeigte eine finstere Entschlossenheit. Er war anzusehen wie ein Mann, der seine schlimme Lage zwar kennt, dem aber jedes Mittel recht ist, sich ihr zu entwinden.

„Soeben komme ich von einer Besichtigung zurück", meinte Miramon. „Wir vermögen uns kaum noch einige Tage zu halten. Der Cerro de las Campanas ist von den Geschossen des Feindes vollständig verwüstet, die Stadt ist zerstört, die Befestigungen sind vernichtet, und nur das Fort La Cruz vermag noch Widerstand zu leisten."

„Es wird für uneinnehmbar gehalten", erklärte Lopez.

„Das ist es jetzt nicht mehr. In kurzer Zeit wird Escobedo seinen Einzug halten und uns das fürchterliche Echo des Blut-Erlasses vernehmen lassen."

„Sollte es keine Rettung geben?"

„Den Heldentod mit der Waffe in der Hand."

„Päh!" lachte Lopez. „Es mag sehr schön sein, für seinen Kaiser zu sterben, noch schöner aber ist es jedenfalls, für sich selbst zu leben."

„Ihr habt nicht unrecht", entgegnete Miramon nachdenklich. „Und was heißt sterben für uns! Es ist das Aufgeben aller Errungenschaften, aller Hoffnungen und Wünsche, aller Pläne, an denen wir jahrzehntelang gebaut und gearbeitet haben. Ich mag, ich kann nicht sterben mit dem Gedanken, daß dieser Juarez, dieser Indianer, wieder Präsident von Mexiko ist und als der Retter seines Vaterlandes gefeiert wird."

„Es muß ein Mittel geben, uns alle zu retten."

„Es gibt eins. Es ist ein Mittel, das man kaum sich selbst anzuvertrauen wagt, viel weniger einem andern."

„So darf ich es nicht hören?"

„Nur, wenn Ihr stumm wäret."

„Nun, so bin ich stumm", versicherte Oberst Lopez.

„Gut. Ich vertraue Euch. Seid Ihr bereit, mein Bote zu den Republikanern zu sein?"

„Ja", erklärte Lopez nach kurzem Zögern.

„Die Zeit ist nun gekommen."

Lopez warf einen Blick auf seinen Vorgesetzten.

„Ihr habt an diese Möglichkeit gedacht?"

„Schon einige Tage."

„Desto besser. Ich darf dann hoffen, daß alles reiflich überlegt sei."

„Das ist es."

„Die Hauptsache bleibt, eine Person zu finden, an die man sich gefahrlos wenden kann."

„Sie ist gefunden und auch so leidlich vorbereitet: General Velez, zu dem ich kürzlich in Beziehung getreten bin."

„Wird er aber ermächtigt sein, einen Vertrag, wie den beabsichtigten, abzuschließen?"

„Es kann Escobedo nur lieb sein, ohne weitere Opfer in den Besitz der Stadt zu gelangen und uns mit dem Österreicher entwischen zu lassen!"

„Dann müßte vor allen Dingen Fort La Cruz übergeben werden."

„So ist es. Also wollt Ihr diese Verhandlung übernehmen?"

„Ja. Ich bin dazu entschlossen."

„So ist hier der Schlüssel zur Ausfallspforte. Heut um Mitternacht wird Velez bis zu dieser heranschleichen."

„Er selber?"

„Ja. Er verläßt sich auf mein Wort, daß ihm nichts geschieht."

„Welche Bedingungen stellt Ihr?"

„Freien Abzug für den Kaiser und uns beide."

„Welche Sicherheiten fordert Ihr?"

„Welche könnte ich fordern! Eine Unterschrift kann ich nicht verlangen. Kein General wird so unvorsichtig sein, über einen solchen Vertrag ein Schriftstück zu verfassen."

„So müssen wir uns mit dem Ehrenwort dieses Mannes begnügen?"
„Ja. Velez hat sein Wort noch niemals gebrochen."
„So ist das meine ganze Anweisung?"
„Eure ganze. Nur will ich noch hinzufügen, daß die Stunde genau angegeben werden muß. Ich werde heut abend nicht eher zur Ruhe gehen, als bis Ihr bei mir gewesen seid, um mir das Ergebnis Eurer Besprechung mitzuteilen."

Lopez konnte kaum die Mitternacht erwarten. Der Tag und der Abend schienen ihm schneckenhaft zu schleichen. Endlich aber war doch die Zeit gekommen. Er schlich zur Ausfallspforte, öffnete leise und verschloß sie ebenso, nachdem er sich im Freien befand. Nun blickte er sich um. Nicht weit von ihm lehnte eine dunkle Gestalt an der Mauer.

„Wer da?" flüsterte diese.
„Bote von Miramon", entgegnete er ebenso leise.
„Willkommen!" Mit diesem Wort trat die Gestalt näher.
„General Velez?" fragte der Oberst.
„Ja. Und Ihr?"
„Oberst Lopez."
„Ah! Kenne Euch! Was verlangt Miramon?"
„Freiheit für den Kaiser und uns beide."
„Hm. So sagt mir, ob Ihr genau wißt, wo und wie Don Maximiliano wohnt."
„Er wohnt im Kloster La Cruz hier über uns, und seine Wohnung kenne ich."
„Ich verlange, zu einer gewissen Stunde hier eingelassen zu werden."
„Bestimmt diese Stunde!"
„Sagen wir: In der Nacht vom 14. bis 15. Mai öffnet Ihr zwei Uhr früh dieses Pförtchen. Ihr habt dann eine volle Stunde Zeit für den freien Abzug, zum Verschwinden. Hierauf rücke ich ein, voran zweihundert Mann. Mit diesen Leuten werde ich mich überzeugen, ob auch ihr fort seid. Mehr Menschenleben darf ich nicht daran wagen. Bemerke ich, daß ihr Wort hieltet und verschwiegen wart, schicke ich um Verstärkung. Einverstanden?"
„Vollständig."

Beide Männer reichten sich die Hände und trennten sich dann. General Velez suchte sein Lager auf, und Lopez kehrte zu General Miramon zurück, der ihn sehnlichst erwartet hatte.

„Nun, wie ist es gegangen?" Mit diesen Worten empfing er den Eintretenden, noch ehe dieser Zeit gefunden hatte, zu grüßen.

„Ihr werdet zufrieden sein, General", erwiderte der Oberst. Lopez berichtete sodann von der Begegnung.

„Gott sei Dank!" meinte Miramon mit einem Seufzer der Erleichterung. „Es war mir fast, als müsse ich Sorge haben. Das Vorhaben, mit einem feindlichen Offizier auf solchen Grundlagen in Verhandlungen zu treten, ist stets ein Wagnis, das mißlingen kann, und dann hat man die unangenehmen Folgen zu tragen."

Lopez zog die Brauen zusammen und entgegnete:

„Ein Wagnis? Jedenfalls wer hat dieses Wagnis unternommen?"

„Wir beide doch."

„Das möchte ich bestreiten. Ihr habt Euch im Hintergrund gehalten und mich vorgeschickt. Bei einem Mißlingen des Unternehmens wär also ich es, den man packt."

„Aber ich bin Euer Auftraggeber, und infolgedessen habt Ihr Euch wohl auf mich berufen. Ihr seht, daß wir beide uns der gleichen Gefahr ausgesetzt haben."

„Mag sein", meinte Lopez, der einsah, daß er wieder einlenken müsse. „Es ist ein Glück, daß ich unser gefährliches Vorhaben als gelungen bezeichnen kann."

„Welche Sicherheit habt Ihr erhalten?"

„Keine andre als Velez' Ehrenwort."

„Hm! Wird das genügen?"

„Zweifelt Ihr an der Rechtlichkeit des Generals Velez?"

„Ich habe noch nie gehört, daß er sein Wort gebrochen hätte, aber in diesem Fall — hm!"

Miramon schwieg. Es fiel ihm augenblicklich schwer, in der begonnenen Rede fortzufahren. Lopez verstand ihn und fragte lächelnd:

„Warum meint Ihr, daß er grad in diesem Fall eine Ausnahme machen werde?"

„Weil — weil — er uns — für Verräter an den nicht in unsre Abrede einbezogenen Persönlichkeiten halten wird."

„Dieses Wort ist nicht schön, aber trotzdem richtig. Es gibt Leute, die den eigentümlichen Grundsatz haben, daß man einem Ver — *Caramba*, dieses verdammte Wort! —, daß man einem Verräter nicht Wort zu halten brauche."

„Sollte Velez zu diesen Leuten gehören?"

„Ich hoffe es nicht, doch wäre es nicht möglich gewesen, irgendeine weitere Bürgschaft zu erlangen. Velez hätte dann auch von unsrer Seite eine solche haben müssen. Was aber hätten wir ihm bieten können?"

„Hm! Nichts als unser Wort."

„Ihr seht also, daß er uns gegenüber wenigstens nicht in irgendeinem Vorteil steht."

„O doch! Die Lage, in der wir uns befinden, muß ihm Bürgschaft genug sein, daß wir unser Versprechen erfüllen werden."

Lopez erzählte noch weitere Einzelheiten und entfernte sich dann. Miramon ging schlafen. Um in Maximilian einige Hoffnungen für das Glücken eines Ausbruchs, einer Flucht aus Queretaro zu erwecken, hatte er einen Boten abgesandt, der einen seiner Anhänger, einen Freischarenführer, aufsuchen sollte, von dem er wußte, daß er sich in der Gegend zwischen Salamanca und Guanajuato aufhalte. Dieser geheime Sendling hatte außerdem einen schriftlichen Befehl mit, der lautete:

„Ihr brecht nach Empfang dieses mit Eurer Truppe auf, um während der nächstfolgenden Nacht im Rücken von Escobedo einen Angriff unter Ausrufen, durch die sich die Eurigen als Anhänger des Kaisers bezeichnen, zu unternehmen. Dieser Angriff wird zwar für Euch nutzlos, für mich aber von großen Folgen sein. Ihr kämpft, solange es geht, und zieht Euch dann zurück.

General Miramon."

Der Bote war angewiesen, falls es ihm nicht gelinge, sich durch den Feind zu schleichen, und falls er ergriffen würde, diesen Zettel zusammenzuballen und zu verschlingen, damit nichts von seinem Inhalt verraten werde. Er war mit Anbruch der Nacht aufgebrochen und glücklich durch die Linien der Belagerer gekommen. Am Tag glückte es ihm, den Empfänger aufzufinden, und dieser machte sich sofort daran, den Befehl auszuführen. —

Kurt war bei dem Truppenteil tätig, der unter dem Befehl des Generals Velez stand. Dessen Stab hatte sich über einen neuen Plan geeinigt, der die Eroberung der Stadt erleichtern sollte. Velez hatte diesen zwar für unnütz erklärt, weil er wußte, daß die Festung anders in seine Hände fallen werde. Da er dies aber nicht sagen durfte, so war trotz seines Einspruchs der Plan angenommen worden, und es bedurfte zu seiner Ausführung nur noch der Genehmigung des Generals Escobedo. Um diese zu erlangen, mußte ein Bote zum Feldherrn geschickt werden, der imstande war, ihm alle Vorteile des Plans vorzustellen. Man wählte Kurt Unger.

Es war am Nachmittag, als Kurt aufbrach. Er traf General Escobedo, der sein Hauptquartier nur eine Stunde von Queretaro errichtet hatte, bald und erlangte die Genehmigung der Vorschläge, allerdings nach einer so eingehenden Besprechung, daß währenddessen der Abend herangekommen war. Es war dunkel, und um schneller fortzukommen, wich Kurt von der graden Richtung ab. Diese hätte ihn mitten durch das Belagerungsheer geführt, wo sein Ritt durch allerlei Aufenthalt verlangsamt worden wäre. Er hatte also beschlossen, einen Bogen zu schlagen und am äußersten Ende der Truppenaufstellung hinzureiten. Da es finster war, und es hier keinen gebahnten Weg gab, so konnte man leicht die beabsichtigte Richtung versehen, und wirklich geriet Kurt eine Strecke abseits ins Feld. Er merkte es und hielt an, um sich wieder in die Richtung zu finden.

Während er überlegend im Gras hielt, war es ihm, als höre er das Schnauben eines Pferdes vor sich, da, wo ein Streifen zu bemerken war, der, dunkler als die nächtliche Finsternis, sich ohne Schwierigkeit als eine Waldung erkennen ließ. Ein zweites und darauf ein drittes und viertes Schnauben erfolgte. Dort waren jedenfalls mehrere, vielleicht viele Pferde beisammen. Und wo Pferde sind, da gibt es auch Reiter. Waren es Freunde oder Feinde? Jedenfalls Feinde. Die Truppen Escobedos lagen links drüben und hätten auch nicht nötig gehabt, sich im Wald zu verbergen.

Kurt wandte sein Pferd und ritt so weit zurück, daß es, falls es schnauben sollte, außer Hörweite der zu belauschenden Reiter sei, pflockte es an und schritt wieder vorsichtig auf den Wald zu. In dessen Nähe legte er sich ins Gras nieder und schob sich nach Art der Präriejäger vorwärts. Nicht lange dauerte es, so hatte er den Waldrand erreicht und drang zwischen den Bäumen vor. Da hörte er zu seiner Linken ein halblaut geführtes Gespräch. Er schlich auf diese Gegend zu, mußte aber bald anhalten, denn er war bei einem Baum angelangt, in dessen Nähe zwei Männer saßen, die miteinander sprachen. Er konnte jedes Wort verstehen.

„Wieviel Uhr haben wir?" fragte der eine.

„Das weiß der Teufel", brummte der andre. „Es wird gegen elf Uhr sein."

„Also noch eine Stunde."

„Du denkst, daß wir um Mitternacht aufbrechen?"

„Ja. Um ein Uhr soll der Angriff unternommen werden. Eigentlich ein verrückter Plan. Wir sind vierhundert, und der Feind zählt fünfundzwanzigtausend."

„Unsinn! Wir haben es ja nur mit einem kleinen Teil zu tun! Aber trotzdem wird es nichts sein als ein Laufen in den Tod."

„Ich stelle mir die Sache nicht so schlimm vor. Als ich heut Posten stand, kam der Coronel mit dem Boten des Generals Miramon an mir vorüber, und da gelang es mir, einige Worte ihres Gesprächs aufzuschnappen. Der Coronel war ungehalten darüber, daß er sich opfern solle."

„Und der Bote?"

„Dieser beruhigte ihn, indem er ihm erklärte, daß es sich ja gar nicht um ein ernstliches Gefecht handle. Es sei nur zu zeigen, daß der Kaiser im Rücken seiner Feinde noch Anhänger habe, die gesonnen sind, für ihn zu kämpfen."

„Dummheit! Was könnte ihm das in dieser aussichtslosen Lage nützen?"

„Wer weiß es? Ich bin kein General und auch kein Minister. Wir greifen an und ziehen uns zurück, sobald die Kugeln des Feindes zu pfeifen beginnen."

„Ja, und haben dabei nichts weiter zu tun, als uns totschießen zu lassen und ‚*Viva Maximiliano!*' zu rufen. Ich habe große Lust, zurückzubleiben und schreien zu lassen, wer da will."

„Hast du etwa Angst?"

„Was fällt dir ein! Aber es ist ein großer Unterschied, ob ich für eine Sache kämpfe, die eine Zukunft hat, oder für eine solche, die ich von vornherein verloren geben muß."

„Verloren? Du meinst die Sache des Kaisers? Das laß ja den Coronel nicht hören. Er würde dir eine Kugel vor den Kopf geben lassen."

„So wäre er dumm genug. Die Wahrheit belohnt man nicht mit einer Kugel."

„Pah! Die Wahrheit! Du denkst, weil wir jetzt so schauderhaftes Pech gehabt haben, müsse das auch so bleiben? Aber du irrst dich da gewaltig. Miramon ist tüchtig. Ist er nicht Präsident gewesen? Er wird wohl wissen, was er tut. Und der Streich, den wir heut ausführen müssen, hat jedenfalls auch seine Berechnung. Vielleicht sollen wir die Aufmerksamkeit Escobedos auf uns lenken, damit den Unsern in der Stadt ein Ausfall gelingt, der den Belagerern verderblich wird."

Gegen Ende dieses Gesprächs hatte Kurt nahende Schritte vernommen, die aber den beiden Sprechenden entgangen waren. Jetzt fragte eine tiefe, befehlshaberische Stimme:

„Was fällt euch ein, so laut hier zu sprechen?"

„Ah! Der Coronel!" riefen die beiden, indem sie aufsprangen.

Kurt vermutete, daß die eigentliche Truppe im Innern des Wäldchens lagere, während an dessen Rand Doppelposten gelegt waren. Einen solchen Posten bildeten jedenfalls auch die beiden, die er belauscht hatte. Daß seine Meinung richtig sei, sollte er sogleich hören.

„Leise!" befahl der Coronel. „Ich habe doch den Befehl gegeben, daß auf Posten nicht gesprochen werden soll!"

Die zwei fühlten sich schuldig und schwiegen. Der Coronel fuhr fort: „Ist etwas vorgekommen?"

„Nein", erwiderte der eine.

„So verhaltet euch ruhiger als bisher! Anstatt zu hören, werdet ihr gehört, wenn ihr laut sprecht. Ich will rundum erkunden gehen. Fällt während dieser Zeit etwas vor, so meldet ihr es dem Major!"

Kurt konnte den Coronel nicht sehen, aber er hörte es an dem Geräusch der Schritte, daß dieser auf den Baum zukam, hinter dem er sich niedergelegt hatte. Deshalb erhob er sich schnell und geräuschlos aus seiner liegenden in eine kauernde Stellung, duckte sich so eng und tief als möglich zusammen und schmiegte sich fest an den Stamm des Baums. Um nicht anzustoßen, hielt der Oberst die Hände vor. Er fühlte den Stamm und wollte zur Seite vorüber. Dabei aber blieb er an Kurts Fuß hängen und stürzte zu Boden.

„Verdammt!" rief er. „Das war grad, als wäre ich über den Stiefel eines Menschen gestolpert. Schnell herbei, ihr beiden!"

Kurt hatte kaum soviel Zeit, zur Seite zu schnellen und, an einigen Bäumen vorüberschleichend, sich hinter einem andern Stamm zu verbergen, so rasch waren die zwei Männer da. Der Oberst hatte sich sofort wieder erhoben.

„Habt ihr Zündhölzer?" fragte er.

„Ja."

Kurt zog sich rasch noch weiter zurück.

„Brennt an!" gebot der Offizier. „Aber gleich mehrere zusammen! Das leuchtet besser."

Kurt vernahm das Anstreichen der Hölzer, und einen Augenblick darauf beleuchtete das Flämmchen die Umgebung des Orts, wo drei Personen standen. Ein Glück war es, daß der Schein nicht zu ihm dringen konnte.

„Seht ihr etwas?" fragte der Coronel.

„Nein", lautete die Antwort.

„Leuchtet nieder an den Boden!"

Die Männer gehorchten.

„Ah!" meinte der Offizier erleichtert. „Hier befindet sich eine Wurzel. Sie ist mit Moos bewachsen, und dessen Weichheit täuschte mir einen Fuß vor. Sie war es, an der ich hängenblieb."

„Jedenfalls, Señor", bestärkte ihn der eine der beiden Posten.

„Man kann nicht vorsichtig genug sein", erklärte der Coronel, „besonders in der Lage, in der wir uns befinden. Haltet darum eure Ohren offen, Leute!"

Nach dieser Warnung schritt der Oberst weiter, dem Ausgang zu Jetzt war die Gefahr für Kurt vorüber. Der Coronel hatte sich jedenfalls vorgenommen, außerhalb des Wäldchens, da, wo ebener Grasboden zu sein schien, rund um dieses herumzugehen. Bei diesem Gedanken durchzuckte ein Entschluß den jungen Mann. Wie, wenn er diesen Obersten gefangennahm? Es war dies wohl kein leichtes Unternehmen, aber er fühlte sich gewandt genug dazu, es auszuführen.

Er folgte in geduckter Haltung dem Offizier. Dieser war wirklich aus dem Wald heraus auf die offene Grasfläche getreten und schritt nun langsam am Wadlrand weiter. Kurt schlich, nachdem er einige Zeit hatte vergehen lassen, um außer Hörweite der beiden Posten zu kommen, hinter ihm her. Er erreichte ihn und schlang ihm von hinten die Finger der beiden Hände fest um den Hals. Der Offizier stieß ein halblautes Stöhnen aus, griff mit den Händen in die Luft, um seinen Angreifer zu fassen, was ihm aber nicht gelang. Ein noch festerer Druck von Kurts Fingern, ein röchelndes, leise endendes Stöhnen, und der Oberst sank zur Erde.

Rasch zog der Deutsche sein Taschentuch hervor, band damit den Mund des Besinnungslosen zu, schlang sich den Lasso von den Hüften und wickelte ihn so fest um die Arme und Beine des Gefangenen, daß dieser sich beim Erwachen nicht zu rühren vermochte. Dann warf er sich den Mann über die Schulter und eilte zu seinem Pferd zurück, das zu finden ihm trotz der Dunkelheit gelang. Er hob seinen Gefangenen empor, stieg auf, nahm ihn quer vor sich und ritt davon, erst langsam und vorsichtig, dann aber so schnell, als es ihm die Dunkelheit und das Gelände gestatteten. Anstatt bei der vorher eingehaltenen Richtung zu verharren, die ihn längs der Vorpostenkette der Republikaner vorbeigeführt hatte, hielt er auf diese zu, bis er angerufen wurde und halten mußte. Nachdem er sich durch die Losung ausgewiesen hatte, fragte er den befehlenden Offizier, der in der Nähe war:

„Wer ist Euer Kommandeur?"

„General Hernano", antwortete der Gefragte.

„Bringt mich schnell zu ihm! Ihr sollt um ein Uhr angegriffen werden."

„*Demonio!* Wen habt Ihr da auf dem Pferd?"

„Einen Gefangenen. Aber ich habe keine Zeit zu Auseinandersetzungen. Bitte, laßt uns eilen!"

Nachdem der Offizier den Seinen die größte Wachsamkeit eingeschärft hatte, ging er, Kurt führend, auf seinen Posten zurück, wo sein

Pferd stand, bestieg es, und beide sprengten dem Quartier des Generals zu. Dieses befand sich in einem Dörfchen, das vielleicht eine halbe Stunde von Queretaro lag. Der Kommandierende saß mit seinen Stabsoffizieren beim Nachtessen, als ihm Kurt gemeldet wurde.

„Ein deutscher Name", brummte Hernano. „Wird nicht viel bringen. Der Mann mag eintreten!"

Kurt hatte kurzen Prozeß gemacht und seinen Gefangenen auf die Schulter geladen. Bei diesem außergewöhnlichen Anblick sprangen die Offiziere auf.

„*Valgame Dios*! Was bringt Ihr da?" fragte erstaunt der General.

„Einen Gefangenen, Señor", erwiderte Kurt, indem er den Coronel zur Erde legte und seine Ehrenbezeigung machte.

„Das scheint so! Wer ist der Mann?"

„Ein kaiserlicher Oberst."

„Hm. Der Kerl sieht nicht danach aus. Ihr habt da eine Maus gefangen anstatt eines Elefanten."

Bei diesen Worten umspielte ein spöttisches Lächeln die Lippen des Generals, und seine Offiziere hielten es für ihre Pflicht, das gleiche Lächeln sehen zu lassen.

„Bitte, überzeugt Euch", meinte Kurt gelassen.

„Er trägt ja nicht die kaiserliche Uniform!"

„Er ist dennoch ein Kaiserlicher. Ich trage auch nicht die Uniform Escobedos oder des Präsidenten, sondern grade wie dieser Gefangene mexikanische Kleidung."

„Und dennoch seid Ihr Republikaner? Das wollt Ihr doch sagen?"

„Nein."

„Was sonst? Ihr wurdet mir als Oberleutnant angemeldet."

„Das bin ich auch. Ich diene in der Armee des Königs von Preußen, bin in Familienangelegenheiten nach Mexiko gekommen und habe mich gegenwärtig aus gewissen Gründen der Sache des Präsidenten angeschlossen."

„Ah! In welcher Weise dient Ihr dem Präsidenten?"

„Als Ingenieur für Befestigungsbauten", erklärte Kurt gelassen. „Ich bin den Genietruppen vor Queretaro zugeteilt."

„Hm. Ich halte es mit der Reiterei. Der Ingenieur ist ein Bohrwurm, der das Tageslicht scheut. Ihr wurdet mir als Oberleutnant Ummer angemeldet. Ich hörte den Namen zum erstenmal."

Kurt verstand sehr wohl, was das heißen solle, aber er antwortete dennoch ruhig:

„So hatte sich der betreffende Offizier verhört, oder er besitzt nicht die Fertigkeit, einen deutschen Namen auszusprechen. Ich heiße nicht Ummer, sondern Unger."

Da blickte General Hernano rasch empor.

„Unger?" fragte er. „Ihr steht bei der Truppe des Generals Velez?"

„Allerdings."

„Ah! Das ist etwas andres. Entschuldigung! Wäre mir Euer Name richtig genannt worden, so wäre Euer Empfang ein andrer gewesen. Señores, ich stelle Euch hiermit einen der wichtigsten Vertreter unsrer Belagerungsarbeiten vor."

Die Offiziere traten jetzt zu Kurt und reichten ihm in kameradschaftlicher Weise die Hände. Dann fuhr der General fort:

„Nun laßt uns zur Ursache Eurer Anwesenheit zurückkehren. Ihr bezeichnet diesen Gefangenen wirklich als einen kaiserlichen Oberst?"

„Ja, obgleich ich der Ansicht bin, daß es sich nur um einen Bandenführer handelt. Er wurde von den Seinen in meiner Gegenwart Coronel, also Oberst genannt."

Kurt erzählte sein Erlebnis, und die Anwesenden hörten aufmerksam zu. Am Schluß rief der General:

„*Diableria* — ein Teufelsstreich! Man will uns also überfallen, und wir versäumen die Zeit mit unnützen Reden!"

„Nicht meine Schuld", meinte Kurt achselzuckend.

„Warum machtet Ihr mich nicht sogleich aufmerksam?"

„Ihr seid General, ich bin nur Oberleutnant", antwortete Kurt nun seinerseits mit einem spöttischen Lächeln. „Ich hatte also nichts andres zu tun, als Eure Fragen zu beantworten."

„Höflich scheinen die Herren Preußen nicht zu sein. Ich werde sogleich eine Abteilung gegen den Wald vorrücken lassen. Wollt Ihr die Güte haben, ihr als Führer zu dienen?"

„Ich stelle mich gern zur Verfügung, bitte aber, sich vorher mit diesem Coronel einen Augenblick zu beschäftigen."

„Warum? Die Zeit drängt."

„Nicht so sehr, daß wir nicht vorher einige Fragen an ihn richten und seine Taschen untersuchen könnten."

„Das ist wahr", gab Hernano zu. „Ihr sagtet, daß der Angriff um ein Uhr stattfinden soll, und daß sie sich dazu um Mitternacht vorbereiten werden?"

„So ist es."

„Es ist jetzt erst über elf Uhr, und so bleibt uns also noch Zeit. Binden wir ihn los!"

Der Gefangene war unterdessen wieder zu sich gekommen. Das merkte man an seinen dunklen Augen, die er geöffnet hatte und mit einem Ausdruck der Wut von einem zum andern gleiten ließ. Man nahm ihm das Taschentuch und den Lasso ab und hieß ihn aufstehen. Er tat es, indem er die schmerzenden Glieder streckte.

„Wie heißt Ihr?" fragte ihn General Hernano.

Der Gefragte nannte seinen Namen.

„Habt Ihr gehört, was dieser Señor uns erzählt hat?"

„Ja."

„Ihr gebt zu, daß es die Wahrheit ist?"

„Ihr als General werdet einsehen, daß ich diese Frage nicht beantworten darf."

„Ihr meint, daß Eure Pflicht Euch hier Schweigen auferlegt? Gut, ich will das zugeben. Aber fragen muß ich Euch doch, ob es sich wirklich um einen Angriff auf uns handelt."

„Auch jetzt antworte ich nicht."

„Von wem habt Ihr den Befehl erhalten, heut —"

„Halt!" rief in diesem Augenblick Kurt, den General unterbrechend.

Der Gefangene war nämlich leise und wie er meinte, unbeobachtet mit der Hand in die Tasche gefahren und stand im Begriff, diese Hand zum Mund zu führen. Kurt aber hatte ihn im Auge behalten und den erhobenen Arm am Handgelenk ergriffen. Der Gefangene machte eine verzweifelte Kraftanstrengung, ihm den Arm zu entreißen, was ihm aber nicht gelang. Da bückte er sich schnell herab. Bevor einer der Anwesenden herzutreten konnte, war es dem Coronel fast gelungen, das, was er in der Hand hielt, in den Mund zu bekommen. Aber Kurt, der den Arm mit der Linken gepackt hielt, stieß ihm die geballte Faust in der Weise unter das Kinn, daß der Kopf emporflog. Ein zweiter Faustschlag gegen die Schläfe des Widerstrebenden warf diesen zu Boden, wobei Kurt noch immer die Hand des jetzt wieder Besinnungslosen festhielt.

„*Caramba!*" rief der General. „Warum das?"

„Der Mann zog etwas aus der Tasche, was er zum Mund führen und jedenfalls verschlingen wollte."

Kurt brach die Hand des Bewußtlosen auf und fand ein fest zusammengeknülltes Papier, das er glättete und dem General überreichte. Dieser las es durch.

„Ein Befehl des Generals Miramon!" rief er aus.

Die Anwesenden gaben ihr Erstaunen teils durch ihre Mienen, teils durch verschiedene Ausrufe zu erkennen.

„Daß dies Papier in die Hände dieses Mannes kommen konnte",

meinte General Hernano, „ist ein Beweis, daß entweder die Stadt noch nicht vollständig eingeschlossen ist, oder daß unsre Posten nicht wachsam sind." Er las den Befehl des Generals Miramon laut vor und fügte hinzu: „Miramon hat also eingesehen, daß dieser Angriff keinen unmittelbaren Nutzen haben werde. Unsre Vorposten hätten Lärm geschlagen. Aber er deutet da einen mittelbaren Vorteil an. Was mag er meinen?"

Einer der anwesenden Offiziere sagte: „Das ist, meiner Ansicht nach, leicht einzusehen. Miramon beabsichtigt heut nach Mitternacht einen Ausfall und will unsre Aufmerksamkeit ablenken."

„Eine Spiegelfechterei also?"

„Die aber doch ihren Zweck erfüllen kann. Haltet Ihr es für unmöglich, daß der Kaiser noch heimlich entkommen kann? Es ist dem Boten Miramons gelungen, unbemerkt durchzuschleichen. Was diesem nicht unmöglich war, kann auch dem Kaiser recht wohl möglich werden."

„Hm. Man wird wachsamer sein müssen", erklärte Hernano.

Nun schaltete sich Kurt Unger mahnend ein:

„Ich weiß genau, daß von einer gewissen Seite Anstrengungen gemacht werden, den Kaiser doch noch zu befreien. Jedenfalls aber ist es notwendig, dem Oberstkommandierenden sofort diesen Befehl Miramons zu senden und ihn von dem beabsichtigten Überfall sowie den dagegen ergriffenen Mitteln zu benachrichtigen."

„Das soll geschehen. Wie stark sind diese Guerillas?"

„Vierhundert, wie ich erlauschte."

„Reiter oder Fußtruppen?"

„Ich hörte die Pferde schnauben und glaube, auch bemerkt zu haben, daß die beiden Posten Sporen trugen. Ich vernahm ihr Klirren. Diese Scharen sind meist beritten."

„Meint Ihr, daß wir den Angriff erwarten?"

„Nein, weil dann mehr oder weniger der Unsrigen fallen werden."

„Also greifen wir sie an?"

„Auch nicht. Sie sind vom Wald gedeckt, und wir geben uns ihren Kugeln preis, obgleich bei der Dunkelheit ein gutes Zielen nicht möglich ist. Wir umzingeln sie."

„Sie werden durchzubrechen versuchen."

„Es wird ihnen nicht gelingen, denn Ihr werdet die Güte haben, eine hinreichende Anzahl abzuschicken!"

„Gewiß! Aber der Durchbruchsversuch wird uns Tote und Verwundete kosten, und gerade das möchtet Ihr doch wohl vermeiden."

„Wir werden es auch vermeiden, indem wir sie verhindern, den Durchbruch auch nur zu versuchen. Wir umschließen den Wald und benachrichtigen sie einfach hiervon durch einen Unterhändler."

„*Diablo!* Das ist gefährlich! Diese Leute achten keinen Unterhändler. Sie stechen ihn nieder."

„Ich befürchte das nicht, sobald man einen Mann sendet, der mit ihnen zu sprechen versteht."

„Ihr vergeßt, daß Ihr es hier mit keiner regelrechten Truppe, sondern mit einer Bande zu tun habt. Keiner meiner Offiziere wird es wagen, sich als Unterhändler zu melden."

„Gut, so melde ich mich."

„Ihr? Ihr wollt mit diesen Guerilias unterhandeln?" staunte General Hernano. „So sage ich Euch im voraus, daß Ihr ein toter Mann seid."

Kurt schüttelte den Kopf. „Ich fühle nicht die Lust, mich von diesen Leuten erschießen oder hängen zu lassen. Wohl aber sehe ich mich gezwungen, die Bedingung zu stellen, daß Ihr mir eine Abschrift von Miramons Befehl mitgebt."

„Sie soll sofort ausgefertigt werden, bevor wir den Zettel an den Oberbefehlshaber senden."

Hernano gab einem Offizier den Zettel Miramons, der im Augenblick abgeschrieben wurde, während Hernano fortfuhr:

„Was meint Ihr, Señor Unger, werden zwei Bataillone genügen?"

„Sicher", antwortete Kurt. „Wählt gute Schützen, und verteilt Fackeln und Raketen, denn jedenfalls werden wir in die Lage kommen, das Gelände erleuchten zu müssen."

Der General erteilte die nötigen Befehle, und dann wurde der gefangene Coronel untersucht. Es fand sich nichts Bedeutungsvolles bei ihm, er wurde in Verwahr geschafft.

Kurze Zeit später befand sich Kurt mit zwei Bataillonen auf dem Marsch, der ohne Geräusch ausgeführt wurde. Es war noch nicht zwölf, als sie in der Nähe des Wäldchens ankamen, das in kaum zehn Minuten völlig umzingelt wurde. Es war bestimmt worden, daß, wenn Kurt eine Rakete steigen lasse, auch von seiten der Republikaner rundum mehrere abgebrannt werden sollten, um den Leuten zu beweisen, daß sie wirklich umzingelt seien.

16. Gerichtet

Nun machte sich Kurt ans Werk. Er schritt grade auf das Wäldchen zu und gab sich dabei keine Mühe, seine Schritte zu dämpfen.

„Halt! Wer da?" tönte es ihm entgegen, als er den ersten Baum beinah erreicht hatte.

„Ein Unterhändler", antwortete er.

„Steh, oder ich schieße!" wurde ihm warnend zugerufen.

Kurt blieb stehen. Es trat eine Pause ein, während der er nichts vernahm als das Rascheln von Zweigen und ein leises Knicken von am Boden liegenden Ästchen. Aber es dünkte ihm, trotz der Dunkelheit, einige Gewehrläufe auf den Ort gerichtet zu sehen, wo er sich befand. Erst nach einer längeren Weile wurde er wieder angerufen, und zwar diesmal von einer andern Stimme.

„Wer ist da draußen?"

„Unterhändler von General Hernano."

„*Demonio!* hörte er fluchen. „Wie kommt dieser dazu, uns einen Unterhändler zu senden?"

„Das werde ich Euch sagen, sobald Ihr mir erlaubt, näher zu treten."

„Wieviel Mann sind dort?"

„Ich bin allein."

„So wartet!"

Obgleich Kurt sein Gesicht und Gehör anstrengte, hoben sich nach kaum einer Minute fünf bis sechs Gestalten grade vor ihm vom Boden empor, ohne daß er ihr Kommen bemerkt hatte. Der eine fragte:

„Wer seid Ihr?"

„Das werde ich dem Stellvertreter des Coronels sagen. Ich bitte, mich zu ihm zu führen."

Kurt wurde von mehreren Händen gepackt und fortgezogen, was er sich ruhig gefallen ließ. Sie waren nicht weit ins Wäldchen eingedrungen, so stießen sie auf eine Gruppe von Männern, vor der sie halten blieben.

„Hier, Major, ist der Mann", meldete der Führer.

Eine schnarrende Stimme antwortete:

„Haltet ihn fest! Hat er Waffen bei sich?"

„Danach haben wir ihn noch gar nicht gefragt."

„Dumme Kerle! Durchsucht ihn!"

„Ich führe als Unterhändler keine Waffen", meinte Kurt.

„Maul halten!" gebot der Major. „Durchsucht ihn!"

Dies geschah sorgfältig, und da sie nichts als die Rakete fanden, so meldete ein Leutnant:

„Er ist wirklich unbewaffnet. Aber da hat er ein seltsames Ding in der Hand."

„Was ist es?" fragte der Major.

„Es ist eine Rakete", erklärte Kurt.

„*Caramba*, eine Rakete! Wozu?"

„Ich werde Euch das erklären, nachdem Ihr mich gehört habt."

„O nein, wir werden die Rakete an uns nehmen, bevor wir Euch gehört haben. So ein Ding ist gefährlich. Bindet ihn!"

Man nahm Kurt die Rakete und schickte sich an, ihn zu fesseln.

„Ich werde mich binden lassen", sagte er, „obgleich es nicht völkerrechtlich ist, einen Unterhändler in Banden zu legen."

„Es ist auch nicht gebräuchlich, daß Unterhändler Raketen bei sich führen", schnarrte der Major.

„Das gebe ich zu. Ich habe das Feuerwerk in der besten Absicht mitgebracht, wie Ihr später einsehen werdet. Schon der Umstand, daß ich mich Euch mitten in der Nacht im finstern Wald überliefere, muß Euch überzeugen, daß ich eine ehrliche Absicht hege."

„Das werden wir sehen. Seid Ihr fertig?"

„Ja", antwortete einer von denen, die Kurt gefesselt hatten.

„So können wir beginnen. Also, wer sendet Euch?"

„General Hernano, wie ich dem Señor Leutnant bereits sagte."

„Hernano?" fragte der Major erstaunt. „Wie kommt dieser Mann dazu, Euch hierherzuschicken?"

„Sehr einfach. Weil er wußte, daß ihr euch hier befindet."

„Unmöglich! Wie hat er es erfahren?"

„Es ist heut von Miramon ein Bote zu euch gekommen, der euch einen Befehl dieses Generals überbracht hat. Wir kennen diesen Befehl, ja, ich kann euch eine wörtliche Abschrift zeigen."

„Dann wäre ja der schlimmste Verrat im Spiel."

„Darüber vermag ich mich nicht zu äußern."

„Ihr habt die Abschrift bei Euch?"

„Ja. Sie steckt in meiner rechten Hosentasche. Man hat bei meiner Durchsuchung den kleinen Zettel nicht beachtet."

Kurt fühlte, daß man ihm den Zettel aus der Tasche nahm. Er wurde dem Major übergeben.

„Licht her!" gebot dieser.

Einen Augenblick später brannte eine kleine Blendlaterne, bei deren Schein der Major die Zeilen las.

„Das ist der unverzeihlichste Verrat!" rief er wütend.

Ein Mann, der neben ihm stand, flüsterte:

„Stimmt es denn, Major?"

„Ganz genau. Was sagt Ihr dazu, Señor?"

„Daß es mir völlig unbegreiflich ist, denn ich weiß, daß Miramon allein diesen Befehl kennt."

„Ihr wart bei ihm, als er ihn schrieb?"

„Ja, und kein Mensch weiter, dann brach ich sofort auf."

„Sollte Miramon davon gesprochen haben? Oder sollte er selbst — ah, das ist ja nicht zu denken." Und sich wieder an Kurt wendend, forschte er: „Wißt Ihr, wie dieser Befehl in die Hände der Eurigen gefallen ist?"

„Ja, es ist mir aber verboten, darüber zu sprechen."

Es war eine eigentümliche Begebenheit. Das Lämpchen der kleinen Laterne beleuchtete das Gesicht des ergrimmten Majors. Die andern Gestalten, auch die des gefesselten Kurt, und die Bäume mit ihren im völligen Dunkel verschwindenden Wipfeln lagen in schwarzgrauer Nacht.

„Ihr seid umzingelt", unterbrach Kurt das Schweigen. „Entkommen ist unmöglich, also ergebt euch, und vermeidet so unnötiges Blutvergießen."

„Tod und Teufel!"

Der Major warf den Zettel, den ihm der Bote wiedergegeben hatte, zu Boden und stampfte mit den Füßen drauf. Auch die andern Offiziere, die bei ihm standen und diejenigen der sich herandrängenden Mannschaft, die Kurts letzte Worte vernommen hatten, wurden vom gleichen Zorn ergriffen. Ein grollendes Murmeln durchlief das Lager.

„Ruhe!" zischte der Major. „Man muß hier vorsichtig sein." Und sich an Kurt wendend, fragte er, während alle andern in größter Spannung lauschten: „Wer hat uns umzingelt?"

„Eine Abteilung des Generals Hernano."

„Wie stark ist sie?"

„Señor", antwortete Kurt, „ich bin Offizier, aber kein Wahnsinniger. Ich muß Euch erklären, daß Hernano, sobald er Umschau gehalten hatte, eine Abteilung aussandte, die stark genug ist, die fünffache Zahl der Eurigen zu bewältigen. Wir sind von allem unterrichtet: Ihr habt nicht mehr und nicht weniger als vierhundert Mann."

„*Demonio!* Abermals Verrat!"

„Ihr werdet zugeben, daß, wenn man Eure Zahl kennt, man auch so gescheit ist, gegen Euch eine Truppe zu schicken, gegen die Ihr nichts machen könnt. Wir halten den Wald so umzingelt, daß kein einziger Mann entkommen kann. Ich ersuche Euch zu Eurem eigenen Vorteil, nicht in den Fehler zu verfallen, den Euer Coronel begangen hat!"

„Der Coronel? Ah! Der ist noch nicht wieder da."

„Das glaube ich gern, denn er geriet in unsre Hände."

„Maria und Joseph! Er ist euer Gefangener? Ah! Jetzt weiß ich auch, wie ihr unsre Stärke erfahren habt, denn nur der Coronel konnte euch unterrichten. Nicht?"

„Ich bin nicht ermächtigt, Auskunft zu erteilen."

„Aber es ist jedenfalls so. Wir sind von mehreren Seiten verraten. Wißt Ihr, Señor, daß dies sehr schlimm für Euch ist, denn Ihr werdet diesen Ort nicht lebend verlassen!"

„Hm! So bin ich tot!"

„Das nehmt Ihr so ruhig hin?"

„Was soll ich sonst tun? Ich befinde mich ja in Eurer Gewalt! Die Unsrigen aber haben den Befehl, Euch alle bis auf den letzten Mann niederzumachen, falls ich binnen einer Stunde nicht wieder bei ihnen bin."

„Das wird ihnen schwer werden. Wir verteidigen uns!"

„Das ändert euer Schicksal nicht. Wir sind stark genug. Übrigens kam ich in der Überzeugung zu Euch, mit dem Anführer einer achtbaren regelrechten Truppe, nicht aber mit einem Banditenhäuptling zu verhandeln."

„Seht Ihr da einen Unterschied, dann bitte ich um eine Erklärung."

„Diese ist sehr einfach. Wie Ihr mich behandelt, so werdet auch Ihr behandelt. Tötet Ihr mich, so schießt man Euch als Mörder nieder. Beachtet Ihr aber gegen mich das Völkerrecht, so ist Euer Schicksal höchstens, Kriegsgefangene zu sein, die man nach Abschluß des Friedens freigibt."

„Ihr fordert uns also auf, uns zu ergeben?"

„Ja. Jeder Widerstand wäre unnütz, ich gebe Euch mein Ehrenwort, daß ich die Wahrheit sage."

„Falls wir uns ergeben, sind wir nur kriegsgefangen? Man läßt uns demnach unser Eigentum?"

„Das versteht sich. Ihr werdet zwar entwaffnet, aber Juarez ist kein Blutmensch, der Kriegsgefangene für Mörder erklärt und töten läßt."

„Wie aber wollt Ihr uns beweisen, daß alles, was Ihr gesagt habt, die Wahrheit ist, also, daß wir von einer Macht umzingelt sind, gegen die ein Widerstand nutzlos wäre?"

„Dazu sollte eben die Rakete dienen. Sobald ich sie steigen lasse, werden meine Leute den ganzen Kreis erleuchten, den sie um den Wald bilden. Das wird genügen, um Euch zu beweisen, daß ich wahr gesprochen habe."

War es der Grimm, daß er verraten worden war, oder war der Major so einsichtsvoll oder so feige, kurz, er schien für einen Widerstand nicht sehr eingenommen zu sein. Er besann sich ein Weilchen und sagte dann:

„Gut, ich werde mich überzeugen. Señor Gardenas, Ihr versteht es, mit Raketen umzugehen?"

„Ja", antwortete einer der anwesenden Offiziere.

„Die Señores mögen sich rundum am Waldesrand verteilen, damit der Überblick vollständig wird. Dann läßt Gardenas die Rakete steigen, und ihr kehrt hierher zurück, um mir Meldung zu machen. Vorwärts!"

Es trat nun eine Stille ein, die vielleicht fünf Minuten währte, dann gab der Major dem erwähnten Gardenas ein Zeichen. Die Rakete zischte hoch empor, und zugleich war eine dunkle Linie zu bemerken, die in nicht gar zu großer Entfernung den nächtlichen Horizont abschloß.

„Sind das Eure Leute, Señor?" fragte der Major, auf diese Linie zeigend.

„Ja", erwiderte Kurt.

„Man konnte nur höchst undeutlich sehen."

„Wartet es ab! Da, da!"

In diesem Augenblick hörte man draußen auf der Ebene einen lauten Befehl erschallen, der rund im Kreis weitergegeben wurde, und einen Augenblick später stiegen Flammen, Funken und Kugeln empor, die die ganze Umgebung des Wäldchens fast tageshell erleuchteten.

„*Diabolo!* Es ist wahr!" rief der Major.

Er hatte einen Kreis von Truppen gesehen, die mit angelegtem Gewehr zum Schuß bereit standen.

„Nun, seid Ihr überzeugt?" fragte Kurt, als es wieder dunkel war.

„Wartet noch!"

Es dauerte nicht lange, so kehrten die Offiziere zurück. Auf alle hatte die von den grellen, farbigen Lichtern bestrahlte Truppenabteilung Eindruck gemacht.

„Was denkt ihr, Señores?" forschte der Major.

„Widerstand ist unnütz", wagte einer zu sagen.

„Ich bin nicht so unsinnig, es zu bestreiten", meinte der Major. „Auch ich hege nicht den Wahnsinn, mich, euch und alle unsre Leute ohne Nutzen niederknallen zu lassen, zumal wir verraten worden sind. Nehmt diesem Unterhändler die Fesseln ab!"

Als dies geschehen war und Kurt wieder Herr seiner Glieder war und sich anschickte, zu General Hernano zurückzukehren, faßte ihn der Bote Miramons am Arm.

„Halt, Señor, zuvor noch einige Worte! Werde auch ich in den Vertrag eingeschlossen sein?"

„Ihr gehört nicht zu dieser Truppe?"

„Nein."

„Ah! Ich hörte, daß Ihr der Bote seid, der den Befehl des Generals Miramon überbracht hat? Das ist nun freilich eine heikle Angelegenheit! Wißt Ihr vielleicht, mit welchem Wert man einen Menschen bezeichnet, der verkleidet geheime Befehle und Botschaften aus einer Festung schmuggelt?"

„Ich hoffe doch nicht, daß Ihr mich für — für — für einen Spion halten werdet!"

„Grade das meine ich leider."

„Ich bin nicht Spion."

„Ah! Seid Ihr Adjutant Miramons?"

„Nein."

„Seid Ihr Offizier? Wenn nicht ein solcher, so frage ich Euch: Seid Ihr überhaupt Militär?"

„Nein", murmelte der Bote.

„Und dennoch überbringt Ihr militärische Befehle?"

Es erfolgte keine Antwort.

„Ihr antwortet nicht, Ihr richtet Euch also selber."

„Señor, ich kannte die Tragweite meiner Botschaft nicht."

„Ihr macht mir nicht den Eindruck, als ob Ihr die Wichtigkeit des von Euch überbrachten Befehls nicht klar erfaßt hättet. Eure Ausrede ist hinfällig!"

Da bemerkte der Major: „Señor, ich teile Euch mit, daß ich mich nicht ergeben werde, falls einer von denen, die jetzt bei mir sind, ausgeschlossen würde."

„So will ich Euch zusichern, meinen Kommandeur zur Nachsicht zu bestimmen."

„Das genügt nicht. Ich muß Euer Versprechen, Euer Wort haben."

Kurt sann nach, dann erklärte er:

„Nun, ich will nicht hart sein, ich glaube vielmehr im Sinne des Präsidenten zu handeln, wenn ich den Señor mit in den Vertrag aufnehme."

Kurt ging. Er ahnte nicht, wem er das Leben geschenkt hatte.

Man hatte von seiten der Republikaner Kurt gleich von vornherein aufgegeben. Als man aber seine Rakete steigen sah, begann man zu hoffen, und jetzt wurde er mit Freude empfangen. Der Kommandeur gab seine Zustimmung zu allem, was er versprochen hatte. Er sah ein, daß man, um Blutvergießen zu vermeiden, doch einige Zugeständnisse machen könne.

Eine Viertelstunde später fanden er und Kurt sich mit dem Major und dessen Begleiter zusammen, um die notwendigen Einzelheiten zu vereinbaren. Das Hauptergebnis war, daß die Gefangenen noch während der Nacht die Waffen abliefern und dann den Morgen erwarten sollten, um in das Lager der Republikaner vor Queretaro geschafft zu werden.

Von Schlaf war keine Rede. Die Offiziere der Guerillas hatten ihr Ehrenwort gegeben, nicht zu fliehen, und durften sich daher frei bewegen. Dieses Vorrecht hätte auch ein andrer gern genossen, nämlich — der Bote Miramons.

Er meinte, in Kurt ein mitleidiges, nachsichtiges Gemüt kennengelernt zu haben, und ließ ihn um eine Unterredung bitten. Der Oberleutnant verfügte sich zu ihm, da er glaubte, daß es sich vielleicht um eine wichtige Mitteilung handeln könne.

„Was wünscht Ihr?" fragte Unger.

„Ich wollte mir eine Erkundigung gestatten. Nicht wahr, die Offiziere sind frei auf Ehrenwort? Könnte ich das nicht auch für mich erlangen?"

Kurt brachte vor Erstaunen zunächst kein Wort hervor, dann aber fragte er in einem keineswegs Hoffnung erweckenden Ton:

„Für Euch —? Aber Mann, seid Ihr klug? Ich habe Euch gesagt, daß man einen Menschen, der das unternimmt, was Ihr ausgeführt habt, in die Klasse der Spione rechnet. Ihr habt mir das Leben zu verdanken."

„Mein Leben gehört dafür Euch."

„Ich verzichte auf diesen Besitz. Wißt Ihr auch, daß man Spione doch zu den Menschen zählt, die keine Ehre besitzen? Wer keine Ehre hat, kann auch kein Ehrenwort geben."

Das war dem andern denn gar zu deutlich. Er erwiderte: „Senor, Ihr wißt doch nicht, wer ich bin. Ihr haltet mich für einen Spion, allein ich bin Arzt, ich heiße Flores und lebe im Kloster La Cruz in Queretaro."

„Bemüht Euch nicht vergeblich! Für mich seid Ihr nur ein Bote, der auf dem Weg der Spione wandelt, um Kampfbefehle auszutragen. Man wird Euch keine freie Bewegung erlauben."

Der Tag wollte anbrechen, aber es war noch dunkel. Trotzdem sah Kurt die Augen des angeblichen Arztes mit glühendem Blick auf sich ruhen. Es waren die Augen der Wildkatze, die zum Sprung bereit ist. Dennoch fuhr der Mann nach einer kurzen Pause demütig fort:

„Ihr beurteilt mich falsch. Ich glaubte, meinem Kaiser zu dienen."

„Für meine Person will ich diese Gesinnung und Gefühle gelten lassen, aber von andrer Seite wird man keine Lust haben, sie anzuerkennen. Also Ihr seid ein treuer Anhänger des Kaisers?"

„Ja! Und indem ich es Euch, dem Anhänger des Juarez, offen gestehe, gebe ich Euch den Beweis, daß ich kein feiger Spion bin."

Dabei brach ein eigentümliches, drohendes Feuer aus den Augen des Arztes hervor. Er verstand es, dieses sogleich zu dämpfen, doch Kurt hatte es bemerkt. ‚Welche Blicke!' dachte er. ‚Dieser Flores ist ein böser, ein gefährlicher Mensch. ‚Ich werde mich vor ihm hüten!'

Endlich brach der Morgen an, und der Zug konnte sich in Bewegung setzen. Die Gefangenen in der Mitte, ging es auf das Lager von Queretaro zu. Die Sieger hatten die Pferde der Besiegten in Verwahrung genommen. Der Weg wurde in größter Ordnung zurückgelegt, bis man an eine Schlucht kam, die links in eine Höhe schnitt und mit dichtem Buschwerk bestanden war.

Flores hatte sich geärgert, daß es ihm nicht erlaubt gewesen war, sich den gefangenen Offizieren anzuschließen, denen man ihre Pferde gelassen hatte. Er sah seine Zukunft beim Schimmer des Tags, der jede Einbildung zu zerstören pflegt, in einem nicht so günstigen Licht wie am Ende der Nacht. Er wurde ins Hauptquartier und später wohl nach Queretaro geschafft. Wie nun, wenn man ihn dort erkannte? Wenn man hörte, daß er nicht der Arzt Flores aus dem Kloster La Cruz war, sondern Doktor Hilario aus della Barbara? Flucht war das einzige Rettungsmittel für ihn. Er sah sich vergebens nach einer Gelegenheit dazu um.

Aber als man die erwähnte Schlucht erreichte, die man umreiten und umschreiten mußte, war eine Möglichkeit des Entkommens geboten. Der Weg war hier sehr schmal. Fußgänger und Reiter, waren gezwungen, sich einzeln zu folgen. Hilario ließ seine Augen umherschweifen. Niemand schien auf ihn zu achten. Gelang es ihm, die Büsche zu erreichen, so war er unter ihnen versteckt, und keine Kugel konnte ihn treffen. Grade an der Mündung der Schlucht warf er den letzten Blick um sich. Dann — husch — sprang er zur Linken ab.

„Haltet ihn auf!" schrie sein Hintermann.

Jetzt erst sah man den Fliehenden in weiten Sprüngen den Büschen entgegeneilen. Zehn, zwanzig Gewehre wurden erhoben. Die Schüsse krachten. Zu spät! Die Zweige hatten sich hinter dem Flüchtling geschlossen. Hilario drang ins Dickicht ein. Er war von keiner Kugel getroffen worden. Die Freude seines Herzens war so groß, daß er einen lauten Jubelruf ausstieß.

Dieser Ruf war verfrüht. Ein einziger hatte, mehr aus einer Art Ahnung als aus Berechnung, ihn im Auge behalten: Kurt Unger. Er ritt seitwärts hinter ihm, und als das fragliche Gelände kam, drängte er sein Pferd noch näher, ohne daß der Arzt es merkte. Sobald Hilario nun mit möglichster Schnelligkeit in die Schlucht hinabeilte und Deckung durch die Büsche zu erreichen suchte, riß Kurt sein Pferd links herum, gab ihm die Sporen und galoppierte eine Strecke oben am Rand der Schlucht dahin, bis er annehmen konnte, daß er den unten durch das Gesträuch sich drängenden Flüchtling überholt habe.

Dort stieg er ab, band sein Pferd an und arbeitete sich durch die Büsche bis an den Rand der Schlucht, an dem er vorsichtig hinabrutschte. Dort kauerte er sich nieder und lauschte. Er brauchte nicht lange zu warten, so hörte er nahende Schritte, immer lauter werdendes Rascheln und ein tiefes Atmen. Einige Sekunden später teilte sich das Buschwerk, und Hilario erschien, bemüht, schnell weiter zu kommen. Nur noch wenige Schritte waren es bis zum Beginn des eigentlichen Waldes. Hätte er diesen erreicht, so wäre er geborgen gewesen. Kurt richtete sich grad vor ihm auf.

„Guten Morgen, Señor Flores!" grüßte er lachend. „Wohin so früh und so eilig?"

Der Angesprochene blieb einen Augenblick starr und mit aufgerissenen Augen stehen. Den Offizier hier vor sich, wo er alle hinter sich wähnte, das dünkte ihm Zauberei zu sein.

„Verdammt!" Diesen Ausruf stieß er endlich hervor, und zugleich sprang er seitwärts, um die Lehne der Schlucht emporzuklimmen.

„Halt!" rief Kurt. „Steh, oder ich schieße!" Zugleich zog er den Revolver hervor.

„Schieß, du Hund!" kreischte Flores-Hilario.

Zugleich keuchte er mit aller Anstrengung empor, in der Hoffnung, daß ihn die vielleicht unsichere Revolverkugel nicht treffen werde. In einer Minute mußte er den Rand erreichen. Kurt besann sich anders. Vielleicht war es besser, diesen Menschen lebendig zu fangen. Im Nu hatte er den Lasso los und in Schlingen gelegt. Kurt hob den Arm empor. Ein kurzes Drehen — ein pfeifendes Sausen, und die Schlinge zuckte nieder.

„Demonio!" jammerte der Arzt.

Er hatte in diesem Augenblick den Rand der Schlucht erreicht und sich als gerettet betrachtet. Da wurden ihm die Arme plötzlich mit aller Gewalt zusammengezogen, und ein kräftiger Ruck riß ihn kopfüber wieder in die Schlucht hinab. Es war ihm zumute, als sei er vom Himmel in die Hölle gestürzt. Er schloß die Augen. Als er sie wieder öffnete, lag er oben neben Kurts Pferd, an Händen und Füßen gebunden. Das von der Sonne gebräunte Gesicht des Oberleutnants lachte ihm entgegen.

„Nun, Señor Flores, wie ist der Rutsch bekommen?"

„Hol Euch der Teufel!" lautete die grimmige Antwort. „Warum laßt Ihr mich nicht entkommen?"

„Weil ein Spion das nicht wert ist."

Der Gefangene drängte seinen Ärger zurück.

„Wenn man nicht wüßte, daß Ihr mich wieder ergriffen habt, würde ich Euch einen sehr annehmbaren Vorschlag machen."

„Kann ich ihn nicht unter den gegenwärtigen Verhältnissen hören?"

„Tut mir vorher die Fesseln weg!"

„Nein, mein Bester! Sonst müßte ich Euch vielleicht wieder einfangen, und es ist mit einmal genug. Es geht dabei nicht sehr rücksichtsvoll zu, und es schmerzt mich, Euch unzart zu behandeln."

„Ihr spottet? Wenn Ihr wüßtet, was ich Euch sein könnte, würdet Ihr das nicht tun! Ich könnte Euch reich machen, indem ich Euch meine Freiheit bezahle."

„Pah! Eure Freiheit ist nichts wert. Ich gebe keinen Peso dafür."

„Aber ich. Ich biete Euch fünftausend Dollar. Ich bin reich."

„Soso. Dann könnt Ihr auch noch mehr bezahlen."

„Gut. Ich biete Euch zehntausend."

„*Ascuas!* Ihr müßt es sehr notwendig haben, wieder frei zu sein."

„Das ist wahr. Ich habe nämlich einige schwere Kranke liegen, die ohne mich sterben müssen."

„Dann tun mir die Kranken leid, der Arzt aber keineswegs. Ich denke, aus unserm Handel wird nichts werden. Kommt, Señor!" Kurt hob den Gefesselten empor, um ihn aufs Pferd zu nehmen.

„Fünfzehntausend!" rief dieser.

„Unsinn!"

„Ich gebe zwanzigtausend!"

„Schweigt, ich brauche Euer Geld nicht." Bei diesen Worten stieg Kurt auf und nahm den vermeintlichen Flores zu sich empor.

„So habt doch nur Erbarmen!" bat Hilario in höchster Verzweiflung. „Ich biete Euch dreißigtausend Dollar!"

Kurt setzte sein Pferd in Bewegung und gebot seinem Gefangenen:

„Jetzt befehle ich Euch, still zu sein, sonst stecke ich Euch einen Knebel in den Mund. Daß Ihr für Eure Freiheit so viel geben wollt, macht Euch mir höchst verdächtig. Ich werde mich unterrichten, welche Gründe Euch veranlassen, für Euer Entkommen solche Summen zu bieten. Euer Gewissen scheint viel schlimmer bestellt zu sein, als ich bisher dachte."

In schnellem Trab folgte Kurt den andern, die er kurz vor dem Lager erreichte. Hilario hatte den Mund nicht wieder geöffnet. Er schien sich einstweilen in sein Schicksal ergeben zu haben. Jetzt wurde er vom Pferd genommen, um seinen Einzug zu Fuß zu halten, wobei es ohne einige Püffe und Stöße nicht abging. Mit seinem Fluchtversuch hatte er soviel erreicht, daß er in ein Gefängnis gesteckt wurde, während die andern in das Gefangenenlager gebracht wurden, wo man ihnen ihr Los möglichst erleichterte.

General Hernano war sehr erfreut über den günstigen Erfolg der Unternehmung. Bei Erwähnung des angeblichen Arztes Flores und dessen Flucht gab er den Entschluß kund, über die Person dieses Mannes die genaueste Erkundigung einzuziehen. Kurt wurde in größter Freundlichkeit entlassen. Er stand eben im Begriff, sein Pferd zu besteigen, als ein Reiter in kurzem Galopp dahergeritten kam. Kurt erkannte ihn von weitem, es war Sternau.

„Ah, du hier?" rief er ihm entgegen. „Das ist eine Überraschung!"

„Ich suche dich, mein Junge. Es hat seit einiger Zeit keinen Kampf, kein Gefecht gegeben. So habe ich etwas freie Zeit und beschloß gestern, dich zu besuchen. Ich erfuhr, daß du zu Escobedo seist, aber am Abend zurückkehren würdest. Ich wartete den Abend, ich wartete die ganze Nacht — vergebens. Da brach ich auf. Um die Schanzarbeiten zu besehen, schlug ich die gegenwärtige Richtung ein und — treffe dich."

„Was mir die größte Freude bereitet."

„Mir ebenso. Aber sag, wo du gesteckt hast!"

„Ich hatte ein sehr glückliches Abenteuer. Laß uns absteigen und einige Augenblicke da eintreten! Es wird sich in Hernanos Hauptquartier schon ein Ort zum Plaudern finden und auch ein Tropfen, um das Plaudern zu erleichtern."

„Wollen es versuchen!"

Sie fanden, was sie suchten, und als sie beisammensaßen, begann Kurt zu erzählen. Sternau hörte aufmerksam zu, ohne ihn zu unterbrechen. Als Kurt geendet hatte, nickte er leise vor sich hin.

„Eigentümlich! Bist du über die gegenwärtigen Verhältnisse des Klosters La Cruz in Queretaro aufgeklärt?"

„Nein."

„Nun, im Hauptquartier hat man sich besser unterrichtet. Die früheren Insassen haben das Kloster räumen müssen. Auch hat es, soweit ich weiß, dort keinen Arzt gegeben. Willst du mir diesen Flores nicht beschreiben?"

Kurt folgte der Aufforderung. Sternaus Gesicht nahm den Ausdruck einer immer größeren Spannung an, und als Kurt geendet hatte, sprang er sogar auf.

„Ahnst du, wen du da wohl gefangengenommen hast? Es muß der alte Hilario sein! Hast du ohne weiteres Zutritt zu ihm?"

„Ich kann zu ihm, sooft es mir beliebt."

„Gehen wir sofort! Aber ich trete zunächst nicht mit ein. Ich möchte ihn überraschen. Du sprichst zuerst allein mit ihm."

„Gut! Weh ihm, wenn er es ist! Ich eile dann sogleich zum General, um ihm Mitteilung zu machen."

Sie brachen die Sitzung ab und begaben sich zum Gefängnis. Als solches diente das Erdgeschoß eines einzeln stehenden Hauses, das aus früherer Zeit stammte und sehr fest gebaut war. Die Mauern waren mehr als einen halben Meter dick, und alle Fenster zeigten ein Gitterwerk von Eisen. Der Soldat, dem die Schlüssel anvertraut waren, erkannte Kurt wieder und öffnete ihm ohne Weigerung die Zelle des Arztes. Sie wurde nicht verschlossen und blieb angelehnt. Draußen aber stand Sternau, um dem innen geführten Gespräch zu lauschen. Hilario wunderte sich, als er den Oberleutnant eintreten sah.

„Ihr wieder hier?" murrte er. Er war jetzt nicht gefesselt und saß auf der nackten Diele, von der er sich erhob.

„Wie Ihr seht", antwortete Kurt.

Es war ein ganz andrer Blick als früher, den er auf den Gefangenen warf. Diesem fiel das auf.

„Was führt Euch her?" dehnte er.

„Eine Frage. Ich habe Euch gesagt, daß der hohe Preis, den Ihr mir für Eure Befreiung botet, meinen Verdacht erregt habe, und daß ich Erkundigungen einziehen wolle. Wird es nun nicht besser sein, wenn Ihr mich dieser Mühe enthebt, indem Ihr offen seid und mir sagt, was der Grund Eurer Furcht ist, erkannt zu werden?"

„Erkannt zu werden? Von wem? Ich habe keine Begegnung zu befürchten. Wer den Doktor Flores kennt, der kann und wird mir von Nutzen sein."

„Hm, Ihr verlangtet so sehnlich nach Eurer Freiheit, aber nicht weil Kranke auf Euch warten, sondern weil Gefangene von Euch zu versorgen sind. So zunächst ein gewisser Gasparino Cortejo und ein andrer, der Henrico Landola heißt."

Hilario sah sich entlarvt. Es war ihm, als wäre er mit einer Keule auf den Kopf getroffen. Dennoch gelang es dem Schurken, sich schnell zu fassen.

„Ich kenne diese Namen nicht", entgegnete er mit gut gespieltem Gleichmut.

„Andre werdet Ihr besser kennen. Ich nenne da Pablo Cortejo und dessen Tochter Josefa."

„Diese beiden sind mir allerdings bekannt, aber nur wie jedem andern Mexikaner, der weiß, welche jämmerliche Rolle sie gespielt haben."

„Hm! Jetzt spielen sie eine noch viel jämmerlichere Rolle — im unterirdischen Keller von della Barbara — angekettet an die Wände."

Kurt gab diese Aufklärungen langsam, tropfenweise. Der Alte wurde kreideweiß im Gesicht. Seine Stimme zitterte merklich, als er fragte:

„Wie meint Ihr das? Ich versteh Euch nicht. Ich weiß nicht, was Ihr wollt."

„Wirklich? Nun so muß ich Euch noch einige andre Gefangene nennen, zum Beispiel den Grafen Fernando de Rodriganda y Sevilla. Kennt Ihr den?"

Doktor Hilarios Knie zitterten.

„Ich kenne ihn nicht."

„Mariano, Unger, den Kleinen André, Büffelstirn und Bärenherz auch nicht?"

„Nein. Sie sind mir völlig fremd."

„Aber Sternau doch nicht?"

Jetzt lehnte sich der Alte in die Ecke. Er fürchtete, daß er sonst umfallen werde. Doch stammelte er:

„Ich habe diesen Namen — noch — nie gehört."

„Alle diese Männer steckten angebunden in einem andern Gewölbe, bewacht von Manfredo, Eurem Neffen. Ich selbst habe diese Gefangenen befreit."

„Wa—wa—waaas?" rief der Alte.

„Und dafür habe ich Euren Neffen eingesperrt. Er sieht seiner Strafe entgegen, die Ihr mit ihm teilen werdet."

Hilario starrte den Sprecher an, ohne zu antworten. Wann war das geschehen? Befanden sich nicht Soldaten jetzt im Kloster? Es sollte ihm sofort Auskunft werden, denn Kurt sagte:

„Auch Eure andern Machenschaften sind enthüllt. Euer Verbündeter, der Euch nach Queretaro schickte, ist nach kurzem Verhör gehenkt worden. Señorita Emilia wurde von mir und dem Kleinen André gerettet. Ich bin es gewesen, der die ins Kloster eingedrungenen Kaiserlichen gefangennahm. Und die Hauptsache: der Massenmord, den Ihr auf der Hacienda del Eriña beabsichtigt habt, ist vereitelt worden. Kein Mensch hat vom Saft des Todesblatts getrunken, der von Euch in den Kessel geschüttet wurde."

Das war mehr, als selbst der Alte auszuhalten vermochte. Seine Augen nahmen einen starren Ausdruck an. Er hörte Namen und Tatsachen, die er im tiefsten Geheimnis gewähnt hatte. Er fühlte sich verloren,

versuchte aber mit fast überschnappender Stimme die Rechtfertigung:
„Ich verstehe — ich begreife nichts."

„Wirklich nicht, Schurke?" tönte es da vom Eingang her.

Die hohe Gestalt Sternaus erschien im Rahmen der Tür. Hilario erblickte ihn. Seine Augen wurden gläsern, seine Lippen verfärbten sich. Er griff mit den Händen haltlos in die Luft.

„Ster—Ster—Ster—er" Er wollte den Namen des Eintretenden ausrufen, vermochte aber nicht einmal, die erste Silbe zu wiederholen. Er stammelte die verschwindenden Laute, die in einem unverständlichen Gurgeln verliefen. Die Hände emporgehoben, taumelte er hin und her und stürzte dann wie ein Sack zu Boden, wo er bewegungslos liegenblieb, dicken Schaum vor dem Mund.

Kurt wandte sich ab, Sternau kniete nieder, um den Alten zu untersuchen. Als er damit zu Ende war und sich wieder erhob, erklärte er:

„Den richten wir nicht. Gott hat ihn gerichtet."

„Ah! Ist er tot?"

„Noch nicht."

„Ist er zu heilen?"

„Nein. Er wird unter qualvollen Schmerzen langsam und wissend dahinsiechen. Wie ich aus seinem Blick lese, ist der Geist nicht mit betroffen."

„Fürchterlich!"

„Ich werde ihn überwachen, obgleich keine Hoffnung vorhanden ist, ihn noch zum Sprechen zu bringen."

„Hört er, was wir reden?"

„Sicherlich. Siehst du nicht, daß seine Augen angstvoll auf uns gerichtet sind?"

„Ja. Gott straft gerecht. Aber wenn Hilario stirbt, geht manches Geheimnis mit ihm für uns verloren."

„Das befürchte ich nicht. Wir haben genug Zeugen und Beweismittel. Dieser Hilario wird höchstens noch zu stammeln vermögen. Aber auch diese Fähigkeit wird langsam schwinden. In vollem Bewußtsein wird er fühlen, wie sein armseliges Leben verlischt. — Komm! Laß uns gehen!"

Sie riefen den Schließer herbei, um ihn vom Zusammenbruch des Alten zu verständigen. Gleich darauf nahm das Gefängnislazarett das elende Wrack des Mannes auf, der noch bis vor kurzem unumschränkt über die geheimnisvollen Verliese von della Barbara herrschte. Alsdann eilte Sternau zu General Hernano, um diesem das Nötige mitzuteilen, während Kurt sich zu Pferd setzte, da er seit gestern nicht auf seinem Posten gewesen war, wo seine Gegenwart leicht notwendig sein konnte.

17. Der neunzehnte Juni

Der Morgen des 14. Mai brach an. Da wurde Kurt zu General Velez beordert, mit dem er eine lange Unterredung hatte. Nach ihrer Beendigung kehrte er ungewöhnlich ernst in sein Zelt zurück. Der Kleine André weilte dort.

„Was für ein Gesicht machen Sie denn, Herr Oberleutnant?" fragte er.

Kurt antwortete nicht, sondern schritt eine Weile grübelnd in dem engen Raum auf und ab. Dann blieb er vor dem Jäger stehen.

„Wo ist Sternau heut?"

„Im Lager Escobedos."

„Satteln Sie! Wir müssen hin!"

„Warum?"

„Fragen Sie nicht!"

In der Zeit von zehn Minuten saßen sie auf und sprengten im Galopp dem Quartier des Obergenerals zu. André hatte richtig vermutet: Sternau wurde sogar in seiner Wohnung angetroffen. Er war einigermaßen erstaunt, als er die beiden, erhitzt vom schnellen Ritt, bei sich eintreten sah.

„So angegriffen? Es muß etwas Wichtiges sein, dem ihr heut nachgeritten seid."

„Jawohl", entgegnete Kurt. „Sind wir hier ungestört?"

„Vollständig. Warum diese Frage?"

„Weil ich dir höchst Wichtiges mitteilen muß."

„Gut. Setzen wir uns!"

Sternau verriegelte die Tür, schob den beiden ein Kistchen Caballeros zu, steckte sich selbst eine an und erwartete dann in seiner ruhigen Weise den Beginn der Mitteilung.

„In nächster Nacht wird Queretaro in unsre Hände fallen!" begann Kurt.

André sprang auf.

„Wirklich? Endlich! Ah, das freut mich!"

Sternau aber fragte:

„Will man einen Hauptsturm unternehmen? Escobedo hat mir nichts davon gesagt!"

„Es handelt sich nicht um einen Sturm", versetzte Kurt. „Die Stadt wird durch Verrat fallen. Oberst Lopez wird dem General Velez die Ausfallpforte öffnen. Ich teile dir das mit, weil ich deiner zur Ausführung eines schwierigen Vorhabens bedarf. Ich will den Kaiser retten."

Sternau bewegte unter einem leisen Lächeln den Kopf langsam hin und her.

„Wie soll das möglich sein?"

„Unter Umständen ist es sehr leicht. Von zwei Uhr früh an steht die Pforte offen. Velez schleicht mit zweihundert Mann ein —"

„Ah!" unterbrach ihn Sternau. „Der Schlaukopf. Er will sich erst überzeugen, ob man ihm nicht eine Falle legt."

„So ist es. Velez hat Zutrauen zu mir gefaßt und mir eine Abteilung dieser zweihundert übergeben. An der Pforte bleibt nur ein Posten zurück. Gelingt ein Überfall, so sendet Velez um Verstärkung. Vom Augenblick an, wo wir in das Kloster La Cruz dringen, bis zur Ankunft der Verstärkung wird mir Zeit genug bleiben, den Kaiser unerkannt durch die Pforte ins Freie zu schaffen."

„Und der Posten?"

„Verursacht keine Schwierigkeiten."

„Wenn man bemerkt, daß der Kaiser entkommen ist, und daß du mit Fremden durch die Pforte gegangen bist, wird der Verdacht auf dich fallen."

„Es gibt Vorwände genug, den Posten auf einige Augenblicke zu beschäftigen, so daß er nichts bemerkt."

„Gut also, wohin mit dem Kaiser?"

„Zunächst in mein Zelt, wo André auf ihn wartet."

„Ich?" fragte der Kleine begeistert. „Ich soll den Kaiser retten?"

„Ja", erwiderte Kurt. „Ich muß doch ins Fort zurück, nachdem ich Ihnen den Kaiser zugeführt habe. Dann aber bringen Sie ihn außerhalb des Lagers einstweilen in Sicherheit. Wir werden über den Ort beraten müssen."

„Er ist schon längst bestimmt", lächelte Sternau.

„Welchen Ort meinst du?"

„Diese meine Wohnung hier."

„Das ist äußerst gefährlich. Ich soll den flüchtigen Kaiser ins Hauptquartier Escobedos schicken?"

„Unter Umständen ist man in der Höhle des Löwen sicherer als anderswo. Du sorgst für eine Verkleidung, und André bringt ihn zu Pferd zu mir."

„Aber hier kann der Kaiser doch unmöglich bleiben", widersprach Kurt.

„Nein. Er wird nur fünf Minuten verweilen. Die Verbindungen zu einem sicheren Zufluchtsort sind längst gelegt und die Helfer harren meiner Weisung."

„Wie meinst du das? Welchen Zufluchtsort?"

„Kannst du das nicht erraten? Es muß ein abgelegener Ort sein, wo niemand den Kaiser sucht, und wo er in Sicherheit und Verborgenheit leben kann, bis ihm der Weg an die See geöffnet ist. Ich meine die Hacienda del Eriña."

Dieses Wort begeisterte die beiden andern.

„Ja, die Hacienda", stimmte André bei.

„Ich war noch nicht dort", meinte Kurt, „aber ich glaube, daß eine bessere Wahl nicht getroffen werden könnte. Wer aber bringt ihn hin?"

„Ich", antwortete Sternau.

„Du selbst? So mußt du Urlaub nehmen."

„Dessen bedarf es nicht. Ich bin mein eigner Herr und kann kommen und gehen, wann es mir beliebt."

„Aber Juarez wird dich vermissen!"

„Er wird kein Wort darüber verlieren und im stillen sich freuen, daß ich ihm nicht gesagt habe, wohin ich reise."

„Wie? Du meinst, er ahnt, daß —"

„Juarez ist doch noch klüger und menschlicher als du denkst."

„Aber wenn nun die andern etwas wittern oder gar eine Spur entdecken sollten?"

„So steht dem Kaiser der noch erhaltene Teil der Höhle des Königsschatzes offen. Dort wird ihn niemand finden."

„Hast du schon mit Büffelstirn darüber gesprochen?"

„Jawohl. Er und Bärenherz werden mich und den Kaiser begleiten."

„Wie? Haben nicht beide gegen den Kaiser gekämpft?"

„Solang er Kaiser war. Sobald er Mensch und Hilfesuchender ist, gilt meine Empfehlung. Sie werden ihn mit ihrem Leben beschützen und verteidigen."

„Welch eine Umsicht!" staunte Kurt. „Was aber geschieht, wenn du abreist, mit unsern Gefangenen in Santa Jaga?"

„Ich komme ja wieder, und übrigens kannst du dich bei dieser Angelegenheit auf Juarez verlassen."

Damit war der Plan entworfen. Es galt nur noch, die Einzelheiten zu besprechen. Hierauf trennten sich Kurt und André von Sternau, um zu ihrem Lager zurückzukehren. —

Der Abend dieses für Mexiko so wichtigen Tags brach an. Er war mild, so daß in Queretaro die Soldaten auf den Straßen lagerten. Die Gewehre standen in Pyramiden beisammen, rund um diese saßen die Krieger, miteinander flüsternd. Bald sank ein Kriegerhaupt nach dem andern nieder, um die Ruhe zu suchen. Endlich schlief die ganze Stadt, und nur einzelne müde Posten wachten, über die ihnen auferlegten Pflichten schimpfend.

Maximilian hatte in seinen Gemächern keine Ruhe gefunden: er mußte wegen einer Kolik seinen Arzt holen lassen.

Es war gegen zwei Uhr früh. Da schlich eine Gestalt aus dem Kloster zu der Ausfallspforte. Ein Schlüssel knirschte leise, und die Pforte öffnete sich. Oberst Lopez trat in das Türgewölbe zurück, wo er sich sicher fühlen konnte, zog eine Laterne hervor und brannte deren Licht an.

Unterdessen war auch draußen bei den Belagerern alles still geworden. Niemand ahnte, was bevorstand. Rückwärts lag zwar ein Regiment in Waffen, aber das fiel nicht auf, da es täglich geschah, weil man stets auf einen etwaigen Ausfall vorbereitet sein mußte.

Aber etwas seitwärts sammelte sich eine Schar von zweihundert Männern, die alle bis an die Zähne bewaffnet waren. Leise Schritte näherten sich Kurts Zelt. Der Vorhang wurde beiseite geschoben und eine gedämpfte Stimme fragte:

„Seid Ihr bereit, Señor?"

„Ja, General."

„So kommt!"

Die beiden nahmen die Richtung auf die zweihundert zu und stellten sich an deren Spitze. Der General gab seine Befehle, und dann setzte sich die Truppe langsam und vorsichtig in Bewegung. Als man die Ausfallspforte erreichte, war diese nur angelehnt. Velez öffnete ein wenig und schob langsam und vorsichtig den Kopf in die Wölbung.

„Señor!" rief er halblaut.

„General!" antwortete es leise.

„Wie steht es drin?"

„Gut! Es schläft alles, ohne zu ahnen, wie man erwachen werde."

„Wo befindet sich der Kaiser?"

„Er hat schon vor längerer Zeit sein Schlafzimmer aufgesucht."

„Also Ihr führt uns?"

„Ja."

„Hundert Mann fürs Innere des Klosters!"

„Wohin die andern?"

„Ich werde sie oben verteilen."

„Dann vorwärts!"

Velez entblößte die Klinge und nahm die Pistole in die linke Faust. Dann schlich die Schar, Lopez mit dem General an der Spitze, vorwärts.

Die Verteilung begann. Kurt erhielt den Befehl über die Schar, die den Garten besetzen sollte, während Lopez den General ins Gebäude führte. Kurt hatte nur fünfzehn Soldaten zu seiner Verfügung. Als er den Garten erreichte, teilte er sie und befahl ihnen, dessen Umfriedung zu bewachen, damit von keiner Seite ein Entrinnen möglich sei. Sobald sie dieser Weisung gefolgt waren, galt es für ihn, den Kaiser zu finden. Er schritt auf das Gebäude zu, in dessen Haupteingang der Kaiser mit vier Begleitern erschien.

„Was —" fuhr Max auf, als er Kurt bemerkte.

„Pst! Um Gottes willen still!" unterbrach ihn Kurt, der den Gesuchten erkannte, im Flüsterton. „Majestät!"

„Ja", erwiderte der Kaiser ebenso. „Was wollen Sie?"

„Sie retten! Folgen Sie mir!"

„Retten? Wer sind Sie?"

„Ich bin Oberleutnant Unger und —"

„Sie? Sie sind es? Wie kommen Sie ins Innere der Stadt?"

„Velez ist mit den Seinigen durch Verrat eingedrungen. Ich flehe Sie an, mir schleunigst zu folgen!"

„Mein Gott! Wohin?"

„Durch die Ausfallspforte ins Freie. Der Weg steht noch offen. In einer Minute kann das vorüber sein."

„Und was dann da draußen?"

„Es sind Freunde auf der Wacht. Sobald Sie die Pforte hinter sich haben, sind Sie in Sicherheit."

Max antwortete nicht. Das Gehörte schien ihn zu überwältigen. Da faßte Kurt ihn bei der Hand und bat dringend:

„Ich bitte Sie um des Himmels willen, keinen Augenblick zu verlieren, sonst ist es zu spät!"

Jetzt hatte der Kaiser sich gefaßt. Er versetzte:

„Ich danke Ihnen. Ist eine Rettung möglich, so will ich mich nicht sträuben, aber ich gehe nicht ohne den treuen Mejia und ohne diesen." Dabei deutete er auf seinen Adjutanten Prinz Salm.

„Nun wohlan! Und wo ist Mejia?" forschte Kurt hastig.

„Auf dem Cerro de las Campanas."

„So ist er nicht zu retten."

„Dann bleibe auch ich!"

Das Waffengeklirr hatte überhandgenommen. Kurt hörte, wie einige Leute zur Ausfallspforte eilten, um weitere Verstärkungen herbeizurufen.

„Um Gottes willen, kommen Sie ohne Verzug!" drang Kurt in den Kaiser. „In wenigen Augenblicken ist man hier, die Republikaner sind schon in der Stadt."

„Nicht ohne Mejia!" lautete die unerschütterliche Antwort.

„Ich bitte Sie um Ihrer Anhänger, um alles, was Ihnen lieb ist, um des Vaterlandes, um Österreichs willen, mir zu folgen, Majestät! Ich werde — ah! Da haben wir es! Zu spät, zu spät! Kommen Sie, kommen Sie!"

Er faßte den Kaiser beim Arm und riß ihn mit sich fort in einen Gang hinein. Prinz Salm folgte eilig. General Velez war mit seiner Schar in den Garten gekommen und rief:

„Maximiliano ist nicht im Kloster!"

Zugleich hörte man draußen im Feld den Laufschritt heraneilender Militärmassen. Velez war in den Garten eingedrungen, der Eingang war für einige Augenblicke frei. Dahin riß jetzt Kurt den Kaiser.

„Gott, zur Flucht ist's nun zu spät!" stöhnte er. „Schnell, schnell, hier hinaus und zum Cerro de las Campanas, Majestät!"

Kurt zog den nur widerwillig folgenden Max hinaus. Aber da kam ihnen eine neue Schar Republikaner entgegen.

„Halt! Wer ist das? Wohin?" rief deren Führer, indem er den Fliehenden den Degen vorhielt.

„Was wollt Ihr, Orbejo?" antwortete Kurt. „Seht Ihr nicht, daß diese Señores friedliche Bürger sind?"

„Bürger? Der Teufel mag das glauben! Wer seid Ihr selber?" Er trat nah an Kurt heran, um ihm ins Gesicht zu blicken, und erkannte ihn. „Ah, Ihr seid's, Señor Unger! Das ist etwas andres. Aber was haben diese Hidalgos denn hier zu suchen?"

„Sie sind vom Wein nach Haus gegangen und herbeigeeilt, als sie hier ein Geräusch vernahmen."

„Ah, sie haben wirklich ein Geräusch gehört! Aber das nächste Mal mögen sie doch lieber hübsch zu Haus bleiben, als auf jedes Geräusch zu lauschen. Lassen wir sie laufen!"

Er entfernte sich. Die Verstärkung war angekommen und drang in Masse vor.

„Fort, fort! Geschwind!" bat Kurt, indem er den Kaiser eine Strecke weiterzog.

Aber Max blieb stehen.

„Lassen Sie!" sagte der Monarch in wunderbarer Ruhe. „Ich sehe jetzt ein, daß ich Ihnen hätte Gehör schenken sollen. Sie wollten mich retten und konnten es nicht, denn Sie waren nicht so stark wie das Schicksal, dem ich gehorchen muß. Jetzt ist es zu spät. Nehmen Sie den innigsten Dank und leben Sie wohl!"

Er drückte Kurt die Hand.

„Majestät, Gott schütze Sie besser als ich es vermochte!" schluchzte der junge Mann.

Die andern verschwanden im Dunkel der Nacht. Kurt aber stand da und lauschte auf ihre Schritte, die er längst nicht mehr hören konnte. Da schlug ihn jemand mit der Faust auf die Schulter.

„Heda, Faulenzer! Was stehst du da und träumst? Auf zum Sieg! Es lebe die Republik! Es lebe Juarez! Es lebe Escobedo und es lebe unser Velez!"

Da ergrimmte Kurt. Er hob den Arm und schmetterte den Mann nieder, als wäre seine Faust ein Schmiedehammer.

„Da, Schreihals!" knirschte er. „Ich wollte, ich hätte in dir die ganze Menschheit zu Boden geschlagen. Fort, fort! Hier habe ich nichts mehr zu tun!"

Er wandte sich um und stürmte der Ausfallspforte zu. Er traf grade einen Augenblick, in dem niemand durchkam und gelangte ins Freie. Schweigend schritt er seinem Zelt zu.

Dort trat ihm der kleine André entgegen. „Endlich! Wo ist der Kaiser?"

„Da drin", antwortete Kurt, auf die Stadt deutend.

„Ist es nicht gelungen?"

„Pah! Es wäre gelungen, aber der Kaiser wollte nicht!" sagte Kurt aufgebracht.

„Er wollte nicht? Gott, welche Torheit! Aber, Herr Oberleutnant, warum wollte er denn nicht?"

„Lassen Sie mich in Ruhe, sonst schlage ich auch Sie nieder!"

Kurt warf sich, unbekümmert um das, was draußen vorging, auf sein Lager und vergrub das Gesicht tief in die Decke. So lag er noch, als der Morgen anbrach, und so lag er noch am Mittag, als Sternau eintrat, um sich nach dem Grund des Fehlschlags ihres Plans zu erkundigen. Auch er hatte vergebens gewartet und vergebens seine Maßnahmen vorbereitet.

Das Fort La Cruz und die Stadt Queretaro befanden sich bereits beim Morgengrauen in Escobedos Besitz. Der von den Belagerern eng umschlossene und schon früher von ihnen fast zerstörte Cerro de las Campanas, den der Kaiser glücklich erreicht hatte, konnte sich nur wenige Stunden halten.

Um sieben Uhr sandte Max einen Unterhändler, um die Übergabe anzubieten. Sie konnte nur auf Gnade oder Ungnade sein, und um acht Uhr überlieferte er seinen Säbel an den General Escobedo.

So fiel Queretaro mit seiner ganzen Besatzung in die Hände der Sieger.

Am 21. Juni ergab sich auch die Hauptstadt Mexico an General Porfirio Diaz auf Gnade und Ungnade, nachdem sich der schändliche Kommandant, General Marquez, heimlich aus der Stadt geschlichen hatte. Und am 27. des gleichen Monats zogen die Scharen des Präsidenten siegreich in Vera Cruz ein.

So kam es, daß Juarez die von den Franzosen verhöhnte und besudelte Fahne Mexikos, die er bis El Paso del Norte, dem äußersten Punkt des Reichs, gerettet hatte, frohlockend wieder ins Hochtal von Anahuac zurückbrachte und auf der Plaza mayor von neuem aufpflanzte.

Die Republik war im ganzen Bereich von Mexiko neu hergestellt, und die Herrschaft des Präsidenten Juarez wurde wieder anerkannt. Der Kaisertraum war ausgeträumt und — der Kaiser selbst? —

Am 15. Mai berichtete General Escobedo folgendes an den Kriegsminister des Präsidenten Juarez nach San Luis Potosi:

„Lager vor Queretaro, am 15. Mai 1867.

„Heut morgen um drei Uhr haben die Truppen das Fort La Cruz erstürmt, indem sie dem Feind an jenem Punkt überrumpelten. Kurz darauf wurde die Besatzung des Platzes gefangengenommen und die Stadt durch unsre Truppen besetzt, während der Feind mit einem Teil der Seinigen sich auf den Cerro de las Campanas zurückzog, in großer Unordnung und von unsrer Artillerie auf das wirksamste beschossen. Schließlich, etwa um die achte Stunde ergab sich mir Maximilian bedingungslos, ebenfalls auf dem erwähnten Cerro. Habt die Güte, dem Bürger Präsidenten meine Glückwünsche zu diesem großen Triumph der nationalen Sache darzubringen!

General Escobedo."

Kaum war die Kunde erschollen, daß der Kaiser gefangen sei, so vereinigten die Vertreter fast aller Mächte sich in der eifrigsten Anstrengung zur Rettung des Gefangenen. Allein der Zapoteke schien taub zu sein. Wie konnte er auf die Vorstellungen von Mächten hören, die seine Erniedrigung geduldet und das Kaisertum anerkannt hatten!

Der österreichische Gesandte in Washington wandte sich an die Regierung der Union mit der Bitte, die Begnadigung des Kaisers nachzusuchen, und diese ging darauf ein. Aber der Zapoteke erwiderte kurz:

„Ich gebe allerdings zu, daß der Prinz die Schuld eines andern büßt, der weit schuldiger ist als er selber. Aber seine Besetzung war ein Attentat auf die Unabhängigkeit meines Volks, und daher ist es unmöglich, ihn zu begnadigen. Sollen wir in ihm den Mittelpunkt aller feindseligen Machenschaften bestehen lassen?

Wohl konnte es der Republik zum Ruhm gereichen, des Gefangenen Leben zu schonen, aber mit dieser Ansicht ist gegen die unerbittliche Notwendigkeit nicht aufzukommen. *Juarez."*

Am 21. Mai hatte der Kaiser eine Zusammenkunft mit Escobedo. Er erbot sich abzudanken, und verlangte dafür Leben und sicheres Geleit aus dem Land für sich, seine österreichischen Offiziere und Soldaten, und ebenso für Mejia und seinen mexikanischen Privatsekretär Blasio. Miramon wurde ausgeschlossen.

Juarez verwarf alle diese Punkte. Er hatte die Ansicht, daß es für einen gefangenen Kaiser ohne Land und Volk überflüssig sei, von Abdankung zu sprechen. Und doch tat er noch einen Schritt, um Max zu retten. Er entzog nämlich den gegen diesen gerichteten Prozeß der gewöhnlichen Standrechtsübung und brachte ihn vor ein eigens zu diesem Zweck bestelltes Kriegsgericht. Juarez wollte dadurch Zeit gewinnen, damit die Leidenschaften sich inzwischen abkühlen sollten. Währenddessen konnte er seinen Einfluß aufbieten, so daß von dem Kriegsgericht nicht auf Tod, sondern auf einfache Landesverweisung erkannt worden wäre.

Außerdem wurden von verschiedenen Seiten Versuche unternommen, Max zu befreien. Dadurch wurde die Aufregung der Republikaner hochgradig vermehrt, und Juarez sah sich gezwungen, nun endlich auf alles zu verzichten, was er zugunsten des Gefangenen hätte unternehmen können.

Das aus sieben Mitgliedern, einem jungen Stabsoffizier und sechs Hauptleuten bestehende Kriegsgericht begann am 13. Juni seine Sitzungen. Die Anklage lautete auf Verschwörung, Machtanmaßung und das an den regelmäßigen Verteidigern begangene Verbrechen der Ächtung. Mitangeklagte waren Mejia und Miramon. Am 14. Juni nachts elf Uhr wurde gegen alle drei der Todesspruch gefällt. Das Hauptquartier bestätigte dieses Urteil, das am 16. vollzogen werden sollte, doch wurde den Verurteilten noch eine weitere Frist von drei Tagen bewilligt, damit sie Zeit fänden, ihre Angelegenheiten zu ordnen.

Dieser Aufschub wurde vom preußischen Geschäftsträger, Baron Magnus, als dem Ältesten des diplomatischen Korps, beschleunigt benutzt, um doch noch das Leben Maximilians zu retten. Er sandte dem Vorsitzenden des Obersten Gerichtshofes folgendes Telegramm:

„An Seine Exzellenz Senor Sebastian Lerdo de Tejada!

Heut in Queretaro angekommen, werde ich mir klar, daß die am 14. dieses Monats verurteilten Gefangenen bereits am verflossenen Sonntag, dem 16., moralisch gestorben sind. So wird die ganze Welt es ansehen, denn da alle Vorberei-

tungen für jenen Tag getroffen waren, warteten sie eine ganze Stunde darauf, zum Richtplatz geführt zu werden, ehe der die Urteilsvollstreckung aufschiebende Befehl ihnen angezeigt wurde. Der humane Geist unsres Zeitalters wird es nicht gestatten, daß sie, die einen so schrecklichen Todeskampf bereits bestanden haben, nun morgen zum zweitenmal zum Tod geführt werden sollen. Im Namen der Menschlichkeit und der Ehre beschwöre ich Sie, anzuordnen, daß ihnen das Leben nicht genommen werde. Ich wiederhole Ihnen nochmals meine sichre Überzeugung, daß mein Herrscher, Seine Majestät König von Preußen, und alle Monarchen, Europas, durch die Bande des Blutes mit dem gefangenen Fürsten verwandt, nämlich sein Bruder, der Kaiser von Österreich, seine Cousine, die Königin von Großbritannien, sein Schwager, der König der Belgier und seine Cousine, die Königin von Spanien, wie die Könige von Italien und Schweden, sich leicht verständigen werden, Euer Exzellenz jede Bürgschaft zu stellen, daß keiner der Gefangenen jemals wieder den mexikanischen Boden betritt."

Es war gut gemeint, aber unglücklich, mit solchen Namen vor Republikanern zu prunken, und auch zu spät. Die Antwort des Ministers lautete:

„Ich bedaure, Ihnen mitteilen zu müssen, daß, wie ich Ihnen schon vorgestern anzeigte, der Präsident der Republik nicht der Ansicht ist, daß es sich mit den großen Rücksichten auf die Gerechtigkeit und auf die Notwendigkeit der Sicherstellung des zukünftigen Friedens der Republik vereinigen lasse, Maximilian von Habsburg zu begnadigen."

Max hatte sich Tinte und Feder bringen lassen und schrieb in der letzten Nacht einen Brief an seine Frau und einen an seine Mutter, die Erzherzogin Sophie. Der erstere lautete:

„Meine vielgeliebte Charlotte!
Wenn Gott es zuläßt, daß Du eines Tags genesest und diese Zeilen liest, so wirst Du die ganze Grausamkeit des Schicksals erkennen lernen, das mich ununterbrochen schlägt seit Deiner Abreise nach Europa. Du hast mit Dir mein Glück und meine Seele fortgeführt. Warum habe ich Deine Stimme nicht gehört? So viele Ereignisse, ach, so viele plötzliche Schläge haben die Fülle meiner Hoffnungen zerstört, so daß der Tod für mich eine glückliche Befreiung und keine Seelenqual ist. Ich werde glorreich fallen wie ein Soldat, wie ein besiegter König, nicht entehrt. Wenn Deine Leiden zu schwer sind und Gott Dich bald zu mir abberuft, dann werde ich die Hand des Herrn segnen, die so schwer auf uns gelastet hat. Adieu, Charlotte, adieu.

Dein armer Maximilian"

Diesem Brief legte er eine Haarlocke bei, die ihm die Frau seines Kerkermeisters abgeschnitten hatte. Er küßte sie und steckte sie in den Umschlag.

Ganz verschieden nun war das Verhalten der beiden übrigen Gefangenen, die man in nebeneinander gelegene Zellen des Nonnenklosters Capuchinas schaffte, zu Seiten der ihres Kaisers. Vor den ständig offnen Türen standen Wachtposten.

Der treue Mejia empfing trotz einer schweren Fiebererkrankung das Todesurteil kaltblütig. Er war ein Indianer, der eine Klage über körperliches Leid und Weh gar nicht kennt, und für den es der größte Ruhm ist, für seinen Freund, den er liebt, zu sterben.

Miramon war in jener Nacht des Überfalls erschrocken aufgesprungen und hatte sich bewaffnet, fand aber, daß Widerstand nutzlos sei. Er wurde, ebenso wie Mejia, mit dem Kaiser gefangengenommen. Seit dieser Zeit saß er finster brütend in seiner Gefängniszelle. —

Ein amerikanischer Bericht vom 30. Mai hatte schon gemeldet:

„Morgen werden wahrscheinlich Maximilian und seine vornehmsten Generale zum Tod durch Pulver und Blei verurteilt werden."

Man sieht aus dieser und ähnlichen Nachrichten, daß man selbst im Ausland über das Schicksal der Gefangenen nicht im Zweifel war. Jede Regierung besitzt das Recht, den, der durch Gewalt oder List ihre Grundlagen zu untergraben strebt, als Verräter oder Empörer zu bezeichnen und zu bestrafen. Von diesem Standpunkt aus war das allerwärts vorher geweissagte Todesurteil gefällt worden, und heute, am 19. Juni 1867, sollte es auf dem östlich vor der Stadt gelegenen Cerro de las Campanas vollstreckt werden.

Max hatte die ihm von Kurt gebotene Rettung verschmäht. Er war zum Cerro geflohen und hatte damit aus eigner Entschließung den ersten Schritt ins Grab getan. —

Am Morgen des Hinrichtungstags herrschte in Queretaro eine dumpfe Stille, obgleich kein Mensch schlief, sondern alle Welt wach und auf den Beinen war. Der Mexikaner pflegt sich überhaupt sehr früh vom Lager zu erheben, und so waren die Teile der Stadt, durch die der Zug kommen mußte, schon vor sechs Uhr mit Tausenden und aber Tausenden bedeckt. Bürger, Soldaten, Vaqueros zu Pferd und zu Fuß, Indianer und Weiße, Neger, Mestizen, Mulatten, Terzeronen, Quarteronen, Chinos, überhaupt Menschen in allen Farben und Trachten standen wartend auf den Plätzen oder schoben sich in dichter Menge schweigend durch die Straßen, um die Hinrichtung eines Kaisers zu sehen.

Es war nicht das Gefühl wilder Befriedigung, das aus den Augen dieser meist nur halb zivilisierten Menschen leuchtete. Nein, in ihren ernsten Gesichtern sprach sich eine Teilnahme aus, die auch der Barbar dem Unglück nicht versagt. Man sprach nicht laut. Wo man sich unterhielt, geschah es im Flüsterton. Es war, als befände man sich in der Kirche oder in einem Trauerhaus. Alle Fenster und Türen blieben zum Zeichen der Trauer geschlossen.

Um sieben Uhr wurden die Gefangenen aus den Zellen geholt. Max umarmte seine beiden Mitgefangenen und sagte: „Bald sehen wir uns im Jenseits wieder."

Miramon war ruhig und gefaßt wie der Kaiser. Mejia, durch Krankheit geschwächt, konnte sich kaum auf den Füßen halten.

Für einen jeden war ein von starker Bedeckung umgebener Wagen bestimmt und ein Holzkreuz, vor dem stehend er die Kugel empfangen sollte.

Die drei Wagen fuhren langsam und von einer ungeheuren Menschenmenge gefolgt, dem Richtplatz zu.

Der Zug wurde von einer Schwadron Lanzenreiter eröffnet. Die Begleitung der drei Wagen wurde von einem Bataillon Infanterie gebildet die, das Gewehr im Arm, in zwei Reihen von je vier Mann nebenher schritten.

Hinter dem Wagen der Verurteilten kamen die drei Särge, deren jeder von vier Indianern getragen wurde. Auf den Särgen lagen die Hinrichtungskreuze.

In diesem Augenblick zogen die Franziskaner unter Führung des Bischofs von Mexiko vorüber. Die beiden vordersten trugen das Kruzifix und das geweihte Wasser, die andern hielten Kerzen in den Händen.

Auf Maximilians Antlitz lag während des ganzen Wegs ein Ausdruck, den niemand vergessen kann, der den verratenen und verlassenen Kaiser in seiner letzten Stunde geschaut hat.

Sobald sein Wagen den Hauptplatz verlassen hatte, wandte er das große Auge mit unverwandtem Blick nach Osten, wo die Heimat lag und alles, alles, was er verlassen hatte, um einem Trugbild zu folgen, das ihn in das nun offne Grab führen sollte. Dort drüben über der See lag auch Miramar, wo die Kaiserin gestörten Geistes durch Gemächer und Gärten irrte, nichts von der Herrlichkeit dieses Edelsitzes bemerkend.

Ein schmerzvolles Lächeln umspielte seine Lippen. Die eine blasse Hand lag ruhig auf dem Polster des Wagens, während die andere leise den schönen Vollbart strich.

Als der Zug den Richtplatz erreichte, wurde die Menge zurückgehalten, und die Truppen bildeten ein Viereck, das auf einer Seite offen blieb.

Escobedo, der die Hinrichtung selber befehligte, näherte sich den drei Wagen und gebot den Gefangenen auszusteigen.

„Vamos nos á la libertad — sterben wir für die Freiheit!" sagte Max mit einem Blick auf die aufgehende Sonne, die ihm zum letztenmal leuchten sollte. Dann zog er seine Uhr und ließ eine daran angebrachte Feder spielen. Es sprang ein Deckel auf, der das Bild der Kaiserin Charlotte barg. Er küßte das Bild und reichte dann die Uhr dem Beichtvater mit der Bitte:

„Überbringt dieses Andenken meiner geliebten Gattin in Europa! Sollte sie Euch jemals verstehen können, so sagt ihr, daß meine Augen sich schließen mit ihrem Bildnis, das ich mit emporneheme!"

Die Sterbeglocken hallten dumpf zusammen. An der Mauer, die die vierte Seite des Vierecks bildete, hielten die Verurteilten, denen ihre Plätze angewiesen wurden. Maximilian schritt in fester, aufrechter Haltung zu dem Holzkreuz in der Mitte. Miramon tat desgleichen. Mejia aber wankte.

Jetzt wurde das Todesurteil und dessen Gründe verlesen und dann erteilte man den Gefangenen die Erlaubnis, noch einmal zu sprechen.

Max wandte sich an Miramon:

„General, ein Tapferer muß auch angesichts des Todes von seinem Monarchen geehrt werden. Gestattet, daß ich Euch den Ehrenplatz in der Mitte überlasse."

Zu Mejia sagte der Kaiser:

„General, was auf Erden nicht belohnt wird, wird es gewiß im Himmel."

Nun wurden drei Züge von einem Offizier herbeikommandiert, ein jeder aus fünf Mann und zwei Unteroffizieren bestehend. Sie näherten sich den Verurteilten auf einige Schritte.

Der Kaiser zog eine Handvoll Goldstücke hervor und gab jedem der ihm gegenüber stehenden Soldaten eine Münze. „Zielt auf mein Herz! Zielt gut!"

Der Kaiser trat zurück. Klar und deutlich sprach Maximilian in spanischer Sprache seine letzten Worte.

„Ich vergebe allen, bitte, daß auch mir alle vergeben, und wünsche, daß mein Blut, das nun vergossen wird, dem Lande zum Wohle gereichen möge. Es lebe Mexiko, es lebe die Unab..."

Da senkte der Offizier den Säbel, sieben Schüsse und der Kaiser fiel vornüber. Mit einem unmittelbar aufs Herz abgegebenen achten Schuß wurde der noch zuckende Kaiser erlöst.

Nach Maximilian wurde Miramon bereitgestellt. Er wies jeden Vorwurf von Verräterei von sich und starb mit einem Hoch auf Mexiko und seinen Kaiser.

Der kranke Mejia stammelte nur:

„Es lebe Mexiko, es lebe der Kaiser!"

Miramon war schwerfällig in den Sand gerollt, aber tot. Mejia blieb stehen und fuchtelte mit den Armen in der Luft herum. Er war schlecht getroffen. Einer der Unteroffiziere trat zu ihm heran, hielt ihm die Mündung seines Gewehrs hinters Ohr und drückte ab. Dieser Schuß aus nächster Nähe streckte den treuen Mann zu Boden.

„*Libertad y independencia* — Freiheit und Unabhängigkeit!" erscholl es über die drei Särge hinweg.

Das war die Grabrede, die die mexikanische Nation dem toten Kaiser und seinen Generalen hielt. —

Am 30. Juni erhielt Kaiser Franz Joseph von Österreich, der sich in München aufhielt, die Botschaft von der Hinrichtung Maximilians. Das ‚Wiener Fremdenblatt' berichtete über den Tod des Erschossenen:

„*Kaiser Maximilian von Mexiko ist tot! Aus dem kühnen Zug eines geistvollen Prinzen ist ein Trauerspiel geworden, so großartig, wie es noch in dem Sinn keines Dichters entstand. Der Kaiser, ausgezogen, um ein Werk der Zivilisation zu vollbringen, liegt nun, von seinen Feinden erschossen, auf den Feldern von Mexiko, und die Kaiserin sitzt wahnsinnig auf dem Schloß zu Miramar. Fürwahr, die Geschichte hat den kommenden Geschlechtern da eins ihrer geheimnisvollsten Rätsel aufgegeben! — Wir aber sagen: ‚So starb Maximilian von Österreich. Er war wert, für eine bessere Sache zu sterben; er hat es durch sein Verhalten in den letzten Tagen seines Lebens bewiesen!'*"

18. Ausklang

Juarez war nun wieder Alleinherrscher von Mexiko. Kurt hatte der Hinrichtung nicht beigewohnt. Es widerstrebte seinem Gefühl, einen Mann sterben zu sehen, den er hatte retten wollen. Er saß zur Zeit der Urteilsvollstreckung mit dem Kleinen André in seinem Zelt. Er hörte das Trauergeläute. Das Krachen der Gewehre drang an sein Ohr.

„Jetzt! Jetzt sind sie tot!" rief André.

„Maximilian war schon tot, als er mich von sich wies", erwiderte Kurt bedrückt.

„War keine Rettung mehr möglich? Man hätte ihn vielleicht doch heimlich aus seinem Gefängnis entführen können."

„Bevor Max gefangen war, konnte ich ihn retten, ohne ein Verbrechen zu begehen."

„War es denn später eins?"

„Gewiß, und zwar ein Verbrechen, das von jedem Gesetzbuch mit hoher Strafe belegt wird: widerrechtliche Befreiung eines Gefangenen."

„Nun, so wäre seine Befreiung vorher auch widerrechtlich gewesen."

„Nein, da befand er sich noch mitten unter den Seinigen. Sobald er aber in die Gewalt der Republikaner geraten war, sah ich mich gezwungen, die Hand abzulassen."

„Hm. Sie mögen recht haben. Der Kaiser hat es nicht anders gewollt."

„Und so brauchen wir uns keine Vorwürfe zu machen. Hier aber haben wir nichts mehr zu tun. Ich wollte nur noch diese verhängnisvollen Schüsse hören. Nun bin ich Zeuge eines der größten geschichtlichen Trauerspiele gewesen und werde Queretaro verlassen."

„Ohne Abschied oder Urlaub?"

„Ich bin von Escobedo nicht abhängig."

„Wohin gehen wir?"

„Zu Juarez. Bitte, reiten Sie voraus zu Doktor Sternau, damit ich ihn bereit finde, wenn ich komme!"

Am andern Morgen ritten die drei unter Begleitung der beiden Indianerhäuptlinge nach San Luis Potosi. Als sie durch Guanajuato kamen, hielt der kleine André an.

„Ah, meine Herren, kennen sie dieses Pferd?" Dabei deutete er auf ein gesatteltes Tier, das vor einer Venta hielt.

„Das Pferd des ‚Schwarzen Gerard'", staunte Sternau. „Er muß hier abgestiegen sein. Gehen wir hinein!"

Aber Gerard hatte sie schon gesehen und kam heraus. Er war in Santa Jaga gewesen und hatte sie aufsuchen wollen, um ihnen die Flucht Landolas und Gasparino Cortejos aus Santa Jaga und ihren Tod an der Teufelsquelle mitzuteilen. Diese Nachricht war Sternau sehr unangenehm, da ihre Anwesenheit vor Gericht, wären sie am Leben geblieben, die Führung des Prozesses wesentlich erleichtert hätte. Doch war an der Tatsache nichts mehr zu ändern. Als die kleine Gesellschaft, der sich Gerard angeschlossen hatte, Potosi erreichte, begab sich Sternau mit Kurt sofort zum Präsidenten, der sie empfing, obgleich er mit Geschäften überhäuft war.

„Ihr bringt Trauriges?" fragte er ernst, nachdem die Begrüßungsworte gewechselt worden waren.

„Ja", entgegnete Kurt. „Ich bringe den Schall der Schüsse, unter denen Max von Österreich gefallen ist."

„So wart Ihr bei der Hinrichtung zugegen?"

„Nein. Ich mußte es verschmähen, ein Schauspiel anzustaunen, das ich hatte kommen sehen."

„Escobedos Bote ist schon angelangt. Maximilian ist mutig und als Mann gestorben. Ich war sein politischer Gegner, aber nicht sein persönlicher Feind."

Es war, als hätte er es für nötig gehalten, diese Entschuldigung hier auszusprechen. Daher fiel Sternau schnell ein:

„Wir wissen das am besten, Señor!"

„Ah!" sagte Juarez, indem er ein leises, geheimnisvolles Lächeln bemerken ließ. „So hattet Ihr mich verstanden und habt Euch bemüht?"

„Sogar sehr eifrig, aber ohne Erfolg. Auch Oberleutnant Unger wurde abgewiesen", antwortete Sternau.

„Ihr hieltet es also doch für möglich, Herr Oberleutnant, den Erzherzog — Ihr versteht?"

„Es war sogar sehr leicht", antwortete Kurt.

Da schüttelte Juarez den Kopf, trat ans Fenster und sah lange schweigend hinaus. Dann drehte er sich rasch wieder um und sagte:

„Er hat es nicht anders gewollt. Er ist tot! Richten nicht auch wir noch über ihn! Euch aber danke ich, daß ihr meine Andeutungen verstanden und danach gehandelt habt. Ich baue auf eure Verschwiegenheit!"

Er sprach ernst und aus bewegtem Herzen. Die beiden Zuhörer waren ebenso bewegt. Es entstand eine Pause, die Juarez mit der Frage beendete:

„Ihr werdet jetzt Mexiko wohl bald verlassen?"

„Wir hoffen es", erwiderte Sternau. „Aber einige Zeit werden wir immer noch unter Eurem Schutz bleiben müssen, Señor."

„Das freut mich. Ihr wißt, daß alles geschieht, was ich für Euch tun kann. Wir müssen, bevor Ihr abreist, die Angelegenheit der Rodriganda beenden, soweit diese nämlich vor den mexikanischen Gerichtshof gehört."

„An welchen Richter sollen wir uns nun wenden?" erkundigte sich Sternau.

„An mich selbst. Ich werde dafür sorgen, daß Eure Sache in ebenso gerechte, wie eifrige Hände gelegt wird. Die Gefangenen befinden sich noch im Kloster della Barbara? Holt diese! Laßt auch Maria Hermoyes, den alten Haciendero Pedro Arbellez nebst seiner Tochter und die Indianerin Karja herbeirufen!"

„Nach Potosi hier?"

„Nein. Ich werde in die Hauptstadt reisen. Dorthin sollt Ihr die Gefangenen bringen."

„Ihr werdet die Untersuchung öffentlich führen?"

„Gewiß."

„Ich möchte dagegen Einspruch erheben. Es würde von der Sache, ehe wir hier damit fertig sind, so viel nach Spanien verlauten, daß die Schuldigen, die sich dort befinden, Zeit gewinnen, sich der Gerechtigkeit zu entziehen."

„Das ist richtig. Wir werden also vorsichtig sein und die Untersuchung so geheim als möglich führen müssen. Um aber allem vorzubeugen, werde ich mich nach Spanien unter Beifügung der Gründe mit der Bitte wenden, den Grafen Alfonso unter eine, wenn auch heimliche aber strenge Polizeiaufsicht zu nehmen. Genügt Euch das?"

„Vollständig, Señor!"

„Zur Beförderung der Gefangenen vom Kloster della Barbara zur Hauptstadt stelle ich Euch eine hinreichende Militärabteilung zur Verfügung. Wann reist Ihr ab?"

„Morgen früh. Wir wollen bis dahin die Pferde ausruhen lassen und uns mit Donnerpfeil und Geierschnabel besprechen."

„So werde ich die nötigen Befehle geben."

Damit war die Unterredung beendet. Man suchte sodann Lord Dryden auf, dessen Aufgabe ihrem Abschluß entgegenging. Sternau besprach sich mit den andern, wer zur Hacienda reiten sollte, um deren Bewohner zu holen. Da Emma, Resedilla und Karja sich dort befanden, wurden Donnerpfeil, Gerard und Bärenherz gewählt. Am andern Morgen brachen sie auf, nachdem man am Abend noch einmal Señorita Emilia, die sich ja in Potosi befand, begrüßt hatte. Juarez hatte sie für die ihm geleisteten Dienste freigebig belohnt. —

Einige Zeit später hielt der wieder zu allen Ehren und Würden gelangte Präsident Juarez seinen Einzug in die Hauptstadt Mexico. Es herrschte ein unbeschreiblicher Jubel unter der Bevölkerung, als der Zapoteke, der einst zur Flucht gezwungen gewesen war, aber trotzdem seinen starren Mut nicht verloren und auf seinen Rang nicht verzichtet hatte, nun als Retter des Vaterlandes in die Stadt einritt. Alle Straßen waren mit Ehrenpforten, Blumen und Flaggen geschmückt, und ein Regen von duftenden Blumen flog auf ihn und das Pferd, das ihn trug und mit stolzen Schritten über die lieblichen Kinder Floras hinwegtänzelte.

Aber am ersten Tag nach seinem Einzug hatte sich der laute Jubel in eine stille Erwartung umgewandelt: Juarez begann zu sichten. In unerbittlicher Gerechtigkeit prüfte er alle, die seit dem ersten Tag der französischen Besetzung eine Rolle gespielt hatten, auf ihren patriotischen Wert. Er begann die Schafe von den Böcken zu scheiden und das Gewürm vom Baum der bürgerlichen Wohlfahrt zu schütteln. Tausende fühlten sich im Besitz eines bösen Gewissens. Viele entflohen heimlich, als sie sahen, wie ernst es dem Präsidenten war. Wo es möglich war, ließ er Gnade walten, aber wo er erkannte, daß Milde nicht angewandt oder gar fürs Allgemeinwohl gefährlich sei, da strafte er mit jener einsichtsvollen Unnachsichtlichkeit, der man es dankbar anmerkt, daß sie nicht aus Eigennutz entspringt.

Da Juarez eine ruhelose Tätigkeit entwickelte, so dauerte es nur kurze Zeit, bis in allen Abteilungen des Regierungsbetriebes Ordnung herrschte, und so kam es, daß er selbst von den Regierungen, die vorher mit Napoleon geliebäugelt hatten, als Herrscher des mexikanischen Reichs anerkannt wurde. —

Eines Spätabends, als die Bewohner der Hauptstadt im Schlummer lagen, näherte sich dieser von Norden her ein Reiterzug. Der Mond schien hell, und so konnte man erkennen, daß er aus einem Gefangenen und seinner Begleitung bestand. Der Gefesselte war auf sein Pferd gebunden. Zwei Maultiere trugen eine Sänfte, aus der zuweilen das Wimmern einer weiblichen Stimme erscholl, um das sich die Begleiter aber nicht kümmerten. Dieser Trupp erreichte die Stadt, ritt durch einige Straßen und hielt dann vor dem Regierungsgebäude, an dessen Tor die Reiter der Bedeckung sich von den Pferden schwangen. Einer von ihnen trat ein und wurde vom wachthabenden Posten gefragt, was er wolle und wen er bringe.

„Ist der Präsident noch wach?" lautete die kurze Gegenfrage.

„Ja. Er arbeitet alle Nächte bis zum Anbruch des Morgens."

„So laßt mich melden! Mein Name ist Sternau."

„Sternau? Hm. Man darf jetzt niemand melden. Der Präsident will ungestört sein. Kommt am Tag wieder!"

„Ob und wann ich wiederkommen soll, habt nicht Ihr zu bestimmen. Ihr müßt mich melden lassen, und der Präsident wird mich empfangen!"

Diese Worte waren so bestimmt gesprochen, daß der Posten gehorchte, ohne einen weiteren Einwand zu wagen. Es dauerte auch nur eine kurze Zeit, so wurde Sternau benachrichtigt, daß Juarez ihn zu sich bitten ließe. Als er beim Präsidenten eintrat, wollte er sich wegen seines späten Erscheinens entschuldigen, wurde aber durch den freundlichen Ausruf unterbrochen:

„Endlich kommt Ihr! Ich habe Euch längst mit Ungeduld erwartet."

„Wir konnten nicht eher, Señor. Wir mußten auf die Herren und Damen der Hacienda warten, und unterdessen war Josefa Cortejo so krank geworden, daß es unmöglich war, sie früher in die Hauptstadt zu bringen. In den Verließen von Santa Jaga erkrankte Josefa infolge der Feuchtigkeit und Kälte in ihrer Zelle an einer heftigen Entzündung, deren ich kaum Herr werden konnte."

„Aber jetzt ist sie wiederhergestellt?"

„Nein. Sie wird nicht wiederhergestellt werden. Ich habe alle Sorgfalt anwenden müssen, um sie hierher zu bringen. Sie hat trotzdem große Schmerzen auszustehen gehabt. Sobald die Wirkung meiner Mittel zu Ende ist, wird sie aufhören zu leben."

Juarez nickte leise. „Wie steht es, Señor Sternau, habt Ihr die Gefangenen ins Verhör genommen und irgendwie ein Geständnis erhalten?"

„Leider nein."

„Das habe ich erwartet. Die Verbrecher, mit denen wir es zu tun haben, sind so verstockt, daß ein offenes Geständnis nicht zu erwarten ist. Es ist nur gut, daß wir seinerzeit den Brief abfingen, den Josefa von der Hacienda del Eriña an ihren Vater sandte. Diese Zeilen sind immerhin ein wichtiges Beweisstück."

„Und doch hoffe ich von Josefa Cortejo noch auf ein Geständnis. Wir haben einen kräftigen Verbündeten in den Schmerzen, die sie zu erdulden hat. Ich habe diese durch meine Mittel zu lindern gesucht. Die Entzündung schreitet unaufhaltsam fort, und ich bin überzeugt, daß sich diese Schmerzen in fürchterliche Qualen verwandeln. Das muß ihrer Verstocktheit ein Ende machen."

„Als Mensch bedaure ich dieses Mädchen, als Jurist aber muß ich sagen, daß sie ihr Los verdient hat. — Señor Sternau, Ihr werdet alle bei mir wohnen. Der Palast hat mehr als genug Zimmer für euch. Die Cortejos werde ich streng in Gewahrsam nehmen. Ich will sofort die nötigen Befehle erteilen."

Juarez griff zur Klingel und nun wurden die Angekommenen mit aller Sorgfalt untergebracht.

Am andern Tag begann das Verhör, das indes keinen Erfolg hatte. Cortejo und seine ihm ebenbürtige Tochter leugneten einfach alles mit frecher Stirne ab, obgleich sich die Beweise derart häuften, daß ein andrer durch sie förmlich erdrückt worden wäre. Als der Richter Pablo Cortejo den Brief unter die Augen hielt, den er vor Jahren an Alfonso geschrieben hatte und in dem er diesen als seinen Neffen ansprach, wagte er es, dieses Beweisstück als eine Fälschung zu bezeichnen, die seine Feinde ersonnen hätten, um ihn zu vernichten. Niemand war über diese Behauptung so entrüstet wie Karja, die Schwester Büffelstirns, die, wie der Leser weiß, dem jungen Grafen damals auf der Hacienda del Eriña den verräterischen Brief abgenommen hatte. Sie hatte ihn dann in einem sichern Versteck untergebracht, aber in der Folgezeit mit ihren unglücklichen Wechselfällen nicht mehr an ihn gedacht. Als Bärenherz kam, um sie zur Hauptstadt abzuholen, hatte sie sich dieses wichtigen Beweisstückes erinnert und es zu ihrer Freude unversehrt in dem Versteck wiedergefunden.

Das erste Verhör verlief also ergebnislos. Aber es verging nur kurze Zeit, so zeigte sich, daß Sternau richtig vermutet hatte und seine ärztliche Kunst nicht mehr zu helfen vermochte. Die Schmerzen Josefas steigerten sich in einer Weise, daß sie diese nicht mehr ertragen konnte. Es gab Minuten, in denen sie vor Qual schrie. Sternau riet, ihren Vater nun in ihre Zelle zu führen.

Pablo Cortejo, so verstockt er war, konnte doch den Zustand seiner Tochter nicht sehen und ihr Geschrei nicht hören, ohne ergriffen und gradezu niedergeschmettert zu werden. Er sah, daß Josefa nur noch Stunden zu leben habe, gräßliche Stunden, sie, für die er gesündigt hatte und zum Verbrecher wurde. Es war ihm, als brenne ein verzehrendes Feuer in ihm. Ein herbeigeholter Priester benutzte diesen Augenblick, Vater und Tochter zu einem Geständnis zu bewegen und dadurch wenigstens ihr Gewissen und ihre Seelen zu retten. Josefa, dem Tod nah, schrie mit zitternder Stimme, daß sie alles sagen wolle. Da gab es auch für ihren Vater kein Zurückhalten mehr. Juarez selbst eilte herbei. Sämtliche Zeugen kamen mit ihm, und das Geständnis der beiden wurde zum Bericht genommen und in gehörig rechtsgültiger Weise unterzeichnet.

Bei dieser Gelegenheit kam auch das zweite Testament zur Sprache, das Graf Fernando abgefaßt hatte und das von Pablo Cortejo entwendet worden war. Josefa gestand, daß es noch vorhanden sei und gab auch den Ort im Palast der Rodriganda an, wo sie es versteckt hatte. Sofort wurde eine Amtsperson beauftragt, dieses Schriftstück herbeizuschaffen. Es fand sich in dem angegebenen Versteck vor und die Beweiskette gegen die Cortejos war dadurch lückenlos geschlossen. Wenige Stunden später war Josefa eine Leiche.

Am andern Tag bemerkten die Nachbarn des Palastes der Rodriganda, der nach Abzug der Franzosen fast leergestanden hatte, daß er jetzt von mehr Leuten als vorher bewohnt sei. Aber wer diese Personen waren, erfuhr niemand. Sie ließen sich nicht sehen, da die Kunde, daß Graf Fernando noch lebe, nicht eher nach Spanien dringen sollte, als er selbst dort angelangt war.

Es gab in Schnelligkeit sehr vieles und Schwieriges zu ordnen. Nach einiger Zeit trabte des Nachts eine ziemliche Anzahl von Reitern, die einige Wagen umringten, durch die Stadt, um den Weg einzuschlagen, den der Postwagen nach Vera Cruz fuhr.

Einige Zeit nachher erzählte man sich, daß Pablo Cortejo, als Anführer und auch noch aus andern Gründen zum Tod verurteilt, im Hofe des Gefängnisses eine Kugel vor den Kopf bekommen habe. So hatte sich das Schicksal der Cortejos erfüllt. Kurz zuvor hatte auch Doktor Hilario nach schwerem Leiden sein armseliges Leben ausgehaucht. —

Hier ist es vielleicht am Platz, die Lebensbahn der geschichtlichen Persönlichkeiten, die in diesem Buch Erwähnung fanden, kurz zu zeichnen.

Benito Juarez herrschte als Präsident von Mexiko noch bis zu seinem Tod. Er starb am 18. Juli 1872 im Alter von 66 Jahren.

Einige Zeit später ging die Regierung an seinen tüchtigsten General, *Porfirio Diaz*, über. Dieser hat gleich ihm das von unaufhörlichen Aufständen wirre und wunde Mexiko mit kräftiger und erfolgreicher Hand geleitet. Von 1877 bis 1880 und von 1884 bis 1911 hatte er die Präsidentschaft inne und genoß die uneingeschränkte Achtung aller Staaten, ebenso wie er von den Mexikanern selbst fast einmütig bewundert und geliebt wurde. Allein im Jahr 1911, als Einundachtzigjähriger, mußte der mächtige Präsident seinerseits einem andern weichen: er wurde aus Mexiko vertrieben. Unter seinem Nachfolger *Madero* setzten neue wilde Parteikämpfe in Mexiko ein. Porfirio Diaz starb, fern seiner Heimat, am 2. Juli 1915 zu Paris, 85 Jahre alt.

Den eigentlichen Unheilstifter bei der Tragödie Maximilians hat sein Schicksal bald nach dem ruhmlosen Rückzug der Franzosen gepackt: *Napoleon III.* von Frankreich zettelte am 19. Juli 1870 den Krieg gegen Deutschland an und verlor am 2. September 1870 bei Sedan Freiheit und Krone. Er starb als Verbannter zu Chiselhurst bei London am 9. Januar 1873. Seine Gemahlin, Kaiserin Eugenie, deren Herrschsucht ihn in Bann geschlagen hatte, hat zwar ein Alter von 94 Jahren erreicht, konnte aber niemals wieder an die Stätte ihrer früheren Macht zurückkehren. Sie ist am 11. Juli 1920 in Spanien gestorben.

Auch das Leben des Vertreters Napoleons in Mexiko, des ruhmsüchtigen und ränkespinnenden Generals *Bazaine*, ist von stolzer Höhe tief abwärts gegangen. Er, der berühmteste Heerführer Napoleons III., hatte im Deutsch-Französischen Krieg 1870/71 neben dem General MacMahon den Oberbefehl der französischen Truppen. MacMahon geriet am 2. September bei Sedan mit seinem gesamten Heer und mit Napoleon selbst in die Gefangenschaft der Deutschen, während Bazaine in Metz belagert wurde und sich am 27. Oktober 1870 gleichfalls ergeben mußte. Sein Nebenbuhler MacMahon gelangte trotz seiner großen Niederlage später in Paris aufs neue zu Ehren und wurde sogar Präsident der nachmaligen Republik Frankreich. Gegen Bazaine aber eröffneten die Franzosen ein Verfahren wegen Hochverrats. Es wurde ihm zur Last gelegt, er habe aus Feigheit und aus Eifersucht gegen MacMahon keinen Ausfall aus Metz zur Entlastung von Sedan gemacht. Manche seiner Ankläger gingen noch weiter und warfen ihm sogar Bestechung durch die Deutschen vor, was jedoch zweifellos nicht zutrifft. Jedenfalls aber wurde Bazaine am 10. Dezember 1873 wegen Hochverrats zum Tod verurteilt, und es gelang ihm nur mit Hilfe seiner reichen Frau, einer Kreolin, die er aus Mexiko mit heimgeführt hatte, zu entrinnen. Bald darauf zog sich aber auch seine Gattin von ihm zurück, und er hat am 23. September 1888 zu Madrid im Alter von 77 Jahren als mittelloser und bemitleidenswerter Geächteter sein Leben beendet.

Maximilians Gattin, Kaiserin *Charlotte von Mexiko*, gehört gleichfalls zu den umstrittenen Persönlichkeiten der Geschichte. Es hieß seinerzeit, ihr Ehrgeiz habe Maximilian verleitet, die Blutkrone von Mexiko auf sich zu nehmen. Der Wahnsinn, in den sie während des Niedergangs seiner Herrschaft und noch vor seinem Ableben gesunken war, hat fortgedauert, und sie starb am 19. Januar 1927 als Siebenundachtzigjährige in geistiger Umnachtung auf Schloß Bouchout bei Brüssel. —

Auf dem alten Polsterstuhl seines Arbeitszimmers saß der Oberförster Rodenstein und starrte verdrießlich vor sich nieder. Seine Beine steckten bis zu den Knien herauf in dicken, unförmigen Filzstiefeln, über die noch eine wollene Pferdedecke doppelt gebreitet war. Vor ihm stand sein treuer Ludwig, ebenso finster und ratlos auf den Boden niederblickend.

„Ja", sagte Ludwig, „ich weiß auch kein Mittel, Herr Hauptmann."

„So bist du grad ebenso gescheit wie die Ärzte oder ebenso dumm. Die Allopathen haben mich gemartert, die Hydropathen haben mich hingerichtet, und die Homöopathen bringen mich nun ganz um den Verstand. Da soll ich gegen den akuten Rheumatismus nehmen Akonit, Arnika, Belladonna, Loryknin, Chinin, Chamomilla, Merkur, Nux Vomica, Pulsatilla, gegen den chronischen Arsenik, Sulfur, Rhododendron, Phytolaca und Stillingia, gegen den herumziehenden Arnika, Pulsatilla, Belladonna, Moschus, Sabina, Sulfur, Calmia und Capsica. Nun sage mir ein Mensch, was für ein Kräuter-, Pulver- und Pillensack aus mir würde, wenn ich das Zeug alles verschlänge! Hol es der Teufel! Wenn nur wieder eine so großartige Nachricht käme, wie seinerzeit von unserem Sternau. Damals bin ich vor Freude aufgesprungen und war plötzlich so gesund wie ein Fisch im Wasser. Aber jetzt — ah, hat es nicht geklopft, Ludwig?"

„Ja, Herr Hauptmann!"

Ludwig öffnete die Tür. Draußen stand ein Postbote. Er trat ein und überreichte eine Depesche. Der Alte öffnete sie und las sie zum zweiten- und drittenmal, dann warf er wie ein Knabe beide Arme empor.

„Juch! Juchhei! Juchheirassassa! Ludwig! Esel! Alter Knabe! Herunter mit den Krankenstiefeln!"

Rodenstein war aufgesprungen und bemühte sich, die Stiefel von den Füßen zu schlenkern, was ihm bei ihrer großen Weite auch gelang. Ludwig war verblüfft.

„Aber, Herr Hauptmann! Die Stiefel — die Schmerzen!"

„Schmerzen? Unsinn! Ich habe keine Schmerzen. Ich bin geheilt, der Rheumatismus ist zum Teufel! Weißt du, was in dem Telegramm steht? Sie kommen, sie kommen! Morgen werden sie hier sein! Doktor Sternau und alle, alle! Jucheirassassa! Heidideldum-heirassa! Vivat, mein Podagra, meine Gicht, meinen Rheumatismus habe ich in den Filzstiefeln steckengelassen! Schau, wie ich springen kann!"

Wahrhaftig, der Oberförster stieg mit großen Schritten in der Stube umher und rief dabei:

„Ich muß sofort zur Villa Rodriganda, um denen da drüben das Telegramm zu übergeben."

„Werden der Herr Hauptmann denn auch hinübergehen?" fragte Ludwig besorgt.

Er erhielt keine Antwort. Der Alte humpelte die Treppe hinab und durch den Wald zu der Villa Rodriganda. —

Die Bewohner des schönen Landsitzes Rodriganda waren von allem unterrichtet, was in Mexiko geschehen war. Vor einiger Zeit war ferner aus Spanien durch Sternaus Hand die Nachricht gekommen, daß alles gut gehe und der falsche Alfonso nebst seiner Mutter Clarissa sich in Haft befinde.

Zugleich war der Kurat eines Pyrenäendörfchens aufgetaucht, der eine wichtige Aussage zu machen hatte. Kurz bevor der Capitano der Pyrenäenräuber damals vor neunzehn Jahren Gasparino Cortejo aufgesucht hatte, um in einer für ihn verhängnisvoll verlaufenden Unterredung seine Forderungen geltend zu machen, sei der Brigant bei ihm gewesen. Er habe ihm ein verschlossenes Schriftstück übergeben mit dem Bemerken, es zu öffnen, wenn er nach einer gewissen Zeit nicht zurückkomme. Als die Frist verstrichen war — der Leser weiß, weshalb der Capitano nicht zurückkehrte — habe er das Schreiben geöffnet. Es war nichts andres als jenes schriftliche Eingeständnis Gasparinos, das der Capitano diesem abgezwungen hatte, und worin der Sachwalter des Grafen Rodriganda bekannte, daß auf seine Veranlassung hin der kleine Graf Alfonso geraubt worden sei.

Der Kurat erschrak aufs heftigste über diese Enthüllung. Er zog Erkundigungen ein, durch die er Kenntnis von den Vorgängen erhielt, die sich um eben diese Zeit in Rodriganda abspielten. Was sollte er tun? Er erkannte ganz richtig, daß sein Zeugnis und das Schriftstück, das er in Händen hatte, nicht hinreichend seien, um die Verbrecher zu entlarven, um so weniger als es niemand gab, an den er sich in dieser Angelegenheit vertrauensvoll hätte wenden können.

Condesa Roseta war ja wahnsinnig und Graf Manuel galt eine Zeitlang als tot. Dann tauchte, zuerst gerüchtweise, dann immer bestimmter, die Kunde auf, Don Manuel sei nicht tot, er habe sich vielmehr nach Deutschland begeben und erhebe keinen Anspruch mehr auf Schloß und Gut Rodriganda. Das nahm dem Kuraten vollends allen Mut. Wenn sich der Graf selbst nicht mehr um sein Eigentum kümmerte, dann hatte er erst recht keinen Grund, sich in die Sache zu mischen.

So kam es, daß er neunzehn Jahre über die Angelegenheit schwieg, deren Mitwisser er durch den Capitano geworden war. Erst als Sternau und Mariano nach Spanien kamen und die Anklage gegen Alfonso erhoben, fühlte er sich veranlaßt, aus seiner Verborgenheit hervorzutreten und seine Aussage und das Schreiben Gasparinos zu Protokoll zu geben.

Dazu kam das Geständnis des Bettlers Tito Sertano, das dieser beim Sterben in die Hände Marianos gelegt hatte und aus dem mit Sicherheit hervorging, daß Mariano der echte Rodriganda, Alfonso aber ein Betrüger sei. Es glückte Mariano, dieses Bekenntnis, das er vor seiner Entführung hinter einem Wandschrank des Schlosses Rodriganda verwahrt hatte, unversehrt wieder aufzufinden.

Hätte das spanische Gericht nicht schon vorher aus Mexiko die nötigen Unterlagen erhalten, aus denen die Schuld Alfonsos und Clarissas hervorging, so hätten diese beiden Schriftstücke allein schon genügt, um den Fall zu klären. So kam es, daß der Anerkennung Marianos als des wirklichen Sohnes des Grafen Manuel nichts mehr im Weg stand.

An diesem Bericht hatte Sternau die Bemerkung geschlossen, daß es ihm und seinen Gefährten vielleicht möglich sei, nach Verlauf von vierzehn Tagen nach Rheinswalden aufzubrechen.

Das Schreiben hatte alle mit großer Freude erfüllt. Endlich stand das heißersehnte Wiedersehen bevor. Der Seelenzustand der Bewohner von Rheinswalden und Rodriganda läßt sich nicht schildern.

Da kam der Oberförster mit seiner Depesche und steigerte die Erregung ins Unermeßliche. Die Vorbereitungen zum Empfang begannen auf der Stelle und dauerten die ganze Nacht durch. Niemand hätte auch schlafen können. Alles war voller Spannung. Nur zu langsam flossen die Stunden dahin.

Es war gegen Abend, da hörte man Wagen rollen, und einige Augenblicke später lagen sich die so lange Jahre hindurch Getrennten in den Armen. Erst allmählich legte sich der Sturm der ersten Begrüßung, und einzelne Gruppen bildeten sich in den verschiedenen Zimmern. Eine Woge des Glücks war über das Haus gegangen.

In einer Zimmerecke saßen Don Manuel und Don Fernando mit Sir Henry Dryden und freuten sich an dem Glück ihrer Kinder. Tränen der Rührung perlten ihnen aus den Augen. Vor ihnen standen Roseta mit ihrem Gatten und Don Alfonso de Rodriganda y Sevilla, der vormalige Räuberzögling Mariano, mit Amy. Dabei Sternaus Schwester und Mutter. Von aller Lippen war ein stilles Gebet geströmt.

„Wo ist denn unser Waldröschen? Laß uns suchen!" wandte sich jetzt Sternau an seine Gattin.

Röschen war ihrem Vater voller Liebe entgegengeeilt. Dann aber überließ sie die Eltern sich allein. Das Herz war ihr so voll, daß sie nicht gemerkt hatte, wie einer, der zunächst seine eigne Mutter und dann den Oberförster Rodenstein und den alten Ludwig begrüßt hatte, leis hinter ihr herging. Soeben war sie in ihr Zimmer getreten, da hörte sie die Tür sich wiederum öffnen und herein kam — Kurt Unger.

„Kurt! Mein lieber, lieber Kurt!"

Jauchzend warf sie sich in seine Arme und dann tauschten sie Kuß um Kuß in seliger Vergessenheit. Sie merkten nicht, daß draußen Schritte erklangen. Sie bemerkten ebensowenig, daß die Tür geöffnet wurde, und daß zwei Personen darin erschienen und dort stehenblieben.

„Oh, wie unendlich glücklich bin ich, dein liebes Gesichtchen wiederzusehen!" jubelte Kurt.

„Ich bin nicht minder glücklich!" gestand sie ihm.

„Röschen!"

Dieses Wort ertönte von der Tür her. Roseta hatte es ausgesprochen. Beide sahen sich erschrocken um.

„Mama!" lächelte Röschen verlegen.

Die Eltern traten näher, und Sternau rief erfreut:

„Kurt, du sollst den Lohn empfangen, der dir verheißen worden ist!"

Er legte beider Hände zusammen und fuhr fort:

„Nun, mein Junge, gehen wir auch zu deinen Eltern, damit sie teilhaben an unserm Glück!" —

Der brave Ludwig Straubenberger tauschte grade mit dem alten Rodensteiner seine Gedanken über die Freude aus, die heut ihren Einzug in der Villa Rodriganda gehalten hatte, da tippte ihn jemand auf die Schulter. Er drehte sich um. Vor ihm stand ein kleiner Mann.

„Ludwig Straubenberger, kennst du mich?" fragte er.

Der Gefragte starrte den Sprecher an, schüttelte den Kopf und antwortete:

„Dieses Gesicht muß ich schon gesehen haben, aber wo? Ich kann mich nicht besinnen dahier."

„So will ich es kurz machen und es dir sagen. Ich bin dein Bruder Andreas."

Ludwig war starr vor Freude. „Ist's wa—wahr?" stotterte er.

„Natürlich, ja. Geierschnabel hat mir bei manchem guten Trunk so viel von dir erzählt, daß ich dich noch einmal sehen mußte. Dann werde ich wieder in die Einsamkeit meiner Savannen und Wälder zurückkehren."

Wortlos sanken sich beide in die Arme. —

Erst nachdem ein Festmahl alle Beteiligten geeint hatte, berichtete Sternau eingehend über die letzten Ereignisse, insbesondere über den Prozeß in Spanien, der inzwischen entschieden war: Mariano war als der echte Graf Alfonso anerkannt worden. Clarissa mußte lebenslang im engen Kerker Flachs spinnen. Auch Alfonso, der falsche Graf, büßte seine Taten als Sträfling, ohne Aussicht auf spätere Begnadigung. Am Schluß seiner Ausführungen verkündete Sternau die Verlobung seiner Tochter mit Kurt Unger.

Die Wirkung dieser Worte war unbeschreiblich. Alles rief, staunte, fragte, beglückwünschte und lachte. Aber zwei standen in der Ecke des Saals, in Liebe umschlungen, und weinten heiße Zähren der Freude und des Dankes gegen Gott, die Eltern Kurts, deren Glück nur dadurch gesteigert werden konnte, daß Waldröschen herbeikam, sie beide herzlich umarmte und küßte und dann zu dem Kreis der andern zog.

Die Sonne ging auf. Ihre ersten Strahlen fielen in goldigem Purpur zum Fenster herein auf die so seltsame Versammlung von Personen, die, so lange hart und schwer geprüft, nun endlich sich die Sicherheit eines reinen und dauernden Glücks errungen hatten. —

Die Festtage vergingen, und der Alltag stellte an jeden einzelnen wieder seine Anforderungen. Es bleibt nicht mehr viel zu erzählen.

Graf Fernando kehrte nicht mehr nach Mexiko zurück. Er verkaufte seine dortigen Güter und blieb mit Manuel auf dem deutschen Rodriganda. Alfonso, der junge Graf, wohnte mit seiner glücklichen Amy auf dem spanischen Rodriganda, war aber oft Gast bei seinen deutschen Verwandten. Der treue Mindrello wurde für die Dienste, die er dem Haus Rodriganda geleistet hatte, reichlich belohnt. Er erhielt die Stelle des Kastellans auf Schloß Rodriganda und erlebte eine lange Zeit ungestörten Glücks, das ihm die fürchterlichen Entbehrungen in der Sklaverei vollauf ersetzte.

Sternau, der einstige Arzt, war viele Jahre glücklich an der Seite seiner Roseta. Sie freuten sich am Wohlergehen ihrer Kinder Kurt und Röschen. Alimpo lebte mit Elvira beim Grafen Manuel. Der Rodensteiner zankte sich noch lange mit Ludwig und seinem Podagra.

Der brave Pedro Arbellez nebst seiner Tochter Emma und seinem Schwiegersohn Anton Unger bewirtschafteten die Hacienda del Eriña. Bei ihnen ließ sich der Kleine André nieder, aber nicht um der Ruhe zu pflegen. Er hatte zu nachhaltig den Atem der Prärie getrunken, als daß er das abenteuerliche Jägerleben dauernd zu missen vermochte. Auch Donnerpfeil konnte an der Seite seiner Emma das freie Leben in der Savanne nicht vergessen. Gar oft fing er sich einen Mustang aus der Herde und unternahm mit André weite Streifzüge in die Wildnis. Noch viele Jahre war der Name „Donnerpfeil" berühmt und gefürchtet, und in den Wigwams der Roten und an den Lagerfeuern der Trapper erzählte man sich seine kühnen Taten.

Der Schwarze Gerard lebte mit Resedilla und dem alten Pirnero in Guadalupe, wo sie oft Geierschnabels und auch Grandeprises Besuch erhielten. Büffelstirn jagte noch lange die Bisons und Bären und kehrte zuweilen bei den Freunden ein. Bärenherz hatte Karja als seine Squaw zu den Jagdgründen der Apatschen mitgenommen. Doch führten auch ihn seine Wanderungen immer wieder mit den alten Gefährten zusammen.

KLASSISCHE JUGENDBÜCHER

J. F. Cooper
LEDERSTRUMPF Der »Lederstrumpf« Coopers zählt zu den schönsten und berühmtesten Indianerbüchern der Welt.
Die Erzählungen ranken sich um die Gestalten des schlichten und einfachen Trappers Natty Bumppo — genannt »Lederstrumpf« — und seines edlen roten Freundes Chingachgook, die eine einzigartige Freundschaft verbindet.
Jeder Leser erlebt die aufregenden Abenteuer, die der Held des Buches und die übrigen Hauptpersonen zu bestehen haben, so unmittelbar mit, als ob er selbst an ihrem Leben in den Wäldern Nordamerikas teilnehmen würde.
Diese Gesamtausgabe enthält alle fünf Erzählungen. Der Wildtöter — Der letzte Mohikaner — Der Pfadfinder — Die Ansiedler — Die Prärie.

UEBERREUTER

KLASSISCHE JUGEND BÜCHER

Harriet Beecher-Stowe, **Onkel Toms Hütte**
Der Negersklave Onkel Tom wird von seinem Herrn verkauft und der Willkür und Gewinnsucht niederträchtiger Sklavenhändler ausgeliefert. Sein Leidensweg steht für alle jene, die das unmenschliche Schicksal der Sklaverei erlitten.

Gottfried A. Bürger, **Münchhausen**
Die aufregenden Abenteuer des Freiherrn von Münchhausen. Seine Geschichten sind die herrlichsten Lügengeschichten, die sich je ein Schalk und Abenteurer ausgedacht hat.

Frances Burnett, **Der kleine Lord**
Wie ein aufgeweckter kleiner Junge die Zuneigung eines verbitterten alten Mannes gewinnen kann, weil weder Reichtum noch Macht seinen liebenswerten Charakter beeinflussen, erzählt diese reizende Geschichte.

C. Collodi, **Pinocchio**
Der Kasperle des unvergänglichen italienischen Kinderbuches ist aus Zauberholz geschnitzt und daher springlebendig. Er muß viele Gefahren bestehen und erlebt die unglaublichsten Abenteuer, bis er schließlich von einer gütigen Fee in ein wirkliches Kind verwandelt wird.

UEBERREUTER

KLASSISCHE JUGEND BÜCHER

Daniel Defoe, **Robinson Crusoe**
Das Leben und die ungewöhnlichen Abenteuer
des weltberühmten Robinson Crusoe, der 28 Jahre
auf einer Insel lebte.

Charles Dickens, **David Copperfield**
Nach einer glücklichen Kindheit erlebt der junge
David bittere Jahre in einer berüchtigten Schule
und eine freudlose Epoche in London. In der
Geborgenheit bei seiner Tante findet er aber in
Agnes eine treue Gefährtin und die Erfüllung seines
weiteren Lebens.

Charles Dickens, **Oliver Twist**
Diese spannende Erzählung liest sich wie ein
Kriminalroman. Das Schicksal des Waisenknaben
Oliver ist aber auch abenteuerlich genug. Dickens
schildert die verschiedenartigsten Menschen und ihre
Umgebung so trefflich, daß man meinen könnte,
selbst dabei zu sein.

Herman Melville, **Moby Dick**
Die spannende Geschichte von der Jagd nach dem
sagenhaften weißen Wal.

UEBERREUTER

KLASSISCHE JUGEND BÜCHER

Howard Pyle, **Robin Hood**
Robin Hood ist der ritterliche Held der englischen Sage. Mit seinen Gesellen, den »Räubern von Sherwood«, kämpft er für das Recht der Unterdrückten in jener unruhigen Zeit, da König Richard Löwenherz auf Burg Dürnstein gefangen lag, während sein treuloser Bruder in England ein Schreckensregiment führte.

Gustav Schalk, **Klaus Störtebeker**
Der berühmte Roman vom heldenhaften Kampf der deutschen Handelsflotte gegen den Seeräuber Klaus Störtebeker.

Robert Louis Stevenson, **Die Schatzinsel**
Ein vergilbtes Stück Papier ist der Schlüssel zur Schatzinsel und somit auch zum großen Abenteuer der Männer der »Hispaniola« und des Kajütenjungen Jim Hawkins.

Jonathan Swift, **Gullivers Reisen**
Die Geschichte des Schiffsarztes Gulliver, dessen unbezähmbare Abenteuerlust ihn ein aufregendes Schicksal erleben läßt.

UEBERREUTER

Die vorliegende Erzählung

DER STERBENDE KAISER

ist als Band 55 in Karl Mays Gesammelten Werken erschienen

KARL MAYS GESAMMELTE WERKE

Jeder Band in grünem Ganzleinen mit Goldprägung und farbigem Deckelbild

Bd. 1	Durch die Wüste	Bd. 38	Halbblut
Bd. 2	Durchs wilde Kurdistan	Bd. 39	Das Vermächtnis des Inka
Bd. 3	Von Bagdad nach Stambul	Bd. 40	Der blaurote Methusalem
Bd. 4	In den Schluchten des Balkan	Bd. 41	Die Sklavenkarawane
Bd. 5	Durch das Land der Skipetaren	Bd. 42	Der alte Dessauer
Bd. 6	Der Schut	Bd. 43	Aus dunklem Tann
Bd. 7	Winnetou I	Bd. 44	Der Waldschwarze
Bd. 8	Winnetou II	Bd. 45	Zepter und Hammer
Bd. 9	Winnetou III	Bd. 46	Die Juweleninsel
Bd. 10	Sand des Verderbens	Bd. 47	Professor Vitzliputzli
Bd. 11	Am Stillen Ozean	Bd. 48	Das Zauberwasser
Bd. 12	Am Rio de la Plata	Bd. 49	Lichte Höhen
Bd. 13	In den Kordilleren	Bd. 50	In Mekka
Bd. 14	Old Surehand I	Bd. 51	Schloß Rodriganda
Bd. 15	Old Surehand II	Bd. 52	Die Pyramide des Sonnengottes
Bd. 16	Menschenjäger	Bd. 53	Benito Juarez
Bd. 17	Der Mahdi	Bd. 54	Trapper Geierschnabel
Bd. 18	Im Sudan	Bd. 55	Der sterbende Kaiser
Bd. 19	Kapitän Kaiman	Bd. 56	Der Weg nach Waterloo
Bd. 20	Die Felsenburg	Bd. 57	Das Geheimnis des Marabut
Bd. 21	Krüger Bei	Bd. 58	Der Spion von Ortry
Bd. 22	Satan und Ischariot	Bd. 59	Die Herren von Greifenklau
Bd. 23	Auf fremden Pfaden	Bd. 60	Allah il Allah!
Bd. 24	Weihnacht im Wilden Westen	Bd. 61	Der Derwisch
Bd. 25	Am Jenseits	Bd. 62	Im Tal des Todes
Bd. 26	Der Löwe der Blutrache	Bd. 63	Zobeljäger und Kosak
Bd. 27	Bei den Trümmern von Babylon	Bd. 64	Das Buschgespenst
Bd. 28	Im Reiche des silbernen Löwen	Bd. 65	Der Fremde aus Indien
Bd. 29	Das versteinerte Gebet	Bd. 66	Der Peitschenmüller
Bd. 30	Und Friede auf Erden	Bd. 67	Der Silberbauer
Bd. 31	Ardistan	Bd. 68	Der Wurzelsepp
Bd. 32	Der Mir von Dschinnistan	Bd. 69	Ritter und Rebellen
Bd. 33	Winnetous Erben	Bd. 70	Der Waldläufer
Bd. 34	„ICH"	Bd. 71	Old Firehand
Bd. 35	Unter Geiern	Bd. 72	Schacht und Hütte
Bd. 36	Der Schatz im Silbersee	Bd. 73	Der Habicht
Bd. 37	Der Ölprinz	Bd. 74	Der verlorene Sohn

KARL - MAY - VERLAG, Bamberg